閱讀

向

黎活仁
白靈
楊宗翰

主編

陽

序一　港口以及海洋的延伸

向陽

我與本書主編黎活仁教授初識，是在1999年6月香港大學亞洲研究中心主辦的「柏楊思想與文學國際學術研討會」上。之前我應他之邀，以〈猛撞醬缸的虫兒：試論柏楊雜文的文化批判意涵〉為題撰寫論文，到港大開會之後，方才見面，並有所交談。當時我四十四歲，仍就讀政治大學新聞系博士班，並在靜宜大學中文系專任講師，研究與撰論是我無可辭卸之責，也是我樂在其中的志業；加上柏楊、張香華伉儷與我結識多年，能參加研討會，提出我的論述，自然樂於從之。

那是以柏楊文學為議題的首屆國際學術研討會，柏楊先生在夫人張香華女史的陪同下全程參與。兩天議程，計發表二十篇論文，論域廣及柏楊思想、雜文、史著、報導文學、詩與小說創作。會議結束後次年，編成《柏楊的思想與文學》一書，厚達765頁，由台北遠流出版，為台灣作家研究的深刻化與國際化開出新局。主導這場研討會、編輯這本專書，竟其全功的，正是辦事效率特佳的黎活仁教授。

當時我對黎教授的印象是：長於擘劃大型研討會、人脈寬廣，任事積極，態度嚴謹。他對提交會議的論文，一貫多所期許，努力讓論文臻於完善；對於會後專書的編輯，更是字斟句酌、嚴謹十分──這種求好態度，顯示他對於學術論述有著高水準想像，柏楊研究，因而得有亮眼成果。

　　十二年後，2011年10月，在黎教授擘畫下，「向陽與二十世紀華文文學研討會」在江蘇連雲港師範高等專科學校舉辦。這時的他已經擁有豐富的台灣現代詩學研究經驗。在這之前，他陸續辦過包括瘂弦、鄭愁予、洛夫、余光中、周夢蝶、商禽等台灣前行代詩人在內的六場研討會；也舉辦了中壯代詩人蕭蕭、白靈、林煥彰、隱地等四場研討會，加上去年以我與今年以羅智成為對象的兩場研討會，總計辦了十二場——從2005年迄今，不過七年，他扛重負而不以為苦，為台灣現代詩人與詩學作嫁而不以為累，都令人感佩。桃李春風，他居中折衝，聯繫學者為台灣詩人撰論；江湖夜雨，他持續以繼，用心推動台灣現代詩學。他是台灣詩壇的知音，也是現代詩學的推手。

　　對我個人來說，「向陽與二十世紀華文文學研討會」的舉辦，毋寧是黎教授對我的厚愛。我自十三歲背誦《離騷》，起步於台灣中部山村，一路走來，未敢須臾與詩相離。路曼曼其修遠，1974年，我找到自己的聲音，確立定位，開展風格，從十行詩、台語詩的實驗，到敘事詩、童詩、數位詩的摸索，乃至中年之後對於後殖民、後現代台灣的挖掘……，都還在行路之中，豈敢勞動眾多學者費神？然則，黎教授的好意，以及他擘畫出的藍圖，在在看得出他的認真，這使我也無以婉拒他的好意。

　　就這樣，2011年秋天，研討會在連雲港師專召開。我以虔敬之心，仔細聆聽來自台灣、香港與大陸的學者的論述。提論的學者，援引理論，觀照我的詩作，或從形式、或從內容；或單論、或綜評，在我看，都提供了不同面向的考掘，指出身為作者也未必參透的內在意蘊，使我受益良多，且為我未來的書寫指出新的空間。秋天的連雲港，天清氣爽，我敬聆學者高論，中心感謝。作品一旦完成，已非我所有，其中符旨，容他人衍生論述。這一天，在連雲港的秋空下，這場研討會，讓我看到下一個書寫的港

口，以及往外延伸，更加寬闊的海洋。

　　一年之後的此刻，在黎活仁教授的統籌下，會議論文已經由提論的學者修訂、增刪，並結集成書。從研討會籌備到專書之出，近兩年時光，通過email和電話，我看到黎教授處理事務、任勞任怨，也看到他為這本《閱讀向陽》嘔心瀝血、費心費力。會議召開前，他為論者提供研究文獻，乃至詩集掃描，其完整、詳盡、細密，已經到了既有PDF檔、也附Word檔，可供援引、參酌的便利程度；付梓前夕，他仍不時檢索文獻，校勘訛誤。這樣的任事之嚴，令我肅敬。這正是我1999年初識的黎活仁教授，他求全求美、求真求好，毫無折扣，迄今未變。也正是如此容不得微疵的治學態度，讓我更加敬佩。我對他的感謝，源自這十多年來敬意的累積。

　　我也要感謝為向陽研討會提論的學者，他們研讀我的作品，從各自的研究領域出發，立基於不同的理論脈絡，提出擲地有聲的論點，集為本書，不僅有以教我，也應可對台灣現代詩學提供新的進路。本書所收各論，可為箋註。我的學生蔡明原花費時間與精力，編就相關評論引得，提供研究者參考，我也要跟他說聲謝謝。

　　最後，還要感謝為本書撰序的老友白靈、協同主編的詩人楊宗翰、出版本書的秀威資訊，以及所有閱讀向陽的讀者。

序二

黎活仁

香港大學饒宗頤學術館名譽研究員

　　2005年，香港大學中文學院和徐州師範大學（2012年改稱「江蘇師範大學」）、武漢大學文學院簽訂為期十年的「中國新詩研究合作計畫」備忘錄（2005.7.4），回顧過去六年，我們的重點集中在台灣十大詩人研究，慢慢延展至中生代的作者，所謂中生代目前也五十開外，在詩壇學壇舉足輕重。

　　1990年，簡政珍和林燿德編有《台灣新世代詩人大系》，入選的二十四位作家是蘇紹連、簡政珍、馮青、杜十三、白靈、渡也、陳義芝、溫瑞安、方娥真、王添源、楊澤、陳黎、向陽、徐雁影、苦苓、羅智成、夏宇、黃智溶、初安民、林彧、劉克襄、陳克華、林燿德和許悔之。其中夏宇曾入選十大。今年距《台灣新世代詩人大系》問世過了二十年，除林燿德和杜十三已不在之外，其他各位更上一層樓，今非昔比。白靈的研討會，我們也辦過了（2010.12.18-19），論文已結集為《閱讀白靈》；向陽的已在江蘇連雲港舉行（2011.10.8），2012年7月，又召開了羅智成研討會。

　　如是在過去的七年，白靈教授、方環海教授伉儷協助我展開了台灣詩人研究系列，次序如下：

　　1.「瘂弦與二十世紀華文文學研討會」（2005年7月4日，武漢大學中文系）。

2.「鄭愁予與二十世紀華文文學研討會」（2006.4.16，廣東茂名信宜市）。

3.「洛夫與二十世紀華文文學」（2007.4.7，蘇州大學）。

4.「余光中與二十世紀華文文學」（2008.3.23，徐州師範大學）。

5.「周夢蝶與二十世紀華文文學」（2009.12.20，彰化明道大學）。

6.「商禽與二十世紀華文文學研討會」（2010.4.3-4，廈門大學）。

以上是十大詩人系列。

7.「蕭蕭與二十世紀華文文學研討會」（2010.10.16-17，復旦大學中文系）。

8.「白靈與二十世紀華文文學研討會」（2010.12.18-19，珠海、北京師範大學與香港浸會大學合辦國際學院）。

9.「錢鍾書、唐文標、林煥彰與與兩岸四地文學現象國際研討會議」（2011.4.23，北京師範大學唐家灣珠海分校。）

10.「隱地與二十世紀華文文學研討會」（2011.6.10，彰化明道大學）。

11.「向陽與與二十世紀華文文學研討會」（2011.10.8，江蘇連雲港師專）。

12.「羅智成研討會」（2012.7.2，廈門大學）。

　　由《銀杏的仰望》到《亂》，向陽自言《楚辭》的影響極大。有些細節，也屬於潛移默化，日本漢學家認為如屈子行吟圖的翹首仰望，亦江介遺風。《十行集・制服》末段寫不平則鳴的草民「仰首搖頭」，可以類推。

《文心雕龍》說讀《楚辭》可「獵其豔辭」，華麗婉約的富貴態亦修詞之一端，「庭院深深深幾許，柳絮池塘淡淡風。」不落俗套，表達萬千氣象，是為晏殊的本色。說向陽早期的詩受宋詞影響比較大，可以用日本漢學家於宋詞的時間觀來判斷，宋詞透過歌詠落花，以傷春或「願春暫留」的惜春為基調，樂此不疲，李後主已具此特色：「流水落花春去也」、「林花謝了春紅太匆匆」，多名篇佳句。

處女作《銀杏的仰望》中的〈花之侵〉，寫春回大地，眾芳吐豔，如攻城略地，勢若破竹，正切合詞境的季節。尼采的「永遠回歸」正有感於旭日東升，有感於大自然這種不可抗力，而有所領悟。筆名向陽，顧名思義，其中太陽運轉，於詩人有極大意義。詩集《四季》自然是永遠回歸的產物。

《十行集》重寫「閨怨」，其中〈讀信〉出現電視、〈秋訊〉出現照片等科技，視覺霸權成為破舊立新的技術，勒布魯東（David Le Breton）《人類身體史和現代性》（*Anthropologie du corps et modernité*）說人類愈來愈用電機、電腦、錄像機等屏幕來觀察世界，一方面如汽車反光鏡（倒後鏡）看到失去現實感的世界，另一方面，到處都是錄像機，生活變成一個圓形監獄。曹丕的〈燕歌行〉是閨怨詩，是著名的悲秋作品，向陽的〈秋訊〉，如果偏重詞境，應該換上春裝，至於內容出現蘆葦，對肅殺氣氛有所加強，蘆葦是白髮的象徵，潘岳〈秋興賦〉開始在悲秋的模式中加上這一元素。故〈秋訊〉仍保留更多建安到唐以前的格調。依日本學者的研究，中國文學以悲秋為主流，到晚唐隨著長短句興起而逆轉。詩中的報紙和照片，在重寫閨怨時，是一種布魯姆（Harold Bloom）的「殺父」式的扭曲，報紙是哈伯瑪斯（Jürgen Habermas）所說的「公共空間」，是散發輿論的場所，有了經濟能力，女性也有更大的自由。閨怨在後現代的趣

味，是如布希亞（Jean Baudrillard）所說虛擬不在場的現實，如狄斯耐兒童樂園的入口，例重現歐洲古鎮街道，加入哥特式的古堡。閨怨如古鎮小街讓人緬懷古代一去不返顏如玉黃金屋的男權夢幻世界。

2005年7月5日，在武漢參加「瘂弦與二十世紀華文文學研討會」之後的一天，初訪屈原故里，沿途碧山綠水，交相映發，應接不暇，似忘饑渴。巴什拉（Gaston Bachelard）《水與夢》（*Water and Dream*）說倒影是宇由的自戀，另一方面水對宇宙的倒影，在人看來，反覺得倒影像一隻眼，把走近水邊的人進行靜觀，而叔本華（Arthur Schopenhauer）提示靜觀可以擺脫意志的悲情，因為主體已為對象所充滿，進入物我兩忘、「孤立絕緣」的審美之境。「吟諷者銜其山川」──《文心雕龍》曾提示屈原作品會使我們增進對大自然鑑賞品味。向陽的《四季》致力於環保的生態，是騷體的一種發展。

《亂》是以狂歡化的形式寫作，狂歡化的目的是顛覆森嚴的政治和社會道德，方法是以廣場的行為和語言發泄一番，譬如使用粗話、描寫身體的下半部，交媾、以至地獄、大小便等。狄塞托（Michel de Certeau）認為日常生活就有巴赫金（M. M. Bakhtin）意義的「狂歡化」的特徵，學生運動正是廣場的行為，向陽也有歌頌台灣大學生爭取民主的詩，打倒正是顛覆的表現。海德格（Martin Heidegger）認為語言有詩性，詩性最能發現內部矛盾，形諸筆端。韋伯（Max Weber）在《新教倫理與資本主義精神》（*The Protestant Ethic and the Spirit of Capitalism*）主張以自己的方法論改造俗世社會「日常生活」，向陽對威權時代的批判，在早期作品已顯示端倪，後來的《亂》，表達了作為知識分子的社會良心。

花果山位處向陽研討會舉行的江蘇連雲港，本來是一個島，

清代一次地震過後，才與陸地相連。水簾洞口有街頭賣藝者以鐵籠囚禁小猴，另一則運諸掌上以娛賓，鐵籠極小，足以容身，未能活動自如，恐有違保護動物條例。「無傷也，是乃仁術也，見『猴』未見羊也」，其時埃及已變天，利比亞仍在苦戰，敘利亞人民繼起作困獸鬥，向陽《亂》中的圖象詩〈囚〉，無疑是形容百姓於威權下的苦況：

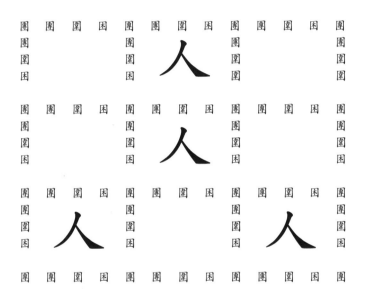

花果山的桃，淡而無味，饑腸轆轆，而來接的專車走了頗久，一眾開始嘀咕，後來才知道駛往海邊，一嚐黃海的水產，一桌才六百，皆大歡喜，詩人白靈說研討會至此，始見真章。

向陽研討會召開之前，先根據台灣各大學研究向陽的學位論文後附的目錄蒐集到相關資料，對詩集進行掃瞄，轉換為PDF格式，又借助Abbyy FineReader，把PDF轉換為Word，以助研閱窮照。付梓之前，又據引文獻作了地氈式校對，以減少錯誤。

　　《閱讀向陽》以理論分析為重點，有多篇論文，可以讓年輕的讀者從中學到論文寫作的心法，常置案頭，必有裨益。巴什拉的四元素詩學對新詩研究，極為有效，江蘇師大同學寫作的幾篇，對初窺治學門徑的同學，是一個楷模，如能心領神會，稍加以整合，亦足開創一代的風尚。

　　本論集的出版實有賴楊宗翰博士協調，希望趁這一機會，致以衷心的謝意！

序三　一路突破夜黑

白靈

　　大自然是人類「無言的」導師，高山流水、浮雲落日，豈須開口，人立其間，履踐其上或其下，風觸肌、光撫膚，自能心領神會，有所動心。此乃人類不需教導、自然湧現的天性，當其時，人處天與地之間，既自壯其胸懷，眼界如巨崖如深潭，必然寬廣，可納永瞬於一眼；同時卻又自卑其身單體薄、孤寞如細沙之微不足道，轉瞬即如古今多少事物化於無形。人即常處於此高與彼卑、巨與微、傲與懦的兩極，踽踽獨行，終老一生。所謂天與地，即使是站在地球人觀點所得，與宇宙廣漠浩瀚難以比擬，但亦其終身所立足所仰觀者，故若有所創發，必自此兩極出發，則人以其所認定的天地為師，豈非命定？

　　吾友向陽自幼生長於多山多丘多林多溪多澗之南投，俯仰其間既深且久，又因緣際會沉浸於古典文學，得其底蘊，其成為早慧的詩人，豈非必然？故所作乃多從立足之斯土出發，如名作〈立場〉末句所言「如果忘掉不同路向」「人類雙腳所踏，都是故鄉」，正是對台灣族群長久對抗的感嘆。拉長時空回顧過往歷史，此感嘆或批判實詩人職責所在。乃因人類不論如何遷徙，到末了無不以自小浸淫之山山水水城鄉村鎮為身心靈之所繫，此「繫」非自己所能決定，而與父祖族群之避亂或移居、戰爭政經之變動與逼迫有關，其中偶然因素占了極大因子，以是凡所有族群與族群之爭皆是融合前的短暫波瀾，乃必然之辯證過程，詩人

是其記錄者。詩由波瀾所生，以是國家不幸詩家幸，放諸四海無不皆然。

然則不論任何土地，只要看得到日月星辰茂林荒漠山海溪澗，詩人永遠會以大自然做為基砥或旁襯或背景，在詩中言志或抒情。比如向陽在其母校文化大學的銅鑴詩牆上所刻詩句：

> 即使只是野菇一株
> 我一路突破夜黑
> 引你仰望第一顆啟明

此三句是以「野菇」努力成長、奮發「向陽」的過程，象徵意志不懈、則必能以微見著，卻也有可能是渴望政治「一路突破夜黑」的嚮往，此「六字真言」正是人與時代巨輪相呼應的寫照。同樣在此銅鑴詩牆上，個人所選刻的詩句卻是「沒有一朵雲需要國界／也沒有誰是誰的國王」，我藉天上的「雲」寫人間沒有誰可獨裁獨尊或獨霸，向陽藉地上的「野菇」寫人世對破解暗黑、獲得「啟明」（黎明）的期望。這很像台灣目前詩人群中意識型態上分野為「藍天」與「綠地」似的，但向陽與我並非刻意有所指，而只是永遠默默「以天地為師」，記錄在時代向前滾動中人間的悲苦與喜樂、以及個人所思所想而已。

如此也可以想見，多年來香港大學的黎活仁教授極力縐合兩岸四地學者研究台灣當代詩人，卻又每將各項研討會與大陸和台灣之山川名勝的探訪採風費心連動，徜徉於景勝地靈、人文豐沛之境，必欲盡興方返，則黎氏亦一隱性詩人矣。比如此次向陽研討會亦不例外，除了於連雲港規劃學術活動、廣邀各方相與論劍談向陽外，也安排眾人齊上吳承恩（1510-82）筆下《西遊記》中之花果山一遊。至此方悉花果山乃位於《山海經》、《水經

注》所指的海中「鬱洲」，且唐宋皆已有詩作歌詠，如蘇東波所寫：「鬱鬱蒼梧海上山，蓬萊方丈有無間。舊聞草木皆仙藥，欲棄妻孥守市廛。」此海上山即「雲台山」，即今日之花果山。且鬱洲舊時位在海中，即使到明代吳承恩時，雲台山也仍是海中山島，及至康熙（1662-1722）年間才「忽成陸地」，與今大陸相連，但水濂洞與滿山猴子，應仍是舊貌。可見天地之變動實不可預見，詩人或文學家只能就當下真貌記其或想像，餘不能深究者，或只宜如現象學家所說，加上括弧，予以「懸擱」了。而黎氏將嚴肅之學術研討與輕盈之履踏採風並行相絀，藉以興發眾人之雅興，厚植更多研究與創作之培土，實有心人也。而這不能不說是黎氏風格所促致，向陽與我，只是有幸參與其中罷了。

此回向陽研討會成果可觀，輯為《閱讀向陽》一厚冊，各種學說、理論彙集其中，以各式角度論證其詩作的多樣性與獨特性，而這樣豐盈的收成竟始於香港大學一特立獨行、孤介堅韌、執拗肅直之學者的多年努力，正是「以天地為師」，敢於「一路突破夜黑」的精神展現，於台灣觀點看來，不能不說是學術奇蹟了。其已陸續完成的研討會多達數十場，集中在台灣當代詩人與小說研究，若一一彙整出版，後續引發的效應，實不可小覷，或值我輩續與觀察、觀摩、和學習。

目　次

童話文學

主題演講

向陽的「戀人絮語」

——《心事》與幻想的重複

黎活仁

作者簡介

　　黎活仁（Wood Yan LAI），男，1950年生於香港，廣東番禺人。京都大學修士，香港大學哲學博士。現為教香港大學饒宗頤學術館名譽研究員。著有《盧卡契對中國文學的影響》（1996）、《林語堂瘂弦簡娉筆下的男性和女性》（1998）等。

論文題要

　　以戀愛為題材的《心事》，充滿激情，文筆華麗，不同流俗，但愛情詩一般以田園式輓歌體寫作，活生生的美人，以哀悼死者的修辭去形容，讀來不勝感傷。因為美人在想念中本已不在場，由回憶到記憶，再由記憶取代回憶，結合德曼、德里達和托多羅夫的分析，美人也就變成幽靈。

關鍵詞（中文）：向陽、德曼、德里達、托多羅夫、詹姆斯「地毯上的圖案」

一、引言

　　向陽（林淇瀁，1955-）[1]《心事》[2]，配以華美的插圖，瀏觀披覽，亦屬賞心樂事。《心事》可歸入愛情詩，中國古代的愛情詩以閨怨最為有名，是一種集體的聲音，主要是寫女性想念離家遠行的夫婿，由男性作家虛擬，以詞這種體裁最為細膩，是蘇珊・S.蘭瑟（Susan Lanser）《虛構的權威：女性作家與敘述聲音》（*Fictions of Authority*）所說的「集體型敘述者」[3]。《心事》18首的內容，都是男主人公想念著一位不在場的戀人，戀人

---

[1] 向陽研究學位論文多篇，全都透過圖書館外借、自由下載等各種方式已找來看過；呂焜霖，〈戰後台語歌詩的成因與發展──兼論向陽與路寒袖的創作〉，碩士論文，〔台〕清華大學，2008；黃玠源，〈向陽現代詩研究：1973-2005〉，碩士論文，〔台〕中山大學，2008；江秀郁，〈向陽新詩研究〉，彰化師範大學，2006；李素貞，〈向陽及其現代詩研究：1974-2003〉，碩士論文，台南大學，2006。以下一文，是向陽早期自述寫作的心路歷程，是學位論文以外少數有關作家背景資料的介紹：楊錦郁記錄整理，〈思想是文學作品真正的價值──李瑞騰專訪向陽〉，《文訊》90（1993）：88-92。

[2] 向陽，《心事》（台北：漢藝色研出版社，1987）。李素貞說《心事》是向陽與夫人林麗貞女士熱戀的記錄，詳〈向陽及其現代詩研究：1974-2003〉58-60，活仁案：依本文有關回憶與記憶的論述，未必如此。林于弘，〈向陽新詩創作類型論〉，《國文學誌》10（2005）：303-25。（林氏其中頁319-20，對《心事》成書的源流，都有扼要的介紹，又說《心事》因屬少作，故文字相對薄弱，我這次研究之時，覺得《心事》的文字很講究，詳巧喻部分論述。）其他可能跟《心事》有點關係的研究材料是：林文義，〈銀杏樹下的沉思者：試寫向陽〉，《文訊》19（1983）：180-83；向明，〈向陽詩選1974-1996〉，《文訊》180（2000）：29-30；向明，〈我有一個寫詩的弟弟──管窺向陽的詩和人〉，《文訊》170（1999）：10-12；林燿德，〈陽光的無限軌跡──有關向陽詩集《歲月》〉，《文訊》19（1983）：211-20；林燿德，〈遊戲規則的塑造者──綜論向陽其人其詩〉，《文藝月刊》200（1986）：54-67；劉還月，〈親炙土地・關愛文化──訪愛荷華歸來的向陽〉，《台灣文藝》99（1986）：125-28。

[3] 蘇珊・S.蘭瑟（Susan Lanser），《虛構的權威：女性作家與敘述聲音》（*Fictions of Authority*），黃必康譯（北京：北京大學出版社，2002）。

偶然到來，最後還是離去。羅蘭巴特（Roland Barthes, 1915-80）的《戀人絮語》（*Love's Discourse*）說「一個男子若要傾訴對遠方情人的思念便會顯示出某種女子氣：這個處於等待和痛苦中的男子奇蹟般地女性化了。」所謂女性化，是古代女子不能外遊，等候的總是妻子，限於權力，女性專一，男性多變，常在外公幹，遊歷等[4]，《心事》無疑就是「戀人絮語」，重重複復，道盡對戀人的思念。故以重複詩學作一建構，《戀人絮語》一書也給我許多啟示，合該致意。

二、不在場的幽靈：詹姆斯「地毯上的圖案」

托多羅夫（Tzvetan Todorov, 1939- ）在〈敘事的秘密：享利·詹姆斯〉（"The Secret of Narrative"）有關詹姆士（Henry James, 1843-1916）「地毯上的圖案」（"The Figure in the Carpet"）的論述，十分有名[5]。甚至詹姆士本人也認為，他的短篇中有「絕對存在和不在場的原因」[6]，可能是透過一個人物，一件事或物品。故事都因此而引起，是「一股不在場的強大力量」。[7]一如東方地毯上的圖案，舉例而言：（1）秘密可能是隱私，〈多米尼克·費朗先生〉（"Sir Dominick Ferrand"）的主人公鍾情於樓下孀居的女音樂家賴夫斯夫人，某天他購進一張舊書桌，發現一秘密抽屜，裏面有一些信，謎最後揭曉，賴夫斯夫人

[4]　羅蘭巴特（Roland Barthes，1915-80），《戀人絮語》（*Lover's Discourse*），汪耀進、武佩榮譯（台北：商周出版，2010）35。
[5]　托多羅夫，〈敘事的秘密：享利·詹姆斯〉（"The Secret of Narrative"），《散文詩學：敘事研究論文選》（*The Poetics of Prose*），侯應花譯（天津：百花文藝出版社，2011）100-46。李森，〈托多羅夫敘事理論研究〉，碩士論文，新疆大學，2006。
[6]　托多羅夫，〈詹姆斯〉　103。
[7]　托多羅夫，〈詹姆斯〉　103。

是政要的私生女，哪些信正是提及相關的事情[8]；（2）對敘述的視角作一限制，所見所聞只屬管窺，以部分代替全部，也可以達到同樣的效果，[9]（活仁案：在敘述學而言，限制訊息會導致「不可靠敘述」[10]，或「不敘述」。）費倫（J. Phelan）和瑪汀（M. P. Martin）認為不可靠敘述類型有6種：a）不充分報導與錯誤報導；b）不充分認識與錯誤認識（或錯誤評介）；c）不充分解讀與誤讀[11]。羅賓·R. 沃塞爾（Robyn R. Warhol）對不敘述事件的分析[12]，也有助於理解，沃塞爾對「不敘述」的研究，涉及四個方面：a）不必敘述（the subnarratable）；b）不可敘述（the supranarratable）；c）不應敘述（the antinarratable）；以及d）不願敘述（the paranarratable），不應敘述指一些違反社會常規和禁忌，如「性」不能講述太多[13]；《心事》的戀人為何不來、為何冷若冰霜，都「不敘述」；（3）幽靈絕對不在場，〈埃德蒙·奧姆爵士〉（"Sir Edmond Orme"）主人公身邊的女友，出現一

---

[8] 托多羅夫，〈詹姆斯〉　105-06。

[9] 托多羅夫，〈詹姆斯〉　110-13。

[10] 施洛米絲·雷蒙—凱南（Shlomith Rimon-Kenan）：《敘事虛構作品：當代詩學》（*Narrative Fiction: Contemporary Poetics*，賴干堅譯，廈門：廈門大學出版社，1991），「不可靠的敘述」總括為下列3點：1）讀者對故事的內容和評論感到懷疑；2）不可信的是因為敘述者的所知有限，譬如敘述者過年輕，或成年人或精神健全的人，講述的情節也一定完整；3）敘述者在的描述時，抱令人感到可疑的價值體系，就變得不可信。特別是敘述者和隱含作者的道德價值不相符，那麼看作可疑，118-21。

[11] 紐寧　87；費倫（J. Phelan）和瑪汀（M. P. Martin），〈威芽斯經驗：同故事敘述、不可靠性、倫理與《人約黃昏時》〉（" 'The Lessons of Weymouth': Homodiegesis, Unreliability, Ethics and The Remains of the Day"），《新敘事學》（*Narrratologies: New Perspectives on Narrative Analysis*），赫爾曼（D. Herman）編（北京：北京大學出版社，2002）42。

[12] 羅賓·R. 沃塞爾（Robyn R. Warhol），〈新敘事：現實主義小說和當代電影怎樣表達不可敘述之事〉（"Neonarrative; or, How to Render the Unnarratable in Realist Fiction and ContemporaryFilm"），《當代敘事理論指南》（*A Companion to Narrative Theory*），James Phelan和Peter J. Rabinowitz主編，申丹等譯（北京：北京大學出版社，2007）241-56。

[13] 沃塞爾，〈不可敘述之事〉，Phelan & Rabinowitz　241-56。

個面無血色的人，只有主人公才看得到，女友的母親在看到幽靈後，認出是當年追求過她（指母親）而被她（母親）拋棄的、後來自殺的男子[14]；（4）死亡是「典型的非存在形式」，〈朋友的朋友〉（"The Friends of Friend"，又名"The Way it Came"）中男士在母親去世時看到她的幽靈，另一位女士在父親去世時看到她父親的幽靈，於是主人擬安排兩人見面，女士不久去世，男士在女士去世前曾碰過面，但從時間上推測，不確定看到的是她生前的本人還是死後的靈魂[15]。

（一）不在場的戀人

關於戀人的描寫分幾種情況：（1）想像跟戀人在一起；（2）戀人離去；（3）尋找昔日的蹤跡：

與戀人在一起	戀人來 （〈或者燃起一盞燈〉 8-10）
	死後同穴 （〈愛貞〉 78-79；〈愛〉 80）
	夢中跟戀人在一起 （〈說去看雪〉 12-13）
	沙灘邂逅 （〈請聽，夜在流動〉 20-22）
	想像在戀人身邊 （〈海笑〉 46）
	同時抵達小站 （〈旅途〉 59）
戀人離去	戀人要走 （〈請聽，夜在流動〉 22）
	夢中戀人要走了 （〈髮膚〉 37）
	戀人離去 （〈野渡〉 5）
	勸戀人不要離開 （〈雨箋〉 74-76）
尋找昔日的蹤跡	尋找足／蹤跡 （〈請聽，夜在流動〉 21）
	踟躕 （〈絕句〉 26）
	足跡 （〈雁落平沙〉 33）
	卜居月過的小屋，足跡 （〈野渡〉 51）
	昔日走過的庭階 （〈庭階〉 56）

---

[14] 托多羅夫，〈詹姆斯〉 117-18。
[15] 托多羅夫，〈詹姆斯〉 124-25。

1.燃燈一照：男性不宜太意識自己的女性意識

〈或者燃起一盞燈〉說戀人即幽靈來之時，就點起燈，〈野渡〉結尾也有此一句：「還有等你歸來暗中點燈的我」（52）。這令人想起希臘神話的阿摩爾（Amor）和普緒克（Psyche）故事。女性不大意識阿尼姆斯的存在，會較為幸福。舉例而言，希臘神話的阿摩爾（Amor）和普緒克（Psyche）故事可為說明。阿摩爾即愛神丘比特（Cupido）。普緒克生得十分美麗，人人都說比美神維納斯（Venus）更漂亮，事聞於維納斯，不禁大怒，馬上差遣她的兒子愛神丘比特出馬，讓普緒克與最窮苦、最奸惡的人戀愛。要知丘比特背上有可以決定姻緣的神箭，力能達到目的。父王為普緒克的幸福而擔憂，聽從神諭，奏起輓歌，把普緒克送到高山的岩石上，以等待夫婿的到來。

丘比特看到在山頂上昏迷的普緒克，一見鍾情，把她接回寓所共結魚水之歡；可是丘比特晚上才來，吩咐不要一睹廬山真面目，普緒克有心探知真相，一天晚上提燈一照，其時燈油滴在丘比特肩上，丘比特一怒之下，不顧而去。普緒克唯有求助找維納斯，維納斯給她很多難題，普緒克在眾神協助下得以過關。丘比特其實很想念普緒克，得父親的同意完婚[16]。

這個神話的特點是說男性不大喜歡女性太意識到阿尼姆斯（男性性格）的存在。男性喜歡對阿尼姆斯壓抑的女性。被其他女性認為沒有個性、無作為的女孩子，會較得異性的喜愛，秘密

---

[16] 鄭振鐸（1898-1958），《希臘羅馬神話與傳說中的戀愛故事》（北京：外國文學出版社，1986）32-56。此故事見於古羅馬阿普列烏斯（Apuleius Lucius, 124?-70?）的《金驢記》（*Golden Ass*），劉黎亭譯，卷4（上海：上海譯文出版社，1988）103-58。艾瑞旭・諾伊曼（Erich Neumann, 1905-60），《丘比德與賽姬：女性心靈的發展》（*Amor and Psyche*），呂健忠譯（台北：左岸文化，2004）。

就在這裏[17]。反之亦然，這個故事從互文來詮釋，是男子也不宜太強調女性意識，否則女性會離去，況且戀人是個幽靈：

> 或者你來，我便燃起一盞燈／熠熠為你守護，在風淒雨苦的夜裏／若你不來，則讓我是／翩飄的葉落向你佇立深思的小階前／仰視你的凝眸俟候你的足跡，或者你來／／……寂寞的窗櫺昇起，該是你的跫音／每次你來，總是以風雨為前奏的和聲／／……你的跫音，呵若曾是踩過幽徑的松子／則我將撿拾著走入空山，取／為守護的燈。或者你已來到／伴風也伴雨，則我便在小窗下靜靜／不眠地傾聽：水歌一般，你的跫音（向陽，《心事‧或者燃起一盞燈》 9-10）

2.聖潔的阿尼瑪：「永恆的女性」由第二階段上升至第三階段

如果以阿尼瑪（即「永恆的女性」，anima）和阿尼姆斯（即「永恆的男性」，animus）分析的話，普緒克故事另有值得考究之處。據容格（C. G. Jung, 1875-1961）派的理論，阿尼瑪和阿尼姆斯各有四個階段，這四個階段可能隨著主體的年齡而發展，又，各階段都有一些代表人物。阿尼瑪原型可以分為四個階段，第一階段是生物的阿尼瑪，可以夏娃（Eve）為代表，第二階段是浪漫蒂克的阿尼瑪，可以《浮士德》（*Faust*）的海倫（Helen）為代表，第三階段是聖靈的阿尼瑪，可以西方的聖母、中國的嫦娥和觀音為代表，第四階段表現出過人的叡智（如智慧老人），常以帶男性的形象出現，如穿上甲冑的雅典娜

---

[17] 河合隼雄，《容格心理學入門》 215。

（Athena）[18]。

羅伯特・阿爾特（Robert Alter）《聖經敘事的藝術》（*Art of Biblical Narrative*）引用詹姆士「地毯上的圖案」的原理，說明參孫（Samson）就與一個隱形的主題「火」聯繫在一起：（1）力大無窮的參孫，只需要稍為用力，捆綁他的繩子就像火燒的麻一樣脫落（〈士師記〉16：9[19]）；（2）當參孫被岳父阻攔，不能見妻子時，他採取報復，像古代中國的火牛陣，他用火把捆在一些狐狸的尾巴上，衝進非利士人的田間（〈士師記〉15：1-5[20]）；（3）非利士人為了復仇，縱火把參孫新妻和岳父燒死（〈士師記〉15：6[21]）；（4）參孫被捕，帶到大殿中，場景中雖沒有火，但參孫類似火的化身，釋放最後的能量，將殿上所有的人、物件和他自己徹底毀滅（〈士師記〉16：29-30）[22]。

《心事》因為形象近於冰若冰霜的觀音多於戀人，詩人的戀人表情也是冰冷的，故依詹姆斯「地毯上的圖案」的言說，詩人隱藏著「冰冷」的元素。

---

[18] 黎活仁，〈思想家的「陰影」（shadow）：魯迅與柏楊小說中的幽靈〉，《柏楊的思想與文學》，黎活仁、龔鵬程（1956-）和黃耀（1953-）等編（台北：遠流出版事業股份有限公司，2000）453-88，弗朗茲（M-L. von Franz, 1915-98），〈個體化的過程〉（"The Process of Individuation"），收入《人類及其象徵》（*Man and His Symbols*），卡爾・容格（C. G. Jung）等著，張舉文、榮文庫譯（遼寧：遼寧教育出版社，1988）165。

[19] 《聖經》（《新舊約全書》〔和合本（神版）〕），（香港：香港聖經公會，1999）319-20。

[20] 《聖經》　318。

[21] 《聖經》　318。

[22] 《聖經》　318；羅伯特・阿爾特（Robert Alter），《聖經敘事的藝術》（*Art of Biblical Narrative*），章智源譯，周彩萍、梁工校（北京：商務印書館，2010年3月）129。

然而妳說，以一種月光的微笑與冰冷／我要走了。
（向陽，《心事・髮觸》　37）

我火熱的眼中塗著妳冰寒的髮色（向陽，《心事・髮
觸》　38）

當每一種蹣跚踏每一綹冰冷／妳的手握千帆中綻笑的
太陽／向每一個寒寒雨夜靄靄昇起（向陽，《心事・絕
句》　25）

冷冷鬱結著的／褪了色的幽淒（向陽，《心事・菊
歎》　43）

所有等待，只為金線菊／微笑著在寒夜裏徐徐綻放
（向陽，心事・菊歎》　43）

泊靠在溪頭，冬季微寒午后／迎迓陽光，疲憊而滿足
地坐下（向陽，《心事・庭階》　56）

左手捏住／妳的信，稍息在背後／這是午夜，最最難
忘曾經／濤聲如今是風吹寒林，如今／野火曾是岸上閃爍
的塔燈／我看一遍唸一段，妳的信中／那首唱過的歌／／
……或者／唱那首歌，邀微寒的風伴和（向陽，《心事・
燈前》　67-68）

〈說是去看雪〉則把場景弄到雪地去，如魯思文（K. K.
Ruthven）於《巧喻》（*The Conceit*, 1969）所說的那樣：詩人
覺得描寫愛情的痛苦和渴望，比美滿快樂容易得多[23]，散步是
十四行詩的常見寫法，照巴什拉（Gaston Bachlard, 1884-1962）
的說法，這首詩有「散步情結」，〈髮觸〉寫到夢中海難遇

---

[23] 魯思文（K. K. Ruthven），《巧喻》（*The Conceit*），張寶源譯，收入
《西洋文學術語叢刊》（*The Critical Idiom*），顏元叔主編，2版（台
北：黎明文化事業公司，1978）885。

溺（38），足見不是有「游泳情結」的人[24]。巴什拉提示尼采
（Friedrich Wilhelm Nietzsche, 1844-1900）作品，是「散步情
結」的典型，他筆下的超人，常在高山上走動[25]：

> 說是要帶妳，去看柔柔的初雪／……／帶妳去夜色裏
> 看那莽莽的雪／／一朵任你撿起任妳小口小口咬的／雪，
> 晶晶亮著，在大屯／聆耳傾聽的稜脊上，一步一步／我帶
> 妳過去，將那山下的燈火／用雪包住，丟到孤寂暗黑的叢
> 林裏……／或者那時我再帶妳去／看雪中的燈火如何潺
> 潺，亮起（向陽，《心事・說是去看雪》 12-14）
>
> 眸似舟髮如蓑妳的等待若雪／若雪之潺潺自巍巍萬仞
> 滑落／當每一種蹣跚踏每一綹冰冷（向陽，《心事・絕
> 句》 25）
>
> 若非此後執著於花原的印痕殞落的星／便不至於：再
> 空對，千堆絕版的，雪（向陽，《心事・念奴嬌》 29）

　　《心事》中的戀人，入定如觀音，戀人的眼神，是凝神注
視，有如石像。至於微笑，也是觀音的特質，觀音在印度本來
是男子，到中國才變成女性[26]，觀音本已成佛，法相如千江水
月，隨緣示現，一般為中國人所熟知的，是慈母的形象[27]。淨土

---

[24] 巴什拉（Gaston Bachelard），《水的夢》（*Water and Dreams: An Essay on the Imagination of Matter*），顧嘉琛譯（長沙：嶽麓書社，2005）179-80，英國詩中史文朋（A. C. Swinburne, 1837-1909）可為游泳情結的代表。楊洋，〈加斯東・巴什拉的物質想像論〉，碩士論文，首都師範大學，2005；李爽，〈物質的想像力〉，碩士論文，中央美術學院，2007。
[25] 巴什拉，《水的夢》 178-79。
[26] 全佛編輯部主編，《觀音寶典》，4版（台北：全佛文化事業有限公司，2008）24。
[27] 全佛編輯部 70。

宗的觀音信仰用以突現孝道[28]。巴什拉（Gaston Bachelard），《水的夢：論物質的想像》（*Water and Dreams: An Essay on the Imagination of Matter*）認為：「河水之歌」充滿歡笑，「這些笑聲，這些歌聲是大自然充滿稚氣的話語。孩童般的大自然通過溪水來表達。」「在許多詩人的作品中，溪流以那種『嬰兒室』所特有的，同樣的調門發出汩汩聲，嬰兒發著單調輔音構成的雙音節：dada bobo, lola, coco。在大人們為孩童編織的童話故事中，小河流水就這樣在歌唱。[29]」

> 那時雨聲如連風聲似紋你的髮飛揚成／舟舫的旗，我便是潺潺的河，自兩舷／壯闊而溫柔地也將你流成淙淙的水歌／悠遊，要不就採你青睞，燃起一盞燈（向陽，《心事・或者燃起一盞燈》 9）

> 說是要帶妳，去看柔柔的初雪／竟把小屋潺潺的燈火也滅了／任月光，湲湲地流入妳髮上／／……或者那時我再帶妳去／看雪中的燈火如何潺潺，亮起（向陽，《心事・說是去看雪》 13-14）

> 千萬螢火，夜正潺潺流動／溪河的回憶是夢中鏡裏牽掛的回眸／你是否喚我？那麼淒淒（向陽，《心事・請聽，夜在流動》 22）

> 若雪之潺潺自巍巍萬仞滑落（向陽，《心事・絕句》 25）

> 水紋裏靜靜流過妳酒渦中的曖昧／再過去是潺潺的江波如妳的髮色（向陽，《心事・雁落平沙》 33）

---

[28] 李利安（1961-），《觀音信仰的淵源與傳播》（北京：宗教文化出版社，2008）417。

[29] 巴什拉，《水的夢》 37。

潺潺的擬聲，一般用於流水、或形容雨聲，但向陽卻用於燈火、螢火、降雪，雪是會吸音的，下雪時特別感到寧靜，故這種寫法有點奇異化、反常化，或稱為陌生化。什克洛夫斯基（Victor Shklovsky, 1893-1984）的「陌生化」（defamiliarize）是形式主義最為關鍵的理論。《心事》的聲音的嬰兒化，突現了戀母情結，女友既是情人，又是母親的複合形象。

（二）戀人的容貌：巧喻的運用

戀人的容貌，於軀體方面的描述，下至肩岬，想像力集中於面部表情，可用巧喻（conceit）來分析。如魯思文所說的那樣：燃燒和冰凍的巧喻，很早就有人使用過[30]，嫉妒能夠接近戀人的貓狗、鏡子、項鍊，在十四行詩已相當豐富[31]，《心事》好像沒有寫到這方面的東西，華松（Tomas Waston, 1874-1956）建議從女士身上選七項來讚美，諸如頰、呼吸、唇、粉頸、酥胸等[32]，從下表我們看到：（1）髮作雲；（2）眼—（作）晶瑩；（3）眼-星；（4）眸—舟；（5）淚珠—滴滴滴成戀荷的殘露；（6）酒渦—曖昧；（7）髮色—潺潺的江波；（8）髮茨—飄過水草的繽紛；（9）肩胛—嶙峋的水成岩；（10）肩胛—海浪；其中淚珠比作滴滴滴成戀荷的殘露，足見閉門覓句的功力，殊堪玩味，紅顏薄命，但「寫美女的詩篇卻能永垂不朽[33]」，端恩（Johe Donne, 1572-1631）的〈秋〉（"The Autumnal"）寫到女性面上的皺紋，以醜為美，效果新奇[34]，《心事》也有「臉紋在眾多幽

---

[30] 魯思文　872。
[31] 魯思文　872-73。
[32] 魯思文　874-75。
[33] 魯思文　878。
[34] 魯思文　881。

溼陰暗的枝頭」（向陽，《心事・絕句》　26）的神來之筆，另一句作：「也垂直勾勒下妳我／最溫暖的笑紋和唇線」（向陽，《心事・庭階》　55），活仁案：特點是在「垂直」的想法，因為《心事》如古希臘文學和《神曲》，空間只有垂直，沒有邁向未來的想像。

　　《心事》中的幽靈／戀人，集所有優點於一身，就等於「把情人想像為潘渡娜（一般也作潘朵拉，Pandora），潘渡娜是「綜合了眾神之美的女人」[35]，但她是把死亡帶到凡間的負面人物。

額	我吻著妳的額並且感覺／淒涼，彷彿月光（〈髮膚〉　37）
	其後是垂髮覆額的雲（〈海笑〉　47）
眼	仰視你的凝眸俟候你的足跡，或者你來（〈或者燃起一盞燈〉　9）
	在傘花中繪妳眼內羞怯的晶瑩（〈即使雨仍落著〉　18）
	妳眼裏粲熠如星（〈旅途〉　59）
眸	眸似舟髮如蓑妳的等待若雪（〈絕句〉　25）
	有時念起日午的回眸會懷疑隔壁廂房（〈念奴嬌〉　30）
	似乎有婉拒的愛情，浣洗妳烏鬱的眸（〈髮膚〉　37）
唇	圈也圈不住，在漣紋裏覓妳唇中失落的／訊息（〈即便雨仍落著〉　17）
	當夜霧悄悄襲來漸漸沁妳的朱唇（〈雁落平沙〉　34）
（吻）	因你的熱吻／留下一點點悲羞（〈野渡〉　52）
	也垂直勾勒下妳我／最溫暖的笑紋和唇線（〈庭階〉　55）
頰	在路泥上吻妳頰邊青澀的／暈紅（〈即便雨仍落著〉　17）
	頰邊的淚珠滴滴滴成戀荷的殘露（〈雁落平沙〉　34）
臉紋	臉紋在眾多幽溼陰暗的枝頭（〈絕句〉　26）
	也垂直勾勒下妳我／最溫暖的笑紋和唇線（〈庭階〉　55）
酒窩	水紋裏靜靜流過妳酒渦中的曖昧（〈雁落平沙〉　33）
顏	我用一生來等妳的展顏（〈菊歎〉　44）

---

[35] 魯思文　876。

	妳舉手傾聽若樹垂垂而風正蕭蕭 （〈雁落平沙〉　34）
手	妳的手握千帆中綻笑的太陽 （〈絕句〉　25）
	我醒來，緊緊抓住妳的手，高聲喊道／海難！ （〈髮殤〉　38）
身	在光熠前寫妳身上隱翳的／音符 （〈即便雨仍落著〉　18）
髮	眸似舟髮如蓑妳的等待若雪 （〈絕句〉　25）
	再過去是潺潺的江波如妳的髮色 （〈雁落平沙〉　33）
	妳髮茨間飄過水草的繽紛 （〈髮殤〉　37）
	然則我火熱的眼中塗著妳冰寒的髮色 （〈髮殤〉　38）
	妳飄飛的髮裏默默藏著 （〈髮殤〉　38）
	其後是垂髮覆額的雲 （〈海笑〉　47）
肩岬	妳小小的肩胛被月光為嶙峋的水成岩 （〈髮殤〉　38）
	讓妳的肩胛像海浪／護住沙灘 （〈海笑〉　48）
肌膚	並且容我執戈以衛／妳每一寸肌膚，兼及妳的瑕疵 （〈海笑〉　48）

三、以記憶抹去回憶：不在場的幽靈

德里達（Jacques Derrida, 1930-2004）《多義的記憶——
為保羅・德曼而作》（*Memoires for Paul de Man*）[36]一書於記
憶的討論，對愛情詩的分析，極具啟示。首先，他引用黑格爾
（Georg Wilhelm Friedrich Hegel, 1770-1831）「用記憶抹去回
憶」（Memory effaces remembrancc）[37]，通過書寫、符號、技藝
等思考性記憶，與「無記憶的記憶」，「無回憶的記憶」[38]聯繫
在一起；如本文討論的戀情，無論回憶或記憶，都屬子虛烏有，
從未在場、但卻受到一種不會在意識中復活的過去所困擾[39]。德

---

[36] 德里達，《多義的記憶——為保羅・德曼而作》，蔣梓驊譯（北京：中
　　央編譯出版社，1999）。
[37] 德里達，《多義的記憶》　66，72。
[38] 德里達，《多義的記憶》　75。
[39] 德里達，《多義的記憶》　75。

曼引伸為：「記憶無需重現『實際存在過』的東西[40]」。

（一）戀人：不在場的幽靈

　　記憶的現時無須在場，與死亡的不在場類似，都帶有哀悼的寓意，因為死亡的象徵布滿現時。以一個虛構的現時，記錄我們的生活，記錄是從未出場的蹤跡，記錄以名字、文字、符號，紀念就是這種現時復活於未來的形式[41]。

　　無現時、不曾在場的蹤跡，轉變為紀念文學，帶有哀悼的寓意，墓誌銘和自傳都是這類作品，何其芳（1912-77）的戀曲，是現代詩中十分經典的，據說他其實不曾失戀，所謂失戀，是虛構的蹤跡，戀愛對象如幻的幽靈，故愛情詩寫成輓歌：

> 開落在幽谷里的花最香。／無人記憶的朝露最有光。／我說你是幸福的，小玲玲／沒有照過影子的小溪最清亮。／／你夢過綠藤緣進你窗裏／金色的小花墜落到髮上，／你為簷雨說出的故事成動／／你愛寂寞，寂寞的星光／你有珍珠似的少女的淚／常流著沒有名字的悲傷／你有美麗得使你憂愁的日子／你有更美麗的夭亡。（何其芳，《預言・花環──放在一個小墳上》[42]）

　　德里達引德曼對華茲華斯（William Wordsworth, 1770-1850）的《墓誌銘隨筆》（*Essay Upon Epitaphs*）的分析，說這些隨筆本身由原來是關於墓誌銘的話語而最終變成了一篇墓誌

---

[40] 德里達，《多義的記憶》　70。
[41] 德里達，《多義的記憶》　68-69。
[42] 何其芳，《預言》，3版（上海：文化生活出版社，1949）21-22。

銘，「確切說變成了不朽的碑文或作者本人的自傳」[43]，華茲華斯又說太陽成為凝視墓誌銘的眼睛[44]，這有助於了解陽光在哀傷文體的作用：

> 日月星辰，念你如念黃昏後寂寂的空山／啼鳥漸鳴漸遠漸稀落，覺醒時，落紅／焚為滿徑的陽光，寂寞的窗櫺昇起（向陽，《心事・或者燃起一盞燈》　10）
>
> 當明年春來陽光再度燃起／我們的柔情也要自莽林中／昇起。或者那時我再帶妳去／看雪中的燈火如何潺潺，亮起（向陽，《心事・說是去看雪》　14）
>
> 泊靠在溪頭，冬季微寒午后／迎迓陽光，疲憊而滿足地坐下／像驛車的輪，斜偎／木窗底下微露歉意的牆（向陽，《心事・庭階》　56）
>
> 我們一起面對風雨，在彼日／也一起抗擊炙熱的陽光和陰冷的夜／而不相互抱怨嗎？（向陽，《心事・愛貞》　79）

保羅・德曼（Paul de Man, 1919-83）〈失去原貌的自傳〉（"Autobiography as Defacement"）[45]，以擬人法虛擬死者的聲音，虛擬的聲音以「呼語」呈現[46]，「從呼語到一個缺席的、死亡的，或者不具聲音的實體的虛構」，並「假定了後者進行回答

---

[43] 德里達，《多義的記憶》　36。
[44] 德里達，《多義的記憶》　37。保羅・德曼（Paul de Man, 1919-83）〈失去原貌的自傳〉（"Autobiography as Defacement"），李自修譯，收入《解構之圖》，保羅・德曼著，李自修等譯（北京：中國社會科學出版社，1998）195-98。
[45] 德曼　195-98。
[46] 德里達，《多義的記憶》　37。

的可能性」[47]。

> 你是否喚我？那麼淒淒／響自《詩經》上空白的某一篇章／醒時每自吟哦，徘徊不忍遽去（向陽，《心事‧請聽，夜在流動》　22）

虛擬的聲音有時以歌曲形式表達，因為「愛是沉默的」，諾瓦里斯（Novalis，原名Georg Philipp Friedrich Freiherr von Hardenberg, 1772-1801）說：只有詩才能讓它開口。愛的表白，是一種饋贈，一種獻詞，我的身體透過歌曲獻給你，而你又用歌打破沉默，但歌曲是獻詞、或致辭、或陳述中的矯扭造作的添加部分，獻歌一如孩子遞給母親一個線頭，一塊石子，毫無用處，羅蘭巴特如是說[48]。向陽〈燈前〉一詩，想像哼著愛侶對方喜歡的歌：

> 我看一遍唸一段，妳的信中／那首唱過的歌，唸一遍看一段／想像妳在溫柔的燈前念著我……或者／唱那首歌，邀微寒的風伴和／若妳向南方，那風便是我／便是如今我在崗哨裏偷偷唸／偷偷唸著曾經我們都喜愛的歌／但妳知道嗎？（向陽，《心事‧燈前》　67-68）

利蘭‧萊肯（Leland Ryken）《聖經文學導論》（*A Literary Introduction to the Bible*）說：呼語（Apostrophe）是「用以稱呼實際上不在場的人或擬似的物」，以下是該書舉的例：「神的城

---

[47] 德曼　198。
[48] 羅蘭巴特　109。

啊，有榮耀的事乃指著你說的」（〈詩篇〉 87：3[49]）；「我
的心哪，……你要稱頌他的聖名」（〈詩篇〉 103：1[50]）[51]。
海德格（Martin Heidegger, 1889-1976）《時間與存在》（*Being
and Time*）[52]說「呼喚」有叫人放心的保證或諾言成分[53]。

（二）只有垂直上升和下降的想像

愛情詩演變為墓誌銘，不一定要有墓，因為如德曼一樣，已
焚化升華：「說是昇華的焚化，是因為它沒有墳墓，因為它是充
滿陽光的精神，是超越墳墓和墓誌銘的榮光[54]。」先前討論過垂
直的問題，垂直與升華有一定關係。

巴赫金（M. M. Bakhtin, 1895-1975）《拉伯雷研究》
（*Rabelais and His World*,[55]說中世紀的宇宙，仍受亞里士多德

49　《聖經》 722。
50　《聖經》 733。
51　萊肯（Leland Ryken），《聖經文學導論》，黃宗英譯（北京：北京大學
　　出版社，2007）169。
52　海德格爾《時間與存在》（*Being and Time*）是1962年的一份講稿，不是
　　1927年寫的《存在與時間》（*Time and Being Time*），德里達，《多義
　　的記憶》 151（譯注）。
53　德里達，《多義的記憶》 151。
54　德里達，《多義的記憶》 37。
55　巴赫金，《拉伯雷研究》（*Rabclais and His World*），《巴赫金全
　　集》，李兆林、夏忠憲等譯，錢中文主編，卷6（石家莊：河北教育
　　出版社，1998）466-67。並參黎活仁，〈詩歌與上升下降的敘事：周
　　夢蝶的研究〉，《雪中取火且鑄火為雪——周夢蝶新詩論評集》，黎
　　活仁、蕭蕭、羅文玲主編（台北：萬卷樓，2010）217-50。黎活仁，
　　〈虛無權力意志等尼采命題：商禽詩的研究〉，《韓中言語文化研究》
　　24（2010）：421-44，這一篇也是研究上升下降的；黎活仁，〈上升
　　與下降：蕭蕭的想像力研究〉，《簡約書寫與空白美學：蕭蕭新詩論
　　評集），黎活仁、羅文玲編（台北：萬卷樓，2011）37-68。黎活仁：
　　〈上升與下降：白靈與狂歡化詩學〉，《台灣詩學》17（2011）：71-
　　97。夏忠憲，《巴赫金狂歡化詩學研究》（北京：北京師範大學出版
　　社，2000）；北岡誠司（KITAOKA Seiji, 1935-），《巴赫金：對話與
　　狂歡》，魏炫譯（石家莊：河北教育出版社，2002）；凌建侯，《巴赫
　　金哲學思想與文本分析法》（北京：北京大學出版社，2007）；梅蘭
　　（1973-），《巴赫金哲學美學和文學思想研究》（武昌：華中科技大

（Aristotélēs, 前384-前322）的上、下和垂直的觀念影響，只懂得沿垂直線向上向下的想像；中世紀思想和文學創作中一切運動的形象和運動的隱喻都帶一貫垂直性質，以高低定優劣，時間因為是水平方向的，故評價不高，中世紀的遊記也喪失往遠方前進的方向；物體的命運「被想像成原地踏步」，好像是在「沒有出口的圓圈」團團打轉。因為只有上下，時間變得不需要，但丁（Dante Alighieri, 1265-1321）只懂得「向上」和「向下」，而不懂得向前。《心事》所見，最特別是的是「當明年春來陽光再度燃起／我們的柔情也要自莽林中／昇起。」（〈說是去看雪〉14）一句，依德曼和德理達的有關華滋華斯之論的續繹，當墓碑的眼睛太陽重臨大地之時，墓中的幽靈自林中昇起：

　　　　妳的手握千帆中綻笑的太陽／向每一個寒寒雨夜靄靄昇起（向陽，《心事・絕句》　25）

　　　　最美好的聲音昇騰自妳睫的靜謐（向陽，《心事・雁落平沙》　33）

　　　　一切觸及我們的土地／牽繫，提昇，而又穩實／到永遠，一如磐石／我們原是逐級而上的庭階深固（向陽，《心事・庭階》　56）

　　　　燃起一盞燈，自我寂寞的窗櫺昇起／那時雨聲如漣風聲似紋你的髮飛揚成／舟舫的旗（向陽，《心事・或者燃起一盞燈》　9）

　　　　寂寞的窗櫺昇起，該是你的跫音（向陽，《心事・或者燃起--盞燈》　10）

學出版社，2005）；王建剛，《狂歡詩學：巴赫金文學思想研究》（上海：學林出版社，2001）；程正民，《巴赫金的文化詩學》（北京：北京師範大學出版社，2001）等等。

　　　　當明年春來陽光再度燃起／我們的柔情也要自莽林中
　　　　／昇起。（向陽，《心事・說是去看雪》　14）

　　也有下降的寫法，《心事》「我携白日去，／你帶黑夜來，
／在交會的霎那，／合力寫下：／愛（向陽，《心事・愛・代
序》　5）」幾句，實在是下降的想像，紅日西沉，自山谷或海
平線落下去，在文學想像而言，是進入地獄。巴什拉《空間詩
學》（*The Poetics of Space*）認為貝殼相當於墓或棺材[56]，《心
事》有一首詩，依《空間詩學》推論，是期待死當同穴的激情，
羅蘭巴特《戀人絮語》稱之為「封閉性的死」[57]：

　　　　而要妳從風裏，聆聽出／一枚貝殼，甚至貝殼／在海中翻
　　　　滾的波瀾壯闊／……請不要隨便／離開我，不要離開我們
　　　　的貝殼（向陽，《心事・雨箋》　76）

四、美是一種死亡因素：女人、山谷、水的故事

　　巴什拉《水的夢》說：美是一種死亡因素：女人、山谷、水
的故事[58]，《心事》有這樣的一句：「終有一天我們將再度／與
泥土結合，乾坤輪轉／那時水的妳與火的我／會是互相擁抱的同
源嗎」（向陽，《心事・愛貞》　79）羅蘭巴特說向戀人重燃愛

---

[56] 巴舍拉（巴什拉），《空間詩學》（*The Poetics of Space*），龔卓軍、王
　　靜慧譯，6版（台北：張老師文化，2004）201。孫筱菁，〈重組微物：
　　阿蘭達蒂・洛伊《微物之神》中的地方和生活空〉，碩士論文，〔台〕
　　中山大學，2008；邱俊達，〈朝向詩意空間：論巴舍拉《空間詩學》中
　　的現象學〉，碩士論文，〔台〕中山大學，2008。
[57] 羅蘭巴特　31-32。
[58] 巴什拉　70。

火[59]，但會因此「失魂落魄，感到沉醉」，或互想愛慕，認為可以同時死去[60]，田園式的輓歌詩，總是讓大自然一起來哀悼死去的人，下雨與悲傷聯繫在一起，於是發展出以哀悼死去的人的方法，來讚美尚在人世的女人的巧喻[61]，《心事・請聽夜在流動》寫愛人一走，星隕如雨，百花凋零、正是田園式輓歌體的筆法：

> 不忍遽去，請聽夜在流動／眾星競殞間唯一的休止，萬籟皆瘖／你彷彿聽過：那樣愛情／尚未灌製便已流為千古絕唱／向第二個清晨，殘花紛紛失明（向陽，《心事・請聽夜在流動》　22）

（一）淚與雨：天地同悲的田園式輓歌體

戀人一走，天地同悲，用輓歌體的寫法，可以直寫痛哭流涕，或不停地下雨，《心事》18首之中，8首有雨，以〈雨箋〉最為典型，見有雨、淚、泣的意象，葉也因此離開樹枝，「絕決地墜落」，作為墳墓象徵的貝殼，也見此詩的後段，足見匠心：

> 不要在雨中，在雨中／請不要隨便離開我，不要／在雨中像紛飛飄零的葉／擅自離開枯枒，絕決地墜落／請讓我保有妳一些溫熱／一些哀傷也是好的，讓我／猶如草原，在雨中承受／妳的淚珠和泣唾，但是／不要離開我，不要在雨中／讓我感覺兀立風寒的那種消瘦（向陽，《心事・雨箋》　75）

---

[59]　羅蘭巴特　145。
[60]　羅蘭巴特　31-32。
[61]　魯思文　883-84。

（二）奧菲利亞情結、長髮、波浪與蘆葦

奧菲利亞（Ophelia）情結是以以《哈姆雷特》（*Hamlet*）
第3幕第1場的美女溺死命名[62]，穿上華麗厚重宮裝的奧菲利亞情
結，想把花冠掛在樹枝，卻不慎掉到水中溺死，衣服散開如美
人魚[63]，《心事》寫夢中見到戀人，卻在海難中，幽靈卻若無
其事：

> 我醒來，緊緊抓住妳的手，高聲喊道／海難！妳笑著如月
> 光臨照的潮騷，船／翻了而我尋不到立足的海灘……所以
> ／我說：只好抓住妳抓住妳溫柔的藤蔓／然則我火熱的眼
> 中塗著妳冰寒的髮色（向陽，《心事‧髮觴》　38）

在海難中，幽靈卻異常鎮定，還保持微笑，主人公抓住她的
頭髮，無數的文學作品，寫奧菲利亞的長髮如波浪流淌，〈或者
燃起一盞燈〉說要將奧菲利亞「流成淙淙的水歌」，依邏輯是因
為她長髮波紋有如波浪之意：

> 燃起一盞燈，自我寂寞的窗櫺昇起／那時雨聲如連風聲似
> 紋你的髮飛揚成／舟舫的旗，我便是潺潺的河，自兩舷／
> 壯闊而溫柔地也將你流成淙淙的水歌／悠遊，要不就採你
> 青睞，燃起一盞燈（〈或者燃起一盞燈〉　9）

---

[62] 巴什拉，《水的夢》　90。
[63] 巴什拉，《水的夢》　90。

　　《水的夢》說「人類語言有液體性」[64]，月光也依這法規，
與長髮的波浪連成無數的線：

　　　　說是要帶妳，去看柔柔的初雪／竟把小屋潺潺的燈火也滅
　　　　了／任月光，湲湲地流入妳髮上（向陽，《心事·說是去
　　　　看雪》　12-14）

　　據《水的夢》的提示，無數文學作品以水草和蘆葦象徵奧菲
利亞的長髮，〈髮殤〉就有這些元素：

　　　　起風之後灘上那叢蘆葦慢慢搖起／一種白色的悲哀而
　　　　夜緩緩地落下／水紋裏靜靜流過妳酒渦中的曖昧／再過去
　　　　是潺潺的江波如妳的髮色……／在閽閽中妳默默地迎納
　　　　孤雁起落／潮似地有種悲哀響自蘆葦的肯首（向陽，《心
　　　　事·雁落平沙》　33-34）
　　　　妳髮茨間飄過水草的繽紛／似乎有婉拒的愛情，浣洗
　　　　妳烏鬱的眸／當我們老去，如兩株古木之槎枒相依／在霧
　　　　落之前我駭怕，看不清你的枝葉／／那時我猶然在夢中
　　　　吧！珊瑚與露珠的／文學比較裏。我吻著妳的額並且感覺
　　　　／淒涼，彷彿月光，正偷偷渡過窗間游／在妳髮上，我聽
　　　　到屋外蘆葦的飲泣而／河聲迅即掩沒了妳。一地冰酷的晚
　　　　霜（向陽，《心事·髮殤》　38）

---

[64] 巴什拉，《水的夢》　17。

五、結論

　　德里達說電影、電視、電話之類的現代技術對圖像和聲音的再生產，大大增加了幽靈的因素[65]。以戀愛為題材的《心事》，充滿激情，內容也十分健康，文筆華麗，不同流俗，但愛情詩難免以田園式輓歌體寫作，活生生的美人，以哀悼死者的修辭去形容，讀來不勝感傷。因為美人在想念中本已不在場，由回憶到記憶，再由記憶取代回憶，如莫里斯‧布朗肖（Maurice Blanchot, 1907-2003）《文學空間》（*The Space of Literature*）所說，情節沒發生過，「無現時的東西」根本不曾存在過，卻又在文學文本中重新開始[66]。結合德曼、德里達和托多羅夫的分析，美人也就變成幽靈。

---

[65] 安德魯（Andrew Bennett, 1960-），尼古拉（Nicholas Royle），〈幽靈〉（"Ghost"）《關鍵字：文學、批評與理論導論》（*An Introduction to Literature, Criticism and Theory*），汪正龍，李永新譯（桂林：廣西師範大學出版社，2007）133。

[66] 莫里斯‧布朗肖（Maurice Blanchot, 1907-2003）《文學空間》（*The Space of Literature*），顧嘉琛譯（北京：商務印書館，2003）12。

詩的影音建構

──以向陽的散文詩和台語詩為例

白靈

作者簡介

　　白靈，本名莊祖煌（Tsu-Hwang CHUANG），原籍福建惠安，生於台北萬華。現任台北科技大學副教授、台灣「年度詩選」編委。擔任過《台灣詩學》季刊主編。作品曾獲中山文藝獎、國家文藝獎等十餘種獎項。出版有詩集《五行詩及其手稿》等十種，詩論集五種、童詩集兩種，散文集三種。編有《中華現代文學大系》詩卷等十餘種詩選。建置有「白靈文學船」（http://www.cc.ntut.edu.tw/~thchuang/index2.htm）等九種網頁。

論文題要

　　此文以向陽的散文詩和台語詩為例，從腦神經認知科學、做／看／想成長路徑、和雙碼理論的角度，討論圖象時代中「詩的影音建構」的緣由、變化、和可能趨勢，以及其在向陽詩中所呈現的意涵。他年少「被建構」的「影音」之豐富性和他企圖重建此「影音」的走向使其能在詩壇獨樹旗幟，但「棄左返右」的渴望與深陷都城形成矛盾，這也構成了向陽一生的「難題」，那

「難題」的鑰匙是向陽的也是所有詩人建構其「影音庫」之所在。

關鍵詞：向陽、影音、散文詩、台語詩

一、引言

　　由詞語符號向視覺符號的轉向，是現代向後現代變遷轉進時最重要的社會文化特徵。此時以文字作為符碼的論述或閱讀受到壓抑、減少、忽略、甚至不受重視，而以影音圖像作為符碼的閱聽形式受到大量鼓舞、強化、流行、乃至泛濫[1]。於是電子媒介以彌天蓋地的強勢逼進所有閱聽大眾的日常生活，電子時代的「我演你看」的影音大潮早已非「我比你看」（信號時代）、「我說你聽」（語言時代）、「我寫你看」（文字時代）、「我印你看」（印刷時代）等往昔時間流中人與人交流之任何形式，可以與之比擬。此影音大潮是由小小的物質當中釋放出來的巨大精靈，不論是網際網路、平板電腦、智慧型手機、3D化、雲端化等高科技電子產物、行動裝置，讓人離平面印刷的「書籍」越來越遠。「詩」在這樣的影音大潮中不能不重新思索自己的位置。

　　在上述電子行動裝置還沒發達以前，大眾傳播理論中就曾預期「媒介的參與感」與「影響效果」成正比，今日已越來越落實為人們現實生活的重要部份。上述理論強調人對媒介「參與感」越大的往往有越大的效果，若依往昔二十世紀八〇、九〇年代電腦與手機尚未流通前、人對媒介的介入或參與程度來比較，其順序是：（1）私人談話，（2）團體討論，（3）非正式集會，（4）電話，（5）正式集會，（6）電影，（7）電視，（8）

---

[1]　W. J. T. 蜜雪兒（W. J. T. Mitchell, 1942- ），〈圖像轉向〉（"The Pictorial Turn"），《圖像理論》（*Picture Theory: Essays on Verbal and Visual Representation*），陳永國、胡文征譯（北京：北京大學出版社，2007）1-25。

收音機，（9）電報，（10）個人通信，（11）公文，（12）報紙，（13）公佈，（14）雜誌，（15）書籍[2]。其中1、2、3及5、10屬人物上的作為，與物質媒介關係似乎不大，若在過去，的確屬實，今日卻由於電腦、網路、email／msn、視訊、智慧型手機等媒介的強力介入，反而使這些「人物上的作為」更為便捷和必需。而其中（6）電影屬藝術形式一種，也是人物作為，若寫成「電影院」或「影片」則為物質上的支援，過去只有專業人士有能力為之，近年卻由於數位相機、個人DV的發明、剪輯軟體的便利、以及YouTube影片網站的超大量快速流通，使「影片上網」、「微電影」、以至與詩有關的「影像詩」的製作上網都成了潮流。此處可注意（9）電報恐已消失匿跡、（11）公文及（13）公佈大部份改用網路email傳遞，甚至可用電子LED看板的方式，而排名落後的（12）報紙、（14）雜誌、（15）書籍等的印刷媒介若不跟上時代潮流陸續想方設法地電子化或上網，最後都將離群眾越來越遠。恐怖的是，人對媒介的介入或參與，不論多寡，最後都逃不了「電子」那麼細小到看不見的無遠弗屆的魔手，「詩」最後何能例外？詩的影音建構於是不能不成為詩未來重新思索其表現內容和形式的主題之一。

　　筆者與杜十三（黃人和，1950-2010）在1985年6月在台北新象藝術中心小劇場舉辦第一場「詩的聲光」實驗演出[3]，其中最

---

[2] 另參閱李茂政，《大眾傳播理論》（台北：三民書局，1990）。

[3] 「詩的聲光」屬「1985中國現代詩季」（6月22日至7月4日）的一部份，於1985年6月29日舉行，參見DM及節目單。當時參展詩人集合各大詩社61位詩人，內容包括「詩的原貌」（手稿、定稿、生活照、小傳展）、「詩的生活」（詩人在燈籠、手帕、扇子……等器物上的題詩）、「詩的集冊」（詩集、手札、著作）、「詩的聲音」（即「詩的聲光」）、「詩的座談」（詩人、畫家、傳播界座談「現代詩與大眾傳播」）。其中「詩的聲音」主要由白靈策劃，其餘主要由杜十三策劃。也因此才會有之前數月的1985年2月《草根》復刊時形式會突然從裝訂成冊的詩刊轉變為對開「海報」、詩畫正反面並列的形式，和之後半年的1985年12月

叫座的兩首詩都是以台語（閩南語）表演的，一首是向陽的〈做布袋戲的姊夫〉（原文為以台語書寫），一首是杜十三的〈煤〉（原文為中文書寫），兩首表現的都是社會中下階層的小人物，透過演出者趙天福（原名趙添福）等人生動的肢體展演和道地的方言演誦，獲得滿堂彩。

其實早於這事件九年前的1976年，在向陽以母語寫詩時，即已隱約預示了「詩的影音建構」的未來遠景。向陽在一場演講中談到他寫作台語詩的「秘辛」時，曾指出八〇年代台灣那種環境下根本不可能出現台語詩的平面閱讀，一般報刊雜誌不敢刊登：

> （原音）所以我乾脆直接用讀用唸的，我記得第一次的朗誦是在台北醫學院，那時候我大四。……找年輕詩人一起來朗誦自己的作品，我就在那邊朗誦了這四首我剛寫的台語詩。那天的台下有兩位其實很重要的詩人，一個叫陳秀喜（1921-91），一個是後來寫兒童詩的林煥彰（1939-），他們那時候都不認識我，我當然還是一個小毛頭而已，就是一個校園詩人而已。那我就朗誦了這四首詩，朗誦完了之後，林煥彰來到我面前跟我握手，眼中掉著眼淚，陳秀喜也是。所以我就可以感覺到說，原來我用我自己的母語、用實際的生活當中語言寫的詩，具有這樣的力量。對方都是寫詩很久的詩人，他們也不是不懂詩。所以我在那裏得到了一個信心，雖然我用台語寫詩沒有地方發表，可是它能感動人，不必透過閱讀，透過聽覺、或者聲音……[4]

於耕莘文教院由草根詩社具名主辦的較正式成熟的演出，以及至1998年止十餘次的「詩的聲光」展演。

[4] 王宗仁攝，〈向陽談寫作台語詩的秘辛〉，參見YouTube網站：http://www.youtube.com/watch?v=f5BYBzdlqBI&feature=related。

　　古今中外感人的不少，但讀完一首詩會讓人「眼中掉著眼淚」的詩恐怕不易見，「影音化」後的詩卻有此力道，這事值得探究。向陽1976年開始寫「台語詩」的時空環境是「說台語（閩南）母語」的人比「說國語（普通話）」的人多，公開場合卻是被壓抑的、隱聲的，因此「文字化的台語詩」極少人寫，沒有報紙副刊敢刊登，很像「隱的台灣」；只好拿到少數人面前朗誦，卻獲得大大出乎意表的回響，此「影音化的台語詩」倒像是一閃即逝的「顯的台灣」了，但要到許多年來才真正獲得彰顯。本文即擬就他的散文詩和台語詩為例，以腦神經認知科學和雙碼理論，討論圖象時代中「詩的影音建構」的緣由、變化、和可能趨勢，以及其在向陽詩中所呈現的意涵。

二、影音建構的基砥：左腦向右腦轉向

　　現代的腦神經科學研究已承認人類的左腦與右腦在認知事物時確有不同或「不對稱」，大致可以看出占優勢的左腦是理性的、分析的、個人的、注重過去和未來的，與語言／文字相關聯的知識和學問均與之密切連結（所有自然科學和人文社會學科）；而占劣勢的右腦則是感性的（直覺的）、綜合的、集體的、注重當下的，與圖象視聽影音相關聯的藝術學門均與之密切連結（包括音樂、舞蹈、繪畫、建築等所有藝術學科）。詩剛好是左右腦二者合作的產物，文學未來的影音建構詩自然不能缺席。

（一）左右腦和質能關係

　　在哈佛大學醫學院從事研究的腦神經學專家吉兒‧泰勒（Jill Bolte Taylor, 1959-）則是第一個能將親身經歷一場嚴重傷

及左腦功能的「中風」經驗予以詳述的專家，她由於在1996年37歲時一根血管在她的左腦破裂，在接下來的四個小時，看著自己的腦功能徹底退化──無法行走、說話、閱讀、寫字，或是記得自己的人生。她在《奇蹟》一書即透過左右大腦的結構與功能，生動地描繪自己內在左右腦的細微變化、自述從中風、手術到復原細膩的生理與心理感受，此書使她獲選美國《時代》雜誌的2008年百大影響人物[5]。在她左腦逐漸「關掉」，右腦功能突顯的時刻，幾乎變成了一個嬰兒，躲在女人的軀殼裏，然後有了驚人的發現：

> 我意識到自己不再能清楚的分辨出自己身體的疆界，分辨不出我從哪裏開始的，到哪裏結束。……我感覺自己是由液體組成的……已經與周遭的空間和流體混合在一起了[6]。

在TED的18分鐘演講〈你腦內的兩個世界〉中她則說是：

> 因為組成我手臂的原子和分子和牆壁融合成一體了。我感覺到的只有能量。我心想：「我到底怎麼了？發生什麼事了？」在那一刻，我左腦的聲音突然消失了，彷彿有人拿了遙控器按下靜音──徹底的安靜。一開始我被大腦安靜的程度嚇到了，不過我的注意力很快又集中在周圍那片能量海。因為我感受不到我身體的界線，我覺得我好巨大，

---

[5]　林欣誼，〈吉兒·泰勒的大腦「奇蹟」〉，《中國時報·開卷周報》2009年3月15日，B1。

[6]　吉兒·泰勒（Jill Bolte Taylor），《奇蹟》（*My Stroke of Insight—A Brain Scientist's Personal Journey*），楊玉齡譯（台北：天下文化，2009）33。

好像在膨脹。我覺得我和周遭所有的能量融合成一體，那個境界很美。……我無法感受到我的身體，所以我覺得巨大、膨脹，像神燈精靈那樣。我的靈魂像鯨魚般在極樂的大海中遨遊，一切都很和諧。我那時還想著，我大概沒有辦法再把這個巨大的自己壓縮回小小的身體裏面[7]。

吉兒・泰勒強調的「徹底的安靜」，是因「感覺到的只有能量」，是因進入「周圍那片能量海」中，而感受不到「身體的界線」，因此覺得「好巨大，好像在膨脹」，覺得「和周遭所有的能量融合成一體」，「覺得巨大、膨脹，像神燈精靈那樣」、「靈魂像鯨魚般在極樂的大海中遨遊，一切都很和諧」。這是一個腦解剖學家昏迷前四小時對自己左腦「關機」與右腦「開機」的爭執變化中對右腦生動的描述。她說那種「溶入了宇宙」[8]、「知覺也完全自由移動」[9]的感受，近乎是佛家所說的「涅槃境界」：

沒有左腦來分析判斷，我完全讓這種寧靜、安全、神聖、幸福以及全知的感覺給迷住了[10]。

「涅槃」（nirvana）是宗教用語，來自古印度。依據維基百科的解釋，於巴利文中，意為「被吹滅」或「被熄滅」。於梵文中則有出離、解脫、無臭、無煩惱等意。從字根來說，都帶有遠離煩惱狀態的意義在。在各古印度宗教一般指一種從痛苦中解脫

---

[7] 吉兒・泰勒，〈你腦內的兩個世界〉，參見http://www.youtube.com/watch?v=-inPDyTx-o8。
[8] 泰勒，《奇蹟》　43。
[9] 泰勒，《奇蹟》　44。
[10] 泰勒，《奇蹟》　44。

出來的狀態，在印度教哲學裏，意指通過肉體的解脫而與高級生命的結合，達到梵我合一的境界。吉兒‧泰勒的敘述讓我們深刻感受到理性左腦在日常生活中對感性右腦功能長期的壓制，而由其中逃脫，有如愛因斯坦質能方程式，左腦由「色／有／實」的「質」向右腦「空／無／虛」的「能」釋放之意，此時或可表為如圖一：

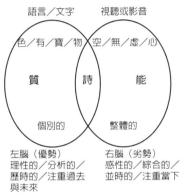

圖一　左右腦與質能的關係

　　當代的量子物理學家和科學思想家大衛‧玻姆（David Joseph Bohm, 1917-92）[11]認為，即使我們稱為「虛空」的東西也包含著巨大的能量背景，我們所知道的物質只是這種背景上面的一種小小的、「量子化的」波狀的激發，它就像汪洋大海上面的一道小波紋。我們所觀測到的整個物質宇宙應被看成是一個被激發出來的較小的式樣：它只是相對自主的、近似地週期性發生、相對穩定的投射物。也因此，可以說，擁有如此多能量的空間是

---

[11] 他是歐本海默的弟子，愛因斯坦的同事，二十世紀主要的哲人之一。其代表作有：《量子力學》、《現代物理學的因果法則與或然率》、《相對論的特殊理論》、《秩序與創造力》、《整體性與隱纏序：卷展中的宇宙與意識》。

「充實的」而不是「虛空的」，這也是近年暗能量、暗能量（可能高達95%以上）被逐漸證實的理由。「能量海洋……處於隱秩序中。它不是定域化的。當你在虛空的能量上面（這種能量是巨大的）激發出一點點能量，在頂部形成細浪，那麼你就得到了物質。[12]」

　　如此說來，這個看似穩定，可以觸摸，可以看得見，聽得到的世界，倒很像是個幻象。這個世界並不真的在「那裏」——它是個被投射物，玻姆稱此呈現表面的物質和活動之幻象的現象為「全息運動」（holomovement；或譯「全方位運動」、「完全變易」），它是恒動的，有如萬花筒一般。此種「唯能論」也是著名的物理學家「不確定原理」的提出者海森伯格（W. Heisenberg, 1901-76）所主張，能量不僅是使萬物保持運動的力，而且像赫拉克利特哲學中的火一樣，是構成世界的基本材料。而海森伯格、玻姆所認知的「唯能論」在吉兒‧泰勒的實際經驗裏至少得到一個實証：

　　　　這感覺比起以肉身存在這個世界上所可能經歷的最大快樂，還要美好得多，沒有肉體疆界，真是最輝煌的祝福之一[13]。

　　　　我的左腦被訓練成把自己看成一個固體，和其他實體是分離的狀態。但是現在，自從逃出那個有限的迴路，我的右腦快樂的搭上了永恆之流。我不再疏離與孤單。我的靈魂和宇宙一樣寬廣，在無垠的大海裏快活嬉戲。

<hr>

[12] 大衛‧玻姆，《整體性與隱纏序：卷展中的宇宙與意識》（上海：上海教育出版社，2004）124。
[13] 泰勒，《奇蹟》 71。

對很多人來說，如果我們把自己想成靈魂有如宇宙般寬廣的流體，與所有能量流相連，通常會讓我們感覺不安。但是在缺乏左腦的判斷來告訴我說我是固體，我的自我認知便回到這個天然的流體狀態[14]。

由以上敘述可以看出，右腦顯然比左腦具有更大的能量、更強的聯結力、和更大的「快樂指數」。在左右腦正常運作的狀況下，尋常人之所以會迷於影音聲色因此是可以理解的，但又不可能全然地「右腦化」，隨時都有左腦「理性的提醒」。而詩既然是左腦語言思維與右腦形象思維合作的產物，如何「推」讀者「進入右腦」，增進其「快樂指數」，又「拉」住閱聽者使「回到左腦」的日常生活秩序深化其思維和看待事物的角度，因此詩的影音化聲光化（歌曲、超文本、影像詩）在視覺文化的轉向下扮演著「既推又拉」、既「詞語」又「影音」的角色，也就勢所必然了。

以是，由全然詞語文字所建構的詩不能不由過去平面印刷體「偏向左腦」的表現形式，逐漸朝電子化、超文本化、影音化「偏向右腦」的方向思索。

（二）向陽的銀杏之隱與顯

向陽是早熟的詩人，13歲即寫下生平第一首詩，他也是台灣詩壇少見的形式的堅持者，甫出道即以十行詩的形式、和母語——台語（閩南語）——入詩的創作形式，為自己樹立了兩支獨特的旗幟[15]，在那前行代詩人巨影幢幢的詩壇就像要在高樓環繞

---

[14] 泰勒，《奇蹟》 74。
[15] 黃玠源，〈向陽現代詩研究：1973-2005〉，碩士論文，〔台〕中山大學，2008）；李素貞，〈向陽及其現代詩研究：1974-2003〉，碩士論

的廣場植下兩株古意蒼蒼卻又清純自然的銀杏樹，既突兀又突顯。1977年當他出版第一本詩集《銀杏的仰望》時，在序文及同名詩中即將「銀杏」（上億年的活化石植物）成林於其故鄉溪頭的特異性，標舉出來，既表明自己所由、所堅持有其根源，「斷非潮流『指引』下的產物」（《銀杏的仰望》 8[16]），且對命運的安排（生長地、環境、運途的不滿）、「一切淒風苦雨的嘲諷與打擊」，只擬「用微笑抗議，且以金黃的枝葉追求再生」（向陽，《銀杏的仰望》 2-3），藉著敘述銀杏的古老歷史、孤高挺拔、雍容清純、強韌的生長力道，來暗喻自身面對命運乖舛時的頑強態度，並將時空變化下面對一切橫逆時的自處姿態予以象徵化：

> 而在風雨中，在週圍各類樹種的騷動和不安裏，她獨擁有一份寧靜。這寧靜，不是死寂。這寧靜，如狂瀾中的小船，船隨波浪浮沉，但掌舵者自有定力；這寧靜，如激湍裏的錦鯉，水勢澎湃，而鰭翼自能韌勇；這寧靜，最好屬於她自己，雨中的銀杏，雨勢滂沱，枝葉搖幌，而她不憂不懼，反能順著雨力來更新，苗長。在無奈中接受，在接受裏緩衝，也在緩衝下成長，而由於成長的喜悅，她從始至終的微笑，委婉地向一切橫逆表達了最深沉的嘲諷。可愛的雨中的銀杏！（向陽，《銀杏的仰望》 4）

文，台南大學，2006；孟佑寧，〈向陽新詩創作歷程研究〉，碩士論文，台北教育大學，2007；江秀郁，〈向陽新詩研究〉，碩士論文，彰化師範大學，2006；陳靜宜，〈七十年代台語詩現象三家比較探討〉，碩士論文，東海大學，2007）；林貞吟，〈現代詩的街頭運動：《陽光小集》研究〉，碩士論文，玄奘人文社會學院，2003；呂焜霖，《戰後台語歌詩的成因與發展——兼論向陽與路寒袖的創作》，碩士論文，〔台〕清華大學，2008）等。

[16] 向陽，《銀杏的仰望》（台北：故鄉文化出版事業經紀公司，1979）。

　　序文中以銀杏寓意了一株既古老又新生的植物「活過歷止」、「超越歷史」的生存之道，「不憂不懼，反能順著雨力來更新，茁長」，說的正是銀杏如何「穿越時空」從古老億萬年前來到當下的方式。「在風雨中，在週圍各類樹種的騷動和不安裏，她獨擁有一份寧靜」，沒錯，寧靜，就是「寧靜之姿」，使得銀杏的「影」與「音」億載以來始終擁有一付「從容之姿」，其實即自古迄今理想的「詩人之姿」，善意而堅忍地「努力向無盡的天空掙長」（向陽，《銀杏的仰望》　6），其表情則是「微笑」，因為「微笑，是對付變幻與暴戾最有力的抗議」（《銀杏的仰望》　5）。

　　此株具「寧靜之姿」、「從容之姿」、「詩人之姿」的銀杏樹，今日看來，很像上小節吉兒・泰勒所說的「逃出那個有限的迴路」之日常秩序所規範的「左腦狀態」，在風雨中在騷動不安裏自然泰若地進入「右腦狀態」般「搭上了永恆之流」。銀杏這個「寧靜的象徵」事實上成了向陽詩作中的重要支柱，當他要求「靜」時，銀杏總站在那兒，先他站在那兒。

　　此序文中並未說明「風雨」、「狂瀾」、「激湍」、「變幻與暴戾」的實際內容，但在七〇年代那種蕭穆劃一的戒嚴時空中，在那正自「兩個遠方」回歸「兩個鄉土」的年代，個己的聲音仍消融在群體中，而向陽其實已預期如銀杏般「靜的必要」，和面對時空「變幻與暴戾」的「亂的必然」。他之後由「顯的中國」走向「隱的中國」、由「隱的台灣」走向「顯的台灣」，固然與台灣主體意識的抬頭和政治民主運動的歷程有關，但銀杏的「寧靜之姿」的象徵始終是存在的、不變的，且與他後來詩的走向有著密切的牽連。他從〈離騷〉汲取養份而致力於「十行體」（形式的恭整）和「方言詩」（《楚辭》也以方言入詩），〈離騷〉其實就是他的一株巨大挺拔的「隱的銀杏」，默默指引著他

的創作方向，而「十行體」和「方言詩」則可視為他自植自長的
兩株「顯的銀杏」。青壯年後他致力於與台灣主體意識建構有關
的報業工作、詩創作量不免大受影響，也都與中國與台灣的一隱
一顯變化有關。而其後他在詩中反覆於「靜」與「亂」兩者間不
斷猶疑掙扎，自然都與銀杏的生存史和其所在的鄉土有著千絲萬
縷的瓜葛：

> 而當你折翼倒地，陽光自你身上昇起／你遂冷然頓悟：你
> 是一把奔放的扇／那泥土和鄉村呵！是閣你的，軸（向
> 陽，《銀杏的仰望・銀杏的仰望》　11）

　　這幾句詩指出，不論銀杏倒不倒地折不折翼，它所在的泥土
和鄉村、那整個童年到少年的一大片「圖象」（包含銀杏林在
內）不存放在他的語詞的左腦，而存在視聽的右腦，成了「永恆
之流」的一部份，可以隨時把這把「奔放的扇」「閣軸」，與
「寧靜」的根源全然冥合，可以「在金黃的銀杏葉上，刻鑿我喜
愛的小詩，看它隨風飄揚」（向陽，《世界靜寂下來的時候・兒
時》　32）[17]、可以「在／森林外邊，一望無垠的野地上，看到
枯枝殘枒，只靠滿地落葉來保暖的一株，銀杏。這是今天下午妳
走後，我的感覺」（向陽，《世界靜寂下來的時候・野霧裏的銀
杏》　66-67），銀杏成了他的搭乘物和保暖物，而且必然存放
或栽植在右腦裏。第一節中提到他朗誦方言詩的力量：

> 能感動人，不必透過閱讀，透過聽覺、或者聲音……

---

[17]　向陽，《世界靜寂下來的時候》（台北：漢藝色研文化出版事業有限公
　　　司，1989）。

　　他說的方言詩彷彿每一首朗誦起來就是一株亮在那兒的銀杏！而似乎只有透過「影音化」，才能在每一位閱聽者面前當場在他們的右腦植入一株銀杏，因此常常印在紙上文字的方言詩是「躺」在紙上的「隱的銀杏」，當它以富有表情的聲音或肢體展演時，這些詩才彷彿獲得「生氣」、自動成了「站」在每個人的右腦裏「顯的銀杏」了。許多詩若透過跨領域以類似方式予以「影音建構」時，應該有機會獲得「向陽的銀杏效果」吧？

三、影音的多重建構與做／看／想

　　透過影（視覺）與音（聽覺）來接收訊息及學習乃人之本能，印刷發明以前人類早已利用圖像與聲音進行經驗與文化的傳遞。而其經驗獲取的途徑，視覺經驗佔45%，聽覺經驗佔25%，二者結合則佔70%，而美視聽媒體專家R. H. Wodsworth更認為藉由視覺器官的學習約佔70%；經由聽覺器官的學習約佔20%。以是在影音媒體大肆躍進的時代應用視聽影音交流、學習不能不成為主流，詩要在這影音大潮中適應其變化，不能不對影音建構的多層次流程有所理解。

（一）快感、美感、與做／看／想

　　筆者在〈媒介轉換〉一文中對文學欣賞和其他藝術欣賞的不同略作了分析，如欣賞文學書寫時，讀者必須：（1）有慾望或動機；（2）視覺能力先實感語文符號；（3）理解能力（高級的）考察語文符號的含義；（4）使想像能力（低級的）發生作為，在內心建立意象而直觀之；（5）當使慾望達到滿足，即由心理作用產生美感情緒。

　　而如欣賞其他藝術的空間展演時其步驟可能為：（1）有

慾望或動機；（2）視覺或聽覺能力直接實感各種影像或聲音符號，當能引起生理節奏的刺激或和諧時，直接先產生快感；（3）理智能力（高級的）隱伏而不易顯現，或介入較晚，對影像或聲音符號之內或之間較抽象的因果關係生辨認作用（但現代某些強調思想活動和影像活動必須同時發生作用的藝術作品又另當別論）；（4）想像能力（低級的）對內心所生之形象與外界的形象同時發生作為；（5）慾望達到滿足時，即由心理作用產生美感情緒[18]。如上分析可知，欣賞詩的語文符號必須及早就動用理解能力（高級的），而其他影音媒介的藝術則先產生快感，再介入或不必介入理智能力（高級的），而當想像能力（低級的）介入後，慾望達到滿足時，即由心理作用產生美感。

可見得詩本身語文符號的阻隔或想像的門檻較高，其他影音藝術媒介比詩又多了生理節奏的刺激或和諧，既易生快感又可生美感，這也是趙天福演詩、向陽朗誦詩會讓人看了聽了「掉淚」的原因，因為那時觸動的進「右腦的銀杏」而不只是「左腦的銀杏」。

心理學家布魯納（Jerome Seymour Bruner, 1915-）認為在人類智慧生長期間，經歷了三種表徵系統的階段：動作表徵時期、影像表徵時期和符號表徵時期。動作表徵期以「做中學」的經驗為主，包括直接或有目的的經驗、設計的經驗、演劇的經驗及示範；影像表徵期以「看中學」的經驗為主，有參觀、展覽、電視、電影、錄音或廣播或靜畫；最高層次是符號表徵期，以「想中學」的經驗為主，分別為視覺符號和口述符號。若沒有前兩階段「做中學」、「看中學」的具體經驗，則很難能在「想中學」階段對抽象符號所描述的現象賦予意義。因此布魯納的認知發展

---

[18]　白靈，《煙火與噴泉》（台北：三民書局股份有限公司，1994）167-68。

理論強調,當人們研究某種新事物時最重要的是,要達到符號表徵階段「想中學」時,仍需極大量地利用動作性表徵「做中學」、和影像表徵「看中學」的同時運作,效果才易顯現。這也是閱聽者若非做/看/想三者或二者並進,即常無法跟得上詩人某些特殊感受的原因,因此「閱詩」而同時「讀出詩」(朗誦)、乃至「演出詩」來,將易使「想」直接進入一種「做」當中,右腦被啟動的部位將大為增加。而使用多媒體資源,結合文字、聲音、圖片、視訊、動畫、互動、感應等多樣媒體,尤其數位化後之多媒體更以其即時性、互動性及突破時空限制等優點來補足傳統媒體無法達成的功能,常具有「做/看/想」三者並進的效果。

　　由「情理事物」到「詩創作」的過程,具有實際現場經驗的「做/看」到「想」的完整過程(第一次「隱的影音建構」——影音隱入文字),而由「語文符號」到「文字讀者」卻只有「想」的過程(第二次「隱的影音建構」——文字在讀者腦內再現模糊的想像的影音),此時「文字讀者」若非「訓練有術」、或對文字敏感,則常只有望詩興嘆的份。而若「影音作者」(可以是詩人或另一作者)透過具體媒介將詩「影音化」(聲音/肢體/表情/影像/動畫或其他)而呈現於「影音讀者」面前(現場展演或數位螢幕),則再次由「做」到達「看/想」(第三次則為「顯的影音建構」——影音加或不加文字呈現),它們可能比文字更接近情理事物或更遠地偏離詩人所欲傳達的,而其路徑可能很多,因此可能減損也可能豐富了原詩。上述說明可簡示如圖二:

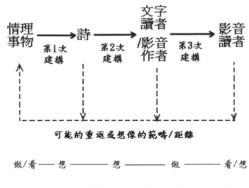

圖二　詩的多重影音建構與做／看／想關係圖

（二）向陽影音建構的散文詩例

　　向陽在他的散文詩〈蟬歌〉中說：「蟬甘於山林生活，不必是他怯於飛翔，大半為的是，只有在山林的綠意盎然中，他才有歌」（向陽，《世界靜寂下來的時候‧蟬歌》　71），這句話幾乎成了他建構詩之影音（不論是第幾次建構方式）的必須場域或背景，一切都「靜」下來時他才有歌，一如前舉的詩例，銀杏即使「看到枯枝殘枒」，也要靠自身的「滿地落葉來保暖」，處身在那樣的場域或背景，他的「想」離「做」和「看」才不會太遠。因為蟬不能用「想」而唱，因為銀杏不能用「想」而自由生長，這是向陽右腦中的「永恆之歌」、「永恆之樹」、「永恆之山」、「永恆之林」、「永恆之土」，詩人在童年少年成長環境中積極的「做」與「看」，從那裏建構出來的「永恆的影音」，才能使他保持一種吉兒‧泰勒所說的「液體」或「流體」形狀，永遠地在右腦中建構一大片「永恆的圖象」，那是他後來在任何時刻「靜」下來時，能快速地「由左返右」，輕易地進入「永恆之流」的狀態。他13歲閱讀的〈離騷〉，在這片「永恆的山林」

中必然也找得到他的氤氳和迷離、節奏和秩序，因此最終將成為他右腦中「永恆的圖象」、「永恆之流」的一部份，他的十行詩、方言詩、和其他詩作都可作如是觀，此後他更長期的都會生活則與此成了強烈而矛盾、衝突的對比。

比如他的散文詩〈孤絕或者起始〉：

> 抬頭，前方的山中，翠綠的林裏，一名穿黃色夾克的男子，舉斧伐木。
>
> 身影很小，但透過迢遙的距離，仍可以感覺到：生命的躍跳。他揮曳的手肢，閃爍的斧光，展示著啄木振翅的圖騰；他黃色的夾克，在一片翠綠的林葉中，呈一種律動，彷彿水鳧，在綠波上點水。
>
> 斧斫便是一切，即使他細弱的手肢，面對奧深的自然，也欣然宣佈出：孤絕，或者起始。（向陽，《世界靜寂下來的時候・孤絕或者起始》　52-53）

「穿黃色夾克的男子」、「閃爍的斧光」、「細弱的手肢，面對奧深的自然」，男子的「做」是人對自然的一種「宣佈」，試圖由「右腦」走入「左腦」，要由「同」走出「異」來，是人「自我」精神的起點，也暗示了作者要「混沌」捏出自身面貌的過程。而由「左腦」返回「右腦」，那是很後面的事。〈古棧道，溪阿線上〉：

> 朝陽從莽莽蒼蒼的林間、細細密密的枝葉裏潑灑下來，塌崩的山谷浮漾著一層水霧。
>
> 古棧道無言地通過坍方、吃力地拂開偃垂著的蘆葦，一株萬年松訝然站在老朽的枕木上……

　　　枕木依序排列，部分落了伍，蕨類和野木耳高興地在
　　垂危的木屑中駐居；一行腳印，猶留驚悸的神色，陷在枕
　　木間的泥沼裏。

　　　某些陳腐，如此虛幻而美麗。（《世界靜寂下來的時
　　候》　50-51）

　　此詩透過「看」深入山林，姿勢像與自然為伍的小精靈，以
擬人化的角度，敘述著自然與文明抗爭的結果，「古棧道」、
「枕木」、「腳印」代表侵入的文明，「朝陽」「山谷」「萬年
松」「蕨類」「木耳」代表自然物，「無言」、「吃力」、「落
了伍」、「垂危」、「驚悸」的是文明，「潑灑」、「訝然」、
「高興」的是自然，作者細膩生動的觀察，預示了「左腦」終究
戰不過「右腦」與萬物宇宙永恆的聯結。

　　另一首〈我即是蝴蝶〉則是走入都會邊緣，臨高俯視時對自
我的釋放或期許：

　　　我在岡上迎著晚風，沐浴昏暉。

　　　夕陽洗滌了我胸中的煩慮，我擁抱著落霞的溫情。

　　　一隻孤獨的海鷗在我心海飛翔，而我把四肢吩咐給強
　　勁的海風，然後羽化，然後化蝶。

　　　蝶蝴即是片羽，片羽揚成海風；海風即是鷗鳥，鷗鳥
　　焚為夕陽；夕陽裏有我，我即是蝴蝶。（向陽，《世界靜
　　寂下來的時候》　45）

　　此詩透過行動的「做」和「看」對過去和未來做一種期許的
「想」，這個「想」卻由「晚風」而「夕陽」而「鷗」而「海
風」而「蝶」而「風」而「鷗」而「夕陽」而「我」而「蝶」，

幾乎想蛻化為眼前一切事物，可能暗示了心裏極度的不安，因此
企圖透過由「左腦」逃入「右腦」的方式逃離眼下「岡上」，則
對起點的自己的位階顯然有所不滿，「已做」非所「欲做」，否
則也不會也需洗滌「胸中的煩慮」。或者說凡有「煩慮」（心理
或生理的），皆得藉助進入「自然大圖象」的「右腦狀態」才得
以釋放緩解。

　　而〈我獨自挾著西風〉一詩則是深入都會生活中，與故鄉景
致一再對比：

> 　　我獨自挾著西風，在繁華的城市躊躇。
> 　　行人的眼色是那麼急促，我的步履是這麼沉重。
> 　　閃爍的霓虹，家鄉夜裏東翩西飛的螢火；匆匆馳過的
> 車聲，狂雨暴風中的松濤竹籟；櫥窗，模特兒，五彩繽紛
> 的衣料，山道，野蘭花，四處翔舞的蝴蝶；……
> 　　都市的面顏這麼美麗，我的鄉情那麼深沉。
> 　　我走入小巷，在闃闇中，發現東方垂淚的星子。
> 　　唉，自從有了路燈以後，我們也遺忘了天上的星月。
> （向陽，《世界靜寂下來的時候》　72）

「霓虹」與「螢火」、「車聲」與「松濤竹籟」、「櫥窗，
模特兒，五彩繽紛的衣料」與「山道，野蘭花，四處翔舞的蝴
蝶」一在城一在鄉，是完全不搭的兩回事，但卻是「影」幢幢
「音」簫簫，「現看」與「已看」形成無法太強烈的對比，才有
我的「躊躇」、「沉重」、「深沉」對比城市的「繁華」、「急
促」、「美麗」，於是「星子」在「垂淚」，「星月」被「遺
忘」，由反省自責「想」中返回右腦「永恆的圖象」去求取救
援。末句「自從有了路燈以後，我們也遺忘了天上的星月」的使

用「我們」，是提醒人類不可或忘自然的「永恆圖象」。此詩顯示了向陽對隨時回首其永恆「故鄉」、「蟬唱」、「銀杏」之「棄左返右」的極度渴望。

四、向陽的難題：靜之必要與亂之必然

對「棄左返右」極度渴望，卻因各種絆牽深陷都城而動不了，這個「難題」別人還不那麼明顯，對向陽而言卻是一生的「大課題」，其故鄉「永恆圖象」之「影音」的豐富性使得他這個「課題」比別人都「大」。一起初他會在詩中講求音樂性、寫方言詩，都與其年少「被建構」的「影音」的豐沛度有關，他不能不將它們「隱入」詩句、以方言「顯出」，重新建構此「影音」的豐富性以回報不可。上節末尾所舉詩例〈我獨自挾著西風〉，題目中的「獨自挾著」不可挾的「西風」，即暗喻自己的獨特擁有過的「做／看／想」的豐富性遠非當下都會生活的「做／看／想」所可比擬，「人為之影音」非「自然之影音」所可相較，但卻不可兼得，遂形成極大的矛盾與衝突。

（一）共感與雙碼理論

波特萊爾（Charles Pierre Baudelaire, 1821-67）曾以「共感」（correspondances）一詞來說明人類連結各種感官知覺、美感經驗的相互交融，其中可能包括了色（視覺）、聲（聽覺）、香（嗅覺）、觸（觸覺）等知覺，彼此成為一種相互應合交感，彷彿感官彼此沒有疆界，「互相混成幽昧而深邃的統一體」、「芳香、色彩、音響全在互相感應」、「具有一種無限物的擴展力量」，一如吉兒‧泰勒形容的右腦作用，而左腦宛如自動放了假一般。德國歌劇兼音樂作家華格納（Wilhelm Richard Wagner,

1813-83）則曾提出「總體藝術」（Total art work）的概念，他認為唯有將音樂、歌曲、舞蹈、詩、視覺藝術，與寫作、編劇及表演相結合，才能夠產生一種全面涵蓋人類感官系統的藝術經驗，亦即唯有打破藝術領域間的界線，才有機會創作出最完整的藝術作品。此總體藝術觀其實即已具有今日「抑左揚右」之「向右腦傾斜」的概念。

　　由於人類工作記憶容量均是很有限的，若待處理的訊息其各內部成份（elements）互動性很強（如詩的名詞與動詞間、或詩句與詩句間），需相互參照才能了解，則將更耗費短期記憶容量，而產生更大的認知負荷，導致學習上更大的困難。如台語詩的詞彙沒有固定寫法，常以音譯方式為之，此時認知負荷即大為增加，此時如行使上述的「共感」或「總體藝術」，即影音媒介或右腦功能的大量介入，常可化解此問題。雙碼理論（dual-coding theory, DCT）的主張即在減輕這樣的認知負荷。

　　雙碼理論是Paivio提出來解釋人類對訊息接收和處理的理論。此理論認為人類的認知系統包含兩個子系統，即語文系統（verbal system）及圖像系統（imagery system）。前者負責與語文有關的訊息，如語言、文字等資訊，處理、編碼、然後儲存在文字記憶區中；後者則責處理非語文類的訊息（主要為視覺影像訊息，但亦包括其他嗅覺、觸覺、情感訊息等），將資訊處理後編碼、儲存在圖像記憶區中。Mayer將之擴展，提出「多媒體衍生學習」理論（Generative theory of multimedia learning），主要有三個鏈結關係：（1）當文字資訊將經由文字編碼過程在「工作記憶體」（working memory，指短期記憶）中被進一步轉換為「文字系統之心象」，稱為「字象鏈結」過程。（2）同理，當感知器接受到視覺（visual）資訊時，這些視覺資訊將經由視訊編碼過程在「工作記憶體」中被進一步轉換為「圖形系

統之心象」，稱為「圖象鏈結」過程。（3）「文字系統心象」
與「圖形系統心象」間相互整合之「參照鏈結」（referential
connection）。學習者的學習成效（比如即時表現或形成長期記
憶）即視（1）「字象鏈結」、（2）「視象鏈結」、以及（3）
「參照鏈結」等三種鏈結建立之品質優劣而定。根據研究發現：
文字資訊與視覺資訊「同時呈現」比「先後呈現」更能有效的幫
助建立（3）「參照鏈結」，提昇學習效果。因此，就雙碼理論
之觀點而言，學習者如能「同時」使用「字象系統」與「圖象系
統」來有效處理資訊，即能促進上述三種鏈結之建立、有效提
昇學習的成效。[19]由此可見「圖文並呈」不只是人性「共感之天
性」和腦結構使然，也是學習時提昇成效所需。

　　也可說「抑右揚左」的時代已經過去，「左右腦合作」是影
音大潮必然結果，而如何避免「過度向右傾斜」，詩扮演了「牽
制右斜」、「抵擋傾右」的關鍵角色。

（二）向陽台語詩的影音建構

　　向陽在台語詩上的成就，論者多矣[20]，蕭蕭（蕭水順，
1947-）在1978年論《銀杏的仰望》時即說他「方言詩的成就要

19　R. E. Mayer & V. K. Sims, "For Whom Is a Picture Worth a Thousand Words? Extensions of a Dual-coding Theory of Multimedia Learning ," *Journal of Educational Psychology* 86.3（1994）：389-401.

20　鄭良偉，〈從選詞、用韻、選字看向陽的台語詩〉，《向陽台語詩選》（台南：真平企業有限公司，2002）150-321；王灝（王萬富，1946-），〈不只是鄉音——試論向陽的方言詩〉，《文訊》19（1985）：196-210；林于弘（1966-），〈台語詩中的反諷世界——以向陽的《土地的歌》為例〉，《台灣詩學季刊》33（2000）：138-52；宋田水，〈土語民風——關於向陽的詩作〉，《台灣詩學季刊》34（2001）：146-52；蕭蕭，〈向陽的詩，蘊蓄台灣的良知〉，《台灣詩學季刊》32（2000）：141-60；林淇瀁，〈從民間來，回民間去——以台語詩集《土地的歌》為例論民間文學語言的再生〉，《台灣詩學季刊》33（2000）：121-37。

高於其他各輯詩作」，理由是「文學的語言貴在獨創，獨創的第一層意義是蘊具時代特性」[21]，2011年陳芳明（1947-）則說「他的台語詩表現得恰到好處，但是成就較高的，還是屬於他中國白話詩的藝術」[22]，顯然見仁見智。但陳氏可能偏重於其台語詩文字「閱覽」的部份，若將其作品視如作曲家樂譜來看，則或可包含其後被人（他人或詩人自己）「影音建構後」的面貌，其可能被詮解和再創造的部份要比其他中文詩更具彈性、可看性、和可聽性，這是「非方言詩」很難達到的，「動人」、「催淚」、「趣味」的力道恐是純粹的「閱覽者」很難想像一二的。也就是吉兒‧泰勒所說的「固體的左腦」很難揣摩「液體的左腦」的「永恆之流」的狀態，「想」很難親炙「做」和「看」，「偏語詞的左腦」很難看到「偏視聽的右腦」的活潑力道。比如他最燴炙人口、被趙天福演紅的〈搬布袋戲的姊夫〉、〈阿爹的便當〉，以及後來創作的〈世界恬靜落來的時〉、雙語詩〈咬舌詩〉等，皆是台語詩的典範，後來者恐不易超越。這些詩的「影音」皆建構自其右腦「永恆的圖象」，因此起初以「現場」（影）「朗誦」（音）取代「印刷文字」（詞語）發表，也就理所當然了。

　　為節省篇幅，即以「詩的聲光」（1985-98）演出多次的〈搬布袋戲的姊夫〉、〈阿爹的便當〉截圖說明，詩則暫略：

舉例一

---

[21]　蕭蕭，〈悲與喜交集的新律詩──論向陽〉，向陽，《銀杏的仰望》　232。
[22]　陳芳明，〈80年代後現代詩的豐收〉，《文訊》312（2011）：25。

趙天福演出向陽台語詩〈阿爹的便當〉圖例一

趙天福演出向陽台語詩〈阿爹的便當〉圖例二（右後有舞者）

趙天福演出向陽台語詩〈阿爹的便當〉圖例三（左後側有舞者）

趙天福演出向陽台語詩〈阿爹的便當〉圖例四

舉例二

趙天福等人演出向陽台語詩〈搬布袋戲的姊夫〉圖例一

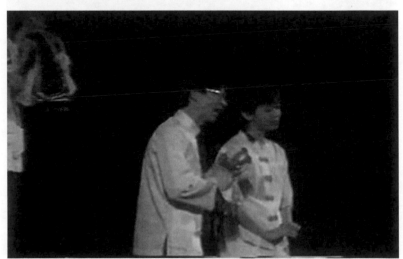

趙天福等人演出向陽台語詩〈搬布袋戲的姊夫〉圖例二

趙天福等人演出向陽台語詩〈搬布袋戲的姊夫〉圖例三

趙天福等人演出向陽台語詩〈搬布袋戲的姊夫〉圖例四

　　而他寫於1998年的〈世界恬靜落來的時〉一詩則是他早年完成36首台語詩後難得的佳構：

　　　　世界恬靜落來的時／就是思念出聲的時／窗仔外的風陣陣
　　　　地嚎／天頂的星閃閃啊爍／世界恬靜落來的時／我置醒過
　　　　來的暗暝想起著／／我置睏未去的暗暝想起著你／想起咱
　　　　牽手行過的小路／火金姑舉燈照過的田墘／竹林、茫霧、
　　　　山埔／猶有輕聲細說的溪水／世界恬靜落來的時[23]（向
　　　　陽，《亂》　116-17。）

　　此詩彷如天籟，這是「非方言詩」很難達到的境地，因為「方言」最接近土地、生活的空間，與我們當下的「做／看／想」極度貼近。

　　而其實在他的1989年出版的散文詩集《世界靜寂下來的時侯》已預告其後這首詩的誕生，此書原來叫做《夜之手札》，收散文詩60則，最早的一則寫於1973年，最晚的一則寫於1979年，而台語詩〈世界恬靜落來的時〉卻寫在1998年。此散文詩集的序言說：

　　　　這本小書，記的是一個年輕男人的幼稚和愚蠢。帶一些
　　　　拙、帶一些化不開的愁緒；也帶一些傲、帶一些脫軌的幻
　　　　想。這本小書，通通寫於世界靜寂下來的時候，如果這個
　　　　世界沒有一刻真正的靜寂──最少是寫於一個年輕男人的
　　　　心靈靜寂下來的時候。（向陽，《世界靜寂下來的時候・
　　　　序言》　2）

---

[23]　向陽，《亂》（台北：印刻出版有限公司，2005）。

「通通寫於世界靜寂下來的時候」，「最少是寫於一個年輕男人的心靈靜寂下來的時候」，「靜寂」或「恬靜」之必要可想而知。而2005年才出版的《亂》是事隔十餘年才另出的詩集，序文中他說：

> 這十六年間我在人生路上步出的凌亂腳跡，留存了三重身
> 分轉換過程中，我和變動的台灣社會亂象對話的聲軌。
> （《亂・序》　13-14）

正如他在〈閃亮的羽光〉中強調「寂寞」和「寧靜」之必要：

> 有時，甚至希望是，夜空中穿過清瘦穿過細密的苦苓林間穿過哀怨的時光的，夜光鳥，當四周混濛八野荒茫當饒舌的聲籟也靜止下來時，翱翔，並且俯仰天地，天地間唯一閃亮的羽光。
>
> 於是，每夜，世界靜寂下來時，守著孤燈，任黎明一步一步，走向心之內裏，讓寂寞的鐘聲亮起羽毛一般的流光，走入血裏淚裏心裏和夜裏。
>
> 這是我最大的愉悅、最少的悲哀。（向陽，《世界靜寂下來的時候》　10-11）

「最大的愉悅、最少的悲哀」在右腦，不在左腦，那也是向陽的「影音庫」所在。因此可將其「靜／亂」與影音建構的關係以圖三表示之：

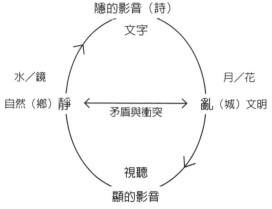

圖三　靜／亂與向陽影音建構的關係

五、結語

　　由理性左腦的「語詞文化」向感性右腦的「視覺（影音）文化」傾斜是時代趨勢，「棄左返右」的渴望在向陽詩中隨處可見，卻因各種絆牽深陷大都城而難以移動，此問題對別人還不那麼明顯，對向陽而言卻是一生的「大課題」，其故鄉「永恆圖象」之「影音」的豐富性使得他這個「課題」比別人都「大」得多。他之所以會在詩中講求節奏、音韻、書寫方言詩，都與其由童幼至年少「被建構」的「影音庫」之豐沛度有關，他不能不重新建構此「影音」的豐饒性以回報不可。以是如何返回進入「最大的愉悅、最少的悲哀」之右腦的「永恆圖象」中，成了向陽的「難題」，那「難題」的鑰匙是向陽的也是所有詩人建構其「影音庫」之所在。

美學分析

《聖經》式的重複

——向陽《十行集》研究

黎活仁

作者簡介

黎活仁（Wood Yan LAI），男，1950年生於香港，廣東番禺人。現為香港大學饒宗頤學術館名譽研究員。

論文題要

本文整合西蒙・巴埃弗拉特（Shimeon Bar-Efrat）《聖經的敘事藝術》（*Narrative Art in the Bible*）和利蘭・萊肯（Leland Ryken）《聖經文學導論》（*A Literary Introduction to the Bible*）兩本書有關《聖經》的詩句和語意重複的模式，對台灣著名詩人向陽的《十行集》作一系統研究。

關鍵詞（中文）：西蒙・巴埃弗拉特（Shimeon Bar-Efrat）、利蘭・萊肯（Leland Ryken）、向陽、重複、台灣現代詩

一、引言

　　本文整合西蒙・巴埃弗拉特（Shimeon Bar-Efrat）《聖經的敘事藝術》（*Narrative Art in the Bible*）[1]和利蘭・萊肯（Leland Ryken）《聖經文學導論》（*A Literary Introduction to the Bible*）有關《聖經》[2]的詩句和語意重複的模式，對向陽（林淇瀁，1955-）[3]的《十行集》[4]作一系統研究。

　　向陽13歲開始寫詩，1976年出版第一本詩集《銀杏的仰望》。曾任《時報周刊》主編、《自立晚報》藝文組主任兼副刊主編、《自立晚報》總編輯兼政治經濟研究室主任、《自立早報》總編輯、《自立早報》總主筆兼海外版《自立周報》總編輯，自立報系服務時間從1982年6月至1994年10月[5]。

　　向陽先後任教於靜宜大學中文系、真理大學台灣文學系，並於政治大學新聞系、輔仁大學新聞系、台灣文化學院大眾傳播

---

[1] 西蒙・巴埃弗拉特（Shimeon Bar-Efrat），《聖經的敘事藝術》（*Narrative Art in the Bible*），李瑾譯（上海：華東師範大學出版社，2006）。

[2] 《聖經》（《新舊約全書》〔和合本（神版）〕），（香港：香港聖經公會，1999）。

[3] 向陽研究學位論文多篇，全都透過圖書館外借、自由下載等各種方式已找來看過；呂焜霖，〈戰後台語歌詩的成因與發展—兼論向陽與路寒袖的創作〉，碩士論文，〔台〕清華大學，2007；黃玠源，〈向陽現代詩研究：1973-2005〉，碩士論文，〔台〕中山大學，2006；江秀郁，〈向陽新詩研究〉，彰化師範大學，2006；李素貞，〈向陽及其現代詩研究：1974-2003〉，碩士論文，台南大學，2005。以下一文，是向陽早期自述寫作的心路歷程，是學位論文以外少數有關作家背景資料的介紹：楊錦郁記錄整理，〈思想是文學作品真正的價值——李瑞騰專訪向陽〉，《文訊》90（1993）：88-92。

[4] 向陽，《十行集》（台北：九歌出版社，1984）。

[5] 周慶祥，〈黨國體制下的台灣本土報業：從文化霸權觀點解析威權體制與吳三連《自立晚報》（1959-1988）關係〉，博士論文，世新大學，2005。

系、東華大學民族語言與傳播學系暨民族發展研究所、中興大學台灣文學研究所，目前任教台北教育大學台灣文化研究所，曾擔任所長。學術研究論文及專書著作數十種。

二、平行結構（Parallelism）

萊肯《聖經文學導論》[6]對平行結構的重複，作了分類整理，平行結構即「用不同的詞語重複表達相同的事物」。平行結構有一個很好的同義詞，即「思想對偶」（thought couplet），或者（假如同時出現三個從句）稱為「思想三聯」（thought triple）[7]。聖經中有四種主要的平行結構形式。

（一）同義平行結構（synonymous parallelism）

同義平行結構（synonymous parallelism）指以相同的語法形式或句法結構在連續的詩行中重複表達意思相同的內容：「萬軍之耶和華與我們同在，雅各的神是我們的避難所。（〈詩篇〉46章：7行，691頁）、「神上升，有喊聲相送；耶和華上升，有角聲相送」（〈詩篇〉47：5，691）。向陽詩有如下的用例：

> 亮在陰黯溪流上／熠耀的螢火／／游動於溪流中的／寒涼的星光（向陽，《十行集・流光》 142-43）
> 除非毅然離開靠託的美麗花冠／我只能俯聞到枝枒枯萎的聲音／一切溫香、蜂蝶和昔日，都要／隨風飄散。除非拒絕綠葉掩護／我才可以等待泥土爆破的心驚（向陽，《十行集・種籽》 128）

---

[6] 萊肯 172-78。
[7] 萊肯 173。

（二）對偶平行結構（antithetic parallelism）

在對偶平行結構（antithetic parallelism）中，第二行是用對稱的方式表達前一行的意思。有時前一行以肯定的語氣表達一個意思，而後一行卻用否定的語氣表達同樣的意思：「我兒，要謹守你父親的誡命，不可離棄你母親的法則。」（〈箴言〉6：20，773）。常見的情況是，第二行用簡單的方式重述前一行的內容：「所盼望的遲延未得，令人心憂，所願意的臨到，卻是生命樹。」（〈箴言〉13：12-13，778）、「義人引導他的鄰舍，惡人的道，叫人失迷。」（〈箴言〉12：26-27，778）[8]。向陽詩有如下的用例：

> 一粒種籽掉落在泥土中／呵──不是掉落，是紮種／是把愛和希望紮種在花塵裏／那孤獨的形影如今隱沒著／明天要為大地帶來春的訊息／／在更令人期待的下一個明天／一粒種籽──發芽成長茁壯／啊一粒種籽，不，一株／枝繁葉茂的綠樹，要我們仰目／澄黃的富貴的，秋的果實
> （向陽，《十行集·春秋》 154-55）

「一粒種籽」連用三次，以肯定的語氣說它一定會紮根、茁壯、繁茂。，案此詩也有「首語重複」，「首語重複」詳後所述。

《十行集》暗諷當前政局的詩，多上半以肯定語氣，下半則用否定的語氣。以下一首詩，整首形成「不對稱因素」。前半是以建立思想單位的平行方式，成就一個完整的意思，然後急轉直下，由突然冒起，轉至敗亡，「偷渡楚河」似有暗諷國民黨之播

---

[8] 萊肯 172-78。

遷台灣：

> 夜讀項羽本紀，無奈地／批成繁花遍地，想當初／必有眾
> 星閃熠，要不然／烏江北畔不至雖止風起／父老江東飲泣
> ／／午後下一盤棋，壯烈地／將得車馬失蹄，看今朝／總
> 是小卒得意，即使是／偷渡楚河難免炮熄漢地／將帥猶存
> 餘悸（向陽，《十行集・楚漢——跫音之三》　　54-55）

　　向陽曾說過：七〇年代，台灣詩因為「反西化」而走向民族
化，「反霸權」而形式在現實上反中國，進行出現「本土化」傾
向。1979年12月10日的國際人權日在台灣高雄市發生美麗島事件
（或稱高雄事件）[9]，把本土化再推向極端。美麗島事件台灣自
二二八事件後規模最大的一場官民衝突[10]。
　　〈污點〉也可理解為政治詩，墨寫在宣紙上，可能成為書法
藝術，但可被理解為污點：

> 寫在宣紙上和落入清水中的／墨，可能都來自同一個瓶裏
> ／只是一滴——由於際遇造化／各自不同，通過相同的空
> 間／而演繹出了截然兩異的一生／／所謂污點，大概是墨
> 所始料／未及。在賦予紙生命與宣布／水死亡之間，墨其
> 實也無法／自主——決定榮耀或羞辱的／是在墨黑處左右

---

[9]　顏鳳蘋，〈從《埋冤1947埋冤》史料應用看二二八事件與當時的台灣社
會〉，碩士論文，〔台〕中山大學，2006；林碧芳，〈高雄市二二八
事件參與者之研究——從政治組織的互動看彭孟緝出兵前後〉，碩士論
文，〔台〕中山大學，2004；葉集凱，〈蔣經國晚年政治改革的背景
（1975-1988）〉，碩士論文，中央大學，2007。

[10]　甘能嘉，〈台灣現代詩壇的「新世代」論（1985-1990）以林燿德為問題
核心，碩士論文，〔台〕清華大學，2012；向陽，〈微弱但有力的堅持
——七〇年代台灣現代詩壇本土論述初探〉，《台灣現代詩史論》（台
北：文訊雜誌社，1996）365。

為難的價值（向陽，《十行集・污點》 170-71）

又如〈制服〉，前半部寫步操時的軍容，下半部是似是說把
思想加以整齊，不得有異議，暗諷威權統治：

> 他們穿著一致的服裝，擺盪／一致的手臂，邁出一致的步
> 伐／走在春草茸茸的路上，滿意地／把眉毛、嘴唇、肩膀
> 靠攏成／水平線——仔細丈量沈靜的野原／／甚至連風也
> 不敢咳嗽。他們／砍伐了自高自大的樹木，修剪／枝葉分
> 歧的花草，最後一致／仰首搖頭——身為地上的園丁／當
> 然制服不了空中幻化的雲朵（向陽，《十行集・制服》
> 168-69-71）

（三）層進平行結構（climactic parallelism）

在層進平行結構（climactic parallelism）中，第二行先是重
述第一行的部分內容，然後再增添新的內容：「民中的萬族阿，
你們要將所有的榮耀能力歸給耶和華，都歸給耶和華。」（〈詩
篇〉96：7，729）、「耶和華呵，大水揚起，大水發聲，波浪澎
湃。」（〈詩篇〉93：3，727）、「耶和華阿，你的右手施展能
力，顯出榮耀；耶和華阿，你的右手捶碎仇敵，大發威嚴。」
（〈出埃及記〉15：6-7，87）[11]。向陽詩有如下用數字形成的
節奏：

---

[11] 萊肯 172-78。

乾杯。二十年後／想必都已老去，一如葉落／遍地。園中
此時小徑暗幽／且讓我們聯袂／夜遊，掌起燈火／／隨
意。二十年前／猶是十分年輕，一如花開／繁枝。樹下明
晨落紅勾雨／請聽我們西窗／吟哦，慢唱秋色（向陽，
《十行集‧水歌》　60-61）

　　什克洛夫斯基（Victor Shklovsky, 1893-1984）「重複」
（repetition）曾提出用數字像拾級兩上、拾級而下，是拉長情
節的一種方法[12]。身後事或前生對敘述者本人來說，是不能知見
的事，故屬於「陌生化」（defamiliarize），什克洛夫斯基討論
「陌生化」（defamiliarize）的論文，特別引用托爾斯泰（Leo
Tolstoy, 1828-1910）小說〈霍爾斯托密爾〉（"Kholstomer"）的
謝爾普霍夫斯基（Serpukhovsky）身後事來說明[13]，「陌生化」
就是要拖慢對象的感知速度，未曾知見的東西，就需要更費唇舌
交代說明，如是達到奇特化的效果：

　　那時所有妳離家出走的血液，／流浪在虞美人草的小徑
上，／並且攜帶了三行心事，／緩緩向我的亡魂提及——
／尚未出世時我們美麗的殺戮。／／而此際妳是已默默闔
下眼睫了，／以便拒絕我背裂的凝視。／河川闢成清寒的
公共場地，／所以只有讓沼澤來印證——／冰冷的脣我們
吻遍的今生。（向陽，《十行集‧沼澤》　96-97）

---

[12] 什克洛夫斯基，〈情節編構手法與一般風格手法的聯繫〉（"The
Relationship between Devices of Plot Construction and General Devices of
Style"），《散文理論》（*The Theory of Prose*），劉宗次譯（南昌：百
花文藝出版社，1994）37。
[13] 什克洛夫斯基，〈作為手法的藝術〉，《散文理論》（*The Theory of
Prose*）　13-14。

這首詩有哥特色彩，哥特與鬼屋、幽靈、復仇、血腥、暴力的概念有關，在英國文學傳統，哥特小說佔重要位置，至於一般人較容易接觸得到的，是愛倫·坡（Edgar Allan Poe, 1809-49）的短篇[14]。《十行集·沼澤》以「妳」、「我」、「我們」的關鍵字重複，前一段寫死生，後一段寫前世。台灣詩人寫死亡的，較五四時期為普遍[15]。

（四）綜合平行結構（synthetic parallelism）

綜合平行結構又叫擴大平行結構（growing parallelism），是指第二行把第一行要表達的思想完成或者擴大，但不像層進平行結構中重複前一行的部分內容：「在我的敵人面前，你為我擺設筵席，你用油膏了我的頭，使我的福杯滿溢。」（〈詩篇〉23：5，673）；「父親怎樣憐恤他的兒女，耶和華也怎樣憐恤敬畏他的人。」（〈詩篇〉103：13，733）；向陽詩〈偏見〉有如下的用例：

> 或者自成見開始／把白馬從馬群中驅逐出境／把花鹿硬是安上馬的名姓／把馬說成驢和騾子的私生／把恨，當做唯一的愛情）（向陽，《十行集·偏見》　177）

用「把」字作「首語重複」，然後列舉因偏見而出現的偏差，譬如指鹿為馬。不段加重氣語，以為說明。或以這一重複的

[14] 王曉姝，《哥特之魂：哥特傳統在美國小說中的嬗變》，北京：知識產權出版社，2010；加藤耕一（KATO Kochie），《「幽靈屋敷」の文化史》（《鬼屋文化史》），東京：講談社，2009；於鯨，〈哥特小說的恐怖美學：崇高與詭異〉，《四川外語學院學報》24.2（2008）：48-54。
[15] 郭淑玲，〈現代詩死亡書寫研究——以孫維民、陳克華、許悔之三家為例〉，碩士論文，高雄師範大學，2011。

方式，重寫指鹿為馬的成語，詩大概是有所指，是針對當時威權政治。這首詩的「把」是學兒童口角的話語模式，至為極端的對話是「口角」，「對口角的偏愛符合兒童的天性」，隨社會變得文明，「口角或爭吵的衝動亦逐漸的消褪」，因為經常引起爭執的土地問題，家族以及社會集體虛榮感減少的原故[16]。

1.思想單位的偶句（thought couplet）

　　是由兩行詩組成一個思想單元（thought couplet）。不同部分除了相互平衡之外，又構成一種節奏。就好像腳步，一步接一步[17]。以下一首，以寫景為目的，第一段形成一個景，第二段是另一幅風景：

> 森林是漸漸顯得退後了。／站在乾燥的黃土高原上，／仰望遠藍的天空，南奔的飛鳥，／高聲地，我伸張脆弱的雙手呼喊：／山河讓開，讓我滾出一片晴翠原野來！／／只聽到西風隱入塵沙裏浪笑，／只看見塵沙追迫著寒霞，／毅然褪下一身白而豐美的羽冠，／靜默地，望南我俯下臉容——／森林逼近，晚露迅速潤洗著黃土（向陽，《十行集·殘菊》 102-03）

　　這首詩的黃土高原，點明了地點，對於台灣作家而言，自是懷念故土之作。包括西安在內黃土高原水土流失，嚴重沙漠化，已屬常識。據現代學者研究，原因是中古時代，黃河流域氣溫比

---

[16] 穆卡洛夫斯基（Jan Mukařovský, 1891-1975），〈對話與獨白〉（"Two studies of dialogue: Dialogue and monologue"），《布拉格學派及其他》，中國社會科學院外國文學研究所《世界文論》編輯委員會編（北京：社會科學文獻出版社，1995）32。

[17] 萊肯 174-75。

較暖，隋（589-618）唐（618-907）時代人口膨脹，加上重視農耕，以木材建造房子和經營墓穴的地下室，致森林遭到破壞[18]，現在因為乾旱，造林不易[19]，故向陽詩的想像，適用於隋唐盛世。對隋唐盛世的懷想，也就有了放逐[20]或後現代稱之為離散／散居[21]的漂泊意識。一望無際的沙漠，首先是以巨大的面積而形成崇高感，另一方面，因荒涼而變得恐怖，也同樣有著崇高的美感。巴什拉（Gaston Bachelard, 1884-1962），《夢想的詩學》（*The Poetics of Reverie: Childhood, Language, and the Cosmos*）說夢想的世界，小的變大，夢想的世界是壯麗的世界[22]，於是向陽就把距台灣極為遙遠的黃土高原引進想像之中。

2.不對稱因素

平行結構可以用對稱或不對稱的方式呈現。《詩篇》51篇說：「因為我知道我的過犯，我的罪常在我面前。／我向你犯罪，惟獨得罪了你，在你眼前行了這惡。」（〈詩篇〉51：

---

[18] 魏新民（1967-），〈隋唐以前黃土高原生態資源環境變遷研究〉，《干旱區資源與環境》24.3（2010）：109-14。

[19] 劉志仁（1978-）、朱豔麗，〈黃土高原發展生態林業法律制度研究〉，《西北農林科技大學學報（社會科學版）》4（2011）：139-43；崔鐵成、張愛芳、吳寬讓、周新華，〈森林植被與洪水、水土流失等災害的關系綜論〉，《西北林學院學報》1（1993）：95-99。

[20] 張守慧，〈東西文學的流離與放逐：以流亡於中國的歐洲猶太文學為例〉，《中外文學》32.11（2004）：81-96；簡政珍，〈放逐詩學──台灣放逐文學初探〉，《中外文學》20.6（1991）：4-24；簡政珍，〈余光中：放逐的現象世界〉，《中外文學》20.8（1992）：58-84；洪王俞萍，〈如果放逐是為了回歸──試論陳芳明「台灣新文學史」的戰後現代主義解釋〉，《台灣文學評論》4.4（2004）：144-57。

[21] 曾秀萍，〈流離愛欲與家國想像：白先勇同志小說的「異國」離散與認同轉變（1969-1981）〉，《台灣文學學報》14（2009）：171-203；張焱卉，〈歐洲「華人」離散文學的中國形象：以《巴爾札克與小裁縫》小說與電影為例〉，《人文暨社會科學期刊》4.2（2008）：71-81。

[22] 巴什拉（Gaston Bachelard），《夢想的詩學》（*The Poetics of Reverie: Childhood, Language, and the Cosmos*），劉自強譯（北京：三聯書店，1996）128。

3-4，694）。「過犯」在第一行是用賓語，第二行的「罪」卻用主語；另外，第一人稱主格與賓格的"I"與"me"，在這兩行中也是前後出現。但在第三、四行中，「我」沒有重複使用[23]。如果用《聖經》式的重複概念，我們可以加強對向陽對這兩首純粹是寫景詩在修辭的認識，第一首是今日與昔日聽雨的印象，今昔也可以是對稱，或可以理解為不對稱：

> 坐在山的這一邊，遙遙地／聽見那邊谷地，恍恍惚惚／傳來陣陣呼喊，淅淅瀝瀝／驚醒了我，築巢採果的／美夢／／於是走向谷地去，翼翼地／發現一株啜泣的野蘭，當我／伸手撫慰，乃又了然那花／是昔日，淅淅瀝瀝呼喊的／聲音（向陽，《十行集·聽雨》 38-39）
>
> 深山的盛夏，一朵雲／悄悄避開烈日的追擊／隱入高山石上，蘭花的蕊裏／叩問：松子／何時？走過／／盛夏的深山，一陣雨／遠遠掀起狂風的裙裾／飄到小徑中，落葉的脈上／回答：幽人／昨日！已眠（向陽，《十行集·問答──跫音之一》 50-51）

巴什拉《夢想的詩學》說回憶是沒有日期的，但季節倒是有的，而且成為回憶的基本標誌，因為兒童每天都好像過節，過著五色繽紛的繁花似錦的生活，故季節是夏天。因此〈問答──跫音之一〉的夏天，是集體無意識的重複。[24]以下一例，藉著重寫「一舉手，一投足」的成語，而形成不對稱，因為手足一上一下：

---

23 萊肯 174。
24 巴什拉 147，148。

一舉手即可丈量天地嗎？／在隱匿林木、疲乏於相互擠撞
的沙礫中，／只為某種水聲，如是我聞：／烏青地，你緩
緩站起，甚至，／也不睬身後的天際正放百千萬億大光明
雲。／／所以一投足乃見炙火成水。／你迅行疾馳，／向
西北西，林木復甦，／爾時一切業報山川一切色皆來集
會，／水聲潺潺，無盡天地開展，／唯地平線俯首，合掌
而退。（向陽，《十行集‧孤煙》　94-95）

以下一例也用上下來造成不對稱：「至於瓣上露珠／瓣下的
丘陵（《十行集‧野原》　125）。《十行集‧心事》有頂真格
──「小湖」一詞，另一方面，又利用倒影形成上下的顛覆：

浮雲把陰霾的顏面埋入／迴映碧樹蒼空的小湖／小湖又把
圈圈圈不住的皺紋／隨風交給游魚去處理了／所謂心事是
楊柳繞著小湖徘徊／／逝去的昨夜挽留著將來的明天／落
葉則在霧靄裏翩翩飄墜／而悲哀與喜樂永遠如此沉默／只
教湖上橋的倒影攔下／倒影裏魚和葉相見的驚訝（向陽，
《十行集‧心事》　126-27）

《水的夢》說叔本華（Arthur Schopenhauer, 1788-1860）認
為靜觀會使人同意志的悲劇分離，從而平息人的不幸。[25]叔本華
認為唯有哲學的沉思和同情可以減輕生存的悲哀，巴什拉說對湖
的靜觀也是理想的方法：「湖是一隻安詳的大眼睛。湖攫取全部
光亮，又把光亮變作一個世界。對於湖而言，世界已經被靜觀，

---

[25] 巴什拉，《水與夢：論物質的想像》（*Water and Dreams: An Essay on the Imagination of Matter*），顧嘉琛譯（長沙，嶽麓書社，2005）32。

世界已經被體現出來。湖還可以說：世界就是我的表象。[26]」

三、複製、首語重複、句末重複

巴埃弗拉特《聖經的敘事藝術》此書論《聖經》的重複，見第五章，〈文體〉1段之C節[27]，詞語（或詞根）的重複乃是《聖經》敘事中經常出現的文體特徵。根據其在文中的位置和所發揮的功能，有好多種重複。

（一）複製（Duplication）

同一詞連續出現兩次或以上，用以「表達強烈的情感」，例如：「耶和華的使者從天上呼叫他說：亞伯拉罕！亞伯拉罕！」（〈創世記〉22：11-12，23）；「求你把這紅湯（red, red stuff）給我喝。」（〈創世記〉25：30，29）；「我兒押沙龍阿！我兒，我兒押沙龍呵！我恨不得替你死，押沙龍呵！我兒！我兒！」（〈撒母耳記下〉18：33，404）；「他對父親說：『我的頭阿！我的頭阿！』」（〈列王紀下〉4：19，462）。

一個詞也可以隔開來重複使用，例如："Answer me, O Lord, answer me."（「耶和華阿，求你應允我，應允我！」）（〈列王紀上〉18：37，447）[28]。向陽有如下的用例：

　　浪濤衝破危島而岩岸起落著／歡呼，唯你默默，默默
　　（向陽，《十行集‧流雨》 109）

27　巴埃弗拉特 238-45。
28　巴埃弗拉特 238。

隔著門，隔著雨露和微火，／但只有凝眸相望最教人
神傷，／淚已在巢雪水正沿額端跌落……（向陽，《十行
集‧夜訪》　111）

　　以下兩例，則用了「頂真格」：「燈下有蛾慢慢撿拾沖洗後
／鮮豔的，愛情／／愛情是最冷酷的和平／晚風和燭火的拉扯與
膠著」（向陽，《十行集‧子夜》　58-59）「但你切莫回頭，
回頭恐傷我神色漸弱」（向陽，《十行集‧風燈》　115）。以
下的一例是上片最後一句首語與下片第一句首語重複，「未到初
秋」則形成較為罕見的「層套」，「層套」詳後所述：

未到初秋而天已涼了／蟬聲漸漸寂寂走過／小徑那邊，楓
葉偷偷／竊據了啄木嘰喳的論戰／彳亍是一種孤獨的溫暖
／／彳亍是柳杉的一種落寞／帽以青天鞋以大地／衣以堅
持的常綠／但風雨每期期以為不可／天已涼了而未到初秋
（向陽，《十行集‧山色》　88-89）

　　重複的詞有時出現在連續的句子，在句首或句末，「通常是
為了強調」[29]。

（二）首語重複（anaphora）

　　例如："Unitl I come and take you away to a land like your own
land, a land of grain and wine, a land of bread and vineyards, a land
of live trees and honey."（「等我來領你們到一個地方與你們本地
一樣，就是有五穀和新酒之地，有糧食和葡萄園之地，有橄欖樹

---

[29] 巴埃弗拉特　239。

和蜂蜜之地。」〈列王紀下〉18：32，485）[30]向陽詩有如下的
用例：

> 莫非是一朵定向的錦葵／只顧南望，在熟悉的小園中
> ／找尋花徑上陌生的蹀蹀清淺／且等待淒淒蓬門上，柔柔
> ／叩問的：那雙手／／那雙也能令人／拭淚，令人啟睫訴
> 說的手，也能／掃花徑而成淺淺的印痕，若素絲／為喜愛
> 的顏色而紡織：等待的／定向南望的一朵，莫非錦葵。
> （向陽，《十行集·窗盼──莫非之一》　44-45）

> 莫非大旗已隨夕照／掩入天涯！鈴聲陣陣／暮靄一般
> 飄來，漸行漸遠／回首睨舊鄉，空餘黃沙／一隻青鳥，翩
> 翩飛向關山去／／那愛嬌的女子，是否／還在小小閣樓
> 上，點起／一盞溫溫的燈，描摹／故土的輿地，如織錦的
> 經緯／是否大旗一偃便如沈江的晚照（向陽，《十行集·
> 天問──莫非之二》　46-47）

> 莫非潺潺亦是一種／水流？天明後想只餘昨夜／杜鵑
> 血泣的餘灰！晨曦／將至，殘葉上的露珠／怕也是火光裏
> 驚鴻那一瞥／／更鼓催人，招手兩情更濃／不料揮淚，袖
> 巾頻頻揚起／風掀處，兩岸猿聲漸漸啼，凝眸／望斷，來
> 時江渚，那白淒身影／在野霧裏，悄悄，隱去（向陽，
> 《十行集·燭怨──莫非之三》　48-49）

　　王為萱認為此詩：「承襲古詩意韻甚為明顯，燭怨、杜鵑、
更鼓、猿聲皆為描寫愁緒與離別常用的語彙。[31]」作為向陽詩與

---

[30] 巴埃弗拉特　239。
[31] 王為萱，〈台灣戰後第一代詩人（1945-1955）之古典傾向研究〉，碩士
　　論文，中央大學，2009，149。

中國文學互文的樣本，莫非也可用作自問。[32]

（三）句末重複（epiphora）

句末重複的例，如：「願你平安，願你家平安，願你一切所有的都平安。」（〈撒母耳記上〉25：6，369）[33]向陽詩〈歎息〉有如下的用例：

> 花草與樹葉爭辯正義的時候／溪水和沙石切磋真理的時候／狂風及暴雨宣揚信念的時候／用最泥濘的臉色，道路／將歎息丟給還在喧譁的山谷／從被蠹蟲蛀蝕過的書冊／從被廢水浸蝕過的稻禾／從被砲彈噬蝕過的殘壁／以最深沈的分貝，世界／把歎息傳給已經聾瞶的人類（向陽，《十行集・歎息》 158-59）

「的時候」連續使用三次，然後，以「從」字發端的「首語重複」建連用三次。形成「句末重複」和「首語重複」）的對稱關係。

> 等待是小草拋給北風的眼神，／而這時入夜了，原野亮出燈的身影，／我走過，樹葉們囂嚷地尾隨著，／我走過，

---

[32] 澤崎久和（SAWAZAKI Hisakazu），〈白居易詩「自問」〉（〈關於白居易詩的「自問」〉），《福井大學育學部紀要（人文科學）》38（1990）：1-28；楊萬兵，〈「莫非」的功能差異及其歷時演變〉，《漢語學習》6（2008）：30-36；楚艷芳（1982-），〈「莫非」、「莫不是」、「難道」辨析——兼論三者的語法化過程〉，《周口師範學院學報》25.6（2008）：55-58；楚艷芳，〈語氣副詞「莫非」的語法化過程〉，《齊齊哈爾師範高等專科學校學報》6（2008）：54-55；胡德明，〈從反問句產生機制看其核心語用功能〉，《雲南師範大學學報（對外漢語教學與研究版）》3（2010）：32-36。

[33] 巴埃弗拉特 239。

陷坑們陰冷地窺伺著，／於是一條山徑流了下來，我是靜止的過客。／／於是三兩漁火昇了上去，星在浮雲間殞落，／但海在遠方寧謐地微笑著，<u>我走過</u>，／但暗流在深處不安的滾著，<u>我走過</u>，／而明月抖擻了列隊進擊的防風林，／鷗鳥是沙灘回報小港的聲音。（向陽，《十行集。走過〉　112-13）

四、關鍵字、再現、層套

關鍵字、再現和層套，有時重疊地使用，形成同時並存的現象。

（一）關鍵字（key words）

一個詞的重複，有三個方面值得注意：（1）詞語重複頻率；（2）詞語在一篇或系列中的重複頻率；（3）所重複詞語的距離。在該隱和亞伯的故事裏（〈創世記〉4：1-16，4），《聖經》中並不少見"brother"（弟兄）一詞共出現了7次，密度相當的高。

關鍵字有時略加變化的情況出現的，意義也隨之而有了變化上。《出埃及記》第32章1至14小節就是這種情況，其中"people"（百姓）一詞就以"this people（這百姓）、"your people"（你的百姓）、"his people"（他的百姓）等形式重複出現。在《約伯記》的前兩章裏，動詞bárék便以相反的兩個意思（bless「祝福」和curse「咒罵」）出現了6次。

〈霧落〉的霧，最後一句是指展讀父親遺書而熱淚盈眶的淚水，故霧有水氣與淚的不同含義。巴什拉的《大氣與夢》有專章

討論雲在大氣想像力的位置，雲可以下降到桌上[34]，向陽的霧下
降至眼眶，「霧落下」（包括「霧侵佔」、「霧來」）的重複使
用，增加了視覺上的動感：

> 霧落下潮起一般地沖襲／那時仍舊聽到鏗鏘的斧金／響自
> 逐漸隱退的山頭／啄啄地，彷彿空谷鳥鳴／悄悄地，霧侵
> 佔了小村／霧落下黃昏一般地來臨／此時已經不見落寞的
> 葉蔭／憐視開始發芽的小樹／緩慢地，我展讀父親遺下的
> 信／迅速地，霧來窗裏證我的眼睛（向陽，〈霧落〉
> 82-83）

　　重複的有時長至一個短語或句子，構成母題。有時是逐字重
複、有時作些許改動，對要描寫的情景之間的差異、和意氣的
加強調，都有一定意義：例如：「於是二人同行。」（〈創世
記〉22：7、9、23）、「我就／便軟弱像別人一樣。」（〈士
師記〉16：8、12、17，319-20）、「那時以色列中沒有王。」
（〈士師記〉17：6，321；18：1，322；19：1，323；21：25，
328）[35]。向陽詩以下一首政治詩，重複成為表述的重要手段——
即官民之間的裂痕：

> 所謂牆，是一切都有隔閡／譬如山與天爭高，飛蟲／向蜘
> 蛛爭殘喘的一口氣／那樣的，一道堅持／保障我們從不被
> 保障的，網／／所謂痕，是已戮遍的刀口／譬如岸與溪爭

---

[34] Gaston Bachelard, *Air and Dreams: An Essay on the Imagination of Movements*, trans. Edith R. Farrell and C. Frederick Farrell（Dallas: Dallas Institute, 1988）190。
[35] 巴埃弗拉特　239。

執，雛菊／向暴雨爭永遠的怒放／那種的，一條決定／箝
制我們原不受箝制的，傷（向陽，《十行集‧痕傷——哀
西單民主牆》　138-39）

（二）再現（Resumption）

　　幾個用語在連同其他詞句重複出現，產生連續一致表達方
式。在押沙龍的故事裏，在他被允許從基述返回耶路撒冷以後，
我們讀到：「王說：『使他回自己家裏去，不要見我的面。』押
沙龍就回自己家裏去，沒有見王的面」（〈撒母耳記下〉14：
24，396）。隨後的幾個小節描述起了押沙龍的俊美來，從而
打斷了故事敘述：敘事人在第11章28小節又重新拾起了故事線
索，於是我們讀到：「押沙龍住在耶路撒冷足有二年，沒有見
王的面。[36]」（〈撒母耳記下〉15：28，397）向陽詩有如下的
用例：

　　　　坐在山的這一邊，遙遙地／聽見那邊谷地，恍恍惚惚
／傳來陣陣呼喊，淅淅瀝瀝／驚醒了我，築巢採果的／美
夢／／於是走向谷地去，翼翼地／發現一株啜泣的野蘭，
當我／伸手撫慰，乃又了然那花／是昔日，淅淅瀝瀝呼喊
的／聲音（向陽，〈聽雨〉　38-39）
　　　　妳站到長河對岸／隔著我，一道銀白的蘆葦／隔著
夜，三五顆流星（向陽，《十行集‧晚霜》　76）
　　　　越過林梢、葉間的晨露，越過冷靜的稜線（向陽，
《十行集‧對月》　118）

---

[36] 巴埃弗拉特　243-44。

（三）套層（Envelope）

段落開頭和結尾用語相同或幾乎相同。「這種框架主要是為了突出重點。」：「耶和華對你說什麼，你不要向我隱瞞，你若將神對你所說的隱瞞一句，願他重重地降罰與你。」（〈撒母耳記上〉3：17-18，339）；「王不可得罪王的僕人大衛，⋯⋯，現在為何無故要殺大衛，流無辜人的血，自己取罪呢？」（〈撒母耳記上〉19：4-6，360-61）；「你們打仗為什麼挨近城牆呢？⋯⋯你們為什麼挨近域牆呢？」（〈撒母耳記下〉11：20、21，391）；「但在平原與他們打仗，我們必定得勝，⋯⋯，我們在平原與他們打仗，必定得勝。」（〈列王紀上〉20：24-25，450）[37]。向陽詩有如下的用例：

> 莫非是一朵定向的錦葵／只顧南望，在熟悉的小園中／找尋花徑上陌生的蹄蹄清淺／且等待淒淒蓬門上，柔柔／問的：那雙手／／那雙也能令人／拭淚，令人啟睫訴說的手，也能／掃花徑而成淺淺的印痕，若素絲／為喜愛的顏色而紡織：等待的／定向南望的一朵，莫非錦葵。（向陽，《十行集。窗盼——莫非之一》 44-45）

以下一例，以首句重複和句末重複，而形成套層：

> 等待是小草拋給北風的眼神，／而這時入夜了，原野亮出燈的身影，／我走過，樹葉們囂嚷地尾隨著，／我走過，

---

[37] 巴埃弗拉特 244-45。

陷坑們陰冷地窺伺著，／於是一條山徑流了下來，我是靜
止的過客。／／於是三兩漁火昇了上去，星在浮雲間殞
落，／但海在遠方寧謐地微笑著，<u>我走過</u>，／但暗流在深
處不安的滾著，<u>我走過</u>，／而明月抖撒了列隊進擊的防風
林，／鷗鳥是沙灘回報小港的聲音。（向陽，《十行集。
走過》 112-13）

五、結論

　　以巴埃弗拉特《聖經的敘事藝術》和利蘭・萊肯《聖經文學
導論》有關《聖經》的詩句和語意重複的模式，對台灣著名詩人
向陽的《十行集》作一系統研究，結果是向陽非常有意識地使用
各種重複的句式，有些詩在同一首之中，出現三種以上的《聖
經》可見到的重複手法，對理解詩人的創意，十分重要。

向陽詩歌中「無聊」意義的建構[*]

沈玲

作者簡介

　　沈玲（Ling SHEN），女，江蘇新沂人，文學碩士，廈門大學嘉庚學院副教授，主要研究方向為華文文學，主要論著有《詩意的視界》（2012）、《詩意的語言》（2007）、〈論瘂弦詩歌的語詞建構及其詩意風格〉（2005）、〈依賴心理與鄭愁予詩歌的孤獨感研究〉（2006）、〈洛夫詩歌的隱喻認知研究〉（2007）、〈土地的記憶與地圖的書寫〉（2008）、〈周夢蝶詩歌中有關「雪」的物質想像研究〉（2009）、〈動物描寫與生態倫理的人文觀察——商禽詩歌文本的生態學批評〉（2010）、〈貓族隱喻與都市生態——以朱天心《獵人們》為中心》（2010）、〈蕭蕭詩歌的「白色」想像〉（2010）、〈唐文標的張愛玲研究》（2011）、〈隱地詩歌中的時間詞隱喻〉（2011）等。

---

[*] 福建省教育廳人文社科項目（項目編號：JA12390S）。

論文提要

文學是研究無聊意義表達的絕好材料，文章以拉斯・史文德森（Lars Fr. H. Svendsen）《無聊的哲學》一書關於無聊意義的哲學思考為研究基點，考察「無聊」意義在向陽詩歌中的體現，認為向陽詩歌文本裏，對無聊意義的表達主要體現在基於隔離感的凝望、基於對峙感的漂泊、基於消融感的庸常等方面，解讀他對無聊意義的建構以及在此基礎上的詩意超越，同時也試圖為「無聊」詩學的建構提供一份研究個案。

關鍵詞（中文）：無聊、《無聊的哲學》、向陽、詩學建構、無聊詩學

一、緣起「無聊」

　　曾經有一家歐洲媒體向眾多名人發出過這樣一份調查問卷：什麼樣的人最有可能獲得成功？其中有一份問卷引起了組織者的興趣，上面寫道：「經常感覺無聊的人，很難走向成功；能夠忍受無聊的人，最有可能取得成功。」在物質需求滿足的基礎上現代人很容易產生無聊之感，無聊似乎已成為一種全人類共同的、普遍的感覺。因此，在物質生活豐盛的當代從終極的哲學層面來考量無聊無疑是現代人的一項專利[1]。

　　香港大學黎活仁（1950-）教授多次建議從一種理論或現象出發，努力構築一種詩學體系[2]。在共同討論拉斯・史文德森（Lars Fr. H. Svendsen, 1968-）《無聊的哲學》（*A Philosophy of Boredom*）時，說到現代詩人詩作中出現了一系列無聊情緒的現象[3]，即時靈光一現，何不研究詩歌中的「無聊」？雖然對詩人與詩作而言有些吊詭，但通過考察詩作中的「無聊」，構築一種「無聊詩學」體系或許也是一種有趣的學術研究向度。

　　在學界的範疇裏尋找「無聊」的定義，確乎很難。人們通常習慣把「無聊」理解為無所事事。按照拉斯・史文德森的觀點，無聊是指一些不好的情緒狀態與意義的缺失。無聊基本上不是一種有意的行為，確切地說，它並不是我們有意要觀察的物件，而

---

[1]　無聊，作為一種情緒，在生物學層面上看也未必完全就是人的專利，動物也有無聊的時候，過分強調人的專利，似乎容易引起動物維權人士的不滿。

[2]　參見黎活仁（1950-），〈上升與下降：隱地詩的「未完成性」〉，《都市心靈工程師：隱地的文學心田》，蕭蕭、羅文玲編（台北：爾雅出版社有限公司，2011）75-114；〈上升與下降：白靈與狂歡化詩學〉，《台灣詩學學刊》17（2011）：71-97。

[3]　拉斯・史文德森，《無聊的哲學》（*A Philosophy of Boredom*），范晶晶譯（北京：北京大學出版社，2010）45-110。

是發現自己置身其中的一種狀態，可見無聊情緒的特徵無法定性，因此也比其他大多數情緒更難以辨認[4]。「無聊不能被簡單地理解為個人的獨特行為，它是一種極為廣泛的現象，無法被粗略地解釋。無聊不僅是內在的心理狀態，也是整個世界的外在特徵，原因在於，我們進行著各種無聊的社會活動。[5]」

無聊特有的性質與令人難以理解的存在，我們無法從日常生活和人的身體結構中求得答案。所謂「聊」，乃「依賴」之意，無所依傍，正所謂的百無聊賴，實乃外在環境使然。早期對「無聊」的關注，也主要集中在從事單調工作的人群，這可能也是最為形而下的一種向度。有的心理學家將「無聊」歸為一種情緒上的疾病，認為它缺乏專注一種事情的注意力。因此，無聊不應僅限於所謂的客觀層面，而恰恰應該被視同為主觀意識層面的一種感受[6]。史文德森比這些心理學家走得更遠，第一次將「無聊」上升到哲學專題研究的高度[7]，其中「無聊」的一個重要現象就是時間。[8]拉斯·史文德森認為，無聊是無法靠意志克服的，對於人類有著獨特和重要的意義，當人們只關注那些不真實的日常生活中的瑣事，無聊就來臨了。透過無聊，人們可以獲得另一種看世界的智慧。然而，無聊雖無處不在，但並未引起人們足夠

---

[4] 史文德森　23, 5。
[5] 史文德森　7。
[6] 根據學界研究，情緒可以分為三個層面：生理層面、心理層面和社會層面，這些層面互相交織，錯綜複雜：生理特徵是基礎，個人經驗和社會規範是影響因素。
[7] 在當代哲學中，無聊沒有被看作與哲學有關的課題，幾乎所有的哲學研究都是認識論主題的變形，無聊這種現象被排除在學科的框架之外。這裏的排除，並不是整個哲學體系，而只是不在哲學語義學的考慮範圍，無聊這樣的問題研究仍然還存在於哲學整體的範疇之內。參見史文德森 10。
[8] 關於「時間的立義」，可參考胡塞爾（Edmund *Husserl*，1859-1938），〈內在時間意識的現象學講座〉（"Lectures on the Phenomenology of Internal Time Consciousness"），《胡塞爾選集（上）》，倪梁康編譯（上海：三聯書局，1997）542。

的重視，如同羅素（Bertrand Russell, 1872-1970）所言：「無聊作為人類行為的一個因素，所受到的重視遠遠不夠。我相信，無聊曾是人類歷史上最偉大的動力之一，在今天的世界更是如此。[9]」

近年來關於向陽（林淇瀁，1955- ）詩歌創作的研究在不斷升溫[10]。研讀向陽的詩作，發現致力於對情境的營造、詩歌現場感和心理空間的建構是他的追求。如同攝影中一組組鏡頭的類型化場景不斷出現在其詩作裏，面對這樣的情境，我們的體驗也不自覺被引入到某個遠眺山下圍舞燈火的片刻、煙灰跌落的瞬間、對月凝望的夜晚、踩過幽徑松子的清晨、送君遠行的前年……，這些瑣屑的時間使「無聊」擁有了某種特定的形狀，但凝固的是詩歌中的時間，開啟的卻是詩歌獨有的顫動人心靈的情境。本文試圖以拉斯・史文德森關於無聊的哲學思考為研究基點，考察「無聊」意義在向陽詩歌中的體現，解讀他對無聊意義的建構以及在此基礎上的詩意超越，同時也試圖為「無聊」詩學的建構提供一份研究個案。

---

[9] 史文德森　18。
[10] 孟佑寧，《向陽新詩創作歷程研究》，碩士論文，台北教育大學，2007；黃玠源，《向陽現代詩研究：1973-2005》，碩士論文，〔台〕中山大學，2008）；江秀郁，《向陽新詩研究》，碩士論文，彰化師範大學，2006；李素貞，《向陽及其現代詩研究：1974-2003》，碩士論文，台南大學，2006；陳靜宜，《七十年代台語詩現象三家比較探討》，碩士論文，東海大學，2007）；林貞吟，《現代詩的街頭運動：〈陽光小集〉研究》，碩士論文，玄奘人文社會學院，2004）；呂焜霖，《戰後台語歌詩的成因與發展——兼論向陽與路寒袖的創作》，碩士論文，〔台〕清華大學，2008。

二、詩歌中「無聊」意義的表達

（一）無聊的意義類型

西方哲學家曾將人的本性分成靈魂與肉體兩部分，按此來分，無聊也對應性地分為肉體的無聊與靈魂的無聊兩類。它們既相獨立又互為因果：肉體的無聊，往往來自於肉體本身受到損害，因此它是獨立的；靈魂的無聊主要因為肉體的欲望而產生，因此它們互為因果，通過肉體的欲望而折射到靈魂的無聊。精神上的無聊越來越成為現代人類普遍的特徵，並隨時代的發展，社會的進步而增多增強，隨環境的變化而引發。因為每個人窺視生命的態度不一，窺視生命的意義各異，所以可以說：人能感知靈魂無聊的程度，與他所接受的知識與教養相關，靈魂越無聊的人，對社會與生活的體驗也越深。在現代文明不斷進步中人類得到了越來越多的物質上的享受，而精神卻越來越無聊。

史文德森把無聊分為兩類：情境式無聊與存在主義無聊[11]。在我們看來，無聊大致分為四種類型，肉體式無聊（生理反應上的無聊，長時間肌體在做同樣的動作與行為造成的酸痛等不適感）、情境式無聊（特定情境下由具體事物引發的無聊）、存在式無聊（現代性的現象而突顯出來的無聊，這種無聊缺乏表達，無法以意志克服）和創造式無聊（深層無聊如果能夠清楚表達出來，那就是通過根本的創新性行為，在與無聊的對峙中獲得

---

[11] 情境式無聊從古至今都存在，基於自己的經驗我們都不會感到陌生，所謂境由心生是也，相對來說較好處理；而存在主義無聊則是現代性發展到一定階段帶來的一種必然產物，很難處理，從學理上說，它是對啟蒙以降的進步觀的一種反動。（史文德森　32-33）

昇華，也從反面角度說明無聊是創新的前提條件）[12]。在我們看來，創造式無聊可以分為封閉性無聊（隔離感）、對峙性無聊（對峙感）到消融性無聊（庸常感）等三個階段。

　　無聊的意義，是一種存在主義或者形而上學的意義，有各種不同形式，也可以通過各種不同方式來獲得。它可以是既定的個人參與的行為，也可以是有待實現的目標；既可以是總體性的，也可以是個體性的。從隱喻的角度看，無聊是一種意義的消失。當人們迷失了生活的意義，五花八門的其他替代性選擇就會蜂擁而上，個人生活成為關注的中心，人們越發在日常的雞毛蒜皮中堅持對意義的尋求[13]，從而衍生出許多替代性的精神寄託衍生品，如對電視的癡迷，對媒體上奇談怪論的熱衷、對愛情的沉迷等，當然在自尋其樂中，也有人因無聊而砥礪德行或自甘墮落，而多樣性替代形式的出現恰恰說明我們因意義的需求沒有得到滿足而生的不安感[14]。

（二）向陽詩歌的無聊意義分類

　　「詩需要時間、需要閒情。」（向陽，《亂·序》13。[15]）原名林淇瀁，兼具「作家」、「學者」、「媒體人」三種身分的台灣中生代代表詩人之一的向陽，自十三歲誤打誤撞與〈離騷〉結緣，四十多年來一直與詩歌不離不棄，其間雖然有因工作重心轉移、攻讀博士學位而沉潛無詩的滯緩階段，但始終沒有背棄對於詩的信仰和熱愛，如「我飄我飛我蕩，僅為尋求固定／適合自己，去紮根繁殖的土地」（向陽，《十行集·

---

[12] 史文德森　33-34。
[13] 史文德森　18。
[14] 史文德森　20-22。
[15] 向陽，《亂》（台北：印刻出版公司，2005）。

種籽》 129。[16]）的種子般堅韌守護著他的詩歌園地。先後出版《銀杏的仰望》（1977）、《種籽》（1980）、《十行集》（1984）、《歲月》（1985）、《土地的歌》（1985）、《四季》（1986）、《心事》（1987）、《亂》（2005）等八本詩集，並有兩本詩選集問世[17]。向陽在詩歌形式上的探索、創新以及所取得的成就已有目共睹[18]。

　　向陽以一種非常虔誠而嚴肅的態度對待詩歌，他認為：詩是「對於生活及生命所賴以繫之的人間尊嚴的提昇。」（向陽，〈歲月：苔痕與草色〉，《歲月》 169[19]）因此，面向現實、紮根現實是向陽一貫堅持的取材方向，「用詩反映生活，這是詩人的紮根；讓詩照映生命，這是詩人的結果。詩人以愛做為導管，以智做為篩管，因此強韌了自己的枝幹。透過愛的導管，生命中的喜怒哀樂都是詩人取材的泉源與關懷的焦點。」（向陽，《十行集・紮根在生活的土壤中──以詩觀代序》 33）與其方言入詩的藝術形式追求相通的書寫內容是關於台灣，關於人與大地的情懷與思考，即使是個人的悲歡離合，也「每每能自特殊的個案中提煉出普遍性的、對人類的關懷與愛心」[20]。可以說，「用母語、挖掘昔日生活的題材」，給自己「定下了X軸與Y軸之後」（向陽，《十行集・後記》 194），總算找到創作方位

---

[16] 向陽，《十行集》（台北：九歌出版有限公司，2004）。

[17] 《向陽詩選》（台北：洪範，1999）；《向陽台語詩選》（台南：金安機構，2002）。

[18] 林于弘（1966-）評價說：「『十行詩』和『台語詩』的特殊形式和語言風格，在八〇年代豎起一面迎風飄揚的大纛，成為台灣本土詩人的重要標竿」。《亂》更在2007年獲得台灣文學館主辦的「2007台灣文學獎新詩金典獎」。見林于弘〈亂的事實與理想〉（評向陽詩集《亂》），《中央日報・中央副刊》2005年8月21日，17版。

[19] 向陽，《歲月》（台北：大地出版社，1985）。

[20] 林耀德（林耀德，1962-96），〈陽光的無限軌跡──有關向陽詩集《歲月》〉，《文訊》19（1983）：220。

的向陽必將在台灣當代詩壇上佔有不可或缺的一席之地。

難以言說的無聊的意義在向陽的詩歌園地中又呈現出怎樣的形態？梳理中，我們發現向陽詩歌的無聊意義表達大致分為三類：

1.隔離感：無聊意義之凝望

凝望就是集中注意力一動不動地向遠處看。「遠處」決定了觀者與被觀者之間距離感的存在，所以它是一種有距離的看。「凝望本是繾綣　怎麼淪落成了無言」，距離帶來的朦朧和陌生化往往是詩人眷戀、追求的詩境，一如「有人夜半驚坐，瞧見星光／潛入窗內，在殘稿上思索」（向陽，〈立春〉，《四季》頁碼原缺[21]）營造出的流動畫面。在《對著一顆星星》中，他寫到：

> 對著一顆星星，在闇夜／黝黑高樓闃寂的牆角下／我的眼
> 裏也見證著星星／幽微的亮光，它閃爍著／努力要打開明
> 日的天空／又得提防不被烏雲隨時／在不留意間，將它刷
> 掉／它逡巡、它徘徊也憂傷／除了自己誰來陪它站崗／對
> 著這顆星星，我黯然／／對著這顆星星，我冷然／把身子
> 拋出高樓的陰影／站到風與夜都能目擊的／空地上，仰頭
> 望向天空／追尋它熠熠含光的方位／而風鼓動著烏雲，烏
> 雲／令夜淒其，我眸中所見／僅是無盡漆黑，那星星／已
> 撤了崗哨，留置給我／天與地間止不住的孤寒（向陽，
> 《歲月·對著一顆星星》　11-12）

我——星星，牆角下——天空，渺遠的距離給凝望提供了足夠的空間可能。閃爍的星光見證了「我」的存在，一如我見證了

---

[21] 向陽，《四季》（台北：漢藝色研文化事業有限公司，1986）。

它的價值。天上一顆星，地上一個人，形單影隻營造出一片淒清感傷的氛圍。但更為哀傷的是風鼓動著烏雲，吞噬了星星，消弭了星光，留給仰望星星的「我」滿眼漆黑，原先「提防不被烏雲隨時／在不留意間，將它刷掉」的擔憂不幸成為了現實，在無邊的黑暗中，凝望的點消失了，世界隔絕了「我」，「我」被孤獨、恐懼、寒冷、空虛包裹著。在絕對的「虛無」中，存在者脫離了物的有限形式，而直接進入存在的核心，成為純粹的存在，就仿如宇宙虛空，並不是真的「一無所有」，並且正是它包容與誕生了萬千星群，可說它正是一切宇宙物質之本原。又如：

> 你問我立場，沉默地／我望著天空的飛鳥而拒絕／答腔，在人群中我們一樣／呼吸空氣，喜樂或者哀傷／站著，且在同一塊土地上／／不一樣的是眼光，我們／同時目睹馬路兩旁，眾多／腳步來來往往。如果忘掉／不同路向，我會答覆你／人類雙腳所踏，都是故鄉（向陽，《十行集‧立場》　178-79）

　　我──飛鳥，本就不屬於同類的兩種對立形象，在大地、天空相對的空間背景中更突顯了二者的對立姿態，突顯了二者的渺小。人類的「立場」何在？「非存在」的威脅來自存在的無意義。在個體生命活動中，「虛無」表示「存在」的無意狀態，表現形式為「無作為」，而「空虛」則是一種「無聊」狀態。在強烈願望與紛亂現實的共同作用下，人往往有失語的表現。但此時無聲勝有聲，如加繆（Albert Camus, 1913-60）所言：「他的沉默轟然震耳。」沉默使人走向「存在」深處，包含無比豐富的內在聲音。於是，我們聽到向陽在沉默中突破狹隘的人類自我中心主義，主張物我趨於一致的應答：「人類雙腳所踏，都是故

鄉」。

　　真正的生命時間，不是以當下的現在為核心的過去、現在、將來逐次相替的線性流逝過程，而是在靜止凝定的瞬間，讓時間之光燭照真正的人生，向我們澄明生的真諦[22]。這一過程這種「實現了的時間」往往使人感悟到一種「天地境界」，使人被一種絕對莊嚴的沉默所攫住。

> 我們站立，在大洋和海峽招呼的風口／我們戰慄，在歷史
> 與現實對話的此刻／等待第一道親吻島嶼的陽光／也等待
> 我們歡欣的舞踴（向陽，〈雲說〉，《亂》　174。）
> 這時我來尋你，怕窗燈，皆滅了／宛如多年不見，我怯怯
> 喊你。隔著門，／隔著雨露和微火，但只有凝眸／相望最
> 教人神傷，淚已在巢雪水正沿額端跌落（向陽，《十行集·
> 夜訪》　111）

　　憑藉仰視、凝望等具有隔離感的看製造距離是向陽喜用的詩歌表達方式，〈對著一顆星星〉如此，〈立場〉如此，〈雲說〉、〈夜訪〉等莫不如是。如〈雲說〉中的「我們」與「大洋」、「海峽」，「歷史」和「現實」。〈夜訪〉中的「我」和「你」雖不遙遠，但仍隔著一道「門」，隔著雨露和微火，與外界隔離的無聊在關於凝望的表達中得以詩意呈現。

2.對峙感：無聊之漂泊

　　漂泊，是一個動詞，從詞義上看，是隨流水漂蕩、停泊之

---

[22] 拉康（Jacques Lacan, 1901-81），〈助成「我」的功能形成的鏡子階段：精神分析經驗所揭示的一個階段〉（"The Mirror Stage as Formative of the Function of the I"），《拉康選集》，褚孝泉譯（上海：三聯書店，2001）89-96。

意，比喻為生活所迫到處奔走，居無定所。現代人雖多無戰亂之
苦、交通不便帶來的漂泊感，但作為人生的一種歷練，中國古代
文人身的漂泊心的孤獨的書寫好像成為詩人群體的一枚家族印
章，代代相襲。它「是漂泊人自囚的枷鎖」、「是尋夢者的倦
影。也正因為漂泊具有某種主觀能動的意願，並帶有繾綣難散、
魂牽夢繞的特點，所以誘惑著詩人們生出無盡的靈魂漂泊感，漂
泊因此成為詩與詩人最具特徵的外在形式。可以說，詩人因漂泊
而獲得一種特殊的生存狀態：

> 詩是貶謫戍徒，其樂不易的別愁／杜鵑啼血，離離草原壯
> 闊／蜺蟬泣淚，莽莽山嶽青翠／秋菊徐開，皓皓明月增光
> ／冬梅傲放，皚皚白雪失色／我們毅然遠行，以便更加接
> 近／難以割捨的家園和愛人／已矣哉！別愁不愁／長路漫
> 漫，我們在雨夜裏掌燈／上下千年，求索萬古不廢的泉聲
> （向陽，《種籽·別愁》　130[23]）

　　詩人把自己放逐到異質的土地上，直面陌生的人生。他們以
路為家，將生命耗費於無聊而盲目的漫漫長路上，以此來消解生
命過程中的喧嘩和騷動[24]。離離草原、蜺蟬、秋菊和冬梅，傳遞
出春夏秋冬四季的資訊，但季節雖有輪回，詩人堅持遠行的選擇
卻始終如一，「毅然遠行」、「已矣哉！別愁不愁」昭示出詩人

---

[23]　向陽，《種籽》（台北：東大，1980）。

[24]　馬拉美（Stéphane Mallarmé, 1842-98），〈談文學運動〉，見《象徵
主義·意象派》（北京：中國人民大學出版社，1989）42；巴枯寧
（Mikhail Alexandrovich Bakunin, 1814-76），《上帝與國家》（*God and
the State*），朴英譯（上海：華東師範大學出版社，2005）9-11；阿爾
文·古爾德納（Alvin W.Gouldner, 1920-80），《新階級與知識份子的未
來》（*The Future of Intellectuals and the Rise of the New Class*），杜維真
等譯（北京：人民文學出版社，2001）33。

對遠行的樂觀與期待。

不過，如史文德森所言，現代科技已使我們更多地成為消極的觀察者與消費者，而不是積極的行動者，這讓我們陷入意義的缺失[25]。旅遊、遠行等休閒也是無聊的理由，休閒提供了大量的剩餘時間，時間被打發的時候，雖然意味著時間空洞地持續著，但如果持續得太久了，就成了令人苦惱的無聊[26]：

> 灰濛濛的／天空——另一半正注視著／大洋彼端的家國／／思念有時像小雪。／有時／更像落葉，不融不化／只是慢慢腐萎／這異國晨間的細雪（向陽，《四季‧小雪》原缺頁碼）

「落葉」是詩人喜用的意象，常與秋相連，與歎息相牽。一葉知秋，化葉為愁，常用飄飄灑灑的落葉表達思念、哀傷、衰老或無奈、飄零之感。如「翩飄的葉落向妳佇立深思的小階前／仰視妳的凝眸俟候妳的足跡」（向陽，《心事‧或者燃起一盞燈》9 [27]），「落葉則在霧靄裏翩翩飄墜在」（向陽，《十行集‧心事》 127）、「依依難捨飄灑而下的竹葉／在林間含淚送我離鄉」[28]、「幽幽落葉飄似旅人的歎唱」（向陽，《種籽‧夜過小站聞雨》 6）、「已倦於流竄的星宿／在風中找尋葉落的軌跡」（向陽，《銀杏的仰望‧掌紋十行》 89[29]）、「所有落葉蕭蕭唱歎的神傷」（向陽，《種籽‧竹之詞》 13）、「不是落

---

[25] 史文德森 20。
[26] 史文德森 15。
[27] 向陽，《心事》（台北：漢藝色研文化事業有限公司，1987）。
[28] 向陽，〈春回鳳凰山——寫給九二一災後四個月的故鄉〉，http://tea.ntue.edu.tw/~xiangyang/xiangyang/chaotic-7.htm，2011年9月30日。
[29] 向陽，《銀杏的仰望》（台北：詩脈，1977）。

葉的情緒，也不關流水」（向陽，《種子‧愛貞》 44）、「二十年後／想必都已老去，一如葉落／遍地」（向陽，《十行集‧水歌》 60）等。〈小雪〉對鄉愁的表達溫潤、纖細、深刻，慢慢長路、濃濃相思早已消滅了詩人遠行之初的興奮代之而起的是漂泊之苦痛。因此，詩人不僅心存疑慮地發問「那種機杼／紡得出回家的路途」，而且慨歎：

> 從來不曾想到風風雨雨會釀成／秋，從來不曾想到飄飄泊泊竟也展軸如／扇，更從來不曾想到日日夜夜你／陽光的仰盼月的孺慕和山山水水的踏涉／均化做千千萬萬縷縷輻射的鄉愁／／你遂冷然頓悟：你是一把奔波的扇／那泥土和鄉村呵！是闔你的，軸（向陽，《銀杏的仰望‧銀杏的仰望》 10-11）

　　陳明台（1948-）在〈鄉愁論──台灣現代詩人的故鄉憧憬與歷史意識〉一文中曾談到：「詩人總有兩個故鄉，一個是他所歸屬的，一個是他所真正生存的」[30]，不管存於外在或是內在的故鄉，皆為曾經放眼所及之處，如今因為這些景致消失在生活之中，而成為心中緬懷、嚮往之所。所以，無論身居何處，緬懷、感傷、期待、嚮往總是成為詩人漂泊體驗中書寫無聊「才下眉頭，卻上心頭」的內容。

---

[30] 原文：「詩人總有兩個故鄉，一個是他所歸屬的，一個是他所真正生存的。第一個層面『他所歸屬的』可以說是比較狹義、確定而具體，限制了存在的空間而設定的。第二個層面『他真正生存的』可以說是比較泛泛的說法，曖昧而精神的，不拘束於時空座標而設定的。如果說前者是外在的指陳，則後者可以說是內面的呈示。」陳明台，〈鄉愁論──台灣現代詩人的故鄉憧憬與歷史意識〉，《心境與風景》（台中：台中縣立文化中心，1990）1。

作為人類非理性靈感的產物，詩歌固然不能徹底消除無聊，但通過詩人的奇思妙想之力，至少能拯救詩人自己，給詩人心理帶來一定程度的舒適感、解脫感。

3.消融感：無聊之庸常

「詩就是從詩人選定的那些性質中抽象出來、魔變出來、一樣迷離的世界。[31]」對日常生活的認真逼視，往往是詩人「無聊」意象產生的起因。每一個平凡生活細節都可能被詩人放大揣摩，從而引發無限的詩思。

棄置宏大選題和敘述，著眼於小東小西的無聊細小瑣事，是向陽深諳生活關注生活的直接表現。生活本就由無數個「細節」構成，每一件瑣事都是當下現場的直陳。當注意力轉移到對日常瑣碎關照的時候，詩人不再是針對物件的主要特徵做出抒情或隱喻的反應，而是以觀看、打量式的冷靜「圍觀」逡巡於對象。飛鳥、森林、孤煙、沼澤、原野、夜空、殘菊、疏星、流雨、小徑、木橋、山岡、種子、落葉、風燈、晚晴、水月、玫瑰、窗簾等大自然中觸目能及的尋常瑣細是向陽詩歌舞台的常客，詩人的詩思詩情就在這庸常的生活裏豐滿充盈起來：

> 春來秋去，梅櫻桃李攀越竹籬外／夏至冬臨，風雨雲霧輕推柴門開／每一家農舍，每一棟屋宅，每一杯舉起的茶碗都漾盪著澄黃的憐愛（向陽，《亂·在陽光升起的所在》176-77）

---

[31] Mutlu Konuk Blasing（1944- ）, *American Poetry: The Rhetoric of Its Forms*（New Haven: Yale UP, 1987）98.

　　姹紫嫣紅的日常物事渲染出一派風調雨順、欣欣向榮的農家樂畫面：

> 推開窗子，首先是烏雲／把錯落著的大廈逐一捏住／眼下是棋盤一樣的街和路／瘦瘦小小，疾行的車／一下子啟動一下子煞住／再遠些，是河流銜著橋／再遠些，是橋扯著山麓／再遠些，是山麓扛著雲／再遠些，就一切都不見了／只有靜止的風醞釀著陣雨／／關上窗子，背後也是世界／卷宗錯落，壓住辦公桌／椅子畏縮，退了兩三步／萬年青青在牆角／一半兒嫩綠一半兒黃熟／再近些，是殘稿纏著字紙簍／再近些，是字紙簍陪著風扇／再近些，風扇掀開了計畫書／再近些，電話急急跳起腳來／唾沫橫飛在話筒的另一頭

　　遠景與近景，在一推一關間，鋪陳在筆端的盡是瑣細物事：烏雲、大廈、街路、車、河流、橋、山、雲、雨、卷宗、辦公桌、椅子、萬年青、殘稿、字紙簍、風扇、計畫書、電話，等等等等。如此繁瑣，如此嘮叨，幾乎令人有不堪重負之嫌，但嘮嘮叨叨即是無聊的外在表現形式之一。

　　來自民間的向陽，對故鄉南投縣鹿谷鄉溪頭的土地、溪頭的人們有著樸實而真摯的愛與敬，他樂於以詩歌的形式描畫著、嘮叨著他記憶中關於故鄉的人和事。南投是台島唯一一個銀杏成林的地方，所以，向陽的故鄉記憶從對「銀杏的仰望」開始。《土地的歌》更是向陽對那些記憶中的瑣細的「朝花夕拾」。「以冷靜我審視鄉野人物的愚而不昧」，從「家譜」出發，兼有「鄉裏記事」，向陽用方言寫下了「從小熟悉的鄉裏，鄉裏中生長的人物，和那一羣人物的喜悲」（向陽，〈人間的悲喜——第六屆

「吳濁流新詩獎」得獎感言〉，《土地的歌》 1-2[32]）。那些鄉間凡夫俗子的一舉一動，一言一行間傾注了向陽的款款真情。如〈阿媽的目屎〉、〈阿公的煙吹〉、〈阿爹的飯包〉等。

> 古早古早，阮看／阿公的煙吹／是日落時陣／蒸煙的煙筒／對每一戶破爛的厝頂／飄出美麗的渺茫的故事／／現此時，阮提／阿公的煙吹是寒天時陣／硬硬的枴仔／在每一條清氣的街路／剔除朽臭的垃圾的石頭／／四十年後，阮若是咬著／阿公的煙吹會是什麼時陣／安怎的款式／對每一位可愛的孫仔／提起阿公的輝煌的歷史（向陽，〈阿公的煙吹〉，《土地的歌》 5-6）
>
> 每一日早起時，天猶未光／阿爹就帶著飯包／騎著舊鐵馬，離開厝／出去溪埔替人搬沙石／／每一暝阮攏在想／阿爹的飯包到底什麼款／早頓阮和阿兄食包仔配豆乳／阿爹的飯包起碼也有一粒蛋／若無安怎替人搬沙石／／有一日早起時，天猶黑黑／阮偷偷走入去灶腳內，掀開／阿爹的飯包：無半粒蛋／三條菜脯，蕃薯籤參飯（向陽，《土地的歌・阿爹的飯包》 9-10）

　　鄉間的一草一木，花草魚蟲，在看似無聊、冗長的筆觸中萬水千山卻總關情。如〈草蜢無意弄雞公〉、〈魚行濁水〉、〈白鷺鷥之忌〉、〈蘭風和溪水〉等。

　　向陽還有一些社會寫實詩如〈村長伯仔欲造橋〉、〈議員仙仔無在厝〉、〈校長先生來勸募〉等系列在盡顯「圍觀」的冷靜中不禁讓人啞然於這些鄉里顯貴的虛偽自私，看似客觀的文字背

---

[32] 向陽，《土地的歌》（台北：自立晚報社，1985）。

後是詩人不留情面的諷刺：

> 新起的一間工廠放廢水／田裏的稻仔攏總死死掉／可惜議
> 員仙仔一個月前就出門去／爭取道路拓寬工廠起好大家大
> 賺錢（向陽，〈議員仙仔無在厝〉，《土地的歌》　43）
> 村長伯仔講話算話／每一天自溪埔彼邊來莊裏走縱／為著
> 全莊的交通村民的利便／他將彼台金龜車鎖在車庫內／村
> 長伯仔講是橋若無造他就不開鎖／哎！造橋確實重要愛造
> 橋（向陽，〈村長伯仔要造橋〉，《土地的歌》　40-41）

　　這些看上去碎屑、無聊的碎片般的生活當被詩人撿拾起，用
對故鄉愛的紅線把它們一片片補綴、串聯在一起的時候，彰顯出
被整合後總體描述的宏大特點，無聊具有了一定的歷史感和命運
感的積極意義。

三、「無聊」的救贖與超越

（一）「無聊」：自我意義缺失的症候

　　無聊主要是生活中的一種現象，指向人類自身，是人類存在
的一個維度[33]。無聊的產生，是一種矛盾的產物，是人類精神生
活的發展遠遠落後於物質生活的進步速度，由此帶來的人類思想
的提升遠遠落後於物質繁榮的「意義赤字」的困頓狀態。通過對
無聊的考察，能夠揭示我們生活環境的一些重要層面，不能避免
地導致人類質疑自身存在的意義，因此，無聊是伴隨著現代性而

---

[33]　史文德森，〈前言〉　IV。

突顯出來的的典型現象，現代性的無聊業已波及今天世界上的每個人[34]。

　　無聊雖然普遍，但當我們遍地找尋，卻發現無聊難以言傳。沒有源頭，也不知終於何處，只是現代人正在承載與忍受著無聊是不爭的事實。正像加繆描寫的那樣，西西弗斯千百次地重複一個動作，即搬動巨石，滾動它並把它推上山頂……經過被渺渺空間和永恆的時間限制著的努力之後，目的就達到了……巨石在幾秒鐘內又滾下來，而他則必須把這巨石重新推上山頂。他於是又向山下走去。這在加繆看來，西西弗斯如此重複的無聊狀態或許就是人類生存狀態的一種隱喻[35]。

　　為什麼人類會感到無聊？是因為無事可做，還是因為單調的重複？為什麼無聊會讓人覺得不舒服？無聊的時候，人們常常希望能夠借助於看電影、逛街、上網等外在的忙碌來擺脫無聊，但往往失望。重新「理解」或「解釋」無聊本身就是一種體驗的過程，它包括重建創造者所傳達的意義，重建創造者所蘊含的深層潛意識活動的心理意義[36]。

　　對公眾而言，情境式的表層無聊，只要給這個群體重新樹立一個公平的環境，一個可以預期的未來，能夠成功消除無聊感。而那些與精神生存直接相關的深層無聊，事關人生意義與價值判斷，關注更多的是精神層面的意義缺乏，則難以克服，唯有超越，因為超越是一種製造意義的過程，在超越過程中，意義得以彰顯，與人有關的自由也得以澄清，通過製造意義來克服無聊感

---

[34] 史文德森　3。

[35] 這是一種對人生意義並不悲觀，而是積極的看法，它能讓人正視世界的現狀、生存的意義。在這個意義上，無聊可以作為一個時代思想茫然程度的標誌，它指涉一個時代的精神圖像破碎的程度。每一個新時代來臨，總會伴著思想的困頓與精神圖像破碎的兩難困境，參見拉斯‧史文德森。

[36] 王小章，〈後現代景況下的心理學〉，《心理科學》4（1998）：354-57。

成為有效的途徑[37]。這裏，呈本真狀態的任何事物都是詩意的，我們只需抓住經過我們身邊的任何東西，記錄下它們，便是詩歌。於是那些凡庸事物如何轉換為詩學意義上的詩意才是真正關鍵，制約其超越的「瓶頸」是：其一，當乏味事物成為普遍詩歌對象，它先天早已處於劣勢；其二，詩歌方式的改變，又會反過來遏止詩意的暢達，個體生命能量在瑣碎事物上的展開。它把日常生活資料置於具體的文化語境，讓凡庸事物隱露無限契機，不但會大大擴容詩的書寫空間，還在一定程度顛覆現代詩某些屬性。

　　對於個體來說，無聊之所以是一個嚴重問題，是因為它牽涉意義的缺失，會嚴重影響到個人生活。史文德森並不認為人感到無聊世界便會失去意義，或者世界看來毫無意義人才感到無聊，這裏不存在一個簡單的因果關係，但是無聊與意義的缺失存在某種聯繫[38]。「在各種情景下，「無聊」的使用頻率都非常高——指代一系列不好的情緒狀態與意義的缺失。文學作品對於無聊的許多描述都極其相似，大致上都包含了如下的論斷：一切都很無趣，並抱怨這讓生活難以忍受。[39]」

（二）無聊被救贖與超越之可能

　　人的存在本是一種開放性的生存，尋求超越與審美化的生存恰恰是人發自本能的一種力量。在無聊的日常狀態下，生活中的時間崩塌了，成為一個巨大而空虛的當下現象，我們面對的是空

---

[37] 林于弘，〈向陽新詩創作類型論〉，《國文學誌》10（2005）：303-25；賴佳琦，〈文學暗夜中燃亮光明的微火——向陽的文學行止〉，《中央月刊文訊別冊》153（1998）：59-60；楊錦郁記錄，〈思想是文學作品真正的價值——李瑞騰專訪向陽〉，《文訊》90（1993）：88-92
[38] 史文德森　9。
[39] 史文德森　16。

無一物，也就是說，時間沒有被任何引人注意的事物所填滿，此時，我們才將平常無人會注意的時間體驗為時間。[40]約瑟夫・布羅茨基（Joseph Brodsky, 1940-96）說過，無聊代表了完全多餘的、單調的而又純粹的、未曾稀釋的時間[41]。

在詩人向陽的感受裏，時間變得難以駕馭，原因就在於時間不再如同以前那樣流走。許多時候詩人們的狀態，正是非常敏感地關注那些特別不真實的日常生活瑣事，故而無限接近於史文德森所限定的「創造性的無聊」。詩人用詩性的方式捕捉著日常世界中的眾生相，使得那些無聊的瞬間形象構成了道道詩學風景。

詩人憑著敏銳的目光和敏感的神經覺察到人們百無聊賴的生活，肉體的無聊只是一種本能，靈魂的無聊則交織著關懷與期盼的結果。大量所謂「形而上」命題被拋開了，眾多具體的「形而下」進入分析視野，肉體的無聊將導致既有意義的褪色，而靈魂的無聊是人作為存在者在一個特定時代所遭遇的一種深層意義丟失，當被無聊裹挾時將導致方向或者希望的迷失，現代性的靈魂與精神的無聊彌漫在我們身邊，甚至成了我們的宿命，而日常生活的無聊撒下了無所不到的生活之網，一切的一切盡入甕中，鉅細無遺。

這時，對於無聊來說，詩歌就是一種詩人的自我救贖，詩人通過創作回溯、透析、否定並試圖超越的內心體驗[42]。識得無聊者百事可成，深味無聊者，見出境界，通過客觀呈現展示生活的瑣屑無聊狀態。

---

[40] 史文德森　131-32。

[41] 史文德森　132。

[42] 鄭慧如，〈從敘事詩看七〇年代現代詩的回歸風潮〉，《台灣現代詩史論：台灣現代詩史研討會實錄》，文訊雜誌社編（台北：文訊雜誌社，1996）377-97；林淇瀁，〈微弱但是有力的堅持：七〇年代台灣現代詩壇本土論述初探〉，《台灣現代詩史論：台灣現代詩史研討會實錄》363-75。

正因為詩人在精神世界上的這一特殊位置，他比常人更多貼近自然，去感知鳥怎樣飛翔，去知道小小花朵在早晨開放時的姿態，他們要深入大地，感知樹根在土地中汲水、依偎，體會大地對大地上所有生靈那種蒼茫而又深沉的愛……[43]

因此，史文德森斷言，文學應該是研究哲學的最好材料，比社會學與心理學的量化研究更有啟發意義[44]。詩歌是無聊的東西，但並非沒有意義，因為平常而無聊的生活場景恰恰就成了許多詩歌表達的主要內容。詩人們迅速祭起「閒聊」式「對話」利器：絮絮叨叨，無休無止，充滿饒舌和聒噪。閒聊式的饒舌和聒噪正好對應著庸常、穢黯的世俗，對應著漫無邊際的荒誕、煩瑣；反過來，大量世俗的無聊助長這種「嘮叨」。於是，在充滿具象的敘說裏，塞入許多更為細屑的東西，細屑的無聊成為日常主義詩歌一個特徵。而當無聊湧現的時候，詩人們沒有逃避，而是能夠冷靜地製造意義，以此來克服無聊對於人生意義的侵蝕，這也就是詩人的信念：努力使自己擺脫自己加之於自己的無聊狀態，在遭遇無聊的時候，詩人的選擇只能是超越。

四、結語

「真正的詩歌就是要呈現感覺」，而這感覺又必須居於無聊的狀態下，百無聊賴之中才可以集中感覺，甚至是陶醉於自我感覺良好的「阿Q」狀態中[45]。日常生活給詩人向陽帶來的種種，便是「無聊」的表像：衣不遮體、食不果腹是一種肉體的無聊；

---

[43] 林燿德（林燿德，1962-96），〈陽光的無限軌跡——有關向陽詩集《歲月》〉，《文訊》19（1983）：211-20。
[44] 史文德森　6。
[45] 向明（董平，1928-），〈詩人與阿Q——超界試寫輕型武俠詩的心境〉，《文訊》315（2012）：17-9。

思念故鄉、思念親人是一種情緒的無聊；寂寞與孤獨是一種精神的無聊……這些日常生活，對於常人來說，也許只是一瞬間情緒的敗壞，但卻能在詩人的精神領地上斑駁投影。因此，對於詩人來說，無聊不是空洞、虛妄的「無病呻吟」，而是靈魂承載著日常生活而發生的裂痕。

詩人的無聊是來自於在冥冥眾生的混沌世界中的一種自發覺醒，在眾生身心失衡的情況下，努力在維持著自身的一種平衡，在最大限度地彌補人類靈魂與肉體的這種分裂。這種清醒是一種自為——只有那些為人類的苦難主動擔當無聊的人，才能成為真正的詩人。所以，詩人們一直生活在無聊之中，無聊因何而來，又向何方去，為什麼人生會如此無聊，這也幾乎是所有能感知無聊的人的追問和探詢。

詩人確實須有聽滴滴雨見婆娑葉之境，有感綿綿無期秋雨之界；有生命飄逝之感念，有狂湧澎湃之思緒；有和絃鳴奏之雅致，有共我醉月之豪情。從古到今，從來都是無聊在造就一個詩人，而絕不是那些所謂形而下的淺薄的快樂。

後現代視閾中的向陽詩歌

宋紅嶺

作者簡介

宋紅嶺（Hong Ling SONG），男，1976年出生，江蘇徐州人，副教授，上海大學博士。中國當代文學研究會會員，江蘇省美學會會員。2011年獲教育部人文社會科學研究基金一項：中國當代文學歷程中的正義倫理——以身體政治為例，課題經費7萬元；2009年獲江蘇省哲學社會科學基金一項：身體修辭與當代文學觀念史變遷研究，課題經費2萬元。發表當代文學、影視文化研究論文十餘篇。

論文題要

後現代主義是一個複雜而龐大的概念。從後現代的詞源學歷程來看，這個概念本身具有多元性、多義性、包容性，但一般認為：對元敘事的反動是其最為顯著的精神指向。向陽詩歌精神與後現代思想的聯繫體現在：一、向陽詩歌形式及內容具有去中心化色彩；二、向陽詩歌在突破傳統，熔鑄新聲的同時，展現出多元、複雜的詩歌審美品質；三、向陽詩歌的探索性並未完成，是一項開放的未竟事業。

關鍵詞：向陽、後現代主義、身分認同、台灣新詩

一、引言

論說向陽（林淇瀁，1955-）[1]詩歌與當代後現代主義文藝狀態有內在的關聯，是在做一個比較冒險的論斷。且不說無論詩人自己還是學界群賢都沒有做出過如此判斷——以筆者有限的視野所及，學界對於向陽詩歌的古典詩意、鄉土情懷論說比較充分，而對於向陽詩歌呈現後現代特質的研究，尚付闕如[2]——即令筆者自己對此論是否能夠自圓其說，也殊無把握。然而所以臨時起意，率爾操觚，一是品讀向陽詩歌，體認於詩人繁複糾葛的心路歷程，與後現代精神頗多暗合之處。二是認為應當有更為豐富的路向探討詩人豐富的審美情境。因此，不揣冒昧，試圖在這一篇論文中以後現代視角觀測向陽詩歌的文化意蘊。

所謂後現代主義是一個複雜而龐大的概念[3]。從後現代的詞源學歷程來看，這個概念本身具有多元性、多義性、包容

---

[1] 向陽，台灣著名詩人，其詩作或有不同版本，以下按時間順序作一說明：《銀杏的仰望》，台北、故鄉出版社1977年初版，1979年修訂再版；拙稿引修訂版；《種籽》，台北：東大圖書公司，1980年初版；《十行集》，台北九歌出版公司，2004；《歲月》，台北：大地出版社，1985；《土地的歌》，台北：自立出版社，1985；《四季》，台北：漢藝色研文化事業有限公司，1986；《心事》，台北：漢藝色研文化事業有限公司，1987；《亂》，台北：INK印刻出版有限公司，2005。

[2] 承蒙香港大學黎活仁教授惠賜台灣同仁所做向陽詩歌研究碩士學位論文五部，計有：呂焜霖，〈戰後台語歌詩的成因與發展—兼論向陽與路寒袖的創作〉，碩士論文，〔台〕清華大學，2008；黃玠源，〈向陽現代詩研究：1973-2005〉，碩士論文，〔台〕中山大學，2008；江秀郁，〈向陽新詩研究〉，碩士論文，彰化師範大學，2006；李素貞，〈向陽及其現代詩研究：1974-2003〉，碩士論文，台南大學，2006。孟佑寧，〈向陽新詩創作歷程研究〉，碩士論文，台北教育大學，2007。另相關研究論文十餘篇。在上述研究成果中，筆者並未發現與後現代性相關的論述。彰化師大江秀郁的碩士論文〈向陽新詩研究〉在最後一章，提到後現代詩歌，但所指乃是網路詩歌中隨意拼貼、混合字元以成詩歌的現象，與筆者所試圖探討的後現代精神相去甚遠。

[3] 根據道格拉斯・凱爾納（Douglas Kellner, 1943-）和斯蒂文・貝斯特

性。後現代主義並非鐵板一塊，對於後現代主義有著種種不確
定的描述和界定……有讓-弗朗索瓦・利奧塔（Jean-François
Lyotard, 1924-98）的後現代主義；有伊哈布・哈桑（Ihab
Hassan, 1925-）的後現代主義，還應當包括弗雷德里克・傑姆遜
（Fredric Jameson, 1934-）的後現代主義，即晚期資本主義的文
化邏輯；讓－波德里亞德（Jean Baudrillard, 1929-2007）的後現
代主義……

　　但一般認為：後現代主義是產生於上個世紀五〇年代末六〇
年代初，伴隨西方後工業社會轉型而產生的一種社會思潮。其核
心精神是：解構現代性，動搖或顛覆現代人生存的根基。後現代

（Steven Best, 1955-）在《後現代理論：批判性的質疑》（*Postmodern Theory: Critical Interrogations*），張志斌譯（北京：中央編譯出版社
1999，6-21）中的歸納，「後現代」這一名詞大致經歷了如下的歷程：
(1)「後現代」（post-modernism）一詞最早由英國畫家約翰・瓦特金
　　斯・查普曼（John Wathins Chapman, 1832-1903）於19世紀70年代
　　使用。1917年出版的魯道夫・潘諾維茨（Rodolf Pannowitz, 1881-
　　1969）的《歐洲文化的危機》（*The Crisis of European Culture*）
　　一書，用「後現代」描繪當時歐洲文化的虛無主義和價值崩潰。
　　1963年，阿諾德・湯因比（Arnold Toynbee，1889-1975）在其著名
　　的《歷史研究》（*A Study of History*），第八卷和第九卷中用「後
　　現代」時期這一概念描述西方歷史從1875年以來的以理性主義和
　　啟蒙精神崩潰為特徵的動亂時代（Time of Troubles）。然而湯因比
　　依循的是文明興衰論，和當下場景人們所使用的後現代概念並無一
　　致性。
(2) 上個世紀六七〇年代，「後現代」一詞被引入文化藝術領域。其
　　傳播受到了兩種褒貶不一的評價。否定的一方認為新興的後現代
　　文化是啟蒙理性主義的衰落的標誌，是反智主義。而蘇珊・桑塔
　　格（Susan Sontag, 1933-2004）、萊利斯・費德勒（Leslie Aaron
　　Fiedler, 1917-2003）和伊哈布・哈桑（Ihab Hassan, 1925-）則在各
　　自的著作中對新興的通俗藝術、電影文化、多媒體聲光藝術、搖滾
　　樂持肯定態度。
(3) 到了七〇年代中期，社會學家丹尼爾・貝爾（Daniel Bell, 1919-
　　2011）在《資本主義的文化矛盾》（*The Cultural Contradictions of
　　Capitalism*）中用「後現代」指稱現代主義社會終結的歷史時期，
　　並且認為後現代主義文化是反叛的、超個人主義的、享樂主義的生
　　活方式，同時也是對傳統文化的激進攻擊，同資本主義經濟以及民
　　主政體中的科層制技術專制的、組織化的律令有著深刻的矛盾。

主義以消解與批判為主要特徵。從消極性和否定性來反省現代性，揭示其內在的矛盾和缺陷。他們拋棄了有關現代性各種「權威」、「中心」、「基礎」和「本質」。消解法典的合法性從而動搖現代人的生存根基。伊格爾頓（Terry Eagleton, 1943-），把後現代主義看作是：「一種思想風格，它懷疑真理、理性、同一性和客觀性的經典概念，懷疑關於普遍進步和解放的觀念，懷疑單一體系、大敘事或者解釋的最終根據。[4]」後現代哲學家利奧塔用一句最簡潔的話總結道「我們可以把對元敘事（meta narration）的懷疑看做是後現代。[5]」

　　對於台灣是否進入後現代社會，台灣文學是否可以用後現代主義這一概念指認，答案卻並非毋庸置疑。作家陳映真（1937-）對此即持有保留意見。認為後現代主義是一個西方流行思潮，並不能真實反映台灣經驗[6]。但陳映真也承認，台灣社會在「解嚴」之後進入了一個他稱之為「無政府」狀態的中心分散狀態。就此狀態而言，與後現代主義去中心化、解構現代性的精神氣質是十分吻合的。劉登翰等主編的《台灣文學史》在談到《笠》與《陽光小集》時也認為1970年代相繼出現的詩歌團體和詩刊，對現代主義採取批評態度，是現代詩對自己發展道路的省思和修正[7]。因此，筆者認為從這一視角推進對台灣作家心態與作品的的理解也並非無稽之談。

---

[4] 伊格爾頓（1943-），《後現代主義幻像》（*The Illusions of Postmodernism*），華明譯（北京，商務印書館，2000）1。
[5] 讓－弗朗索瓦・利奧塔，《後現代狀態：關於知識的報告》（*The Postmodern Condition: A Report on Knowledge*），車槿山譯（北京：三聯書店，1997）2。
[6] 黎湘萍，〈陳映真談台灣「後現代問題」〉，《文學台灣——台灣知識者的文學敘事與理論想像》，增訂版（北京：人民文學出版社，2003）：409-10。
[7] 劉登翰、莊明萱，《台灣文學史》（北京：現代教育出版社，2007）627。

　　考察向陽詩歌的藝術特質，筆者認為，其詩歌精神與後現代主義思潮的互文印證主要體現在：一、向陽詩歌形式及內容具有去中心化色彩；二、向陽詩歌在突破傳統，熔鑄新聲的同時，展現出多元、複雜的詩歌審美品質；三、向陽詩歌的探索性並未完成，是一項開放的未竟的事業。

二、向陽詩歌的去中心化色彩

　　在筆者看來，向陽詩歌分別在兩個層面作出了去中心化嘗試：即祛除意識形態的中心化和語言主義中心化。先來談第一個層面，我們發現向陽是一位多思的詩人（這似乎與一般人對詩人的印象不同）。李瑞騰（1952-）曾經用〈思想是文學作品真正的價值〉為題介紹過向陽[8]。向陽的豐富的思想當中，一直保有柔性但異常堅定的質疑精神。向陽詩歌的抗爭性並沒有類似大陸詩人來得武斷和決絕[9]，但外柔內剛的韌性同樣不可忽視。其第一本詩集《銀杏的仰望》在形式上即開創了方言入詩的先例，〈阿公的煙吹〉、〈阿爹的飯包〉、〈阿母的頭髮〉等方言詩廣受好評。其後一發而不可收，《土地的歌》等方言詩成為向陽詩

---

[8]　楊錦郁記錄整理，〈思想是文學作品真正的價值——李瑞騰專訪向陽〉，《文訊》90（1993）：88-92。

[9]　八〇年代中期以後，大陸詩歌也經歷過去祛除意識形態中心化的過程，曾經喧囂一時的朦朧詩已經漸漸沉澱，其思想內涵和藝術形式逐漸趨於成熟定型，即其創作風格如跳躍的結構、新奇的意象及關注現實的精神內核等，已經漸漸成為一種新的傳統。在這種情況下，一些在朦朧詩影響下成長起來的年輕人開始不滿於它的停滯及局限，於是決定自行探索，創造出一種新的詩歌方式，他們帶有強烈實驗味道的詩歌，具有迥異於前輩詩人的特徵，大陸評論界因此稱他們為「第三代詩人」，區別於建國後第一代帶有強烈政治意識形態意味的詩人如郭小川（1919-76）、賀敬之（1924-）；第二代張揚個性但又關注社會的朦朧詩人如舒婷（龔佩瑜，1952-）、北島（趙振開，1949-）。第三代詩人在當時即被目為傳統的反叛者，他們對於「權威」、「秩序」、「神聖」等概念有天生的逆反心態。

歌的標誌。《土地的歌》改為《向陽台語詩選》後被目為「戰後
第一本正式出版的台語文學作品[10]」向陽方言詩的文類貢獻更成
為台語文學的一個重要標識。誠如論者指出:「作為形式實驗者
的向陽,其在語言、形式上的實驗,不只是他個人詩美學的建立
過程,也是戰後台語詩發展中的重要開創。向陽以諺語、歌謠的
音韻特徵傳載彼時代的集體記憶,開創戰後台語歌詩的文類特
徵。[11]」而在內容上,《銀杏的仰望》更借助銀杏形象,形成看
似柔弱,實則堅韌的抗爭者意象。一如他在序言中所說:「在周
圍各類樹種的騷動和不安裏,她獨擁有一份寧靜……由於成長的
喜悅,她從始至終的微笑,委婉地向一切橫逆表達了最深沉的嘲
諷。」(向陽,《銀杏的仰望》　4)詩作中,詩人更直抒胸臆
「從來不曾想到風風雨雨會釀成/秋,從來不曾想到漂漂泊泊竟
也展軸如/扇,更從來不曾想到日日夜夜你/陽光的仰盼月的孺
慕和山山水水的踏涉/均化作千千萬萬縷輻射的鄉愁//只想廿
載的清唱已枝枒般成長/在依偎的穀中,你曾展葉抗雨舒根抵風
/兀然掙出薄天的傲嘯」(《銀杏的仰望》　10)表現對銀杏雍
容、沉靜風度的讚美。

　　再來看第二個層面:向陽方言詩創作有較為複雜的歷史背景
及特定的情感質素。學界對於向陽方言詩的研究如汗牛充棟,[12]
此文不再贅述,對向陽台語詩的貢獻僅提及一點:向陽詩歌獨特
的詩歌韻律對已形成傳統的現代邏各斯中心主義有強烈的顛覆作

---

[10] 邱怡瑄,〈向陽台語詩選:真正的鄉土聲音〉,《文訊》221(2004):74。
[11] 呂焜霖,〈戰後台語歌詩的成因與發展——簡論向陽與路寒袖的詩歌創
作〉,碩士論文,〔台〕清華大學,2007,20。
[12] 可參閱研究資料計有洪素麗(1947-),〈土地還有歌可唱——讀向陽的
台語詩《土地的歌》〉,《台灣文藝》102(1986):176-79。呂焜霖的
碩士論文〈戰後台語歌詩的成因與發展——簡論向陽與路寒袖的詩歌創
作〉第三章〈用歌聲喚醒記憶:解嚴前台語歌詩的開創,以向陽《土地
的歌》(1985)為主的討論〉　91-188;黃玠源的碩士論文〈向陽現代
詩研究:1973-2005〉第五章〈向陽台語詩的語言熔鑄〉　107-70等。

用。後現代哲學家雅克・德里達（Jacques Derrida, 1930-2004）對西方傳統的文字邏格斯中心主義的批判最為深刻。他認為「文字本身通過非語言因素所背叛的乃是生命。它同時威脅著呼吸、精神，威脅著作為精神的自我關聯的歷史。它是它們的終結，是它們的限定，也是它們的癱瘓。它中斷呼吸，在字母的重複中，在限於狹隘範圍並為少數人保留的評注或詮釋中，它妨礙精神創造活動，或使這種創造活動無所作為。[13]」在德里達看來，文字對精神的束縛作用是顯而易見的，甚至已經成為威脅人類精神豐富性的元兇。同樣，沃爾夫岡・韋爾施（Wolfgang Welsch, 1946-）也在《重構美學》（*Undoing Aesthetics*）中認為，西方存在一個視覺主義的千年傳統。這種視覺至上的傳統，「支配著新柏拉圖主義和中世紀的形而上學，一如它支配啟蒙的現代和現代人對光的熱情一樣。」他更借助福柯（Michel Foucault, 1926-84）對於監獄監視權力內在機制的批判而提出，應當放棄視覺中心傳統，進入聽覺文化的新時代。[14]

　　向陽的詩歌用詞典雅，音韻和諧，其方言詩更是借助閩南語音韻豐富的特徵，發揮了可歌可詠的歌詩優勢。簡上仁回憶初次閱讀向陽的詩作〈阿爹的飯包〉時，連夜將之譜曲，並將〈阿母的頭髮〉、〈阿公的煙炊〉等「家譜」系列寫成成套的歌集，可見向陽台語詩的音韻特徵非常明顯。[15]以一首小詩為例：

---

[13] 德里達，《論文字學》（*Of Grammatology*），汪堂家譯（上海：上海譯文出版社，1999）34。

[14] 沃爾夫岡・韋爾施（Wolfgang Welsch, 1946-），《重構美學》（*Undoing Aesthetics*），陸揚、張岩冰譯（上海：上海譯文出版社，2002）173-92。

[15] 簡上仁，〈依老調・譜新聲──走回自己的音樂之鄉〉，《陽光小集》3（1981）：114。

> 越過廣垠的原野無聲的夜／翻過暗黑的山巒無語的夜／靜
> 靜落下是天空陰冷的臉／徐徐逼來是海洋鹹濕的淚／海洋
> 的淚躲進窗中那臉上／天空的臉逃入眼前那燈內／燈在夜
> 裏徐徐翻過那山巒／夜在燈裏靜靜越過那原野……（《種
> 籽・夜過小站聞雨》　5）

　　這首詩綜合運用了視覺（無聲的夜、無語的夜、靜靜落
下）、聽覺（廣垠的原野、暗黑的山巒）、觸覺（陰冷的臉、鹹
濕的淚），同時聲調委婉，一唱三歎，哀婉纏綿，聞之銷魂。再
加上向陽作詩，喜用雙聲疊詞形成韻律，其「自為格律」的詩歌
韻律觀經久未變，所以形成了向陽詩歌濃郁的抒情風格。正是由
於這個特徵，林文義曾經評價向陽詩歌說「在眾多當年仍然晦澀
難懂的現代詩裏，向陽的詩是一泓令人清爽的泉水。[16]」

三、向陽詩歌的多元性

　　向陽的詩既非故作深沉的靈魂寫意，也不是粗鄙世俗的口語
宣洩，而是詩人注目於古典與鄉韻之間，寄情於生命和自然之
中，通過對傳統文人精神的對照和對本真自然的生存空間的開
創，以其特有的沉思和歌詠方式，完成的溝通古今、皈依鄉野的
精神之旅。
　　向陽的詩歌資源有二：一為屈原（屈平，前340－前278）
《離騷》為經的古典文學傳統；一為台語詩為緯的鄉土傳統。
向陽曾在《土地的歌》後記寫道：

---

[16] 林文義（1953-），〈銀杏樹下的沉思者：試論向陽〉，《文訊》19
　　（1985）：180。

我用十七年光陰，勞神苦心才初步完成的「十行詩」與「方言詩」兩大試驗，原來早已存活在十七年前我字字抄寫的《離騷》中——它們一來自傳統文學的光照，一出於現實鄉土的潤洗，看似相拒相斥，而其實並生並濟——屈原在辭賦上發展的典範型格、在內容上強調的鄉土根性、以及他在精神上熱愛土地、人民的熱情，似乎早在十七年前我的抄寫過程中，給了我不自覺的啟示。（向陽，《土地的歌》　188。）

他反覆論說屈原對他生命歷程的影響：

他的憂愁幽思，實則無不源自世道之亂；他的以詩明志，因而也有理心治亂的用意。「亂」字之出，在屈原的詩中，出以歌的形式，寓以心亂於亂世之煩憂，……屈原「其文約，其辭微，《離騷》其志潔，其行廉，其稱文小而其指極大，舉類通而見義遠」（司馬遷〔前145或前135－前86〕，〈屈原列傳〉）的人格與風格，也對我其後的人生與書寫行路有所啟發。（向陽，《亂·序》　8-9）

而談到台語詩寫作的資源時也無奈地說：

我在找不到台語字典、找不到台語詩的創作環境中，以歌仔戲的歌仔冊、布袋戲的口白、台語歌的歌詞和台灣諺語、俗語為範本，開始了詩壇和文壇都不看好的潮流下瀉台語詩的奮鬥歷程[17]。

---

[17] 向陽，〈第十三屆榮後台灣詩人獎得獎感言〉，《台灣詩學》3（2004）：217。

　　從詩風看來，向陽的詩，多來自質樸的生活點滴和瞬間感悟，著力在歷史、哲學、文化的觀照與反思。但他又自覺保持與玄學現代詩抑或口語垃圾詩的距離，和其他以歷史、文化、生命哲學為物件的精神拷問式的詩人不同，他的詩透射著一種沖淡平和、意味深長、自然雋永的韻味。對習以為常的生活細節的觀察和思索，展現詩人的智慧與情懷。例如：

> 那座山崗，自君別後／已孤獨靜默了許久／今晨我去，發現前年／我們踩過幽徑的松子／仍舊紛紛走回松林的枝枒／那條小路，在斜陽下／更崎嶇斑駁了許多／前年此刻，送君遠行／我們臨觴釃酒的亭腳／竟然長滿隨風飄搖的艾草（向陽，《十行集‧懷人》　42-43）

　　這首詩古意盎然，所使用的意象如：孤山、幽徑、松林、晚照、長亭、艾草，都是古人詩詞中常見的景象，而通過這種夕陽參照，艾草萋萋的景物，比托出各在天涯，情思系之的幽深情誼。讀來從容淡定，意味深長，毫無現代詩的佶屈聱牙，焦慮不安之感，在車流人流交相雜糅的現代都市，讀向陽的詩，能體會出淡雅華美的美感韻味。

　　向陽詩歌的多元性還體現在哲學上對現代理性的否定以及對現代文明造成的生態危機的警示。後現代主義哲學對於傳統哲學中占主導地位的「理性」概念進行挑戰。他們認為傳統哲學是根源於理性的總體性哲學。福柯（Michel Foucault, 1926-84）描述道，理性這個沉睡的巨人在古典世界中覺醒時，發現到處都是混沌和無序，它開始著手賦予世界以理性的秩序。啟蒙運動的任務就是要使理性的政治力量多樣化，把它撒播到社會的每一個領域，把理性看作是知識和真理的基礎。歷史和社會被看作是由中

心、本質和目的支配的統一整體。但是，福柯站在後現代主義的立場上，認為作為啟蒙運動神話的理性，是一種統一的、總體化、極權化的理論模式，它模糊了社會領域的分化和多元的性質。[18]向陽創作於1993年5月26日的詩歌《亂》頗能反映詩人此時內心凌亂複雜的心境：

> 在靜寂的夜中醒過來／醒過來的夜喧譁著／墨藍的天空隱藏迷幻的紅／淺綠的窗簾飄搖虛空的白／鐘擺彷彿也被嚇呆了／所有指針都反向逃竄／／沉默的夜，沉默的張狂／囚車烏黑，滿載叛徒顛簸馳前行／／……
>
> 在靜寂的夜中狂亂／在狂亂的夜中靜寂／髮眼鼻耳舌頸胸腹腰肚手臂腿腳趾／都攪在一塊兒給砲火帶走了／／這夜也以另一種臉顏沉默著／在曼谷在紐約在巴黎在莫斯科在上海在台北／愛滋通過血水交容滋生愛的共同體／／……
>
> 飢餓寫入窮鄉孩童的骨頭／核能電廠獰笑，等待下一回的奔放／臭氧層苦澀的傷口，百無聊賴地，擺著／在靜寂的夜中醒過來／世界洲界國界人界皆已泯滅／只剩皮膚與皮膚競逐顏色（向陽，《亂》　56-59）

　　詩貴簡約、貴含蓄、貴言有盡，而意無窮。清代學者葉燮（1627-1703）的論述最為詳盡，「詩之至處，妙在含蓄無垠，思致微渺，其寄託在可言與不可言之間，其指歸在可解不可解之會；言在此而意在彼，泯端倪而離形象，絕議論而窮思維，引人

---

[18]　道格拉斯・凱爾納（Douglas Kellner, 1943-）、斯蒂文・貝斯特（Steven Best），《後現代理論——批判性的質疑》（*Postmodern Theory: Critical Interrogations*），張志斌譯（北京：中央編譯出版社，1999）45。

於冥漠恍惚之境，所以為至也。」[19]或為向陽詩歌之謂也。夜靜更深，詩人披衣而起，神游萬仞，夜的死寂與思如潮湧形成迷亂的對稱，使得心事愈加剪不斷，理還亂，欲下筆前言，一腔糾葛噴薄而出，終究一字不能著，一淚不能流，讓這無可奈何的心思被囚車拘禁，混入茫茫車流燈光滑去遠方，終至消無……

尼采（Friedrich Wilhelm Nietzsche, 1844-1900）以降，日常生活的詩意成為一種可能性的話題，進入藝術。[20]也正是被馬丁·海德格爾（Martin Heidegger, 1889-1976）所謂的大地所遮蔽的日常生活的世界進入藝術，才使得二十世紀的生活美學取代了主體美學，成為主導性的詩學理念。向陽筆下的「已入而立之年的爸爸／背對著窗外早春寒流中的微風細雨／流連地傾聽你：打鼾呼吸哭號囈語」（（《十行集·鼻息──給女兒》 165）這些充滿童趣的生活場景；「舉鋤頭，掘田岸／透早出門巡田水／莊頭莊尾擺阿諛／阮的子兒台北豪賺錢」（《土地的歌·八家將》86）的鄉野風趣；「醞釀同陽光一樣，一樣黃澄／撲鼻的甘醇與芳香」（〈四季·穀雨〉）欣欣向榮的茶樹和濃郁撲鼻茶香，被置入作品，因此也就有了此在生存論意義的藝術因素，構成了敞開日常生存的審美詩意的藝術性世界。

如同梵谷（Vincent Willem van Gogh, 1853-90）畫中，那雙沾著晨露和泥土的農鞋一樣，向陽詩中的田畝、漁船、茶樹林、傀儡戲、阿爹的飯包、阿母的頭髮和阿公的煙吹也引起人們對土地、鄉村、親人的複雜情感。而在充滿勞績的利益生活中，這些被忽略的溫情和圖景的再次被敞開，也是對藝術詩性呼喚的一次

[19] 葉燮（1627-1703）、薛雪（1681-1770）、沈德潛（1673-1769），《原詩·一瓢詩話·說詩晬語》（北京：人民文學出版社，1979）30。
[20] 馬丁·海德格爾，《人，詩意地安居》，郜元寶編（上海：遠東出版社，2004）42。

皈依。「文化學院四年間,台北的生活和文化形態的混亂,教我回頭驚見人間燈火明滅下的土地,而最先走入我眼裏的,是從小熟悉的鄉里,鄉里中生長的人物,和那一群人物的悲喜──寫下他們,用他們的語言和形貌,藉他們的語言與間接!這種念頭,迅速而強力地衝擊我。」(向陽,《土地的歌》 1-2)

工業社會的工具理性、管理上的科層制度、流水線的生產模式帶來的工業污染、環境破壞、經濟中心主義、道德淪喪等等使得身體無法避免地承受傷害,在後工業社會中人必須與自然實現對接。有學者認為後工業文明之後的文明形態即是生態文明[21]。生態文明的哲學基礎是對十七世紀以來的西方「人類中心主義」的突破和超越,是對工業文明的反思和修正。向陽詩歌對於自然生態的呼籲縷現筆端:

> 沿著細緻柔滑的沙灘,趁早潮/一波波沖洗初陽,我們走過/委婉而狹長、戀著陸地的海岸/聽鷗鳥噪叫,湧動著起伏的浪濤/我們胸中,也有夢與愛不斷澎湃/夢那綿延千里的沙灘綿亙萬年/愛這山河湖海彙聚眼內的壯闊/且任波潮濺濕疲累行腳/回望防風林後無盡的田畝農舍/我們走過河口、潟湖與沙洲(向陽,《歲月‧走過我們的海岸》 117-18)

> 為子孫的天日/我們不惜血汗,繪下美麗藍圖/要讓更多的留鳥啁啾鳴唱/要讓更美的花草播撒芬芳/要讓子孫將來也逡巡四顧/向千仞山,與我們一樣揮手/上山、上路、上雲霧深處/招呼健步本來的眾多神木(向陽,《歲月‧向千仞山揮手》 115-16)

---

[21] 曾繁仁,〈當代生態文明視野中的生態美學觀〉,《文學評論》4(2005):48。

　　向陽複雜的詩歌精神來源及寬廣的關懷視野，表現在他的詩作中即他的選材十分廣泛，思考的理路也豐富多姿，正如向陽在詩集《四季》後記中寫到的「我嘗試，透過二十四節氣，我嘗試在每篇作品中表現不同的色彩與心境。首先，那是我生命的給出；其次，那是我至愛的土地的呈現；最後，那是台灣這個大洋中的島嶼，所能奉獻給世界的獨特的風土色彩。我嘗試拍攝風物、自然之美；我也嘗試諷喻都市、環境之壞，嘗試針砭時事、政情之亂，嘗試掌握時空、心靈的定位……或者透過象徵、隱喻，或者經由歌詠、鋪排，或者假借反諷、直陳──在「四季」的依序易序中，我期望這些詩作表現出八〇年代台灣的多重面貌。」（向陽，《四季‧後記》　135）

四、向陽詩歌的未完成性

　　後現代主義學者在現代主義與後現代主義的關係認同上分為明顯的兩種認識：一種觀點認為，「後現代（post-modern）」是指「非現代」（not-modern），它要與現代的理論和文化實踐、與現代的意識形態和藝術風格徹底決裂。「後」（post）可以肯定地理解為積極主動地與先前的東西決裂，從舊的限制和壓迫狀況中解放出來，進入到一個新的領域；也可以否定地理解為可悲的倒退，傳統價值、確實性和穩定性的喪失。另一種觀點則認為，「後現代」（post-modern）被理解為「高度現代」（hyper-modern），它依賴於現代，是對現代的繼續和強化，後現代主義不過是現代主義的一種新面孔和一種新發展。

　　前一種觀點以雅克‧德里達（Jacques Derrida）、讓─弗朗索瓦‧利奧塔（Jean-Francois Lyotard）為代表，後一種觀點的堅定捍衛者是哈貝馬斯，兩種觀點在八〇年代初期發生了較為尖銳

的衝突。[22]

利奧塔（Lyotard）同尤爾根‧哈貝馬斯（Jürgen Habermas, 1929- ）分歧的焦點之一是：哈貝馬斯反對裂變而追求總體性，利奧塔則反對總體性而追求異質性。然而事過境遷再來看待這場爭論，誠如凱爾納與貝斯特在《後現代理論》中認為人們談論這場爭論時更多的強調二人的差異性，忽略了共同性：「利奧塔對元敘事的懷疑和他對現代性之合法化敘事的攻擊，某種程度上類似於法蘭克福學派所從事的意識形態批判」[23]

在筆者看來，現代主義與後現代主義的異質同構關係非常明顯。後現代主義對「元敘事」的批判，對現代理性的解構並非以徹底否定現代性為指歸，相反，後現代主義的批判增強了現代性的包容性，使它變得更加寬容，更加容忍、包容異己（例如強調理性和自由的適度，強調理性和自由的相容）。後現代主義的對抗性存在，使得現代主義逃離了理性極權主義傾向，走向多元文化主義。後現代主義的哲學、美學和社會學，甚至後現代的科學以及以後現代為共同文化背景的女性主義、後殖民主義以及後馬克思主義等等思潮不僅消除了人類中心、男性中心、西方中心以及精英中心等等的一元統一，而且消除了自然界／人（物種／人類）、女性／男性、東方／西方以及大眾／精英的二元對立。

向陽不是一位安於一元論的詩人。恰恰相反，其心胸、眼界都十分開闊。最明顯的例證是他本人是台語詩歌創作的先鋒詩人，說他是台語文學的導乎發路者，並不為過。台語詩在向陽心目中的地位自不待言，但當口語詩、台語詩不斷被濫觴、被極端

[22] 關於那場論爭可參見Richard J. Bernstein（伯恩斯坦, 1932- ）, Habermas and Modernity（《哈貝馬斯與現代性》，Cambridge, Mass.: MIT P, 1995）161-75。王嶽川（1955- ），《後現代主義文化研究》（北京：北京大學出版社，1992）318。
[23] 王嶽川 318。

化之時，向陽關於台灣文學的清醒認知更顯得彌足珍貴。向陽認為，台灣文學不能僅僅以台語詩為代言，過於極端偏狹。他說「當我們談到『台語詩』這個符號時，也要注意到它隱含著與台語一樣的兩種定義。廣義的台語詩，指凡是使用台灣這塊土地上的語言，用文字表現出詩的形式者，皆是；如此不只台灣閩南語的詩是台語詩，在台灣使用國語寫成的詩也可稱為台語詩。在這個定義上看，台灣作家使用不同語言寫出的文學，我們都可以叫它『台語文學』」[24]，又說「我認為台灣文學是可以存在的，但是理想中的台語文學不應只是福佬話為主體的文學，我以為未來的文學應該能夠包容、反映這塊土地，不同族群所使用的語言和多元複雜的語言面向。」[25]

　　所以，向陽的詩歌觀念應當是開放的、包容的、容納異質的，但是這種看似政治正確的觀念又恰恰突顯出詩人主體的矛盾與糾結。詩歌〈立場〉、〈心事〉或許是最好的注解。先來看〈立場〉：

　　　　你問我立場，沉默地／我望著天空的飛鳥而拒絕／答腔，在人群中我們一樣／呼吸空氣，喜樂或者哀傷／站著，且在同一塊土地上／不一樣的是眼光，我們／同時目睹馬路兩旁，眾多／腳步來來往往。如果忘掉／不同路向，我會答覆你／人類雙腳所踏，都是故鄉（向陽，《十行集·立場》　178-79）

---

[24] 陳雪靜整理，〈另類的聲音〉（向陽在華梵大學關於台語詩的演講），《中央日報·中央副刊》，1999年5月26日，18。
[25] 楊錦郁　88-92。

　　人類雙腳所踏，即是故鄉。這種開放的胸懷，寬容的、健康的境界自然令人十分敬仰，但是詩人並不能借此遣懷，相反，他又無法遏抑自己的質疑與迷惘。於是有了〈心事〉：

> 浮雲把陰霾的顏面埋入／回應碧樹蒼空的小湖／小湖又把圈圈圍不住的皺紋／隨風交給遊魚去處理了／所謂心事是楊柳繞著小湖徘徊／／逝去的做完挽留著將來的明天／落葉則在霧靄裏翻翻飄墜／而悲哀與喜樂永遠如此沉默／只教湖上橋的倒影擱下／倒影裏魚和葉相見的驚訝（向陽，《十行集・心事》　126-27。）

　　悲哀與喜樂，像一圈圈的皺起的春水，搖曳、蕩漾、慢慢消失，然後隨風蕩起新的波紋，這似乎是詩人最真實的內心情景。因為一個台灣那難以排解的糾葛還是對於主體性的迷惑，即：我究竟是誰？

> 十二歲時，我與同齡的族人開始接受／這群來自遙遠的外海的侵入者／教育。學習羅馬字，學習諾亞方舟的故事／上教堂禮拜，哈裏亞路／慢慢忘掉我舌頭熟悉的濁音／學習新的書寫，我叫／Siraya（向陽，《亂・我的姓氏》119）[26]

　　荷蘭於明天啟四年（1624年）從澎湖抵鹿耳門，是第一個有系統的開發與統治台灣的國家，從此以後，台灣歷經各種磨難與

---

[26] 在荷蘭人入台以前，住在台南安平一帶的西拉雅人，稱為赤崁社，自從荷蘭人占領台灣以後（1624），西拉雅人就成為外族最先統治的臣民，而歷經迫害。

劫數，一直到今天更形成較為明顯的族群分裂狀態，似乎仍然沒有走出不停追問「我是誰」的夢魘。如向陽所說「這將近二十年的政治板塊挪移，使得台灣社會處於猶疑、晃動、焦慮和急切的震蕩之中……板塊挪移、碰撞、搖晃，人心也跟著驚惶、錯愕、難安。「亂」字，因此成了，台灣這個，島上所有人心頭上的痛。」（向陽，《亂‧自序》　11）面對這種紛擾，詩人似乎也已經無從分辨是非：「×真理剛繫好鞋帶的可能／○謊言已走遍天下的可能／×新即是舊的可能／○舊即是新的可能／×是就是非的可能／○非就是是的可能／。」（《亂‧×與○的是非題》　74-75）

　　向陽是一位情感很繁複的詩人。讀向陽寫鄉情時的詩句時分明感到詩人歷經世事滄桑，同時精神放歸鄉野時又無比癡迷與欣喜，而讀其對現代社會批判的詩又感其孤獨與憂憤，但同時情感越發淳樸和單一；讀向陽的詩我們常常會發現兩位向陽糾纏在一起，一位懷著知識份子的家國理想，為鄉梓代言，為生民立命，一位又性情淡泊，寄情山水，沖淡平和，真是其歌詩愈溫婉，其憂憤愈苦痛，憂憤愈苦痛，性情愈淡泊，這種集文化保守主義者與文化批判主義者立場於一身的狀態所帶來的游移、徘徊與內心的哀傷，讓人有無限同情之感。

五、結語

　　綜合前面論述，應該可以得出向陽詩歌与後現代主義文藝狀態存在內在的聯系。或許詩人自身並不做此認同，但並不妨礙我們經由詩作的種種印記得出客觀的判斷。作為文化培養的分子，個人其實並無多少選擇的餘地，接受各自的文化宿命，是無奈的選擇和最終的結果。向陽詩歌創作於民族文化轉型、對撞、新生

的大背景，吸取傳統之精魄，含英咀華，推陳出新，以方言入詩，歌詠鄉土、村落、民間情感，表現出獨特的精神介質。成為當代漢語詩歌獨樹一幟的存在。西哲海德格爾有言：「時代之所以貧困，是因為不光上帝已死，而是因為，終有一死的人連他們本身的終有一死也不能認識和承受。」[27]在這個混沌的暗夜中，只有詩人能道說神聖。而詩人領受這神聖召喚的方式，是順應貧困時代的命運，走向指定給他的道路的最遠的地方。向陽正是這混沌黑夜中的一抹閃光的亮色。本文並為有此雄心，將向陽詩歌的美學精神定格為後現代主義的窠臼之內，僅僅提供一種理解向陽詩歌的方法路向。而且，鑒於當代後現代理論的龐雜與反覆，本文也無法在較為細緻的技術層面一一呈現向陽詩歌與後現代文藝的聯繫，一如哈貝馬斯言語中「一項未竟的事業」，期待後續研究的跟進與深化。

---

[27] 馬丁‧海德格爾，〈詩人何為〉（"Why Poets?"），《海德格爾選集》（上海：上海三聯書店，1996）410-11。

社會語境與感覺結構下的
台灣八、九〇年代散文書寫研究

——以向陽、阿盛、林文義為例

黃文成

作者簡介

黃文成（Wen-Cheng HUANG），男，台灣桃園縣人。台灣中國文化大學文學博士。現任教於台灣，靜宜大學台灣文學系助理教授。著有：《受刑與書寫——台灣監獄文學縱橫論》、《六朝志怪小說夢象之研究》、《紅色水印》等書。

論文題要

文學的發生與場域有絕對的關係，場域則包括了空間與時間的綜合。每個階段的台灣文學都與當時時代背景，有緊密連結關係。本文試以八、九〇年代氛圍來探求文學書寫向度的可能，且以向陽（林淇瀁，1955-）、阿盛（楊敏盛，1950-）及林文義（1953-）為討論對象；三人之中，向陽本身具有創作者與文化觀察者的身分，書寫文類跨越了新詩、散文與評論，於是他的作品與理論常並行不悖，且深入台灣文學／文化議題，是台灣當代重要文學社會學理論建構／觀察者。阿盛則從南台灣北上求學與

工作，文學視角，多從社會底層出發，寫作近三十年，作品每每翻陳出新，散文文風、寫作視角犀利，是台灣重要的寫實風格散作家；林文義因個人浪漫情懷，生命裏的使命感特別重，故對當代政治及社會運動、土地倫理、歷史台灣等議題，用力甚深。本文研究成果，希冀對台灣現代散文研究在方法論及議題上，開啟一小視野。

關鍵詞（中文）：向陽、阿盛、林文義、社會語境、感覺結構

一、前言

台灣政治發展史上，最重要的一項行政命令，就是台灣「戒嚴令」[1]的頒布，此一行政命發生於1949年，國共和談破裂時，5月19日台灣省警備總司令部為「確保台灣之安定，俾能有助於勘亂工作的最後成功」，於是布告自20日起全省戒嚴[2]。八〇年代中期開始，台灣開始出現要求徹底解嚴的運動，尤其以1987年55月19日民進黨於台北市中山堂舉行的五一九綠色行動最為重要，示威抗議的民眾高舉「只要解嚴、不要《國安法》」、「百分之百解嚴」等標語。1987年7月14日，中華民國總統蔣經國（1910-88）頒布總統令，宣告自同年7月15日凌晨零時起解除在台灣本島、澎湖與其它附屬島嶼實施的戒嚴令（簡稱「解嚴」），在台灣實施達38年又2個月的戒嚴令自此走入歷史。總統令同時還宣佈廢止戒嚴期間依據《中華民國戒嚴法》制定的30項相關法令，而國防部也對237位於戒嚴時期遭軍法審判的民眾予以減刑或釋放。但在此之前，「美麗島事件」[3]的發生，誘發了整個台灣解

---

[1] 「戒嚴令」：戰後台灣戒嚴令的頒布歷史頗為雜沓，但仍有脈絡可循，以下歸納成三項來說明：一、「二二八事件」期間的戒嚴令。二、行政院劃台灣為戒嚴接戰地域；三十八年七月七日將蘇皖等六省劃為接戰地域與十一月二日行政院會議決議劃台灣省為戒嚴接戰地域。三、台灣戒嚴令，也就是眾所周知的民國三十八年五月十九日，由台灣省警備總司令部所發布的戒字第一號戒嚴令。見薛月順、曾品滄、許瑞浩編著：《戰後台灣民主運動史彙編（一）：從戒嚴到解嚴》（台北：國史館編印，2002）4。

[2] 薛月順 7。

[3] 1979年6月，黨外人士黃信介（1928-99）、許信良（1941-）、張俊宏（1938-）、林義雄（1941-）、姚嘉文（1938-）及施明德（1941-），等人創辦《美麗島》政治雜誌，並於8月十二四日在台北發刊第一號，社務委員達七十多位，囊括了台灣知名「黨外人士」在台灣各地，成立二十多個辦事處，每月發行量達十五萬本之鉅，其評論激烈、聲勢浩大，對國民黨一黨獨大的心態，構成極大的威脅。參見陳水源，《台灣歷史的

嚴時代的來臨。但在此時到真正解嚴時刻到來前，全島反對運動人士對國民政府政權的威脅感，日益強烈。直至黨外人士於「世界人權紀念日」在高雄舉行演講及遊行活動，引發大規模的軍警鎮壓，進行黨外人士逮捕，幾乎所有反對運動的領導人士，無一倖免。一夕之間，反對運動陣營面臨土崩瓦解的重挫。台灣社會也瀰漫了一股愁雲之中，彷彿回歸到五○年代白色恐怖最嚴重的悲情時代[4]。

　　彭小妍（1952-）論述解嚴與文學之間的關係時，她提及：1987年解嚴後，重建歷史成為台灣文學的一股新潮流。由於從前台灣史與台灣文學是禁忌，這股潮流在戒嚴時代一直暗潮洶湧，到解嚴閘門一開，終得宣洩，莫之能禦。這種現象可以說反映了整個台灣社會對歷史建構的關注[5]。陳芳明（1947-）論述《台灣文藝》時談到，台灣文學本身就具備了本土性與自主性。文學孕育原有它一定的空間和時間，在特定的社會經濟環境，必然鑄造作家的意識和思考模式。文學表現不可能離開社會經濟條件的制約，而成為單獨存在的絕緣體[6]。楊渡（楊炤濃，1958-）認為「解嚴」的宣佈，事實上等於是宣告強控制系統的不合法與不正義，而原本在意識形態上、經濟上、政治上各子系統內的被壓抑的部分遂紛紛抬頭，抗議、遊行、請願之事不絕[7]。蔡源煌（1948-）認為解嚴及報禁開放以來，文化界言論空前的蓬勃；一時雖然稱不上是百家爭鳴，但各種言論、意見已因解禁、解

　　軌跡（下）》（台中：晨星出版社，2000）691。
[4]　彭瑞金（1947-），《台灣新文學運動40年》（台北：自立晚報，1991）195。
[5]　彭小妍，〈文學與重建歷史〉，《威權體制的變遷：解嚴後的台灣》，中央研究院台灣研究推動委員會編（台北：中央研究院台灣史研究所，2001）495。
[6]　陳芳明，《鞭傷之島》（台北：自立晚報，1989）12。
[7]　楊渡，《強控制解體》（台北：遠流出版社，1991）12。

嚴而陸續出籠[8]。黃娟（黃瑞娟，1934-）亦說到，在台灣，研究「台灣文學」一直是政治禁忌，由於戒嚴令的長期實施，膽敢從事研究的人，總是動輒得咎，不斷地被扣上「台獨」或是「台灣意識」的黑帽子，使得學者專家因而裹足不前[9]。以上各評論家的論述不管從哪個角度上分析，都指向一同一個交集，「政治的解嚴」全方位地影響了台灣各個層面，包括了文學的書寫面向。

　　本論文以台灣嚴前後各近十年做一個文學斷代做一個觀察，在台灣政治發展史裏，戒嚴與解嚴前後十年絕對是不同時代，在台灣真正走向解嚴之前的台灣整體氛圍，文化及藝文圈早已先行吹起「鄉土文學論戰」，這種具有政治傾向議題在封閉的政治體系尚未開放，卻已先在文化及藝文圈吹皺一池春水，且影響甚遠。

　　七〇年代後半段與在解嚴前後的台灣所關注的焦點，我們可以明確地說完全以台北城裏的政治氛圍為主要的脈絡，當時黨外異議人士的言論獲得文化圈的支持，於是文化人開始以媒體發聲，大眾媒體開始有了異於統治者的聲音出來，連帶地影響了整個台灣社會語境的議題與力道。而社會語境在某個層面上，獲得來自統治者某種程度的回應與接受，尤其是當時中華民國總統蔣經國對於台灣政治統治，傾向開放給台籍人士參與。台灣內部的各種與當局者相抗衡的聲音，亦透過不同管道發聲。於是整個台灣內部在解嚴前及解嚴後的整體政治、社會、文化等各面向出現解放的態勢，於是八、九〇年代台灣的社會語境因解嚴關係而與六、七〇年代閉鎖風貌有著截然不同的本質出現。一如向陽所說：這樣的年代，什麼都可能發生，也什麼都可能不發生；發生要付出代價，不發生也得付出代價。這樣的年代，政治主導了一切；這樣的年代，一切也影響著政治；而當中的樞紐，可能是統

8　蔡源煌，《解嚴前後的人文觀察》（台北：遠流出版社，1989）261。
9　黃娟，《政治與文學之間》（台北：前衛出版社，1993）7。

治者，也可能是人民。力量在統治者和被統治者之間拉扯，力量被拉扯到將斷不斷的極致，最後終於有一方鬆了手、一方鬆了一口氣。台灣的八○年代中葉，幸好，鬆手的是統治者[10]。林文義也自省於八○年代的時代感覺結構與氛圍，作家在此一時代感的存在意義：

> 　　一九八○年春冷，美麗島事件軍法大審，那樣活生生、赤裸裸的呈現，戒嚴的獨裁體制如何以公權力壓制初燃的民主火苗。然後，林義雄的母親及一對雙胞胎幼女被殘忍殺害；忽然深覺做為一個文學創作者的無用──「在這被矇蔽、不義的黑暗年代，作家所為何來？」
> 　　原是怯懦、羞赧的心靈覺得不能再沉默，必須要走出密閉的書房，尋找台灣的答案[11]。

　　沈謙（1947-2006）論及台灣文壇主流之遞嬗時，點出了八○年起，台灣已由農業社會轉變為工商社會，隨著經濟富裕，政治的開放，生活形態與思考模式都迥異於以往。同時，傳播時代與資訊時代的來臨，使得整個社會脈動趨於多元，文壇上自然呈現了多采多姿，極態盡妍的繽紛色彩。八○年代以後的台灣文壇，已經是百花齊放的時代，看不出明顯的主流，新銳盡出，令人眼花撩亂[12]。而本文所提出的「社會語境」其實是當時政治風向球的展現下的社會語境。向陽在面對台灣文學發展歷程裏，特

---

[10] 向陽，〈分水嶺上〉，《暗中流動的符碼》（台北：九歌出版社，1999）60。

[11] 林文義，〈蕭索與華麗後記〉，《蕭索與華麗：林文義散文一九八○──一九九○》（台北：九歌出版社，2000）281。

[12] 沈謙，〈台灣戰後文壇主流之遞嬗〉，江寶釵、施懿琳、曾珍珍編，《台灣的文學與環境》（高雄：麗文文化，1996）28。

別重視八〇年代以後的文學環境，他認為文學創作與整體社會語境及感覺結構是有絕對關係的，他說：

> 直到進入八〇年代之後，隨著台灣民間自主意識的高漲，以及大量台灣作家的茁壯與養成，台灣文學才開始釐清本有面目，以長年隱忍、深植在台灣大地的盤根錯節，重新萌芽茁長。台灣作家也才開始重新延續其被政治外力隔斷的文學傳統，力求振衰起蔽，從土地與人間的滋養中，尋求獨立自主的文學尊嚴。……
>
> 特別是在八〇年代末期，強人政治逝去，台灣當局不得不回應台灣人民組黨、參政之強烈要求，逐一宣布解嚴、開放黨禁、報禁、開放大陸探親、召開國是會議之際，整個台灣的政治空間一夕之內大為擴展，台灣文學在內部環境的改變下，也有了更見蓬勃的發展。……相應於政治、社會與文化參與的洶湧浪潮，部分台灣作家也開始走出書房、投身於政治、社會、文化運動之中，重新延續了四十年前日治時代前輩作家爭取台灣人發言權的未竟事業[13]。

因政治改革日趨開放，台灣整體社會的改革浪潮，文化人從未缺席，且還站在浪頭之上，在改革發聲之前已先行獻聲，或用文字，或用行動來表示身為知識分子的社會責任與良知。

---

[13] 參見向陽，《喧嘩、吟哦與嘆息——台灣文學散論》（台北：駱駝出版社，1996）5-6。

二、八、九○年代台灣社會語境及感覺結構下的文學場域

　　本論文為〈社會語境與感覺結構下的台灣八、九○年代散文書寫研究-以向陽、阿盛、林文義為例〉，探討面向主要扣合台灣文學與台灣政治、社會、文化發展脈絡對應下的書寫面貌為何。自日治時期以來的台灣文學存在著反映世局的特質，於是寫實風格及批判性的文學作品，在各個年代的台灣文學發展史中，總佔有相當重要的比例。而以文史對話／對應論述，在目前學界的理論架構與文本分析時，以台灣小說為文本論述為範疇者居多，故本論文意在以台灣散文作品為考察對象，探討文學與歷史之間交互影響與對話的文學現象。

（一）台灣政治場域下的社會語境

　　大陸學者徐學（1954-）認為從某種意義上可以說，八○年代台灣文學既受到當代台灣政治文化的制約和牽引，同時也構成台灣政治文化的一個側影。政治多元化帶來了較為寬鬆自在的創作心態，政治禁錮與禁忌已不再成為散文家創作時揮之不去的陰影，散文家有了空前廣闊的思維空間，表現作家政治認知與政治情懷的散文品類遠較八○年代之前更為豐富多姿[14]。我們觀看學界論及台灣文學各階段性發展，往往與當時政治、社會、文化事件關係緊密，這些因素深深影響了作家創作的態度或創作取向，以戰後台灣文學而言，七○年代的釣魚台事件、台美斷交、台日斷交、美麗島事件，八○年代後期的解嚴等，都是文學論述者關注的焦點。隨著1987年7月15日政府解除戒嚴令，台灣擺脫了威

---

[14]　見徐學，〈八○年代台灣政治文化與台灣散文〉，收入在鄭明娳編，《當代台灣政治文學論》（台北：時報文化，1994）293。

權緊箍咒，籠罩在台灣天空的濃霧逐漸散去，台灣社會的活力與自由大為迸發，那不僅是政治上基本人權獲得尊重，文學創作也更取得了自主性與主體性[15]。須文蔚（1966-）分析台灣八、九〇文學發展面向時，也提及1980年代，是台灣政治、經濟體制全面解除管制的關鍵時刻，政治的鬆綁給作家更大發揮空間，隨著1986年民主進步黨成立，1987年解嚴，1988年報禁解除，跟隨著動員勘亂時期的終止、開放大陸旅遊、探親和文教交流等，可供發表的文學作品園地增加、題材也不再受到限制。

　　政治的鬆綁與解禁，社會主義思想不再是禁忌，各種具有批判精神、文化思潮不斷地在台灣文化界裏發酵；政治的解構與民主浪潮的影響，讓台灣文化圈一時顯得精神煥發，「批判理論」、「結構主義」、「解構主義」、「後現代主義」、「女性主義」、「後殖民論述」等等。都伴隨著政治鬆綁運動而來，成為文學圈從僵化的思想牢籠掙脫，重新建立價值觀的新武器[16]。

　　從以上的論述，我們重回八、九〇年代的台灣社會歷史情境，似乎整個社會語境與八〇年代國民政府撤退到台灣的整體政治與社會氛圍，有著本質上的差異。這種源自於政治圖騰所影響下的社會環境氛圍，雷蒙・威廉斯（Raymond Williams, 1952-）便稱之為「感覺結構」。而「感覺結構」性質指的便是特定時空下的歷史感、及社會語境。解嚴前後的台灣文學觀察，除對台灣文學史論述的重建獲得極大回應與空間之外，性別議題的同志文學、女性文學在後現代主義的去主權、父權思潮下，也有書寫及

---

[15] 參見許俊雅：〈當文學遇見解嚴〉，《解嚴以來台灣文學國際學術研討會論文集》，國立台灣師範大學國文系主編（台北：萬卷樓，2000）544-45。

[16] 須文蔚，〈繁花似錦的文學年代──八〇年代以降的台灣文學〉，《文學@台灣：11位新銳台灣文學研究者帶你認識台灣文學》，吳明益等著（台南：台灣文學館，2008）181。

論述空間,關懷台灣政治文化、土地倫理與自然書寫、社會邊緣性議題的書寫,也持續地被文壇及學術界所聚焦及討論。

向陽在對應龍應台(1952-)《野火集》一書提出了文學反映時代之間的關係:

> 妳對文化的了解絕非泛泛,妳當也能同意,以文學創作所架構的世界為例,作家的風格乃至流露在他不自覺流露出來的符號(文字語言)之後的,其實乃是這個活在實際時空中的作家對於社會、時代的感覺。威廉斯稱之為「感知結構」,「透過語言、社會關係、制度、意象及對歷史變遷之反應而表達出來」(Williams, 1961),這種感知結構,既是個人的,也是社會群體;是傳承著既往歷史經驗的,也是在歷史過程中社會成員對歷史情境的創造性反應[17]。

上述向陽龍應台及其專欄提出評論與想法時,用了「感知結構」一詞,學界後來慣用「感覺結構」一詞。而「感覺結構」定義與論述,夏鑄九(1947-)、王志弘(1965-)所編譯的《空間的文化形式與社會理論讀本》一書中提到:雷蒙・威廉斯(Raymond Williams, 1961-)在《革命長途》(*The Long Revolution*)一書中提及和描述「感覺結構」的性質和歷史定位。其中內容是對文化理論的界定 ——「在整個生活中各種元素之間相互關係的研究」;他的意思是,整個生活中複雜的一般組織,只有全面經由真正的「生活經驗」才可能被知道,因為,它是一種「感覺結構」,「在特殊地點和時間之中,一種生活特質

---

[17] 向陽,《喧嘩、吟哦與嘆息──台灣文學散論》　43-44。

的感覺：一種特殊活動的感覺方法」結合成為「思考和生活的方式」。威廉斯進一步地提到，任何過去或現的感覺結構，是不易安置的共同要素，容許個別經驗差異；也就是他所說的內在知識結果，一種「生命的特殊感覺」，一種「特殊的、本土風格的清楚感覺」，「一種幾乎不需特意表現的特殊社群經驗」。雖然在某種意義上，感覺結構是「某個時期的文化」，是「一般組織中所有元素的特殊生活結果」，而且雖然「它是一種非常深刻而廣泛的情感（possesion）位在所有真實的社群之中，這正是因為它是溝通之所繫」，但絕非「既定社群中許多個體都有相同的擁有方式。……」。威廉斯觀察到不同世代（generation）的差異性是相當明白的一件事，因為感覺結構不會以任何方式被學習。他認為每個時代及世代都有專屬於它們自身發展特色的感覺結構。且世代之間的感覺結構是具有歷史差異性且廣佈的社會經驗。因此，「此種特質和改變制度、形式、信仰的其他特定的歷史標誌之間的關係，以及超越這些的各階級間的社會和經濟關係，再度成為一個開放性的問題：亦即，它是一組特殊的歷史問題」換句話說，根據歷史環境的不同，感覺結構可能在不同階段之間有所不同。感覺結構必須和「世界觀」或「意識形態」有所區別，因為它不是限於「形式地擁有的系統信仰」[18]。

威廉斯的「感覺結構」觀點與論述，說明了整個時代感在進行之中，都有它自己發展的特性與脈絡，而這種特性與脈絡是時代氛圍，其中包括了政治、社會、文化以及知識分子之間的思維與向度等等各種層面的總組合。

解嚴及報禁開放以來，文化界言論空前的蓬勃；一時雖然稱不上是百家爭鳴，但各種言論、意見已因解禁、解嚴而陸續

---

[18] 夏鑄九、王志弘編譯，《空間的文化形式與社會理論讀本》（台北：明文書局，2002）92-93。

出籠[19]。本文即基於威廉斯提出的「感覺結構」觀點及論述架構下，進行台灣八、九〇年代時空背景下觀察文學與時空場域之間互動、發展與對話下的風貌。

　　李瑞騰（1952- ）在〈八〇年代的台灣文學〉亦提及了「文學環境」，係指提供文學生存與發展的空間，其中有關政治、經濟、文化等各方面的人文活動，和文學的關係非常密切。我們幾乎可以這麼說：什麼樣的環境就會產生什麼樣的文學，而一個時代的環境狀況也會以各種方式顯現在文學活動（含作品）之中[20]。李瑞騰繼而談及八〇年代的台灣文學基本上有三種特質，其一是，作家創作題材的選擇和主題的經營來說，因社會愈開放，文學的空間乃逐漸擴大，各種過去被視為禁區的領域都已被突破；文學作家各盡所能的表現，形成文學花圃的百花齊放。其二，則是社會的商業活動朝向企業化，出版社、書報社、書店等有關文學的生產與銷售系統都無可避免受到影響，圖書開始重視包裝，行銷也講究策略。其三，傳播科技的進步並普及，使得文學作品的製作和傳播速度加快文學的活動形態無可避免地產生變化[21]。而向陽論述到台灣文學在七、八〇年代台灣作家的書寫方向與態度時，認為對於鄉村階級的土地的掌握，對於異化為都市階級後的人性的剖析，正是特屬於七、八〇年代台灣作家的兩大重要資源，島物島事的描繪源於這塊土地及其人性的變遷，作家隨之成長，也在成長中不斷觀照。台灣文學的可貴，即來自於文學與土地的密切結合。這一群世代作家的創作資源，就在他們雙腳所踏、兩肩所置的島上，他們無需外求，只要踏實地呈現台

[19] 蔡源煌　268。
[20] 李瑞騰，《台灣文學風貌》（台北：三民出版社，1990）168。
[21] 李瑞騰　171。

灣，表達台灣，他們的文學就不是失根的蘭花[22]。

林文義自言其文學創作觀，亦是基於相同的道理與邏輯概念運作之，他說：

> 它們都呈現了我的文學理念，如果文學脫離了生活與現實；如果散文還一直在風花雪月、鬆軟無骨的模式裏頭沈浮；如果散文還不能夠放開胸懷，擁抱我們的土地及同胞，我不知道，作為一個文學工作者還有什麼意義？在我的創作過程中，我冷靜而理性，謙遜而踏實的描述紅塵諸貌——我們的土地、同胞都竟是那麼感人的文學主題。由生活、現實出發，反映悲憫苦難生命的情懷，我相信透過文學嚴肅的形式，更能進入眾多極有深度的心靈之中[23]。

陳列（1946-）對於林文義透過散文書寫探求台灣本真的態度，是肯定的，他說林文義以文學叩問台灣的歷史，藉著回憶，並經由自剖，將自己的生命也化入其中。歷史，原本應該是社會集體記憶的記錄。但是在台灣，歷史卻長期被塵封或扭曲了。歷史教材與現實無關，並且悖離真實的記憶；歷史教育旨在斷絕對本土風情人物和文化傳統的認識與緬懷，要我們不知道自己的過去。林文義凝視著自己的過去和現在，同時也凝視著這塊土地過去和現在，有時省思，有時批判，有時只是無奈感嘆，並逐漸營造出書中的一片文學世界[24]。

---

[22] 向陽，〈島物島事不島氣〉，《十殿閻君》，阿盛編（台北：華城出版社，2002）11。
[23] 林文義，《千手觀音》（台北：九歌出版社，1984）5。
[24] 陳列，〈一趟自我追尋的旅程〉，《母親的河》，林文義編（台北：台原出版社，1999）8。

（二）解嚴前後台灣文學社會語境下的書寫向度

　　彭瑞金（1947-）認為，台灣從六〇年代以來，在急躁心態下走入工業化，到七〇年代以後逐漸暴露了它的不良體質，包括社會資源、財富分配的嚴重不均、社會結構急遽改變的不良適應症，以及自然環境生態的污染、破壞。七〇年代以現實觀點訴求的文學運動，大致上從人道的角度出發，對財富分配不均、不良適應的現象有全面性的反映，而塑膠、石化、水泥、造紙、皮革、農藥製造、核能發電、拆船、廢五金等工業對台灣土地資源恣意污染破壞，工業化帶來的環境問題，到了八〇年代才逐漸成為關懷現實行動的具體化焦點[25]。台灣在解嚴前及解嚴後的時空裏，台灣文學的表現上有著時代感與現實感，只是目前學界對於八、九〇年代社會真實的反映，大多從小說入手，文學與歷史之間來回找尋當時的情境，而忽略了解嚴前後散文這一體例所透顯出的社會語境與時代感。於是本論文將以台灣八、九〇年代散文創作為主要考察文本。

　　本文擇取在八、九〇年代裏的散文作品中，具有一定的時代意義與背景作家群中，以向陽、阿盛及林文義三人散文作品，與本文中的理論作一對應／對話關係。其中理由如下。本名林淇瀁的向陽，台灣南投人，曾任《時報周刊》主編、《自立晚報》總編輯、《自立早報》總編輯等職務。生在台北淡水的林文義，曾任政治記者、《自立晚報》、《自立早報》副刊編輯等職務。本名楊敏盛的阿盛生於台南新營，曾任中國時報記者、編輯等職務。三位作家除出生於同個時代外，步入文壇時間與工作性質，都有相當的交集點，尤其是他們都從媒體出身，同時見證台灣自

---

[25]　彭瑞金，《台灣新文學運動40年》，（高雄：春暉出版社，1997）232。

戒嚴到解嚴時代的一切變化，這些變化，無不成為他們文學書寫的底蘊與素材。透過他們文學作品的交叉結構與解構，可窺探出屬於台灣八、九〇年代政治、社會、文化等變遷的現象議題。也因這些職業背景或書寫發表場域有一定的同質性，彼此都有記者／媒體人／媒體專欄經驗，於是他們筆下所關心的議題，亦較具時代性與社會性。

而呂正惠（1948- ）認為進入八〇年代的台灣文學，鄉土文學思潮似乎籠罩著整個台灣的知識分子[26]。本文三位作家的散文特質，亦都有交集於鄉土書寫的傾向與成績出現。朱雙一曾言「解嚴」帶給台灣文壇的一個明顯趨向，即「邊緣」的崛起。它是八〇年代以來台灣社會和文壇多樣化趨向的延續和強化。在不少台灣年輕作者心中，邊緣的、地下的、民間的、異端的、非主流的事物，才是充滿生機和力量、具有光明前途的，才能衝破各種固有的桎梏，解構固有的中心「霸權」，產生革命性、創作性的成果。為此，他們常以「邊緣」自居，據此展開對「中心」的進逼和顛覆[27]。

來自台南柳營的阿盛，於東吳大學中文系畢業之後進入報社工作；因他來自南台小城，對於台北都會的一切，有著虛無感，又因在報社工作，對於社會變遷的種種，感受力又特別地深。所以在其散文筆下的台灣社會，總充滿一分知識分子的人文關懷，或嚴肅或嬉笑或嘲諷，無非就是想把台灣八、九〇年代社會裏的邊緣人物、社會議題及個人生命觀照的面向，一一呈現。阿盛文學作品自1981年出版的《唱起唐山謠》開始，直至2009年出版的

---

[26] 趙遐秋、呂正惠主編，《台灣新文學思潮史綱》（台北，人間出版社，2002）341。

[27] 朱雙一，〈解嚴以來台灣文學思潮發展的若干觀察〉，國立台灣師範大學國文系主編，《解嚴以來台灣文學國際學術研討會論文集》　106。

《夜燕相思燈》數十部散文作品,都是圍繞在社會議題的觀察上。其中幾部散文作品,阿盛化身成一個說書者,在台北城裏講這世間人事物的基本道理,只是這些道理,在社會越趨開放的年代,已不復見。

　　阿盛的寫作,既有來自南台灣生命史經驗書寫,之後於台北城報社工作的台北經驗,不同的世界觀都成為阿盛觀察台灣變遷劇烈年代的最好養份及利器。他從不同的生命經驗看待台灣社會變遷的感覺經驗,其經驗事實上是強烈,且從不同角度的敘式方式,探討底層社會的人生百態。

　　林文義的散文創作之路起步得早,自十九歲即開始在《聯合副刊》等報刊發表文章,其文章早期屬於生命成長的觀照,《諦聽,那潮聲》、《歌是仲夏的翅膀》、《天瓶手記》等書充滿詩意的美感,在美麗與哀愁之間迴盪多重心事的林文義時期。但在此之後,尤其在報社期間的散文創作,開始有了極大的轉向,書寫內容關注的對象,從社會事件、底層人物,再到土地關懷以及對政治的關心;林文義開始透過他的散文批判執政當局、社會不公等事。與早期浪漫哀愁的抒情風格,有著強烈的不同。這種書寫風格的轉變,與當時的社會語境當然有絕對關係。在台灣正式邁向解嚴的年代,八〇年代初期台灣社會語境已趨近解放,知識分子與黨外人士之間彼此奧援,開闢各種議題,引起執政者的注意,同時也引導整個台灣百姓往開放之路去思考。也因政治環境、社會大環境及其語境的改變,讓台灣活力在八〇年代之後有一個躍升的契機。林文義於是發現台灣的每個角落都需要被關懷,每一塊成長的土地就像母親的愛那樣需要被關懷;他就隱身為一個社會觀察者,寫出他對台灣這塊土地的人文關懷面。而關懷面是多元且深刻,諸如台灣政黨政治面貌的形成、淡水河地貌與人文的裂變,都是林文義筆下深情堅定關懷對象。於是他的筆

觸時以溫柔寫時代的感傷，時以新聞人手法碰觸政治、社會等不公不議之議題。林文義在八、九〇年代散文書寫，確實寫出了時代特殊的情懷。而這種來自大環境與個體生命深沉的對應，照映出地正是那個年代的「感覺結構」，充滿批判的理性思維，也深具寫實精神[28]。

也因台灣八〇年代正處於社會幾近解嚴的氛圍下，各種政治、社會、文化議題皆被大量討論與論述，於是此時的台灣文學書寫面向，批判性與寫實風格便格外強烈。此期的台灣文學書寫內容，已向某些在政治場域尚屬於是禁忌領域，攻訐而去。徐學認為在台灣政治文化日趨多元的推動下，這一時代的散文出現了新的特點，它顯得更加無所顧忌，並且敢於涉及一些歷來視為政治禁區的敏感題材[29]。這社會語境包括了政治可能到某種程度的自由、新聞及言論可達到某種程度自由的台灣，所散發出屬於知識分子的人文關懷部分。對林文義來說，於八、九〇年代的台灣是十分沉痛的生命歷程，他說：

> 一九八七年，所有航行過台灣島沿岸的船隻，站在艦橋之上的船長及水手們還能作如此的驚嘆嗎？如果有所驚嘆，或許會說-啊！台灣，核能、貪婪之島！
>
> 美麗之島不再美麗，我們拓墾台灣的先民一定會哭泣，我常常唱一首李雙澤的歌，再也沒有一首歌能像這首歌這樣深刻的描寫出台灣充滿生命力的真實形象[30]。

---

[28] 吳彩雲在《冷眼觀音熱筆俠仕──林文義及其散文研究》（碩士論文，南華大學，2009，171）裏論述到，林文義散文書寫生涯的四個階段：1. 1972-79的唯美浪漫期；2. 1980-87年的社會浮世繪報導期；3. 1989-94年的民主寫實期；4. 1999年後的沉澱、再出發期。第2、3期的寫作生涯內容，可用來解釋本文論點。

[29] 徐學，〈八〇年代台灣政治文化與台灣散文〉 51。

[30] 林文義，〈想起美麗島〉，《銀色鐵蒺藜》（台北：草根出版社，

三、變動的年代:文學的失聲、現身與發聲

　　劉亮雅(1959-)對於台灣九〇年代步入了後現代主義的文化現象有相當直接的評述,她說,後現代注重表層、感官、反本質、去中心、去歷史深度,強調身分流動及多元認同、異質、文化雜燴、都會中心,而後殖民則朝向抵殖民、本土化、重構國家和族群身分、殖民擬仿(colonial mimicry),以及殖民與被殖民、都會與邊緣之間的合混(ambivalence)、交涉、挪用、翻譯。後現代的反本質、去中心有助於抵殖民,卻又不支持本土化、重構國家和族群身分[31]。所以,在九〇年代的台灣文學既重視城市文學的發展,但同時,對於台灣本土議題的認知與理解的態度,可能又較七〇年代台灣文學回歸鄉土時的概念,又有不同面貌的展現。向陽、阿盛及林文義三人的作品從八〇寫到九〇年代,甚而是現在的書寫,還是進行式,但我們從他們文學作品中,確實能看見時代巨輪往前走的痕跡,他們的文學作品反映了不同時代下的政治、社會及文化等各面向議題。不管是向陽、阿盛或是林文義,他們的散文作品充滿了時代感的批判性,其中的因素當是身為知識分子的他們,同時都在報社工作,因工作性質關係,對於社會議題的現實性與批判性,相較於同一世代的作者而言,是更為強烈且成為個人寫作風格。以下分三小子題,談他們在社會語境下的書寫向度。

1996)86。
[31] 劉亮雅,《後現代與後殖民:解嚴以來台灣小說專論》(台北:麥田出版社,2006)132。

（一）政治時代下的喑啞者現身

　　林文義的《銀色鐵蒺藜》、《家園福爾摩沙》、《母親的河》等散文集內容，記錄了八、九〇年代裏台灣社會變遷的社會現象與議題，書寫向度可以說是充分反映了當時台灣社會語境下結構下的問題意識。所以他的作品裏，展現了他記者出身的特質，報導文學式的書寫成為他叩問社會議題切入的方式，從問題中不斷溯源，希望透過自己文字力量與政府／社會做一抗衡與批判。他以政治記者身分在台灣民主運動過程中，親身經歷地寫下〈銀色鐵蒺藜──抗爭五一九〉，文中他寫實地將當時台北街頭暴動的狀態，民主運動的萌芽與行動，就在和平與武裝之間拉扯下成長：

> 年輕的孩子，膠盔下一張張漂亮的而純真的臉，防毒面具及手提的瓦斯槍；不理會與他們面對面試圖與之攀談的群眾，兩眼平視著前方，茫然又迷惑。鐵蒺藜拒馬緊密的橫在部隊與群眾之間，狹小的緩衝地帶，兩尺之隔，十分接近卻又似乎無限的遙遠[32]。

　　鎮暴部隊是年輕軍警所組成的，林文義擔心的不僅僅是台灣民主運動的未來，在意的更是在群眾運動中的孩童，他描述到在鐵蒺藜下的孩童，眼神慌張的情景：

> 被鐵蒺藜、鎮暴部隊團團圍困的孫文紀念館右側的小學校奉令停課半天。穿著黃色雨衣，撐著傘，背著書包回家的

[32] 林文義，〈銀色鐵蒺藜──抗爭五一九〉，《銀色鐵蒺藜》　106。

孩子，睜著一雙充滿困惑的眼睛，看著紀念館前那些嘶聲力竭的反對黨，在濕濡的雨水中叫著口號，孩子們不懂。再回過頭來，所有的路口、巷道都被全副武裝的憲警包圍，銀色的盾牌、黑色的棒子，森冷、毫無表情的臉孔，前面是拒馬，是孩子們從未見過的鐵蒺藜[33]。

　　孩童／鎮暴警察、孫文／黨外分子、鐵蒺藜／民主等等完全對比的意象，不斷在文章中出現，所突顯出的是身為知識分子的林文義，用文字意象與強悍政權做一對抗。關於政治議題的關注作品，在林文義的散文作品中，所佔的比例並不少，〈那夜，他們被輾壓過去──五二〇農民事件〉則是另一次台灣街頭武裝衝突時，林文義身在歷史現場的記錄，寫下當時情景與情緒：

　　我們只能冷靜的執行新聞人員的職務，不能有自己的個人情緒，記事、攝影……奔走、探訪，我們看見熟識的攝影朋友，兩眼含著奪眶欲出的淚，卻忍抑著不讓悲痛的淚水流下來，我們的眼裏也蓄滿了燙熱的淚，不能，就是不能流下來，絕對不能流下來啊[34]！

　　同樣的經驗，向陽三十歲那年在「自立副刊」被警備總部以「為匪宣傳」的罪名查禁，甚而被警總傳喚。他回憶當時的情景寫下那份恐懼感：

　　白色的恐怖，在遇到紅色的禁忌時，從而彰顯了它的無堅不摧，無敵不克。白色的恐怖，原來不是只停留在我出生

[33] 林文義，〈銀色鐵蒺藜──抗爭五一九〉 108。
[34] 林文義，〈那夜，他們被輾壓過去〉，《銀色鐵蒺藜》 203。

的五〇年代，它以更多的眼睛、更細膩的手套，直到我出生三十年後的八〇年代，依然夜梟一樣盯著在暗夜中行走的我，以及我周邊的所有的人[35]。

政治散文書寫風格的確立，確實是作家在面對特殊的社會結構下文學所能展現的方式之一。彭瑞金更直接言明，八〇年代台灣文學是重回泛政治性格的寫實傳統的時刻[36]。

（二）又見鄉土現身與發聲

八〇年的鄉土文學論戰，成為台灣文學感覺結構的核心，這個時間的作家，對於本土意識漸漸萌發，文學作品中充滿了對台灣這塊土地的省思與批判。作家作品其實是對時代議題的挑戰與回應。向陽、阿盛及林文義的散文書寫充分反映了時代輪動感。阿盛《行過急水溪》、《春秋麻黃》、《十殿閻君》等散文集，以及林文義《不是望鄉》、《銀色鐵蒺藜》、《撫琴人》等作品集，都是對台灣社會各種現象與議題的反省與書寫。如阿盛的散文，反映了台灣本土文化的現實與失落點，著墨甚深。他的作品裏，皆以台灣本土人物為書寫對象，從鄉村到城市，阿盛用筆描摹台灣眾生相百態，文章風情不同，但都指向同一個議題——庶民生活的甘苦談。書寫面向，除突顯人性之外，阿盛文筆在幽默詼諧之中，亦將時代記憶鮮活展演出來，如〈藤條戰國〉一文，便陳述了台灣當時校園推動說國語政策運動時荒謬景象：

> 學校規定不得說閩南語。我對此事的痛恨只能用「不共戴天」來形容，而我為此付出的「代價」無法完全形容。我

[35] 向陽，〈空白與黝綠交錯的夢〉，《暗中流動的符碼》 57。
[36] 彭瑞金，《台灣文學探索》（台北：前衛出版社，1994）313。

偏不聽校長老師的話，我故意天天在學校講閩南語，老師
要處罰，我咬牙接受，眼淚一滴也不掉，眉頭不皺一下，
我是吃了秤鉈鐵了心，硬要與這規定一拼。當然啦，我皮
肉痛了無數次，「掛牌子」掛了無數次，牌子上書有五字
「我愛說國語」[37]。

《春秋麻黃》裏的文章，更是用文學技巧對中產階級／都市
人／台北人進行文化的反諷，諷刺中產階級／都市人／台北人對
台灣其他區域居民的不屑，〈腳印蘭嶼〉就充滿了阿盛散文的諷
諭性風格：

你們來這兒的踏腳印，事不關己，我卻是心在這兒，
光是那麼多水泥堆到蘭嶼來，就夠殺風景了，這在外國，
像蘭嶼這種地方，維護原狀都唯恐來不及了，那裏會把核
能垃圾丟過來？我佩服馬以工（1948-）、韓韓（駱元元，
1948-），她們肯為生態環境大聲說話，很多男人比不她們。
　　——包括我，我不懂生態保護。
　　——對。剛剛看到你丟汽水瓶在海裏[38]。

林文義總在追求屬於理想性的台灣精神，《母親的河》、
《銀色鐵蒺藜》、《蝴蝶紋身》等作品所突顯的就是這樣的態
度，就像林文義順著淡水河流域寫在台灣發展史，其中包括台灣
人文精神的重塑、與台灣生命史的追尋。只是生長在台灣這塊土
地的百姓，卻常無視於生命與土地之間情感的連結。於是林文義
在書寫淡水河時，他說淡水河有如我對母親一般的親切、熟稔；

---

[37] 阿盛，〈藤條戰國〉，《心情兩紀年》（台北：聯合文學，1991）102。
[38] 阿盛，〈蘭嶼腳印〉，《春秋麻黃》（台北：林白出版社，1986）166。

很多年來，紅塵世事的糾葛、挫傷，歲月人生的沈浮、悲歡，也使得我像大多數的台北人，對圍繞著我大半生的淡水河，竟然是陌生而冷漠[39]。在〈想起你在鹿港〉中就深深地寫出作者對台灣土地的熱愛之情有多深：

> 來到鹿港，總是在心靈深處感受到一種從遠古而傳遞過來的眷愛，那彷彿是先民一種極端遙遠的記憶了：關於這個古老的小鎮，關於台灣，這塊美麗而豐饒的島嶼，我們永生眷愛並且不渝的家園[40]。

（三）社會邊緣人現身與失聲

自七〇年代後的整個台灣社會發展，不斷地往工商業發展，大城市成了青年人實踐夢想的地方。只是移居來台北工作的這群異鄉人，面對到社會劇烈的變化，心裏的衝擊是可以想見的，尤其本文所論述的這三位作者，各自在不同報社工作，但同時觀察到社會變化的氛圍，是一波波地向台灣人民心靈擠壓，向台灣這塊土地，以不同的方式來侵蝕。所以向陽、阿盛及林文義在八、九〇年代的作品，充滿了批判性與省思力。如阿盛的《春秋麻黃》、《綠袖紅塵》等書裏的篇章，多以社會觀察為主，用不同的身分敘述著當時社會從農業社會過渡到工商社會，政治氛圍從戒嚴到解嚴時的種種社會現象。如〈墜馬西門〉一文談的就是台灣南部女子離開家鄉來到台北城的那一場淘金夢，最後卻是墮入紅塵的悲傷故事；〈火車與稻田〉則敘述台灣農村兩代之間在現

---

[39] 林文義，〈追尋淡水河的故事〉，《母親的河》 156。
[40] 林文義，〈想起你在鹿港〉，《蝴蝶紋身》（台北：業強出版社，1991）31。

代化過程中，關係的轉變，如文章中敘述的：

> 父親抓著我的手，母親兩腳邊置放大捆的行李，我是不得
> 不走，我肩負著父親執意認定的讀書才有出息的期望，聯
> 考放榜後，父親終於很艱難的承認，他心愛的土地上除了
> 深紮的稻秧之外，不可能留住其他什麼，包括他自己的腳
> 印。走罷，父親說，過些日子定準賣掉田地，六出祁山拖
> 老命實在沒意義，母親眼濕濕的，她依舊與往常一般不多
> 言語，戶限之外她極少訓教兒子們，叮嚀的話已在家裏扼
> 要簡明的囑附過，多吃點飯，她祇在我踏進火車肚子之前
> 重複說了這一句。我看向窗外，大片大片的物體飛來飛
> 去，我心中的歡意像是水圳的水汩汩流入田裏，而過往的
> 阡陌歲月頓時點點滴滴浮現，一如雀群突飛突落捉不定章
> 理[41]。

面對台灣社會的變動，各族群之間的敵我意識或者彼此身分
認同感開始集結，於是強勢的族群動員其擁有的資源搶奪地盤，
弱勢族群社會議題也漸漸浮出檯面。阿盛及林文義對於社會邊緣
／弱勢族群的關注，則是日益加深。阿盛《行過急水溪》、林文
義《不是望鄉》等散文都集結了他們身為記者身分，對於社會弱
勢族群觀察敏銳度下的作品。自台南出身的阿盛對於從大陸撤退
來台的那群老兵，顯然沒有懷著一絲惡意，如果說有些什麼想，
大概也就只有孩童對於陌生人的好奇心使然而已，其中〈狀元厝
裏的老兵與狗〉書寫了孩童眼中的外省兵的看法，文字之間允滿
了外省老兵落腳台灣的落魄感，文章最末處寫到：

---

[41] 阿盛，〈火車與稻田〉，《火車與稻田》（台南：台南縣文化局，
2000）105。

冬至未到，鄉裏的人埋葬了老兵，一具柳木壽板，沒有香斗沒有招魂幡沒有粗麻衣沒有哭聲，老兵孤伶伶地被抬出那幢曾是擁有百甲良田、成群僕婢長工佃農的財主舊厝，葬在柳營公墓最靠裏面的角落裏。人死是件大事，連那個從未踏進狀元厝看老兵一眼的村長，都認為活在世上的人該為死人盡一分仁義，這是基本的道德哪，所以，老兵墓前有了墓碑，尺多高的墓碑[42]。

同樣的背景，也在林文義的散文作品中出現，〈一九五八年〉也書寫下了因戰亂來到台灣的外省兵，以人道主義的態度來面對這群在大變動時代下生命史被時空大挪移的這群人的身影：

一九五八年，我們的島嶼上，許多沒有家的異鄉人，他們離鄉的傷痛是那時仍是少小的心靈所無以知悉的吧？而那時這些童年些許的記憶卻總是一再的重播著，甚至成為我印象裏久久難以抹滅的不朽之事……我深切的想及，民族的劫難竟然導致了許多人背井離鄉，鑄成終身的憾恨，生命的苦楚、無告恐怕不是任何文字可以予以宣示的吧？讓一切都隨著歲月逐漸的流逝，而成為過境的煙雲[43]。

台灣的生命力，通常表現在各個年代裏的小人物之中。而這些小人物的生命史相互交疊出來的，正好是台灣在地精神的展現。向陽、阿盛及林文義的散文視角，常常就聚焦於這些人物之

[42] 阿盛，〈狀元厝裏的老兵與狗〉，《行過急水溪》（台北：九歌出版社，1997）169。
[43] 林文義，〈一九五八年〉，《不是望鄉》（台北：蘭亭書店，1983）196。

上，於是他們的散文讀來特別具有生命力與草根性以和社會寫實性。

　　他們筆下的小人物都是時代下的悲苦人物。林文義《撫琴人》中書寫記錄了台灣社會底層的某些真實面相，雖然醜陋，但卻也最真實。〈見過我父親嗎？〉談的就是因越戰關係，美軍在台灣與本地女子生下混血兒後，便離去的故事。這些母親、混血兒承擔了時代的傷痕在身上，無以依靠。林文義這樣描述著那群台灣女子的身影：

> 孩子的母親生命力十分強旺，曾經在這條街做美軍生意的酒吧風靡過許多來自異國的男人。我看過他母親一次，燙著一頭蓬鬆、並且染成紅色的髮，穿著一套銀色亮片綴成的低胸晚禮服，站在酒吧門前，閃爍耀眼的霓虹燈下，兩隻碩大的奶子擂向那些睜圓大眼的美國黑人，尖聲的叫喚著[44]。

　　那個年代，台灣底層的女性為了生存在美軍俱樂部求生存，出賣靈魂的結果往往是混血兒的誕生，這樣出身的孩子跟母親一樣，是不被祝福的：

> 每個夜晚，他的母親枕在不同的男人臂彎裏沈沈睡去，是那個異鄉人讓他的母親懷下他的，恐怕連母親自己也不知道吧？他的降臨，毋寧是生命的一種悲劇，他是不受歡迎的，更不被預期的，而令人不明白的，又為什麼他那性情暴躁的母親又要把他生下來？當初，是不是緣由於一種母

---

[44] 林文義，〈見過我父親嗎？〉，《撫琴人》（台北：九歌出版社，1987）153。

愛的天性呢？[45]

　　林文義在街頭上看見那頭的孩子，心裏現起不捨的心情而為他們發出了生命的質問：

> 這條街的孩子衝著他的面笑他——雜種！有時候還惡劣的用石頭丟他，有時他按捺不住反抗了，總是被許多小拳頭捶倒在地上，孩子們一哄而散；只有少小的他，撫著瘀青的身子，短暫的哀泣，然後咬緊牙，寒著臉離去。連最純真的孩童世界，他都無法投入，這個孤獨、被棄置的孩子，他的臉顏、膚色，難道也是一種罪惡嗎[46]？

　　其他篇章，如〈美麗與殘忍〉探討漢族警察與原住民女子相戀，不得社會諒解，警察爾後自殺事件；〈落拓屋簷下〉則書寫了從南台灣北上台北求職工作，卻又面臨失業的人生。以上種種的社會底層人生百態，幾乎都是向陽、阿盛及林文義散文中重要的角色。而這些眾生相內在心靈世界的苦悶與壓抑，反映了八、九〇年代台灣整個社會從農業社會轉變工商社會後，人心的失落與現實的焦慮感。朱雙一認為本文所討論作家的「邊緣」書寫作品大量的崛起，是八〇年代台灣社會和文壇多元化趨向的延生和強化[47]。

---

[45] 林文義，〈見過我父親嗎？〉，《撫琴人》　155。
[46] 林文義，〈見過我父親嗎？〉　155。
[47] 朱雙一，《戰後台灣新世代文學論》（台北：揚智文化，2002），611。

四、新世代的到來：文學媒介移轉與多元

　　蔡源煌曾論及，八、九〇年代的台灣文學正逐漸進入退潮期，文學家如果繼續閉門造車，徒懷民胞物與的心懷，不認清自己所處的地位，前途堪憂。但也唯有看透文學，正視現況，才能使文學的路繼續走下去。九〇年代之後，我們所面臨的尷尬期正在發生中，而且有日趨嚴重的可能[48]。「文學已死」是台灣文壇相當憂心的一個狀態。向陽認為，九〇年代的台灣，政治愈趨民主、社會愈開放、經濟愈加富足、人民也愈強調生活品質提升。這樣的社會，文學傳播不但運轉匪易，卻還出現文學遭到扼殺的慘狀。他繼而論述九〇年代台灣文學傳播現象與七、八〇年代的差異，一言以蔽之，就是「傳播情境」的改變。這是九〇年代台灣文學發展受阻的主因，文學傳播情境的改變，造成文學傳播功能及效果的弱化。向陽進一步地說到，這種文學傳播情境的改變，究其實是來自社會的變遷，資本主義化的逐漸成熟，產生了以消費為目的的大眾社會，並因此形成了一個大眾消費文化。文學成為產品，被要求符合大眾口味，能讓大眾接受，藉以刺激大眾消費[49]。

　　也因為整個社會語境的轉變，讓台灣作家群的創作內容與形式多所阻礙，或者，形成另一批新世代寫手的出現，而這些新世代作家與五〇年代出生的中生代作家相比，無論是在創作內容、手法與媒材上，有著相當顯著的差別。其中一項，就是在網路媒

---

[48] 見楊澤編，《從四〇年代到九〇年代：兩岸三邊華文小說研討會論文集》（台北：時報文化，1994）396。

[49] 向陽，〈當前台灣文學傳播問題〉，《日與月相推》（台北：聯合文學出版社，2001）171。

介的發表與發生，是兩個世代作家之間，存在著本質上的差異性。換言之，九○年代是網路風行的年代，對於文學傳播頗有研究的向陽，便在網路上，開始書寫起他的創作，透過不同的媒介呈現出了不同風貌的文學語境。他在〈網路・文學・後現代〉一文中寫到，網路的虛擬世界，本身就是一個「想像」：

> 在這個想像中，時間、空間和人間三者被快速地連結，並且通過某種拼貼的方式，經由製作者和瀏覽者之間的互動，表現了傳遞與播散的效果，而使得「想像」產生了不可輕估的力量——斷裂的、瓦解的各種「碎片」居然透過了想像而得到詮釋，並且因為瀏覽者的詮釋，獲得重生，從而擁有意義。
>
> 文學何嘗不也是如此，從斷裂的現實世界中，作者通過他對現實斷片的拼貼，虛擬了一個想像的「合理」（或者「不合理」的世界），在這個世界中，作者就是王者，他解釋想像、解釋世界，也解釋他自以為擁有的真理。這些想像，由於必須通過符號的指涉，作者得魚忘筌，在符號的製作與使用下，虛擬的想像因而得到力量，在讀者社群透過符號的表具（象）反溯符號的義涵（徵）之際，不再只是一種虛擬，而是真實。真實地與讀者的生命、心靈、生活結為一體，脫離作者預設的掌控[50]。

向陽在〈當前台灣文學傳播問題〉更提到文學社會學與傳播的議題時談到：就當前的台灣文學發展來看，相異於七八○年代台灣報紙副刊強而有力的傳播運作、文學出版的蓬勃興盛以及文

---

[50] 向陽，〈網路・文學・後現代〉，《日與月相推》　26。

學雜誌的強勁活潑,進入九〇年代之後的台灣,報紙副刊並未因為報禁解除,報紙家數增加及張數大幅擴充而相應地產生強大的傳播效果;文學出版則因為大眾消費時代的來臨,而不敵大眾出版市場的侵蝕,在各種暢銷排行榜中逐漸退縮到書店一隅,甚至像七八〇年代重要的文學出版社「純文學」也已於前不久宣佈停業;至於文學類雜誌,也很難再引領風騷,除了由報社或學校經營之外,大抵多為同仁刊物,慘淡經營,難以為繼[51]。

　　本文自第三節至第四節論八、九〇年代台灣文學書寫面向,以向陽、阿盛及林文義散文作品研考察對象時,會發現,他們作品有幾個面向,其一是鄉土文學的探討與書寫,其二是社會議題的深化,其三是媒介的轉變與書寫介面的轉移。而這樣的結果,同時符合了朱雙一的觀點。他說八〇年代以後的台灣社會走向多元化,文壇也因此成為過去數十年各種文學理念、創作型態的匯聚。總括起來,可以分為兩大脈絡。一是延續七〇年代廣義鄉土文學的「關切現實,回歸傳統」路線的創作;二是新興的反映資訊時代和由工業文明向後工業文明過渡階段台灣都市社會狀況的創作[52]。

五、結論

　　台灣的文學,大約也從七〇年代開始了一個解構的過程,先是現實主義與現代主義的對壘,當中參雜著政治與美學、歷史與文本、社會與自我的權力鬥爭,緊繃著創作者的心靈。逐漸地,政治、歷史、社會與美學、文本、自我之間,交雜錯落、渾然難分,雌雄莫辨,到了九〇年代末的今天,可能也到了一個轉折的

---

[51]　向陽,〈當前台灣文學傳播問題〉,《日與月相推》　168。
[52]　朱雙一,《台灣文學思潮與淵源》（台北:海峽學術,2005）256。

關口[53]。相較於向陽悠遊於網路世界新潮，阿盛顯然就屬於舊派文人風格。他認為文學是傻子的終身事業，每個時代都會有這種傻子。歲月走過，在沉思構想的時候，創作不應是架空的罷？正如同畫出來的禾穗無法收割，離開土地，文字祇是虛幻的遊戲。現實的人世，實在得像那滴在土地上剝剝作響的西北雨，不能潤濕稻田的雨滴對稻田毫無助益[54]。

向陽認為文學書寫，必然有其「社會學意圖」，而「社會學意圖」具有強烈的政治性，屬於「文化領導權」（Cultural hegemony，或譯文化霸權）的反抗或爭奪。文學書寫，在大環境的結構中，也屬於文化霸權的一部分，既具階級性，也有政治權力為其後盾，因此即使最具獨立性的作家，他們的書寫行為仍然會反映或表現來自社會具有優勢的生產模式，因此他們形成的主流班底集群，也無可避免地成為政治權力的一部分[55]。知識分子做為「觀念人」的角色，必然有別於其他的「行動人」（men of action）之角色。或者說，做為一個「觀念人」似乎就註定難以兼顧「行動人」的角色。一個理念的提供者未必要親自走上街頭，或實際去執行他的理念。提出改革理念的人未必同時要身兼改革行動的實際執行。有此體認，我們才能夠確保知識分子的超然本色[56]。而本文的三個作者，似乎同時具備了「觀念人」及「行動人」雙重角色的承擔。

同個世代出生，對於社會的關懷角度一樣急切，但向陽、阿盛及林文義三人的作品中雖有同質性，切入的角度還是充滿個人寫作風格。向陽的書寫大抵上會依循其文化觀察者的學者身分，

[53] 向陽，〈網路‧文學‧後現代〉，《日與月相推》 28。
[54] 阿盛，〈走過歲月〉，《行過急水溪》 24。
[55] 向陽，〈書寫行為的再思考〉，《浮世星空新故鄉：台灣文學傳播議題論析》（台北：三民出版社，2004）63。
[56] 蔡源煌 146。

在理論與文本之間找到相當平衡的書寫空間，從南台灣北上工作
的阿盛，則關懷的角度偏向於鄉土、庶民生活為主軸；林文義散
文除個人生命細微的體會之外，他的散文與他的政治性格也有相
當吻合之處，於是他關懷聚焦於台灣的社會運動、台灣原生精神
的追尋與型塑。然不管如何，透過三人的散文，可相地窺視見台
灣八、九〇年代的社會語境與感覺結構基本面與社會風貌如何。

　　本文是以台灣八、九〇前後的散文為主要文本分析對象。當
然，本文選取此三人在一九八〇及九〇年前後的散文作品做為考
察對象時，向陽、阿盛、林文義三人是否是解嚴前後最具代表性
或典範的散文家，是第一個會被討論的基點。尤其那時鋒芒頗健
的散文創作者，至少尚包括顏崑陽（1948-）、蔣勳（1948-）、
劉克襄（1957-）、馬以功等人，他們的作品亦各自從不同角度
來觀看台灣政經局勢、社會文化議題的探討。但本論文是立基於
解嚴前後的社會語境下，此一時空場域有一特殊的社會情境背
景，於是台灣社會裏突顯出的感覺結構，亦迥異於禁忌七〇年代
及九〇年代以後那真正步入開放時代；在這近十幾二十年的散文
作品中的公約數，或許向陽、阿盛、林文義散文裏的批判性及寫
實性，如實地反映了台灣八、九〇年代的「社會語境」及「感覺
結構」。

他者的綿延

——向陽《歲月》中自我與生命時間意識的表述

劉益州

作者簡介

劉益州（Yi-Jhou LIU），逢甲大學中國文學系博士候選人，台中教育大學、靜宜大學、僑光大學兼任講師。

論文提要

向陽是台灣著名詩人，歷來得過不少文學獎，著作亦豐，然歷來論者多以向陽台語詩其鄉土色彩進行論述，較少討論其詩作的藝術經營及意象特色。本文以向陽詩集《歲月》為討論中心，觀察向陽時間意象書寫的想像及藝術，考察向陽對「他者」綿延的時間徵象，觀察它們如何作為向陽自我以及時間意識的開展。由此論述的進路，分為幾個子題：自然時間徵象、植物、動物以及他人來進行討論，發現向陽在《歲月》這本專注於時間意象經營的詩集中，如何開展他的時間意識，並著力於向陽自我意識與時間表述的聯繫，探討意識與文字所呈現的時間意識其關聯性。

關鍵詞（中文）：向陽、歲月、他者、綿延

一、前言

　　向陽（林淇瀁，1955-）是台灣著名詩人，歷來得過不少文學獎，著作亦豐，頗受台灣文學論者重視，林于弘（1966-）就曾經指出：「向陽是典型的著作等身，從文學創作來看，包含：新詩、散文、兒童文學等將近三十冊；而包含學術論著、校訂、文化評論，以及各領文學選輯的編輯與翻譯，也有三十餘冊[1]。」向陽著作等身，而在新詩創作上，歷來論者多重視向陽在台語詩與十行詩的寫作特色，如林于弘亦提及：「在創作上，他以『十行詩』與『台語詩』獨步詩壇，並深受論評者的囑目[2]。」而在歷來研究向陽詩作的論文中，以「十行詩」此一體裁形式做討論主題較少[3]。歷來論者多以向陽台語詩其鄉土色彩進行論述，如林于弘、麥穗（楊華康，1930-）等從向陽用字及修辭來分析向陽台語詩的特色[4]，葉向恩等人則從向陽台語詩與鄉土關係來論述向陽台語詩的特色[5]，林文義（1953-）、林政

---

[1] 林于弘，〈向陽新詩創作類型論〉，《國文學誌》10（2005）：307。
[2] 林于弘，〈向陽新詩創作類型論〉　303。
[3] 僅見游喚、林耀德、唐捐等人專門針對向陽「十行詩」格式特色進行敘述。參見游喚（游志誠，1956-），〈十行斑點‧巧構形似──評介向陽新詩《十行集》〉，《文訊》19（1985）：184-95。林耀德（林耀德，1962-96），〈遊戲規則的塑造者──綜論向陽其人其詩〉，《文藝月刊》200（1986）：54-67。唐捐（劉正忠，1968-），〈詩想無羈，格律自鑄──導讀向陽的「立場」〉，《幼獅文藝》601（2004）：96-99。
[4] 參見麥穗，〈台語寫詩的用字探討──兼談向陽「咬舌詩」中的台語用字〉，《台灣詩學季刊》23（1998）：20-23。林于弘，〈台語詩中的反諷世界──以向陽「土地的歌」為例〉，《台灣人文（師大）》2（1998）：109-30。林香薇，〈論向陽台語詩的用字：斷面與縱面的觀點〉，《國文學報》42（2007）：237-72。
[5] 參見葉向恩，〈台灣作家身影──向陽書寫土地的回聲〉，《書香遠傳》20（2005）：44-46。王灝（王萬富，1946-），〈不只是鄉音──試論向陽的方言詩〉，《文訊》，119（1985）：196-210。方耀乾（1959-），〈為父老立像，為土地照妖──論向陽的台語詩〉，《海翁

華（1946-）等人則從向陽的文學特質談起[6]，比較特殊的是黃武忠（1950-2005）在向陽台語詩字詞研究上又加上了史的時間意涵加以研究[7]，但綜觀歷來研究向陽詩作的論文，除林于弘等寥寥數人外，不是僅注重向陽台語詩的研究，就是多屬對向陽個人特質的評介或書評之類的泛論。因此本文不以向陽的台語詩作為研究文本，而以向陽詩集《歲月》為討論中心，正如向陽於《歲月》後記中言：「『歲月』雖然主要由時間來累積，可是與空間的處理也有相對的關係[8]。」（〈歲月：苔痕與草色〉　166）。《歲月》這本詩集主要處理時間的議題，但也涉及到空間，向陽說：「時空象徵的巧妙處理……這種由時間的縱經空間的橫緯交錯出來的歲月，因此值得人間的我們咀嚼；而在此一時空座標上繁複的歲月的感覺，因此也才具有餘味。」（〈歲月：苔痕與草色〉　168）向陽所謂「時空的交織」，其實是從自我的位置對他者的經驗感知所構築的現象[9]，自我與他者的相對位置呈現出空間感[10]，而他者與自我在時間流中的綿延以及他者的時間徵

台語文學》，38（2005）：4-33。邱怡瑄，〈向陽台語詩選：真正的鄉土聲音〉，《文訊》221（2004）：74。

[6] 參見林文義，〈銀杏樹下的沉思者:試寫向陽〉，《文訊》19（1985）：180-83。林政華，〈台灣重要詩家作品研探——林淇瀁（向陽）詩〉，《海翁台語文學》23（2003）：4-16。向明（董平，1929-），〈我有一個寫詩的弟弟——管窺向陽的詩和人〉，《文訊》170（1999）：180-83。

[7] 黃武忠，〈戰後「台語詩」的寫作意義與台語運用分析——以林宗源、向陽為例說明〉，《台灣史料研究》23（2004）：91-107

[8] 向陽，《歲月》（永和：大地出版社，1985）。

[9] 所謂「他者」，游宗祺說：「一般認為，凡是在自我（Eigenheit）領域之外的就是他者。瓦登菲爾斯解釋道，自我具有『隸屬性』、『親近性』和『擁有性』等特質。」換言之，不具有「隸屬性」、「親近性」和「擁有性」等特質的對象，就是他者。參見游宗祺，〈我群世界與他群世界之間：瓦登菲斯論文化間性〉，《哲學與文化》381（2006）：71。

[10] 龔卓軍說：「我的身體成了理解他人的一個軸心參考空間。這個可運動、保持對自身感受、對外在空間感受的軸心參考空間，是我們對『他者』想像的出發點。」可見自我的身體位置與他者的關係，基本上是一被感受、被想像或理解的空間意識。參見龔卓軍，〈身體想像的辯證：尼采，胡塞爾，梅洛龐蒂（五）第四章：身體想像與他者／胡塞爾之

象[11]，則能使自我在空間中的「歲月」意識到時間，如同向陽所謂的「時空的交織」，因此本文即以向陽《歲月》中「他者」的「綿延」敘述為對象，考察它們如何作為向陽自我以及時間意識的開展。在論述的策略下，則以下述「他者」的種類作為子題：自然時間徵象、植物、動物以及他人，在各種自我以外的他者意象的交互建構下，以「時間」為主軸，考察向陽在《歲月》這本專注於時間意象經營的詩集中，如何開展他的時間意識，並著力於向陽自我意識與時間表述的聯繫，探討意識與文字所呈現的時間意識及其關聯性。

二、外在自然環境的時間徵象書寫

夏春祥將時間分為：自然時間、鐘錶時間、社會時間和人文時間[12]。而自然時間是意識主體在觀察自然變化時意識到時間的現象，生活步調是人們感受到的時間流動或運行。而人類如何確實感知時間呢？勞勃・勒范恩（Robert Levine, 1945-）指出時間的特徵是：韻律（rhythm）、順序（sequence）和同步（synchrony）[13]。人生活在自然環境中，俯仰都會感知到自然物的延續性、順序性、節奏性等時間徵象，是藉由自然空間中「他者」的空間感知領會到時間的綿延，並因此確定自我在時間流的

二〉，《文明探索叢刊》32（2003）139-40。
[11] 關於「綿延」，可參考柏格森（Henri Bergson），〈創化論〉（"Creative Evolution"），《柏格森》，諾貝爾文學獎全集編譯委員會譯（台北：書華，1981）50。
[12] 夏春祥，〈論時間——人文及社會研究過程之探討〉，《思與言》37（1999）：29。
[13] 勞勃・勒范恩著，《時間地圖：不同時代與民族對時間不同的解釋》（*A Geography of Time: The Temporal Misadventures of a Social Psychologist, Or How Every Culture Keeps Time Just a Little Bit Differently*），馮克芸、黃芳田、陳玲瓏譯（台北：台灣商務，1997）14。

位置，然而在詩中所呈現的時間表述並非自然客觀或純粹普遍的時間書寫，陳昌明說：「藝術感通是經由感通者創造的移情，以及意識深處的想像，貫通意識層，投射在感官知覺或語言的層次上，而『想像』，正是溝通意識深層、文化思維、生活經驗，以及感官描述的橋樑[14]。」也就是說，詩人利用「移情」和「想像」對自然客觀的「他者」進行意向活動給予了其自我的「時間立義」，使客觀意義上的時間的東西顯現出來，然這些顯現出來的「立義」並不是客觀的時間[15]，而是詩人自我的時間感受，這是詩人很自然、很生活的時間感知及表述，是詩人對自然空間很具體的時間意識感發。例如我們在《歲月》中所讀到的〈歲月跟著〉：

> 歲月跟著馬蹄不停地跑／滴答的秒針是蹄的聲音／馳過了三月的青翠森林／駛過了兒童粲亮的眼睛／／歲月跟著犁耙沉穩地耕／雍容的分針是犁的鋒刃／翻閱著六月的綠色大地／翻閱著你我粗糙的掌紋／／歲月跟著貓爪偷偷地移／緩慢的時針是貓的腳步／躡走了九月的天光雲影／躡走了老人眼角的水霧／／歲月跟著永恆輪迴地繞／圓柔的鐘面是生命的枷／熟透的花果在十二月凋／土底的種籽正開始抽芽（向陽，《歲月・歲月跟著》　75-76）

　　這首詩無疑是《歲月》詩集中對時間感知和體會最全面且完整的作品，「歲」、「月」是人稱呼、計量時間的單位，被合併

---

[14] 陳昌明，〈「感覺性」與新詩語言析論〉，《現代詩語言與教學》（彰化：國立彰化師範大學國文系，2001），228-29。

[15] 關於「時間的立義」，可參考胡塞爾（Edmund Husserl），〈內在時間意識的現象學講座〉（"On the Phenomenology of the Consciousness of Internal Time"），《胡塞爾選集（上）》倪梁康編譯，（上海：三聯書局，1997）542。

作為時間的代稱。全詩共分四段,首段從「馬蹄不停地跑」隱喻時間的不間斷性,而「時間是生命的本質,時間的不重複、不間斷性保證了生命的存在[16]。」向陽表述了時間的不間斷性,並由此敘述時間與「青翠森林」、「兒童」等生命的關係,時間參與了「青翠森林」與「兒童」的生命生長歷程,使「青翠森林」冠上了「三月的」,使兒童有「粲亮的眼睛」可以注視未來。

次段,向陽表述其注意到時間對生命的影響是深刻的,向陽以「歲月跟著犁耙沉穩地耕」,來隱喻時間對大地的影響,然而更重要的是此段第四句:「翻閱著你我粗糙的掌紋」表述時間對每個人的身體、生命的影響,正如王曉東說:「我的身體並不是和客觀身體嚴格對應的,身體並不是經典空間和時間概念下的物體,而是現象,是為了特定的目的、向著特定的場域敞開著的『身體圖式』。身體的這種現象性可以通過身體自身的時間性和空間性得到說明。物體是在時間性和空間性之下建構起來的,所以物體必須依賴於時間和空間,物體存在於時間和空間之內(dans le temps et l'espace)[17]。」身體的現象在空間性與時間性中建構起來,身體的時間性確認了自我在時間流中的位置,藉由「粗糙的掌紋」的粗糙皮膚變化,使身體時間徵象能呼應「六月的綠色大地」之時間意象,確切自我存在的時間位置。而第三段,向陽以「貓爪偷偷地移」隱喻時間在人不經意中偷偷流逝的時間感受,同樣末兩句也以自然環境的景象呼應人體的生命時間徵象,展現時間對人與自然同樣造成影響,也透過人體與自然「他者」的參照,確定人類生命的時間位置。末段則敘述時間流逝的永恒性,向陽在末段首句提及「歲月跟著永恒輪迴地繞」,

---

[16] 楊河,《時間概念史研究》(北京:北京大學出版社,1998)167。

[17] 王曉東,《論梅洛─龐蒂的知覺理論及其超越性》,碩士論文,黑龍江大學,2007,23。

頗有以道家、佛家的「圓形時間」詮釋時間現象的意味[18]，然而此處主要卻是藉由植物「他者」生命的延續，說明在時間流中，生命繁衍傳承，從抽芽到熟透生命現象的延續過程，而「圓柔的鍾面是生命的枷」也說明了生命離不開時間的因素，隱喻了生命的時間性。

綜觀此詩，向陽以整齊的格式，呈現時間的四個面向，我們可由下表作一整理：

表一

表現意義	具象的隱喻或說明	時鐘的隱喻	身體或生命的時間徵象
時間的「不間斷性」	歲月跟著馬蹄不停地跑	滴答的秒針是蹄的聲音	兒童粲亮的眼睛【表示兒童不間斷的長大，凝視未來】
時間全面的「影響性」	歲月跟著犁耙沉穩地耕	雍容的分針是犁的鋒刃	翻閱著你我粗糙的掌紋【表現當下身體的時間性】
時間的不知不覺流逝感	歲月跟著貓爪偷偷地移	緩慢的時針是貓的腳步	躡走了老人眼角的水霧【「眼角的水霧」隱喻人無法順利感知到時間的徵象，而前三段末句的「兒童、你我、老人」也呈現人類生命的時間感】

[18] 關於「圓形時間」的初步詮釋，可參考尤純純，《重塑現代詩：羅門詩的時空觀》（台北：文史哲，2003）41-43。

生命在時間流中的繁衍、延續的「生命時間」意涵	歲月跟著永恒輪迴地繞	圓柔的鍾面是生命的枷	熟透的花果在十二月凋土底的種籽正開始抽芽【以植物的生命，作為生命延續的隱喻】

　　從上表可知，向陽完整地用了四段表現四種不同體察時間的面向，並且在透過運用時鐘的隱喻、自然的隱喻、人類生命的隱喻及植物的隱喻，綿密地呈現時間對於生命的影響與延續的現象，是以這首詩是《歲月》詩集中，對時間體察最全面且完整的詩作。然而〈歲月跟著〉能顯現出向陽對自然、對時間的生命時間體會，且比喻運用巧妙且綿密，卻不如〈欲曙〉更能深刻突顯向陽對於時間的深刻感受：

　　　從噩夢中驚醒過來，窗外／顫危危的是將曙未曙的／寒雲，垂覆著寂寞的遠山／水露正沿著玻璃窗緣／汨汨淚下。北風吹過／黎明前憂鬱的行道樹／偶爾傳來撲簌簌的落葉聲／迅即又被更濃更黯的天色／吞噬了，只有窗間簷下／一無名的花兀自綻放著／／一無名的花，孤伶伶／無視於周圍虎視的夜／以最自然的吐放，一瓣瓣／舒展容顏，在將曙未曙／陰冷的黎明前，試著／打開籠罩身旁無邊的黑幕／而終其極是在北風中／留下美好的殘缺，從夢裏／驚醒過來的我，為了期盼中國／黎明，也在窗前落淚（向陽，《歲月·欲曙》　17-18）

　　這首詩寫詩中我被噩夢驚醒後所經驗到「欲曙」的自然時間體驗，魯道爾夫·歐肯（Rudolf Eucken, 1846-1926）說：「自然

領域中的認識，是各別印象的結合（亦即聯想）。這些印象的綿延與累積會產生某種意義的組織與一種經驗，但其間有各種程度的差異[19]。」而日月星辰移動所產生的綿延經驗和其中運動的差異是最容易讓人感知到時間的存在，而「欲曙」正點明太陽移動、出現的時間現象，但向陽在此詩中並不只是描寫時間觀察或時間經驗而已，詩中寫到「將曙未曙的寒雲」、「垂覆著寂寞的遠山」、「黎明前憂鬱的行道樹」以及「無名的花……舒展容顏」，可知向陽不僅要寫「欲曙」的時間經驗，更寫出自我在時間經驗中的情感表現，正如簡政珍（1950-）說：「詩使草木生情。當自然染上人本的色彩，人就不再接受時間任意的差遣。客體世界一意要使人臣服於固定的時序，詩人以詩逾越原有的步閥。人和物的新關係暗示人心靈特有的節奏，它的運轉時常和客體時間背道而馳[20]。」詩人對「他者」的自然現象進行意向活動時，給予了「他者」意義的詮釋，使「他者」並不只是時間的參照，而且增添了自我對「他者」的意涵，如此詩原先敘述「寒雲」，僅表述出「寒雲」的時間性是「將曙未曙」，但然後「寂寞的遠山」、「憂鬱的行道樹」、「一無名的花，孤伶伶」都是將自己的情感意識附加在對象身上，「將曙欲曙」的時間點所要展現的是詩中所透露「陰冷的黎明前」、「試著／打開籠罩身旁無邊的黑幕」這樣的情境，而非純粹做時間性的描寫，透過無名的花在黎明前吐放，詩中人感受到「美好的殘缺」，進一步表述「為了期盼中國／黎明，也在窗前落淚」，黎明會讓人對尚未來到的白晝感到期待，而從當下注意到時間的前瞻，向陽透過黎明

[19]（德）魯道爾夫・歐肯（Rudolf Eucken），〈人生的意義與價值〉（"The Meaning And Value Of Life"），《諾貝爾獎文集》，李斯等譯，（北京：時代文藝，2006）19。
[20] 簡政珍（1950-），《詩的瞬間狂喜》（台北：時報文化，1991）19。

「欲曙」的情境烘托，並將蘊含自我情感指涉的他者作為時間
參照物的情境中，表現他對中國未來的期待，在時間的感知經驗
中，詩人可以從中感悟人生、書寫性情，書寫自我在時間流中對
自我或他者的情感意志與預期前瞻。

　　相較於〈欲曙〉描寫個人自我對中國的前瞻，〈破曉〉同樣
寫黎明前後的時間點，但更具體寫出詩人對自然空間中「他者」
的想像與觀察：

> 陰鬱的霧死沉沉／包圍著一朵即將綻開的花／森寒的露珠
> 冷冰冰／禁錮著一株逐漸轉醒的樹／被夜鞭策著的風呵／
> 在醉夢於昨日的大地上／試圖封鎖一枝小草的出頭／而所
> 有去路，在垂淚的星下／隱隱畏縮在最黑最暗處／等待一
> 聲響亮的鑼／／一朵花爭脫了陰霧的包圍／整個園圃都會
> 綻開笑容／一株樹斗落了寒露的禁錮／整個森林都會伸張
> 手腳／一枝小草衝破了風的封鎖／整個原野都會動起毛髮
> ／一條路摸索出方向／所有山川也跟著找到了定位／而宣
> 告最後一顆星之破滅的／鑼聲呵，是終於光臨的白日（向
> 陽，《歲月・破曉》　19-20）

　　這首詩描寫「破曉」的時間點，主角應該是太陽，但向陽不
先寫太陽，反先寫植物，寫花、寫樹、寫小草，然後寫「垂淚的
星」，透過這些書寫的呈現黎明前的時間情境，向陽不直接寫
「日」而以「一響聲的鑼」來隱喻。向陽在詩中將黑夜視為一種
「禁錮」，「破曉」的「鑼聲」則是打開這種禁錮現象的時間轉
變，此詩即據此分為兩段，前段寫夜、黑或暗禁錮的空間，末段
寫花、樹、小草等掙脫禁錮象徵破曉的降臨，具體地寫出破曉的
時間情境與太陽所帶來的生命感，這首詩的情感指涉相較〈欲

曙〉少，幾乎被隱藏起來了，但突顯出向陽所想像或感受的時間與生命關係，胡塞爾說：「只有時間－空間性的物體世界才是重要意義上的自然。而其他一切的個體存在，即心裏存在，是次一級意義上的自然[21]……」當向陽在詩中敘述自然景色在時間流的變化「破曉」時，其實正是在表述他者的「生命本體間的一種交融和互滲」時間現象，表述生命的「他者」在時間流中的交互主體現象[22]，而建構出一個屬於作者的「破曉」充滿生命感的時間情境。

在〈破曉〉中，除了以鑼聲隱喻的太陽外，還有另一個天體「垂淚的星」，向陽在《歲月》中亦喜歡用「星」作為時間挪移的象徵，如〈對著一顆星星〉：

> 對著一顆星星，在闇夜／黝黑高樓闃寂的牆角下／我的眼裏也見證著星星／幽微的亮光，它閃爍著／努力要打開明日的天空／又得提防不被烏雲隨時／在不留意間，將它刷掉／它逡巡、它徘徊也憂傷／除了自己誰來陪它站崗／對著這顆星星，我黯然／／對著這顆星星，我冷然／把身子拋出高樓的陰影／站到風與夜都能目擊的／空地上，仰頭望向天空／追尋它熠熠含光的方位／而風鼓動著烏雲，烏雲／令夜淒其，我眸中所見／僅是無盡漆黑，那星星／已撤了崗哨，留置給我／天與地間止不住的孤寒（向陽，《歲月・對著一顆星星》　11-12）

---

[21] 胡塞爾，〈現象學的觀念〉（"The Idea of Phenomenology"），《胡塞爾選集（上）》，倪梁康編（上海：上海三聯書局，1997），107。

[22] 也就是胡塞爾所說的「互為主體」，胡塞爾所說的「互為主體」本質上是為了解決人際間相互認識的實質現象，而加斯東・巴舍拉將之援用至詩學，指出我們可以也跟一個清新的意象具有「互為主體性」。參見加斯東・巴舍拉（Gaston Bachelard）《空間詩學》（The Poetics of Space），龔卓軍、王靜慧譯（台北：張老師，2003）43。

這首詩透過與「他者」星星互為主體的經驗行為，表述生命在時間流中努力、奮鬥過程以及生命的孤寒，首段透過「我」的見證，敘述星星「努力要打開明日的天空／又得提防不被烏雲隨時」，透過這幾句話呈現主體在時間流中的努力過程，並說明生命在時間流中的孤獨。次段延續首段對星星的感知見證，「仰頭望向天空／追尋它熠熠含光的方位」由於星星在時間流中運行，改變方位，因此詩中「我」才必須去「追尋」，故此幾句點明了星星的時間性，然而末段寫「星星／已撤了崗哨，留置給我／天與地間止不住的孤寒」不但敘述星星的時間性，也點出了生命的孤獨、孤寒感覺，表述每個人在時間流中的生命歷程都是必須單獨面對。此詩利用與「他者」星星互為主體的經驗過程，將星星作為生命在時間流中的隱喻是相當清楚的，表現出向陽所感受到生命在時間流中孤獨、寒冷的寂寞之感慨。

三、從「他者」植物的生命時間領悟

上文討論向陽以自然環境、天體如日或星星的主題作為時間表述的詩作中，亦有植物如草、樹、花的意象展開，可知道植物的意象在向陽詩中常具有時間的意義，主要是植物的生命週期短暫，使其本身的生命時間徵象鮮明，常被詩人援引書寫成表現時間的意象，換言之，詩人通常透過「注視」的感知，對植物進行意向活動，使植物的生命徵象對詩人成為「有意義」的結構，由於這是主客體都具有生命的本質，所形成的結構是「生命－生命」的結構，這種認知結構總是指向主體時間及生命時間，使詩作是具有生命時間意識的開展，如同〈銀杏的仰望〉：

從來不曾想到風風雨雨會釀成／秋，從來不曾想到漂漂泊泊竟也展軸如／扇，更從來不曾想到日日夜夜你／陽光的仰盼月的孺慕和山山水水的踏涉／均化做千千萬萬縷縷輻射的鄉愁／／只想廿載的清唱已枝枒般成長／在偎依的谷中，你曾展葉抗雨疏根抵風／兀然掙出薄天的傲嘯，而雨後／每喜與山外的虹虹外的天比高，彼時／你猶壯碩，枝道葉綠愛情也忠實／／乃毅然而出鄉關，呵男兒／此去風沙經年，年輪斧鑿，鑿刻／你塵煙的顏面，你的顏面自心上／化昇，你的心上駐有秋，秋上有草／你不是草的族類，是走向晚照的壯士／／終究你是翔著金黃翅翼奔向昏暉的／百齡，通過夜的暗鬱，簌簌撲飛／而當你折翼倒地，陽光自你身上昇起／你遂冷然頓悟：你是一把奔波的扇／那泥土和鄉村呵！是闔你的，軸（向陽，《歲月‧銀杏的仰望》　25-27）

　　這首詩將植物視為一意識主體的「他者」，為隱藏在詩中的「我」所意識到，而建立起「互為主體性」，詩中隱藏的「我」透過觀察、想像及擬人的移情對植物銀杏進行表述[23]，表述出對銀杏的生命及時間的觀察，並且透過銀杏葉子落葉歸根的過程，隱喻詩中「我」的鄉愁。

　　在此詩中，向陽運用了相當多疊字，如「風風雨雨」、「漂漂泊泊」、「山山水水」，透過疊字形式來表現詩中所謂「廿載的清唱」漫長的時間感，向陽也於詩中運用頂真的修辭，如「每喜與山外的虹虹外的天比高」、「此去風沙經年，年輪斧

[23]　關於「互為主體」過程中的「移情作用」，可參見胡塞爾（Edmund Husserl）著《第一哲學》（*The First Philosophy*, 下），王炳文譯（北京：商務印書館，2006）246。

鑿」、「你的心上駐有秋，秋上有草」來顯示時間「不間斷」的特性，而全詩的句子相較於向陽其他詩作而言，每行稍長，亦向讀者呈現了時間漫長的感受，向陽是相當重視新詩的形式，故創造了十行詩的體例，且正如林耀德指出向陽在形式上俯拾古典主義對於音韻和格律的訴求[24]，我們在此詩的形式中可見其整齊的格律與古典的句法，呈現時間悠遠的感覺。向陽透過主體際間對話與修辭的形式，展開他對於銀杏的生命時間以及自我在時間流中鄉愁的隱喻，正如林耀德指出「形式」的精意乃在於：「思想或意志以一種普遍而有效的規律展開運作的對外表現（Expression）[25]。」向陽在此詩中將銀杏視為「你」的「他者」，透過對話、修辭種種形式的架構，將對於時間、生命、鄉愁的生命時間思想及意志以隱喻的內容呈現出來，得以看見他對於新詩形式、意象經營以及文字修辭的功力精深。

　　〈銀杏的仰望〉是將植物視為「你」之「他者」生命主體來進行表述，而同樣收錄於《歲月》的〈竹之詞〉則透過極端的移情，將植物的形象轉化為「我」的立場來進行表述，如朱光潛（1897-1986）說：「在移情作用中，人情和物理打成一片，物的形象變成人的情趣的返照[26]。」詩人將自我與表述對象融成一體來進行陳述，而Wilhelm Worringer（1881-1965）說得更清楚：「描述移情這種審美體驗特點的最簡單套話就是：審美享受是一種客觀化的自我享受。審美享受就是一個與自我不同的感性對象中玩味自我本身，即把自我移入到對象中去。[27]」將一個「他

---

[24] 林耀德，〈陽光的無限軌跡：有關向陽詩集「歲月」〉，《文訊》19（1985）：212。

[25] 林耀德，〈向陽其人其詩〉　56。

[26] 朱光潛（1897-1986），〈近代美學與文學批評〉，《談美》（台北：金楓，1991）200。

[27] Wilhelm Worringer，《抽象與移情：藝術風格的心理學研究》（*Abstraction and Empathy: A Contribution to the Psychology of Style*），魏雅婷譯（台

者」的對象移入「自我」的視角，想像並展現植物的生命時間意識是〈竹之詞〉的特殊形式：

> 一如花在寒冽的風前綻放／我們筆直傲立於萬刃高岡／苦吟是松柏的個性和喜好／翩翩逍遙我們且放膽歌唱／／振翅高飛乃鳥之理所當然／飛走了再不回來也是一樣／凡山河必會豎耳靜靜聆聽／所有落葉蕭蕭唱歎的神傷／／但飄零並非從此失去方向／仇恨是陷入就突不破的網／在陽光裏真正的飛鳥含淚／唯土地是枝葉休憩的夢鄉／／闃闇中我們以不凋的根莖／向寒冬索討更深固的土壤／隱忍那霜雪的陰鬱和殘暴／咬牙等待雨後新筍來張望（向陽，《歲月・竹之詞》 77-78）

這首〈竹之詞〉雖然以「竹」作為意識主體來進行表述，但在首段敘述了相對於竹子的「異己／他者」之「花」及「松柏」來參照竹子的生命存有[28]，透過自我和他者的差異，不但能參照映證出自我的存有，也是自我和他者相聯繫，於世界完整的存在，夏忠憲就說：「在巴赫金看來，世界是由差異構成的，差異就包含著矛盾和對立。換言之，沒有差異，沒有矛盾和對立，就沒有世界。而自我與他者的區分構成了最基本的對立，他是其他一切差異的基礎。自我不是終極的實在，不是孤立存在的實體，他只有同一切異己的事物、他人，包括與其他自我

北：亞太圖書，1992）37。
[28] 游美惠說：「他者／異己是與『自我』（self）相對照的一個概念。他者／異己對於界定『正常』（definingwhat is "normail"）和界定人們的主體位置和相當重要。」參見游美惠，〈他者／異己〉《性別平等教育季刊》38（2006）：80。

（如，鏡中的自我）相聯繫才能完整地存在[29]。」世界正是透過
「自我」與「他者」的差異，在經驗與想像中建構起來，梅洛
龐蒂（Maurice Merleau-Ponty）說：「現象學的世界不屬於純粹
的存在，而是通過我的體驗的相互作用，通過我的體驗和他人
的體驗相互作用，通過體驗對體驗的相互作用顯現的意義，因此，
主體性和主體間性是不可分離的，它們通過我過去的體驗在我現在
的體驗中的再現，他人的體驗在我的體驗中的再現形成它們的統一
性[30]。」換言之，對於生活世界或生命世界的經驗，也是「自我」
與「他者」的體驗相互作用而形成，而世界中的時間經驗感知，必
然透過「他者」之時間參照所構成，因此此詩首段透過竹子的「自
我」以及花、松柏的「他者」相互參照一個屬於植物的生命世界。
而次段則揭示了這個生命世界的時間性，用「他者」的「鳥」之意
象參照出時間一去不返的特性[31]，向陽用鳥「飛走了再不回來」來
揭示時間，正如呂炳強說：「在根源上，時間結構來自凝視者，又
由凝視加諸行動者[32]。」主體自我凝視「他者」飛鳥的動作而產生
時間結構的認知，在詩中進一步反思到「竹」之「自我」：「所有
落葉蕭蕭唱歎的神傷」，向陽非常注意新詩的結構安排，因此我們
除了在此詩中看見嚴整四行一段，每行等同字數的形式外，在每
段的末段都敘述「竹」之「自我」的生命現象，最末以：「咬牙
等待雨後新筍來張望」隱喻了生命在時間流中的傳承與新生。

　　向陽深知透過移情的想像，能更深入理解被移情的「他
者」，以詩中的「他者」與「他者」聯繫起來，建構出一個時間

29　夏忠憲，《巴赫金狂歡化詩學研究》（北京：北京師範大學出版社，
　　2000）23。
30　梅洛龐蒂，〈前言〉，《知覺現象學》，（*Phenomenology of
　　Perception*）姜志輝譯（北京：商務，2001）17。
31　時間是一持續變化的現象。可參見胡塞爾，〈現象學的觀念〉　75。
32　呂炳強，《凝視、行動與社會世界》（台北：漫遊者文化事業，2007）42。

性的生命世界[33]，因此同樣收錄於《歲月》的〈在廊柱和落葉之間〉這首詩，也同樣以「我」的視角移情至植物的立場來看生命時間世界，然這首詩的格式相較自由，其中蘊含的情志與生命時間意識也更加豐富：

> 當門駭然洞開之際我們皆感／訝異。在廊柱的陰影下有微怨／和雜沓的陽光，雜沓的蝶群／翻飛，並且舞踊。而這是／風和日麗的春天，有葉／悉嗦墜下，委曲在盤根的／樹縫裏，且一句話，也不講／只把土地讓給了我們讓給牆／把眼光，如廊柱後的門／交給了黑鬱深夐的門後的虛空／／而我們昨夜剛從史冊簡頁中／醒轉過來，戚戚站立於此／仔細審視天空和雲和偶而／低飛以過的漂鳥和彷彿我們的／三兩落葉，在不可思議的春／在廊柱之前，審視先人的手澤／鑿痕、以及血跡，審視我們／身內一樣亢然搏動的血統／想像那些蝶們如何裝扮白天／想像天黑後一個老人默然搖首／／捧心自廊柱間奪門走了，像一瓣葉／迎風下墜，留給台階沈重的輕喟／我們張口而不聞驚叫，瞪目／而視野疾疾陸沈，心惶惶而／四肢自縛於一網陰影——似乎也／只有落葉，自史冊中頁落於地／那門瞬間閉關，把春天丟給我們／把蝶群拋給陽光拋給陰影拋給我們／而在廊柱和落葉之間，我們／僅僅是理也理不出頭緒的荒草一片（向陽，《歲月・在廊柱和落葉之間》　41-43）

---

[33] 王子銘說：「所謂『移情』，無非是指本己自我對陌生自我的意識統攝。……但胡塞爾是更廣泛的意義上使用這一概念的。他認為，『同感是人的基本可能性』，『通過同感可以將周圍世界連接起來，直至無限』。」據此，我們可知移情作用的想像，是認識、同感甚至結構一個世界經驗的概念。參見王子銘，《現象學與美學反思》，（濟南：齊魯書社，2005）139。

　　這首詩以「廊柱和落葉之間」的荒草為「我們」的敘述視角，但透過敘述差異的「他者」之「門」、「廊柱」、「蝶群」敘述出其綿延的時間性：「這是／風和日麗的春天」，並將落下的葉擬人敘述，表述出當下的空間感：「把土地讓給了我們讓給強」。

　　次段誇張的以「而我們昨夜剛從史冊簡頁中／轉醒過來」來呈現「我們」的時間性，而「轉醒」則確認了在時間流中的當下感知、當下存有，然而自我如何通過感知證成當下存有呢？就是透過「他者的綿延」、「他者的時間性」，柏格森（Henri Bergson）說：「我們的心理生命乍看似乎並不連續，因為我們的注意力是經由一連串的非連續性作用才推向這個心理生命[34]。」乍看之下，詩中片段的感知天空和雲、漂鳥、落葉，但在心靈狀態，在時間之流中進行時，持續不斷地充滿於其所盈積的「綿延」中[35]，去體驗到時間的變化，進一步去想像視覺沒有感知到的「想像那些蝶們如何裝扮白天／想像天黑後一個老人默然搖首」，構造出更豐富的時間感。向陽注重詩結構的嚴整，在此詩首段第一句「當門駭然洞開之際我們皆感／訝異。」末段則出現「那門瞬間閉關，把春天丟給我們……我們／僅僅是理也理不出頭緒的荒草一片」，讓動作和敘述的情節帶出了整首詩結構的時間感，而這樣的結構與敘事的想像，充分顯示向陽的想像力與感官描述的文字能力，正如陳昌明說：「藝術感通是經由感通者創造的移情，以及意識深處的想像，貫通意識層，投射在感官知覺或語言的層次上，而『想像』，正是溝通意識深層、文化思維、生活經驗，以及感官描述的橋樑[36]。」向陽以移情的擬人、

---

[34] （法）亨利・柏格森，〈創造進化論〉，《諾貝爾獎文集》，歐肯、柏格森著，李斯等譯（北京：時代文藝，2006）54。

[35] 柏格森，〈創造進化論〉 42。

[36] 陳昌明，〈「感覺性」與新詩語言析論〉，《現代詩語言與教學》國立彰化師範大學現代詩研討會編輯委員主編，（彰化：國立彰化師範大學

對他者的生命時間想像、感官描述的建構,將自我的時間與生命感受顯現得相當深刻。

四、從「他者」動物的生命時間領悟

　　由於植物的生命週期短,時間徵象明顯,因此常為詩人援引作為時間敘述的徵象,而動物的「他者」則可以透過動物的動作展開時間意象,正如海德格說:「如果我們追尋一種運動,在此之際,時間便來與我們打照面,而無須我們專門把握或者明確意指之[37]。」當詩中敘述「他者」動物的動作時,時間的因素就在此呈現了。向陽在詩作中除了植物的生命時間意象以外,亦會注意動物活動所產生的時間現象,例如前引詩就出現過「鳥」、「蝶」等意象,而〈歲杪抄詩〉亦透過鷹和花表現出生命與時間感的敘述:

> 一隻鷹鳥在冷風下/向天空索求,寬廣的/領土。天空只是微笑/讓陽光從雲層間/露出臉來,告訴鷹鳥/能圍多大的圈子/便有多少的輿地/鷹鳥奮力展翅,不斷翔飛/要把整個天空圈下來/倒在一小朵雲裏困住了//一株曇花在黑鬱中/向時間爭取,充分的/演出。時間沒有說話/由著夜把嚴肅的霜與露/悄悄滴落,警示曇花/能忍多大的酷寒/便有多少的形象/曇花奮力掙扎,咬牙抵禦/還是敵不過時間的侵凌/卻已在霜露下怒然綻放(向陽,《歲月·歲杪抄詩》　13-14)

國文系,2001)228-29。
[37] (德)馬丁·海德格爾(Martin Heidegger),《現象學之基本問題》(*Basic Problems of Phenomenology*),丁耘譯(上海:譯文,2008)330。

　　此詩分成兩段，前段以「鷹」為主題，第二段以「曇花」為主題，寫鷹時，向陽描寫「鷹鳥奮力展翅，不斷翔飛」，描寫出生命在時間流中奮鬥的歷程，而曇花則被擬人具有人物形象的書寫：「曇花奮力掙扎，咬牙抵禦」藉此突顯出曇花在時間流中的生命歷程。然而在這首詩當中，我們亦能深刻比較出動物生命意象和植物生命意象的差異，動物具有動作性，「能圍多大的圈子／便有多少的興地」重視出主體與空間的關係，而植物不具動作性，只能用自身的特徵來展示自身：「一株曇花在黑鬱中／向時間爭取，充分的／演出。」則更重視主體與時間的關係。

　　相較之下，〈驚蟄吟〉透過較為傳統時間象徵的「蟄蟲」鳴叫來揭示時間感，則能花費較多篇幅敘述當下時間的空間描寫：

　　　寒意自昨夜起逐步撤退／清晨進駐林間的一隊鳥聲／把微曦與樹影咬成起落的音階／久潮牆角，忽然暈染開來／破窗過訪的陽光，靜靜／溫慰著瑟縮的鋤犁。北風／向西，一波波湧溢／靄靄氣息。屋舍昂然抖擻／泥土中，蟄蟲正待開門探頭／隨蛺蝶，我入園中遊走／／一似去年，田犁碌碌耙梳土地／汗與血還是要向新泥生息／鷺鷥輕踩牛背，蚯蚓翻滾／在田畝中，我播種／在世世代代不斷翻耕的悲喜裏／放眼是遠山近樹翩飛新綠／昨夜寒涼，且遣澗水漂離／我耕作，但為這塊美麗大地／期待桃花應聲開放／當雷霆破天，轟隆直下（向陽，《歲月·驚蟄吟》21-22）

　　在這首詩中，向陽烘托出一個具體的空間感，而這個空間感則呈現當下時間的「美麗大地」。向陽首句「寒意自昨夜起逐步

撤退」先用溫度的觸覺烘托情境，次句則用「鳥聲」的聽覺，然後才是視覺的「微曦」、「樹影」烘托出當下的時間情境。次段，「在世世代代不斷翻耕的悲喜裏／放眼是遠山近樹翩飛新綠」則揭時間的恒久性，最末「期待桃花的應聲開放」，則呼應「驚蟄吟」而對時間有所預期。綜觀此詩，向陽僅用「我播種」、「我耕作」作為我在當下時空中的參與，大部分的篇幅都是透過詩中的「他者」展現其綿延的時間性，透過「他者」群的結構，建構出一個具有當下感的空間出來，並且藉由此空間追憶「世世代代」的變化以及對「桃花的應聲開放」之期待，總而言之，奠基於「驚蟄」以及其他「他者」所建構的空間，呈現了向陽所感知到的時間感受。

五、從「他者」人類的生命時間領悟

　　除了自然空間以及自然空間中的植物、動物「他者」外，人是群體動物，生活中必然會與「他人」相處的經驗，而身為「他者」的他人生命時間綿延，自然也可以作為時間參照，使人理解到時間的印象。向陽在詩集《歲月》中，亦會援引其自我對他人的感知與想像，作為時間敘述的展開，並蘊含了其深刻的情思，例如〈穀雨〉就是對自我以外的「他者」，其父親的懷念，而藉此追憶過去的時間，舉其第二段為例：

　　　也是穀雨時候，時間更久／清風微吹，我年幼／而您瘦黑，回去凍頂舊厝／路過了竹林就是茶園／車聲和人間慢慢退後／只有漫山菁綠、溫柔的茶樹／單薄灰白的墓碑兩座／您指給我：那就是了／阿公阿媽的家，爸以後／也要含笑休睏的窩（向陽，〈穀雨〉，《歲月》　33）

　　這首詩懷念死去的父親，正如巴赫金（M. M. Bakhtin, 1895-1975）說：「只有有生有死的具體之人的價值，才能為空間和時間序列提供比例關係的尺度：空間緊縮而成為有生有死之人的可能的視野，他的可能的周邊環境；而時間則作為有生有死之人的生活流程而具有了價值的分量[38]。」死亡使人深刻認識到空間、時間的尺度，嚴肅面對到生命時間的議題，向陽深刻地追憶對父親的種種，清晰呈現他對父親的感情，而除了對父親的追憶敘述外，向陽也列舉「穀雨」、「清風」、「凍頂舊厝」、「竹林」、「茶園」等時空中的他者，烘托出過去當時的時間情境，而不單只是純粹地描寫父親。此詩末段：

> 那種休眠不是——很好嗎／爸爸，如今清明剛過，眨眼／穀雨將來，冷霧輕輕／輕輕罩在您安然休眠的山邊／下種的時候囉！叔伯都說／可惜你參看不到，今年雨前／春茶豐收！但是爸爸／一定只有您在水霧間看見／低頭默默試著新茶的我／舌尖甘甜，喉裏的慚愧難嚥（向陽，《歲月·穀雨》　35）

　　這段最後幾句，用「春茶豐收！」，而詩中「我」是「低頭默默試著新茶」、「舌尖甘甜，喉裏的慚愧難嚥」以味覺的甘甜來映襯心中的「慚愧難嚥」，反襯出思念父親的苦，充分地表述出當下的情感以及對過去「他者」父親的懷念。

---

[38] 巴赫金（M. M. Bakhtin），〈論行為哲學〉（"Toward a Philosophy of the Act"），《巴赫金全集》，錢中文主編，曉河等譯，卷1（山東：河北教育出版社，1998）64。

　　〈穀雨〉是追憶於過去時間中去世的父親，顯現出回憶中悲傷苦澀的氛圍，而另一首詩〈唸給寶寶聽〉則是描寫對孩子的關愛，期待孩子長大，全詩充滿了歡樂與期待：

　　在笑聲中，寶寶／爸爸媽媽偎在你身邊／伊伊呀呀學著你純真的／笑語，用關懷與愛情／伊伊呀呀試著與你交談／隨你的眼珠轉動／讓你的唇角牽引／媽媽爸爸注視著你／好像兩座拉著手的山／看著溪河流過一樣／看著親愛的寶寶／在搖籃裏笑啊叫著／／寶寶，在笑聲中／爸爸媽媽希望你健康地／長大，像一朵花蕾／在陽光下愉快地綻放／更像一棵青翠的樹苗／嫩綠地向著藍色的天空／招手，媽媽爸爸也希望／寶寶，不怕偶而吹來的／寒風，不怕每晚降臨的／黑暗。舒開眉頭／微笑著閉上眼睛，在媽媽的／懷裏、爸爸的臂上輕睡／／在輕睡中，媽媽爸爸陪著你／寶寶，在你甜美的睡夢中／爸爸媽媽細心地看望著你／那白裏透紅的臉蛋／那稀疏而富有光澤的頭髮／那無意間的牽嘴、皺眉／那眉梢眼角洩露出的／羞澀的笑意，在伊伊呀呀裏／爸爸媽媽等你醒來／讓銀鈴一般輕脆的笑聲／洋溢在我們家中，讓窗外／好奇的白雲圍攏過來／／為了更多的笑聲，寶寶／爸爸媽媽呵護你的長大／像一棵小樹苗，你將在／媽媽爸爸生長過來的／土地上伸展手腳，自由呼吸／但是寶寶，爸爸媽媽不能幫你／逃避風雨的吹襲，寶寶／媽媽爸爸只能用豐裕的愛心／培植你的逐漸抽芽、更加健康／在將來陽光遍灑的大道上／寶寶會慢慢長大，在笑聲中／讓爸爸媽媽看著你苗壯（向陽，《歲月‧唸給寶寶聽》　57-61）

此詩共四段，前三段第一句有「在……中」，顯示出當下時間，首段「爸爸媽媽偎在你身邊」、「媽媽爸爸注視著你」，透過爸爸、媽媽和寶寶三者的關係，結構起當下時間中的人際位置，第二段則顯示出爸爸媽媽對寶寶未來時間的前瞻：「爸爸媽媽希望你健康地／長大」，第三段又回到當下「寶寶輕睡」的時間，透過對於寶寶時間的反覆述說，澄明父母對孩子在時間流中的意向活動，最末呼應著前面的敘述，表現出父母對孩子在時間流中的前瞻與期待：「寶寶會慢慢長大，在笑聲中／讓爸爸媽媽看著你茁壯」將父母對孩子的期待表露無遺。綜觀此詩，表現了爸爸媽媽對於「異己」的「他者」──孩子之關切心態，在這首詩中，孩子的活動：「笑聲」、「輕睡」是最重要的敘述，爸爸媽媽則是敘述者的立場，透過「像一朵花蕾」、「像一棵小樹苗」平淺但深情的明喻揭示父母對孩子的愛，並以「笑聲」烘托出一個孩子成長的正面生命情境。此詩主要是敘述父母對孩子在時間流中成長的期待，孩子的成長成了時間流動中最重要的徵象，且蘊含了相當豐富的關愛情感，使那種父母慈愛真摯的情感隱然成為這首詩的主題。

六、結論

　　向陽是台灣詩壇重要的詩人，歷來論者多半針對其台語詩來討論向陽與其鄉土詩作特色，然而以向陽的詩集《歲月》來看，向陽的詩作具有精密的詩語言以及詩結構，正如林耀德所說：

> 向陽深刻地觀照、敦厚地思索，再使用精密的詩語言反映出來，使詩超越了現實社會的短視需要，成為藝術形式的典型，持久散發詩人對世界至真至大的觀懷，因此，向陽

不論寫鄉土、寫政治，都能使詩的本體保持文學純度，不至於淪為劣等的政治宣傳言或者工具，這正是他卓越的膽識[39]。

　　向陽的詩美學藝術自成其藝術形式的典型。我們以向陽《歲月》詩集為研究文本，從向陽詩中檢視向陽對時間的思索與表述，向陽無疑是深刻觀照人生、生命的詩人，他對時間的陳述充滿了對生命的感知與認識。向陽總是透過對「自我」以外的「他者」的觀照、關懷，去認識生命在時間流中的綿延與演繹，將其感知到的片段鎔鑄、重組、結合，構成有效的意象。而正如向陽自言：

　　　　詩人之可貴，豈不在於他能以最佳形式承載深刻的思想、取繁於簡的意象嗎？如果詩人不能在狹窄的形式空間裏，處理最寬闊的詩想境界，則其可貴何在？[40]

　　向陽在生命與時間的意象取捨，整首詩結構與形式的安排上，恰如其份表現他所感知與欲表述的思想、意象，在繁複的「他者」綿延所產生的時間徵象中，我們看見向陽縝密的心思與藝術技巧，表現出詩人的可貴之處。是故，我們看見向陽的意識中，「他者」呈現了時間與空間的經驗，而他的作品為我們呈現了抽象時間表述的可能，以及可貴的藝術經驗。

---

[39]　林耀德，〈有關向陽詩集《歲月》〉 219。
[40]　向陽，〈「十行集相關評論介析引得」〉，《十行集》（台北：九歌，2004）226-30。

「騷」與「體」
──試論向陽《亂》的歷史技喻與文化圖像

陳鴻逸

作者簡介

　　陳鴻逸（Hung-Yi CHEN），男，1979年生。彰化師範大學國文系博士生暨兼任講師。著有〈Face（your）book與做個「無名」的讀者：論網路文本下的現代詩教學與辯證思考──以《台灣詩學‧吹鼓吹詩論壇》為例〉（2009）、〈前衛之「前」？後浪之「後」？試探蘇紹連詩作的書寫表現與語言論題──以《後浪詩刊》、《詩人季刊》為主要探討範疇〉（2009）、碩論《記憶與詩語：歷史敘事與文化實踐的探索──以李敏勇、陳鴻森的詩作為例》（2007）等。

論文題要

　　向陽的書寫，使他在文化中國與台灣土地間取得對應，然而過去的研究中，卻少將其理論化。因此本文將以「歷史敘事」（Historical Narrative）作為研究取徑，以《亂》為分析文本。推演出詩人的歷史意識與呈現文化意涵的理念，描繪出詩人詮釋歷史的方式與思考，勾勒出詩人的敘事模態與詩學理論。

關鍵詞（中文）：向陽、《亂》、歷史敘事、文化、台灣

一、引言

　　向陽（林淇瀁，1955-），生於南投縣鹿谷鄉。竹山高中、中國文化學院日文系畢業。曾任《時報週刊》主編（1979-81）、《自立晚報》藝文組主任兼副刊主編（1981-94）。1985年8月底應美國愛荷華大學「國際作家工作坊」邀請，往訪四個月。他13歲時開始從事創作，14歲發表第一首詩，16歲與高中同學創辦詩刊《笛韻》，退伍後與友人共同成立《陽光小集》，在該社宣告解散以前，一直深受詩壇的重視，是七〇到八〇年代詩刊、詩社發展階段中，一個重要的里程碑，故也被認為是戰後世代裏的重要文學團體。1994年《自立晚報》改組後，向陽申請退休，轉而攻讀大眾傳播理論，進入政治大學新聞研究所博士班，並於2003年獲博士學位。

　　向陽創作類型從詩、散文、童詩跨越到文學評論，呈現出豐富的書寫能量，其相關作品有詩集《銀杏的仰望》（1977）、《種籽》（1980）、《十行集》（1984）、《歲月》（1985）、《土地的歌》（1985）、《四季》（1986）、《心事》（1987）、《在寬闊的土地上》（1994）、《向陽詩選（1974-1996）》（1999）、《向陽台語詩選》（2002）、《亂》（2005）等。

　　向陽的研究目前有多篇碩士論文[1]及期刊論文[2]，先行的研究大致可區分幾個面向：詩作的類型論、詩人的創作歷程、台語詩與十行詩的書寫、土地課題、超文本概念的運用、後殖民及後現代的書寫課題等。研究當中，雖不乏以「歷史」作為研究的切入點，然而相較於「台語詩」、「十行詩」的關注依舊偏少。

[1] 呂焜霖，《戰後台語歌詩的成因與發展——兼論向陽與路寒袖的創作》，碩士論文，清華大學，2008；江秀郁，《向陽新詩研究》，碩士論文，彰化師範大學，2006；李素貞，《向陽及其現代詩研究：1974-2003》，碩士論文，台南大學，2006；魏仲佑，《七十年代台語詩現象三家比較探討》，碩士論文，東海大學，2007；黃玠源，《向陽現代詩研究：1973-2005》，碩士論文，中山大學，2007；林貞吟，《現代詩的街頭運動——《陽光小集》研究》，碩士論文，玄奘大學，2004。

[2] 林明理（1961-），〈收藏鄉土的記憶——向陽的詩賞析〉，《乾坤詩刊》54（2001）：124-28；郭麗娟，〈十行土地　吟哦萬行——謳歌台灣情愛的向陽〉，《台灣光華雜誌》34：6（2009）：96-105；林于弘（1966-），〈向陽新詩創作類型論〉，《國文學誌》10（2005）：303-25；孟佑寧，〈文本與超文本的邂逅——以向陽「一首被撕裂的詩」為例〉，《台灣詩學學刊》5（2005）：243-63；方耀乾，〈為父老立像，為土地照妖：論向陽的台語詩〉，《台灣詩學學刊》3（2004）：189-218；唐捐（劉正忠，1968-），〈詩想無羈，格律自鑄——導讀向陽的「立場」〉，《幼獅文藝》601（2004）：96-99；林政華（1946-），〈台灣重要詩家作品研探——林淇瀁（向陽）詩〉，《海翁台語文學》23（2003）：4-16；宋澤萊（廖偉竣，1952-），〈林宗源、向陽、宋澤萊、林央敏、黃樹根、黃勁連影響下的兩條台語詩路線——閱讀「台語詩六家選」有感〉，《海翁台語文學》1（2001）：56-75；林于弘，〈台語詩中的反諷世界：以向陽的「土地的歌」為例〉，《台灣詩學季刊》33（2000）：138-52；蕭蕭（蕭水順，1947-），〈向陽的詩，蘊蓄台灣的良知〉，《台灣詩學季刊》32（2000）：141-60；楊鴻銘，〈向陽「立場」等詩分析論〉，《孔孟月刊》436（1998）：45-48；賴佳琦，〈文學暗夜中燃亮光明的微火——向陽的文學行止〉，《中央月刊文訊別冊》153（1998）：59-60；楊錦郁（1958-）記錄，〈思想是文學作品真正的價值——李瑞騰專訪向陽〉，《文訊》90（1993）：88-92；洪素麗（1947-），〈土地還有歌可唱——讀向陽的台灣詩集〈土地的歌〉〉，《台灣文藝》102（1986）：176-79；林燿德（林燿德，1962-96），〈遊戲規則的塑造者——綜論向陽其人其詩〉，《文藝月刊》200（1986）：54-67；林文義（1953-），〈銀杏樹下的沉思者：試寫向陽〉，《文訊》19（1985）：180-83；林燿德，〈陽光的無限軌跡——有關向陽詩集《歲月》〉，《文訊》19（1985）：211-20；王灝（王萬富，1946-），〈不只是鄉立——試論向陽的方言詩〉，《文訊》19（1985）：196-210；游喚（游志誠，1956-），〈十行斑點‧巧構形似——評介向陽新詩《十行集》〉19（1985）：184-95。

對此，本文將以「歷史敘事」作為研究取徑，以2005年出版的
《亂》為主要分析文本和討論基礎。

這裏所談的「歷史敘事」（Historical Narrative），其實
是一種看待歷史和詮釋歷史的代稱詞，主要為「歷史哲學」
（Philosophy of History）的一種思辨模式，近似於「新歷史主
義」（New Historicism）。其主要的思考點有三：其一來自於向
陽曾自述構寫台灣史詩的企圖，而重要的當屬於1980年獲時報
文學獎敘事詩優等獎的〈霧社〉，以及1999年發表於《中外文
學》的〈我的姓氏〉等，都可窺見敘寫台灣圖像的實踐。其二，
向陽的書寫歷程中，透過〈離騷〉形塑出的書寫特質，使他在文
化中國與台灣土地間取得了歷史的對應性，亦即歷史感的培養、
歷史意識的成化，然而過去的研究中，卻少將其理論化，因此本
文將透過敘事模式探尋相關詩學的思考，及其理論化的可能性。
最末，則是「歷史敘事」對於詩的啟示。因為到了二十世紀七〇
年代，歷史哲學主要研究轉向了歷史寫作語言和文學形式的思
考，[3]也就是安克施密特（F. R. Ankersmit, 1945- ）所說的「敘事
的歷史哲學」，也因它有專注於歷史述明敘事文本分析的傾向，
以及對歷史表達從話語的分析取代了歷史認識論哲學[4]，再加上
結合了語言學、文化批判理論、存在主義和詮釋學等理論後，產
生了一個開放且多元的文學理論樣貌。當中，較為人熟知的，
當以海登・懷特（Hayden White, 1928- ）及其著作《史元：十九
世紀歐洲的歷史意象》（*Metahistory: The Historical Imagination
in Nineteenth-century Europe*），奠定了歷史敘事的理論起點[5]。

---

[3] 凱斯・詹京斯（Keith Jenkins），賈士蘅譯《歷史的再思考》（*Re-
thinking of History*）（台北：麥田，1997）118。
[4] 張進，《新歷史主義與歷史詩學》（北京：中國社會科學出版社，
2004）56-57。
[5] 王嶽川（1955- ），《後殖民主義與新歷史主義文論》（濟南：山東教育

海登‧懷特承繼了亞里斯多德（Aristotle, B.C.384-B.C.322）
的《詩學》（*Poetics*）、近法維科（Giambattista Vico, 1668-
1744）、近代語言學家、理論家所樹立之詮釋傳統，亦即利用
詩學上四種喻法－隱喻（Metaphor）、轉喻（Metonymy）、提
喻（Synecdoche）及諷喻（Irony），[6]構築出或標顯出不同類型
的敘事模式。[7]亦即歷史的意義，它需要解釋，而且由詞滙、語
法、句法和語義要素所組成。[8]歷史敘事在於透過對事實建構，
以獲得不同的意義或之間的關係，其中以是否具備有「歷史意
識」為重要的辨識和區別性的能力與方式[9]。

　　從上述的思考來看，若能藉由「歷史敘事」的理論介入，或
可推演出詩人的歷史意識與呈現文化意涵的理念，描繪出詩人詮

出版社，2005）156。

[6] 諷喻、轉喻、提喻皆為隱喻諸類型之一。其間差異，則在於其於文面
層次（literal level）彰顯其意義所採行之化約及整合方式，抑或其於象
徵層次揭示其目的之手法。隱喻本質是代表（reprensentational）、轉喻
是化約、提喻是整合、諷喻則是反語（negation）。請參閱海登‧懷特
（Hayden White），《史元：十九世紀歐洲的歷史意象》（*Metahistory:
The Historical Imagination in Nineteenth-century Europe*），劉世安譯（台
北：麥田，1999）36。

[7] 懷特　3。

[8] 安克施密特（F.R. Ankersmit, 1945- ），《歷史與轉義：隱喻的興衰》
（*History and Tropology: The Rise and Fall of Metaphor*），韓震譯（北京：
文津出版社，2005）77。

[9] 海登‧懷特特別指出過去的歷史書寫，例如在18世紀時，思想家習慣
上將史學區分為三類，分別為寓言、寫實（true）、譏諷。然而在海
登‧懷特看來，將寫實之歷史與寓言式歷史並列，同時還將譏諷式史學
（satirical hisoriogralphy）加入其間，此一想法本身就有些含混。好似
歷史作品真有三種類型，兩種非正當及一種正當，而其間差異皆不證自
明。若要承認此一區識合宜，就必須存有第四類歷史意識，即「史元意
識」（metahistorical consciousness），以充作其先決條件。因為三種類型
史學之區別，並非出於全然真實或全然造作間之對立程度，毋寧說是出
於真實與幻念不同程度之交織，其係歷史意識方面一種肯定收穫，亦是
啟蒙時代足資聲稱於歷史意識上較前代為進步之基石。然而此一「史元
意識」名詞，易使人混淆而，誤以為是研究某一朝代的研究，因此必須
將其定義為一種屬於具有「後設」傾向的歷史意識，方能較易區隔出此
一名詞的實質意涵。請參閱懷特　62-65。

釋（台灣）歷史的心靈思維與實踐性的辯證思考，並得勾勒出詩人的敘事模態與詩學理論。

二、久歌而不輟：自〈離騷〉敷得的文化象徵與語言系統

在進入《亂》的討論前，有必要花一些篇幅討論關於向陽的書寫起點，以及他如何在現代詩的創作歷程中，找到對應的文化與語言系統。

審視向陽接觸「詩」的歷程，可發現他13歲時第一次看到〈離騷〉，有如無字天書，為了能夠讀懂，發願抄寫原典、加以背誦，結果徒勞無功，後來為探究根源，到了初二、初三時，便買了《詩經》，後來更陸陸續續接觸了許多的中國傳統文學作品。但除了傳統的文學之外，在現代詩部分，亦從徐志摩（徐章垿，1897-1931）、朱自清（朱自華，1898-1948），的作品中脫離而出，開始接觸了洛夫（莫洛夫，1928-）、余光中（1928-）、葉維廉（1937-）等的作品[10]。種種看來，顯見向陽對於中國傳統文學的接受度，並得以涵養了個人的文化底蘊，其中又以〈離騷〉對其個人詩作、生命省思的影響尤深且遠，如〈別愁〉：

> 燈一樣，我們也幽微照在中國的路徑／漫漫渺渺，上承祖先遺留之箕裘／修遠迢遙，下紹子孫接續的筆墨／若血汗無力，甚至可拿整個生命／來顯印來給出，來反覆追索／詩的花魂斷非現實之風雨所可稍劫／屈原去矣，英魄不死／杜甫雖老，篇章彌新／在流離動盪中，我們將一路覓尋

---

[10] 楊錦郁　89。

　　／詩，是坦蕩笑容上深刻的悲紋／詩是貶謫戍徒，其樂不
易的別愁／杜鵑啼血，離離草原壯闊／寒蟬泣淚，莽莽山
岳青翠／秋菊徐開，皓皓明月增光／冬梅傲放，皚皚白雪
失色／我們毅然遠行，以便更加接近／難以割拾的家園和
愛人／已矣哉！別愁不愁／長路漫漫，我們在雨夜裏掌燈
／上下千年，求索萬古不廢的泉聲（向陽，《種籽・別
愁》　129-30[11]）

　　這首刊載於《種籽》的〈別愁〉喻含了幾個課題：詩是什
麼？詩人、詩作的定位何在？在〈別愁〉裏，清楚地顯示了中國
詩人感時憂國、流離悲愴的性格，對於向陽而言，他恍如站在一
個時空的交接處，一個見不著屈原（屈平，前340-前278）、杜
甫（712-70）的年代，卻處於同樣背負著感時憂國、流離悲愴的
情境當中。之所以會有如此的感觸，一方面或可推導於1980年代
前後，台灣社會所面臨的空前挑戰，也或許是來自於向陽父親的
病贏，促使他對古往今來的風流人物、風骨文章，有著更深切的
情摯投射。但相對而言，〈離騷〉及屈原在向陽心中所奠立、涉
入的精神原型，或許才是更顯著的影響；或者說，如果傳統的文
化對於詩人向陽有意義的話，那麼不在於完全的繼承，而是理解
到傳統是具有歷史的意識，並隱而形成的認識與體會。因此也可
以說，向陽體現了一種超越時間即永恆的意識，這使得他具備了
傳統的特質，並同時敏銳地意識到自己在時代中的位置。這使得
向陽之詩，從《銀杏的仰望》至《亂》，都可窺見屈原的身影和
濃縮的文化象徵，與時代對話，找尋文學、人性和歷史三者激盪
下，自己所站立的方位（向陽，《種籽》　202）。

---

[11]　向陽，《種籽》（台北：東大，1980）。

　　在此情形之下，本文將再花一些篇幅來審視向陽的書寫課題，使讀者有進一步的理解，以開展後續討論。

（一）語言與形式

　　向陽曾在《種籽》的〈後記〉談到，透過詩在語言上的刺探、實驗，使得在形式的創建上看到成果，雖然這屬一種「策略」，但也使他成為了詩形式的堅持者，期產生一種新詩體，使中國現代詩能夠有新的開拓方向（向陽，《種籽》　208）。這樣的說法，其實應再分二個層次探究：一是向陽創作的模仿客體為何？二是放在台灣詩壇的表現上，究竟是「群像」或「個體」的書寫特質的哪一種？關於前者，可推導於向陽承襲〈離騷〉精神之後，所嘗試做的實驗甚至是突破。若從《種籽》到《亂》來看，都不時見到屈原的身影化作黎明光舞，觸動詩人的繆思，顯見屈原、〈離騷〉不僅僅只是童年時期的美麗錯誤，兩者在一定程度上，已鑲嵌、內化成為了向陽書寫的重要思維，並以此作為視域的開展向度。

　　至於後者，則必須拉回到整體的七〇至八〇年代的詩潮來看，若以七〇年代至八〇年代為切割點，即能探見這個階段的社會結構正處於極為特殊的景況，在詩壇上是新興詩社、詩刊[12]創

---

[12] 七〇年代的變動，如果以1971年元旦「龍族詩社」創立到1981年《陽光小集》完成結集，剛好整整十年，其間起起落落的詩社大約有十餘個，依時間順序排列下來，在1971年台北有「主流詩社」的成立並創刊《主流詩刊》、屏東有「暴風雨詩社」出刊《暴風雨》，此外尚有《詩人季刊》在中部刊行；隔一年台北「大地詩社」成立並出刊《大地》，台北「草根」在創社後也創刊《草根》於1975年發行。1976年中部詩人另組《詩脈》發行，成員多是由原參加的詩社游離出來的。另外在高雄地區也曾陸續刊行《綠地》、「風燈」詩社的《風燈》等詩刊。請參閱李豐楙（1947-），〈七十年代新詩社的集團性格及其城鄉意識〉，文訊雜誌社主編《台灣現代詩史論：台灣現代詩史研討會實錄》（台北市：文訊雜誌社，1996）326。

發的蓬勃景象，但國家處境卻正處於外交、政治重大衝擊與挫敗之中[13]。以此階段的詩社、詩刊為例，即可以發現號召者（創立者）以一種「改變」與「繼承」的雙重姿態登場，一如向陽指出的，七〇年的新世代詩採取的毋寧是以民族傳統為縱經、本土社會為橫緯，從而確定座標的「現實主義」[14]。從這些個面向來看，即能清楚地顯示出詩人所處的社會背景。

若拉回到詩人與〈離騷〉的關係，即能明白〈離騷〉作為中國文化、文學源流的養分之一，除了是一種文化的象徵外，它提供給詩人，或它在精神性的思維上深刻地呈現了一種「騷」與「體」的結合概念，亦即「歷史意識」與「敘事語言」的嵌合。這裏需關注的，是「騷」與「體」都不是「靜態」的概念，進一步來說是「動態」、「積累」、「投射」的精神聚合。什麼意思呢？也就是說向陽的詩若表現出書寫動能，源由應來自於〈離騷〉的啟發。但啟發不是仿模，也不是在現代詩的詩句中融運古典元素而已；相反地，向陽的詩載負著「歷史意識」（騷）與「敘事語言」（體）的遞變力量，使其詩句看似放流於中國文學的大河中，實則充滿了生命力，在不同的「枝節歧葉」處，能夠有新的風貌，使即就算成為一細小涓河，也繁複異常。

但讀者或許會問，「歷史意識」（騷）與「敘事語言」（體）又是什麼？分別而言，「歷史意識」指向了「生命意向」、「歷史視野」、「邊緣性格」「與「浪漫情懷」的熱忱（甚而是不安）的「內在思維」；至於「敘事語言」（體）則是一種鋪演，將「鄉土特色」、「形式鑄造」、「語言實驗」、

---

[13]　七〇年代初期發生了像《大學雜誌》即發表了「國是諍言」，討論了中央民代全面改選等問題，再加上雷震（1897-1979）於1972年發表「救亡圖存獻議」等文章，開始對政治、社會體制展開討論與批判。

[14]　向陽，〈七十年代現代詩風潮試論〉，《文訊》12（1984）：62。

「庶民語言」的「外在形式」等,例如向陽有意地轉化到台灣現代詩的創作、實驗上,這點即可在「十行詩」、「台語詩」、「史詩」的書寫上得到印證。

但這樣並不足以說明「歷史意識」與「敘事語言」能取得一種「平衡」的狀態,也就是並不見得能相配合的好(雖然對向陽而言,似乎是取得一定的平衡、實踐),但實質上,其平衡恰好取自《亂》中之「亂」,也就是「煩聲促節、震蕩人心」的收束、諧合效果。(向陽,《亂·自序》 8[15])同樣的思考放在後續將談到的敘事史詩亦然,也就是「歷史意識」(騷-內在思維)與「敘事語言」(體-外在形式)的結合,主要的目的除找尋一個合理化世界變動的理由之外,也是求取個人、社群或國家穩定的表述形態,而這即是上述所謂的「煩聲促節、震蕩人心」的穩定、收束與諧合之功能。關於此點,將在後面持續論之,這裏所要強調的,還是向陽接受〈離騷〉及其背後文化脈絡的影響,所展現的書寫,藉此先來看一首〈楚漢十行——跫音之三〉:

> 夜讀項羽本紀,無奈地/批成繁花遍地,想當初/必有眾星閃熠,要不然/烏江北畔不至騅止風起/父老江東飲泣/午后下一盤棋,壯烈地/將得車馬失蹄,看今朝/總是小卒得意,即使是/偷渡楚河難免炮熄漢地/將帥猶存餘悸(向陽,《種籽》 51-52。)

這首〈楚漢十行〉發表於1976年,是向陽「十行詩」早期的原型詩作之一。裏頭「中國元素」深深地影響了其詩作的書寫課

---

[15] 向陽,《亂》(台北:INK印刻,2005)。

題，但裏頭可以對應出「大歷史」與「小生活」的強烈對話，這種以古喻今、以人喻物的技法，將歷史的人物現實化、嘲諷化。

以「騷」（內在思維）而言，其實對應的是「烏江北畔不至騅止風起／父老江東飲泣」，亦即藉由閱讀〈項羽本紀〉，而同感歷史人物的悲慘遭遇，而產生了一種情感的變化。但在「體」（外在形式）上，除以十行詩工整成詩外，亦以古今相對、物人相比的形式構成兩幅圖像，一則是遙想項羽（前232-前202）的無顏面對江東父老之悲，一則是近看棋盤上，小卒過河、車馬相爭的閒暇娛樂。兩段的意境、思緒則截然不同，也恰好說明向陽在現代詩的鑄造上，不僅精準掌握中國文化的箇中要素，亦能夠巧妙地反應在現實的周遭生活。

其實不僅僅只有上述的〈楚漢十行〉，從《銀杏的仰望》到《亂》，向陽透過「十行詩」、「台語詩」作語言結構的變革、鑄造，而《四季》、《土地的歌》則能看到運用「二十四節氣」、「童謠」等為題試作新內容，方式、精神近似於唐代的新樂府運動，借用舊題作新詞，以反應現實的社會，在在突顯詩人的才氣，以及在傳統的脈絡中找到新的元素，並挪用、轉化成新的形式、語言。或許在實際情形上，也許無法創造出屈原對於辭賦的長遠影響，但其意圖與實踐的能量，卻可類比之。

但究竟在十行詩、台語詩中，是否就完全地呈現了「騷」與「體」兼備的藝術技法呢？故應理解到的是，通過十行詩、台語詩的實驗，確實能達到初步的要求，但對於「敘事史詩」而言，「騷」（內在思維）與「體」（外在形式）能否形塑出疊合與融雜的模組樣態，這是有待衡與審視，關於此點，也將在後面章節陸續討論。

（二）歲月的感悲

　　若說〈楚漢十行〉裏，有著對於中國千年的洪流下，歷史人物的悲情壯志之體悟，那麼《亂》裏頭的〈暗雲〉則呈顯著對於台灣歷史的「重憶」，與弔慰歷史變遷下不幸喪命的人民的哀痛心情，似乎也帶有幾分時代下的不可違逆感。但歷史意識的生成，不僅僅來自於記憶的擬造，也不僅僅來自於時代、社會變動的感觸，更多時候，生命的消長亦成了一種對於歷史該走向何處的觸點。若仔細審視向陽之詩，可以發現單純以「生命」、「存在的焦慮」為主的詩作其實並不多見，這對於一個生於五〇年代中期，茁壯於七〇年代中期的戰後世代詩人而言，確實是相當地特別。若回顧戰後台灣現代詩的思潮史，可發現在戰後世代的詩人群，在不同的程度上，都懷有對於存在的焦慮、生存的反思，而發表了年少孤寂、悲劇性的相關詩作。但若說向陽對於生命課題毫無感觸，那倒也不盡然，或者說，他轉換了個較不明顯的方式、題材與內容，將類似「存在」的意義，形塑成詩人特有的詮釋方式，而其觸點在《銀杏的仰望》的〈掌紋十行〉中可見其端倪：

　　　　自從開始瞭解山河／歲月就在籬箕的廝摩中／盈缺。偶而剝繭抽絲／總會懷疑，那種機杼／紡得出回家的路途／已倦於流竄的星宿／在風中找尋葉落的軌跡／阡陌縱橫，與地錯置／想必放手一翻，總會碰上／奔逐的景色裏殞棲的酒旗（向陽，《銀杏的仰望・掌紋十行》　89-90[16]）

---

[16]　向陽，《銀杏的仰望》（台北：詩脈，1977）。

　　《銀杏的仰望》裏的詩，多較為朦朧、無特定指涉，但其中依然可以發現一種對於「生命意向」在歷史洪流中的無奈與焦慮感，例如〈掌紋十行〉就是。只是審視此詩，可以發現裏頭並沒有直接描述「生命」是什麼？也未告知生命的意義是什麼？有者，是「歲月」的實體化——掌紋。

　　掌紋其實代表了人的一生，也標示了人生當中命運的走向，但掌紋的生成卻會隨著年歲的增長而有所改變，可能變多、變細或變長，都喻示了一種生命的姿態。而這樣的姿態可能是辛勞的、奔波的，或是難以預測的，但掌紋確實勾勒出人之一生所面臨的種種課題，人該如何生存下去，總在小小的掌心中被提醒著。

　　但如果說〈掌紋〉只是突顯了人成長時的一種回憶、姿態與凝視，那麼〈穀雨——懷念　爸爸〉則是對父生命消逝的莫名懷殤，詩的第二段如此寫著：

> 也是穀雨時候，時間更久／清風微吹，我年幼／而您瘦黑，回去凍頂舊厝／路過了竹林就是茶園／車聲和人間使慢退後／只有漫山青綠、溫柔的茶樹／單薄灰白的墓碑兩座／您指給我：那就是了／阿公阿媽的家，爸以後／也要含笑休眠的窩（向陽，《歲月‧穀雨——懷念　爸爸》33[17]）

　　這裏先鋪陳一個對於「死亡」的想像與臨界，並以輕鬆的對話作為父之言的形象，但其實這並不是一個推測式的預言，相反地，詩的第四段，將讀者拉回了時間的前沿，告知大眾這是一個

---

[17]　向陽，〈穀雨——懷念　爸爸〉，《歲月》（台北：大地，1985）。

「記憶」倒敘的手法：

> 那種休睏不是——很好嗎／爸爸，如今清明剛過，眨眼／
> 穀雨將來，冷霧輕輕／輕輕罩在您安然休睏的山邊／下種
> 的時候囉！叔伯都說／可惜你爹看不到，今年雨前／春茶
> 豐收！但是爸爸／一定只有您在水霧間看見／低頭默默試
> 著新茶的我／舌尖甘甜，喉裏的慚愧難嚥（向陽，《歲月·
> 穀雨——懷念　爸爸》　34-35）

　　第四段，依然以「休睏」為關鍵詞，但卻轉向了一個不在場
的人物。在台語裏頭，其實「休睏」包含著短暫的休息，卻也指
著人的一生告一個段落，能夠放下牽絆、負荷而終的意涵。這樣
的死亡具有震憾，乃是來自於一種對於生命臨界的感觸，若如海
德格（Martin Heidegger, 1889-1976）以「此在」與「共同此在」
揭示我們面對於他人和自身的生命互動[18]，突顯了人們在面向死
亡的過程，是無法單純地依賴於自身的經驗。但透過他人的死
亡，確實激發了我們對於死亡竟如此存在的實在的可能性，但經
由他人之死，則能使人們開始體會到死亡的存在與意義。
　　仔細來看，此詩據載完成於1978年4月，和《銀杏的仰
望》、《種籽》的完成時間距離相近，應可視為是同一個階段的
作品。此詩脫去了中國元素入詩的習慣，也不恪守特定的格式，
唯一保留的是二十四節氣的「穀雨」，卻指涉著父親逝去。在敘
事的手法上，則脫去了對於傳統文學的單向依存，卻有著更為深
刻的情感才是。

---

[18] 海德格（Martin Heidegger），《存在與時間》（*Being and Time*），陳嘉
映、王慶節譯（台北：桂冠，2002）325。

　　統合來看，〈離騷〉作為詩人向陽年少時入手的「無字天書」，開啟的視野不僅僅只是文字的奧解難懂，而是一股強烈的精神意志，在千年的歷史洪流中，不斷地被淘洗與召喚。更重要的是，詩人透過此，找到一種對應世界、生命和語言的方式。

三、思轉的視角：土地的涵容、現實的反思

　　上一節談到的是關於向陽與〈離騷〉的互涉影響，接下來，將視角回到《亂》。在《亂》裏頭似乎有許多對於現實批判、嘲諷的詩作，例如〈一封遭查扣的信——致化名「四〇五」的郵檢小組〉、〈血淌著，一點聲息也沒有——致北京／台北的學生〉；或是對台灣土地情懷的展現，例如〈我有一個夢〉、〈黑暗沉落來〉等。實際來看，這些在八〇年代後期、九〇年代中期前的詩作，許多的筆觸、技法是源自於八〇年代中期前開始探索「土地」與「台語詩」的課題而來的，致使向陽開始從「文化的中國」轉向了「現實的台灣」。從何得知？其一，自《土地的歌》和《四季》的詩集刊發以來，向陽開始向「庶民」、「土地」汲取養分，結合舊題或文化中國的元素、題式，融鑄出屬於詩人的書寫，也就是關懷台灣土地的書寫。其二，台灣政治、社會的劇烈變動，在一定程度上對於詩人有深刻的影響。

　　向陽雖出生於五〇年代，走過六〇、七〇年代，到進入八〇年代之際，曾因1984年的3月13日，主編的《自立副刊》被警備總部以「為匪宣傳」罪名查禁了[19]。這個衝擊，顯示著當時台灣社會對於言論自由、思想自由的壓迫。對此，如果熟知台灣歷史發展的，即知道自七〇年代開始，台灣就面臨一連串的挑戰，從

---

[19]　向陽，〈空白與黝綠交錯的夢〉，《暗中流動的符碼》（台北：九歌，1999）56。

釣魚台事件、石油危機，1977年又發生了「中壢事件」、「鄉土
文學論戰」、1979年的「美麗島事件」，使得台灣的未來充滿了
許多變數。但另一方，隨著七〇年代末期社會運動結合著政治活
動的結果，卻是國家機器的強制介入，因而發生了1980年的林宅
血案[20]，以及1981年陳文成（1950-81.7.3）命案[21]、1984年的江南
（劉宜良，？-1984.10.15）案[22]。顯見1980年代是台灣戰後歷史
中相當重要的一個階段，自延續七〇年代以來的社會變動，如何
反省自身存在的時空位置及可能的價值意義，亦即詩人面對著現
實景象的「突轉」[23]，所產生的衝擊與實踐，似乎都成為當時的
詩社、詩人們不得不關注的課題。

　　但台灣的政治、社會並未因此而停止紛擾的狀態，自八〇
年代末期的解嚴以來，加上《自由時代》週刊社總編輯鄭南榕
（1987-89），於1989年因涉嫌「叛亂罪」抗拒拘提而自焚，更
突顯了法令修改的重要性[24]。然後於1990年初期的「政爭」、
「三月學運」，促使6月中召開「國是會議」。並於1991年廢止
「懲治叛亂條例」[25]、1992年完成修正「刑法」第一百條等不合
制度的法令條文[26]。

---

[20] 張勝彥編，《台灣全志・卷一，大事志》（南投：台灣文獻館，2004）289。
[21] 張勝彥　301。
[22] 張勝彥　334。
[23] 亞里斯多德以為，突轉和發現是情節的兩個成分，第三個成分是苦難。其中的突轉指行動的發展從一個方向轉至相反的方向，發現指從不知到知的轉變，即使置身於順達之境或敗逆之境中的人認識到對方原來是自己的親人或仇敵。苦難指毀滅性的或包含痛苦的行動，如人物在眾目睽睽之下的死亡、遭受痛苦、受傷以及諸如此類的情況。請參閱亞里斯多德（Aristotélēs），陳中梅譯注《詩學》（Poetics）（台北：台灣商務，2001）89-90。
[24] 張勝彥　373。
[25] 張勝彥　391。
[26] 1992年5月16日，立法院終於通過修正刑法100條，刪去該條文中有關預備或陰謀犯的規定。李筱峰（1952-），《台灣史100件大事（下）戰後

　　這一連串的變動，不僅使台灣島上的人民產生了劇烈的震憾，也使得向陽，謹慎地探尋台灣的社會與歷史在現實轉折上的可能性[27]。對此，可來看一首〈野百合靜靜地開──寫給參加三月學運的台灣青年〉：

> 野百合靜靜地／靜靜地開　在群山聯手環抱的谷地中／野百合憤怒地／憤怒地開　在每一顆心都已沸騰的廣場上／母親多少年了／你隱忍在皺紋下的憤怒　我不知不覺／在這片生我長我的土地上／山哀傷河哀傷　田園也哀傷（向陽，《亂‧野百合靜靜地開──寫給參加三月學運的台灣青年》　34）

　　詩的第一段靜態地先描寫野百合的出身，後來轉向動態的社會運動，將「野百合」形塑成精神的符號，且是一個具有戰鬥能量的符號代表。第二段將「土地」結合在這場運動的根源，而「母親」的形象不僅象徵著土地，也代表了一種堅忍的力量，都需要透過這場學運獲得發聲的機會。

　　在〈野百合靜靜地開〉裏，除了可以看見詩人對學運的憐惜，也看見了詩人對於「土地」的執著、熱情，如同最末一段：

> 野百合憤怒地／憤怒地開　在台灣每一寸土地上／野百合靜靜地／靜靜地開　在母親搏動的胸膛上（向陽，《亂‧野百合靜靜地開──寫給參加三月學運的台灣青年》37）

篇》（台北：玉山社，1999）144。

[27] 向陽，〈微弱但是有心的堅持──七〇年代台灣現代詩壇本土論述初探〉，文訊雜誌社主編，《台灣現代詩史論：台灣現代詩史研討會實錄》　365。

詩末所寫是將人民的苦痛連結在土地的歷史當中，故顯其書寫的縱深與情感，並達到以詩紀史、以史入詩的互文作用。

從此脈絡可推斷出向陽從《銀杏的仰望》、《種籽》中對於文化中國元素的大量汲取，再到《土地的歌》、《四季》裏頭對於民俗台灣的重新雕造外，進入九〇年代的詩作，已呈現了更具有批判性、實踐性的方式。這使得其敘事模式，開展出一個所謂的「有機式」敘事，即透過端看歷史的視域（horizon）[28]，由此找到意義與變動的過程，在運用著諷喻、轉喻下，通往詩人的歷史進程，並使《亂》疊合了過去詩作的特質，重新淬化成新的向度，而這又可從「土地的語式」、「現實的批判」得知，以下就分別述之。

（一）土地的語式

從前面介紹的〈野百合靜靜地開〉，可以發現「土地」符號的強烈與特為突顯的存在。但這並不表示詩人是在《亂》裏頭才開始關注「土地」的，相反地，在八〇年代，詩人即以一種「生活」的形式表現，亦即「土地」是一種生活的場所，並不是一個

---

[28] 視域（horizon）的觀念是伽達瑪（H. G. Gadamer, 1900-2002）詮釋學（Hermeneutics）中相當重要的一個部分。詮釋學最早是解讀聖經的方法，而後在史萊爾馬赫（F. Schleiermacher, 1768-1834）、狄爾泰（Wilhelm Dilthey, 1833-1911）那裏，使其成為一種對於整體性和個別性有所聯繫的方法論，以及成為讀者理論、接受美學的重要閱讀策略。但主要完成詮釋學以及承接海德格的理論方法的莫過於伽達瑪，他在海德格的基礎上，開啟了他的詮釋學方法論。然而真正影響了新歷史主義的歷史敘事的，是來自於他對於「效果歷史」（wirkungsgeschichte）和「視域」（horizon）的呼籲和重視。相關論點請參閱伽達瑪，《真理與方法：哲學詮釋學的基本特徵》（*Truth and Method*），洪漢鼎譯（上海：上海譯文出版社，2004）；伽達瑪（H.G. Gadamer），《哲學解釋學》（*Philosophical Hermeneutics*），夏鎮平、宋建平譯（上海：上海譯文出版社，2004）。

政治、社會的特定符碼，其感覺結構（structure of felling）是結合在家族、村里之間，並未幅射出太多的政治課題、批判意識。在《銀杏的仰望》、《種籽》裏的「土地」還算是詩人一個成長的空間、書寫的元素，甚而是一種生命的著落處，一如〈種籽十行〉所示：

> 除非毅然離開靠託的美麗花冠／我只能俯聞到枝椏枯萎的聲音／一切溫吞、蜂蝶和昔日，都要／隨風飄散。除非拒絕綠葉掩護／我才可以等待泥土爆破的心驚／但擇居山陵便緣慳於野原空曠／棲止海瀆，則失落溪澗的洗滌／天與地之間，如是廣闊而狹仄／我飄我飛我蕩，僅為尋求固定／適合自己，去繫根繁殖的土地（向陽，《種籽‧種籽十行》　93-94）

　　這首〈種籽〉初步看來並沒有特別的指涉，有者是一種主體與客觀相互融涉的世界。其中的「我」化身為主體的世界，所面對的客體則遍布滿山野、天地原野之間。這使得主體依存的證明，是來於詩句描述的世界外物。那麼主體之我，在漂泊的空間中，生存的依憑，則是「土地」。這首詩裏的「土地」是一種物質界的指涉，但相對於「我飄我飛我蕩」的虛無，「土地」則成了「此在」（Dasein）在面對著被拋的煩與現身上所面對的世界，讓「我」和世界打交道。

　　而到了《歲月》、《土地的歌》、《四季》，尤以八〇年代下衝擊的詩人，開始將「土地」現代／傳統、古典／文明並置，在詩作與題名之中開始指向了現實的課題（向陽，《四季》

130[29]），例如〈秋分〉：

> 給我一塊土地／黃澄的稻穗／掃出晴藍的天／鮮紅的楓葉
> ／喚醒翠綠的山／給我一塊土地／清水漾盪在河中／白雲
> 徘徊到窗前／給我這個夢／夢中的夢想昨天已被實現／給
> 我一塊土地／黑濁的廢水／養肥腥臭的魚／灰茫的毒氣／
> 充實迷路的雲／給我一塊土地／稻穗蛻變成煙囪／森林精
> 簡為廠棚／給我這個夢／夢中的夢想明天將會完成（向
> 陽，《四季‧秋分》　82-83）

　　題目雖以「秋分」為名，實際描寫「自然」的兩種景況，
一是「黃澄的稻穗／掃出晴藍的天／鮮紅的楓葉／喚醒翠綠的
山」，這是原始的自然，一個屬於原始、純然的土地的美景，但
內容一轉，開始描寫「黑濁的廢水／養肥腥臭的魚／灰茫的毒氣
／充實迷路的雲」，成了工業發展下受污染的「自然」。「給我
一塊土地」似人與自然的和諧曲，但「給我一塊土地」也代表著
利益、工業化的趨勢下，土地成了另一種「夢想」，一個可以發
展、可以實現的「場所」。這首詩其實指向了兩個不同的境界，
一個是純然的自然天地，另一個則是社會發展下，地景、地貌的
改換。

　　此詩與〈種籽十行〉不同處在於，「土地」有了更實際的指
涉，從小我的生活，轉向了一個外在社會變遷的控訴。這也象徵
向陽朝向台灣土地更貼近，更如實反應的具體表達。正是在這樣
的基礎上，通往九〇年代的向陽，有著更為深暖的情懷，持續表
達對土地的關懷：

---

[29]　向陽，《四季》（台北：漢藝色研，1986）。

> 我有一個夢／夢見咱同齊關心這片土地／不准廢水、污煙
> 污染家園／無愛斧頭、鋸仔凌遲樹林／疼惜天頂飛的鳥水
> 底泅的魚／疼惜囝仔、老人連厝邊／（我有一個夢／夢見
> 我們共同關心這塊土地／不許廢水、黑煙污染家園／不願
> 斧斤、刀鋸肆虐森林／惜愛天上的飛鳥水中的游魚／惜愛
> 孩童、老人與鄰居）（向陽，《亂‧我有一個夢》　31-
> 32）

這是〈我有一個夢〉的第二大段，以兩種語言並陳。內容
上，其實和〈秋分〉有密切的連結，同樣關注土地是否受到迫
害、污染，人民是否得以安居的深切盼望，此外，這首詩也承續
了台語詩的實踐之路。從這裏可以發現到，土地對詩人而言是個
相當重要的精神能量，故土地上發生的一切，都化成了必然關注
的課題。這在一定程度上，也符合向陽所述：「我也曾經嘗試為
自己的生命書寫這樣的歌，在年輕的時候，在枝繁葉茂的季節，
我試圖用文學書寫生命，用傳自母親的語言書寫台灣的歌詩，
並且天真地相信，這來自母親的語言，可以召喚與我一樣站在
這塊土地上的人們，共同去找尋那失落在歷史角落中真純的歌
聲。[30]」

（二）現實的批判

與「土地」課題緊密相繫的是「現實」的反思，但讀者切莫
以為只有《亂》才出現所謂的現實批判的詩作。如前所述，自七
〇年代中期至八〇、九〇年代以來，不僅台灣社會發生了巨大的

---

[30] 向陽，〈一首歌〉，《暗中流動的符碼》　183。

變動，對於敏銳的詩人而言，如何透過詩來表達他所見的現實世界，亦顯得格外地重要，因為這是一種以書寫表達強烈存在感的管道、途徑。對此，先來看一首〈制服〉：

> 他們穿著一致的服裝，擺盪／一致的手臂，邁出一致的步伐／走在春草茸茸的路上，滿意地／把眉毛、嘴唇、肩膀靠攏成／水平線——仔細丈量沈靜的野原／甚至連風也不敢咳嗽。他們／砍伐了自高自大的樹木，修剪／枝葉分歧的花草，最後一致／仰首搖頭——身為地上的園丁／當然制服不了空中幻化的雲朵（向陽，〈制服〉，《十行集》168-69[31]）

　　〈制服〉只是《十行集》中的一首，與此相似或關注類似課題的，還有同樣載錄於《十行集》的〈污點〉、〈形象〉、〈藤蔓〉等詩。這顯示著詩人透過此詩集，早已將屈原〈離騷〉裏頭對於國家方向、人民福祉的盼望，轉移到現實的台灣社會來。「制服」喻示某一種平等、類同的警示，但在象徵著某一種權力下的監督，因為「他們穿著一致的服裝，擺盪／一致的手臂，邁出一致的步伐」，並不是來自於自由的行動意志，而是近於「馴化」的機械人。但他們看來如何整齊、一致的行動，似乎掌握了人們的一切，卻無法體會自由的味道，一如「身為地上的園丁／當然制服不了空中幻化的雲朵」，就顯出強烈的對比，人們在地上的權力（power）展現，看來「制服」了一般人，但對於更深闊的天空、自由卻是無法「制服」的。

---

[31] 向陽，《十行集》（台北：九歌，2010）。

　　這首詩單純來看，是一首運用了意符（signifer）與意指（signifed）間意義多涉性而來，故「制服」從名詞轉換了動詞，亦從人外在身上的裝飾內制於精神意志的剝奪。若置放在前述的八〇年代初期的台灣社會來看，其實就是對於國家機器的批駁與諷刺。因為國家機器在八〇年代初期的強力運作，使得台灣人民有了更深的焦慮、隱憂。

　　但如果說〈制服〉是一種意符（signifier）和意指（signified）之間的對應，是一種直接的批判，那麼1989年〈一封遭查扣的信──致化名「四〇五」的郵檢小組〉則是諷喻式的嘲弄：

> 愛情何嘗不也是這樣？TRY一下／動他一下，他會從山頂跌下，跪地／求饒，不再裝出一副神聖莊嚴不可／侵犯的樣子。請勿再戒嚴你自己了／把滿腔的烈火丟進乾枯的柴堆裏吧（向陽，《亂》 23-24）

> （批注：本信假借教導學生求愛技巧／暗示政府施行戒嚴之不當，煽動學潮／阿Q一詞為共匪所慣用，乃匪諜陰謀／革命推翻政府確證。應即予詳查。〔向陽，《亂》 25〕）

　　所引的末二段，可看出是國家機器運用郵檢制度，檢查人民的所有信件。而在檢查時，以為此信假借請教愛情的課題，應為推翻政府的密謀往來。此詩以極度幽默和諷喻的方式呈現，指責國家機器無孔不入卻又禁不起考驗的窘態。將所有小細節都無限地放大，處處過濾人民的言行舉止，試圖在警總的精神監控下，達到恐怖威嚇的效果。只是這首詩雖然成於解嚴之後，卻未完全地解除人們的警備，如前面述及，到九〇年代初期，台灣才完全地廢除了相關的「惡法」，使人民得以享有真正的思想自由、言

論自由。

　　從《亂》裏得知，裏頭書寫所橫越的時空背景、造就出來的詩句，並不是斷裂、無跡可尋的；相對地，若從詩人書寫歷程比對觀察，可以感知到詩人是以有機的方式，不斷地調整、思考好面對思潮（與詩潮）的改變。或許也可以說，自《種籽》到《亂》以來，所謂的文化中國的元素，遂漸成精神式的「歷史意識」，而不是單純的（傳統文學）語言的運用，而是將個人置放在歷史的情境（即台灣）當中，找到自己的立身之基，從視域當中，看到更為遼闊的世界，並促使他積極地透過各種語式（如十行詩、台語詩）以涵容現實世界的各種課題。

四、亂撕裂之「後」：史詩的喻言、文化的組構

　　前面談到的，是向陽從文化中國的洗鍊，再從邊緣性格強烈的「十行詩」、「台語詩」等詩作，鑄造一個新的格律、典式，展現出他試圖刻劃的歷史課題。但除了實驗、創新的企圖之外，其實向陽也嘗試從底層挖掘台灣庶民的生活、語言，灌注於台灣現代詩的版圖當中。同時，在戰後的社會結構、政治與文化交織下的歷史變遷範疇內可以清楚地給予詩人詮釋與描述的現實領域，故詩人的目標與實踐的核心意義即在於排序出完整的敘事結構，並從歷史意識作為敘事的趨向意向等，並為未來作出適切的判斷努力前進。

　　但是即便通過歷史敘事的方式，可以連繫起詩人和台灣社會變遷之間的連結，但不保證永遠會有效果，或永遠能保持現實世界和平、安定，因為海登‧懷特其實揭示了一種對於後設性的重新編排和敘說故事的能力和方式，舉例來說，翻開《亂》詩集，詩人就提醒著讀者，從1987年台灣隨著強人政治和威權體制的逐

一瓦解，戒嚴解除直至2000年的政黨輪替，台灣作為容納新生力量的社會結構，卻在本省外省的區分、統獨爭議、泛綠泛藍的對峙中，迫使台灣人民、社會陷入了更深層的撕裂、焦慮當中。故「亂」字反而成了台灣人民顯見的痛與病徵（向陽，《亂》10-11）。

　　但詩集《亂》，又代表了何種意志的顛轉、承受呢？向陽在《亂》之〈自序〉曾述及，所謂「亂」字由來，源於抄寫〈離騷〉至詩末而現：「亂曰：已矣哉，國無人莫我知兮，又何懷乎故都；既莫足為美政兮，吾將從彭咸之所居。（向陽，《亂》6。）」此一「亂」字擾煩了向陽許久的時歲，後來終在王逸（生卒年不詳，漢順帝劉保〔115-144，126-144在位〕時，官至侍中）《楚辭章句》、朱熹（1130-1200）的《論語集注》、顧頡剛（1893-1980），的《史林雜識》的文章得其要義，一為屈原別愁之苦，並投汨羅江，以詩明志；一為「煩聲促節，震蕩人心」，使其詩作收束於高峰的終章。此外，向陽更以為〈離騷〉的「亂」似乎還不只是詩歌終章的代稱，似乎也還有著屈原藉此以諷世亂、以理心亂的雙重意涵，故以歌的形式，寓以心亂於亂世之煩憂（向陽，《亂》 7-9）。對此，這樣的撕裂、社會不安因子的衝撞，非但不是理性、和平的溝通模式，除帶給人民莫大的震盪，更在詩人的心裏激起了無數的迴聲，迫使向陽繼續以「詩」作為這個時代之明志的方式。因此這似乎也曝露了敘事本身的缺失或是亟欲追求「因」、「果」的衝動或是現實性的需求。但即便如此，向陽的詩作還是提供了某種「意義」和穩定的效果。對此，可從文化、記憶和史詩的編製三個面向談起，以下就分別談論之。

（一）「空缺」的符碼

　　首先要談到的是關於「空缺的符碼」，舉例來說，〈發現
□□〉第一段如此寫到：

　　□□被發現／在一九三〇年出版的／多份發黃而枯裂的新
　　聞紙上／在歷史嘲弄的唇邊／□□業已湮滅／啄木鳥也啄
　　不出什麼／□□之中／空空　洞洞（向陽，《亂·發現
　　□□》　46）

　　「□□」似乎是一個空洞的格子，並沒有任何的意義，或說
過去根本沒有什麼人在關注著。但詩裏卻明白地告訴讀者，「在
一九三〇年出版的／多份發黃而枯裂的新聞紙上」，早已有它的
足跡。這樣的書寫形式，是一種逆溯式的敘事，亦即在描述某個
課題的過程，找到「因」（或源由），進而鋪陳後來的「果」
（結局），使其達到一合理化的詮釋效果。如同詩句的第三段：
「在有限的四方框內／空空洞洞的　□□／□□　葡萄牙水手叫
她Formosa／□□　荷蘭賜她Zeelandia之名／□□　鄭成功填入
明都平安／□□　大清在其上設府而隸福建／□□　棄民在此成
立民主國／□□　日本種入大和魂／□□現在據說是中國不可分
割的肉／在無數的符號之中／懵懵　懂懂的　□□」（向陽，
《亂·發現□□》　47-48），就是一個將其敘事的驗證過程。
但在詩句的末二段又看到：

　　□□被複製／在一九九一年冬付梓的／以及部份被付之一
　　炬的／選舉公報中／□□被發現／在□□圈起來的□□中
　　／在空洞的口口裏／□□以□□為名／終至於連□□也找

不到了（向陽，《亂‧發現□□》　48-49）

　　這裏也沒有指出「□□」究竟意指為何，但卻將其疊合的複雜性透顯而出，這也似乎說明了在1992年時完成的此詩，將台灣當時面臨的政治僵局濃縮而入。因為在當時，政爭、學運與國家的前途，都處在一個混沌未明的局勢當中，致使詩對於現實有著更深層的認知，並且找尋一個得以安置的途徑，即透過書寫表述所見、所思。

　　前面所談的，於1992完成的〈發現□□〉，即是空白的覆寫、填空。在〈發現□□〉裏頭，無以名狀的「□□」，究竟代表著什麼，其實詩人並未述明，這除了是詩人特殊的技法之外，其實也象徵著某曖昧不明的狀態。然而時序來到1998年，〈一首被撕裂的詩〉，則似乎在找尋某種「共識」與「記憶」，一開頭寫著：

一六四五年掉在揚州、嘉定／漢人的頭，直到一九一一年／滿清末帝也沒有向他們道歉（《亂》　18）

　　這首詩其實劃定了某個「年份」，藉以突顯某種特殊的意涵。以漢／滿間的矛盾作為詩的序曲，其實充滿了殺戮、不安與恐懼的氛圍。正因為此，在後續的句子中，則陸續使用了多個「□」，表述著某種不可見卻隱隱存在的情緒。而直至最末一段才提到：「一九四七年響遍台灣的槍聲／直到一九八九年春／還作著噩夢」（《亂》　20）

　　平面來看，是無法完整地體會詩內部的涵意，但從1947年和1989年兩個時間點來看，則可突顯出詩人在解嚴前後，提出了對於國家機器的一種深刻的反思，以及人民對於民主自由的另類要

求。這使得原本呈現空白的「□□」開始有了意義，亦即在台灣戰後歷史中，一種被恐怖壓抑的聲音、面貌，過去是以「存而不談」的模式流竄在人民彼此的心中。

這首〈一首被撕裂的詩〉與〈發現□□〉的相同處在於，詩的語法結構都是以無法理解的「□□」代表，除了顯示未盡的意義之外，也是對於現實世界難以言喻（或不能說）的嘲諷技法。這看來後現代的語式，其實推導於深遠的記憶課題，則顯得格外的痛苦、難堪，甚至是創傷，而這也是下一個要繼續討論的課題──記憶的傷痕。

（二）記憶的傷痕

如果說在〈一首被撕裂的詩〉與〈發現□□〉裏，讀者看見的是一種未能名狀的現實困境，那麼「記憶」似乎成為了連結現實／精神之間的根源之一。對此，先來看〈暗雲〉裏的一段：

> 一九四七年二月二十七日暗時／專賣局緝煙隊來到太平町／暗鬱的雲跟著蹕著腳過來／寡婦林江邁跪倒地上／苦苦哀求，換來硬梆梆的槍托／鮮紅的血追著斜陽的餘光／潑灑在天馬茶房外黑漆漆的街道上／二二八，歷史就這樣被血寫出來（《亂》　18）

詩以1947年的2月27日開頭，並點出專賣局的緝煙隊抓私煙，致使林江邁（？-1964）受傷的情景。詩人以事件入詩的書寫，詩裏清楚地將二二八事件爆發前名的人、事、物一一點出，同時並以「血」作為二二八事件的標誌。

若熟知台灣歷史的人即能得知，此一歷史事件對於當時時空背景下的人們的影響是何等的巨大，而其影響與創傷歷經了半個

世紀依然於留存著，在人們的心中隱隱作痛。一如約恩・呂森
（Jöhn Rüsen）指出的：「創傷經歷的積累導致了一種對於創傷
的歷史態度的變化。只要遇難者、倖存者和他們的子孫，還有那
些犯下反人類罪行以及與此有牽連的所有其他人，他們在客觀上
受到這種害人不淺的對常態的偏離的制約，主觀上面臨正視它的
任務，那麼，想撫平創傷帶來的傷痕就不太可能。[32]」或者可以
說，「我們在根本的基礎上是無法從過去的歷史事件中脫離，因
為那就是我們的一部分，也成為無以避免的課題。因為「過去是
引人注意的。它已經逝去但還在於現在。所發生的事情發生了，
但是我們無法讓自已平靜。[33]」對此，再來看一首〈嘉義街外
——寫給陳澄波〉：

> 彷彿還在眼前，一九二六年／你用彩筆描繪的嘉義街外／
> 受到殖民帝國的垂青／一九三三年你勾勒出來的中央噴水
> 池／溫暖的陽光灑過金黃的土地／你的雙眼如此柔和，愛
> 情／隨著油彩一筆一筆吻遍了嘉義／……一九四七年，彷
> 彿也還在眼前／你與祖國相遇，在和平鴿盤據的警察局／
> 你得到的獎章，是祖國熾烈的熱吻／與粗鐵線一起，細綁
> 你回歸祖國的身軀／沿著你從小熟悉的中山路來到嘉義驛
> 前／面對青天，祖國用一顆子彈獎賞你的胸膛（向陽，
> 《亂・嘉義街外——寫給陳澄波》　146-48）

[32]　約恩・呂森（Jöhn Rüsen），〈危機、創傷與認同〉，陳新譯，《當代
西方歷史哲學讀本（1967-2002）》，陳新主編（上海：復旦大學出版
社，2004）309。
[33]　約恩・呂森，《歷史思考的新途徑》（*Neue Wege des Historischen
Denkens*），蔡甲福、來炳譯（上海：上海人民出版社，2005）231。

　　陳澄波（1895-1947）在戰後的二二八的餘波中，被無情地殺害，死時據聞悲慘萬分。若說〈暗雲〉是二二八的「因」，那麼〈嘉義街外──寫給陳澄波〉則是對於二二八事件的具體控訴。

　　然而和前面〈一首被撕裂的詩〉與〈發現□□〉不同處在於，〈暗雲〉、〈嘉義街外──寫給陳澄波〉採取將事件具體入詩，似在還原一個歷史現場，並且召喚人們共同面對過去的歷史傷痕，使人們所壓抑的潛意識重新被喚醒。然而召喚此一「記憶」有何用意，對詩人的意義何在？對詩人而言，以事件入詩，確有以詩紀史的特殊功能存在，亦即保留人們過去的記憶，確保不被後世遺忘、抹滅甚至是竄改的可能。同時，透過書寫將「記憶」提昇至詩人或台灣人民生存與覺醒的重要力量。若以一個民族或社群的關係來說，其記載的歷史或文化氛圍的形塑，除了藉由彼此之間的默許與合作之下所共同持有的關係之外，則端賴於實踐的行動，藉由記憶，共同投入於此。而召喚「記憶」的功能並不僅僅在於敘說某一個事件、指責某一個人、事、物，更積極地來說，它是透過轉化重新使主體得以充滿動能、實體化的積極功能。它使得詩人在探索現實的台灣時，能夠通過批判、詮解和尋覓的形式，找到屬於台灣文化的特質與內涵。換句話說，詩人透過歷史意識，試圖勾勒出一種屬於台灣的文化圖像，但其形式是藉由歷史事件的挖掘、土地課題的重視，豐富或填補未被重視的文化課題。

（三）史詩的建構

　　承繼前面，接下來要談的是關於「史詩」的課題。雖然向陽在李瑞騰（1952-）的專訪中自承，在「十行詩」、「台語詩」

的格律之外，尚未發展出來的，就是「敘事詩」及「史詩」[34]。但若對照其創作，其實1980年〈霧社〉已具備一定的史詩原型，此詩長達300多行，是少見的長詩，詩的內容呈現多元視角，也從旁觀者，也有從莫那魯道的視角出發，交織成事件的複聲調，進而推導霧社事件的來龍去脈。然而，向陽想表達的還不僅僅只是霧社事件的經過，他通過日本殖民者與被殖民者間的差異化，突顯出當中的矛盾、落差與無奈，舉例來說，其中一段如此寫到：

> 莫那魯道說：我們要自忍辱中／還天地無畏的笑容；五年前／教育所的課本如此啟示我／「只有對天皇陸下赤誠效忠／才配得做日本人」，配不配呢／自小我像日本人一樣被教育／長大，一如野薑花之努力／我全心全意要長成一朵高貴的菊／但「像」了不是「是」／生為薑花，我又豈配為菊（向陽，《種籽‧霧社》　140）

　　這裏突顯出原住民族的莫那魯道，試圖成為「日本人」的過程，但在日本人的國家機器的運作過程中，雖然被灌輸著日本式的教育，要對天皇效忠。但實情是，日本人與原住民族間是有階級差異的，故生為薑花，又豈配為菊，更顯被殖民者的自卑、階級壓迫下的無奈。
　　但最後隨著壓迫，終於還是反抗而起，但其結果卻是悲慘的。可是，向陽卻在其中賦予一個新的精神，一個因抵抗敗亡卻光榮而死的神聖之語：

---

[34] 楊錦郁　90。

沒有人說話，但一樣的心情／暗暗傳遞——我們總算幹
了，畢竟／我們曾經反抗，站著反抗過／較之低頭嘆氣痛
快多了。回想／運動會場上殺聲一吼，泰耶聽見／也會頷
首微笑的。雖然其後／我們由攻而守，由守轉退，先攻陷
／眉溪，後受挫獅子頭，再退守人止關／槍聲嘶吼不止，
呼嘯呻吟廻盪／以至退守霧社，再被大砲逼來此地（向
陽，《種籽‧霧社》　151-52）

　　此段描寫戰爭移動的情景，也描述著殖民與抵抗的廻旋，因
為被壓迫之下，起來戰爭是唯一的道路，否則將無法看見未來。
只是，隨著日本運用的武器越來越現代化，一場不對等的戰爭
已顯示莫那魯道等人的敗像，致使他們再度沉寂於祖靈的懷抱
當中。

　　從此處來看，若說向陽只單純描寫霧社事件的原由，那便不
具有任何的意義。故詩人是具有一定的「歷史意識」，一個向殖
民者抗議的意識、一個向抗爭者致意的意識，組構了他敘事的模
式。從祖靈的召喚、族人的生活再到殖民者的侵入，而後一場血
腥的戰爭，都在在顯示詩人視域的遠闊，使莫那魯道、霧社的人
躍然而升，「再現」於人們的眼前，並得以重新認識已被遺忘
的歷史事件。這也如同鄭愁予（鄭文韜，1933-）所述，此詩的
主題具有永恆性和普遍性——肯定人性尊嚴，人類必須在一個平
等互榮的基礎上才能生存下去，霧社事件雖然只是台灣史上一
個抗日事蹟而已，卻也可以是台灣生存的一個暗喻，這是向陽
的史觀，台灣歷史的縮影[35]。這其實也符合凱斯‧詹京斯（Keith
Jenkins, 1943-）提示的概念，還原史實只是一種初步的概念，然

<hr>

[35] 蕭蕭，〈向陽的詩，蘊蓄台灣的良知〉，《台灣詩學季刊》32
（2000）：158。

而若能從史實化（historicised）的記錄或檔案，獲得或建構些什麼，那麼才是具有討論的價值和意義[36]。

　　或因如此，也或許是詩人構築史詩的腳步未歇，致使他寫下了〈我的姓氏〉（向陽，《亂》　118-26），表達著一種歷史重層的特質，即台灣歷史中不可忽略的多元性、殖民性。在〈我的姓氏〉中，藉由「A-Wu」、「阿宇」和「潘亞宇」和「潘公亞宇」四個發聲位置，述說著多代人的故事，時間則從1624年橫跨到1998年，近三百多年的時間。在敘事模式，通過虛構（死）／真實（生）角色的替換，喻示了在台灣土地上，曾有過的殖民印痕，從原住民、漢人再到日本，顯示著台灣土地上曾有過的移民、殖民景象。但誠如詩的最末一句寫到：「野草高聳，姓氏不明」，似乎標示著人們對於自己姓氏的無法掌握，也就是在更迭的歷史朝代中，找不到真正的歸宿，連名字的自主權都不可得的嘆息與悲哀。

　　〈我的姓氏〉與〈霧社〉雖然都奠基於台灣之上，但〈霧社〉是屬於眾多歷史面向中的一個，而詩人將其表現，試圖將它拉到一個可見的平台當中。相對來說，〈我的姓氏〉則是屬於一種歷史的反思性書寫，即透過台灣歷史的變遷，提煉出需要的敘事要件，使其脈絡化、完整化和故事化，這使得這首詩有著更寬遠的時間／空間的向度，好承載詩人所欲傳達的課題，「我的姓氏」究竟是什麼？為何幾代之後，不僅改變了姓氏，連原本的都不可得的問答。進一步來說，從〈我的姓氏〉可看到向陽對於「史」與「詩」的構合融鑄，是帶有強烈的想法的。所謂強烈的想法，亦指著「史詩」除了長篇幅敘事與「時空體」

---

[36] 凱斯・詹京斯（Keith Jenkins），《後現代歷史學：從卡耳和艾爾頓到羅逖與懷特》（*On "What is history"？: From Carr and Elton to Rorty and White*），江政寬譯（台北：麥田，1999）30。

（chronotope）的支撐點外，亦符合了歷史意識與敘事語言的複合思考。如果說「空缺的符碼」、「記憶的傷痕」是在探尋一種文化的圖像，或是對於歷史發展之表述的話，那麼具體呈現的當屬於實踐的作為，即台灣史詩的書寫與建構，也就是需憑藉著社會、技藝以及個人心理學[37]的融合才能進行的。

從〈霧社〉到〈我的姓氏〉，探見了向陽構築台灣史詩的企圖，但必須進一步追問的是，究竟詩人背後的核心思維是什麼？對此，應可分為二個面向探尋，歷史對詩人意義為何？詩人所欲扮演的角色為何？關於前者，其實應視為一種姿態，或者說詩人在歷史當中看見了什麼？這其實從〈離騷〉對詩人的影響即可看見，在「楚文化、楚人和楚地」的邊陲中，詩人理解到一種從邊緣出發的歷史觀，甚至是一種對於國家存亡、人民福祉的期盼。這使得詩人在書寫的起始點上，即帶有相當的自覺、體悟，即歷史與詩人間的微妙情結。此外，歷史對於一個詩人而言，也並不是全然相同的，李紀祥曾說，歷史中布滿了各個點，每個點是一個存在，同時在歷史中，存在著各種的殊相（一個事件、一個結構或一個人物），並隨著人的了解而現出其殊相之處[38]。因此，回應於詩人，則可視為一種接近歷史殊相的書寫，或者也可以說，當詩人愈接近現實的台灣時，他欲發希望透過詩來表述他所見的歷史面向，亦或者可以說，借由類似於詩人在〈我的姓氏〉中對於殖民課題的反思，「再現」台灣歷史的重層現象，使讀者

---

[37] 彼得‧蓋伊（Peter Gay, 1923- ）在《歷史學家的三堂小說課》的〈序曲〉中如此談到：「我們可以歸納出小說寫作動機的三個主要來源：社會、技藝以及個人心理學。當然這三樣東西並非截然可分，而是互相交融在一起的，並由此展現了文學創作活動的複雜過程。」請參閱彼得‧蓋伊（Peter Gay），劉森堯譯《歷史學家的三堂小說課》（*Savage Reprisals*）（台北：立緒文化，2004）24。
[38] 李紀祥，《時間‧歷史‧敘事：史家傳統與歷史理論再思》（台北：麥田，2001）31-32。

得以窺見台灣歷史發展中繁複、融雜的文化特質、殖民課題。

至於後者，詩人所欲扮演的角色為何？則應將其視為一種試圖在歷史事件的縫細間找到「隱匿」、「消失」訊息的傳達者、編製者，這其實也呼應了前面所談的「記憶」、「文化」，此外，相對於官方的敘事傳統，〈霧社〉和〈我的姓氏〉則是另一個較易被忽略的敘事軸線，這也使詩人轉換成了發聲者，為台灣過去被忽視、湮沒的聲音重新代言。

因此統合來看，詩人的「史詩」以及召喚「記憶」（或逆溯「記憶」）的書寫，其目的不僅僅還原歷史事件的真相，而是訴說歷史的一種姿態、視角，並重新在裏頭找到文化的根源，回應於台灣土地上所發生的一切，以及現實世界所呈現的各種樣態。

五、結論

本文以「騷」與「體」兩個概念，結合歷史敘事的理論，期在構築詩人的詩學理論。而經由討論分析，讀者應能發現到，作為一個能涵容中國文化、台灣元素的詩人而言，其特殊點不僅僅在於書寫風格的高度藝術化，甚至高度實驗性的格律、語式，而是他從中所汲取的經驗、體悟或是精神，這使得他能從不同歷史事件的縱深裏，察知到未明、隱匿的訊息，而這些都成為了他構築歷史意識的重要途徑；相對地，詩人的「十行詩」、「台語詩」再到史詩的實驗，不僅僅在於創新、自鑄典律，更重要的是，他在一次次的轉變中，找到更貼近現實的台灣的聯結點，例如通過《土地的歌》述說台灣土地上的人、事、物，或如《四季》運用台灣民俗的二十四節概念，轉化為關懷台灣的一種「舊題新作」之法。

　　總的來說，詩人的歷史技喻和文化圖像絕非一僵固的概念，亦即詩人是有機式的詮釋台灣歷史事件，並通過諷喻、轉喻的喻法、思考，以一種類似於有機式的敘事模式表達對現實世界的看法、批判與觀察；換言之，詩人的實踐是奠基於歷史意識與敘事語言的複合思考，也就是需憑藉著社會、技藝以及個人心理學的融合才能進行的，並得以向讀者展示屬於詩人獨有的姿態、視角。

向陽詩作中鄉土的產生與演變

——以詩集《四季》為研究對象

蔡明原

作者簡介

蔡明原（Beng-Goan CHHOA），1978年生，雲林人。國立台北師範學台灣文學研究所畢業，現為國立成功大學台灣文學系博士生。

論文題要

本文一開始將梳理七〇文學論戰之後台灣文學的發展與走向，重點放在現代詩對此論戰如何回應，並且把焦點集中在「鄉土詩」的概念怎樣從必須以模糊、隱蔽的創作要求，往「本土詩」具象化的書寫實踐方向前進。接著本文提出一個問題，「鄉土詩」在形式（技巧、文字）與內容上是否得在「寫實」、「現實」這個框架裏發揮？這個問題試圖透過向陽的詩集《四季》的分析與詮釋去尋找答案。

關鍵詞（中文）：《四季》、鄉土、節氣、向陽、台灣新詩

一、前言

　　本文一開始將梳理七〇文學論戰之後台灣文學的發展與走向，重點放在現代詩對此論戰如何回應，並且把焦點集中在「鄉土」的概念將怎樣從必須以模糊、隱蔽的創作要求，往「本土詩」具象化的書寫實踐方向前進。接著本文提出一個問題，「鄉土詩」在形式（技巧、文字）與內容上是否得在「寫實」、「現實」這個框架裏發揮？這個問題試圖透過向陽的詩集《四季》的分析與詮釋去尋找答案。《四季》這本詩集在主題、內容上都指向了「鄉土」這個用詞所涉及的意義，並且有更一進步的發揮。

二、七〇年代的鄉土文學論戰

（一）現行研究成果

　　台灣學界關於鄉土文學發展的相關研究成果頗為豐碩，林巾力的博士論文〈「鄉土」的尋索：台灣文學場域中的『鄉土』論述研究〉細理從日治時代到七〇年代鄉土文學論戰之後「鄉土」的概念的演變，應該可以說是這個研究領域中頗為全面性的一本論著。日治時代對於「鄉土文學」的討論可以分成語言使用與民間文學的提倡兩個面向來看，最後論述結果都指向「台灣特殊性」這個詮釋[1]。六〇末年代以後的台灣經濟迅速起飛，產業型態已經由工業取代農業成為資本化社會。所以如陳映真（陳永善，1937-）、王拓（王紘久1944-）等人的小說以及其後來在論

---

[1]　林巾力，〈「鄉土」的尋索：台灣文學場域中的「鄉土」論述研究〉，博士論文，成功大學，2008，337。

戰過程中所提出的論點，基本上都是針對西方文化（社會、文學）在台灣造成的影響而產生的反動行為。

以西方的空間理論來分析鄉土文學的范銘如（1964-），在她的〈七〇年代鄉土小說的『土』生土長〉這篇文章中以黃春明（1939-）、王禎和（1940-90）、洪醒夫（洪媽從，1949-82）等小說家的作品為對象，分析了從七〇年代開始到鄉土文論戰之後小說中「鄉土」的演變，她認為：「早期鄉土小說的地方感幾乎都是藉由一些細微的家禽家畜、家人與鄰里間的互動，建構出一種親切或崩解的家鄉感受。[2]」鄉土的「土」在這個階段並不是作家們描寫、注意的重點，人的情感的抒發才是地方感之所以成立的原因。范銘如再接著以洪醒夫的小說分析論戰之後的鄉土作品已經有了變化，土地的存在不再僅是為了供養子孫以維繫實質的生活，土地的價值已經高過人的存在價值。范文論述的重點在於當鄉土的意象從具有特殊、獨立性質的人的情感表現轉向為對意謂著同質性土地空間的呼求時，台灣作為一個獨立空間的概念也就越益鮮明並且逐漸被推向和中國同等高度的位置。也就是說「鄉土」不再僅只是一種住居、和現代對立的概念，而是種可以凝聚、建構人民共同意識的象徵。

（二）現代詩中的「鄉土」演繹

莫渝（林良雅，1948-）在〈六〇年代台灣的鄉土詩〉中是這樣定義鄉土詩的：「一、描寫台灣的歷史、地理與現實為前提；二、突顯一個地方——不限農村或小市鎮，特殊的生活風貌，具有濃厚的地方色彩，傳達出風土人情，讓讀者呼吸到泥土

---

[2] 范銘如（1964-），〈七〇年代鄉土小說的「土」生土長〉，《文學地理：台灣小說的空間閱讀》（台北：麥田，2008）165。

的氣息與芬芳；三、文字表現寫實明朗，展示樸素的風格。[3]」
作者以吳瀛濤（1916-71）、詹冰（詹益川，1921-2004）、桓夫
（陳武雄，1922- ）等日治時代出生的詩人為研究對象。莫渝所
謂鄉土詩的前兩點定義是作品內容必須是特定地景地貌與人文風
情為主，這和六〇年代鄉土小說的特點基本上沒有太大的差距。
第二點的提出能感覺到在當時政治環境仍處於一種高壓的狀態、
台灣人民家國想像（被主導）仍是位於彼岸那端的空間，因此不
涉及敏感議題的人文景緻變成為了書寫的資源：「由於五、六〇
年代間台灣土地並非是主導文化與文本形塑表徵的重點，小說家
們在缺乏符號系統的典範之際，只好透過自身在土地上活的經驗
來形構本土的意象。[4]」

　　比較值得深究的是關於文字使用的問題。在莫渝挑選出來討
論的詩作中，「寫實明朗」、「樸素」的文字風格是否真的能和
「鄉土」畫上等號，或者說只要在形式上脫離「超現實」主義晦
澀的詩風就可以歸類到「鄉土詩」的範疇？例如論文中討論白
萩（何錦榮，1937- ）[5]的詩集《香頌》中的〈藤蔓〉一作，莫渝
說：「詩集《香頌》扉頁題詞：獻給我生活在新美街的伴侶，指
的當然是作者的妻子，可想而知，這是夫妻間的韻事或情詩，從
中，挑出〈藤蔓〉來欣賞。[6]」從作者的說法看不出把這本詩集
詩作提出放在這篇以「鄉土詩」為主題的論文討論的必要性，但
如果從詩作來看也許可以得知作者的用意：

---

[3]　莫渝，〈六〇年代台灣的鄉土詩〉，《台灣現代詩史論——台灣現代詩
　　史研討會實錄》，文訊雜誌社主編（台北：文訊雜誌社，1996）200。
[4]　范銘如　175。
[5]　和趙天儀（1935- ）、桓夫等人同為《笠》詩社發起人。
[6]　莫渝　218。

而海在遠處叫著我／她的懷裏有廣大的自由／是的，妳的
寢室是我的死牢／而不眠的夜鳥／責備我背叛了天空／／
我醒著觀察妳／想著妳總需別人的扶持／如果妳再沾染了
別的體臭／那才叫我發狂／／唉，還是讓妳纏繞著吧！[7]

　　誠如莫渝所言，這是首道地、韻味十足的「情詩」，情感的
表達毫不矯飾、文字的使用「明朗」而不作做。按照作者的分
析，這首詩作應該就是屬於「鄉土詩」的第三種定義。對此我認
為可以做更深入的討論，如果單純作為一個閱讀者其實是無法從
這首詩作中得出任何和「鄉土」有關的聯想。也絕對不會是如
范銘如所說「所以家庭、家人輻射出的生活圈以及互動間產生
的熟悉感與親密感……早期鄉土小說中地方的主要特徵。[8]」那
種帶有地方感的人與人之間的互動與摩擦才有可能讓「鄉土」
的質素展現。闡述兩個人愛的濃淡與衝突所聚焦的可能還是在
「人」的心理行為，並無法讓立足的土地跟著被浮凸出來。所
以「文字表現」、「風土人情」到底要在哪種程度上、甚至能
不能和「鄉土」產生連結，在研究材料的抉擇與分析上還是得多
做商榷。
　　筆者這樣的判斷如果以吳晟的詩作來做對比的話，兩者間
的區隔將會更明顯。吳晟（吳勝雄，1944-）寫於1974年的詩作
〈臉〉寫的是母親的辛勞與子女們的感於虧欠（風土人情），
文字敘述淺白易懂（寫實明朗）：

時常沾著泥土和汗滴的臉／未經面霜、脂粉汙染過的臉／
是怎樣的一種容顏／／嚼碎四十餘年辛酸的艱苦／嚼成哺

---

[7]　莫渝　218-19。
[8]　范銘如　175。

育我們的營養／母親的牙齒，一顆顆脫落了／母親的臉，
終於消瘦了

　　詩作表面寫的是母親養育兒女的辛苦，臉上只有汗水而不見
脂粉。而構成這幅畫面的背景條件則是五、六〇年代以農業為主
的台灣社會，女性在成為母親後就已經拋棄了女人的身分、轉換
為一位勞動者，為家庭付出而不斷地燃燒自己，這是那個年代大
多數家庭的普遍景象。透過詩作可以知道「鄉土」不一定是在鉅
細靡遺的描寫農田與耕作的一舉一動裏呈現，透過一個人的形象
能夠展演出某個世代的浮世繪，前提是那樣子的形象必須是具有
普世價值。

（三）《笠》的現實性建構

　　相較於小說家的能動性與自主性，七〇年代現代詩的現實、
本土意識的開展是以集團形式進行的。筆者在閱讀相關論文篇章
的過程中發現，現代詩和「鄉土」接合的討論多是以《笠》詩
刊、詩社為對象，甚至是典範。向陽在〈微弱但是有力的堅持
──七〇年代台灣現代詩壇本土論述初〉一文中以詩社的興起分
析談論「本土」在現代詩中的發展。所謂的「本土」在一開始也
是隱而不顯的，許多言論的發揚仍然都得以「中國」做為包裝，
必須要到了鄉土文學論戰與美麗島事件之後才得以漸漸擺脫冠名
「中國」的束縛。向陽以《笠》詩刊為例，說明了在七〇年代由
於政治現實的緣故「《笠》的詩人因而迂迴地採取了以『現實
的』及『本土的』詩學路線[9]」，而這種路線正是以「鄉土愛」

9　向陽，〈微弱但是有力的堅持──七〇年代台灣現代詩壇本土論述初
　　探〉，《台灣現代詩史論──台灣現代詩史研討會實錄》，文訊雜誌社
　　主編（台北：文訊雜誌社，1996）371。

作為闡發的主軸。林巾力也認為《笠》詩刊成員之所以沒有參加論戰的原因便是這些主張早就已經是詩社的共識：

> 因此笠詩社同仁所強調的無非是提醒，並非鄉土論戰本身才催生了鄉土意識，而鄉土意識的覺醒也不完全都是政治等外的因素所引發，而是有著來自於文學自身的發展軌跡[10]。

持相同意見的阮美慧以為《笠》甫出現即是走在反映「現實」的路上，尤其是在社會變動劇烈的七〇年代「率先具有台灣的歷史意識與鄉土情懷……同時，也能平行地關注同一時代的現實生活……它能穩健地走過風起雲湧的七〇、八〇年代，推動台灣戰後的現實詩學……[11]」

如前所述，《笠》詩社成員在鄉土文學論戰發生時並沒有撰文、直接參與論戰，原因在於詩社的主張至始即是如此，而日後論者在評論《笠》的時候有以國族認同作為評判詩社在那個年代所代表的意義、其位置也就理所當然地落實在台灣本位的座標上[12]。這樣的說法在1998年彭瑞金出版的《台灣新文學運動四十

---

[10] 林巾力　330。

[11] 阮美慧，〈現實的高音：《笠》於七〇年代中期以降「本土詩學」的奠定與表現（1976-1987）〉，《「笠與七、八〇年代台灣詩壇關係」學術研討會論文集》，《笠》詩社、東海大學中文系編（高雄：春暉出版社，2008）403。

[12] 參見吳潛誠（吳全成，1949-99）、施懿琳、阮美慧等人的論文。不過蕭阿勤認為《笠》的國族認同的判斷是種建構出來的「傳統」：「台灣文學被賦予一種民族的性格，被再現為一個獨特的『台灣民族』的文學傳統，而『台灣民族文學』的概念因此被建構出來。」「至於笠詩人對時局變化的反應更加迅速明顯，寄登載討論日據時期台灣的新詩，強調這些詩歌中所流露對祖國的嚮往，而其中年輕的笠詩人更致力於追求創作中的中國性、現代性與鄉土性。不過從七〇年代到九〇年代之後，我們看到以笠詩社、《台文》為主的本省籍作家與文學評論者理解七〇年代鄉土文學的參考架構，從中國民族主義轉變到台灣民族主義。」詳見蕭

年》中對於《笠》的觀察中便已經定調：

> 本土詩人，無論是克服語言障礙跨越的一代，抑或戰後的
> 新世代，都在鄉土文學論戰前，經由對超現實主義的批
> 判，建立了現實主義、緊根現實的本土共識詩觀，透過
> 《笠》詩刊的凝聚，本土詩人的詩精神重塑運動，已經不
> 在標榜任何信條和原則的緘默中完成[13]。

　　以「本土詩觀」來定義《笠》詩人作品在鄉土文學論戰之前
的風格與精神的這種評斷標準已經從偏限性、地域性的「鄉土」
意義範疇在「緘默」中提升到標舉台灣特殊性、擺脫中國國族主
義的涵攝。在論戰過後才回頭去建構自己的詩學傳統的《笠》詩
社，其歷程和台灣社會、政治的發展路徑是疊合一致的：

> 在殖民體制下，台灣本土文化就被迫以隱晦的形式傳承著
> ……國民黨在七〇年代面臨了權威體制的動搖，對於台灣
> 本土文化不能再像過去那樣予以粗暴鎮壓。台灣文化的邊

阿勤，《回歸現實 台灣一九七〇年代的戰後世代與文化政治變遷》（台
北：中央研究院社會學研究所，2008）。蔡其達曾說：「『中國意識』
是『鄉土文學論戰』各方的最大公約數。然而，它並不是『不自明』的
先驗範疇；反之，它是凜於威權高壓統治，以及各個文化霸權集團互
試對方身手的手段。」詳見《中國時報》1997年10月25日，27。針對蕭
阿勤的論述結果，陳瀅州、向陽等人在「笠與七、八〇年代台灣詩壇關
係」研討會所發表的論文都有討論到《笠》在鄉土文學論戰之前現實
（鄉土）性的爭議。呂正惠（1948-）在一場針對吳潛誠的論文〈台灣在
地詩人的本土意識及其政治涵義——以《混聲合唱——「笠」詩選》為
討論對象〉的講評意見中也提出和蕭阿勤近似的觀點：「譬如笠詩社可
能不是從頭就非常強調『本土意識』的詩社。如果作者也能夠從『歷史
發展』的立場，分析『本土意識』在台灣詩人作品中由弱而強的過程，
那就更可以加深我們對這一現象的認識。」
[13]　彭瑞金（1947-），《台灣新文學運動40年》，2刷（台北：春暉出版
社，1998）193。

睡性從此漸漸隱退；相對的，主體性的一面終於篤定顯現[14]。

即使台灣的威權體制在七〇年代相較於國民黨剛來台時已經露出鬆動的景象，但整個社會氛圍與政治現實相對來看作家想寫什麼、能不能寫什麼仍是處處受限的。也因此「鄉土詩」提出不免帶有政治意味，以致於後來跟詩選集（前衛版年度詩選）與詩刊（陽光小集）相關的論戰與紛爭也似乎就是不得不然的結果。

三、庶民傳統與現代的交會

（一）日治時代的歲時記錄

調查、紀錄台灣特有的歲時節俗是日本政府來台之後最重要的工作之一，台灣慣習研究會、台灣舊慣調查會都是以此為主要事務的單位，並且定時出版成果專書。由鈴木清一郎（SUZUKI Seiichirō）在《台灣舊慣習俗信仰》一書的自序中可以清楚知道這些考察工作的目的與重要性：

> 所以台灣的一切風俗習慣，幾乎都和大陸的閩粵兩省相同，但是與日本卻有很多迥然不同之處。所以在台灣軍政界或教育界服務的人根本不必說……假如真能了解自己而又能明白對方的地位與習俗，才能融合台灣各種族於一體，並可收到政治與教育的實際成效，如此百般事業也自

---

[14] 陳芳明，〈七〇年代台灣文學史導論——一個史觀的問題〉，《典範的追求》，2刷（台北：聯合文學出版社，1998）232。

然能「馬到成功」[15]。

　　因為台灣的特殊性讓理解這塊土地成為了日本政府治理政策的首要工作，並且惟有如此國家機器與民間百業才能在這裏順利進行。雖然這些調查事務也有要「打破迷信與改善風俗」的目的存在，但這類性質專書[16]、紀錄的提出仍舊是現代人要一窺當時的台灣社會庶民生活景況寶貴的資料。因為日本政府清楚如果要收到台灣治理最大的效能，武力的壓制終究只是初期不得不為的手段，不會是貫徹統治時期的唯一方針。曾經擔任過台灣總督府警務局長的石垣倉治（ISHIGAKI Kuraji）說過：

> 通曉閩南語言，再來和閩南人民交往，固然能收到初步效果。假如再能通曉他們的習慣，就可以在和他們交談之前，已經能夠察知對方的心意。前者如果稱之為「客觀性面交」，那後者就可稱為「主觀性心交」。大凡在進行主觀性交往時，即使在語言上有所隔閡，也照樣能夠明白對方的心意，能夠做到真正的理解[17]。

　　說語言習得可以完成談與溝通的目的，但如果要融入台灣人民的生活就非得瞭解認識其行為語境。這段文字在1934年完成，當時台灣許多民間運動團體（政治、社會）的自主性已經逐漸消

---

[15] 鈴木清一郎原，《台灣舊慣習俗信仰》，馮作民譯，3刷（台北：眾文書書，2000）7。

[16] 還有如片岡巖（KATAOKA Iwao）著《台灣風俗誌》，東方孝義（TŌHŌ Takayoshi）的《台灣習俗》，梶原通好（KAJIWARA Michiyoshi）的《台灣農民生活考》，《民俗台灣》月刊等都是紀錄日治時代台灣民間歲時節俗的書籍。

[17] 石垣倉治序，收錄在鈴木清一郎原著，《台灣舊慣習俗信仰》，馮作民譯，3刷（台北：眾文書書，2000）10。

失，兩年後開始又以任命武官為總督、日本政府的統治日趨嚴
厲。也就是說即使在這種情況中，石垣倉治仍然認為掌握殖民地
的人文風情是必要的工作。而台灣即使作為一個被殖民者（甚
至處於高壓的統治狀態），它的獨特性依舊是難以被抹滅與忽
視的。

節氣就是歲時節俗中的「節」，各有不同的意義；歲是歲
星，指的是時間，有「一年的收成或者年景之意[18]」。時是四
時，不是生活上的行為時間，而是春夏秋冬輪流變換（四季氣
候）的意思。節是節慶，「所謂的八節，乃指二十四節氣中，八
個明顯提到氣候變化的節，也就是立春、春分、立夏、夏至、立
秋、秋分、立冬、冬至。[19]」俗是「雜俗」，「某個地方固定時
間需要舉行的重要活動，而這活動明顯和時序、氣候的變化，有
著顯著的關聯[20]」。歲時節俗所衍伸出來的生活準則、慶典、民
俗活動等都是依照地方的氣候、地理環境、節氣變遷而產生的，
雖然鈴木清一郎認為台灣和中國沿海地區的氣候近似民風也相
仿，但在時間的歷練與環境的適應之下差異性也就慢慢浮現。劉
還月透過田野調查歸納出幾個重要的原則：

1. 歲時節俗必須具有反覆的實踐性……內容與形式可能有所
   更動，但本質和精神，卻是一脈相傳的。

2. 歲時節俗的生滅與傳承……外在環境的改變，也是相當重
   意的因素……但大多數的人通常承襲前人留下的傳統文化
   與生活習慣，因此形成傳統的力量，建構出歲時節俗的
   主體……

---

[18] 劉還月，《台灣人的歲時與節俗》（台北：常民文化，2000）28。
[19] 劉還月 35。
[20] 劉還月 38。

3.部分人們的遷移，雖可能帶來原居地的生活習俗與歲時觀
　念，但不可能把原來的歲時節俗全盤移植到新地方……必
　須迅速融入環境之中……[21]

在「反覆的實踐」過程中所確立地方的主體性格具體表現在
各種民風習俗之中，而這都是地理條件與自然環境的限制下漸漸
定型的，因此地方的不可變性絕對要高於人的性格、主體。換個
角度看，兩者的依存、主從關係是人要配合地方去改變或養成生
活慣習（舊有），這一切作為都只是在確認以及為了生命延續的
可能。

（二）《四季》與節氣

《四季》一書出版於1986年，本書的特色在於：第一，全書
並無頁碼，而是以卷之春、卷之夏、卷之秋、卷之冬等四季順次
排列，各卷再依序以立春、立夏、立秋、立冬為首列出二十四節
氣名。第二，書中所有詩作都是作者向陽的手稿翻印，並搭配手
繪圖畫（周于棟）。李素貞認為《四季》呈現出的是「向陽非常
重視生命所繫的泥土，更關愛生活其間的人們。台灣的人民與土
地是向陽詩作幅輳之所集。向陽用他的詩作來印證、實踐他對
土地與人民的愛與期望。[22]」江郁秀認為《四季》是「『傳統文
學的光照』與『現實鄉土的潤洗』相生相濟下，呈現傳統與現
代、文言與白話、古典與鄉土和諧並存的風貌。[23]」而詩集在孟
祐寧的碩士論文〈向陽新詩創作歷程研究〉的研究中是歸類在第
一轉型期中[24]，重要性在於「遠遊在外的經歷使向陽更懷念家鄉

---

[21] 劉還月　25-26。
[22] 李素貞，〈向陽及其現代詩研究：1974-2003〉，碩士論文，台南大學，2006，176。
[23] 江郁秀，〈向陽新詩研究〉，碩士論文，彰化師範大學，2006，73。
[24] 根據孟祐寧〈向陽新詩創作歷程研究〉（碩士論文，台北教育大學，

情景，詩作以海外的風貌寄遇家鄉的思念，展現豐厚的鄉土之情。[25]」

　　幾位研究者對於《四季》的評價皆認為此詩集深刻展現了對土地、家鄉、人民的關懷，這對筆者這篇論文來說是相當重要的參考指標。從論文一開始對於現代詩與鄉土關係脈絡的爬梳，以及追溯至日治時代殖民政府對於歲時節俗的重視與考察，筆者接著要分析在這兩個範疇中《四季》一作是如何承接起自日治時代就倍受重視台灣歲時民俗的書寫工作，以及在「鄉土」詩演繹過程裏此詩集的出版的意義是什麼。

（三）被召喚的傳統

　　台灣的時間觀念是在日治時代才被逐漸建立起的。也就是說「時間」作為一種每日生活的準則的觀念是日本政府在台灣為了行政上的需要而採取的管控模式。這套運行標準首先是在官方系統內部實施，而當時後大部分台灣人民仍是按照傳統方式（日的起落、香燭的燃燒等）來決定其作息。而日本政府為了讓台灣人民能更迅速的接受「時間」這個新技術（包括了機械鐘表的使用與觀看），從幼童教育著手是最直接的方式之一。而一般民眾時間觀的養成主要還是來自於與官方的接觸，「例如1915年實施的第一次臨時戶口調查，規定當年10月1日零時全島『同步』開始進行調查⋯台灣人以為如未在本籍地受調查登錄入戶口簿，則會被歸入『清國國民』⋯⋯[26]」還有包括到官方單位洽公等動作都是得配合日本政府的

2007），向陽詩作共可分成探索期（第一階段、1975-1980）、拓展期
　（第二階段、1980-1985）、轉型期（第三階段、1985-）　20。
[25] 孟祐寧　166。
[26] 呂紹理，《水螺響起日治時期台灣社會的生活作息》（台北：遠流，
　1998）56。

作息，「他們其實已不知不覺趕入了一個全新的時間世界。[27]」以農業為主的日治時代的台灣依循時節來決定生活運行的邏輯已經被代表著西方文明的時間觀取代，而時至今日，轉型為工商業的台灣社會，節時更不會是處事的依據。

向陽認為「尤其在八○年代的台灣，現代與傳統並生、古典與文明並置，上班用陽曆，年俗節慶用陰曆，如此時空，身為一個詩人，我感覺到，用現代詩來勾勒八○年代台灣的四季色彩，的確有其必要。(〈後記〉5，謹案：原沒有頁碼[28])」這是向陽創作這本詩集的發想。雖然說現代社會是新舊並置，但事實上傳統早就退居到相當後面的位置，只有在特定時刻才又會被呼喚出來。因此向陽的真正意圖是為：

> 就現實四季而言，則民俗正加遽沒落、生態環境備受破壞、文化東西雜揉、政經社會也秩序混亂。通過詩作內容的或詠或諷，或賦或興，配以題目的「堅守古制」，似乎也象徵著八○年代台灣四季的矛盾色彩吧！(向陽，《四季‧後記》　謹案：原沒有頁碼))

如向陽所說詩集中的詩作雖皆以二十四節氣為名，不過內容不盡然是氣候、農耕、歲時相關的重現，而是要藉此寫出那個年代台灣社會的「矛盾」、「混亂」的情景。如〈霜降〉、秋天最後一個節氣，氣候即將轉趨寒冷，也正如八○年代末期的台灣：

> 所謂文化是東洋換西洋／所謂古蹟是被推倒的城牆／民俗躍上花車──所謂觀光／是姑娘的大腿大家同齊來觀賞／中

27　呂紹理　56。
28　向陽，《四季》（台北：漢藝色研文化，1986）。

　　　　產階級們暢論世界與前瞻／霜降，在他們憂國憂民的髮上
　　　　（向陽，《四季‧霜降》　頁碼原缺）

　　當文化的談論與保存只剩下表面功夫、根本不注重實質內涵
的時候，對於這樣的文化呈現的期待將會如冷霜一樣，降下後寒
冬就會來臨。除了浮誇的文化戲耍，現實社會的生活也不禁讓人
紙醉金迷，「如今我們走入燈火，走入／燈火喧嘩，躍動的市街
／輕煙輕輕，迫著我們／微弱的鼻息／強勁的是煙塵／瓶蓋一
樣，我們墜落／酒廊、舞廳、三溫暖（向陽，《四季‧霜降》
頁碼原缺）」。這兩首作品的詩題都指向冰冷的意涵，內容則是
表現出對於現狀的無力感與放逐自我的迷離。處在這種狀態下最
直接回想的便是兒時的一切，因為那是人的一生中最純潔無染的
時光，「兒時被鞭炮聲喚起來的夜／輕煙輕輕，撲著我們／滾熱
的是圓仔湯／列寒的是路上霜……圈圈年輪圈下了歡樂（向陽，
《四季‧霜降》　頁碼原缺）」。就算是在寒冷的季節，濃厚的
年節氛圍還是讓歡樂滿溢。這裏可以在繼續追問的是，兒童時期
對於年節的期待為何到了年長就不再為此感到滿足呢？幼年時期
的生活仍未完全被現代社會的運作邏輯所制約，對於年歲節慶仍
是充滿想像的。但是當邁入職場後、身心都完全被社會化，年節
傳統因為不具備有實質利益獲取的價值就顯得不再重要了。

四、鄉人與故土

　　李漢偉在《台灣新詩的三種關懷》[29]一書中把戰後「寫實
詩」分成「政治議題的現實關懷」、「鄉土議題的現實關懷」、

---

[29]　李漢偉（1955-），《台灣新詩的三種關懷》（板橋：駱駝出版社，
　　　1997）。

「社會議題的現實關懷」三種面向來討論。在「鄉土議題」這個部分他主要在兩個層面上討論，一是「土地的現實關懷」，二是「懷鄉的現實關懷」。在李漢偉的分類裏「土地」是和「農民」緊密連結的，並且是藉此能延伸出「認同的紮根意識」。雖然李漢偉沒有明確指出認同的對象到底為何，但歸納其推論可以知道當「鄉土」的實踐是在於「農民」勤於耕作的「土地」，而這種形象（農民／耕作）廣泛的出現在詩人詩作中。土地耕種讓生命得以延續，也因為如此土地就轉化成一種信念，讓現代詩中「鄉土」的意象得以漸具象化。

　　「懷鄉」指的則是自身的成長紀事的書寫與紀錄家鄉在時移事往後的變遷，這也包括對戰後來台詩人的思鄉之情，在逝去和離開的情境裏追思與陳述美好的過往，體現在在台灣離開故鄉、離開中國（故鄉）在台灣兩個情況上。向陽從戰後現代詩的整體面貌來觀察，認為「寄遇懷鄉之情的作品……潛藏著一種『失根的蘭花』的傷懷[30]」。其實當來台詩人在開放探親後，紛紛返鄉之際才發現「鄉愁固然已因解嚴而得以解脫，但對故鄉的美好卻也因此解構[31]」。時局變遷造成詩人的無奈心緒透過詩作的表達雖然令人動容，但眼前身處的環境就是如此卻也是不得不承認的事實，「不如寄處在紛擾的台灣[32]」。

（一）地理景緻的臨摹

　　「鄉土」的概念一開始（六○年代）必須是以隱喻、模糊的方式提出，後來才在「土地」這個詞彙中具象化。在《四季》這

30　向陽，〈在望鄉與歸鄉的時差裏──來台詩人作品中的鄉愁及苦悶〉，《喧嘩、吟哦與嘆息──台灣文學散論》（板橋：駱駝出版社，1996）190。
31　向陽，〈在望鄉與歸鄉的時差裏──來台詩人作品中的鄉愁及苦悶〉193。
32　李漢偉　100。

本詩集中，土地已經是一種鮮明、傲然的形象。〈立冬〉這首詩作寫雖然寒風吹過高山叢林，但林樹們仍保有一貫翠綠的堅持，「以及陽光，敲叩著台灣杉……陽光敲叩在中央山脈的背上／放眼左右，望北向南／百餘座山頭爭相探入／海拔三千公尺以上的高空／危哉險矣！北風也因而驚懼（向陽，〈立冬〉，《四季》，頁碼原缺）」作者把風、霧、陽光這些天然、氣候現象擬人化，讓他們游走在各種地形景觀之中再由此鋪陳出地方的輪廓並且呼之欲出：

岩岸之後是大洋／砂岸之前是海峽／冬，畏畏縮縮在雲中／忍不住叫出：Ilhas Formosas（向陽，〈立冬〉，《四季》，頁碼原缺）

讓寒冬畏懼的是這塊土地奇峻的山險與無所遁藏的寬廣海岸，意謂著台灣在種種險阻過後仍能屹立不搖、穩穩的站立。〈雨水〉一作則是透過潮汐洋流的流動描述充滿海洋性格的台灣，「暖流這時正一寸一寸撫過岩岸／黑潮不捨，由南北上／黑潮沖激，沿島的東域（向陽，《四季・雨水》 頁碼原缺）」。而黑潮的往來也代表著漁獲的豐收與春天的消息，「但海上並不溫柔。風慫恿雲／雲呼喚雨，雨可不客氣……逐防坡提而來。前推後湧／是春天上陸的消息（向陽，《四季・雨水》 頁碼原缺）」詩作是以潮汐帶出台灣的海象特色，再從氣候的變化逐層推演出節氣的更替。而〈穀雨〉則用從時間的角度試圖說明人因地制宜的特性，這種特性反映出的便是地方的特殊性，「以及微笑。我們是綠的族群／二三百年來就站在褐的土地／醞釀同陽光一樣，一樣黃澄／撲鼻的甘醇與芳香（向陽，《四季・穀雨》頁碼原缺）」。「我們」指的是茶、數百年前移地栽植後卻不會因而失去原有的香醇、還因此展露出不一樣的姿色：

向更古遠的年代，西元／七六○頃，隱居在苕溪／大唐的
逸士陸羽低頭試著／叫醒我們：茶者，南方之嘉木也／來
自南方的我們，三百年來／站在這島上，因四時節氣／有
不同的色澤。如今在雨前／我們醒過來，從丘陵的眉間／
醒過來，從霧的眼波裏／大聲叫著：茶，性喜向陽（向
陽，《四季‧穀雨》　頁碼原缺）

　　原本都是在同一塊土地上的人事物分支散葉到各處去之後，
便會為了生命的延續讓自己適應土地的性格而漸漸從內在與外在
改變。「茶者」依舊是陸羽口中的「南方之嘉木」，但滋味（內
在）、形色卻不會是千年前在苕溪一樣的茗品了。
　　人接受土地無私的餵養，兩者是在一種供需均衡的狀態下相
互依存。不過當對於土地的索求開始以追逐更舒適的生活與積累
財富為目的的時候，原本單純而沒有負擔的關係就會開始變質，
「給我一塊土地／黑濁的廢水／養肥腥臭的魚／灰茫的毒氣／充
實迷路的雲／給我一塊土地／稻穗蛻變成煙囪／森林精簡為廠棚
／給我這個夢／夢中的夢想明天將會完成（向陽，《四季‧秋
分》　頁碼原缺）」。這首詩作分成兩部分，述說的是對於土地
的「夢想」。雖然是夢想，但上列詩作引文描繪的卻是我們生活
處處可見、再真實不過的場景。反倒是第一部分的詩文說：「給
我一塊土地／黃澄的稻穗／掃出晴藍的天／鮮紅的楓葉／喚醒翠
綠的山（向陽，《四季‧秋分》　頁碼原缺）」這個已經實現過
的夢想如今真的只能成為使人感懷、不復見的美夢了。

（二）離鄉後的回望

　　這本詩集的寫作期間，向陽曾多次遠赴他國參加各種計畫與
會議，「遠離台灣，特別感覺到台灣的形影鮮活在心中，到處都

拿台灣來比……而在行旅之中，季候變幻，朝雪夕陽，都與台灣
四季有著微妙的殊異，更使我得以分辨四季與不同時空所交會出
來不同的色彩。（向陽，《四季・後記》　頁碼原缺）」而這
種分辨透過詩作的呈現所延伸出的是離鄉後時時刻刻都會出現
的思念之情，如〈小雪〉：

> 在輕迴的風中，在自己／也決定不了的處所／呵了一口
> 氣，灰濛濛的／天空─另一半正注視著／太平洋彼端的國
> 家／思念有時像小雪。有時／更像落葉，不融不化／只是
> 慢慢腐萎（向陽，〈小雪〉，《四季》，頁碼原缺）」

　　詩作的場景是在愛荷華、向陽在國外的暫居之地。雖然是以
訪問作家身分受邀至美國，但是由於對異地的陌生、失根的感覺
就如眼前的落雪般不停的落下堆積。甚至這種感覺就如夢魘般出
現在作家的眠夜：

> 夢中，已經死去的父親／也來與我站在窗前／指著四處飄
> 零的雪花／說：雪太冷了，我們回去／回到故鄉舖滿落葉
> 的土地　（向陽，《四季・小雪》　頁碼原缺）

　　在故鄉、在家鄉腳下所踩踏的土地到底有什麼差別呢？難道
只是舖滿落葉和細雪的不同嗎？詩作中父親的到來其實就是問題
的答案；一切都是因為來自於和家人、友朋之間情感的連結所產
生的思念，讓異鄉的雪望成落葉。這思念終究得回到故鄉的土地
上才得以釋放。

（三）融為一體的土地／人

　　〈雨水〉一詩寫到了靠海維生的漁人們的生活情景，「三兩漁船，纏鬥著風浪／烏魚群躲避著羅網／漁人張開勁健的雙手／擰出膀上汗與鹽的光芒（向陽，《四季·雨水》　頁碼原缺）」。在海象瞬息萬變的遠洋工作總是得付出加倍的勞力與汗水，也代表著漁人們性格的堅毅與不畏苦楚的人生觀。〈驚蟄〉的詩題在節氣意義中指的是響雷驚醒了萬物，彷彿宣告春天的到來，也預示著新生命的輪迴又將開始：

> 一似去年，田犁碌碌耙梳土地／汗與血還是要向新泥生息／鷺鷥輕踩牛背，蚯蚓翻滾／在田畝中，我播種／在世世代代不斷翻耕的悲喜裏…我耕作，但為這塊美麗大地／期待桃花應聲開放／當雷霆破天，轟隆直下（向陽，《四季·驚蟄》　頁碼原缺）

　　氣溫的升降、氣候的轉換以及天象的運行還是印證著傳統節氣並不會被淘汰，即使在高度進步的台灣，這套先民智慧的累積與傳承下來的生活邏輯在現實社會仍具有某種程度的可靠性。所以當「雷霆」降下的時候，社會（農業）又要開始新一段運轉的時序。

五、結語

　　藉由本文對於《四季》的討論筆者認為這本詩集有幾個重要之處。第一，從庶民經驗、傳統智慧中汲取資源，用四季、二十四節氣作為題名的創作發想，某種程度上呼應從日治時代不論是

官方或民間（李獻璋，《台灣民間文學集》）對於台灣民風習俗的重視。在凡事以現代技術為主要行事準則的今日社會，讓這些逐漸消逝、原本是早期台灣人生活依據的智慧、經驗的累積，透過深具藝術性、文學性的方式終於得以再次傳承與留存。

第二，在《四季》中向陽透過懷鄉、地理景緻、農民漁人、文化淪喪等內容的書寫，刻劃出一幅聚焦在台灣這塊土地上眾生相。而之所以要娓娓訴說這些相貌背後的故事都是因為「那是我生命的給出；其次，那是我至愛的土地的呈現；最後，那是台灣這個大洋中的島嶼，所能奉獻給世界的獨特的風土色彩。（向陽，《四季‧後記》 頁碼原缺）」現代詩在「鄉土」、「現實」、「本土」的發展脈絡中，《四季》一作的出現可以說是在這個演繹過程的階段性總結。

這種創作理念在阿盛的看法中有更深刻的闡述：「台灣在你足下，台灣的形貌在你眼前。你仰望向陽嗎？莫須有；向陽寫詩，但不曾將自己格局在身分表象的『詩人』二字之內。[33]」永遠把寫作的筆與觀看事物的眼睛都投射在生養的土地的上的向陽，於外在社會與文學潮流變化迅速的今天，對於自己要走的路總是方向明確且堅持不移，也不間斷地以文字對讀者訴說土地的故事。

---

[33] 阿盛（楊敏盛，1950-），〈向陽的『四季』〉，《中國時報‧人間副刊》1987年3月15日，8。

身體與空間

——論向陽詩中記憶形式的生成與演變

沈曼菱

作者簡介

沈曼菱（Man Ling SHEN），台中人，國立中興大學跨國文化與台灣文學系碩士畢業，現為國立中興大學中國文學系博士候選人。曾任晨星出版社執行編輯、國立台灣文學館《錦連全集編纂》計劃執行助理。主要研究領域：現代詩、現代主義、空間理論，碩士論文為〈現代與後現代——戰後台灣現代詩的空間書寫研究〉（2009）。曾於研討會發表論文有：〈閉鎖與開放——論零雨詩作中的「房間」隱喻」〉（2007），〈勞與牢——論李昌憲《加工區詩抄》、林彧「上班族詩鈔」中的生產空間〉（2008），〈記憶與時空之延展——論陳義芝詩作中的土地經驗與鄉愁書寫〉（2009），〈論鴻鴻《黑暗中的音樂》仿童話詩的暴力書寫〉（2011）等。

論文題要

本文將討論記憶（memory）如何在身體（body）與空間（space）之中生成，以過去的經驗（experience）之中，主體

（subject）由創作與書寫裏頭現身，從身體作為經驗外在世界的
工具與管道，藉由記憶表現個人，當集體讀者參與文本，這便
是由個人回到集體記憶（collective memory）的一個過程。以向
陽（林淇瀁，1955-）的詩作為例，記憶在本文分為兩個部分討
論，首先從個人性質開始，以〈銀杏的仰望〉和〈阿母的頭鬘〉
為例，談鄉愁與家族的記憶形式，進一步從在〈在大街上走失〉
和〈遺忘〉之中，討論記憶與失憶之間的關係，如何被相互表現
出來；再從集體記憶的構成，觀照詩人如何書寫歷史情境，從
結構完整的早期敘事詩〈霧社〉，到出現空白的〈一首被撕裂的
詩〉和〈發現□□〉，以缺漏和斷裂形塑另一種記憶的形式，構
成詩人批判社會文化的策略。最後，其不同形式的意義，將在文
本中逐漸被挖掘出現。

關鍵詞（中文）：記憶、身體、空間、主體、經驗

一、引言

　　向陽（林淇瀁，1955-）自13歲接觸《離騷》之後，深受影響，因而對文學、創作開始有了關注。從1973年開始朝現代詩的世界出發[1]，並在1977年出版第一本詩集《銀杏的仰望》後，陸續出版《種籽》（1980）、《十行集》（1984）、《歲月》（1985）、《土地的歌》（1985）、《亂》（2005）等詩集。不但是刊物《陽光小集》[2]的發行人之一，除此之外，也曾在自立報系擔任總編輯、總主筆[3]。一九七〇年開始活躍於文壇，回顧當時台灣文壇的發展，依其評論〈康莊有待：七十年代現代詩風潮試論〉（1985）[4]和〈微弱但是有力的堅持：七〇年代台灣現代詩壇本土論述初探〉[5]，以及〈長廊與地圖：台灣新詩風潮的溯源與鳥瞰〉（1999）[6]中論及，現代詩社集團林立，現代主義

---

[1]　〈聯想之外——屬於月的〉是向陽大學時正式發表的第一首現代詩，刊登於《中外文學》（2.7（1973）：59）。後收於詩集《銀杏的仰望》。參考黃玠源，〈附錄2：向陽現代詩寫作日期及重要大事繫年〉，《向陽現代詩研究：1973-2005》，碩士論文，〔台〕中山大學，2007，189。

[2]　由向陽、陌上塵（劉振權，1952-）、張雪映（張興源，1956-）、林野（1949-）、李昌憲（1954-）、陳煌（陳輝煌，1954-）、莊錫釗（1952-）等人共同創辦，於1979年12月創刊，《陽光小集》創刊時原為同仁作品合集，1980年7月夏季號第三期改為詩刊形態，1981年3月春季號第五期後，革新為「詩雜誌」，其同仁分佈全島，來自國內各詩社。1984年6月停刊，共出版13期。陽光小集研究另可參考：林貞吟，〈現代詩的街頭運動——《陽光小集》研究〉，碩士論文，玄奘人文社會學院，2004。

[3]　先後於《自立晚報》和《自立早報》服務，時間從1982年6月至1994年10月。參考〈向陽寫作年表〉，向陽工坊網頁：http://tea.ntue.edu.tw/~xiangyang/chronology.htm

[4]　林淇瀁，〈康莊有待：七十年代現代詩風潮試論〉，《康莊有待》（台北：東大，1985）49-86。

[5]　林淇瀁，〈微弱但是有力的堅持：七〇年代台灣現代詩壇本土論述初探〉，《台灣現代詩史論》，文訊雜誌社編（台北：文訊雜誌社，1996）363-75。

[6]　林淇瀁，〈長廊與地圖：台灣新詩風潮的溯源與鳥瞰〉，收入林明德編

與現實主義兩種文學風格仍相互較勁，在一九七〇年到一九八〇年之間，台灣文學逐漸開始尋找自己的定位，在文化層面上再一次地反省和深思。

在此當下，向陽的筆觸向來以關懷土地出發，對於故鄉的關懷不遺餘力，可以說故鄉是他創作的繆思、最常出現的地理意象。因而可以說，滋養其文思與生命歷程的最大來源，乃是反覆在其詩中出現的「土地」、「泥土」意象，詩形式的特點之一，是向陽對「十行詩」形式的追求。在前行研究方面，也已有多篇著述朝土地、形式、聲韻和語言方面剖析。《文訊》19期（1985）中，有一系列的「作家綜論」，這一期輯錄許多評論向陽的文章，收錄了游喚（游志誠，1956-）[7]、林燿德（林耀德，1962-96）[8]、王灝（王萬富，1946-）[9]、陳煌[10]、林文義（1953-）[11]等人的評議。而蕭蕭（蕭水順，1947-）在〈向陽的詩，蘊蓄台灣的良知〉[12]中，將向陽的詩作做了一次全面性宏觀的耙梳，並論其從嚮往《離騷》到心繫台灣的創作過程。此外，學位論文中以向陽與其詩作為研究對象者，目前有數本著作已然見世，分

《台灣現代詩經緯》（台北：聯合文學，2001）9-63。

[7] 游喚，〈十行斑點·巧構形似——評介向陽新詩《十行集》〉，《文訊》19（1985）：184-95。

[8] 林燿德，〈陽光的無限軌跡——有關向陽詩集《歲月》〉，《文訊》19（1985）：211-20。

[9] 王灝，〈不只是鄉音——試論向陽的方言詩〉，《文訊》19（1985）：196-210。

[10] 陳煌，〈我看向陽和《康莊有待》〉，《文訊》19（1985）：221-26。

[11] 林文義，〈銀杏下的沉思者：試寫向陽〉，《文訊》19（1985）：180-83。

[12] 蕭蕭，〈向陽的詩，蘊蓄台灣的良知〉，《台灣詩學季刊》32（2000）：141-60。

別是李素貞[13]、江秀郁[14]、孟佑寧[15]、黃玠源[16]等人，皆有詳盡討論。本文的焦點，將回歸於文本內部，從詩人賦予時間的詩意中，找尋其意義。

在「記憶」（memory）範疇中所要談論的內容，首先必須意識到，是一個關於時間的問題。在時間的範圍之下，記憶經常會透過空間，或是時間的脈絡在意識之中被延續下來，透過敘述（narration／narrative）展現。筆者將從文本中關於記憶之命題，探究其文本內容的辯證關係。因此，更進一步地說，記憶其實與生命中的歷史、時空等經驗息息相關。經驗與作者所創作的文本是進入主體（subject）的一個途徑，相反地說，透過書寫，才能看見其主體的存在。主體存於身體（body）之中，經驗與感知是構成記憶的一部分因素，而在身體與空間（space）的相互作用之下，記憶才能顯現於書寫。

二、身體、空間與記憶

向陽曾在《歲月》中替自己的創作觀下了簡短的時空定義，「在時間上，係從我對文化中國的心儀中來；在空間上，則從我對現實台灣的熱愛中來」（《歲月・歲月：苔痕與草色》170）。文化中國指的是少年所嚮往之《離騷》，空間的關注上投射在自己生存的這塊土地上，從詩集的名稱《銀杏的仰望》、《種籽》、《歲月》、《土地的歌》、《四季》等，可以看出向

---

[13] 李素貞，〈向陽及其現代詩研究：1974-2003〉，碩士論文，台南大學，2006。
[14] 江秀郁，〈向陽新詩研究〉，碩士論文，彰化師範大學，2006。
[15] 孟佑寧，〈向陽新詩創作歷程研究〉，碩士論文，台北教育大學，2007。
[16] 黃玠源，〈向陽現代詩研究：1973-2005〉，碩士論文，〔台〕中山大學，2008。

陽對於歲月（時間）與土地（空間）的欽慕與關注未曾斷歇，並且將內在的精神和外在的空間，透過寫作的過程連接起來。寫作的內蘊與精神相關，精神是身體（body）當中一個匯集的構成，而精神包含概念和印象，以寫作組成無數的聚合體。時間與空間是透過「我」來界定的，這個「我」是主體（subject），「主體超越自我，但也反映自我」[17]，主體在自己所定義的時空中突顯出來，而時間和空間都在精神中聚集，空間是方向的延伸，時間是序列的延伸。延伸本身的概念便具有空間的意義存在，因此身體與空間，前者成為內部，空間成為外部，在此範圍下，寫作因而有了承接與延伸的意義。

　　德勒茲（Gilles Deleuze, 1925-95）在〈文學與生命〉（"Literature and Life"）中，提到文學與生命的關係，「寫作是一個關於生成的問題，它總是未完成的，總是處於形成之中，超越了任何可經歷的和已經歷過的體驗之內容。它是一個過程，即一個穿越了可經歷的和已經歷過的生活的生命過程」[18]，既然寫作是一個超越經歷和已經歷的過程，在詩人的經驗之中，或許能夠從其文本內部的結構，將詩人的經驗放到更為宏觀的範圍來加以討論。按照雷蒙・威廉斯（Raymond Williams, 1921-88）的解釋，「經驗」（experience）代表現代意涵偏向個人的存有（being）以及完整的意識[19]，對事物和生命的思想從經驗中汲取，在這個過程之中，主體如何在精神中形成的呢？透過情感與聯想兩個原則的影

[17] 德勒茲（Gilles Deleuze），〈經驗主義與主體性〉（"Empricism and Subjectivity: An Essay on Hume's Theory of Human Nature"），《哲學的客體──德勒茲讀本》（ *The Objects of Philosophy:A Gilles Deleuze Reader* ），陳永國編譯（北京：北京大學出版社，2010）73。

[18] 德勒茲，〈文學與生命〉（"Literature and Life"），《哲學的客體──德勒茲讀本》243。

[19] 雷蒙・威廉斯（Raymond Williams），《關鍵詞──文化與社會的詞彙》（ *Keywords: A Vocabulary of Culture and Society* ），劉建基譯（北京：三聯書店，2005）169。

響下，主體才能在精神中構成自身[20]。

在身體與空間的框架之下，本文選擇從「記憶」（memory）的層面分析向陽的詩作。探討記憶的西方哲學脈絡淵遠流長，從柏拉圖（Plato, 427 BC-347 BC）、亞里斯多德（Aristotle, 384 BC-322 BC）、再到尼采（Friedrich Wilhelm Nietzsche, 1844-1900）和海德格（Martin Heidegger, 1889-1976），柏格森（Henri Bergson, 1859-1941）、哈布瓦赫（Maurice Halbwachs, 1877-1945）和德勒茲皆對於記憶有其觀點。然而，記憶存於個體，但卻能透過個體再回到群體裏，凝聚（或驅逐）某一種存於文化、文學中的思考。哈布瓦赫對於記憶定義如下：

> 記憶是一項集體功能，因此，還是讓我們將自己置於群體的角度。……這也許可以促使我們區分出兩種包含在社會思想之中的活動：一方面是記憶，一個由觀念構成的框架，這些觀念是我們可以利用的標誌，並且只指向過去；另一方面是理性活動，這種理性活動的出發點就是社會此刻所處的狀況，換言之，理性活動的出發點是現在。記憶只有在這種理性控制之下才發揮其功能[21]。

正是在理性活動之下，記憶才能透過自我的觀念讓過去與現在接軌。從經驗裏，在已逝去的時序之中，透過記憶，過去不斷地與現在銜接。但實際上的情形是，重新回憶起以前發生過的某件事情，卻好像體驗另一次新經驗，因為在每一次的回憶裏，第

---

20 德勒茲，〈經驗主義與主體性〉 89。
21 莫里斯‧哈布瓦赫（Maurice Halbwachs, 1877-1945），《論集體記憶》（*On Collective Memory*），畢然、郭金華譯（上海：上海人民出版社，2002）304。

一次與第二次的記憶不可能完全相同。重複溯往下，其中一定會
有某些遺漏的片段和細節，然而，當中的差異就在重複之中顯
現，並且透過重複，才能看出差異。這也就是德勒茲所提過柏格
森的一個重要命題，關於記憶所代表的過去與現在：

> 記憶不是某事的再現，它什麼也不再現，它就是實在。而
> 如果我們必須要談再現的話，那麼，「它不再向我們呈現
> 已經存在過的東西，而只是現在所是的東西，……它是現
> 在的記憶」[22]。

　　每一個記憶與其他的記憶都不相同，是每一次都具有獨特性
質的存在，而記憶也不能擺脫群體，因它本身便是一個多項因素
組合而成。同時，記憶處於身體與空間之中，在內部與精神、經
驗連結，並且以外部的環境標記。接著將進入向陽詩文本，進一
步分析記憶的形式在其作品中的各種樣貌。

三、個人記憶：自傳性質

　　哈布瓦赫將記憶又區分為自傳記憶（autobiographical
memory）和歷史記憶。自傳記憶是在過去親身經歷事件的記
憶[23]，由此出發，這一章節的主要討論將從個人記憶著手。首
先，與故鄉相關的意象在向陽詩中佔有極大的比重，鄉愁與記
憶、甚至是親人與家族史的回溯如何被書寫出來。其次，也將探

---

[22] 德勒茲、瓜塔里，〈柏格森的差異觀念〉（"Bergson's Conception of
　　Difference"），《游牧思想——吉爾‧德勒茲、費利克斯‧瓜格里讀本》
　　（*Nomad Thinking*），陳永國編譯（長春：吉林人民出版社，2003）17-
　　18。
[23] 哈布瓦赫　42。

究情感與記憶，兩者之間的連結關係，在時間的層次中不斷被營造，過去直至現在以及未來的凝聚和散佚，主體如何匯集綜合起來的時間。內在情感與外在環境的相互編織關係，將為此處之主要軸線。

（一）故鄉、家族與記憶

　　詩人從創作現代詩開始，便從成長之故鄉汲取其符號與意義，表覽無遺的懷鄉之情，在〈銀杏的仰望〉（1975）[24]之中迸灑：

> 從來不曾想到風風雨雨會釀成／秋，從來不曾想到飄飄泊泊竟也展軸如／扇，更從來不曾想到日日夜夜你／陽光的仰盼月的孺慕和山山水水的踏涉／均化做千千萬萬縷縷輻射的鄉愁／／你遂冷然頓悟：你是一把奔波的扇／那泥土和鄉村呵！是闔你的，軸（《銀杏的仰望》　10-11）

　　不管如何忙碌奔波，那「泥土」和「鄉村」所代指的故鄉，是成長過程中所圍繞的記憶核心，也是在事物之後終極的想望。林文義在〈銀杏樹下的沉思者〉也提到這本詩集予人耳目一新的清新風格[25]。向陽的抒情基調與土地上的自然意象息息相關，如這首詩前小序所云，從故鄉的銀杏林以及銀杏葉片形狀入詩，用銀杏做為鄉思之比擬，另外一首〈未歸〉「自從去年下廚總記得用雪花／當做調味的鹽巴，每道菜／都標出鞋的里程與風的級數」（《銀杏的仰望》　93）則書寫旅途艱苦與歸期不可知，可

---

[24] 向陽，《銀杏的仰望》（台北：故鄉出版社，1977）。
[25] 「故鄉版的《銀杏的仰望》，在眾多當年仍然晦澀的現代詩裏，向陽的詩是令人為之清爽的一泓泉水」，可參考林文義　180。

謂為鄉思之反面寫照。

　　鄉愁的範疇中與空間相關，「空間是在可見和可觸物體的排列中發現的」[26]，狹義地說，鄉愁也就是來自於對某些成長中所經歷的具體場景的渴望和慾求。陳明台（1948-）的〈鄉愁論——台灣現代詩人的故鄉憧憬與歷史意識〉（1990）[27]中曾提到「詩人總有兩個故鄉，一個是他所歸屬的，一個是他所真正生存的」[28]，不管存於外在或是內在的故鄉，皆為曾經放眼所及之處，如今因為這些景致消失在生活之中，而成為心中緬懷、嚮往之所。在〈立場〉（1984）一詩中有云「人類雙腳所踏／都是故鄉」（《十行集》 179），向陽對於故鄉的定義，採取較為廣義的態度，而〈銀杏的仰望〉的情感，立基於對成長故鄉的憧憬，並且在歸軸中領悟生的歡愉，〈立場〉和〈銀杏的仰望〉，皆與陳明台在廣義的鄉愁定義中所闡述的意義不謀而合[29]。

　　更大的範圍來說，每個人心中都存在著某些空間場景，這些特定的場景休謨（David Hume, 1711-76）稱之為「具體場合」，它們被稱作是歷史的核心[30]，透過具體場合能夠串連起回憶片

---

[26] 德勒茲，〈經驗主義與主體性〉 79。
[27] 陳明台，〈鄉愁論——台灣現代詩人的故鄉憧憬與歷史意識〉，《心境與風景》（台中：台中縣立文化中心，1990）1-31。
[28] 原文：「詩人總有兩個故鄉，一個是他所歸屬的，一個是他所真正生存的…第一個層面「他所歸屬的」可以說是比較狹義、確定而具體，限制了存在的空間而設定的。第二個層面「他真正生存的」可以說是比較泛泛的說法，曖昧而精神的，不拘束於時空座標而設定的。如果說前者是外在的指陳，則後者可以說是內面的呈示。」陳明台，〈鄉愁論〉 1。
[29] 「鄉愁作為誕生的根源象徵，作為人發祥源地，由此而產生「生的憧憬」或藉此連接生的鄉愁意識。這種憧憬即使立基於自身活著的時空座標，而能充分感覺時，也可能發生，可以擴大而具有一般共通的性格。……其三是鄉愁與歷史意識，經由故鄉的憧憬，引發對於以時空為座標、自己所背負的歷史淵源追蹤的心情，或者對於延綿不絕的傳統的尊崇、親切感、省察等等，亦即經由對於自身所背負之傳統與歷史的凝視而產生的鄉愁意識。」可參考陳明台，〈鄉愁論〉 2。
[30] 德勒茲，〈經驗主義與主體性〉 89。

段。具體場合之於向陽，以及當下的時代感，這一個立足於現實經驗中的書寫過程，可謂為向陽對其個人記憶初步的表現。

鄭慧如（1965-）〈從敘事詩看七〇年代現代詩的回歸風潮〉（1996）[31]指出一九七〇年代的詩歌創作在「關懷現實」與「回歸傳統」兩大方向中前進，「懷鄉」在時間的序列上是回溯過往經驗，與回歸中國傳統之間的關係十分微妙且密切。但另一方面，從一九七〇年代開始，「鄉土」的定義逐漸落實於指涉台灣本土，中國是故鄉，台灣更是養育與成長的故鄉，造成了「鄉土」的雙重性，終於在認同感的定位上爆發了齟齬與歧見，產生的影響直到一九八〇年代後，成為台灣歷史上重要的轉折。回顧這一波回歸的風潮，也正好是向陽開始創作現代詩的時間，對於向陽來說，生於斯、長於斯的土地是他最早的思念，也是最無法割捨的情感。

而從本質上更加地朝鄉土的方向發展，則是向陽的閩南語詩。向陽以閩南語創作的年代，正是台灣七〇年代文學論戰（1977-78）[32]處於爭辯「鄉土何處」的時刻，《土地的歌》也許是詩人自己對於這一時代所做出的回應，同時也不可避免的在這個時代下對自己創作再一次的嘗試與實驗[33]。在《土地的歌》裏，「家譜」的企圖便是對家庭歷史的回溯，也再次敘述家族之間對親人的記憶[34]。特點在於，用特定的形象符號和稱呼做為每

[31] 鄭慧如，〈從敘事詩看七〇年代現代詩的回歸風潮〉，文訊雜誌社編，《台灣現代詩史論》（台北：文訊雜誌社，1996）377-97。
[32] 1977-78年的鄉土文學論戰，相關資料可參考彭品光編，《當前文學問題總批判》（台北：中華民國青溪新文藝學會，1977）。尉天驄（1935-）編，《鄉土文學討論集》（台北：尉天驄出版，1978）。
[33] 林淇瀁，〈從民間來、回民間去：以台語詩集「土地的歌」為例論民間文學語言的再生〉，《台灣詩學季刊》33（2000）：121-37。
[34] 在詩集卷一的「家譜」，分為血親和姻親篇，血親篇有〈阿公的煙吹〉、〈阿媽的目屎〉、〈阿爹的飯包〉、〈阿母的頭鬘〉；姻親篇有〈愛變把戲的阿舅〉、〈落魄江湖的姑丈〉、〈搬布袋戲的姊夫〉。可

首詩的主輪廓,例如〈阿母的頭鬘〉(1976):

> 做姑娘的時陣,阿母的／頭鬘,烏金柔軟又滑溜／親像鏡
> 同款的溪仔水／流過每一位少年家的心肝頂／／嫁與阿爹
> 的時陣,阿母的／頭鬘,活潑美麗擱可愛／親像微微的春
> 風／化解了一度浪子的阿爹／／生了阮以後,阿母的／頭
> 鬘,端莊親切又溫暖／親像寒天的日頭／保護著幼稚軟弱
> 的阮／／阮大漢了後,阿母的／頭鬘,已經失去光采／親
> 像入秋的天頂／普通的景色內一層收成的偉大 (向陽,
> 《土地的歌・阿母的頭鬘》　11-12)

　　從頭髮開始講述母親一生,側寫歲月在身體留下痕跡,時間
在母親的面容之中移轉,而詩人在母親的模樣裏鋪陳出記憶的軌
跡。在身體之內尋其記憶,在身體之外想像空間,以「溪水」、
「春風」、「日頭」、「收成」等等意象比擬母親的頭髮與意
義。女性的頭髮是一種女性的符號,將村景與自然和對於母親的
記憶編織在一起,母親形象融於鄉土景致之中,也使人聯想到屬
於大地母性的一面。哈布瓦赫指出家庭記憶中的特性:

> 家庭記憶就好像植根於許多不同的土壤一樣,是在家庭群
> 體各個成員的意識中生發出來的。即使是當家庭成員都彼
> 此生活在一起的時候,每個人也都是以他自己的方式來回
> 憶家庭共同的過去,而當生活使他們相互遠離的時候,更
> 是如此[35]。

參考向陽,《土地的歌》(台北:自立晚報社,1985)　5-20。
[35] 哈布瓦赫　95。

　　詩作透過稱呼和特定意象，將親人的形象描摹出來，在其他首詩也使用「阿公、阿媽、阿爹」等閩南語的稱呼方式，召喚出稱呼之後的印象與記憶，在其中塑造出熟悉感，經過詩作而凝聚出屬於家人們的記憶。讀者在閱讀時以群體的方式參與詩人記憶內容，並且延伸到自己個體對於家庭的記憶，使讀者也被引導至親屬關係的記憶裏去。〈阿公的煙吹〉在形式上也與〈阿母的頭鬃〉相仿，敘述的順序從「古早古早」到「現此時」，再到「四十年後」，透過回憶的方式將過去、現代、未來三個序列並置聚焦於那只「煙吹」上，「頭鬃」和「煙吹」是記憶的中介，透過這些符號，將過去與現在連繫起來。記憶不僅僅是由身體與空間的關係出發，也以他人的身體作為自己記憶中的符號，甚至是憑藉他人身體與空間的關係作為延伸，經由書寫進而再度輻射出去。

（二）情感與記憶

　　從鄉愁到家族的記憶，凡與記憶所相關，首先向陽詩的第一個特徵是以營造的地方感之內顯現。除了上述作品之外，在其他詩中也可看見其文字根基築於農村中樸實的景色，用以譬喻抽象的時間序列，如〈歲月跟著〉（1978）「歲月跟著永恆輪迴地繞／圓柔的鐘面是生命的枷／熟透的花果在十二月凋／土底的種籽正開始抽芽」（《種籽》　12），用時鐘的形狀、植物生滅的次序，道出生命的循環永不息止，透露出一股生生不息的意味。又或者讓時間化為衣裳物品，〈村景〉（1982）「水湄或蹲或站的婦女／也在晨曦中默默刷洗著青春」（《十行集》　152）青春是身上穿戴的那一抹亮麗色澤，青春也是一去不返的流水，而婦女是村景的一隅，以段義孚（Yi-Fu Tuan, 1930-）的話來說，人對於鄉土的附著性來自於個體在土地上的活動，而非客觀的地理

知識[36]。也就是說，在土地上的人際關係和互動經驗，乃是鄉土情感當中非常重要的連結原因。在這些日常生活垂手可得的印象中，一點一滴累積並且提煉為創作靈感的來源。正如詩人曾云，「我尋求屬於我的符號系統，從腳下的土地；尋求聲音，從祖先傳下而在我業已瘖啞的喉嚨」（向陽，〈折若木以拂日——自序〉，《向陽詩選（1974-1996）》　2[37]）。

　　詩人在平凡的事物裏領會時間的意義，並在記憶之中細細咀嚼內在世界的情感變動，如〈心事〉「逝去的昨夜挽留著將來的明天／落葉則在霧靄裏翩翩飄墜」（《十行集》　127）。未來是現在所延續的想像，將來的明天餘留著昨夜，詩中緩慢的基調讓「心事」彷彿慢動作般漸漸浮出，又如同一層一層落葉，積載已深。落葉和思念之間的比喻也出現在另一首〈小雪〉詩中，「思念有時像小雪。有時／更像落葉，不融不化／只是慢慢腐萎」（《四季》　92），記憶的圖景在緩慢中顯現，時間的意義在已逝之景當中，被主體經驗所召喚出來。在抒情的筆觸之下，從景物之中衍生出情感。

　　而在〈在大街上走失〉（1996）[38]則用另一種方式書寫思念，一改前期的風格，「在大街上走失的思念／鬼魂一樣／惦記著前世／濕漉漉的窄巷／如果還有明天／也不再／不再想他了」（向陽，《亂》　94），思念如何走失？原意應是迷失於思念之中的人們徬徨迷惘，心中有一種對於思念莫可奈何的鬱悶，透過這首詩顯露出來。那麼，對於無以名狀的思念，該如何是好？「在大街上走失的思念／找不到明天／只好把他的名字／當成黑

[36]　段義孚（Yi-fu Tuan），《經驗透視中的空間與地方》（*Space and Place: The Perspective of Experience*），潘桂成譯（台北：國立編譯館，1997）143。
[37]　向陽，《向陽詩選（1974-1996）》（台北：洪範書店，1999）。
[38]　向陽，《亂》（台北：印刻文化，2005）。

漆漆的馬路／狠狠地踢」（向陽，《亂》　94-95）在前面所提
到的思念，在這裏演變為走失的意象，詩中添入了空間感。而
〈想念〉則從對內心發生的蟲蛀現象形容心被想念齧碎，「像螞
蟻一隻一隻／一行一行齧著嘴咬過他們行經的地板／一樣，這深
深埋在我胸中的／想念」（向陽，《亂》　114），不但表達出
被動而無奈的心情，並且強調身體在時間中被不斷重複的記憶折
磨，如同蟲齧。主體在感官中感受到記憶襲來，被一點一滴的消
蝕，時間是緩慢進行的，螞蟻是想念的譬喻，而想念是記憶的譬
喻，記憶正是透過聯想原則和情感原則所構成。通過現實的當下
來標記一個過去曾經發生過的當下，在此過程之中，它才能夠成
為過去。

　　再看一首與記憶相關的題材，與其說它與記憶相關，不如說
是描述一種進行記憶的狀態，〈遺忘〉（1998）：

> 當雨停歇下腳步時／雲朵才剛開始起航／留下來待在原地
> 靜止不動的／是風／拋到地面的葉片。枯黃／並且不屑／
> 於所有的湧動／／雲，湧動／水，湧動／聲音，湧動／憶
> 念，湧動／還有那些生命中難忘的臉容／都像漣漪一般地
> ／湧動／／最後連遺忘也漣漪一樣／迅速地湧動開來（向
> 陽，《亂》　112-13）

　　首段隨著詩人的敘述，詩彷彿從幾個鏡頭出現了：雨停、雲
起航、靜止不動的風、枯黃的葉，這些看似毫無關聯的符號被詩
人線性地開展，最後停在「湧動」之上。接著雲、水、聲音、憶
念、面容等等符號一一在第二個段落中出現，記憶的輪廓從何而
來？班雅明（Walter Benjamin, 1892-1940）在一篇論普魯斯特的
文章中曾提到非自主性記憶（mémoire involontaire）的形式：

對於回憶著的作者來說，重要的不是他所經歷過的事情，而是如何把回憶編織出來，是那種追憶的佩內羅普（Penelope）的勞作，或者不如說是遺忘的佩內羅普的勞作。難道非意願記憶，即普魯斯特說的mémoire involontaire，不是更接近遺忘而非通常所謂的回憶嗎？在這種自發性的追思工作中，記憶就像經線，遺忘像緯線，難道這不是佩內羅普工作的對等物，而非像似物嗎？在此，白日會拆散黑夜織好的東西。每天早上我們醒來，手中總是攝著些許經歷過的生活的絲縷，哪怕它們往往是鬆散的，難以辨認的。這張生活的掛毯似乎是遺忘為我們編織的。然而我們日常生活中有目的的行為乃至有目的的回憶卻將遺忘的網絡和裝飾拆得七零八落[39]。

　　漣漪激起一個接一個的記憶，在拼湊不出一個完整的過去時，遺忘竟也悄悄襲來，成為另一朵漣漪。透過雲、水兩個一組的相似概念，喚起共有的感覺，接續聲音、憶念、臉容這三個為一組的回憶代稱，如「漣漪」一般迴旋並且一個接一個的延續下去，而這五個並置的符號都以「湧動」進行。「湧動」是這首詩最彰顯的動作，這些符號的湧動指向的是什麼？便是「遺忘」，以湧動形容記憶／失憶的產生，並且以各種液體的流動將記憶／遺忘特徵化，普魯斯特所指的非自主性記憶，德勒茲認為在更深一層次談非自主性記憶的狀況，是在相似性中指向某種性質的同

---

[39] 本雅明（Walter Benjamin），〈普魯斯特的形象〉（"The Image of Proust"），《啟迪——本雅明文選》（*Illuminations: Essays and Reflections*），漢娜・阿倫特（Hannah Arendt）編，張旭東（1965-）、王斑（1957-）譯（香港：牛津大學出版社，1998）198。

一性[40]，可以以向陽〈遺忘〉詩中雲與水、聲音、憶念和臉容的相似性，都指向「湧動」的過程，便是一次感覺，以及時刻的同一性（identity）。而這個同一性在於性質上，以及過去與現在共通的同一[41]。

個人（自傳性）的記憶，首先從記憶中的故鄉〈銀杏的仰望〉，到與譜寫家族記憶，除了代表家族記憶之外，〈阿母的頭鬘〉在語言的向度中代表更細微的一層記憶與語言之間的關係。接著，再從在個人經驗上，以「思念」消解了個人意識並且跨越到共識層面上的情感現象。並且在〈遺忘〉中顯示了非自主性記憶的特質，這些不同形式的記憶指向一個重要的核心：時間。在下一個部分，將從集體記憶所代表的形式接續討論。

四、集體記憶：歷史性

歷史記憶是一種集體記憶（collective memory），對於歷史事件，個人參與的方式並不是親身經歷，而是在閱讀、口傳、紀念活動或節日當中，相關的記憶才間接地被激發出來，這也就是哈布瓦赫所說「現代的一代人是通過把自己的現在與自己建構的過去對置起來而意識到自身」[42]。在這個部分將可以看到兩種不同的方式，用以處理與歷史相關的集體記憶。

---

[40] 「不自覺的記憶看起來首先是建基於兩種感覺、兩個時刻之間的相似性之上。然而，從更深層次上來說，此種相似性把我們指向某種嚴格的同一性：兩種感覺所共有的某種性質的同一性，或兩個時刻（當下的和過去的）所共有的某種感覺的同一性」。德勒茲（Gilles Deleuze），〈記憶的次要地位〉（"Scondary Role of Memory"），《普魯斯特與符號》（*Proust and Signs*），姜宇輝譯（上海：上海譯文出版社，2008）60。

[41] 德勒茲，〈普魯斯特的符號機器〉，《德勒茲論文學》（*Deleuze on Literature*），雷諾・博格（Ronald Bogue）編，李育霖譯（台北：麥田，2006）95。

[42] 哈布瓦赫　43。

（一）線性發展的歷史敘述

　　與上一個部分所討論的個人記憶不同之處在於，接下來要討論的記憶移到了「集體」（collective）的範圍，但是和歷史事件相關的記憶從何而來？首先，與歷史相關的記憶是間接形成的，透過史料、報導、文章、知識、收集資料之後，才能夠與之相連。再者，透過特定的節日、祭典、舉行活動或是追思，也能夠使人對於歷史事件有所記憶。社會中有不同的職業與階級，每一個社群都會擁有自身的脈絡，當然，也會擁有自己的集體記憶。向陽在〈霧社〉（1979，《種籽》 131-54）[43]所寫的是「霧社事件」泰雅族的酋長莫那魯道率領眾人抵抗日軍的壯烈經過[44]。〈霧社〉是一首長達340行的敘事詩，架構上分別以「子、丑、寅、卯、辰、巳」六個地支標記時間以及事件發生的前後順序，也就是在時間上採取線性觀點，詩的內容其實不正面地陳述事件經過。卻致力在神話傳說「泰耶」，以及外在景色和人物——莫那魯道與花崗的內心獨白，巧妙地將史料運用於文本之中。這首獲得時報敘事詩獎[45]的作品，充分展現向陽對於古典意象與文字上的琢磨與精煉，以及對歷史敘述的企圖心，詩的主題則旨在於

---

[43] 向陽，《種籽》（台北：東大，1980）。

[44] 台灣泰雅族人反抗日本理蕃政策的經過。主要是日治昭和5年（1930）10月27日為日本「台灣總督府」政府為紀念北白川宮能久親王（1847-95）被斃命於台灣而舉行「台灣神社祭」，霧社地區照例舉行聯合運動會。趁霧社地區晚秋季節之破曉時分，當日人警察及其眷屬，尚在酣睡之際，由霧社群馬赫坡社頭目莫那・魯道首先發難，壯烈犧牲。1973年中華民國政府將其遺骸恭迎回霧社安葬，國民政府亦於光復後興建霧社山胞抗日紀念碑，題為「碧血英風」。可參考鄧相揚（1951-），〈霧社事件始末〉，霧社事件七十週年紀念網站：http://www.puli.com.tw/wushi/index.htm。

[45] 1980年1月獲得時報文學獎敘事詩獎優等，當時的評審鄭愁予（鄭文韜，1933-）所寫的文章也收錄至《歲月》附錄之中，可參考鄭愁予，〈為詩獎拔起高峰的一首詩：向陽的〈霧社〉〉，《中國時報・人間副刊》1984年10月27日，8。後收入向陽，《歲月》 155-61。

族群要能平等，互相尊重方為和平之道。用對話來增添歷歷在目的歷史情境：

> （節錄）青年垂頭說道：我們不也是嗎／在殘酷的統治下追求所謂正義的自由／多像樹葉！嘶喊著向秋天爭取／翠綠，而後果是，埋到冷硬的土裏

是以歷史作為素材，而非歷史本身，它中間隱含了一些框架但卻未曾被察覺，在這些鋪陳的細節之中，營造的是一種臨場感，將過去與現在結合，經由此一過程設想現在的自身，這個自身指向永恆性的意義，也就是詩旨意在訴說某一意念，關於「族群平等」或「相互尊重」。而「霧社事件」所經歷的人事已遠，但是透過此一事件，詩人在未曾經驗過的歷史記憶之中，透過書寫過程中召喚某些群體，用集體的框架去抒發個體在歷史事件中企圖營造、捕捉的某一個場景畫面，並且企圖引起共鳴與聯想。但是它卻以非常中國古典語言運用於其中，這也許是某一段詩人創作期內的獨有風格，也可能是在文化時代下的一種風潮，不管如何，它屬於當時寫作時間內的模樣──屬於過去的，並且對於更早的過去以及尚未到來的將來做出回應。對於書寫〈霧社〉的年代以及當時心境，可以透過向陽回憶的文字再次追溯：

> 二十三歲時，我在車馬人聲隆隆的台北賃居處，揮汗寫敘事詩〈霧社〉，寫日治時期泰雅族抗日的悲歌，在一行一行逐句推衍的詩的錯愕、頓停和慨歎之中，台灣的歷史、被殖民者的悲哀，幽渺的鐘聲一樣，侵襲並挫傷著年輕的夢，而詩成兩個月後「美麗島事件」發生，更彷彿是霧社的註腳（向陽，〈折若木以拂日──自序〉，《向陽詩選

（1974-1996）》 3）

　　敘事史詩在向陽的詩作中並不多見，從文字與內容可想見詩人對於歷史記憶的致力刻劃，它曾試圖從個體記憶介入集體的記憶。筆者認為它的效力有限，「霧社事件」在台灣歷史曾經存在，從文學介入歷史的層面來說，無關乎其真實面貌。透過不同形式與不同年代的文學文本與其對話、塑造的過程，集體記憶在每一個年代、每一個族群的面向上皆有其差異。李育霖曾以歷史的「鬼魅性」與知識和歷史之疊層來談[46]。〈霧社〉也同樣是一次知識與歷史交混的產物，作品中呈現一種遠離真實的夢境感，似曾相識，卻又惚恍。〈霧社〉形式作為進入一九八〇年代的標記，標誌著作者與歷史對話的一個過程。

（二）後現代的歷史敘述

　　距離〈霧社〉寫成十年之後，〈一首被撕裂的詩〉（1989）出現了，相異於〈霧社〉對於集體記憶的擴張與想像，這首詩一改形式，除了首末兩段之外，中間的詩句幾乎以去性質的符號「□」代替了語言文字。在第一個層次上，首先造成了詩句上的空白與斷裂；但是在第二個層次來說，寫作動機在首末兩段的暗示下，使讀者了解這是一種嘲諷的筆法；第三個層次上，這樣的空白，其實隱含了更多的開放性質，作者將意象擱置的狀況之下，讀者有了介入詩文本的可能。整詩的原貌如下：

---

[46] 李育霖，〈對位翻譯與幻影歷史：以津島佑子《太過野蠻的》為中心〉，《跨國的殖民記憶與冷戰經驗：台灣文學的比較文學研究》，陳建忠主編（新竹：國立清華大學台文所，2011）81-104。

一六四五年掉在揚州、嘉定／漢人的頭，直到一九一一年
／滿清末帝也沒有向他們道歉／／夜空把□□□□□
／黑是此際□□□□□／星星也□□□□□／由著風
□□□□□□□／黎明□□□／／□夕陽□□□□／□□
唯一□□□／□遮住了□□／□雨敲打□□□□／的大□
／／□帶上床了／□□的聲音／□□眼睛／□□尚未到來
／門／／一九四七年響遍台灣的槍聲／直到一九八九年
春／還作著噩夢（向陽，《亂‧一首被撕裂的詩》　18-
20）

　　據向陽自云，第一段是摘錄1985年行政院長俞國華答詢立
法委員的回答[47]，其實內容是在針對1947年所發生的228事件[48]
被當時的政府隱瞞、加以汙名化的現象作出批判。哈布瓦赫曾
云，「每一個集體記憶，都需要得到在時空被界定的群體的支
持」[49]，這首詩從一開始就以幾種符號將集體記憶鑲嵌入。如
「漢人的頭」、「滿清」兩組符號說明官方與民眾之關係，另
外「1947」、「槍聲」等則暗示出228事件。整首詩其實只有三
段，二、三、四段可以依照接續的文句對應出所有的句子，也就
是「夜空把夕陽帶上床了／黑是此際唯一的聲音／星星也遮住了
眼睛／由著風雨敲打尚未到來／黎明的大門」。由首末兩段的引
述，中間此段對於歷史真相無法清晰的狀態再一次地表達出來。

---

[47] 孟佑寧，〈文本與超文本的邂逅──以向陽「一首被撕裂的詩」為
　　例〉，《台灣詩學學刊》5（2005）：247。
[48] 1947年2月27日，台灣省專賣局台北分局緝私員，因查緝林江邁販賣私
　　菸，在執行公務間以槍尖毀傷林氏，並且開槍打傷民眾導致喪命，引起
　　民眾不滿。2月28日，引發群眾發動示威，3月9日起軍隊開始鎮壓民眾，
　　在全台灣大舉捉緝滅殺，是為228事件。
[49] 哈布瓦赫　40。

　　此首詩曾引起一陣討論，如李敏勇也曾以「被撕裂的其實不是詩」為題評述[50]，向陽本人曾以文本越位的角度曾分析過其詩意義[51]。此外，孟佑寧曾經將本詩的超文本形式並置比較[52]。而詩中的沉默意義有其必要再闡述，哈山（Ihab Hassan, 1925- ）在其著作《後現代的轉向》[53]提及，沉默的文學內容並非完全沉默，在〈沉默的文學〉（"The Literature of Silence", 1967）所云，「負面的超越也是一種形式的超越。因此文學中的沉默未必預示著精神的死亡……」[54]。有時候這種沉默的形式是為了要對現況產生反動和諷刺。如此一來，略帶戲謔的沉默，即是一種對於現實的拉鋸以及反思，甚至是一種反抗舊有既定形式的策略。

　　筆者對此首詩的另一個看法是，撕裂的重點在於以一種與過去不同的形式，去反映在人群中集體記憶的模糊性，甚至是空白性。這個形式將詩本身的主體毀壞，甚至是集體記憶的毀壞。而它正巧不以全知的觀點書寫歷史記憶，處處遺漏與空白的形式，代表了這段歷史事件的真實性，從書寫〈一首被撕裂的詩〉之前，早已是一個畸零的存在。除此之外，文本語句的連貫性因符號的取代造成斷裂，原本一個段落拆解成三個段落，延遲、甚至隱蔽符號所指的意義。

　　在〈發現□□〉（1992）不但同樣相似的情形，更變本加厲地欲用一種不在場的方式形塑出一個具有懸疑性質，（不）存在

[50] 李敏勇（1947-），〈被撕裂的其實不是詩──評向陽〈一首被撕裂的詩〉〉，《自由時報·副刊》2000年2月24日，39。
[51] 向陽對於這首詩在網路版本上的討論，可參考林淇瀁，〈逾越／愉悅：資訊、文學傳播和文本越位〉，羅鳳珠編，《語言，文學與資訊》（新竹：國立清華大學，2004）575-97。
[52] 孟佑寧，〈向陽《一首被撕裂的詩》〉　243-63。
[53] 伊哈布·哈山（Ihab Hassan），《後現代的轉向：後現代理論與文化論文集》（*The Postmodern Turn: Essays in Postmodern Theory and Culture*），劉象愚譯（台北：時報出版，1993）。
[54] 哈山，〈沉默的文學〉（"The Literature of Silence"）　21。

的「□□」：

> □□被發現／在一九二○年出版的／多份發黃而枯裂的新聞紙上／在歷史嘲弄的唇邊／□□業已湮滅／啄木鳥也啄不出什麼／□□之中／空空　洞洞／／在她飄移的裙緣／□□靜候填充／駭浪怒潮左右窺伺／／懵懵　懂懂／／在有限的四方框內／空空洞洞的　□□／□□　葡萄牙水手叫她Formosa／□□　荷蘭賜她Zeelandia之名／□□　鄭成功填入明都平安／□□　大清在其上設府而隸福建／□□　棄民在此成立民主國／□□　日本種入大和魂／□□　現在據說是中國不可分割的肉／在無數的符號之中／懵懵　懂懂的　□□／／什麼都是的□□／／什麼都不是的□□／猶似紅檜，在濃濃霧中／找不到踏腳的土地／所有的鳥競相插上羽翅／所有的獸爭逐彼此足跡／發現□□成為一種趣味／尋找□□變做閒來無事的遊戲／／□□被複製／在一九九一年冬付梓的／以及部分被付之一炬的／選舉公報中／□□被發現／在□□圍起來的□□中／在空洞的□□裏／／□□以□□為名／終至於連□□也找不到了（向陽，《亂・發現□□》　46-49）

　　儘管能夠倚靠著推敲文意的方式知道這首詩的「□□」符號，代表的應該是「台灣」，作者卻讓「台灣」從整首詩中隱匿，造成整首詩所指涉的主要對象消失，又一次造成意義的斷裂。也許能透過文體脈絡和剩下的語句作為線索，去理解詩人為何將□□隱藏，題目雖以「發現」為始，詩的最後一句卻是「終至於連□□也找不到了」，宣布發現的對象已然喪失。更深一層面地說，被隱匿起來的「台灣」二字所象徵的主體再也找不到

了，縱使所鋪陳的歷史片段與記憶仍舊存在，例如葡萄牙、荷蘭、鄭成功（1624-62）、滿清、棄民、日本等等線索，都能幫助讀者將台灣與□□相連繫，不過，詩人仍舊從頭到尾不提二字。

創作雖是詩人個體的行為，但在詩中所回溯的歷史記憶，構成了「一旦一個回憶再現了一個集體知覺，它本身就只可能是集體性的」[55]狀態，更說明在〈發現□□〉本身的次序是從刻意造成的失憶當中，諷刺現今對待過去歷史充滿虛偽、斷裂性質。雖然看似鋪陳歷史，但是實際上是處於對現在時空中的某些意識感到不滿，依照文本脈絡，應該是詩中所寫「1991年冬付梓的／以及部份被付之一炬的／選舉公報中」才是引發「□□」符號出現的最大因素。

在發現中遺失，乍看是弔詭的敘述，卻能夠說明〈發現□□〉的書寫意義。讀者只能從未曾出現的主體中去反思它存在的可能性。詩中陳述主體的消失，與〈霧社〉的敘述方式完全不同。〈霧社〉是以營造共識的目標，對歷史場景的細節諸多描摹，詩中軸線主要在於泰雅族抗日的經過，是一段經由詩人製造的集體記憶，它其實更多的是符號，許許多多的符號組成。〈一首被撕裂的詩〉企圖以斷裂取代完整而穩定的結構，但是主軸依舊清晰可見——228事件，集體記憶僅僅存於「1947年響遍台灣的槍聲」這個標記出來的時間與動作，而〈發現□□〉所採取的策略，□□是在現實層面上，各方致力發現當中被遺失的主軸，卻也是在書寫的層面上，透過缺席的方式彰顯其在場。因此，〈霧社〉、〈一首被撕裂的詩〉、〈發現□□〉雖然內容題材同是書寫與政治、歷史相關的集體記憶，但是形式各有層次上的差異，風格的轉變也許和詩人經歷相關[56]，最明顯的是詩意的銳減

---

55 哈布瓦赫　284。
56 「面對高度政治性的新聞工作，隨著台灣政治與社會的變化，跌宕起

從〈霧社〉到〈一首被撕裂的詩〉再到〈發現□□〉。在題目的命名上，這三首也正巧是從具體到崩解的過程，但文本的空間性卻由小至大，從固定於霧社事件與228事件的歷史記憶，再到直指台灣主體何存的延伸。

五、結論

　　在德勒茲的說法中，身體作為一個融匯聚集的概念，身體之中包含精神，而精神包含記憶，記憶不但在身體之內，又透過某些管道呈現於身體之外，例如：書寫。書寫是一個穿越可經歷和已經經歷，總是未完成的生命過程。主體如何在精神內部構成自身，必須透過聯想原則和情感原則連繫方能看見。透過書寫，才能覺察主體的如何運作，透過書寫，才能了解精神在身體裏如何回應外在空間。

　　在書寫中，記憶是一個框架，助人理解經驗在身體與空間之中如何生成，時間存於精神之內，也存於精神之外。在記憶之中，過去的時間與書寫的當下連結起來，也就是說，過去的時間在現在時間中透過記憶接軌，主體界定時空，也存於時空之中。從過去的經驗，主體由創作與書寫裏頭現身，身體作為經驗外在世界的工具與管道，藉由精神裏的記憶去表現其個體性，然而，當集體讀者參與作家書寫的文本內容，個體的記憶則又將以不同程度上回到集體記憶，這便是由個人回到集體記憶的一個過程。也正如哈布瓦赫所說，記憶必定不能單獨存在。

　　因此，本文延續哈布瓦赫對於記憶的分類，將其文本分析區分為自傳記憶和歷史記憶兩個部分加以討論。首先，從個人性質

落，繃緊神經，詩的想像之巢已為政治的鳩鳥所占，隱喻也被直言批判所瓜代。」（向陽，《亂‧序》　12）。

開始，由土地印象造成的聯想與情感，在〈銀杏的仰望〉中可以看見其面貌，銀杏是故鄉的標記，也是詩人標記自身的符號，藉由帶有記憶的銀杏將個人與土地連接起來，是為鄉思，也是鄉愁；接著，以閩南語詩〈阿母的頭鬘〉為例，談鄉愁到家族的記憶形式，特定符號與名稱的結合，可以看出語言和記憶息息相關，「阿母」的稱呼指涉特定的家族關係，母親與子女的關係，藉由回憶「頭鬘」書寫時間次序。個人記憶的另一個重要的層面，主體透過書寫情感和聯想出現，在〈心事〉、〈小雪〉之中寫思念如何令人聯想到外在環境，甚至從外在環境聯想到情感。直到思念在〈在大街上走失〉的文本出現新的形式，而〈想念〉和〈遺忘〉之中，討論記憶與失憶之間的關係，如何被相互表現出來，並帶入另一個記憶的層次，也就是非自主性記憶的特性。情感與記憶，兩者之間的連結關係，在時間的層次中不斷被營造，過去直至現在以及未來的凝聚和散佚，主體如何匯集綜合起來的時間。內在情感與外在環境的相互編織關係，乃是第一個段落主要軸線。

　　相異於自傳記憶是在過去親身經歷事件的記憶，歷史記憶是一種集體記憶。對於歷史事件，個人參與的方式並不是親身經歷，而是在閱讀、口傳、紀念活動或節日當中，相關的記憶才間接地被激發出來。因此書寫歷史事件也必須透過某些訊息，才能傳達出歷史記憶存於詩中。在第二個段落，從集體記憶的構成，觀照詩人如何書寫歷史情境，從結構完整的早期敘事詩〈霧社〉，透過符號堆疊與塑造歷史情境，到出現空白的〈一首被撕裂的詩〉和〈發現□□〉，以缺漏和斷裂形塑另一種記憶的形式，構成詩人批判社會文化的策略。雖然都是書寫歷史，但也各自成為不同時間點所創作的風格，這三首詩分別呈現不同的內在特質，在層次上也各不相同。詩人將身體與空間的連結片段化，

進一步地說，將相關的集體記憶肢解開來，開放了書寫中主體
與客體的界線，而透過將這三個文本連接起來之後，它與過去相
關，卻相異於過去。更深層地說，記憶作為過去的符號，拼湊成
一個由現在所組成的過去，它連結過去，卻仍舊是屬於現在的，
但也指向未來。

《楚辭》觀照中的向陽詩歌

王蓉

作者簡介

　　王蓉（Rong WANG），女，1989年生，浙江衢州人，復旦大學比較文學與世界文學系碩士研究生二年級。

論文提要

　　互文性（intertextuality）理論是現當代西方主要文化理論的結晶，這些理論涉及俄國形式主義、結構主義語言學、心理分析學說、西方馬克思主義和後結構主義等。由此，所有讀者、評論者的解讀都被視為無法確立為真理的「誤讀」。也正因此，評論者恰可以將「誤讀」作為一種具突破性的文學析論方式，賦予文學文本以嶄新的意義，開拓文學藝術的無限可能性。本論文以熱奈爾・熱奈特（Gérard Genette, 1930- ）的五種互文關係為分析方法，具體探討《楚辭》與向陽詩歌的互文關係，試圖進行新鮮的詮釋。

關鍵詞：向陽、互文性、誤讀、《楚辭》

一、引言

互文性（intertextuality）通常用來指兩個或兩個以上文本間發生的互文關係。這一術語最早由茱莉雅・克莉斯蒂娃（Julia Kristeva, 1941- ）在1969年出版的《符號學》（*Semiotics*）一書中首先提出。之後，不少文學理論家都提出了關於互文性的理論或者對其進行了闡釋。其中大多數都是法國批評家，如羅蘭・巴特（Roland Barthes, 1915-80）、熱拉爾・熱奈特（Gérard Genette, 1930- ）和米歇爾・里法泰爾（Michael Riffaterre, 1924-2006）。

克里斯蒂娃在1967年發表的〈巴赫金：詞語、對話和小說〉（"Word, Dialogue and Novel"）一文最為人們所熟悉。克莉斯蒂娃認為無所謂原初文本，任何文本都不是孤立存在的；相反，它僅是一個巨大關係網絡中的一個結，與許多其他文本有著剪不斷理還亂的聯繫[1]。

隨後，羅蘭巴特在《s/z》（1970）一書中把文本界定為跨學科的」熱情宣傳者和積極闡釋者，並開始正式大量地使用「互文本」一詞。巴特在以《s/z》為中心的論述中，還提出了兩種文本理論：他把文本分成「可讀性文本」（readerly text）和「可寫性文本」（writerly text）。巴特在書中注重的不是文本，而是讀者；不是文本結構，而是讀者參與的意指實踐；不是讀者被動消費的「可讀」經典文本，而是讀者主動參與的「可寫」文本生產。巴特認為，閱讀是一次嬉戲（interplay），是尋求差異性的一次嬉戲，是使文本變得多樣化和多元性的增殖，是無始無終的

---

[1] Julia Kristeva（1941- ）, *The Kristeva Reader*, ed. Toril Moi（New York: Columbia UP, 1986）37.

重讀。每一次閱讀不是尋求文本的真理,而是獲得一個新的文本,每一次閱讀不是抵達文本的本質,而是擴大文本的疆域。

(一)「互文性與誤讀」

同樣在二十世紀七〇年代,美國的學者也開始了對互文性的思考。哈羅德‧布魯姆(Harold Bloom, 1930-)相繼出版了闡述「誤讀」理論四部曲:《影響的焦慮》(*The Anxiety of Influence: A Theory of Poetry*)[2]、《誤讀圖示》(*A Map of Misreading*)[3]、《喀巴拉與批評》(*Kabbalah and Criticism*)[4]和《詩歌與壓抑》(*Poetry and Repression: Revision from Blake to Stevens*)[5]。布魯姆提出了「閱讀總是一種誤讀」、「影響即誤讀」的著名論斷:「閱讀,如我在標題裏所暗示的,是一種延遲的,幾乎不可能的行為,如果更強調一下的話,那麼,閱讀總是一種誤讀。」[6]在布魯姆看來,任何一位詩人都不是完全獨立、創新的,而是對前輩詩人的繼承、修正和改造。

「互文性與誤讀」理論曾被特里‧伊格爾頓(Terry Eagleton, 1943-)譽為二十世紀七〇年代「最大膽最有創見」[7]的文學理論。互文性理論的豐富與發展使傳統文學的評論中心從作者轉向讀者,並將閱讀行為看做了一個能動的、創新的動態

---

[2]　Harold Bloom (1930-), *The Anxiety of Influence: A Theory of Poetry* (New York: Oxford UP, 1973).
[3]　Harold Bloom, *A Map of Misreading* (New York: Oxford UP, 1975).
[4]　Harold Bloom, *Kabbalah and Criticism* (New York: Oxford UP, 1975).
[5]　Harold Bloom, *Poetry and Repression: Revision from Blake to Stevens* (New Haven: Yale UP, 1976).
[6]　哈羅德‧布魯姆(Harold Bloom),《誤讀圖示》(*A Map of Misreading*),朱立元(1945-)、陳克明譯(天津:天津人民出版社,2005)1。
[7]　Terry Eagleton, *Literary Theory: An Introduction* (Minneapolis: U of Minnesota P, 1983) 186.

過程。

（二）本文切入點

「互文性與誤讀」的形成使「誤讀」不僅僅作為一種創造性的閱讀方式，而且成為研究者闡釋文學作品的重要方法和視域。研究者以對文本相對確定的思想內涵的把握為前提，不受制於任何的原初創作語境和意圖，有意淡化作品生成背景的特殊性去追求能指的普遍性，為文本帶來富有創造性的和新鮮感的解讀。「誤讀的倡導者認為，一部文學作品的生命力正是在於讀者在不斷的誤讀中開採文本的礦藏，在意義的增值中增長文本的價值。」[8]本文利用顛覆傳統的、深富個人色彩的「誤讀」，賦予文學文本以嶄新的意義，開拓文學藝術的無限可能性。因而，本文試以「誤讀」為指導，以向陽詩歌可能的互文本「《楚辭》」為參照，進行新鮮的、妙趣橫生的詮釋。

二、向陽詩與《楚辭》

熱奈特在《隱跡稿本：第二度的文學》中（*Palimpsests: Literature in the Second Degree*, 也譯為《羊皮紙：二級文學》）巧妙地把克莉斯蒂娃的互文性術語兼併到了他本人獨創的術語系統中，提出了五種「跨文本關係」[9]，其中第二種，熱奈特將其命名為「副文本性」（paratextuality）。在《隱跡稿本》中，熱

---

[8] 張中載（1932-），〈誤讀〉，《外國文學》1（2004）：53。

[9] 熱奈特提出的五種互文性關係為：互文性（intertextuality）、副文本性（paratextuality）、元文本性（metatextuality）、承文本性（hypertextuality）、廣義文本性。在此節筆者將先討論副文本性。趙渭絨（1976-），〈國內互文性研究三十年〉，《社會科學家》1（2012）：111-15。

奈特這般定義「副文本性」：

> 這種關係一般來說不很清楚，距離更遠一些，副文本如標題、副標題、互聯型標題；前言、跋、告讀者、前邊的話等；插圖；請予刊登類插頁、磁帶、護封以及其他許多附屬標誌，包括作者親筆留下的還是他人留下的標誌，它們為文本提供了一種（變化的）氛圍，有時甚至提供了一種官方或半官方的評論。[10]

　　在這段話中，熱奈特指出了「副文本」包含的範圍，似乎可概括為正文主體之外的所以從文字到圖片等其他形式的存在、標誌；還指出了副文本所起的功效：提供氛圍和評論。熱奈特以詹姆斯・喬伊絲（James Joyce, 1882-1941）的《尤利西斯》（*Ulysses*）為例加以說明：當《尤利西斯》試銷之時，書中的每一個標題都注明與《奧德賽》（*Odyssea*）的一個典故的關係，但當其正式出版時，喬伊絲去掉了這些「關鍵性」的小標題，然而評論家卻不曾忘記它們，它們是否屬於《尤利西斯》的構成部份呢？而從《奧德賽》之中不能尋找到破解這部世紀之著的有效鑰匙麼？熱奈特寫道：「副文本性尤其可以構成某種沒有答案的種種問題之礦井。」[11]

（一）作為「副文本」的《楚辭》

　　在向陽（林淇瀁，1955-）的詩歌集中，我們反覆看到以副文本形式存在的《楚辭》。

---

[10] 熱拉爾・熱奈特（Gérard Genette, 1930-），史忠義譯，《熱奈特論文集》（天津：百花出版社，2001）71。
[11] 熱奈特　72。

1.存在於序與後記的《楚辭》斷片：巴赫金意義的「微型對話」

　　從1977年出版、79年再版的第一部詩集《銀杏的仰望》到2005年迄今為止的最後一部詩集《亂》，在這整整11部出版的作品集的序或是後記中，除了少數幾部，向陽幾乎無一例外地、不斷提及屈原（前340年-前278）、提及〈離騷〉：反覆強調是〈離騷〉開啟了年少詩人寫詩的心扉，而之後又是《楚辭》多次堅定詩人堅持寫詩之心：

> 　　難忘的是，十三歲那年，在理化課上偷偷抄錄〈離騷〉，一字一字艱難地寫下，一句一句懵懂地吟誦的稚情。「日月忽其不淹兮，春與秋其代序；惟草木之零落兮，恐美人之遲暮」如此的心境，在屈子是家國之痛不遇之怨，當時何嘗會意了得？但覺字字珠璣，語語能寫我胸臆，便自喜愛十分。草木凋零，美人遲暮，在幼稚的情懷裏，是教天地尤其鄭重的。（〈江湖夜雨——《銀杏的仰望》詩集後記〉，《銀杏的仰望》　191）
>
> 　　〈離騷〉裏「朝發軔於天津兮，夕餘至乎西極；鳳凰翼其承旗兮，高翱翔之翼翼」之洸滋沅，滿足了我幼稚的幻想。（〈江湖夜雨——《銀杏的仰望》詩集後記〉，《銀杏的仰望》　193）[12]
>
> 　　上初二時，異想天開，在課堂上抄錄〈離騷〉，起首……就完全不懂，只是因為迷於屈原的詭麗含悲的詩句，以及那種音韻起伏抑揚的美而喜愛。就在這種全憑感覺的喜愛中，我與詩結了緣。（〈後記——十行心路〉，《十

---

[12]　向陽，《銀杏的仰望》（台北：故鄉出版社，1979）191、193。

行集》　192）[13]

　　巴赫金（M. M. Bakhtin, 1895-1975）認為複述別人的話，就變得有雙重指向（twofold direction）[14]的「雙聲語」，即具有「兩種意識，兩種觀點」，而形成對話性的特質。這些對話可分為3種：1）仿格體（stylization）：利用他人的語言，來表述某種特別的觀點[15]；2）諷擬體（parody）：借他人的語言，賦予相反的意向[16]；3）「暗辯體」（hidden polemic）：是向敵對的他人語言察言辯色的語言，比方旁敲側擊、話裏帶刺，或低聲下氣、賣弄言詞等的語言皆屬之[17]。內心思想矛盾的自言自語的獨白，稱為「微型對話」[18]。

2.童年和成年回憶的「反常的省敘」（"paradoxical" paralipsis）

　　向陽在序跋回憶其時13歲的童年已不在場的他者接觸《楚辭》的經過，也就是巴赫金對話理論中的作者與主人公的對話，主人公除了「13歲的童年已不在場的他者」之外，還有一位成長後的主人公，即敘事文中的敘述者。敘述者交代成年後的觀點比較多，：「十三歲那年，……，一句一句懵懂地吟誦的稚情……滿足了我幼稚的幻想……只是因為迷於屈原的詭麗含悲的詩

---

[13] 向陽，《十行集》（台北：九歌出版社，1984）192。

[14] 巴赫金，《陀思妥耶夫斯基詩學問題》（*Problems of Dostoevsky's Poetics*）《巴赫金全集》，白春仁、顧亞玲譯，錢中文主編，5卷（石家莊：河北教育出版社，1998）245。

[15] 巴赫金　251。

[16] 巴赫金　256。

[17] 巴赫金　256。

[18] 巴赫金　99；蕭鋒，〈巴赫金「微型對話」和「大型對話」〉，《俄羅斯文藝》5（2002）：70-73；吳承篤，〈巴赫金詩學理論概觀：從社會學詩學到文化詩學〉，博士論文，山東大學，2006；凌建侯，〈「復調」與「雜語」——巴赫金對話理論研究〉，《歐美文學論叢》（2004）：66-81。

句，以及那種音韻起伏抑揚的美而喜愛。」（〈後記──十行心路〉，《十行集》 191-93）

　　譬如認為童年不大懂什麼是文學，也不了解〈離騷〉的內容，看不出童年時具體想像，這也言之成理，以詹姆斯‧費倫（James Phelan, 1951- ）「反常的」省敘（"paradoxical" paralipsis）和「模棱兩可的疏遠」（ambiguous distancing）[19]的論述分析，「反常的」省敘，是將成年和幼年不同的感知加以省略，「模棱兩可的疏遠」則強調兩者的距離，向陽的回憶似是兩種寫法兼備。

3.「肛門型性格」：收集難懂的語言，以書寫的方式排出體外

　　霍蘭德（Norman N. Holland, 1924- ）《文學反應動力學》（*The Dynamics of Literary Response*）據弗洛依德（Sigmund Freud, 1856-1939）口腔期（oral stage, 0-歲半）、肛門階段（anal stage, 歲半-3歲）和性器期（phallic stage, 3-5歲）的人格理論，適用於文化分析。霍蘭德說兒童把自己珍貴產物（糞便）保留在自己體內的願望，慢慢變成蒐集的行為，從昆蟲、小動物、貝殼、郵票到成年時期的黃金珠寶。對文學家而言，本‧瓊生（Ben Jonson, 約1572-1637）和托馬斯‧沃爾夫（Thomas Clayton Wolfe, 1900-38）喜歡難懂的語詞，以閱讀、朗誦、書寫的方法，在攝進體內之後，排泄出來[20]。楚聲楚語之於少年向陽和成年向陽，正屬於此類。

---

[19] 艾莉森‧凱斯（Alison Case），〈敘事理論中的性別與歷史〈大衛‧科波菲爾〉和〈荒涼山莊〉中的回顧性距離〉（"Gender and History in Narrative Theory: The Problem of Retrospective Distance in David Copperfield and Bleak House"），《當代敘事理論指南》（*A Companion to Narrative Theory*），James Phelan和Peter J. Rabinowitz主編，申丹（1958-）等譯（北京：北京大學出版社，2007）357-68。
[20] 霍蘭德，《文學反應動力學》（*The Dynamics of Literary Response*），潘國慶譯（上海：上海人民出版社，1991）44-45。

4.陌生化的崇高：對難懂的〈離騷〉文詞的狂熱

什克洛夫斯基（Victor Shklovsky, 1893-1984）的「陌生化」
（defamiliarize）理論的觀察者，是兒童、陌生人、精神病患、
動物，或據第一次感知的經驗；「13歲的童年已不在場的他者」
適用陌生化去分析。利用兒童的不理解，拖慢了感知的速度和描
述過程，對文學書寫有利。另外，方言的運用，有助陌生化[21]，
「13歲的童年已不在場的他者」對楚聲（的能指，即聲音），只
能初步對其華麗修辭有了模糊印象，是一種收集難懂語言的過
程。更進一步，〈離騷〉的影響一直延續延伸至詩人迄今為止所
有的創作。它成為詩人堅持台語詩創作的力量和信心源泉：

> 屈原在辭賦上發展的典範型格、在內容上強調的鄉
> 土根性、以及他在精神上熱愛土地、人民的熱情，似乎
> 早在十七年前我的抄寫過程中，給了我不自覺的啟示。
> （188）
> 但更多的是隱藏在這些神話、傳說、想像及象徵之
> 後，以整個楚國風土為其幅員的地方特質，及其獨兵「地
> 域性」的楚聲楚語——而這楚聲楚語，自然也就是原來使
> 我大感「四面楚歌」、茫惑難解的原因了——然則，楚聲
> 楚語、楚地楚事，居然也能傳誦兩千餘年呢！……屈原以
> 楚方言寫〈離騷〉而絲毫無損於他在中國文學史上的地
> 位，則使用方言從事文學創作，即非一部作品是否流傳的
> 必要條件，且或者可能反成有利條件。這使我完全袪除了
> 原來也認為「方詩傳達性狹窄」的功利顧慮，轉而恢復使

---

[21] 什克洛夫斯基　20-21。

用台語寫詩的自尊。[22]（194-95）

　　華麗的修詞是朗加納斯（Longinus, 約213-73）認為是崇高（Sublime）的因素之一[23]，這也是《楚辭》的特質。

5.大型對話：以屈原的「發憤著書」精神寫作的《亂》

　　《亂》是以司馬遷（前145年或前135年-前86年）屈原論中的「發憤著書」精神，迎向社會意識，回應大時代的制作[24]，另一方面，屈原偉大的人格，是朗加弩斯認為崇高的特質之一[25]；向陽不厭其煩地向讀者展示〈離騷〉對於自身走向詩歌創作的莫大影響，是〈離騷〉的浪漫情懷激發了詩人對詩歌最初的嚮往，〈離騷〉成為了詩人第一個模仿對象：

　　　　從十三歲抄寫〈離騷〉到今天，三十多年過去。〈離騷〉
　　　　成為少年時的我效式的典範;而屈原「其文約，其辭微，
　　　　其志潔，其行廉，其稱文小而其指極大，舉類邇而見義
　　　　遠」（司馬遷〈屈原列傳〉）的人格與風格，也對我其後
　　　　的人生與書寫行路有所啟發。[26]

---

[22] 向陽，《土地的歌》　188、194-5。
[23] 馬昭蓉，〈朗吉努斯與崇高理論對法國古典主義的影響〉，《藝術研究》4（2009）：41；羅中起（1948-）；〈朗吉弩斯《論崇高》的美學思想新釋〉，《遼寧師範大學學報（社會科學版）》30.5（2007）：81-84。
[24] 周淑真，〈司馬遷「發憤著書」論〉，碩士論文，彰化師範大學，2007；潘定武，〈司馬遷「發憤著書」說的再認識〉，《陝西師範大學繼續教育學報》22.4（2005）：62-64；張克鋒（1970-），〈隱忍與抗爭──司馬遷研究系列論文之一〉，《甘肅教育學院學報（社會科學版）》19.2（2003）：7-11。
[25] 李思孝，〈朗吉弩斯《論崇高》的美學價值〉，《求是學刊》4（1989）：50-56；李思孝（1957-），〈朗吉弩斯《論崇高》的美學價值〉，《求是學刊》4（1989）：50-56。
[26] 向陽，《亂》（台北：印刻出版公司，2005）9。

　　此外，在《種籽》（1980）的後記〈尋求紮根繁殖的土地〉中，向陽提及「抽屜中藏著〈離騷〉」；[27]《歲月》（1985）的後記〈歲月：苔痕與草色〉中論述中國人「歲月」觀念時，便引〈離騷〉中例子「屈原寫人間冷暖，則大嘆『日月忽其不淹兮，春與秋其代序；唯草木之零落兮，恐美人之遲暮』」。[28]

　　　　十三歲時，因為浪漫的誤解，我在六○年代台灣中部鄉間接觸了屈原的〈離騷〉，從此開始懵懂而狂熱的詩文學的追求。……這一抄，也使我抄出了滋味。儘管一路幽深、黯鬱、崎嶇，但「雖九死其猶未悔」十七年來我把詩看成生命，為它生、為它活、為它忘了一切。（向陽，〈土地：自尊和勇敢〉，《土地的歌‧後記》　187-88）
　　　　屈原在辭賦上發展的典範型格、在內容上強調的鄉土根性、以及他在精神上熱愛土地、人民的熱情，似乎早在十七年前我的抄寫過程中，給了我不自覺的啟示。（《土地的歌‧後記》　188）[29]
　　　　更早的圖像，在南投鄉下的鹿谷國中，望著山下隱約的濁水溪影，一個少年默默誦著離騷「路曼曼其修遠兮，吾將上下而求索」、「折若木以拂日兮，聊逍遙以相羊」的詩句，暗暗下定以詩為終生志業的心念。（〈折目以拂日——自序〉，《向陽詩選》　1）[30]

---

[27]　向陽，《種籽》（台北：東大圖書公司，1980）207。
[28]　向陽，《歲月》（台北：大地出版社，1985）167。
[29]　向陽，《土地的歌》（台北：自立晚報社，1985）187、188、188。
[30]　向陽，《向陽詩選》（台北：洪範書店，1999）1。

十三歲時，我在台灣中部的山村中手抄屈原的〈離騷〉……。我因〈離騷〉而生詩人之夢，從十三歲開始，在山村的閣樓中編織……（向陽，〈自序〉，《亂》6，9）[31]

正如巴特所言：「任何文本都是互文本；在一個文本之中，不同程度地並以各種多少能辨認的形式存在著其他文本：例如，先前文化的文本和周圍文化的文本。」[32]在向陽反覆自覺的提及過程之中，〈離騷〉或者《楚辭》不可避免地被編織在詩集呈現出的文本世界中，成為了向陽詩歌的構成部份，成為了我們理解向陽詩歌的有效「礦井」。

6.存在於標題之中的《楚辭》

在單篇詩篇中，直接援引《楚辭》標題的就有〈天問十行〉[33]和〈悲回風〉[34]二首。〈天問〉是屈原創作的第二首長詩，共三百七十多句，一千五百餘字，大都是四言句，兩句或四句一組。詩人一口氣對自然現象、神話傳說、歷史故事等都進行了懷疑，提出了一百七十多個問題。通篇一問到底，有問無答。〈天問〉素稱難解，「〈天問〉幽奧神秘，氣鑠古今，文深體怪，波譎雲詭，堪稱千古第一奇文，無窮的魅力吸引著歷代無數學人探賾索隱」。[35]〈天問〉以何、胡、焉、誰、安等疑問代名

[31] 向陽，《亂》　6、9。
[32] Roland Barthes, " Theory of the Text", in *Untying the Text: A Post-Structuralist Reader*, ed. Robert J.C. Young（Boston: Routledge and Kegan Paul, 1981）39。
[33] 　《銀杏的仰望》79-88。注：此詩後又被收入在《十行集》中，題名即〈天問〉　46-47。
[34] 向陽，《種籽》　9-10。
[35] 毛慶，〈天問研究四百年綜論〉，《文藝研究》3（2004）：59。

詞、形容詞作反問[36]，向陽的〈天問〉相較而言便簡單地多：通篇十行，以「莫非」[37]、「是否」為變法，共只發了三問：

> 莫非大旗已隨夕照／掩入天涯！鈴聲陣陣／暮靄一般飄來，漸行漸遠／閔首睇舊鄉，空餘黃沙／一隻青鳥翩翩飛向關山去／／那愛嬌的女子，是否／還在小小的閣樓上，點起／一盞溫溫的燈，描摹／故土的輿地，如織錦的經緯／是否大旗一偃就如沉江的晚照（《銀杏的仰望》 78-79）

　　試想，如若撇開該詩的題目，全詩前後兩節，一景在漫漫黃沙的天際，一景置於女子小小的閣樓上，雖也是有問無答，但答案似乎已然藏於期間，便是一「思」字，「兩相思」也罷，「思鄉」也罷，雖然意象選取的巧妙、對比甚是別出心裁，終是在兩幅對比鮮明的圖景中向我們展示了這濃濃的愁緒，所表達的主題終是有限，但卻拋出了「天問」的詩題，立時將讀者捲入了兩千年前屈原營造的光怪陸離、神奇詭譎的巨大文本網絡中，讓我們不禁重新審視，詩篇中兩位主人公的「憂心愁緒」是否僅是「相思」那麼簡單？正如羅蘭·巴特所言：「互文性概念是給文本理論帶來社會性容量的東西，這種社會性容量即是來到文本之中的先前和當時的語言整體」[38]，因屈原〈天問〉這一先前文本的加入，向陽〈天問十行〉的「社會性容量」便大大增加了。

---

[36] 陳怡良（1940-），〈《天問》的文學特質及其修辭藝術（上）〉，《云夢學刊》30.2（2009/3）：46。。

[37] 楊萬兵，〈「莫非」的功能差異及其歷時演變〉，《漢語學習》6（2008）：30-36；楚艷芳，〈語氣副詞「莫非」的語法化過程〉，《齊齊哈爾師範高等專科學校學報》6（2008）：54-55。

[38] Barthes 39。

　　詩篇〈悲回風〉亦是如此。〈悲回風〉是〈九章〉的最後一篇，是屈原沉江前一年的秋冬寫成的，詩人感回風之起、蕙草凋零而悲傷，「悲回風之搖蕙兮，心冤結而內傷」[39]，抒發了纏綿悱惻、痛苦憂愁的情感，有悲劇的喜感[40]，也者從恐懼之中獲得崇高[41]：

> 從草與風雨纏鬥的歷史中／大地和天空漠然保持寧靜／自愛的準星裏我觀察秋葉／以仇恨掙離挽留它的枝梗／／我也觀察隕星無助的長嘆／梟鷹如何向昆蟲勒索狙擊／但不屈的是流過夜的水聲／衝破闡闇的牢網衝向黎明／／而所謂飄搖是湖中的浮萍／所謂淪喪是站不穩的腳印／從簡冊或者更粗陋的繩結／到剪報甚至更直截的耳語／／在風雨裏我回頭觀察種籽／以及種籽尋訪土地的射程／那自寒酷裏瞿然立起的熱／那在鬱黑中冷然迸放的光（《種籽‧悲回風》　9）

　　在其以「草與風雨纏鬥」、「大地和天空漠然」「鳥鷹」、「昆蟲」、「冷光」渲染出「種籽」艱難險惡的生存環境之前，整個詩篇早已籠罩在「肅殺悲壯」的氣氛之下，為最終對種籽力與堅韌的讚揚打下了堅實的基礎。

　　除了直接從《楚辭》中選擇篇目，向陽在2005年更是《楚辭》中截取了詩集的名稱，來大大擴充自己的詩歌容量：《亂》

---

[39] 洪興祖（1090-1155），《楚辭補注》（北京：中華書局，1983）155。

[40] 陳逸根，〈論《離騷》之悲劇快感〉，《東方人文學誌》7.1（2008）：21-40。

[41] 詹詠翔，〈《楚辭‧招魂》之「恐懼意象」探討〉，《東方人文學誌》9.4（2010）：21-44；沈壯娟，〈論崇高中的恐怖感〉，《時代文學》6（2008）：100-01。

的詩集名便取自〈離騷〉的末尾。在序中，向陽寫道：「這本詩集題曰「亂」，或許也和我手抄〈離騷〉的機緣有關」[42]。〈離騷〉的末尾為「亂曰：已矣哉，國無人莫我知兮，又何懷乎故都？既莫足為美政兮，吾將從彭咸之所居。[43]」。「亂」即篇末總結陳詞的意思。然而，向陽卻又由此推開去，認為「如果由文本看，〈離騷〉的「亂」似乎還不只是詩歌終章的代稱，似乎也還有著屈原藉此以諷世亂、以理心亂的雙重意涵。」「會我何以使用屈原〈離騷〉的「亂」以涵蓋這十六年詩作的理由：亂，作為終前是治的首章；亂，作為亂世之記，寓有治世之期；亂，作為詩人的煩憂愁苦，則有推雲去霧、漱石枕流之功。」[44]向陽借由〈離騷〉以表達自身關懷世事的情懷，表現對亂世的諷刺之心。如前所述，《亂》是以屈原的「發憤著書」精神寫作的。

　　副文本處於文本的「門檻」──既在文本之內又在文本之外，它對讀者接受文本起一種導向和控制的作用。顯然，在種種序、後記和標題的提示之下，向陽自覺地將自己的詩歌與《楚辭》編織在一起。

（二）作為「跨文本」的《楚辭》

　　熱奈特在《廣義文本之導論》就談及了跨文本性：「引語是這類功能最明顯的例證，引語以引號的形式公然引用另一文本，即表示另一文本的存在，又保持了一定的距離。」[45]之後，在《隱跡稿本》中，熱奈特再次論及跨文本性：

---

[42] 向陽，《亂》　9。
[43] 洪興祖　47。
[44] 向陽，《亂》　8、14。
[45] 熱奈特　64。

（跨文本性）即兩個或若干個文本的互現關係，從本相上最經常地表現為一文本在另一文本中的實際出現。其最明顯並且最忠實的表現形式，即傳統的「引語」實踐（帶引號、注明或不注明具體出處）；另一種不太明顯、不太經典的形式……即秘而不宣的借鑒，但還算忠實；第三種形式即寓意形式，明顯程度和忠實程度都更次之，寓意陳述形式的全部智慧在於發現自身與另一文本的關係，自身的這種或那種變化必然影射到另一文本，否則便無法理解。[46]

顯然，在這裏，熱奈特將克莉斯蒂娃經典的「互文性」（「文本間性」）定義為最狹窄、明顯、具體的範圍。

《楚辭》以「引文」的形式出現在向陽詩歌當中的例子也可輕易地被找到。例如，在〈別愁〉[47]一詩中，向陽便引了〈離騷〉中的「路漫漫其修遠兮，吾將上下而求索」作為楔子，並明確地提示，此句話出自「屈原·〈離騷〉」。有學者提及，「〈別愁〉援用『路漫漫其修遠兮，吾將上下而求（索）』為楔子，毋寧是就是屈原〈離騷〉的現代白話注解」[48]，雖然未做出做詳細的分析，卻敏銳地察覺到兩者之間的「互文」關係，雖然僅僅認為〈別愁〉是〈離騷〉的注解似乎只看到單線、未免有失偏頗。此篇詩歌，一開始向陽便以傳統引文的形式提示了與之相聯繫的另一文本〈離騷〉的存在，繼而在接下來的詩篇中，化該句於其中。

---

[46] 熱奈特　，69。

[47] 向陽，《種子》　126。

[48] 黃玠源，〈向陽現代詩研究：1973-2005〉，碩士論文，〔台〕、中山大學，2008，74。

> 燈一樣，我們也幽微照在中國的路徑／漫漫渺渺，上承祖
> 先遺留之箕裘／修遠迢遙，下紹子孫接續的筆墨／若血汗
> 無力，甚至可拿整個生命／來顯印來給出，來反覆追索／
> 詩的花魂斷非現實之風雨所可稍葫／屈原去矣，英魄不死
> ／杜甫雖老，篇章彌新／在流離動盪中，我們將一路覓
> 尋」（《種子》　129。）

「漫漫」、「修遠」、「追索」、「覓尋」，甚至還直接
提及了「屈原」，直抒胸臆地讚揚其為「英雄」，且「英魂不
死」！詩的最後：長路漫漫，我們在雨夜裏掌燈／上下千年，求
索萬古不廢的泉（《種子》　130。），再次強調了「漫漫」與
「求索」。其次，在明顯的經典引語之外，這裏還存在著秘而不
宣的借鑒。如若不知〈離騷〉篇名，王逸（生卒年不詳，漢順
帝劉保〔115-44，126-44在位〕時官至侍中）解為「離，別也。
騷，愁也。」[49]，便不能理解該詩篇名的來由和含義。再次，這
裏也存在著一種寓意形式，即屈原的求索精神，「屈原的一生，
就是求索的一生。求索是一種精神，所謂的求索一是對已有信念
的堅守和不放棄，二是在此基點上對更加美好深遠的理想境界的
探求。高尚峻潔的品格、崇高的理想、對進步和光明的熱愛、為
祖國命運頑強戰鬥等等都是屈原求索的內容」[50]，而這種求索精
神在中華民族的歷史上具有無限的延展性和深遠的影響，通過向
陽的「引用行為」，這種精神無疑再次得到了強調和張揚。

---

[49] 洪興祖　2。
[50] 都春屏（1973-），〈屈原求索精神及其現代解讀〉，《三峽大學學報
（人文社會科學版）》3.31（2009）：12。

（三）作為「承文本」的向陽詩歌

　　承文本性是熱奈特在《隱跡手稿》中主要的論述對象，他如此定義承文本性：「任何聯結文本B〔我稱之為承文本（hypertext）〕，與先前另一文本A〔我當然把它稱為藍本（hypotext）〕了的非評論性攀附關係。[51]熱奈特認為，通過一種「改造」的關係，B或多或少明顯地呼喚著A文本。當然，熱奈特也承認「承文本性」是文學性的一種普遍形態（程度不同）：「沒有任何文學作品不喚起其他作品的影子……但是，正如奧威爾的等量物一樣，某些作品的承文本性比其他作品更多一些」。[52]「之後，熱奈特以盧梭（Jean-Jacques Rousseau, 1712-78）的《懺悔錄》（Confessions）和聖‧奧古斯丁（Augustine of Hippo, 354-430）的《懺悔錄》（Confessiones）為例，「我能夠認定盧梭的《懺悔錄》是聖‧奧古斯丁的《懺悔錄》的翻版，認定他們的書名是內容的合同型標誌──得出這個結論後，細節論證的材料源源不斷」[53]。

　　在前文的分析中，「副文本性」和「跨文本性」的種種例證皆可作為「合同型標誌」來認定向陽詩歌和《楚辭》之間「親密」的關係，更進一步，我們可以看出，向陽的詩歌作為《楚辭》的承文本，不斷地在「呼喚」著《楚辭》文本。江秀郁總結道：「向陽的新詩路線隱約扣合〈離騷〉精神而呈現兩大主要走向：其一是在傳統中國文學的基礎上嘗試十行詩的新格律，正如屈原於《詩經》傳統之外，另辟《楚辭》歌詩形式、韻律的勇於開創精神。其二，是在現實鄉土的潤洗中，向陽正視地方文學價

---

[51] 熱奈特　74。
[52] 熱奈特　79。
[53] 熱奈特　80。

值而以方言台語寫詩，表現熱愛土地人民的情懷，就像屈原的
《楚辭》使用楚歌、楚語而自成藝術特色。」[54]其實，這兩點便
可看做是向陽詩歌對《楚辭》的「非評論性攀附」。其實，從形
式到思想內容、人格精神，向陽的詩歌都在呼喚著《楚辭》。

1.濃重的地域方言色彩

　　向陽最成功的莫過於十行詩和方言詩。從發表「家譜」系列
詩歌到出版台語詩歌集《土地的歌》，向陽的方言詩歌創作引起
了巨大的反響。王灝曾經說過：「用閩南語方言來寫詩，非始自
向陽，但用一種更嚴肅的態度，更精確的方言語彙，有計劃而
系統性的處理方法來經營方言詩，而卓然有成者，則非向陽莫
屬。[55]」

　　而中國方言文學的源頭當追溯至《楚辭》，中國的方言文
學可以《楚辭》為代表」[56]。因書楚語，作楚聲，紀楚地，名楚
物，而造就了《楚辭》濃重的地域方言色彩，也因此對其瑰麗
的詩歌文學色彩產生了莫大的影響。《楚辭》中的方言非常之
多[57]，成為了《楚辭》重要的外部特徵。

　　毫無疑問，向陽在創作台語詩時是以《楚辭》自勵的。「楚
聲楚語、楚地楚事，居然也能傳誦兩千餘年呢！……屈原以楚方
言寫〈離騷〉而絲毫無損於他在中國文學史上的地位」[58]，因而

---

[54] 江秀郁，〈向陽新詩研究〉，碩士論文，彰化師範大學，2006，143。

[55] 王灝，〈不只是鄉音——試論向陽的方言詩〉，《文訊》19（1983）：196；蔡幸娟，〈中國文學中「地域觀」的發展：以文人與民歌之關係〉，碩士論文，清華大學，2000；陳素經，〈台語詩的文學技巧俗語言風格研究－以《台語詩一世紀》為例〉，碩士論文，成功大學，2009。

[56] 林燿德（林耀德，1962-96），〈遊戲規則的塑造者——綜論向陽其人其詩〉，《文藝月刊》200（1986）：59。

[57] 阮豔萍（1970-），〈《香草美人》符號體系的傳播贏效分析〉，《前沿》4（2011）：166。

[58] 向陽，《土地的歌》194-95。

也便使他重拾創作方言詩的信心，並也用「台語台聲記錄台地台事」，向明說其「台語詩每首的背景都很鄉土，更貼近於台灣現實。他的台語詩更多利用民俗素材和民間俚語，」[59]按向陽自己聲稱，十行詩的寫作，動機是源於對「歷史的中國」的追尋，而方言詩的寫作，則是對於「現實台灣」的刻劃。王灝則強調：「一、方言詩的創作，向陽的目標不僅僅只是為了朗誦，意即方言詩的生命，不僅只存在於語言聲音中，更應該存在於它所要展現的精神。二、方言詩的創作，應該可以拓展國語文學的幅度，並刺激文學作品更強韌的生命力。三、對於日據時代的台灣鄉土社會，可以用方言詩來直接反應其精神」[60]，積極大力地肯定向陽創作方言詩的社會和文化功效。由此，其實也可見出在國語大行其道的今天，向陽以方言創作自覺肩負起了更大的社會責任感，這點怕是屈原當時所不能也無需顧及的。另一方面，在題材的選取上，向陽顯得與前輩詩人大不相同，鄭偉良認為《土地的歌》題材廣濶，包括「家庭、鄉裏到都市各式各樣的生活」[61]，諸如〈阿公的煙吹〉、〈阿母的目屎〉、〈阿爹的飯包〉等等這類關於血親親情的意象或事件是絕不可能出現在《楚辭》裏的。

2.現實關懷

　　另外一處極為明顯的向陽詩歌與《楚辭》相應相合之處，便是其高度的現實關懷：關心、熱愛土地和人民，並表現出強烈的不屈不撓的鬥爭精神。如：〈在雨中航行〉將祖國比喻成一艘大船，而將現實的災難、亂世比做大雨，但船最終定能冒雨前行，

[59] 向明（董平，1929-），〈向陽《向陽詩選，1974-1996》〉，《文訊》180（2000）：30。
[60] 王灝　197。
[61] 鄭偉良，〈從選詞、用韻和選字看向陽的台語詩〉，《台灣文藝》99（1986）：129。

體現了對中華民族強烈的熱愛和堅定的信念：迎五千年風和浪，五千年／尊嚴與笑散相抗的岩岸，向著／秋的冷肅陰沉的天，向著／海的遼憂寬廣的宇宙，向著／棠的血淚縱橫交錯最最炙人的脈絡……而在此際縣密的雨中，潑墨般的／雨中，在昂揚的舉手／充滿肯定的眼裏，且讓我帶你航行。（《歲月》 95-98）長詩〈我的姓氏〉（《亂》 118-26），以姓氏的流變來敘述了台灣近四百年歷經滄桑的歷史，企圖探討台灣原住民自身身分定位的現實問題。再如，諷刺時政的〈嘉義街外——寫給陳登波〉（《亂》 146-49），呼喚民主政治的〈一封遭扣查的信〉（《亂》 22-25）。

屈原自身雖遭讒言被放逐，卻始終沒有磨滅其意志，放棄自身「美政」的思想，「亦余心之所善兮，雖九死其猶未悔」[62]。而「屈原創作的《楚辭》，形式是浪漫的、神化的，但其思想內容具有歷史性和現實性，運用理性反思歷史，反思傳統，探求真理。」[63]兩位詩人形式不同，卻殊途同歸，關注現實、反思歷史、傳統，不屈不撓、上下求索，追求真理。

三、結論

互文性理論認為：每一個文本都與以前的文本和同時代的其他文本有著千絲萬縷的聯繫，是對其他文本進行吸收和轉化的結果。布魯姆有言：「真正的批評家所能夠給予詩人的一切，便是致命的勉勵，它永不停止地提醒詩人們：他們繼承的遺產是何等

---

[62] 洪興祖 14。
[63] 譚家斌，〈毛澤東與屈原——淺述屈原及其作品對毛澤東的影響〉，《中國《楚辭》學》10（2007）：62。

的沉重。」[64]本文即是在「互文性與誤讀」的詩學基礎上,具體採用熱奈特提出的五種互文性關係中的三種——跨文本性、副文本性和承文本性——作為研究方法,詳細分析了向陽詩歌和《楚辭》直接的互文關係,剖析了向陽如何有意識地將《楚辭》編織在自己的文本網絡之中,從而擴充了自身詩歌文本的容量性,同時也豐富發展了《楚辭》的文本意義和系統。

拙稿寫作過程中承黎活仁教授惠允指導,謹在此致以萬分謝意!

---

[64] 布魯姆,《誤讀圖示》 8。

童話文學

更上層樓

——向陽兒童詩歌的「三層涵義說」

葉瑞蓮

作者簡介

葉瑞蓮（Stella Sui Lin IP），女，生於香港。香港中文大學學士、香港大學哲學碩士、香港大學哲學博士。現任教於香港教育學院中文學系。曾發表的論文有：〈《紅燭》下的死亡觀照：以死為生的孤高詩人〉（2006）、〈悲苦與反叛——殘酷生命途上的洛夫履蹤〉（2007）、〈聽聽那傘雨：意綿綿　憾漣漣〉（2008）、〈從21世紀香港兒童的詩歌創作看蛻變中的兒童〉（2009）、〈促進文學學習的評估：從童書出發〉（2010）等。

論文提要

歷來對向陽詩歌的評述如汗牛充棟，但對他的兒童詩觀及童詩作品（台語童詩除外）所論卻不多。本論文旨在檢視向陽所提的童詩「三層涵義說」跟「陌生化」的關係，並以此來分析他的童詩作品。

關鍵詞（中文）：向陽、兒童詩、陌生化、「三層涵義說」

一、引言

　　向陽（林淇瀁，1955-）集詩人、作家、政論家、新聞工作者、教授等身分於一身，另外，他也曾經有志於兒童文學的創作。向陽除寫過《中國神話故事》[1]及《中國寓言故事》[2]兩本兒童故事集及一本兒童散文集《記得茶鄉滿山野》[3]外；還曾出版三本兒童詩集，分別是《鏡內底的囝仔》[4]（台語）、《我的夢夢見我在夢中作夢》[5]、《春天的短歌》[6]。在兒童詩觀方面，向陽曾提出「三層涵義說」[7]。歷來對向陽詩歌的評述如汗牛充棟；然而，對他的兒童詩觀及童詩作品（台語的《鏡內底的囝仔》除外）所論卻不多。本論文探討向陽的「三層涵義說」跟俄國形式主義理論家什克洛夫斯基（Viktor Shklovsky, 1893-1984）所倡導的「陌生化」（或稱「反常化」）（defamiliarization）[8]的關係，並以他的兩本國語兒童詩集為對象，審視他怎樣運用「世間最美麗的語言」，也是「世間最不易描繪」的「兒童的語言」[9]，給兒童詩打造三個層次，引領兒童更上層樓，極目遠視。

---

[1]　向陽，《中國神話故事》（台北：九歌出版社有限公司，1983）。

[2]　向陽，《中國寓言故事》（台北：九歌出版社有限公司，1986）。

[3]　向陽，《記得茶鄉滿山野》（台北：遠流出版事業股份有限公司，2003）。

[4]　向陽，《鏡內底的囝仔》（台北：台灣新學友書局股份有限公司，1997）。

[5]　向陽，《我的夢夢見我在夢中作夢》（台北：三民書局股份有限公司，1997）。

[6]　向陽，《春天的短歌》（台北：三民書局股份有限公司，2002）。

[7]　徐錦成（1967-），〈「鏡內底的囝仔」與「鏡外口的大人」：向陽專訪〉，《兒童文學學刊》7（2002）：297。

[8]　維克托・什克洛夫斯基（Viktor Shklovsky），〈作為手法的藝術〉（"Art as Technique"），方珊譯，《俄國形式主義文論選》，方珊等譯（北京：三聯書店，1989）1-10。

[9]　向陽，〈寫在前面〉，《我的夢夢見我在夢中作夢》，頁碼原缺。

二、向陽的兒童詩歌「三層涵義說」

文學是一種企圖擺脫他人他物的羈絆，以靜止的目光審視自我，觀察人際關係、人世機遇，以至全人類命運的藝術活動。然而，儘管創作兒童文學的成人作家群，如何努力重拾久違了的童真、調動感官、轉換視角，嘗試泯滅創作主體跟接受主體之間的分歧，也避免不了出現預設立場的情況，泛濫著對兒童讀者的善意期許[10]。兒童讀者在閱讀過程中，甚或在閱讀前，早已對這些語重心長的叮嚀耳熟能詳。（德）姚斯（Hans Robert Jauss, 1921-97）稱這種源於讀者經驗和社會影響，於閱讀前早已形成的「基模」（schemata）為「期待視野」（expectation horizon）。「期待視野」雖有助讀者較快解讀文本，卻破壞了閱讀的樂趣。

向陽認為兒童詩歌不易寫，因為詩人須反璞歸真，思考跳脫，衝出成人的語言氛圍，才能打破兒童讀者的期待視野，讓他們視閱讀為享受與遊戲[11]。向陽把兒童詩歌的創作依次分成「趣味層」、「想像層」、「啟發層」三個層次；這三個層次是建構「兒童本位」作品的關鍵，能誘導兒童樂此不疲地奔上層樓。

向陽認為「趣味層」是兒童詩歌中最重要的，也是最根本的層次。事實上，任何性別、年齡、階層的人，都會對單調乏味的作品退避三舍。兒童的生命表現在於遊戲，他們的生活意義在於追求趣味，「遊戲性」因此成為了兒童文學的特點-。（日）平島廉久（HIRASHIMA Yasuhisa, 1943-）認為「遊戲」的意欲，

---

[10]　葉瑞蓮，〈從21世紀香港兒童的詩歌創作看蛻變中的兒童〉，《兒童文學學刊》20（2009）：164。

[11]　向陽，〈寫在前面〉，《我的夢夢見我在夢中作夢》，頁碼原缺。

不單在於渴求好玩有趣，也在於嚮往令人興奮的事物，以及追求新鮮感[12]。趣味可以是多樣化的，諧趣、妙趣、生趣、情趣、奇趣固然是「趣」，即或令人涕淚漣漣，掩卷低迴的，同樣是一種別趣。沒趣的詩歌，絕對無法闖進兒童的心靈世界。

　　向陽把第二層構築為「想像層」。想像是藝術創作的最高表現，也是詩人必須具備的能力；沒有想像，詩歌沒法拼出旺盛的生命力來[13]。詩人用「象」承載心中的「意」，而讀者則透過跟「象」互動，拼貼出自己所體味的「意」；「意」與「象」之間的互換媒介就是想像。會想像的詩人才能誘發讀者馳騁想像。兒童詩的想像空間能讓現實與理想在兒童的心靈世界內對話[14]，在對話的當兒，現實與理想的界線會逐漸挪移，甚至越來越模糊。向陽認為只有對詩「懂一點」的詩人，才能邁向這個層次；他們懂得把抽象的、無象的意，用兒童的語言，使之變為具體的象，飛進本性天真，好發奇想的兒童心裏去。這個從來不訴諸語言暴力，懂得選擇適當的物象來寄託委婉心思的向陽[15]，就是這樣的詩人。

　　向陽認為兒童詩的第三個層次是「啟發層」，那是最難寫、最難登的一層。他表示，倘寫出來的詩歌，僅有第一及二層，他會毫不留情地把它扔掉。所謂「啟發」，並非指狹隘的道德教化，而是指引導小朋友，讓他們打開眼睛，看屬於自己的星星，表達自己的感覺[16]。文學是人學，詩無達詁，孩子的創造性思維

12 平島廉久（HIRASHIMA Yasuhisa），《創、遊、美、人：感性時代的消費意識、商品行銷》，黃美卿譯（台北：遠流出版事業股份有限公司，1990）117。
13 林文寶等　132。
14 譚旭東（1968-），〈當代兒童詩對純美想像空間的構建〉，《江漢大學學報》（人文科學版）26：5（2007）：10。
15 蕭蕭（蕭水順，1947-），〈向陽的詩，蘊蓄台灣的良知〉，《台灣詩學季刊》32（2000）：150。
16 向陽，〈亮在眼裏的星星——小朋友也可以是大詩人〉，《康莊有待》

是他們自己對文本的最佳詮釋[17]。向孩子奉送真理，孩子不會領情；引導孩子在不知不覺中感悟真理，卻能讓孩子受用一生，這就是啟發的妙處。

要言之，向陽的「三層涵義說」是指詩歌須以趣味吸引兒童，並以想像作為溝通的橋樑，讓兒童不自覺地在文學的洗禮中擦亮眼睛，淨化心靈，遨遊環宇。這些作品一點不幼稚（childish），而是充滿孩童氣息（childlike），以孩子為中心（child-centered），不單孩子愛看，也適合孩子看[18]。

三、向陽的兒童詩歌「三層涵義說」與「陌生化」

向陽的「三層涵義說」，跟什克洛夫斯基的「陌生化」關係密切。什克洛夫斯基強調，由於司空見慣，人們對周遭世界反覆出現的事與物，視若無睹，只會出現機械式或片面化的反應；除了還能知道事物的存在，說出它的名稱外，怎也說不出它的特徵來，更談不上對它有任何感覺。這些反應說明人們對生活的感受變得呆滯。為了「使石頭更成其為石頭」[19]，重新喚起人們對周遭世界的興趣，恢復對豐富繽紛生活的體驗，文學藝術便往往以「陌生化」來抓住讀者的目光，令觀賞者重拾久違的，或從未遇上的震攝經驗，見山是山。覃蘭（1985-）指出，明代（1368-1644）戲劇家李漁（1611-1680）在《閒情偶寄》所云：「同一話也，以尖新出之，則令人眉揚目展，有如聞所未聞；以老實出

（台北：東大圖書股份有限公司，1985）135。

[17] 李思丁，〈語文教學應注重學生文學感受力的培養〉，《文學教育》11（2010）：29。

[18] 黃迺毓（1953-）等，《童書非童書：給希望孩子看書的父母》（台北：財團法人基督教宇宙光傳播中心出版社，1994）3。

[19] 什克洛夫斯基　6。

之，則令人意懶心灰，有如聽所不必聽[20]。」中的「尖新」，就是現代文學批評術語中的「陌生化」[21]。

　　「陌生化」可以涉及體裁、技巧、風格、視角、語言、結構等文學形式[22]。它通過人為的暴力，把語言扭曲、強化，令詞語斷裂、易位，令句子剝離、顛倒，令情境變形、矛盾，令文意跳躍、空白……；要之，令讀者突破慣常的預期與認知，穿透麻木的感覺，延長對文本感知的時間。

　　運用陌生化營造出來的作品，並非作者個人感情的單純觀照，也不單單停留在外部景觀的模仿和反映上，它是充滿「不定點」的「空筐結構」，是「意識之外的現實」[23]。文學作品用盡千方百計，不外是為了提高作品的可感性[24]。它以趣味俘虜讀者立定腳步，召喚他們運用想像來補充、詮釋，參與文本的再創造，從而恢復對生活的感覺，把空間——文本的空間、生活的空間、個人的空間，不斷拓展。讀者停駐下來的時間越長，文本的藝術感染力也就越強[25]。由此可見，「三層涵義說」跟「陌生化」，頗相類似。

　　然而，「陌生化」與向陽的「三層涵義說」，卻非完全等同。二者分歧最大的，莫過於最後的部份——啟發。向陽祈願小讀者用想像開啟的，不是任何的一扇窗，而是「映照青翠、明亮又充滿生機的心靈的窗口。[26]」兒童文學的文本不管怎樣裝潢，

---

[20] 李漁，〈詞曲部‧賓白第四〉，《閒情偶寄》（北京：作家出版社，1995）60-61。
[21] 覃蘭，〈新詩語言的陌生化〉，《文學界》10（2010）：176。
[22] 沙立玲，〈陌生化〉，《二十世紀中國文學批評99個詞》，南帆主編（杭州：浙江文藝出版社，2003）280。
[23] 朱立元（1945-）主編，〈俄國形式主義與布拉格學派〉，《當代西方文藝理論》，3版（上海：華東師範大學出版社，1997）39。
[24] 沙立玲，〈陌生化〉，《東南學術》2（2003）：135。
[25] 朱立元　46。
[26] 向陽，〈寫在前面〉，《我的夢夢見我在夢中作夢》，頁碼原缺。

內容怎樣天馬行空，骨子裏所構築的仍是一個以生命教育為核心的理性世界。據（英）杭持（Peter Hunt, 1945-），兒童文學作品總想給小讀者灌輸點甚麼，必然要反映出某種意識型態來[27]。反觀「陌生化」卻只是一種透過客體視象來引發思維的藝術形式，不在意於突顯對「象」的實際認知，或彰顯它的深層意義，也不刻意企圖製造任何善意的啟悟，只圖營造一種對客體的特殊感受[28]。

四、向陽的兒童詩歌

本論文從《我的夢夢見我在夢中作夢》和《春天的短歌》兩本童詩集中，選取作品，分析向陽怎樣運用陌生化實踐他的兒童詩歌「三層涵義說」。這兩本詩集各收錄向陽的20首童詩，讀者對象是「九到九十九歲的孩子」[29]。

（一）〈天上的星星〉

> 天上的星星／為什麼越來越少了／街上的霓虹／又為什麼
> 愈來愈多／／星星向霓虹說／都是你／讓我張不開眼睛來
> ／／霓虹向星星說／因為你／我才盡力放出光亮／／越來
> 越暗的星星／讓窗前的寶寶／進不了甜美的夢鄉／／愈來
> 愈亮的霓虹／讓街上的人們／找不到回家的小巷（向陽，
> 《我的夢夢見我在夢中作夢・天上的星星》　12-13）

---

[27] Peter Hunt（1945-），*An Introduction to Children's Literature*（Oxford：Oxford UP, 1994）3。

[28] 什克洛夫斯基　8。

[29] 向陽，〈寫詩的人〉，《我的夢夢見我在夢中作夢》，頁碼原缺；另，向陽，〈寫詩的人〉，《春天的短歌》，頁碼原缺。

〈天上的星星〉，對小孩子來說，是一個老掉了牙的題目。一看見這個題目，小腦袋出現的，卻甚少是燦爛的星空，頂多只是唱過千百遍的中外著名童謠：「一閃一閃小星星，一閃一閃亮晶晶」。當代的小孩子，特別是生活在城市中的，早已不再抬頭仰視晚空，既不期許星空燦爛，也從不懊惱星空黯淡。

「天上的星星／為什麼越來越少了」，提句教小讀者怔了怔：從來沒想過這也是問題呢！這或能猛然省起自己已很久沒看晚空，沒留意星空稀疏。

往下讀去，不解之惑越來越多。「越」跟「愈」的意思不是相通的嗎？為甚麼是「越來越少」、「越來越暗」，卻又是「愈來愈多」、「愈來愈亮」？是詩人無心之失，還是故弄玄虛？

「星星向霓虹說／都是你／讓我張不開眼睛來」。啊，原來令星星越來越少的是霓虹；這欺凌小星星的霓虹必然是壞蛋無疑。然而，接下去的幾句，卻又旋令小讀者發愣，重新給霓虹和星星評價：「霓虹向星星說／因為你／我才盡力放出光亮」，霓虹不受囿於環境，愈戰愈勇，志氣好高；星星卻反顯得被動、軟弱、無奈，只有一派挨打的可憐相。這就是我們自小從兒歌和童話中，從媽媽和老師的口中，所認識的星星嗎？

為甚麼越來越暗的星星，反倒令寶寶進不了甜美的夢鄉？難道睡著了的寶寶還要靠星光引路？為甚麼愈來愈亮的霓虹反令街上的人找不到回家的小巷？這是甚麼樣的光？甚麼樣的人？甚麼樣的家？甚麼樣的小巷？是光失效？是人糊塗？是家不讓這樣的光透進？是奪目的光反倒令小巷顯得瑟縮？

全首詩歌令人費煞思量。〈天上的星星〉就是這樣運用了陌生化的手段，營造出令小讀者詫異的一重重對比。一個個錯置的身分，顛覆了小讀者一直對詞語、角色、經驗的固有認知，打破

了日常語言中的能指和所指之間約定俗成的對應關係，迫令他們的目光不斷在「星星」和「霓虹」之間徘徊，反覆玩味，趣味和想像由是而生。

　　文化地理學家Mike Crang認為地景是反映社會意識形態的文本，是一種表意的系統（signifying system）[30]。這種張揚社會意識的地景也許是小讀者所未能理解或諒解的，他們就像（德）伊瑟爾（Wolfgang Iser, 1926-2007）所說般，處於「不再」（no longer）和「尚未」（not yet）之間。「不再」是因為伴隨著熟悉事物而引發出來的期待視野被文本一再否定，令他們不能停駐在固有的認知上；「尚未」是因為他們未能馬上走近陌生的觀點[31]。在文本的催迫下，小讀者對周遭世界的認知出現了疑竇[32]，啟悟遂由此成孕。雖云文學是意義的地圖[33]，但作為符號的詩歌，卻由於複向指涉（multiple referentiality）的本質，令製碼者與解碼者之間無法出現完全一致的共識[34]，小讀者的啟悟因而也各異其趣，各有所得。

（二）〈放風箏的日子〉

　　　　一條細細的線／把地上的寶寶／和晴藍的天空／聯繫起來
　　　　了／／一條細細的線／聯繫著天空和大地／地上的寶寶／

---

[30] Mike Crang，《文化地理學》（*Cultural Geography*），王志弘等譯（台北：巨流圖書有限公司，2003）35。

[31] Wolfgang Iser, *The Act of Reading: A Theory of Aesthetic Response* (Baltimore & London: Johns Hopkins UP, 1980) 213。

[32] 杜瑩傑，〈「陌生化」的詩學流變及其在文藝作品中的審美訴求〉，《武陵學刊》36（2011）：84。

[33] 林淇瀁，〈再現南投「意義地圖」──析論日治以降南投新文學發展典模〉，《國立台北教育大學語文集刊》14（2008）：33-34。

[34] 林淇瀁，〈樹的真實──論楊牧《傳說》〉，《台灣文學經典研討會論文集》，陳義芝（1953-）編（台北：聯經出版公司，1999）307。

在草原上奔跑／青翠的樹木與花草／也跟著跑動起來／／一條細細的線／把爸爸的童年／和寶寶的明天／聯繫起來了／／一條細細的線／聯繫著爸爸和寶寶／童年的寶寶／在歲月中奔跑／爸爸的眼睛與嘴角／也跟著牽動起來（向陽，《我的夢夢見我在夢中作夢‧放風箏的日子》14-15）

詩題中最令小讀者觸目的詞語，不是「日子」，而是「放風箏」。然而，當他們往下讀時，卻又遍尋不著任何風箏；無論是大的、小的、麻鷹狀的、蜻蜓狀的，一隻也看不見呢。是風箏飛得太高，還是太遠？為甚麼領著每節飛揚的，都只是風箏的尾巴，那「一條細細的線」？為甚麼這條細細的線不是在天空舞動？原先的期待給一掃而空，視綫不由自主地給這「一條細細的線」牽著。

這條細細的線把地上的寶寶和天空聯繫起來，為甚麼詩歌不寫海闊天空的晴藍，不寫逍遙自在的風箏，只寫在草原上奔跑的寶寶？只寫在跟著寶寶奔動的大地？「地上的寶寶／在草原上奔跑／青翠的樹木與花草／也跟著跑動起來」腦海中出現了接二連三的動畫──牢牢的大地給寶寶手中的細線牽動起來，直向雲霄奔去。

這「一條細細的線」明明在寶寶手中，為甚麼說它「把爸爸的童年／和寶寶的明天」聯繫起來？也許童年時的爸爸也愛放風箏吧？但誰敢肯定明天的寶寶同樣在放風箏？難道他永遠長不大？為甚麼這句不是「寶寶的今天」呢？寶寶、爸爸、放風箏、明天、今天，究竟有甚麼關連？

「童年的寶寶／在歲月中奔跑／爸爸的眼睛與嘴角／也跟著牽動起來」，為甚麼在最後一節又寫回「童年的寶寶」，第二節

不是說過，他是在草原上奔跑的嗎？為甚麼一忽兒竟跑到「歲月中」去？這一節中的「童年的寶寶」，跟前一節的「寶寶的明天」有甚麼關係？「爸爸的眼睛與嘴角／也跟著牽動起來」，爸爸是在哭？在笑？在說話？還是哭笑難分？欲言又止？他在懷緬自己的童年？懷緬自己的爸爸？因眼前的寶寶而高興？因明天的寶寶而欣慰？擔心？這「一條細細的線」有甚麼魔法，能把爸爸帶往時光隧道去，在過去──現在──未來間不住穿梭？

看風箏、放風箏是小讀者已有的經驗，但詩歌的描寫卻隱藏著某種特殊的意味，重點不在「風箏」，而在「日子」，不單在當前的日子，也在從前的日子、將來的日子；不單在寶寶的日子，也在爸爸的日子，在這個爸爸和這個寶寶的日子，在那個爸爸和那個寶寶的日子。

對小讀者來說，詩中每個字都懂，情境卻顯得熟悉而陌生：這就是趣味。題目的用詞、結構的安排、詩句的經營、修辭的選擇，對孩子來說，似懂非懂，打破了從經驗而來的閱讀期待：這就是陌生化的效用。陌生化增加了感受的難度，令讀者在不自覺中延長了思索、感受的時間[35]。「想像」於是設法在一連串不停躍動的畫面中，在字裏行間，在對過去的認知，在對未來的構築中，尋覓答案，「啟發」由是萌發。詩的形式與作者的思想牢牢相繫，共存共亡[36]。雖然讀者未必能透過對形式的深思，把疑團逐一解開；然而，當他們整個兒沉醉在這種閱讀氛圍時，審美的快感，縱未能言傳，卻不請自來。（美）羅森布拉特（Louise Michelle Rosenblatt, 1904-2005）稱這種密集而有組織的安排為一

---

[35] 張櫟文，〈美學視角下建築表皮的視覺陌生化反思〉，《美苑》2（2011）：93。

[36] 林耀德（林耀德，1962-96），〈遊戲規則的塑造者──綜論向陽其人其詩〉，《文藝月刊》200（1986）：57。

種難得的「美感經驗」（aesthetic experience），能讓讀者的感官、心智、情緒，產生特別的體驗，增加對世界深刻的了解[37]。這也就是（德）海德格爾（Martin Heidegger, 1989-1976）所謂的「詩意」───一種能讓我們居住的建築[38]，一個用語言構築，讓我們精神得以安居的家園[39]。

（三）〈說給雨聽的話〉（《春天的短歌》 8-9）

> 在灰暗的天空的畫布上／你想為我畫些什麼？／‧‧‧／‧‧‧／／‧‧‧／一點一點，一滴一滴／不停擺動的你的手會不會痠啊！／／在黑色的雲層的隙縫中／你想向我說些什麼？／！！！／！！！／！！！！／一聲一聲，一句一句／不停喊叫的你的喉嚨會不會痛啊！／／在靜謐的下午的窗子外／你想要我幫你做些什麼？／※※※／※※※／※※※※／一遍一遍，一陣一陣／不停靠著窗的你的臉會不會冷啊！（向陽，《春天的短歌‧說給雨聽的話》 10-11）

　　雨是孩子生活中熟悉不過的事情，也許正由於這樣，孩子對它產生不了甚麼趣味和想像，更沒甚麼感情可言；只曉得它是愛掃興的大壞蛋，專製造麻煩的小鬼。〈說給雨聽的話〉？為甚麼「我」要跟它說話？犯不著跟它打交道呢！雨不是挺吵鬧嗎？它

---

[37] Louise M. Rosenblatt, *Literature as Exploration*（New York: The Modern Language Association of America, 1995）31-32。

[38] 海德格爾（Martin Heidegger），〈……人詩意地居住……〉（"…Poetically Man Dwells…"），《詩‧語言‧思》（*Poetry, Language, Thought*），彭富春（1963-）譯（北京：文化藝術出版社，1991）187。

[39] 吳曉紅（1966-），〈試論文學的語言本性〉，《江漢大學學報》（人文科學版）30.3（2011）：51-52。

會把「我」說的話聽進心裏去嗎？這個跟雨說話的「我」，究竟是個怎樣的孩子？而我這個讀者，又會有甚麼話跟雨說？〈說給雨聽的話〉，題目完全悖離小讀者的日常經驗與想像，懸疑與趣味驅動他們往下唸去，連串的想像由是翩然而生。

「我」原來在請雨來說說，它滴滴答答、淅淅瀝瀝，一直說的究竟是甚麼回事！雨用上不同的節奏、態勢、聲量在說呀說：「‧‧‧／‧‧‧／‧‧‧‧／一點一點，一滴一滴」；「！！！／！！！／！！！！／一聲一聲，一句一句」；「※※※／※※※／※※※※／一遍一遍，一陣一陣」。雨的欲言又止、大聲疾呼、狂嘯亂吟，是甚麼意思呢？是否只有「我」在聆聽雨的說話？雨是在自我呻吟，在跟鄰家大嬸說，還是只在跟「我」說？

「不停擺動的你的手會不會痠啊！」、「不停喊叫的你的喉嚨會不會痛啊！」、「不停靠著窗的你的臉會不會冷啊！」「我」對雨的回應倒也奇怪，為甚麼不埋怨雨令球賽腰斬、野餐取消、交通阻塞、山泥傾瀉，反倒是連番關心與疼惜？「我」為甚麼不也用上圖象符號來跟雨這個傢伙溝通，好讓它也嚐嚐丈八金剛，摸不著頭腦的滋味？如果我來跟雨說話，我會說甚麼？又會怎樣說？

美學家宗白華（1897-1986）認為詩人不可不學習點音樂、圖畫及一些造型藝術，因為圖畫是空間中靜的美，音樂是時間中動的美，而詩歌則是利用空間中閒靜的形式，即文字的排列來表現時間中變動的情緒[40]。視覺意象最能吸引人的目光，是文字所不能比擬的[41]。圖象表達了對事物的新鮮視覺與特殊感覺，

---

[40] 宗白華，〈新詩略談〉，《藝境》，3版（北京：北京大學出版社，1999）19-20。

[41] E. H. Gombrich（1909-2001）, "The Visual Image," *Scientific American*,

而不在於用來識別所代表的特定事物[42]。「‧‧‧／‧‧‧／‧‧‧」、「！！！／！！！／！！！」、「※※※／※※※／※※※※」等符號，展示了全新的能指和所指關係，具象化（concretization）[43]了雨的不同面貌，也立體地刻畫出作者對它的感覺，遠勝千言萬語。

這首詩歌的圖象符號不純為視覺而給刻意打造，它不是形式上的翻筋斗，也不是遊戲或「擬形」表演[44]；它能讓小讀者對司空見慣的事物重新凝視，產生全新的感受。沒有文字的句子看似把信息架空了，然而，這種另類句子，卻往往最能把信息大聲地宣示出來。具象化的句子令讀者產生心理圖象，這些圖象成為了意義的承載者，能讓讀者揣摩不已：這就是啟發。這情況在視覺思維受到高度重視，圖象思維重於語言思維的「讀圖時代」[45]，更見普遍。

讓形式以凌空之勢，反常的方法突顯自身，就是什克洛夫斯基的「陌生化」概念，能令內容更活現，信息更鮮明[46]。朱立元認為，經過陌生化處理的文學語言，雖不負載一般語言的意義，喪失語言的社會功能，卻反更見其自身價值；因為人們欣賞文藝作品，一般不會從內容看形式，而是從形式看內容[47]。

Sept.（1972）：82。
[42] 何奕，〈陌生化作為目的而不是方法〉，《大舞台》3（2011）：271。
[43] 據諾德曼（Perry Nodelman, 1942-）《閱讀文學的樂趣》（*The Pleasures of Children's Literature*），劉鳳芯等譯，3版（台北：天衛文化圖書有限公司，2000）77，「具象化」，即「讀者反應理論」中所指讀者可藉文本的描述形成心理圖象，即依照文本文字所允許的空間進行想像，從而豐富閱讀經驗，增進對文本的理解的過程。
[44] 陳仲義（1948-），〈海峽兩岸：後現代詩考察與比較〉，《文藝評論》3（2004）：37。
[45] 王珂（1966-），〈論葉維廉的詩形觀及創作實踐〉，《詩探索》（理論卷）2（2010）：79。
[46] 童慶炳（1936-），《文學理論要略》（北京：人民文學出版社，1995）360。
[47] 朱立元 47。

（四）〈我的夢〉

> 夢見台灣像船一樣載我到全世界去旅行／夢見地球和月亮
> 牽著手跳舞／夢見米老鼠在我的臥室牆角打洞／夢見聖誕
> 老公公偷走了我的襪子／夢見爸爸把太陽當成籃球打／夢
> 見姊姊戴著星星的耳墜子／夢見我在阿拉伯魔毯上睡覺／
> 夢見恐龍跟我搶任天堂／／我的夢／夢見我／在我的夢中
> ／作我的夢（向陽，《我的夢夢見我在我的夢中作我的夢‧
> 我的夢》　52-53）

　　這是一首孩子很喜歡的詩歌，像一輯充滿色彩的動畫。「夢
見台灣像船一樣載我到全世界去旅行」，「我」安坐在這台灣船
上，會選擇在哪兒登陸？為甚麼夢中的台灣像船，而不是像飛
機？像火箭？

　　「夢見地球和月亮牽著手跳舞」，那該是晚上無疑了。「夢
見米老鼠在我的臥室牆角打洞」為甚麼精靈高貴的米奇不在樂園
派巧克力、跟遊人拍照，反倒淪落到如斯田地？「打洞」這回
事，原該是牠那居於鄉間的遠房親戚的老本行啊。「夢見聖誕老
公公偷走了我的襪子」，聖誕老人不是來送禮物給孩子嗎？為甚
麼反倒成了小偷？是由於有孩子沒來得及預備聖誕襪子吧？「夢
見爸爸把太陽當成籃球打」，是因為爸爸個子高，順手拿太陽來
投籃？還是因為太陽肆虐，氣得爸爸非把它搬下來當球打不可？
「夢見姊姊戴著星星的耳墜子」，戴上星星耳墜子的姊姊，就是
天使嗎？「夢見我在阿拉伯魔毯上睡覺」，那「我」不就是能跟
阿拉丁一樣，不用船，不用飛機，也可翱翔萬里了麼？在魔毯上
酣睡的「我」做的又是怎樣的夢？在我旁邊的是茉莉公主嗎？

「夢見恐龍跟我搶任天堂」，恐龍也要來玩遊戲機？史前的龐然大物也會這些摩登玩意兒嗎？牠如此著急，是由於看著我快要把牠那藏身在任天堂裏的同類殲滅嗎？

究竟這是「我」的一個夢，還是「我」的一連串夢、是「我」的夢中夢？如果做的是夢中夢，「我」怎樣才能分辨出「夢中夢的現實」、「夢中的現實」、「現實」？為甚麼在那只有四行，而每行字數又那麼少的第二節中，不斷重重複複的出現「夢」、「我」、「我的」呢？

夢本來就是天馬行空，模糊了現實和虛幻的界線。《我的夢》用上一連串相互參照的事物，卻又強行把它們誤置，造出千奇百怪的視覺形象，激起難以名狀的情感效果。「老鼠」和「打洞」本是一對兒，然而這老鼠卻是「米老鼠」！「聖誕老公公」和「襪子」向來都是老拍檔，可惜卻沒給「我」帶來預期的驚喜，反倒是錯愕！姊姊戴星星形耳墜子，本司空見慣，但當前戴上的，卻是晚空中的真星星，那又不可同日而語啊！在毯上睡覺，是尋常不過的事，但在阿拉伯魔毯上睡覺，人生又難得幾回！恐龍既是史前動物，也是電玩中的虛擬怪獸，二者卻超越時空，以任天堂為媒，在我的夢中不期而遇！

向陽就是這樣，讓陌生化揮動魔棒，把在場的與不在場的，顯現的與隱藏的都揉合起來，讓一個個本為孩子所熟悉的，典型化了的具象出奇地互動，繪成一幅幅荒誕的圖畫來。每個夢境所呈現的，不再是平淡的黑白兩色，而是繽紛熱烈的色彩，是語言的強烈視覺化，是視覺的狂歡[48]。向陽曾云，詩的世界不是全然真實的世界，也正因為這樣，我們才能透過詩的想像，探觸到真

---

[48] 董鳴鶴（1972-），〈視覺的狂歡──語言陌生化在小說和詩歌中的一種體現〉，《文學界》（理論版）9（2010）：32。

實世界表層下面的情感世界[49]。

　　〈我的夢〉不是鏡子，它不模仿現實、反映現實、重造日常經驗，也不會讓機械性和習慣性的認知再次蒙蔽讀者的視野和感覺[50]；它用上陌生化的手段拉闊了讀者和詩歌的距離，耐人尋味，釋放「想像」[51]。讀者就是這樣，給推離現實主體，從漠然中驚醒過來，重新注視生活，拾回對生活的感覺[52]。

五、結論

　　兒童文學以生命教育為核心，是不言之教，具潛移默化之效，有別於一般的道德與宗教教育[53]。同時追求「為時而作」與「為詩而作」是困難的；向陽認為詩人必須先是一盞燈，其次才是一盞能發光的燈，然後才能進一步考慮所發放光芒的強弱[54]。向陽就是這樣，以虔誠的態度，在詩的國度實踐自己的理想[55]，在「純粹性」與「功用性」間取得平衡[56]。

---

[49]　向陽，〈序：人間有情，心靈有詩〉，《航向福爾摩沙》（台北：五南圖書出版股份有限公司，2006）12。
[50]　王曉君，〈論唯美主義與形式主義對藝術的認識〉，《世界文學評論》2（2010）：246-47。
[51]　馮惠玲（1975-），〈文學審美與新世紀「趨零距離」〉，《湖北民族學院學報》（哲學社會學科學版）29.2（2011）：42。
[52]　鍾素花（1966-），〈英美文學的陌生化語言特點──以喬伊斯《尤利西斯》為例〉，《作家雜誌》6（2011）：53。
[53]　葉瑞蓮，〈「加強文學元素」教學──以政府宣傳短片為文本〉，《新世紀語文和文學教學的思考》，唐秀玲等編（香港：香港教育學院中文學系，2007）184。
[54]　向陽，〈出入──在熱愛與冷智之間〉，《歲月》（台北：大地出版社，1985）2。
[55]　林于弘（1966-），〈向陽新詩創作類型論〉，《國文學誌》10（2005）：324。
[56]　黃玠源（1971-），《向陽現代詩研究：1973-2005》，碩士論文，台灣、中山大學，2008，44。

　　詩歌該能讓讀者捕捉感覺、震懾於語言的魔力與再想像的滿足中[57]。對文本過份熟諳，令讀者難以產生期待，生活文本如是，藝術文本亦如是。藝術家的任務，在於透過獨特的言說方式，營造出不同凡響的審美效果，也就是在於化熟悉為陌生可感，令閱讀變得更豐富細膩、更個人化[58]，更能為人生打造光明，這就是向陽的「三層涵義說」。

[57] 王光明（1955-），〈後現代詩人的都市想像──1980年代台灣、香港的詩歌〉，《福建廣播電視大學學報》3（2009）：2。

[58] 葉瑞蓮，〈促進文學學習的評估：從童書教學出發〉，《優化語文學習的評估：多角度思考》，唐秀玲等編（香港：香港教育學院中文學系，2010）220

形式跨界與成長想像

——論向陽兒童詩《鏡內底的囝仔》、 《我的夢夢見我在夢中作夢》與《春天的短歌》

劉于慈

作者簡介

劉于慈（Yu-Tsu LIU），女，1983年生於台灣台北，花蓮人。中興大學台灣文學所碩士，現就讀台灣大學台灣文學所博士班二年級。碩士論文為《想像世界‧發現台灣：台灣現代主義文學研究的歷史考察》（2009）；曾發表〈後殖民的亞洲滋味：論也斯與王潤華飲食詩中的文化情境與地方想像〉（2011）、〈夢與現實的糾結：論日治時期楊熾昌與超現實主義在台灣的接受史〉（2011）、〈舊社會與新世界：論聶華苓《失去的金鈴子》中的空間意象〉（2011）等文。

論文題要

向陽（1955-）的書寫脈絡中，現代詩無疑是重要的創作進路，開展了詩人對於台灣現實關照的意義網絡，在現代詩的範疇裏，向陽細緻經營詩作風格，並且不斷地嘗試各種表達形式，如有圖像詩、網路詩、兒童詩……等，構築多元並存的實踐線圖。

而所謂的「兒童詩」，意指在預設閱讀對象上傾向「兒童」年齡層，標示以兒童為視角出發的文學特質，兒童詩集在台灣的出版型態多以圖畫書為主，詩人與不同的插畫家合作，呈現圖畫與詩作交融的創作景致，文學與繪畫彼此互涉互生，鋪展多線式的閱讀空間。

　　循此脈絡，筆者以為要理解向陽詩創作的發展進路，兒童詩也是一重要的切入面向，本文擬從向陽研究中鮮少被論及的兒童詩著手，進而延擴出向陽創作的思想光譜。試以《鏡內底的囝仔》（1996）、《我的夢夢見我在夢中作夢》（1997）、《春天的短歌》（2002）三部作品為論述焦點進行討論，從形式到內容，思辨其向容或各異的寫作面向，主要論述分為兩大部分：一、圖畫與音韻：跨媒介與跨語言的創作藝術；二、大人與小孩：成長經驗的對話空間。

關鍵詞（中文）：向陽、兒童詩、形式跨界、成長想像、《鏡內底的囝仔》、《我的夢夢見我在夢中作夢》、《春天的短歌》

一、前言：從現代詩到兒童詩

　　台灣兒童詩的歷史脈絡可溯源戰後初期，但開始較有發展須迄至1949年3月19日台灣版《中央副刊》上《兒童周刊》創刊，始有兒童詩刊行。何謂「兒童詩」？主要可從「對象」和「文類」兩個面向來說明，兒童文學作家或研究者分別對此下過定義，就對象而言，林良（1924-）認為應指「為兒童寫的詩」[1]，趙天儀（1935-）強調從兒童欣賞詩的角度來看，不僅是兒童寫的詩，成人為兒童寫的詩也可稱之為兒童詩[2]；若從內容上言，林武憲（1944-）提出兒童詩是以分行的、想像的、有韻律的口語，來表現兒童見解、感受和生活情趣的一種兒童文學形式[3]，陳正治（1943-）則是將兒童詩定義為根據兒童興趣、需要和能力，應用淺顯而藝術的語言，以及自然而精美的形式，抒發情感的文學作品[4]，由此可見，現代詩與兒童詩的差別，乃在於作者與所設定讀者群之間的差距，是由成人轉向兒童，也因為是替兒童所寫的文本，常常喚起別於其他文學形式的閱讀情感。

　　林煥彰在《現代詩副刊》上指出台灣始有成人為兒童寫詩，是1949年國府遷台後由現代詩人紀弦等從大陸帶來一支新詩的火把同時點燃，最早是現代詩人楊喚，他專意寫兒童詩，對早期台灣兒童詩的發展，有相當影響力[5]，而趙天儀也提到戰後跨越語言一代的台灣詩人，往往扮演雙聲帶的角色，既寫現代詩，

---

[1]　林良，〈詩、童詩、兒歌〉，《慈恩兒童文學論叢（一）》（高雄：慈恩出版社，1985）93。

[2]　趙天儀，〈兒童詩的正名〉，《國語日報‧兒童文學週刊》573，1983年5月15日。

[3]　林武憲，《兒童文學詩歌選集》（台北：幼獅文化，1989）24。

[4]　陳正治，《兒童詩寫作研究》（台北：五南圖書，2002）7。

[5]　林煥彰，〈略談台灣的兒童詩〉，《現代詩副刊》6（1984）：93-103。

也寫兒童詩，且皆有所成就，如：吳瀛濤（1916-71）、周伯陽
（1917-84）、詹冰（詹益川，1921-2004）、林亨泰（1924-）、
張彥勳（1925-95）等[6]，徐錦成（1967-）循此脈絡，在其《台
灣兒童詩理論批評史》一書就指陳此類詩人還有：楊喚（1930-
54）、蓉子（王蓉芷，1928-）、陳千武（陳武雄，1922-）、
詹冰（詹益川，1921-2004）、趙天儀（1935-）、葉維廉
（1937-）、林煥彰（1939-）、陳黎（1954-）、白靈（莊祖煌，
1951-）等人[7]，以上三位研究者，不約而同地觀察到現代詩人參
與兒童詩創作的面向。1997年三民書局邀請一批現代詩人投身兒
童詩，出版「小詩人系列」創作[8]，嘗試為兒童詩注入一股新的

---

[6] 趙天儀，〈兒童詩的回顧與展望〉，《兒童詩初探》（台北：富春文
化，1992）19-20。
[7] 徐錦成，《台灣兒童詩理論批評史》（彰化：彰化縣文化局，2003），
23-31。
[8] 由三民書局出版的「小詩人系列」企劃，乃認為詩的語言，也該是生
活的語言，孩子都是天生詩人也蘊涵童心，因此藉出版系列叢書，培
養孩童詩心，共計二十冊：向明（1928-）著、董心如（1964-）繪《螢
火蟲》（1997）；張默（1930-）著、董心如（1964-）繪《魚與蝦的對
話》（1997）；葉維廉（1937-）著、陳璐茜（1963-）繪，《樹媽媽》
（1997）；夐虹（1940-）著、拉拉繪《稻草人》（1997）；蘇紹連
（1949-）著、藍珮禎繪《雙胞胎月亮》（1997）；白靈（1951-）著、
吳應堅繪《妖怪的本事》（1997）；陳黎（1954-）著、王蘭繪《童話
風》（1997）；向陽（1955-）著、陳璐茜（1963-）繪《我的夢夢見我
在夢中作夢》（1997）；葉維廉（1937-）著、朱美靜繪《網一把星》
（1998）；蘇紹連（1949-）著、陳致元繪《穿過老樹林》（1998）；朵
思（1939-）著、郝洛玟繪《夢中音樂會》（1998）；陳義芝（1953-）
著、曹俊彥（1941-）繪《小孩與鴨鵝》（1998）；汪啟疆（1944-）
著、張曉萍（張琹，？）繪《到大海去呀，孩子》（1998）；林煥彰
（1939-）著、施政廷（1960-）繪《家是我放心的地方》（1999）；尹
玲（1945-）著、莊孝先繪《旋轉木馬》（2000）；蕭蕭（1947-）著、
施正廷繪《我是西瓜爸爸》（2000）；顏艾琳（1968-）著、鄭慧荷繪
《跟天空玩遊戲》（2001）；向陽（1955-）著、何華仁（1958-）繪
《春天的短歌》（2002）；陳黎（1954-）著、楊淑雅繪《黑白狂想曲》
（2003）；白靈（1951-）著、鄭慧荷譯《台北正在飛》（2003）。三民
書局為台灣兒童詩出版機構之一，此系列叢書所挑選的詩人有其時代的
代表性，詩人如何跨足兒童詩創作，並成為台灣國小學生的補助教材，
此相關研究論述可參照：鄭佩芷，〈《小詩人系列》作品研究〉（台

能量，於詩作篇幅和情節的構設上皆有所提升，在在可探見台灣的兒童詩與成人的現代詩之間有著密不可分之關係，然而，台灣的現代詩史上對這塊領域仍尚待開發，除了反映「兒童文學」在台灣文學史上的邊緣之外，亦表露「兒童詩」此一文類在現代詩研究上的失落，本文研究對象向陽便是其中一例。

　　向陽（1955-），本名林淇瀁，出生於台灣中部山村鹿谷鄉廣興村，身兼詩人、教師、學者等多重身分，創作文類涵攝現代詩、散文、論述等面向，顯現其創作的廣度。而向陽對於「兒童」的關注，並非僅止於單向的發展軸線，其中隱含層層堆疊的創作軌跡，起初，在大學時期曾以本名在《國語日報・兒童版》發表〈老鼠公主的婚禮：紀念詩人楊喚〉（1974.3.7）、〈蝙蝠先生的故事〉（1974.3.24）兩篇散文[9]，然而由於此二篇少作尚且零星，直至「神話新說」的相關出版，向陽才開始有較具規模的兒童文學創作。「中國神話故事」的寫作源自1980年向陽於《時報周刊》任編輯之際，周刊別冊上有「神話新說」的專欄（1980秋-1982.6）[10]，為時兩年對中國既怪誕又有趣的神話故事

東：台東大學兒童文學所碩士論文，2007）。陳穎昭，〈由《小詩人系列》走進兒童詩的想像世界〉（新竹：玄奘大學中國語文學系碩專班碩士論文，2011）。

[9]　徐錦成在〈鏡內底的囝仔和鏡口外的大人：訪向陽談兒童文學〉一文中紀錄，向陽回憶其兒童文學的初創作乃是以「羊笳」為筆名，在《國語日報》兒童版上發表〈送給媽媽的陽光〉、〈童話裏的王國〉兩篇作品。然此段敘述有部份需勘誤之處，向陽於《國語日報》兒童版上發表的文章，是以本名林淇瀁發表，而〈童話裏的王國〉確實為楊喚同名詩作改寫之文，但篇名應是〈老鼠公主的婚禮：紀念詩人楊喚〉（1974.3.7），另一篇發表文章〈送給媽媽的陽光〉，筆者於報紙史料中未見此文，但見有〈蝙蝠先生的故事〉（1974.3.24）一文，詳細發表時間可參見附錄「表格1：向陽兒童文學創作相關年表」。另，徐氏文章請見：徐錦成，〈鏡內底的囝仔和鏡口外的大人：訪向陽談兒童文學〉，《兒童文學學刊》7（2002）：289-306。

[10]　向陽，〈提供小朋友中國式的夢〉，《中央日報》1983年8月9日，20。經筆者查訪，目前台灣的國家圖書館藏有《時報周刊》，然在《時報周刊》合訂本中未見收錄「婦女家庭別冊」，別冊資料全散佚，故未能搜

進行改寫，之後於1983年出版《中國神話故事》（此書再版時篇章一分為二，先後於2010及2011年發行，書名改為《蛟龍、怪鳥和會念經的魚：中國神話故事（1）》、《幫雷公巡邏：中國神話故事（2）》[11]），以及《中國寓言故事》（1986）（2012年再版更名為《大鐘抓小偷：成語也會說故事》），此為其兒童文學創作的起步。

　　爾後翻譯由龍尾洋一（TATSUO YŌichi, 1964- ）所寫的，日本少年科幻小說《達達的時光隧道》（1990）[12]，另於1994年秋至1995年末參與「安徒生獎大師傑作選」系列出版，選譯窗道雄（MADO Michio, 1909- ）[13]童詩百首，集結成《大象的鼻子長》（1996）一書，翻譯窗道雄兒童詩的契機，使得向陽開始真正踏進兒童詩的世界。於是乎，在各出版社邀約的機緣下，出版台語兒童詩集《鏡內底的囝仔》（1996）[14]，亦參與葉維廉所策劃的由台灣當代詩人為兒童寫詩之「小詩人系列」，先後出版相關書籍有《我的夢夢見我在夢中作夢》（1997）、《春天的短歌》

齊單篇獨立發表時間。

[11] 《幫雷公巡邏：中國神話故事（2）》於2012年獲「2011年度最佳少年兒童讀物創作類獎」，足見向陽在文學的耕耘上的厚度及深度，而兒童文學此一類別在其創作脈絡上，應是不容忽視的研究區塊。

[12] 《達達的時光隧道》原名《タッくんの空中トンネル》，由龍尾洋一著，石橋 かほる（ISHIBASHI Kaoru）繪圖，1987年在日本岩崎書店出版，為第3回福島正實記念SF童話賞優秀作品。除此之外，龍尾洋一有另一著作，由さかもと瓢作(SAKAMOTO HyŌsaka, 1949-)繪圖的《子どもテレビ局こちら事件現場です！》，1997年於日本岩崎書店出版。

[13] 窗道雄（MADO Michio, 1909- ），本名石田道雄（いしだ みちお），1919年來台居住長達24年之久，書寫許多蘊含台灣風土的兒童詩，回國後持續從事童詩創作，為日本近代重要童詩詩人，於1994年受「世界童書評議會」肯定，是第一位獲得「國際安徒生獎」（Hans Christian Andersen Award）的日本作家。窗道雄相關著作可參見伊藤英治編，《まど・みちお全詩集》（日本：理論社，1992）。

[14] 《鏡內底的囝仔》於1996年由新學友初版，而後絕版，迄至2010年才由大塊文化重新出版，新版在詩作上有國語（《鏡子裏的小孩》）和台語兩種版本，在圖畫的部份幾米重繪新版封面圖，未免混淆，本研究行文時仍以初版書名《鏡內底的囝仔》為主。

（2002），二書分別在出版該年入選「好書大家讀」優良兒童少年讀物。另外，於2003年出版由許文綺所繪，「台灣青少年系列」的繪本散文集《記得茶香滿山野》（2003）。

　　從神話新說、翻譯、散文，乃至兒童詩[15]，在在揭示向陽於「兒童」議題上的創作累積，因此，將焦點轉回本文的研究對象兒童詩上，引發諸多值得進一步探索的問題，其一，「兒童詩」作為兒童文學的一環，表現出何種特色？其二，「兒童詩」作為向陽現代詩創作中的一脈，如何體現別於其他詩作的文化觀？筆者以為在向陽現代詩的創作軌跡裏，「兒童詩」的類型有其存在的特殊性和意義性，因此，如欲了解向陽現代詩創作的精神變貌，兒童詩的研究取徑是不可或缺的拼圖之一。

　　然而，即使目前對向陽的現代詩研究已有諸多成果，但在兒童詩的面向上仍屬相對闕如的狀況，目前僅見徐錦成〈一面解讀兒童詩的哈哈鏡：從拉康的「鏡像階段」理論看幾首「鏡子詩」〉一文，該文以兒童寫的鏡子詩和成人（黃基博與向陽）寫的鏡子詩作為分析對象，透過鏡像階段（the mirror stage）理論對詩作進行析論[16]，筆者試以此為論述基礎，進一步延伸思考向陽兒童詩的創作意涵，並為其作一全面性的關照與析論。

　　綜上所述，本研究試圖從形式與內容兩條軸線，推衍向陽兒童詩的創作進路，首先，從形式而論，探究跨媒介（文字／圖畫）與跨語言（國語／台語）的創作藝術，如何展演於詩作之中？彼此間產生何種相生相成之關係？再者，透過《鏡內底的囝仔》（1996）、《我的夢夢見我在夢中作夢》（1997）、《春天

---

[15] 向陽兒童文學發表篇目及時間請參照附錄：「表格1：向陽兒童文學創作相關年表」
[16] 徐錦成，〈鏡內底的囝仔和鏡口外的大人：訪向陽談兒童文學〉，《兒童文學學刊》7（2002）：289-306。

的短歌》（2002）三部兒童詩集，以成長想像的研究視角，鋪展
兒童詩的創作內容，耙梳向陽兒童詩中向容或各異的寫作面向，
藉以敷衍向陽詩創作的思想光譜。

二、圖畫與音韻：跨媒介與跨語言的創作藝術

　　兒童詩的表現方法眾多，本節首先從形式軸線切入，由圖畫
與音韻兩個層面梳理向陽兒童詩的創作特色，試以討論跨媒介
（文字／圖畫）與跨語言（國語／台語）的創作藝術如何展演於
兒童詩之中？在主動與被動之間，形式如何構築兒童詩豐富的表
現力？皆是本節所要關注的部份。

（一）兒童詩與圖畫書

　　向陽詩作與插畫家合作的案例，兒童詩並非先例，在1986
年出版的現代詩集《四季》中便有所嘗試，《四季》由周于棟
（1950-）插畫，李蕭錕（1949-）負責封面設計以及書法題簽，
首版以厚牛皮紙彩色精印，並且以手稿方式印出，使得詩集揉合
其他媒材和表現形式，此次的合作乃是詩人與插畫家協商後的結
果，增添文字展演的多樣性。而向陽三本兒童詩的出版，全以圖
畫書的方式呈現，有別於《四季》的主動出擊，兒童詩衍生另一
層面的問題，即是閱讀社群（Reading Community）的不同，由
於兒童詩主要的閱讀年齡階層是兒童，因此詩作所表現的技巧以
及詩集所呈顯的模式，必需不同於其他出版品，插畫成為一種必
須的存在，它作為一座橋樑，提供兒童與詩作間的閱讀方向，如
同貢布里希（E. H. Gombrich, 1909-2001）在〈視覺意象〉（"The
Visual Image"）一文中所提到的：「視覺意象擁有最高度的喚起

能力」[17]，因此，向陽的兒童詩出版，在出版社的考量之下，有跨界製作的必要性與效益，為配合兒童讀者的興趣取向，透過「圖・文」並茂的方式呈現。

1996年向陽在新學友出版台語兒童詩集《鏡內底的囝仔》，由幾米（1958-）[18]為其繪製插圖，並於2010年由大塊文化再版，再版部份詩作上並無文字更動，然而衍生新舊兩款封面詮釋文本，兩種封面造成差異的閱讀想像，展現圖畫的功能性，如同以下「圖1」及「圖2」所示：

圖1：1996年《鏡內底的囝仔》封面，新學友版

圖2：2010年《鏡內底的囝仔》封面，大塊文化版

---

[17] E.H. Gombrich, "The Visual Image."*Scientific American* 227.3（1972）:82-94。另參照：培利・諾德曼（Perry Nodelman），《話圖：兒童圖畫書的敘事藝術》（*Word about Pictures：The Narrative Art of Children's Picture Books*），楊茂秀等譯（台東：兒童文化藝術基金會，2010）82。

[18] 幾米（廖福彬，1958-），1998年開始成人繪本創作，以圖文搭配超現實的情境，且在細膩的畫風下帶有淡淡都市、人生疏離感，因而獲得廣大的迴響，代表作有：《森林的秘密》（1998）、《微笑的魚》（1998）、《向左走向右走》（1999）、《地下鐵》（2001）、《我只能為你畫一張小卡片》（2002）、《走向春天的下午》（2010）、《世界別為我擔心》（2011）……等。幾米的繪本創作跨界多種表現形式，如有舞台劇、電影、電視劇、動畫，涵攝成人圖畫書、跨藝術、文化現象、幾米風潮等多個問題意識，相關研究可參照：謝宜云，〈丈量寂寞的深度：幾米繪本的文化現象研究〉（台中：中興大學台灣文學所碩士論文，2010）。洪于茹，〈幾米圖像創作品跨音樂舞台劇之再創作研究〉，碩士論文，台灣藝術大學，2008；蔣慧貞，〈幾米品牌邁向全球化現象之研究〉，碩士論文，南華大學，2008。

　　1996年《鏡內底的囝仔》的封面，是由一位小女孩（與一隻貓）在鏡框裏面與讀者相望，誘使讀者發想圖中的小女孩就是那位「囝仔」，似乎也預告小女孩將帶領閱讀者進入鏡裏世界，而2010年再版的詩集封面，則是讓兩隻動物舉著一面鏡子，透過銀色圓形的素材，摹擬鏡子的實態，不再賦予特定的人物形象，而是邀請讀者「自己」化身為「鏡內底的囝仔」。經由封面圖畫的例子我們可以知道，兒童除了透過文字進入詩的世界，也可以從圖畫所形塑的輔助與想像路徑，漫遊兒童詩的閱讀空間。加拿大兒童文學研究者培利・諾德曼（Perry Nodelman, 1942-）在談到文字與圖畫書的構成時，認為：

> 文字與圖畫最佳且最有趣的結合，並非在於作者和插畫家嘗試使它們彼此映照和彼此複製的時候，而是當作者和插畫家利用不同藝術的迴異性質，傳達出不同的資訊的時候。如此一來，書中的文字和圖畫彼此之間就形成了反諷關係（ironic relationship）：文字告訴我們圖畫沒有顯現的東西，圖畫則告訴我們文字沒說的事情[19]。

　　從《鏡內底的囝仔》封面一例得知，向陽與插畫家之間並無事先協商表現內容，對插畫家的選擇乃是透過出版社搭配，二者間未曾交涉或干預，因此在詩作與圖畫上並非呈顯複製的關係，在兒童詩的合作出版上，各自運用不同的文藝表現，傳達對方沒有透露的訊息，文學（詩作）與藝術（圖畫）彼此互文（intertexuality），起了相輔相成之作用。互文性的基本定義就是文本指涉文本（texts referring to texts），或者是文本引述舊文

---

[19] 培利・諾德曼，《話圖：兒童圖畫書的敘事藝術》　322。

本（texts citing past texts），是兩個或兩個以上彼此影響的文本之間的關聯性，克莉斯蒂娃（Julia Kristeva, 1941-）曾論及，互文性理論不僅注重文本形式之間的相互作用和影響，而且更注重文本內容的形成過程，注重研究那些無法追溯來源的代碼，無處不在的文化傳統的影響[20]。因此，詩人以書名標誌詩集屬性和焦點，但並未告訴我們「鏡內底的囝仔」究竟是誰？插畫家則是先後從兩個封面的構設上，提供讀者「囝仔」可能是一名綁著頭髮的女孩、或者是正在閱讀的讀者自己兩條線索，於是乎，透過圖畫傳達閱讀的趣味以及其他可能性，足見詩作和圖畫兩種文本之間既可各自獨立，亦可交互對話的閱讀空間。

　　爾後，向陽所出版的兩本「小詩人系列」兒童詩集，一樣透過與插畫家的搭配，營造多樣性的閱讀感，「小詩人系列」是三民書局第一套童書，葉維廉作為主要策劃並負責向詩人邀稿，吳雪梨擔任編輯以及安排插畫家等業務[21]，向陽參與此系列出版計劃，於1997年出版《我的夢夢見我在夢中作夢》，由陳璐茜（1963-）繪製插圖，2002年出版《春天的短歌》由何華仁（1958-）配圖，參見「圖3」、「圖4」：

---

[20]　羅婷（1946-），《克里斯多娃》（台北：生智出版，2002）115。
[21]　吳雪梨在〈《小詩人系列》編輯者之訪談記錄〉中曾自述，插畫家的部分她會先詢問詩人是否有習慣合作的插畫家，若無則由她所安排、選定，如：陳璐茜由向陽推薦，向明先生則是找他的女兒董心如小姐配畫，但大抵來說，詩人完成詩作交給出版社後，便極少再過問插畫一事，而插畫家在完成圖畫之後，由於往往接近出版時間，因此也無空檔讓詩人再度過目，筆者以為此恰巧形塑兩個文本的互文關係和對話空間。相關訪談可參照：鄭佩芷，〈《小詩人系列》作品研究〉　250-54。

圖3：1997年《我的夢夢見我在夢中作夢》封面，三民版

圖4：2002年《春天的短歌》封面，三民版

　　圖畫與文字之間的增補作用，我們可以從這兩本詩集封面再度見證，於《我的夢夢見我在夢中作夢》中，夢境是什麼？又是誰在作夢？插畫家陳璐茜以鯨魚作為主角，在鯨魚身上有房子、車子、人在天空飛，充滿各種逗趣又繽紛的想像圖景，別於現實之外，在夢境裏有無限可能，這是屬於插畫家想像的夢境，在詩作之外所給予的回應，其次，《春天的短歌》中則是以木刻線條，作為圖畫書的創作基調，呈顯黑墨印刷的雕刻質感，如是般圖畫與詩作的互文對話，贏得許多正面評價。

　　在此，筆者初步以兒童詩集的封面做為跨媒介研究的嘗試與切入點，礙於篇幅所限不擬多述內文詩作與圖畫的對話空間，僅以一例為分析焦點，目的在於指出兒童詩與圖畫書之間的互文關係，二者衍生文化跨界（crossove）的意義網絡，羅蘭・巴特（Roland Barthes, 1915-80）在分析新聞時，對文字及照片作了一番論述：

　　　　訊息的總體……是由二種不同的結構所提供（其一是語言）；這二種結構同時作用，不過其組成單位具異質性，

　　　因此不會混合；此處（指文本）訊息由字詞組成；彼處（指
　　　照片）由線條、外觀及明暗組成。進一步來說，若是二個連
　　　續空間不具「同質性」，這二種訊息結構變各據一方。[22]

　　羅蘭・巴特這段話強調文字與圖畫都應個別進行分析，唯有
透徹的了解個別結構，才能瞭解彼此如何互補，此一觀點也可挪
用至兒童詩和圖畫書身上。向陽所出版的兒童詩，雖是被動的與
插畫家配合，但正可體現兒童詩集的特殊性，視覺文化打開了一
個完整的互文本世界，其中對圖像、聲音以及空間構圖的解讀，
形塑相互作用又依賴於彼此的關係[23]。
　　要特別說明的是，向陽不只是被動的被納進童書出版體系
中，於《春天的短歌》裏也發表幾首參雜圖像的詩作，如〈說給
雨聽的話〉利用標點符號「……」、「！！！！！！！！！！！」
、「※※※※※※」形構雨水的形象、〈夢的筆記〉中以圖像如
「☎」、「√」取代習慣的文字，甚至有圖像詩〈囚〉運用「團
團圍困」四字繞成圍城，框住裏面的「人」字，足見向陽在兒童
詩的書寫形式上也做各種活潑的嘗試，使得詩／圖像詩／圖畫三
者交互辯證。綜上所述，《鏡內底的囝仔》、《我的夢夢見我在
夢中作夢》、《春天的短歌》三部兒童詩集，藉由文學（詩作）
與藝術（圖畫）表現形式的跨界，遂形成既各自獨立；也相互建
構的文化情境，出版形式邊界的擴大，不僅增加閱聽眾群，亦提
升文本的審美意涵。

---

[22] 將羅蘭・巴特對新聞照片的分析，運用到圖畫書上，乃是培利・諾德
　　曼的發想，筆者再此進一步延伸至兒童詩集的運用上，參見培利・諾
　　德曼，《話圖：兒童圖畫書的敘事藝術》，頁96。相關引文請參照：
　　Roland Barthes, *The Responsibility of Forms : Critical Essays on Music, Art,*
　　and Representation; trans. Richard Howard (Oxford：Basil Blackwell, 1986)
[23] 羅崗、顧錚，《視覺文化讀本》（廣西：廣西師範大學出版，2003）3。

（二）兒童詩中的國／台語運用

　　向陽在兒童詩的寫作脈絡上，展現語言的雙軌形式，他以國語書寫《我的夢夢見我在夢中作夢》及《春天的短歌》兩本詩集，另以台語創作《鏡內底的囡仔》，在為數極少的三本兒童詩創作中，便有語言轉換的操演鋪展，揭示向陽對於語言使用問題的敏感度和企圖心。從中衍生值得思考的問題面向，意即向陽在兒童詩創作的脈絡中，使用國語／台語兩種語言創作的背後意涵為何？展現何種時代語境？如何體現在兒童詩的創作之中？

　　向陽在七〇年代的後期，以台語漢字的方式書寫詩作，在語言的使用上有所突破[24]，書寫模式的嘗試，對他而言主要在於開拓語言層次的伸展，以及錘鍊鄉土的語言，以達於文學的語言之境界，然而以台語漢字創作的效度，雖尚屬摸索階段，但正如向陽自己所言「既做了，自必需做完它」一般[25]，此番堅持也落實在兒童詩的寫作上。在以國語寫作的兒童詩集中，除了白描童年的記憶與生活場景之外，於詩作中可以看到國、台語交雜的寫作方式，如〈火金姑〉一詩中寫道：「沒有電的年代／火金姑是黑夜的燈／照亮了田間小徑／照亮了屋前大埕／也照亮了孩子的眼睛」[26]，「火金姑」（hué-kim-koo）為台語發音，指的是螢火蟲，又稱火金蛄、火金星，在農村長大的小孩大多有捕捉火金姑的童年經驗，另外，「大埕」（tuā-tiânn）也是台語發音，多被寫作稻埕（tiū-tiânn），是台灣舊式三合院中的晒穀場，夜晚可供乘涼。又如〈布袋戲偶〉中的一段：「爸爸說你是布袋戲偶／

24　呂焜霖，〈戰後台語歌詩的成因與發展：兼論向陽與路寒袖的創作〉，碩士論文，〔台〕清華大學，2008，151。

25　向陽，《土地的歌》（台北：自立晚報，1985）200。

26　向陽，〈火金姑〉，《我的夢夢見我在夢中作夢》（台北：三民書局，1997）。

早年台灣鄉下，迎神廟會中／你是他心中最偉大的英雄／在雄偉的戲台上／金光沖沖滾的你／殲滅了無惡不作的壞蛋」[27]，「金光沖沖滾」為台灣金光戲特有的形容詞，「沖沖滾」（tshiâng-tshiâng-kún）為台語口頭常用話，原指水沸騰的樣子，後來引申為人氣沸騰、熱鬧貌。

　　以上二例皆見向陽在國語兒童詩的創作上，並未被單一語言限制，而是表露使用雙語的用心，「火金姑」與「沖沖滾」二者為台語童謠常用詞彙[28]，傳達語言音律感的本質，因此，在創作進程中，以國、台語穿插的表現方式，將台語詞彙融入國語詩作中，除了增加兒童詩的豐富性，也暗喻台灣多語並存的文化情境，此也是向陽創作中不斷關注的焦點之一。

　　而對於台語兒童詩的展演，主要表現在《鏡內底的囝仔》（1996）一書中，以鏡子為題，收錄十首台語兒童詩，1996年由新學友初版，後絕版，迄至2010年才由大塊文化重新再版，新版在詩作上有國語（《鏡子裏的小孩》）和台語（《鏡內底的囝仔》）兩種版本，向陽在創作此系列詩作時，曾表達其創作理念：

> 台語，在九〇年代的台灣幾乎已經不是大多數孩子日常使用的語言，這使得台語在兒童中被應用、被習慣的語言情境幾乎不存在。……透過這一首詩作（案：〈鏡內底的囝仔〉），我突破了在童詩中使用台語作為表達工具的困難，……在台語的運用上，也相當能貼近台灣兒童的日常

---

[27] 向陽，〈布袋戲偶〉，《春天的短歌》（台北：三民書局，2002）。
[28] 在台語童謠中，有一首〈火金姑〉：「火金姑來食茶，茶燒燒，食芎蕉，芎蕉冷冷，食龍眼，龍眼愛撥殼，換來食那菝仔，那菝仔全全籽，害阮食一下落嗹齒，害阮食一下落嗹齒」，另，也有「一的炒米香，二的炒韭菜，三的沖沖滾，四的炒米粉，五的五將軍，六的攬子孫，七的七蝦米，八的信肚臍，九的倒在蠔，十的倚起來看打你千，打你萬，打你一千過五萬，老鼠仔欲嗍就緊嗍，毋嗍給你打到嗍」。

　　台語，幫助他們在閱讀的驚喜中，發現台語這種媽媽話的
美麗[29]。

　　上述一段話傳達九〇年代台灣社會的文化處境，台灣由於融
合多種語言，因此在面對語言問題之上，湧生複雜的歷史情境，
台灣的語言環境在國民政府遷台之後便有所更迭，主要透過國家
政策及教育推行，逐步形成國語為主流的語言文化。1946年4月
2日成立「台灣省國語推行委員會」，教育處規定各級學校教授
國語，1946年10月後廢止日文，台語此時扮演促進學習國語的角
色，1950年台灣省教育廳訂定「台灣省非常時期教育綱領實施辦
法」，加強國語運動，並且逐漸白除本土方言，1956年推行「說
國語運動」，學生禁止使用台語說話[30]，之後一連串的措施，使
得國語在政治力量、文化教育政策的推行之下滲透至民間，國語
成為「唯一」的共同語言。因此，七〇年代開始，向陽即以創作
台語詩來表達他的意識形態和文化關懷，然而，語言問題是一道
漫長的待解公式，當時間推移至九〇年代的台灣社會，新生代母
語弱化的文化情境並未消弭，因此，向陽在兒童詩的創作上採用
台語書寫，延續其台語詩創作的意圖，藉由兒童社群的切入，拓
展語言的接觸視角。
　　是故，在《鏡內底的囝仔》一書中，向陽一如既往使用台
語漢字創作，從題名可見多以對比的方式進行[31]，如〈倒面加
正面〉、〈共款和精差〉、〈早時連暗時〉、〈有影的參無影

<hr>

[29] 向陽，〈為台灣兒童寫詩的驚喜：我的童詩創作初旅〉，《中華日報》
　　1996年6月21日，14。
[30] 請參照：黃宣範，《語言、社會與族群意識：台灣語言社會學的研究》
　　（台北：文鶴，1994）。施正鋒編，《語言政治與政策》（台北：前
　　衛，1996）。
[31] 《鏡內底的囝仔》詳細收錄篇目請參照附錄「表格2：向陽兒童詩目錄」

的〉、〈大的抑是細的？〉[32]等詩，詩名以正反／同異／早晚／有無／大小等兩組詞彙對稱羅列，呼應鏡子反射的特色，使得詩作在結構上於簡白中表現節奏感，試舉一例說明之，在〈共款和精差〉[33]中：

第一節	第二節
鏡內底的囝仔	鏡內底的囝仔
哪會和我生做者共款？	哪會和我生做有精差
我問爸爸	我問媽媽
爸爸笑一下	媽媽想笑一下
憨囝仔	乖囝仔
鏡會照人	鏡是物件
你照鏡	無生命
鏡照你	你會走
照出來	鏡膾走[34]
當然嘛和你生做攏共款	當然嘛和你生做有精差

「共款」意思為相同、同樣，「精差」指差異、差別，二者為相反詞，在詩中第一節以爸爸的回答解釋鏡子照射的「共款」特徵；第二節以媽媽的視角解釋「精差」，表達實體與虛像之差異，兩個段落字數與句型相似，但內容則為相反意，如是般的寫作模式，在相承的對應結構中，扣緊「鏡子」的特性，呈現一體兩面的存在。類似的對比創作也表現在〈早時連暗時〉[35]一詩中：

---

[32] 向陽《鏡內底的囝仔》一書，由於以台語漢字創作，然隨著台語文學的發展，因此在初版及再版上多有同音義但不同字的情況出現，本研究以初版為主，特此說明。1996年新學友版上〈倒面加正面〉在2010年的大塊文化版時改題為〈倒面佮正面〉；〈仝款和精差〉在初版時為〈共款和精差〉，詳細題名更動請參照附錄「表格2：向陽兒童詩目錄」。

[33] 向陽，〈共款和精差〉，《鏡內底的囝仔》（台北：新學友，1996）。

[34] 「鏡膾走」在2010再版時寫做「袂」，音皆讀做bē或buē，「不會」的意思。

[35] 向陽，〈早時連暗時〉，《鏡內底的囝仔》。

第一節	第二節
每工早起時	每工陰暗時
我尚愛揣鏡來照面	我嘛會揣鏡來照面
鏡內底的囝仔	鏡內底的囝仔
生做白泡泡	目睭紅絳絳
生做幼綿綿	大頭結垂垂
猶有紅朱朱的嘴胚	也會開嘴撥哈
我尚愛這款有精神的囝仔	我尚疼這款無精神的囝仔
敲早，你好	趕緊，去睏
鏡內底的囝仔	鏡內底的囝仔

　　「早時」對「暗時」，也就是早上對晚上，揭示迥異時間點小孩的活動情境，鏡裏的小孩在這兩個不同時段有哪些差異？我們從詩作上可以看到，經過睡眠之後，早上的小孩「生做白泡泡／生做幼綿綿」，白泡泡和幼綿綿指白淨、細嫩的樣子，是「有精神」的樣態；晚上的小孩在一天的活動後，呈現「目睭紅絳絳／大頭結垂垂」，眼睛轉為疲累的深紅色，頭也低垂下來，映照出一天結束之後體力耗盡打呵欠的「無精神」小孩，皆可見向陽透過形式相似的組句，描繪對比反差的面貌。如是般藉由固定的句式，使人更易記憶內容，使讀者在閱讀過程中，樂於反覆閱讀，在形式的建構與輔助下，表達台語兒童詩適宜朗誦的特質，扣合向陽寫作台語童詩的初心，誘使兒童了解台語此一「媽媽母語」的語言特性，並且經由格式和詞彙的對比性，增添閱讀的趣味與節奏感。

　　然而，要補充說明的是，向陽於1996年以台語進行兒童詩的創作與實驗，但在2010年由大塊文化再版台語童詩集時，於出版機制的運行上，改以國、台語雙語發行文本，是故有《鏡內底的囝仔》（台語）及《鏡子裏的小孩》（國語）兩種版本，將原來的台語詩作以國語直譯，揭露「台語」對於現當代兒童來說，仍

是傾向失語調性，筆者在此無意以國／台語書寫策略的意識形態
鬥爭為論點，而是指出向陽使用兩種語言進行創作的開展性，以
台語寫作童詩展演母語的韻律感和文化氛圍，而國、台語雙向出
版詩集則是擴大了閱讀社群，彼此相互參照，誘發閱讀的樂趣。

三、大人與小孩：成長經驗的對話空間

　　梳理完向陽在兒童詩創作形式上的嘗試與實驗，本節預計從
內容的部份詮釋詩作脈絡，首先，從出版年來看，雖然《鏡內底
的囡仔》發行時間早於《我的夢夢見我在夢中作夢》，但根據向
陽所言，後者才是其個人最早嘗試創作的兒童詩集[36]，因此筆者
試圖將《我的夢夢見我在夢中作夢》與《春天的短歌》放在同一
脈絡下討論，探究同為「小詩人系列」的兒童詩，先後出版的共
調關係，而當中又有何種詩議題的延續及擴展？其次，從台語詩
集《鏡內底的囡仔》切入，關照鏡像內外的他人與自我，以及所
延伸的認同議題。

（一）「父親」的童年想像

　　向陽述及自身的兒童詩創作時，認為是向小朋友「牙牙學
語」的習作，然而，它並非僅是一種童言童語的擬仿，而是詩人
復歸本質，召喚過去的童年經驗，揉合文學技巧的對話。在鄭佩
芷的研究中指出，向陽作品本土意識濃厚，引導小讀者認識家

---

[36] 向陽在《我的夢夢見我在夢中作夢》前言中提到這是他第一本童詩集，
另於〈為台灣兒童寫詩的驚喜：我的童詩創作初旅〉一文也提到：
「1995年夏天我完成了第一本童詩集《我的夢夢見我在夢中作夢》交給
三民，……沒想到陳淑惠小姐轉到新學友，在今年年初一通電話中，
他希望我為新學友籌劃的童書寫一本台語童詩」。參照：向陽，〈寫在
前面〉，《我的夢夢見我在夢中作夢》。向陽，〈為台灣兒童寫詩的驚
喜：我的童詩創作初旅〉，《中華日報》1996年6月21日，14。

園，產生認同，而在形式上常用並列結構、對比結構、總分結構，具對稱之美[37]，然筆者想延伸說明的是，向陽書寫兒童詩的起步，實際上是透過書寫自身開始，「來自童年的、來自故鄉的」，「盡力讓自己回到童年，進入一種清純的境界，學習體會當代孩童的想法和想像方式」[38]，緣於自身的成長經驗，展現一貫對台灣土地的關懷，此成為其兒童詩創作中成長經驗（growth experiences）的一環，如在〈白鷺鷥〉一詩中，描述父輩的童年記憶：

> 小時候／爸爸打赤腳上學／白鷺鷥是爸爸的朋友／有時在田埂邊／有時在牛背上／瞅著爸爸細瘦的腳／舞動著潔白的翅膀／好像是說／飛吧／你快遲到了／／小時候的爸爸／不羨慕白鷺鷥有對能飛的翅膀／只希望有一雙潔白的運動鞋／可以不必打赤腳上學／／白鷺鷥是爸爸的朋友／在爸爸放學經過的田埂邊／在被夕陽照得通紅的牛背上／舞動著潔白的翅膀／瞅著爸爸細瘦的腳／好像是說／趕快回家吧／用我這雙白色的鞋[39]

　　在這首詩中描繪的是「爸爸」幼時的童年記憶，首段寫「白鷺鷥是爸爸的朋友／有時在田埂上／有時在牛背上／瞅著爸爸細瘦的腳」，田埂和牛背的空間移動，暗示並非特定日子的偶發事件，而是長時間「瞅」著爸爸的腳穿過田野前往上學途中，並在夕陽餘暉時復歸，詩作將白鷺鷥的翅膀與爸爸的雙腳連結起來，

---

[37] 鄭佩芝，〈《小詩人系列》作品研究〉　237。

[38] 向陽，〈寫在前面〉，《我的夢夢見我在夢中作夢》。向陽，〈作者的話〉，《春天的短歌》。

[39] 向陽，〈白鷺鷥〉，《我的夢夢見我在夢中作夢》　16-17。

在「飛吧／你快遲到了」表示「爸爸」奔跑的狀態，也彰顯孩童的青春活力，而詩作的尾端則是以「趕快回家吧／用我這雙白色的鞋」，點出白鷺鷥與「爸爸」的親密關係，將翅膀與雙腳做更深一層的想像。除此之外，「爸爸打赤腳上學」及「只希望有一雙潔白的運動鞋」兩句詩，指涉「爸爸」的成長環境是位於台灣農業社會，推斷為台灣戰後初期乃至1950、60年代的歷史情境[40]，「田埂」、「牛背」、「白鷺鷥」皆屬於鄉下的文化符碼，其所構築的時代背景意味在焉，台灣早期農業生活貧苦，赤腳上學是當時鄉下孩童共有的感覺結構（structure of felling），詩人不以此為負面敘述，反以「爸爸的童年」為創作軸線，描繪孩童上學奔跑的田野風光，在孩童與白鷺鷥的互動間，展演充滿朝氣的鄉村生活，並藉此構築兒童與父親連結的脈絡，在受教育等成長經驗的對照中，同時記錄了台灣農業社會的文化剪影。

　　且再看〈布袋戲偶〉一詩，詩人如何將「布袋戲偶」作為標誌，串聯父親與孩童的生命經驗：

　　　　爸爸說你是布袋戲偶／早年台灣鄉下，迎神廟會中／你是他心中最偉大的英雄／在雄偉的戲台上／金光沖沖滾的你／殲滅了無惡不作的壞蛋／／現在你躺著，全身鬆軟／躺在爸爸書房的抽屜裏／迎神廟會的炮火已經遠離／金光沖沖滾的你／看起來毫無生氣[41]

---

[40] 1964年台灣農業就業人口大幅下降，1965年後農村人口開始外流，1970年代台灣工業起飛，在經濟不斷成長，以及都市化改變的情況下，農業與都市的空間感皆被壓縮、轉型。瞿海源、章英華主編，《台灣社會與文化變遷（上）》（台北：中央研究院民族學研究所，1986），227-28。

[41] 向陽，〈布袋戲偶〉，《春天的短歌》　16-17。

　　詩人在一開始點出布袋戲與「爸爸」的關係，「廟會」是「爸爸」童年的生活空間之一，「布袋戲偶」是「爸爸」小時候「心中的大英雄」，指出布袋戲是台灣鄉下迎神廟會的特殊文化，從「金光沖沖滾」一詞得知，詩句所指涉的是台灣布袋戲文化中的「金光戲」，金光戲又稱「金剛戲」，是傳統布袋戲的改良版本，流行於1950至1960年代末期的新形態布袋戲，起初為「戲棚金光戲」[42]，主要以視覺炫目著稱，強調自由、節奏感快，「金光沖沖滾」隱喻台灣人打死不退的意志。而詩句中布袋戲偶「在雄偉的戲台上」「殲滅了無惡不作的壞蛋」，舞出了一個時代的風潮及熱度，時序推移，「炮火遠離」、「全身鬆軟」，「看起來毫無生氣」的布袋戲偶，暗示時代的流轉及「爸爸」童年的逝去，以及從兒童到為人父的身分轉變。而布袋戲偶對於兩個世代的意義，表現在詩作末段：

　　　　讓我拯救你吧／看我把右手穿入你的身體中／擺頭、動手、邁開雙腳／金光沖沖滾的／分不清是你還是我／分不清誰是／爸爸最崇拜的布袋戲偶[43]

　　在電視網路尚未發達的年代，戲棚上的金光布袋戲是鄉下民間小孩的娛樂，「讓我拯救你吧」一句，孩童透過布袋戲偶參與並且喚起父親的過往，布袋戲偶「擺頭、動手、邁開雙腳」跨越時空，「分不清是你還是我」也分不清誰是誰的童年回憶，大人／小孩的成長經驗互涉互生，童年並非一個凝滯的曾經，詩人透

---

[42] 金光戲1970年代後轉化為「電視金光戲」，1980年代則萌芽併發展迄今的「霹靂金光戲」。請參照：邱武德，《金光啟示錄》（台北：發言權，2010）。
[43] 向陽，〈布袋戲偶〉，《春天的短歌》　16-17。

過「布袋戲偶」的符碼，想像兩個世代的對話關係，足見在兒童詩的創作脈絡中，向陽透過詩作構築父輩的童年，也構築台灣農業社會的文化情境。

在此我們要注意的是，向陽於現代詩創作上曾寫過〈阿爸的飯包〉、〈搬布袋戲的姊夫〉[44]等詩作，前者寫父親與孩子之間內斂的情感關係，後者透過布袋戲描述阿姊與姊夫的人生如戲，對照上述〈白鷺鷥〉與〈布袋戲偶〉兩首兒童詩，我們或可認為此乃其兒童詩的創作源頭，立足在現代詩的書寫經驗下，延伸兒童詩的想像疊景，除了彰顯向陽作為現代詩人跨足兒童詩的角色以外，另一重點在於披露向陽的兒童詩脈絡具備「父親」童年想像之特色，「父親」此一符碼，可能是詩人的父親；可能是任何一位父執輩，亦可能為詩人自己的化身。

而詩人如何將「父親」這個符碼融入兒童詩中，我們可再看〈一條小路〉：

> 一條小路走著／走過阿媽和姨婆每天散步的竹林／走過阿公年輕時栽種的台灣杉身邊／走過媽媽忍不住要喘氣的涼亭／走過叔叔童年脫褲子游泳的溪澗／／走過嬸嬸喜愛的開滿野百合的山坡／走過寶寶要用兩隻手抓住的吊橋／一條小路走著／走到了／坐在爸爸肩上／可以看到濁水溪的／山頭[45]

一條小路上的冒險可以看見「竹林」、「台灣杉」、「野百合」，皆是台灣的自然植物，經由空間的描寫，表達台灣的地理環境特色，風景架構了小路去向，並非通往城市，而是可以看到

[44] 二詩皆收錄在向陽，《土地的歌》（台北：自立晚報，1985）。
[45] 向陽，〈一條小路〉，《我的夢夢見我在夢中作夢》 26-27。

濁水溪山頭的鄉村環境，然而要如何才能看到濁水溪山頭？在詩作最後一節得到解答：「坐在爸爸肩上／可以看到濁水溪的／山頭」，再次浮現「父親」的意象觸發。延續前面思考的問題意識，向陽的兒童詩如何展演其父輩經驗？有別於兒童成長時母親扮演的餵養角色，不以女性特有的感性與廣褒的母愛情懷書寫生活瑣碎的照顧，反從「肩上」、「山頭」等堅定而溫柔的詞彙，表達向陽以男性的、父親的想像，賦予孩子帶有前瞻性、開展性的冒險性格與文化情境。

　　因此，向陽的兒童詩創作中，源於自身父親的角色，在溯及童年及串聯大人／小孩的關係時，多以父輩視角切入，而非母系語態，此也構成其兒童詩的特色之一，除了個人的父輩經驗以外，如何從中衍生群體的文化想像，詩人對於生活在台灣此一空間下的小孩，在〈台灣的孩子〉一詩中表現他的期待與憧憬：

> 台灣的孩子／在淡水河邊歌唱／海峽的風拂動他們的衣裳／為他們打造的城市正逐漸苗壯／湛藍的天空俯瞰他們細小的足跡／美麗的世界等待他們開創／／台灣的孩子／在濁水溪旁歌唱／高聳的中央山脈含笑聆聽他們瞭亮的嗓／劃破天際，風一般吹過田舍與農莊／滿天的星星偷偷記下他們睡前的希望／醒來張眼就看到燦爛的陽光／／台灣的孩子／在高屏溪上歌唱／亮麗的平原翻動著稻穗的金黃／黝黑的肌膚在椰子樹下發出光亮／大海伸出雙手擁他們於壯闊的胸膛／乘風破浪，他們寫下台灣的夢想[46]

---

[46] 向陽，〈台灣的孩子〉，《春天的短歌》　42-43。

　　以三節段落具象化三個地理空間——淡水河、濁水溪、高屏溪，台灣北中南的空間特色形構一整個台灣圖像，「台灣的孩子」可視為個體的象徵，亦可視作群體的表態，詩句「逐漸茁壯」「等待開創」、「嘹喨的嗓」、「睡前的希望」、「燦爛的陽光」、「發出光亮」、「開闊胸膛」、「台灣的夢想」，押「尢」韻表達明快節奏，呈現給兒童的是光明、良善的，充滿無限想像與美好願景，期許孩童應高歌並勇敢前行，用「足跡」去感受世界。向陽對於「台灣孩子」的關愛，不僅是針對兒童，也可歸咎其對於「台灣」這塊土地的重視，如他在《一個年輕爸爸的心事》一書中所提到的：「因為愛我們的孩子，所以要給他們一個美麗的明天，用疼惜孩子的心情，去疼惜國家社會」[47]。

　　綜觀上述，《我的夢夢見我在夢中作夢》與《春天的短歌》兩本「小詩人系列」兒童詩集有不少聲氣相通之處，析言其內在精神的共通性，它們所可能產生的內在對話關係，無寧是值得注意的面向，在此二本兒童詩集中，循著成長經驗的創作主軸，筆者試圖透過「父親」的童年想像切入詩作內容，從個人到群體，探見父輩想像的成長經驗與台灣意象之間，互涉互生的對話關係，在在顯示詩人的文化關懷。除此之外，向陽兒童詩創作的成長議題上，還有何種開展進路？是下文要繼續追究的部份。

（二）鏡像內外的他人與自我

　　李瑞騰（1952-）在評論現代詩中的鏡子意象時，說到鏡子在詩中的出現，大體有兩種象徵意義，其一為做為照映自我的媒體，象徵人對於自我影像（或第二自我）的諸種感覺（包括知覺、幻覺、錯覺）[48]，相對的向陽通過「鏡子」此一主題作為其

---

[47] 向陽，《一個年輕爸爸的心事》（台北：漢色研，1998）117。
[48] 李瑞騰，〈說鏡：現代詩中一個原型意象的試探〉，《詩的詮釋》（台

台語童詩的主軸,自然有其創作意識蘊含其中。在成長經驗的開展路徑上,向陽於《鏡內底的囝仔》一書,透過十首台語詩作,搭配鏡子的特性,探究鏡像內外自我與他者的認同問題,路寒袖在評介此書時有簡短的歸納,認為《鏡內底的囝仔》乃是:

> 依小孩的認知順序,來安排詩作的先後,由形象之同(〈鏡內底的囝仔〉開始),而形象之異(〈倒面佮正面〉),並進一步去探究時間、物理、距離等現象,再來是潛意識的夢、親情的孺慕(〈鏡的爸爸媽媽〉),最後以人性的思考(〈給鏡講的心裏話〉)終結[49]。

　　筆者試圖立於此基礎上,針對詩作內容進行深入分析,認為向陽在台語童詩的創作上,延續其國語兒童詩對成長想像的關照,從認識自我出發,將主題置放在「成長」、「啟蒙」等面向上,在異同之間對照出自身位置,在差異之微觀見獨特之處,如是般的寫作路徑首先表現在〈鏡內底的囝仔〉一詩上:

> 鏡內底的囝仔/和我生做共一款//我有目睭/伊嘛有目睭/我有頭毛/伊嘛有頭毛/我有嘴/伊嘛有嘴/我的前齒落了了/伊嘛落了了//我問伊/你叫啥麼名?/伊煞嘛和我共款/同齊開嘴擱合嘴//伊和我無共的是/不管我安怎嘩/伊攏繪應聲[50]

北:時報文化,1982)153。

[49] 路寒袖(王志誠,1958-),〈《鏡內底的囝仔》評介〉,《中國時報》1997年11月6日,46。

[50] 向陽,〈鏡內底的囝仔〉,《鏡內底的囝仔》。

　　「鏡內底的囝仔／和我生做共一款」孩童在鏡子中辨認出自己的模樣，表示了情境認識，「有目睭」（有眼睛）、「有頭毛」（有頭髮）、「有喙」（有嘴巴）、「前齒落了了」（門牙掉了）等幾組對照樣態，比對出鏡底的小孩和自身的異同之處，而詩句來到「我問伊／你叫啥物名？／伊煞嘛和我共款／同齊開嘴擱合嘴」，同樣動作的反射，近似拉康（Jaques Lacan, 1901-81）所言，孩童在玩耍中證明鏡中形象的種種動作，感受鏡像動作與鏡中環境之關係，也可以經驗這複雜潛象重現的現實關係，構築「我」（兒童本身）與身體，與其他人，甚至與周圍物件的關係[51]。雖然拉康的鏡像階段（mirror stage）指稱嬰幼兒時期，與詩作預設的閱讀年齡層略有差異，但筆者以為二者同樣是在想像的階段，辨別他者與自我，進而形成對「我」主體的認識，如詩後面提到鏡子裏的小孩「毋管我安怎喝／伊攏繪應聲」，此即是認知鏡像內外的虛實關係，而將詩作意涵提升至另一層次。

　　而從〈倒面加正面〉一詩中，也可窺見鏡子與兒童的互動：

　　鏡內底的囝仔／和我生做真共款／我會笑／伊嘛會笑／我會結目頭／伊嘛會結目頭／我會使目尾／伊嘛會使目尾／我會裝魈鬼仔面／伊嘛會裝魈鬼仔面／鏡內底的囝仔／和我生做又擱無共款／我的正面／是伊的倒面／我的倒耳／是伊的正耳／我用正手提齒皿／伊顛倒用倒手／連我的齒膏面頂寫的字／伊嘛給我顛倒旋過來／／我的倒面／伊的

[51] Jacques Lacan,"The Mirror Stage as Formative of the Function of the I as Revealed in Psychoanalytic Experience" , *Écrits: A Selection,* trans. Alan Sheridan（New York: W.W. Norton & Co, 1977）1-7，或參照：拉康（Jacques Lacan），〈助成「我」的功能形成的鏡子階段：精神分析經驗所揭示的一個階段〉，《拉康選集》，褚孝泉譯（上海：三聯書店，2001）89-96。

　　　　正面／到底我的倒面是正的／抑是伊的正面是倒的／／真
　　　　想欲給伊捗過來／和伊比並一下／看是伊卡正？／抑是我
　　　　卡正？[52]

　　　聽過孩子對於鏡子的疑問，思辨鏡底的小孩究竟是否和自己
一樣？在既相似又差異的對照下，照見兒童的思考軌跡，首先從
表情的部份，看見鏡底小孩和自我的相同之處，一樣「會笑」、
「會結目頭」（會皺眉頭）、「會使目尾」（會使眼色）、「會
裝魈鬼仔面」（會做鬼臉），而從中衍伸好奇心與辯證性，鏡底
的小孩真的是和「我」完全一樣嗎？在倒面和正面之間發現相反
的切入點，拿著牙刷的手和牙膏上面的字，則是和自己不同的地
方，自我與他者的差異在此區開來，理解作為「我」這個獨立個
體的特殊性，詩作最後提到的「真想欲給伊捗過來／和伊比並一
下／看是伊卡正？／抑是我卡正？」，兒童的競爭心態增添童詩
的趣味，也使得詩作活潑起來。
　　　然而，在〈有影參無影〉一詩中，向陽強化了鏡像裏自我與
他者的對照關係，使其並非單純的比對，而是增加了哲學思考的
詮釋角度：

　　　　鏡內底的囝仔／是無影的／鏡外口的囝仔／是有影的／／
　　　　無影的囝仔店置鏡內底／有影的囝仔企置鏡外口／／有影
　　　　的囝仔就是我／無影的囝仔嘛是我／／無影的我店置鏡內
　　　　底／有影的我企置鏡外口／／鏡內底的我／是無影的囝仔
　　　　／／鏡外口的我／是有影的囝仔[53]

───────────
52　向陽，〈倒面加正面〉，《鏡內底的囝仔》。
53　向陽，〈倒面加正面〉，《鏡內底的囝仔》。

「有影」的意思為真實、實在的；「無影」的意思為虛假、不實在的，從〈有影參無影〉一詩中，我們可以看見鏡像並非只能對照出自我與他者的差異，往另外一個方向思考，如同詩提到的「有影的囝仔就是我／無影的囝仔嘛是我」，有影與無影的小孩都是自我的影像，表露鏡子做為自我與潛在第二個自我的認知媒介，在鏡子外實像的小孩與鏡子內虛幻的小孩，皆為同一個「我」，主體和客體之間既相同又差一，兒童對於自我的認識並非單一、片面的想像軸線，而是具有複雜的成長情境，從外而內認識自我。恰如加拿大兒文學者派瑞・諾德曼（Perry Nodelman）所說的，兒童文學教導孩童批判性的思考，亦能使讀者能抽離自我，想像他者，提供不同角色的展演場域[54]，向陽的兒童詩書寫與兒童文學的期待在同軌道之上，詩作中融入哲學等具辯證性思考，在鏡像內外觀看自我與他者的相似及差異處，是故，別於他對於台語詩的處理，多採取土地、批判意識，在兒童詩的表現上反而是復歸自我，由內而外，探索成長啟蒙的相關問題。

四、結論：和童年一起追上夢

向陽跨媒介、超文本、跨語言的創作嘗試，不僅表現在現代詩創作上，在兒童詩的書寫上也彰顯多元的寫作路徑，本研究從形式與內容兩軸線切入問題意識，探究向陽兒童詩的風格變貌。首先，在「圖畫與音韻：跨媒介與跨語言的創作藝術」一節中，從文學（詩作）與藝術（圖畫）表現形式的跨界，展演不同表現

---

[54] Perry Nodelman, "Fear of Children's Literature: What's Left (or Right) After Theory?", *Reflections of Change: Children's Literature Since 1945*. ed. Sandra Beckett（Westport, Conn.: Greenwood, 1997）3-14.

形式的互文性，並且在創作語言的組構上，向陽運用國、台語兩種實踐路徑，勾勒兒童詩的意義網絡，在在顯示其創作的實驗性質。

其次，在「大人與小孩：成長經驗的對話空間」一節裏，以《我的夢夢見我在夢中作夢》、《春天的短歌》兩本小詩人系列作品為一路，梳理向陽以「父親」的童年想像之寫作取徑，營構過去與現在的對話空間，彰顯向陽兒童詩創作中，父輩的成長經驗與台灣意象之間互涉互生的對話關係。而《鏡內底的囝仔》以台語作為其書寫策略，開展「鏡子」的特性，主要透過鏡子促使孩童看見他者，面對自我，在成長議題的軸線裏，認同是一重要的啟發，在向陽兒童詩創作的過程中，可探見詩人為兒童構築多重閱讀空間，閱讀童年、閱讀台灣，乃自閱讀自我，層層堆疊兒童成長情境，格局深遠，關懷既廣，見其細緻經營之用心。

從《鏡內底的囝仔》、《我的夢夢見我在夢中作夢》到《春天的短歌》三部作品，向陽兒童詩的創作脈絡，具有同步向前，分殊向外的文學特質，相同之處在於：（1）特定的閱讀對象（2）兒童詩和圖畫書的互文（3）成長想像的彰顯；相異之處則是：（1）語言形式上的實驗，《我的夢夢見我在夢中作夢》及《春天的短歌》透過國語創作，白描童年的經驗，《鏡內底的囝仔》則是以台語創作，充滿韻律的實驗詩作。（2）《我的夢夢見我在夢中作夢》及《春天的短歌》中的詩作多帶有父輩童年及台灣意象，而《鏡內底的囝仔》則是以鏡子為主題開展自我認同。

是故，向陽的兒童詩創作，別於以往現代詩創作經驗，回到兒童的純粹，以童心的思想特質與氣質，合乎兒童詩的創作精神，向陽的兒童詩仍維持一貫的詩創脈絡，鏤刻大人的成長經驗外，亦銘記著一個時代的文化情境，而其台語童詩集別與以往台語詩創作的批判語鏡，而是回到自我，回到個體本身省視內在精

神的發展，開展其內斂且附帶溫柔的生命經驗，兒童詩的創作不僅豐富其詩作進路的廣度，也深化他在台語詩上的發展。

童年有夢，人生有夢，兒童詩不僅是寫給兒童觀賞，它形塑詩人對於台灣這塊土地，以及在台灣土地上成長的人的情感，毋寧是詩人詩夢／文學夢的一次展演，正如向陽詩中所言：「一條細細的線／把爸爸的童年／和寶寶的明天／聯繫起來了」[55]，牽起台灣文化的過去與現在，但願我們都能不忘初心，和童年一起追上夢。

五、附錄

表格1：向陽兒童文學創作相關年表

年	月日	發表篇目著作	出處	類別	備註
1974	3.7	〈老鼠公主的婚禮：紀念詩人楊喚〉	《國語日報》兒童版	散文	以「林淇瀁」本名發表
1974	3.24	〈蝙蝠先生的故事〉	《國語日報》兒童版	散文	以「林淇瀁」本名發表
1983	8.10	《中國神話故事》	台北：九歌出版社	小說	
1986	2.10	《中國寓言故事》	台北：九歌出版社	小說	
1990		《達達的時光隧道》	台北：小天	翻譯小說	翻譯日本科幻小說
1995	5.5	〈鏡內底的囝仔〉	《台灣公論報》D6	詩	
1995	5.21	〈童詩兩首〉（放風箏的孩子、一條小路）	《聯合報》D37	詩	

---

[55] 向陽，〈放風箏的日子〉，《我的夢夢見我在夢中作夢》 14-15。

1996		《鏡內底的囝仔》	台北：新學友書局	詩	收錄10首詩
1996		《大象的鼻子長》	台北：時報文化	翻譯詩	翻譯窗・道雄百首詩作
1997		《我的夢夢見我在夢中作夢》	台北：三民	詩	小詩人系列收錄20首詩
1998	1.2	〈童詩兩首〉（螢火、落葉）	《中華日報》D16	詩	
1998	1.3	〈詩兩首〉（花、風聲）	《中國時報》人間副刊	詩	
2001	12.30	〈台灣的孩子〉	《中國時報》D39	詩	附何華仁插畫
2002		《春天的短歌》	台北：三民	詩	小詩人系列收錄20首詩
2003		《記得茶香滿山野》	台北：遠流	散文	1篇散文
2003	5.30	〈記得茶香滿山野〉（二之一）	《國語日報》	散文	
2003	5.31	〈記得茶香滿山野〉（二之二）	《國語日報》	散文	
2009	4.26	〈向陽詩作選〉之漫畫版（沙灘上的金魚）	《國語日報》「週日漫畫版」	詩	腳本蔡明原，漫畫曉君
2010	3.21	〈倒面佮正面〉	《自由時報》D11	詩	
2010	3.22	〈有影的參無影的〉	《自由時報》D11	詩	
2010	4.3	〈全款和精差〉	《聯合副刊》D3	詩	
2010		《蛟龍、怪鳥和會念經的魚：中國神話故事（1）》	台北：九歌出版社	小說	原《中國神話故事》部分，收錄12篇文章，由葉嘉驊繪圖
2011		《幫雷公巡邏：中國神話故事（2）》	台北：九歌出版社	小說	原《中國神話故事》部分，收錄12篇文章
2012		《大鐘抓小偷：成語也會說故事》	台北：九歌出版社	小說	原《中國寓言故事》

註：表格製作參照徐錦成，〈鏡內底的囝仔和鏡口外的大人：訪向陽談
　　兒童文學〉，《兒童文學學刊》7（2002）：289-306。國家圖書館
　　（National Central Library Taiwan Digital Meta-Library）「當代文學史料
　　系統」、「全國報紙資訊系統」，《國語日報》史料等資料彙編而成。

表格2：向陽兒童詩目錄

年代	篇名	書名	備註
1996	鏡內底的囝仔	鏡內底的囝仔（另於2010年由大塊文化再版）	另載於1995.5.5《台灣公論報》D6
	倒面加正面		另以〈倒面佮正面〉一題載於2010.3.21《自由時報》D11
	共款和精差		另以〈仝款和精差〉一題載於2010.4.3《聯合副刊》D3
	早時連暗時		
	有影的參無影的		另載於2010.3.22《自由時報》D11
	大的抑是細的？		
	夢見我的鏡		
	鏡是一片門		
	鏡的爸爸媽媽		
	給鏡講的心內話		2010年大塊文化再版時改題為〈共鏡講的心內話〉
1997	雨後的山	我的夢夢見我在夢中作夢	
	小河唱著歌		
	天上的星星		
	放風箏的日子		另載於1995.5.21《聯合報》D37
	白鷺鷥		
	寶寶忘不了		

	沙灘上的金魚		改編後另載於2009.4.26《國語日報》「週日漫畫版」
	一條小路		另載於1995.5.21《聯合報》D37
	跟神木說的悄悄話		
	野薑花		
	茶		
	火金姑		
	森林與白雲的對話		
	插秧		
	彩虹		
	我家的懶貓		
	地圖		
	花開了		
	繞舌歌		
	我的夢		
2002	春天的短歌	春天的短歌	
	說給雨聽的話		
	夢的筆記		
	皮皮和多多		
	布袋戲偶		
	花		另載於1998.1.3《中國時報》人間副刊
	營火		另載於1998.1.2《中華日報》D16
	風聲		另載於1998.1.3《中國時報》D人間副刊
	落葉		另載於1998.1.2《中華日報》D16
	溪中的巨石		
	爸爸		

2002	囚	春天的短歌	
	秋天的聲音		
	雨落在街道上		
	雪的水墨畫		
	排隊的樹		
	遺忘		
	台灣的孩子		另載於2001.12.30《中國時報》D39
	冬的祈禱詞		
	迎接		

註：表格製作參照向陽兒童詩集《鏡內底的囝仔》（台北：新學友，
　　1996）、《我的夢夢見我在夢中作夢》（台北：三民書局，1997）、
　　《春天的短歌》（台北：三民書局，2002）。國家圖書館（National
　　Central Library Taiwan Digital Meta-Library）「當代文學史料系統」、
　　「全國報紙資訊系統」，《國語日報》史料等資料彙編而成。

巴什拉四元素詩學

向陽《十行集》研究

——以巴什拉「火的詩學」為理論視角

李智

作者簡介

李智（Zhi LI），男，1992年生於鹽城。現就讀於江蘇師範大學文學院，本科二年級學生。

論文提要

本文以巴什拉「火的詩學」為理論視角研究向陽的《十行集》。自古以來，火就是詩歌的重要意象。火的召喚是詩歌的一種基本主題。向陽《十行集》的整體情感傾向是積極、樂觀的，有上升的意志。「火」在作品的意象構成中有較大的比重，與詩人的情感密切相關，火豐富、深刻的精神價值觀照著向陽的詩歌創作。

關鍵詞（中文）：向陽、火、垂直、綿延、精神價值

一、引言

向陽（林淇瀁，1955-）詩集《十行集》¹是他眾多詩歌集中的代表作之一，自1974年在竹山寫出第一首十行詩〈聽雨〉後，他將研磨十年的十行詩72篇集結為《十行集》。《十行集》收三卷——《小站》、《草根》、《立場》。三卷起於情愛詠歎，多數篇什借助豐富的景物象徵，始終立足於對青年人生內涵的思索。

本文參照巴士拉（Gaston Bachelard, 1884-1962）的《燭之火》（*The Flame of a Candle*²）、《火的精神分析》（*The Psychoanalysis of Fire*³）對向陽的《十行集》進行深入剖析。在這部詩集中，詩人情感的起伏大都與火有關，受到火的啟發。巴什拉「四元素」（地、水、火、大氣）詩學，就研究現代詩歌的理論適用性而言，已開始逐漸為學界所理解和應用⁴。《燭之焰》與《火的精神分析》是「四元素」詩學系列理論之一，對向陽《十行集》中常見的「火」的分析，極有幫助。

1　向陽，《十行集》（台北：九歌出版社，1984）。
2　巴什拉（Gaston Bachelard），《燭之火》（*The Flame of a Candle*），杜小真、顧嘉琛譯（北京：三聯書店，1992）135-229。
3　巴什拉，《火的精神分析》（*The Psychoanalysis of Fire*），杜小真、顧嘉琛譯（北京：三聯書店，1992）。
4　楊洋，〈加斯東・巴什拉的物質想像論〉，碩士論文，首都師範大學，2005；李爽，〈物質的想像力〉，碩士論文，中央美術學院，2007；蔡欣倫，〈1970年代前期台灣新世代詩人群研究〉，碩士論文，中央大學，2006；楊雯琳，〈蕭蕭詩作探究〉，碩士論文，淡江大學，2008；陳藹姍，〈余光中詩歌與「火」的想像力——以巴什拉四元素詩學做一分析〉，碩士論文，香港大學，2008。

二、火苗的垂直性與大氣、土、水的關係

「向陽」是林淇瀁的筆名，應含兩層意思，一則向陽的性情，帶著溫和的氣質，親近陽光，柔軟溫情；二則希望作品多流露樂觀、向上的積極情懷，力爭上游、朝向光明。詩人通過筆名簡明扼要地傳達自己的創作宗旨，即垂直上升的意志。火苗的外在特點也是垂直與上升。

奧地利抒情詩人特拉克勒（Georg Trakl, 1887-1914）在一首詩中這樣說：「燭火燒得很高，它的紅色直立著。」火苗是一種堅強而又脆弱的垂直物。一吹氣就會擾亂火苗，但火苗會重新立直。一種上升的力量重建它的魅力[5]。火重新獲得向高處燃燒、用盡全力達到熾熱頂峰的意志[6]。

巴什拉說：「筆直的東西，一切在宇宙中垂直的東西，就是燭火。[7]」由燭火而聯想到宇宙中其他垂直的意象，這就進入了遐想的心理狀態。「巴什拉式的遐想」是同熱烈而豐富的沉思相連的，這種遐想促進並加速了直覺、形象和思想。它動員起記憶的整個生命力和感覺[8]。孤獨的火苗獨自就能成為正在沉思的遐想者的上升指導，它是垂直性的樣板[9]。

《十行集》中，垂直的火以種種不同形式出現：（1）煙；（2）樹、森林；（3）雨、淚、泉。這三類「火」恰好又象徵巴什拉「四元素」中的其他三元素：空氣、土與水。對此，有必要

---

[5]　巴什拉，《燭之火》　183。
[6]　巴什拉，《燭之火》　184。
[7]　巴什拉，《燭之火》　188。
[8]　安德列・巴厘諾（Andre Parinaud），《巴什拉傳》（*Gaston Bachelard*），杜小真、顧嘉琛譯，（上海：東方出版中心，2000）118。
[9]　巴什拉，《燭之火》　146。

對巴什拉的元素詩學理論做一個簡單介紹。

巴什拉認為忘掉物質的詩只是產生膚淺認識，不會給讀者的大腦提供強烈的印象；只有通過詩性想像力的成立空間呈現出色彩，並進行約束，才是「元素詩學」。

元素詩學的確立，在當時法國文學批評和美學理論界都引起很大的迴響。巴什拉在詩學批評上的見解是：

> 在想像的天地裏，我認為有可能確立一種四種本原的法則，這種法則根據各種物質想像對火、空氣、水和土依附來將它們分類。如果說，正像我們所認為那樣，任何一種詩學都應容納物質本質的要素—不管多微弱—的話，那麼仍是通過基本的物質本原所作的這種分類同詩學的靈魂最類似。……這四種基本本原便成為哲學氣質的標記[10]。

《十行集》中，四種元素相互融合而又可以共同找出火的垂直性特徵。

（一）煙

煙的本義是「物質燃燒時產生發熱混有未完全燃燒的微小顆粒的氣體」，即煙是火的產物，是火向外在空間的拓展與延伸，連接火與空氣。煙在上升過程中逐漸與空氣融合。人們常用「人煙」來表示存在，向陽的詩歌與之相反，煙往往是超脫、執著的象徵。

---

[10] 巴什拉，《水的夢——論物質的想像》（*Water and Dreams: An Essay on the Imagination of Matter*），顧嘉琛譯（長沙：嶽麓書社，2005）4。

一舉手即可丈量天地嗎？／在隱匿林木、疲乏於相互擠撞
的沙礫中，／只為某種水聲，如是我聞：／烏青地，你緩
緩站起，甚至，／也不睬身後的天際正放百千萬億大光明
雲。……／唯地平線俯首，合掌而退（向陽，《十行集・
孤煙》　94-95）

　　以「煙」為創作視角，運用擬人、象徵的手法白描出「煙」
的形象。隱藏在山林草木之間的煙不願與相互擠撞、「勾心鬥
角」的沙礫為伍，只為著能聆聽到「潺潺」的水聲而升起，「水
聲」即是象徵著某種信念。於是，便看到了它「舉手」、「站
立」的姿態：緩緩地、垂直地；「丈量」賦予煙以尺的特徵，
是正義、無畏的化身；「百千萬億大光明雲」顯現了天地的開
闊，也襯托出煙獨行、不畏強暴的特點，與中國文人獨有的氣
質相契合。

　　詩的內容也多用佛典，「光明雲」彷彿飄渺的仙境，「緩緩
站起」、「合掌而退」是淡然、脫俗的姿態，詩的內容也暗含西
方的極樂世界。煙垂直地上升，可以理解為執著地追尋一個「極
樂」的境界，即超越凡塵、物我兩忘的精神家園。

　　王維（701-61）有「大漠孤煙直，長河落日圓。[11]」的名
句，與《孤煙》有異曲同工之妙，垂直的煙與向上升騰的、細長
的火苗一樣，都為著目標而不斷向上攀升，在上升的過程中又成
全、超越了自我。

---

[11]　王維（701-61），〈使至塞上〉，《全唐詩》，孫通海、王海燕編校，
　　（北京：中華書局，1999）1279。

（二）樹、森林

巴什拉說：「蠟燭靠油脂、石蠟或油這些使它發熱，樹根紮入泥土之中，類似汲取發熱的養料。白熾的火苗相當於樹幹和枝椏。」[12]又引諾伐利（Novalis, 1772-1801）的話為言：「樹除了是一簇開著花的燭火之外，什麼也不是。[13]」樹以其筆直的枝幹、繁茂的綠葉而與燭火在形象上類似。樹植根於土壤，枝葉越是繁茂，年輪就越是多，根在土壤中就紮得越深。樹在一定程度上是火向內在空間的深入，連接火與土壤。樹在向下的過程中與土壤結合。

詩人歷來將樹視為勁直、堅定、昂揚的象徵，樹的枝葉彷彿就是火焰，森林就如火海般壯麗、雄偉：

> 所有路巷皆婉轉在我們腳下罷了！／除了背負以及支持天空，／淚珠或者唾液，是無礙於站姿的。／生長，但尤其仰望，讓飛鳥自眼中奔出，／我們的足掌何等愛恨交錯地抓住泥土！／即令風窺雨伺雷嘲電怒，笑是無辜的，／我們仍可以戰鬥，用耳鬢廝磨。／如果門只一扇，開窗同樣見山，／是以我們挺腰直立，任令路巷紛耘，／至於論辯，大可交付激水與亂石。（向陽，《十行集·森林》92-93）

直抒胸臆的抒情方式使這首詩情感充沛，如浩蕩的黃河之水，豪邁不羈。首句「所有路巷皆婉轉在我們腳下罷了！」以臨下、高遠的眼光統攝全詩，卻無居高的傲氣，始終保持「仰望」

---

[12] 巴什拉，《燭之火》 195。
[13] 巴什拉，《燭之火》 194。

的姿態與向上的意志，讓飛鳥牽引著自己的視線，飛鳥之所及，
就是目光之所至；「淚珠」、「唾液」、「風窺」、「雨伺」、
「雷嘲」、「電怒」等一系列惡劣的壞境與惡意的打擊絲毫不能
使垂直的樹低頭彎腰，它們捍衛自己頂天立地的職責，笑傲風
雨，保持戰鬥的姿勢；樹是無言的，它不聒噪，不浮誇，不會
拿自己的功績作為談資，因為那是它的本職，與炫耀無關。祝維
浩〈樂王廟蟠松〉展現了松樹不為人爭的面貌：「小者支撐大騰
起，倔強不讓相爭超」[14]。樹幹表面凹凸錯亂、遒勁有力，可以看
做是龍的化身，龍壯盛的氣勢與不凡的姿態與參天的樹的身姿符
合。黃山古松從裂石縫中蹦出，見者皆言其奇絕如鬼斧神工。古
松如龍，見者疑其潛藏於此，又疑其蓄勢待發。枝幹橫跨橋岸與
水邊，並殷勤地迎接前來的遊人，倒掛的松枝更直指向上而生[15]。
在火苗的內腹中可以看到黑暗與光明在其中爭鬥的渦流[16]，黑暗中
火苗顯現出其價值。樹同樣與艱苦的命運作鬥爭，逆境中的樹不
屈不撓，以垂直的姿態釋放生命的張力，詮釋昂揚與頑強：

> 用廣角鏡來統攝偉岸的山林／藉特寫鏡以突出纖柔的枝葉
> ／……／不同景觀，出自相異的心境／依賴堤岸護衛，水
> 做了溪流／無懼河川沖激，水成為大海（向陽，《十行集・
> 觀念》 188-89）

以鏡頭作為觀察的視窗，本詩顯得與眾不同。照相機似乎成
為人們出門旅行賞景的必備，「由於攝影給人以一種把握住了

---

[14] 徐世昌輯，《清詩匯》（北京：北京出版社，1996）1129。
[15] 蕭淑芬，〈清代花木詩研究——以《清詩匯》為主的觀察〉，碩士論
文，國立政治大學，2009。
[16] 巴什拉，《燭之火》 184。

非真實的往昔的幻覺，它們也就幫助人們把握住了不牢靠的空間。[17]」「照片不可能創造道德立場，但它們可以強化某種立場──並可以催生某種觀點」[18]，本詩題為〈觀念〉，或許詩人想通過鏡頭、照片來強化自己對於事物的觀念。

「橫看成嶺側成峰，遠近高低各不同」[19]，以不同的鏡頭、眼光看事物，往往會得出不同的結果。樹在廣角鏡下可以連成廣袤的森林，「廣角鏡」可以是一種高遠的前瞻，亦或許是好高騖遠的心態；特寫鏡中的樹化為片片枝葉，「特寫鏡」是細緻入微的觀察，還是捨本求末的錙銖必較？通過鏡頭看事物，有時候會失真。

「有一群人生下來就被囚禁在一個黑暗的洞穴裏，被強制性地面朝內壁，看不到背後的洞口和任何存在。有人在他們背後燃起了火堆，通過火光的映照，他們看到了身影，也看到了身後別的東西的影子。這群被捆綁的人就這樣把世界的影像當做了世界本身。後來，他們被鬆綁了，轉過身看到了真實的世界，卻發現這個真實的世界一點不像他們習慣了的影像，反而更像是一種幻覺。[20]」有時，人們在自己的認識活動中認識的並不是世界本身，而是世界的影像，蘇珊・桑塔格（Susan Sontag, 1933-2004）正是從這裏揭示了攝影的哲學意蘊。「但桑塔格在這裏並不讚揚攝影本身加速了人們從被囚禁的姿態走向了自由，她只是暗示照片世界的出現非常容易地使我們意識到：我們一直生活在誤把影像當真相的幻覺之中。但至於人們是否會產生這種意識，

---

[17] 蘇珊・桑塔格（Susan Sontag），《論攝影》（*On Photography*），艾紅華、毛建雄譯（長沙：湖南美術出版社，1999）19。
[18] 桑塔格　28。
[19] 蘇軾（1037–1101），〈題西林壁〉，《全宋詩》（北京：北京大學出版社，1993）9339。
[20] 柏拉圖（Plato, B.C.427-347），《理想國》（*The Republic*），郭斌和、張竹明譯（北京：商務印書館，1986）。

卻不是攝影本身所決定的。[21]」

「但這是一種向上的看齊，而不是向下的泯滅」[22]，之所以會選擇不同的角度看事物，可能還是觀察者選擇的心態不同：是「向上」，還是「向下」？是「依賴」，還是「無懼」？詩人的觀念顯而易見：保持垂直的心態，積極、昂揚地向上超越。

（三）垂直指向太空與彼岸想像

「遐想把我們帶到垂直性的彼岸，那麼多的飛翔著的遐想在面對垂直存在的垂直性的競爭中誕生」[23]，燭火從根本講是如此垂直，以至它對一個存在的遐想者顯現為向著彼岸、向著天空的非存在延伸。羅熱・阿塞林諾（Roger Asselineau, 1915-2002），在題為「燭火」（"flame"）的詩中，有這樣的句子：「真實與非真實之間架起的火之橋／每時每刻都是存在與非存在的共在。[24]」

> 將暮的天色，一隻斑鳩／沖出榆樹枝枒的重圍並且翔翔／植物的愛情，一種仰望的飛騰（向陽，《十行集・晴雨》 72-73）
>
> 霧落下黃昏一般地來臨／此時已經不見落寞的葉蔭／憐視開始發芽的小樹（向陽，《十行集・霧落》 82-83）
>
> 一粒種籽——發芽成長苗壯／啊一粒種籽，不，一株／枝繁葉茂的綠樹，要我們仰目（向陽，《十行集・春秋》 155）

---

[21] 董婭莉，〈以攝影是眼光看世界——桑塔格攝影觀散論〉，《鄭州大學學報》38.6（2005）：58。
[22] 桑塔格 43。
[23] 巴什拉，《燭之火》 182。
[24] 巴什拉，《燭之火》 185。

從「種籽」─「發芽」─「榆樹」，回望樹的生命歷程，每時每刻無不在向上攀升。旁邊斜出的枝椏也都向上而生，一切變化迅速的現象，都可以用火來形容，故「火是超生命的」[25]。同樣，垂直的樹也是超生命的，它是天地之間的火之橋。「一切筆直的物體都指示著一個頂點。一個筆直的形式投入並且把我們帶入它的垂直性中」[26]，樹的頂點聚集著垂直性的種種遐想，遐想隨著樹的攀升而不斷向上延伸，超越時空的界限，深入宇宙的無窮。

在火中，我的思想褪去／我藉以識別它們的外衣／它們在火焰中燃盡／而我正是這烈火的源泉與食糧／然而，我不復存在／我是火苗的內心，支柱／⋯⋯／然而，我不復存在[27]

支柱支撐著火苗，給火苗提供源泉與食糧，是火苗堅固的物質支援與強大的精神動力。向陽就是火苗內心的支柱，他不倒，縱使疾風來也不倒，風雨打擊之後，仍然盡心盡力地投入到自己深愛的事業中去，有著自己獨立的想法並且觀照著社會，他是那個時代真正的開拓者。向陽在詩中滲入了種種垂直性的遐想，他是火苗的遐想者，他的思維、情感都充盈著垂直性的氛圍。

---

[25] 巴厘諾　16。
[26] 巴什拉，《燭之火》　182。
[27] 巴什拉，《燭之火》　164。

三、火的時間與綿延

「一道孤獨的水柱／在黃昏花園／的石塊之中／燃燒」[28]

　　水柱雖是冰冷的卻可以燃燒，它強勁的水流如同向上升騰的火焰，不在於其溫度的高低。水柱「是在它筆直行動結束時，能噴濺到它所能及的最高處的火。[29]」水與火都是不停流動的，這兩種詩元素相互交匯。火苗，這灼烈的液體向著天空流去，猶如一條垂直的小溪。小溪在流動中，會發出「潺潺」的聲音，與時鐘的「滴答」聲一樣暗示時間的流逝。火的燃燒也需要時間，直到燭淚流盡，燭芯才彎下去、變黑。

　　雷翁・保爾・法爾格（Léon-Paul Fargue, 1876-1947）有這樣的詩句：「……這盞親切的燈和夜晚一起合奏……」[30]，燈火持續跳躍可以說是一種時間的流逝，燭燈的燃燒是緩慢的，「燈似乎不慌不忙地逐漸照亮整個房間，光的翅膀和手慢慢地擦過牆壁」[31]。火固有一種在燃燒中持續的綿延的特性。

（一）火與水的融合二元對立

1.「潺潺」的水

　　向陽常借用水元素「潺潺」的擬聲以形容火焰。

---

[28]　巴什拉，《燭之火》　199。
[29]　巴什拉，《燭之火》　198。
[30]　巴什拉，《燭之火》　217。
[31]　巴什拉，《燭之火》　218。

莫非潺潺亦是一種／水流？天明後想只余昨夜／杜鵑血泣
的餘灰！晨曦／將至，殘葉上的露珠／怕也是火光裏驚鴻
那一瞥／更鼓催人，招手兩情更濃／不料揮淚，袖巾頻頻
揚起／風掀處，兩岸猿聲漸漸啼，凝眸／望斷，來時江
渚，那白淒身影／在野霧裏，悄悄，隱（向陽，《十行
集》 48-49）

　　詩人與愛人隔燭相望而坐，她的眼淚似乎已經流盡，只剩一
滴掛在眼角，好比殘葉上的露珠。更鼓響起，猿聲哀啼，涼風掀
起，預示自己該踏上征程，伊人憑欄揮淚而泣，望斷自己離去的
背影。全詩虛實結合，巧妙地轉移時間與空間，從伊人思念自己
的角度展開豐富的想像，反襯自己對她的想念。「潺潺」引發了
一系列的想像，這些超越時間的想像與燭火的燃燒同時進行。水
流的「潺潺」本身也是由燭火而引發的聯想，因為水流濃烈如
火，這些想像是詩人在火光跳躍中對於「燭淚與生命流逝」、
「燭照與生命孤獨」、「燭燃與古今悲情」的反覆思考，流淌的
燭火是光源也是思索的起點，更是思索的歸宿，時間隨著蠟燭
的燃燒而不斷流逝，生命長河也正是在不斷的磨難中才能延續、
不息。

2.酒精：能點燃的水

　　而「在世界一切物體中，唯有燒酒最接近火。[32]」酒是一種
遇著火星就能燃燒的水。「在重新談到火的問題時，精神病學承
認在酒精造成的狂亂中，火的幻想的頻繁出現」[33]，霍夫曼情結
（The Hoffmann complex）即是從酒精中生出的對火的幻想。

---

[32] 巴什拉，《火的精神分析》 100。
[33] 巴什拉，《火的精神分析》 103。

乾杯。二十年後／想必都已老去，一如葉落／遍地。園中
此時小徑暗幽／且讓我們連袂／夜遊，掌起燈火／隨意。
二十年前／猶是十分年輕，一如花開／繁枝。樹下明晨落
紅勾雨／請聽我們西窗／吟哦，慢唱秋色（向陽，《十行
集・水歌》 60-61）

　　杯中酒讓詩人不禁陶醉於幻想：對將來的遐想以及對過去
的回憶。「酒精是言語的因素，它讓人打開滔滔不絕的話匣
子」[34]，酒精也是精神的因素，刺激思維的活躍性。
　　上下兩段對偶工整，對比強烈，所寫的時間跨度足以達到半
個人生。二十年後，作者與友人都已到風燭殘年之時，如黃葉無
力地垂下，秉燭夜遊之際，感慨歲月的流逝，淡然地感受燈火的
溫暖，珍惜留在人世最後的時刻；二十年前，歲月如歌，生如夏
花，風華正茂的他們聽雨吟詩，年輕意味濃烈如火而又「隨意」
的生命感受和追求，一如連袂夜遊。
　　「二十年後」與「二十年前」的顛倒出現於詩中，是因為暗
夜中的燈火隱隱喚起飲者對於白天與黑夜的想像，由此聯想至暮
年與青年時代，詩歌是濃縮的文體，人生青年與暮年的勾連也就
有了和白天黑夜更替一樣的短促意味。由此，這首詩中的燈火意
象有著濃厚的古典詩歌韻味，令人生起「惜春長怕花開早[35]」的
惆悵，也含著一種現代人才有的矛盾，生命結束如落葉一樣自然
而且坦然，又如落花一樣自然而不甘。如果把落花認作「不是無

[34] 巴什拉，《火的精神分析》 103。
[35] 辛棄疾（1140-1207），〈摸魚兒〉，《稼軒集》，徐漢明編校（湖北：長江文藝出版社，1990）23。

情物³⁶」的落紅，那麼它也與燈火有同樣的象徵內涵。愈是慢唱秋色，愈顯出涼中求暖的傾向，也就愈襯托出燈火之下飲者的沉思神態，燈火的輕盈跳躍與思緒散發的紛然錯綜相比附，夜遊放歌的曠達與靜默沉思的凝重則相反相成。

3.火與水的對立

> 宛如夜中有人提燈／自窗前走過，那種驚覺／⋯⋯／又在你眼底熟悉地汲出自己／多寒的容顏；而山色浣洗／在薄霧裏，而風刀削瘦林間／當你輕俯雙肩，低唱夜深／抬頭乍見：那年離亂江上／斜雨未曾撚熄的野火，微明（向陽，《十行集・疏星》 106-07）

　　一次偶然的邂逅，詩人與闊別多年的友人重逢，那種感覺就如窗前飄忽而過的夜燈，幾多「驚覺」，更多的卻是對歲月流逝的感慨。自己容顏「多寒」，友人也「風刀削瘦」，生活的磨難、歲月的滄桑如冰冷的斜雨，卻並未澆滅詩人與友人的友誼之火。這火自那年他們相遇被點燃後就從未熄滅，巴什拉說：「火就是生命，生命就是一種火。³⁷」火的生命力使火有與外在風雨抗衡、鬥爭的能力。與水相對立的火勾起了他們對遙遠過去的回憶，分別後漫長的時間此時縮短為一點，而此刻相處的時間又綿延到了天明。時間的長短交替與綿延反應了明－暗的心理。

　　明暗相間本是繪畫中的美學機制，如倫勃朗（Rembrandt Hamensz Van Rijn, 1606-69）《沉思的哲學家》（*Philosopher in*

---

³⁶ 龔自珍（1792-1841），〈己亥雜詩〉，《龔自珍詩文選》，孫欽善選注（北京：人民文學出版社，1999）173。
³⁷ 巴厘諾 122。

Meditation）說「那間隱在陰影之中的大房間，那曲折迂迴沒有盡頭的樓梯。畫中朦朧的光線中，整個畫面既模糊又分明，有一個人的色彩強烈，是淺褐色與深褐的混合色，這種在最不引人注目的物上，在椅子上，在水罐上，在銅花瓶上使用的光線遊戲，一下子使這些並不值得注視、更不值得畫的東西變得那麼有意思，變得那麼絢麗多彩，以至會使你目不暇顧，它們存在著，它們值得存在。[38]」也可以用格式塔理論中的偏離現象來解釋。格式塔理論指人的認知具有將突出的角色和模糊的背景區分開來的能力，角色選擇和感知者的個人經歷、情感、價值觀、內心需求有關。有時，角色與背景在不經意，無意識中做了轉換，產生偏離現象。其實，畫家明暗相間的美學機制也可移植到心理美學價值機制的領域，一如遐想者面對燭火而產生的明暗錯綜的心理。意識的明暗有一種綿延性——在詩歌表達的知性範疇內，這標誌著一種存在的甦醒。由夜的野火綿延到天亮時的曙光，意識並未沉睡，等待著甦醒。

（二）太陽：永遠回歸的時間

尼采（Friedrich Nietzsche, 1844-1900）形而上學的基本立場是以他的相同者的永恆輪回學說為標誌的。尼采本人把它稱為「關於萬物無條件的和無限回復的迴圈」的學說[39]。相同者的永恆輪回學說正是尼采哲學的基本學說。在此學說的基礎上，尼采提出了關於「正午與永恆」的思想：

---

[38] 巴什拉，《燭之火》 141。
[39] 海德格爾（Martin Heidegger, 1889-1976），《尼采》（*Nietzsche*），孫周興譯（北京：商務印書館，2010）263。

在一般人類此在的每一個圓環中，始終存在著一個時刻，
其時首先是一個人，然後是許多人，最後是所有人，發現
了這個最強大的思想，就是關於一切事物永恆輪迴的思想
——在任何時候，這對人類來說就是正午時刻[40]。

　　而後作者又對尼采的「正午」一詞作了詳細的解說：「陰影
最短的瞬間，其時上午與下午、過去和將來相交合一了。這個相
交點就是在最明亮之光亮的最大美化過程（Verklarung）中一切
時間性的東西的最高統一體的瞬間，就是永恆之瞬間。[41]」
　　太陽是一團燃燒著的火，尼采看到正午的太陽而建構了永遠
回歸的時間。

> 深山的盛夏，一朵雲／悄悄避開烈日的追擊／隱入高山石
> 上，蘭花的蕊裏／叩問：松子／何時？走過／盛夏的深
> 山，一陣雨／遠遠掀起狂風的裙裾／飄到小徑中，落葉的
> 脈上／回答：幽人／昨日！已眠（向陽，《十行集·問
> 答》　50-51）

　　「輪迴」在〈問答〉中得到充分的體現：詩的上下兩端回環
往復，構成形式上的輪迴；一問一答的構思是空間上的輪迴；雲
化雨是物態的輪迴；烈日與狂風的雨天是時間上的輪迴。

40　海德格爾　422。
41　海德格爾　422-23。

最初是竹葉一般的滯澀／我們飄向陽光初臨的荒山／
所有鳥聲都來迎接／所有水露猶疑在山姑婆芋上／興奮地
掉下了眼淚（向陽，《十行集・笛韻》 140）

蘆花在北風刷洗下／白了鬢髮／……／在晨曦中，小
村漾蕩著澄黃的／光與色澤，嬰孩偎在浣衣的／母親的背
上睡著了，而此起彼落的／擣衣的水聲啊，聽到的只有／
籃中的衣服，上游的白鵝（向陽，《十行集・村景》
152-53）

　　高中時代的向陽和他的朋友們一起成立了笛韻詩社，並在竹
林裏蓋了一間竹管厝，取名為笛韻詩屋。白天他們徜徉在竹山、
鹿穀的山阪水湄；夜半，他們仰望星空、把酒邀約、吹奏口琴。
有詩、有書、有酒、有月，有年少的輕狂、有純稚的喜樂。年少
的向陽活在恬靜愉悅的夢中，活在青翠幽微的山林之間，活在樸
實敦厚的鄉裏親朋之間。在簡單的環境中，他悠遊於詩的夢境
中，無憂無慮。正如〈笛韻〉中「滯澀」的他們迎接朝陽，「興
奮」地暢談人生與理想。
　　巴什拉《夢想的詩學》（*The Poetics of reverie:Childhood,
Language, and the Cosmos*）的內容是討論人類對自己童年的回
憶，他認為我們一生會不斷回憶童年，回憶童年使成年生活變得
廣闊、變得活躍、生機蓬勃[42]。當鬢髮如北風中花白的蘆葦時，
生命也就愈澄澈，如水般蕩滌著大浪淘沙後的本質、繁華落盡的
純真、洞悉世事的淡然，愈回歸到少年、嬰孩的純淨。

---

[42] 巴什拉，《夢想的詩學》（*The Poetics of Reverie: Childhood, Language,
and the Cosmos*），劉自強譯（北京：生活・讀書・新知三聯書店，
1996）28。

「人類此在總是在其最高的高度和最強大的意志中得到美化，變得容光煥發。以「正午」一詞，輪回思想之居有事件就在相同者的永恆輪回範圍內確定了它的時間點……那種最內在、但也最隱蔽的關聯，亦即作為存在者整體之基本特徵的相同者的永恆輪回與時間的關聯，由此就開始突然閃亮起來」[43]。詩中的「陽光」、「晨曦」正提供了這樣一種「時間點」，生命在輪回中走向永恆。

四、火與遐想之物

「對一個人世間的遐想者來說，燭火就成為世界的現象。[44]」凝視跳躍的燭火，感受微弱又強大的光，人是很容易遐想的。「遐想的詩意讓我們進入這種金色的心理態度，它使意識保持覺醒。[45]」遐想是一種平靜、和諧、自由的精神狀態，火苗持續不斷地跳動，面對燭火的遐想也就富有跳躍性與豐富性。遐想之物皆著火之色彩，與火交融。

（一）火與圓滿

談到火的起源，人們會很自然地想起希臘神話中普羅米修士（Prometheus）盜火的故事。這種盜火的行為從理性精神分析的角度看已經成為一種情結，普羅米修士情結（The Prometheus Complex）即為「象徵著從物質出發迸發出的精神光輝。它衝破火的禁忌，把火看做熱情的理性召喚，並且冒著危險追求火的光

---

[43] 海德格爾　423。
[44] 巴什拉，《燭之火》　149。
[45] 巴什拉，《燭之火》　142。

明，這時火的光明不復是具體的、物質的光明了。[46]」黑暗到光明是一個從不圓滿到圓滿的跨越，經歷阻隔後的光明更奪目，也更持久。

1.燈

　　夜晚來臨，人們點亮了燈，於是這不再是燈的詩人所經歷的機械時刻，喬治・羅登巴赫（Georges Rodenbach, 1855-98）的詩集《家鄉天空的明鏡》（*Mirror of theNative Sky*）有這樣的一句：「房間對這綿延的幸福／感到驚喜 [47]」

　　通過燈，光的幸福滲透到遐想者的房間之中。暖暖的燈可以是一個幸福家庭的溫馨所在，也可以通過溫溫的光聊以平息遊子心底的波瀾：

> ……／右邊六樓的小窗亮起了燈／抬頭是異地雨著的夜／
> 漆黑中傳下溫暖的酒令／燈後想是妻兒歡宴，燈前／窗邊
> 緩緩闔上雪亮的簾（向陽，《十行集・窗簾》 53）

　　雨夜營造了淒冷、孤寂的氛圍，與溫潤的燈光夾雜酒令的喧鬧聲形成鮮明反差。「獨在異鄉為異客」[48]，面對此景，即使不是佳節也會思親。漆黑畫面中的一盞燈格外醒目，它強烈地勾起遊子濃濃的離愁別緒。本詩運用了「樂景寫哀情」的創作手法，與馬致遠（1250-1321）的「小橋流水人家」一句相似。與之不同的是，遊子並未深深陷入思鄉的情緒而惆悵、落魄，「窗邊緩緩闔上雪亮的簾」中「緩緩」一詞言有盡而意無窮。「緩緩」體

---

[46] 巴什拉，《火的精神分析》 4。
[47] 巴什拉，《燭之火》 219。
[48] 王維，〈九月九日憶山東兄弟〉，《全唐詩》 1305。

現動作的輕柔與優雅，飽含一種延續性，即圓滿的持續綿延。遊子心中不因冷雨、孤寂而低落，他將帶著故鄉一起上路，思鄉之情化為一種前行的動力，追尋人生的圓滿境界。

2.果實

馬塞爾・梯利（Marcel Thiry, 1897-1977）詩有以下聯想：「我們看見蘋果樹上的果實，像明燈一樣閃閃發亮。[49]」掛滿果實的樹好比掛滿燈的樹，果實象徵著豐收，與有著圓圓光暈的燈除了在形象上相似，也共同昭示圓滿的含義。

> 一粒種籽掉落在泥土中／呵──不是掉落，是紮種／是把愛和希望紮種在花塵裏／那孤獨的形影如今隱沒著／…／啊一粒種籽，不，一株／枝繁葉茂的綠樹，要我們仰目／澄黃的富貴的，秋的果實（向陽，《十行集・春秋》154-55）

生命在開始就孕育著一場豐收，種籽就是這樣。一粒種籽深深紮根於土壤，縱使黑暗、寒冷、寂寞，也泯滅不了它向上的心，並且堅信枝繁葉茂的綠樹和滿樹的果實會出現在不遠的將來。

果實是「澄黃的」、「富貴的」，也是沉甸甸的，飽滿的果實與農人的喜悅相輝映，照亮莊稼人心中的夢想。種籽在紮根的那一刻即注入了金色的夢想與希望，預約了一個幸福的圓滿。過程也許是漫長的，只要心存希望與信心，圓滿就會出現在「下一個明天」。

---

[49] 巴什拉，《燭之火》　201。

（二）殘陽如火

夕陽西下，餘輝灑遍大地，萬物彷彿都在燃燒。「太陽下山了，而栗樹燃燒起來」——讓‧布爾戴也特（Jean Bourdeillette, 1901-）《手的群星》（Les Étoiles dans la main）有這樣的形容[50]。太陽在下山之前，噴薄出最後的光和熱，點燃萬物：

> 莫非大旗已隨夕照／掩入天涯！鈴聲陣陣／暮靄一般飄來，漸行漸遠／回首睎舊鄉，空余黃沙／一隻青鳥，翩翩飛向關山／那愛嬌的女子，是否／還在小小閣樓上，點起／一盞溫溫的燈，描摹／…（向陽，《十行集‧天問》46-47）

作者對故土的思念沒有隨鈴聲漸行漸遠，反而似火在燃燒。面對火，時間彷彿流逝得很快，而人往往也願意追隨時間一起向前流淌，作者的思歸之情也被火點燃而燒到高潮。作者想起閨中的麗人，或許點起一盞燈，對著燈火而思念自己，她的心中也燃起了愛之火，願與火一起燃燒，但是卻不能夠，只能描摹故土的興地而聊以打發時間。夕陽與燈火都是燭火製造出的形象，作者也借二者來隱喻自己強烈的思鄉懷人之情，有火的地方就有回憶的存在。

向陽這首詩寫的是一個漂泊者，值得注意的是，詩人向陽為了襯托漂泊者的疲憊和思念，有意識地淡化了能夠引向粗放開朗的意象，使整篇詩的意象都呈現出雖然曠遠蒼涼卻柔情綿綿的特點，此地夕陽與家鄉點起的燈火，在空間上遙遙相對，又因為

---

[50] 巴什拉，《燭之火》 203。

青鳥來去而相聯。磨穿金甲的「黃沙」[51]在向陽筆下也褪去「百戰」[52]的慘烈；因為心中有個「愛嬌的女子」，心裏便點起一盞燈，那種「蠟炬成灰淚始乾」[53]的淒婉不見了，有了遠方「溫溫的燈」，整首詩也就「溫溫的」了。

（三）火與鳥

巴什拉先引皮埃爾・加爾尼埃（Pierre Garnier, 1947- ）《羅熱・圖魯茲》（*Roger Toulouse*）詩句：「您在什麼地方捕捉小鳥／在火苗之外的別處？[54]」然後加以發揮，既然火苗飛躍，那它就可以看做是一隻鳥。巴什拉說：「樹，它載著鳥窩，已經在它的生長過程中為這些美麗的火的小鳥建造了棲身的溫馨的家。在熊熊爐火的灼熱之中，時間誕生並且飛躍起來。[55]」火與鳥共有著上升性與跳躍性，因此本段將在以下三個角度討論火與鳥的關係：（一）杜鵑啼血；（二）由「煙」、「灰」意象而展開對「火鳳凰」的聯想；（三）螢火蟲（考慮到文章主題的集中性，因螢火蟲也有跳躍性，故將其也納入本段）。

1.杜鵑啼血

在〈燭怨〉（向陽，《十行集・燭怨》 48-49）中，出現「杜鵑血泣」這一文化現象，對此有必要先對此現象做一番解釋。

劉敬叔（？-468）《異苑》云：「杜鵑始陽相催而鳴，先鳴者吐血死，常有人山行，見一群寂然，聊學其聲，嘔血死，初鳴先聽其聲者主離別，廁上聽其聲不詳，厭之法，當為大聲以聽

---

[51] 王昌齡（690-756），〈從軍行〉，《全唐詩》 1444。
[52] 王昌齡 1444。
[53] 李商隱（812-58），〈無題〉，《全唐詩》 6219。
[54] 巴什拉，《燭之火》 192。
[55] 巴什拉，《燭之火》 191-92。

之[56]」。

　　杜鵑原為赤口，口腔上皮和舌頭均為紅色，彷彿啼得滿嘴紅血，不過亦有可能因獵捕時，嘴上有血漬而生嘔血之誤[57]。杜鵑倒懸於樹，故有怨鳥之名[58]。自古以來，杜鵑是愁苦形象的化身，除了「啼血」之因，還有傳說「杜宇化鵑」之由。

　　東漢・李膺《蜀志》載：「⋯⋯望帝修道，處西山而隱，化為杜鵑鳥，或雲為子規啼，至春則啼，聞者淒惻[59]」。望帝化杜鵑的冤屈幽怨，文人多藉此呈現內心冤屈之憤、愁苦之思。杜鵑多成為遊子思鄉、送客催歸的意象。〈燭怨〉中，「杜鵑血泣」暗含了詩人對即將與愛人離別的無奈與濃濃的愁苦之情。宋・柳永〈安公子〉云：「萬水千山迷遠近，想鄉關何處。自別後、風亭月榭孤歡聚。剛斷腸、惹得離情苦。聽杜宇聲聲，勸人不如歸去[60]」。「不如歸去」不僅是一個象聲詞，也蘊含淒涼哀傷的情調。詩人彷彿聽到杜鵑的聲聲哀啼，「杜鵑血泣」即是燭淚滴落的寫照，象徵詩人的不捨與惆悵。

2.涅槃

　　火—灰—煙，是一個系統，是一個再生的過程。火焰形成煙，成灰之後，火鳳凰由此再誕生。鳳凰在大限到來之時集梧桐枝自焚，在烈火中新生，其羽更豐，其音更清，其神更髓。傳說中，鳳凰是人世間幸福的使者，每五百年，它就要背負著積累於人世間的所有不快和仇恨恩怨，投身於熊熊烈火中自焚，以生命

---

[56] 劉敬叔（？-468），《異苑》（台北：新興，1978）16
[57] 陳淑君，〈稼軒詞中鳥意象之研究〉，碩士論文，國立成功大學，2009，79。
[58] 陳淑君　80。
[59] 陳淑君　77。
[60] 陳淑君　81。

和美麗的終結換取人世的祥和和幸福。同樣在肉體經受了巨大的痛苦和輪回後它們才能得以更美好的軀體得以重生。鳳凰經歷烈火的煎熬和痛苦的考驗，獲得重生，並在重生中達到昇華，稱為「鳳凰涅槃」。

涅槃是佛教用語，意義是指清涼寂靜，惱煩不現，眾苦永寂，具有不生不滅、不垢不淨、不增不減，遠離一異、生滅、常斷、俱不俱等等的中道體性意義，也即成佛。

> 他站在人群之前大聲頌揚／愛與理想，聲稱凡自私獲利的／必遭眾人以眼白、唾液擊傷／一大群鴿子呼應著，在廣場上／爭相啄食撒落於地的米糧／……／凡拋開肉身的，都已進入涅盤／……（向陽，《十行集‧形象》　172-73）

詩中的「形象」即是鳳凰的理想化身，頌揚著愛、理想與高尚，極具奉獻精神。「一大群鴿子呼應著」可以看做是「百鳥朝鳳」的畫面，鳳凰有著強大的引力而把自身的火之焰噴射到它的周圍。浴火的過程是痛苦，但惟有此才能「拋開肉身」，接近精神的清淨與圓滿。巴什拉《夢想的詩學》認為寧靜使我們像獲得涅槃的境界，反而可以靜觀眼前的現象，得到充分的休息[61]。「靜觀」是最美的姿態，以不介入的方式遠離喧囂，超脫凡塵。詩中噴湧出一種強大的意志力，即強烈的奉獻的決心與超越自我的信心。

---

[61] 巴什拉，《夢想的詩學》　201。

3.螢火蟲

「光對火的理想化建立在現象的矛盾的基礎上，有時火發光而不燃燒，那時，火價值是完全純潔的」[62]，螢火蟲就是這樣的一種冷光源，發光，但不燃燒。暗夜中飄忽不定的螢火蟲總給人跳躍的驚喜，似捉摸不透。

> 幾乎每次總是／在遠眺山下圍舞的燈火時／看見：一群斷翅的螢蟲（向陽，《十行集·獨酌》　56）
>
> 飄搖在原野上的／黃色的野菊／瞬間成為晚夜／亮在陰黯溪流上／熠耀的螢火（向陽，《十行集·流光》　142）
>
> 此刻星稀，我在水湄休憩／螢飛蟲鳴，草木青鬱，浪波引燃花香……（向陽，《十行集·飛鳥》　91）

螢火蟲或勾起童年的回憶，或是暗夜裏指引方向的明燈，亦或許陪伴遊子度過孤獨的時光。光明不是固定的，總是若隱若現，執著追尋它才是永恆的方向。

（四）蛾與蝴蝶的撲火

古希臘恩培多克勒（Empedocles, B.C.492-32）把火想像為從眼睛薄膜上細孔穿過的火，火與外面的火交流，流射到眼睛，產生面對世界的視覺。巴什拉把這種對火的熱愛與尊重、生的本能與死的本能在其中結合起來的精神稱作恩培多克勒情結（The Empedocles Complex）。以這種精神面對火，會使人幻想、使人激動，火的召喚永遠是詩歌的基本主題[63]。

---

[62]　巴厘諾　131。
[63]　巴什拉，《火的精神分析》　4。

　　飛蛾撲火便是這種情結的一種生動的體現，當飛蛾撲向燭火時，犧牲的過程是喧鬧的，翅膀發出劈啪聲，火苗突然跳躍起來。蟎的終結則比較柔軟，卻沒有那麼多聲響。蟎飛時沒有聲音，它只要碰一下火苗就會馬上精疲力盡[64]。榮格（Carl G. Jung, 1875-1961）也曾介紹這種悲劇：「一旦我的小蟲意識甦醒，我就渴求你。當我還是蟲蛹時，我就只是夢著你。我的同類在撲向你所散發的幾點微弱火光時，常常力盡而斃。還有一個小時，我微弱的存在就要結束。但是，我最後的努力，猶如我最初的欲望，除卻要接近你的光榮，絕沒有任何別的目的。那麼，只要有一刻心醉神迷，觸摸到了你，那我就可以滿足得死去，因為，我畢竟能有一次在無比完美的輝煌之中看到了美、熱、生命的源泉。[65]」

　　這就是蟎──欲求在陽光中死去的遐想者的象徵。

1.燈蛾撲火

　　飛蛾撲火是它的天性，它有著天生的向光性。

> 不寐是最和平的戰爭／腳跡與眼光的焦距之調系／窗外：一望漆黑；窗內／燈下有蛾慢慢撿拾沖洗後／鮮艷的，愛情（向陽，《十行集·子夜》　58）

2.蝴蝶

　　歌德（Johann Wolfgang von Goethe, 1749-1832）〈沙發〉（"Sofa"）一詩把蝴蝶在火苗中的犧牲作為幸福回憶的主題：

---

[64] 巴什拉，《燭之火》　173-74。
[65] 巴什拉，《燭之火》　174。

> 我要歌頌在火中／在鮮潤的愛之夜／渴求死亡的生者／在
> 沉默的燭火光芒四射之時／你抓住一種奇特的感情／你不
> 再緊閉於／黑暗的陰影中／一種全新的欲望／把你引向更
> 高的婚姻／你狂熱地飛奔／光的情人／你終於成為／哦，
> 筋疲力盡的蝴蝶[66]

　　夜色化成翩翩飛舞的蝴蝶親吻燃著的燭火，蝴蝶走向燭火是
一種幸福的死亡，那一刻它接觸到了超越生命的美和熱。愛情就
是一團燃燒的火焰，熱戀中的人們不願闔眼，如蝴蝶般撲向它。

> 愛情是最冷酷的和平／晚風和燭火的拉扯與膠著／闔眼：
> 便有焦灼；睜眼／夜色化蝶翩翩提醒恍惚中／沉默的，凝
> 眸（向陽，《十行集・子夜》　59）

五、結論

　　向陽《十行集》中很多詩都寫到火，或與火有關。火苗垂直
地向上升騰，因此垂直意象最為重要。向上的孤煙、直指蒼穹的
森林，都能從中找出火的垂直特徵。以水喻火而象徵火的時間綿
延性，同時太陽也建構了永遠回歸的時間而走向輪回。火與果
實、飛蛾、蝴蝶等意象也有聯繫，火是超時空、超生命的。向陽
詩通過「火」的意象，揭露生命向上的真諦，體現追求光明的心
態，同時也包含溫暖人心的熱度，讓火繼續燃燒著。

---

[66] 巴什拉，《燭之火》　175-76。

　　拙稿寫作過程中承黎活仁教授惠允指導，謹在此致以萬分謝意！

水的想像力

——向陽《十行集》的分析

陳妍

作者簡介

陳妍（Yan CHEN），女，中國江蘇人。江蘇師範大學文學院104班，在讀本科生，大學三年級。

論文題要

本文以巴什拉「水的詩學」為理論視角研究向陽的《十行集》。通過聽覺印象、倒影，憤怒等方面，探求《十行集》透過物質的想像。水本身具有女性化，均勻，善變的特質。《十行集》中多水的意象，詩人賦予水的情感亦是不同的。

關鍵詞（中文）：巴什拉、水、聽覺印象、倒影、憤怒

一、前言

　　向陽（林淇瀁，1955-）《十行集》原出版於1984年，是向陽的第三本詩集；收錄詩歌72首，分為《小站》、《草根》、《立場》三卷。本文以巴什拉（Gaston Bachelard, 1884-1962）《水與夢：論物質的想像》（*Water and Dreams : An Essay on the Imagination of Matter*）[1]的理論對《十行集》[2]作一分析。巴什拉認為「液態是語言的一項原則；語言應充滿水[3]。」向陽詩又特別多雨、淚、小溪、海等意象。

二、雨聲、水聲：萬籟中的嗚咽

　　巴什拉認為詩歌有三要素，即視覺印象，聽覺印象和聲響印象，聲響透過描寫主導景象，以至聲主導視覺[4]。耳朵也希望聽到的東西開花[5]。向陽的波浪也會開花：「此刻星稀，我在水湄休憩，／螢飛蟲鳴，草木青郁，浪波引燃花香……」（向陽，《十行集・飛鳥》　91），聽覺引發了關於嗅覺的想像。

　　這種現象在心理學上近似於「聯覺」的發生。西方詩學中最早出現通感，修辭學中稱移覺[6]。錢鍾書（1910-98）曾對通感

---

[1]　巴什拉（Gaston Bachelard），《水與夢：論物質的想像》（*Water and Dreams: An Essay on the Imagination of Matter*），顧嘉琛譯（長沙，嶽麓書社，2005）37。

[2]　向陽，《十行集》（台北：九歌出版社，2004）179。

[3]　巴什拉，《水與夢》　210。

[4]　巴什拉，《水與夢》　207。

[5]　巴什拉，《水與夢》　207-08。

[6]　姜耕玉，〈論詩歌中的聯覺意象〉，《文藝理論研究》1（1999）：49-55。

（synaesthesia）進行了詳細的闡釋[7]。《十行集》中以下作品可
為談助：

> 只為某種水聲，如是我聞／烏青地，你緩緩站起，甚至／
> 也不睬身後的天際正放百千萬億大光明雲／所以一投足乃
> 見炙火成水／你迅行疾馳，風向西北西，林木復甦／爾時
> 一切業報山川一切色皆來集會／水聲潺潺，無盡天地開展
> ／唯地平線俯首，合掌而退（向陽，《十行集·孤煙》
> 94-95）。

「百千萬億大光明雲」語見《地藏菩薩本願經》[8]，指幸福
美好的境界，奔跑者受到水聲的鼓舞，拋開眼前幻境，水聲潺潺
中，無限天地在奔跑者的想像中展開，山川一切交匯。詩中水聲
也似乎只是在奔跑者的腦海中響起，看似是聽覺引發了視覺上的
無限聯想。

（一）聽雨

古代作品中有很多聽雨的名句，例如韋莊（836-910），
《菩薩蠻》中「春水碧於天，畫船聽雨眠」[9]一句，詩人飽覽江

---

[7]　錢鍾書，〈通感〉，《錢鍾集·七綴集》（北京：三聯書店，2001）
73；汪榮祖（1940-），〈通中西文化之隔〉，《輔仁歷史學報》19
（2007）：9。張偉華，〈漢語通感研究〉，碩士論文，曲阜師範大學，
2008。譚婭，〈論通感的內涵及其在審美活動中的價值〉，碩士論文，
華南師範大學，2004。

[8]　百千萬億大光明雲，《大正新脩大藏經》第13冊，No. 412，《地藏菩薩
本願經》，CBETA T13 no. 412《地藏菩薩本願經》卷1，中華電子佛典
協會（CBETA）依《大正新脩大藏經》編輯，T13n0412_p0777c18(06)，
www.cbeta.org/result/normal/T13/0412_001.htm，2011年11月11日檢索。

[9]　《全唐詩》，《寒泉·全唐詩全文檢索資料庫》，http://210.69.170.100/
s25/台北：故宮博物館，卷892，冊25，10075。檢索日期：2102年11月
11日。

南美景，在詩人的眼前，夢裏出現，溫柔的雨聲喚起的是明麗的
畫圖，纏綿的鄉愁。[10]

　　《十行集》第一卷〈小站〉卷首，詩人自述，「……小我之
情……這是少年聽雨之詩」，《十行集》收錄的第一首詩亦名為
〈聽雨〉：

> 坐在山的這一邊，遙遙地／聽見那邊谷地，恍恍惚惚／傳
> 來陣陣呼喊，淅淅瀝瀝／驚醒了我，築巢採果的／美夢／
> 於是走向谷地去，翼翼地／發現一株啜泣的野蘭，當我／
> 伸手撫慰，乃又了然那花／是昔日，淅淅瀝瀝呼喊的／聲
> 音（向陽，《十行集・聽雨》　38-39）。

　　詩歌中，雨水是富於節奏的，雨水的節奏來自於接連落下
的水滴，「風雨過後，從樹葉叢中落下的雨水嘀嗒就這樣在閃
爍，它使光線和平靜如鏡的水面發顫。看到這水滴，會聽到顫抖
聲[11]」，巴什拉如是說。這是他對水滴的其中之一的解釋：

> 忽然連身後的燈光都黯默了下來／那時曇花開得正豔吧，
> 只有微雨／冷靜拍著，逐長巷逼來的高牆／我再度審問妳
> 別過去的臉影／卡在冠瓣皆謝的藤架裏（向陽，《十行集・
> 晚曇》　122）。

　　〈晚曇〉中的曇花和著微雨的急促輕盈的節奏綻開，巴什拉
認為：淡水是至高無上的，天上的水，即細雨，是「甜蜜的遲

---

[10] 韋秀芳，〈韋莊詩歌研究〉，碩士論文，安徽師範大學，2003；劉萍萍，〈韋莊詩歌論稿〉，碩士論文，吉林大學，2003；韓文進，〈殘痕對斜暉：論韋莊詞的隱喻之美〉，《作家評論》10.8（2011）：129-30。
[11] 巴什拉，《水與夢》　207。

想，那種最物質的、最自然的遐想。自然的遐想會永遠為淡水，為令人涼爽，讓人解渴的水保持它的優勢。[12]」純潔的水與純潔的花朵在心理上給人以相近的感覺。純潔的水滌淨憂傷。

同時，雨可以看做天空的眼淚，雨聲是天空的哭泣，聲音與水在一起，淚與雨在一起。「當內心憂傷時，世上的水就變成淚[13]」，天空的眼淚投射著憂傷或是憤怒，摻雜了鹽分的淚水是摻雜了負面情感的雨水，蘇軾（1037-1101）詞常用雨來表達悲哀的心情[14]，可為向陽詩的旁證：

> 像雨點攀著窗玻璃一般／不忍遽去──孩子的眼淚／在蘋果紅的頰上逗留住了／⋯⋯／才教人懷念昨夜窗間的一絲光痕（向陽，《十行集・淚痕》　156-57）。
>
> 雨滴，矇混在眼淚的行列裏（向陽，《十行集・偏見》　176）。

（二）潺潺流水

巴什拉認為，詩歌語言具有液體性。「水是流暢語言，無障語言，連續的、延伸的語言，使節奏柔順並賦予不同節奏以統一物質的語言的主宰[15]」。河流在遐想中成為一種無標點的話語。潺潺水聲如同自然的語音，自然運用水聲哭泣，歎息，低語。

---

[12] 巴什拉，《水與夢》　172。
[13] 巴什拉，《水與夢》　101。
[14] 保苅佳昭（HOKARI Yoshiaki），〈蘇軾詞裏所詠的「雨」〉，《蘇詞研究》，保苅佳昭著（北京：線裝書房，2001）111。
[15] 巴什拉，《水與夢》　204。

1.流水的節奏

流水連續不斷，富於節奏。在很多詩中，小溪使野花盛放：

> 妳站到長河對岸／隔著我，一道銀白的蘆葦／隔著夜，三
> 五顆流星／那時天色已淒得很黯了／彷彿聽見曇花一聲聲
> 開放（向陽，《十行集・晚霜》　76）。

在〈晚曇〉與〈晚霜〉這兩首詩歌中，靜觀者都處在燈光暗
淡或是黑夜中，視覺受限制的情況下，聆聽腦海中的水聲，花朵
在想像中綻放。曇花只在夜間開放，開花時間短促，花朵多為白
色，與想像中黑暗的環境色彩對比強烈。在〈晚霜〉中的曇花在
想像中有連續不斷的流水，自然地與曇花開放的節奏、姿態聯
繫在一起，和著流水的節奏一聲聲一朵朵開放，審美境界得到
了擴展。

2.小溪漲水

巴什拉將小溪漲水的聲音比喻為低聲細語[16]，當大雨降落，
或是溪流彙聚，或是奔向大海。溪流原本輕快流暢的節奏被打
亂，大量的水嘩啦啦的聲響放大。流水的聲音在漲水後由輕聲細
語變為暴怒的吶喊，力量增強的水宣示著憤怒，可以參見本文第
四部分，狂暴之水的論述。

> 有時難免想起／屋後那條潺潺流盪的溪河／沖破阻窄
> 的隄防，青筋暴怒地／向源頭喊道：我不止是／一種，容

---

[16] 巴什拉，《水與夢》　213；吳明益，〈且讓我們蹚水過河：形構台灣河
流書寫／文學的可能性〉，《東華人文學報》9（2006）：177-214。

器（向陽，《十行集‧獨酌》 57）。

　　從此分手吧！流泉冷峻地推開了峽谷／曾經我們連袂同行，奮力頂住／漸夜的星辰，在蘭草前凋萎／而且不拒絕荊棘蔓生，我們突破朝露仰望／最高處日與月交迸輝映／但如今隔著峽谷深沈，我們相距甚近／面對峙立，觸摸不到舊時的體溫／蘭在此草在彼，石裂兩地我們凝視無語／唯流泉自千仞下淙淙，匆匆飛逝／晚夜或者白天，所爭者厥在此最終一劍（向陽，《十行集‧絕壁》 116-17）。

（三）歌唱的水

　　巴什拉認為，水是自然的嗓音，自然用水來歌唱，水流動的聲音常被認為是歌聲。水與音樂的聯繫是天然的，巴什拉認為水妖被音樂征服是「音樂被音樂征服[17]」，音樂作品中，亦有古琴曲《流水》，以琴聲表現水。溪水的朝氣活力是一首「青春的歌」，是「青春的激勵」，是「自然的覺醒」[18]，《十行集》中〈涓流〉則寫水珠彙聚成溪流：

　　只是一滴。一滴／微細而飽滿的水珠／漸漸凝聚。凝聚／牽繫而活潑的衝力／對久遠旅程唱一世清歌／只是一群。一群／合心且協力的水流／緩緩行過。行過／平順且突兀的河床／向坎坷路途叩寬廣海域（向陽，《十行集‧涓流》 150-51）。

---

[17] 巴什拉，《水與夢》 209。
[18] 巴什拉，《水與夢》 38。

　　水也有非直接之聲，水通過生物歌唱，有生命之物相互呼應，模仿著本原的聲音。在各種本原中，水是聲音最忠實的鏡子[19]，生物的歌聲與水聲相似。

1.鳥

　　潺潺的流水聲教會鳥和人歌唱[20]，巴什拉引《索倫特狼》（*Wolf Solent*）烏鴉的叫聲有著瀑布音符的例子以為說明。水邊的鳥模仿水的歌聲，為水而歌唱：

> 小徑那邊，楓葉偷偷／竊據了啄木噤喳的論戰（向陽，《十行集‧山色》 88）。

　　〈笛韻〉一詩中，鳥聲更被比作笛聲：

> 我們飄向陽光初臨的荒山／所有鳥聲都來迎接／所有水露猶疑在山姑婆芋上（向陽，《十行集‧笛韻》 140）。

2.植物

　　巴什拉將菖蘭比作水的輕歎[21]，水草必定散發著水的靈魂[22]，水之歌與植物的枝葉一同飄蕩。〈山色〉中楓葉輕響，與鳥聲相和，鳥鳴與水聲的相似。

　　李商隱（813-約858），有「秋陰不散霜飛晚，留得枯荷聽雨聲[23]」一句，荷葉成為雨的樂器，與之相應，當植物落入水

---

[19] 巴什拉，《水與夢》 211。
[20] 巴什拉，《水與夢》 17。
[21] 巴什拉，《水與夢》 209。
[22] 巴什拉，《水與夢》 8。
[23] 李商隱，〈宿駱氏亭寄懷崔雍崔袞〉，《全唐詩》，《寒泉》，卷539，冊16，頁6155。

面，水面扮演鍵盤的角色，植物的落下如手指般輕柔靈巧：

> 有人打傘自多露的湖畔走過／只聽見右側林中跳下一顆／松子，驚聲喊道／你就這樣來了嗎？漣漪／和回聲都流連在空盪的水面上（向陽，《十行集‧秋辭》 134-35）。

3.蟲

《水與夢》引薩拉克魯（A. Salacrou）的話：「我知道有一隻在沼澤地旁長大的烏鴉，這沼澤把鳥的悅耳的叫聲與嘶啞的斷斷續續的聲音交織在一起，烏鴉在為青蛙歌唱？[24]」，水將烏鴉與青蛙的叫聲加以調節，變得和諧起來：

> 鳥飛樹上啼，蟲墮水中泣／我們包容所有污池與濁穢。
> （向陽，《十行集‧夜空》 101）

蟲與鳥都是水的學生，為水歌唱，因為水而和諧統一：

> 未到初秋而天已涼了／蟬聲漸漸寂寂走過／小徑那邊，楓葉偷偷／竊據了啄木嘰喳的論戰／彳亍是一種孤獨的溫暖／彳亍是柳杉的一種落寞／帽以青天鞋以大地／衣以堅持的常綠／但風雨每期期以為不可／天已涼了而未到初秋（向陽，《十行集‧山色》 88-89）。

蟬聲，鳥聲，風拂過葉子的聲音都成了雨的前奏。歇息的水鳥與蟲鳴也會在水邊相遇：

---

[24] 巴什拉，《水與夢》 212。

> 此刻星稀，我在水湄休憩／螢飛蟲鳴，草木青郁，浪波引
> 燃花香（向陽，向陽《十行集・飛鳥》　91）

4.沉默

　　沉默是聲響的留白，巴什拉認為，沉默的水是一種巨大的物質化的安靜存在，心靈見到沉默的東西，才能理解安靜，心靈感受到沉默，才能安心靜息。沉默的水之歌是沉睡安詳的：

> 再望前是一瓣雲，輕輕咬住／蕩然的天空，天空不說話／
> 轉身把雲甩給右邊的山嶺／從溪畔振翅而起的鳥張口銜
> 住／雲，跟著路也飛走了（向陽，《十行集・即景》
> 137）。

　　雲的語音飄蕩在天空中，天空選擇了沉默，鳥銜去了雲朵，學會了歌唱，主動拋棄了水歌聲的天空空蕩蕩的。

三、倒影：宇宙的溺死

　　死亡寓於水[25]，部分地區存在水葬的傳統，死者隨水流遠去，生命與死亡都消融在水中。水成為生與死之間的一種柔順的仲介[26]。水面的倒影使得世界疊在一起，二元的世界中生與死對峙。巴什拉由此提出，「生命、死亡和水的三重句型」[27]，應當留意「奧菲利亞情結（Ophelia complex）[28]」。

---

[25]　巴什拉，《水與夢》　102。
[26]　巴什拉，《水與夢》　14。
[27]　巴什拉，《水與夢》　14。
[28]　巴什拉，《水與夢》　14。

（一）奧菲利亞情結：女性的溺斃

巴什拉以《哈姆雷特》》（*Hamlet*）中奧菲利亞（Ophelia）的名字命名女性溺死情結，又引安南修（Gabriele D'Annunzio, 1863-1938）小說《或許是，或許不是》（*Maybe Yes, Maybe No*）女僕為伊莎貝拉（Isabella）梳理長髮，伊莎貝拉凝視鏡中身影，由長髮聯想到了水波，她看到「她的臉在鏡底漸漸地遠去，輪廓變得模糊，然後又從鏡底返回，變近了，它已不再是她的臉[29]」。長髮的波濤在鏡中流淌。

水與鏡子在人類想像中的密切聯繫是不言而喻的，可以想見，在沒有鏡子的年代，女性在河邊以水為鏡，觀看自己在水中的倒影。同時「甚至有許多人溺死在鏡子裏」。

> 自然你總是以唇的櫻紅寧謐／泊靠我眼睫微顫入夜後黯黑的心情／並且游移在淚霧含笑的鏡中／粼粼不理末夏濕漉漉的浮雲／只要我，順風記取你坦蕩的臉紋／但我僅敢暗中梳理為你煩亂的髮／任分裂背笑的眾樹不屑／深不見底我愛而怯於擁你入懷的夢／等你去時闔目我方才悚然驚心／我冷眼之火熱／你熱吻之冰冷。（向陽，《十行集·水月》　130-31）

「你」游移在淚水的鏡中，游移在「我」眼眸的倒影中，梳理頭髮這一舉動再次出現，流動的水帶走生命。唇的櫻紅與夜的黯黑色彩鮮明對比，嬌豔的紅無法抗衡沉重的黑夜，預示著不祥。「你」「闔目」與「冰冷」的熱吻暗示女性的死亡。女性溺

---

[29] 巴什拉，《水與夢》　94。

斃在陰鬱的水鏡中。廢名（馮文炳，1901-67）的詩歌〈妝台〉可以與之互文：

> 因為夢裏夢見我是個鏡子／沉到海裏他將也是個鏡子／一位女郎拾去／她將放上她的妝台／因為此地是妝台／不可有悲哀[30]。

廢名說：「當時我忽然有一個感覺，我確實是一個鏡子，而且不惜於投海，那麼投了海鏡子是不會淹死的[31]」。海中不會淹死的鏡子再次說明了人類想像中水與鏡的同一，生命溺斃在海中，愛情溺斃在妝台的鏡子裏。

（二）眼睛

叔本華（Arthur Schopenhauer, 1788-1860）指出，「美學的靜觀會使人同意志的悲劇分離，從而在瞬間平息人的不幸[32]」。巴什拉認為，靜觀本身也存在意志，在被靜觀的自然與靜觀的自然之間，其關係是狹窄而相互的。水的靜觀具有主觀意志，由此補充了精神分析學說中對自戀強調的「看到」和「顯示自己」的辯證法。

巴什拉引希臘神話中，那喀索斯迷戀自己在水中的倒影，化為水仙的故事加以闡述。泉水邊的那喀索斯愛戀著自己水中的倒影，「一種理想化的自戀就此產生[33]」。自戀在美學中的積極意義往往體現在對唯美主義的追求。

---

[30] 廢名，〈《妝台》及其他〉，《論新詩及其他》，陳子善編（瀋陽：遼寧教育出版社，1998）200。
[31] 廢名　200。
[32] 巴什拉，《水與夢》　32。
[33] 巴什拉，《水與夢》　26。

> 縈念愛孫歸期的老人，捧著／茶煙彌漫的小杯，在杯裏／
> 倒映的皺紋中，看到／深陷洸洋的江河（向陽，《十行集·
> 雨落》 65）

　　老人靜觀水杯中逝去的青春，細細檢閱自己的一生，檢視風
華正茂的愛孫。老人對孫子的眷戀，也是對青春的眷戀。在〈對
月〉與〈疏星〉中：

> 　　初晨我來高崗，妳在澎湃的浪前流連／越過林梢、葉
> 間的晨露，越過冷靜的稜線／妳我脈脈相望，當中萬里江
> 山／那種不忍，並且試圖挽留妳的舉步離去（向陽，《十
> 行集·對月》 118）。
> 　　此刻忽來站在讓雨侵濕了的／頰邊。我陌生地喚你名
> 字／又在你眼底熟悉地汲出自己（向陽，《十行集·疏
> 星》 106）。

　　愛侶互相凝視，在彼此的眼眸中看到互相的倒影。墜入愛河
的伴侶在愛情中愛戀著對方，也愛戀著彼此眼中的自己。
　　巴什拉認為，泉水邊的那喀索斯並不僅僅沉迷於對他自己的
靜觀，他自己的形象是世界的中心[34]。那喀索斯看到的除了自己
的身影還有整個宇宙的美麗。這是靜觀者主觀意志的體現，同
時，主體也意識到了自己的內心，它更多地對世界，對我們自身
是一種深入的遠景[35]：

34　巴什拉，《水與夢》 28。
35　巴什拉，《水與夢》 57。

> 浮雲把陰霾的顏面埋入／迴映碧樹蒼空的小湖／小湖又把
> 圈圈圈不住的皺紋／隨風交給遊魚去處理了／所謂心事是
> 楊柳繞著小湖徘徊／逝去的昨夜挽留著將來的明天／落葉
> 則在霧靄裏翩翩飄墜／而悲哀與喜樂永遠如此沉默／只教
> 湖上橋的倒影攔下／倒影裏魚和葉相見的驚訝（向陽，
> 《十行集・心事》　126-27）。

　　通篇並未提及靜觀者本身具體的形象，「碧樹」的環繞，雙橋攔住悲喜，魚葉相見，所寫的都是自然景物，然而這些都是詩人「心事」中的倒影。詩人凝視內心，看到的確是整個宇宙。

　　宇宙同那喀索斯一同觀賞自己的倒影，「世界是一個巨大的正在自我欣賞的那喀索斯，有何處比得上在自己的形象中更好地自我欣賞呢？[36]」巴什拉由此引伸出的是宇宙的自戀。

（三）宇宙的溺斃

　　巴什拉引莫內（Claude Monet）作品《山林水澤女神》（*The Water Lilies*）的評論來表達水面與天空在想像中的關係。有時，宇宙將湖作為眼睛靜觀自己，「湖是一隻安詳的大眼睛……對於湖而言，世界已經被靜觀，世界已經被體現出來。湖還可以說：世界就是我的表象。[37]」湖構建了天空，「天空和雲彩需要水塘來描繪它們的故事[38]」。

> 葉子攀不住枯黯的枝枒／紛紛奔向清晨微寒的潭心／有人
> 打傘自多露的湖畔走過／只聽見右側林中跳下一顆／松

---

[36] 巴什拉，《水與夢》　28。
[37] 巴什拉，《水與夢》　32。
[38] 巴什拉，《水與夢》　30。

子，驚聲喊道／你就這樣來了嗎？漣漪／和回聲都流連在空盪的水面上／一些浮萍忽然站了起來／留下山的倒影明晰地吻著雨後／蔚藍的天空，而秋是深得更深了（向陽，《十行集‧秋辭》 134-35）。

而許多文學作品中將日月星辰比喻為天空之眼，卻在詩篇中來到了水裏：

教我想及每到黃昏，我西下，而妳正升起／……／用熱力驅逐陰影，撫慰每一寸妳愛吻過的土地，要妳也看到，我的眼睛如何澄清天宇（向陽，《十行集‧對月》 118-19）。

「我」用來澄清天空的眼睛很明顯是太陽，而太陽則在〈天問〉和〈未歸〉中出現在了水裏：

餘暉已緩緩將布坊的流漿染成／一片驚心，閣樓上許多機抒／碌碌織著窗頭暗啞的斜陽（《十行集‧未歸》 66）。

故土的輿地，如織錦的經緯／是否大旗一偃便如沈江的晚照（向陽，《十行集‧天問》 47）。

星辰在〈走過〉中同樣墜落在水裏：

於是三兩漁火昇了上去，星在浮雲間殞落（向陽，《十行集‧走過》 113）。

「月亮，夜，星辰把它們的倒影投入水裏……似乎當我們在

水波中看世界時，滿天星斗的世界就會漂走[39]」，水的流逝充滿了生命逝去的暗示。宇宙出於主觀意志靜觀自身，接受著水關於自殺的暗示，宇宙放任自己沉浸在水的倒影裏：

> 飄搖在原野上的／黃色的野菊／瞬間成為晚夜／亮在陰黯溪流上／熠耀的螢火／遊動於溪流中的／寒涼的星光／眨眼化作清晨／隱在微曦原野中／閃爍的露珠（向陽，《十行集・流光》　142-43）。

星光倒映在水中，螢火蟲與星光的閃爍交響跳躍，水與天空互相交換景象，巴什拉認為：「水就成為天地的一部分……一種形象的共生把鳥給了深水，把魚給了星空[40]」。無論是屬於天空的形象還是屬於水的形象，本質上都是屬於水的。形象的雙義性使得詩歌中平淡無奇的意象變得鮮活。整個宇宙浸入水中，這是宇宙的溺斃。

四、狂暴的水

在元素詩學中，對物質想像的探討是基於物質本原之上的，巴什拉認為，元素詩學中的四種物質，即水，火，大氣，土地，原是四種不同類型的挑釁，四種不同類型的惱怒。人類性格中的進攻性將客體的行為視為主體在表面的爆發，將一些本原用來象徵陰險的或狂暴的、固執的或報復的惱怒。

當水成為惱怒的根源，「水在它的暴力中有一種特別的憤怒，或換言之，水很容易接受憤怒這種東西的各種心理特徵。對

---

[39] 巴什拉，《水與夢》　98。
[40] 巴什拉，《水與夢》　58。

於這種怒，人們很快會自誇能駕馭住它。於是狂暴的水不久就變成被人強暴的水，一種惡的較量在人與水流之間展開了[41]」。

狂暴之水的惱怒同時作用於主體與客體，主體的憤怒體現在客體即水的狂暴中，主體通過與水搏擊發洩憤怒，與逆境鬥爭，無論是英勇的游水者還是水中的受害者都在體驗著痛苦與快樂的雙重感受。主體對水的挑釁，正是對世界的挑釁，對自我的證明。

在向陽的生命中，也曾面對政治風暴的洗禮。向陽在戒嚴時期因服務於反對威權、要求民主的本土報業《自立晚報》（1947-2001.10.2）[42]，擔任過副刊主編、報社總編輯、總主筆，自八〇年代即開始長期撰寫社論與時評，因此也以政治、時事評論有聲於時。1984年3月13日，《自立副刊》因刊登時為東海大學生物系主任的林俊義（1938-）[43]的雜文〈政治的邪靈〉，向陽作為主編遭警備總部以「為匪宣傳」的罪名查禁，當天的副刊剛印出便全數被抽出正刊之外，其後向陽屢遭警備總部約談。直到1987年升任總編輯為止，每月固定有兩組人約他「喝咖啡」。至於林俊義則在事件後被實質流放，滯美4年，解嚴後才獲准返國[44]。

[41] 巴什拉，《水與夢》 16-17。
[42] 周慶祥，〈黨國體制下的台灣本土報業：從文化霸權觀點解析威權體制與吳三連《自立晚報》(1959-1988)關係〉，博士論文，世新大學，2005；黃崇軒，〈建構本土‧迎向群眾──《自立副刊》研究（1977-1987）〉，碩士論文，靜宜大學，2006。
[43] 林俊義（1938-），台灣生物學家、作家、社會運動參與者、政治人物，著有8卷本《林俊義文集》等書。曾任台北市環保局局長、環保署署長、台灣政府駐甘比亞大使、台灣政府駐英國代表、台灣行政院北美事務協調委員會委員並為主任委員。「維基百科，自由的百科全書」，檢索日期：2012年11月11日。
[44] 向陽生平整理自網站向陽個人網站向陽工坊http://tea.ntue.edu.tw/~xiangyang/chro-1.htm黃玪源〈向陽現代詩研究：1973-2005〉（碩士論文，〔台〕中山大學，2006）11-24，以及後附的〈向陽現代詩作品寫作日期及重大事件繫年〉，189-207、〈向陽著述編譯目錄〉，208-11；11-53；孟佑寧〈向陽新詩創作歷程研究〉（碩士論文，台北教育大學，

　　台語詩的創作標誌著詩人與台灣與鄉土之間的緊密聯繫，作品《亂》中，〈一首被撕裂的詩〉模仿官方對詩歌的塗抹，表達詩人對戒嚴年代官方處理二二八事件的態度的諷刺。《十行集》中〈立場〉一詩表達詩人對人生現實的關注，被選入台灣國語教材。《十行集》收錄的作品也包括戒嚴年代的作品，詩集寄託了詩人對現實的思考，面對現實中的不公與壓迫[45]，向陽有著游水者挑戰狂暴之水的勇氣和韌性：

> 花草與樹葉爭辯正義的時候／溪水和沙石切磋真理的時候／狂風及暴雨宣揚信念的時候／用最泥濘的臉色，道路／將歎息丟給還在喧嘩的山谷（向陽，《十行集‧歎息》158）。

（一）狂暴的水的憂鬱

　　巴什拉舉例說明狂暴的水之中所蘊含的憂鬱，一位15歲的少女翁梯納（Ondine）在從美洲獨自回國的船上，叫水手把自己綁在桅上，為的是體驗「海上風暴的激動人心的景象以及人對瘋狂的自然力的鬥爭[46]」，於是「這位孤兒的悲劇記載在一種大形象中。她面對生活所表現出來的勇氣在她面對咆哮的大海所表現大勇氣中找到了自己的象徵[47]」。

2007）的〈附錄一：向陽訪談記錄〉，176-80。〈附錄二：向陽詩作收錄對照表〉，181-92。

[45] 也許讓《十行集》帶有都市詩的味道，是政治現實的部分，參甘能嘉，〈台灣現代詩壇的「新世代」論（1985-1990）以林燿德為問題核心，碩士論文，〔台〕清華大學，2012，155。

[46] 巴什拉，《水與夢》　194。

[47] 巴什拉，《水與夢》　194。

面對風暴，詩人的態度是積極的，正如巴什拉所言，風暴中主體的憂鬱是殘酷而積極的。例如：

> 所有路巷皆婉轉在我們腳下罷了／除了背負及支持天空／淚珠或者唾液，是無疑於站姿的／生長，但尤其仰望，讓飛鳥自眼中奔出，我們的足掌何等愛恨交錯地抓住泥土／即令風窺雨伺雷嘲電怒，笑是無辜的／我們仍可以戰鬥，用耳鬢廝磨／如果門只一扇，開窗同樣見山／是以我們挺腰直立，任令路巷紛紜／至於論辯，大可交付激水與亂石（向陽，《十行集‧森林》 92-93）。

詩中的「我們」與翁梯納同樣是挺立在風雨雷電中的鬥士形象，主體靜止著充分體驗水的狂怒，將自身的惱怒交與水以波濤洶湧或是電閃雷鳴的方式表現。在對付狂暴中獲得的平靜，向世界宣示著對和平的追求。在〈白鷺〉中：

> 澄藍寂靜的天空／若能舉翅雙飛／便烏雲狂風疾雨也無需畏懼（向陽，《十行集‧白鷺》 149）。

柔弱美麗的白鷺對烏雲狂風急雨的無懼，也是勇氣的展示。主體將憤怒轉嫁給水，又在水的狂怒之中體驗著自身的弱小和勇氣。逆境中的痛苦和印證自身的快樂交織，即時巴什拉所言一種「陰鬱的快活」。

（二）狂暴水的情結

巴什拉在《水與夢》第8章〈狂暴的水〉（"Violent Water"），討論了狂暴水的情結：即克塞爾塞斯情結（Xerxes complex），

巴什拉舉例道：克塞爾塞斯下令建造橋樑，橋建成後毀於一場暴風雨，克塞爾賽斯憤怒異常，下令鞭打埃萊斯蓬海峽三百下並投下一付鐐銬[48]。同樣流傳的還有關於米堤亞（Mèdes）國王[49]的故事，傳說米堤亞國王在巫師的咒語失靈以後，敲打河塘來發洩憤怒。1826年，土耳其人向法官提交訴狀，要求法官下令河水退回河道，法官照此辦理，人們向河裏投下判決抄本和石頭，視其為侵佔者，掠奪者。

　　巴什拉又引A・米利昂（A. Millien）《希臘和塞爾維亞的民歌》（*Popular Songs of Greece and Serbia*）書中，失蹤的海員妻子聚集在海邊，每人：「輪流鞭打這水面／喔，海啊，可惡的海，浪花翻滾／我們的丈夫在何處？我們的親人在何處？[50]」女人們將憤怒與怨恨投注於水，挑起水的怒氣，「所有這些狂暴都服從於一種怨恨的，象徵性和間接復仇的心理學[51]」。主體是水之憤怒的挑逗者，人意識到自身的強大，與對手擁有同樣的意志力。水的憤怒是人憤怒的投射，水的力量是人力量的投射。《十行集》有如下相關的作品：

　　　　所謂痕，是已戮遍的刀口／譬如岸與溪爭執，雛菊／向暴雨爭永遠的綻放／那種的，一條決定／箝制我們原不受箝制的，傷（向陽，《十行集・痕傷》　139）。
　　　　花草與樹葉爭辯正義的時候／溪水和沙石切磋真理的時候／狂風及暴雨宣揚信念的時候／用最泥濘的臉色，道路／將歎息丟給還在喧嘩的山谷（向陽，《十行集・歎

[48] 巴什拉，《水與夢》　197。
[49] 巴什拉，《水與夢》　197-98。
[50] 巴什拉，《水與夢》　198。
[51] 巴什拉，《水與夢》　198。

息》158）。

以憤怒對抗憤怒，溪水與岸，與沙石搏擊鉗制傷口，而在
《觀念》一詩中有這樣的句子：

> 足跡堆疊著，為了登上頂峰／雙手交握著，為了聯成山巔
> ／不同景觀，出自相異的心境／依賴堤岸護衛，水做了溪
> 流／無懼河川沖激，水成為大海（向陽，《十行集·觀
> 念》　188-89）。

水與河川搏擊，主體與客體合而為一，巴什拉論述的「游水
者」形象躍入水中，整個世界都是水的挑釁。

（三）颱風的詩學

巴什拉認為要建構「颱風的詩學」（poetics of the storm）或
稱為「憤怒的詩學」（poetics of anger）是不容易的，因為很難
在文學作品找到材料，[52]。〈讀信——閨怨之二〉出現颱風：

> 據說強力颱風／昨夜便已登陸，今晨／陽光依舊豔著，只
> 依稀／門外那叢婚時栽下的觀音竹裏／有驚歎的，斜倚／
> 客廳中獨自守著電視／手裏的針線無意擾亂了畫面／顫動
> 地，根據氣象預測／明天各地皆晴／怎麼郵戳上分明記
> 載，小雨（向陽，向陽《十行集·讀信》　68-69）……

---

[52] 安德列·巴厘諾（André Parinaud），《巴什拉傳》（*Gaston Bachelard*），
顧嘉琛、杜小真譯（北京：東方出版中心，2000）274; Bachelard, *Air and
Dreams: An Essay on the Imagination of Movements*, trans. Edith R. Farrell and C.
Frederick Farrell（Dallas: Dallas Institute, 1988）16。

　　侵台颱風（typhoon）多形成於西太平洋和中國南海，特別是菲律賓以東，隨著太平洋高壓氣流指向台灣[53]。〈閨怨〉中的颱風作為世界的投射，是逆境的象徵，作為怨女心境的投射，則象徵著思念以及對命運的不滿。颱風的幾個特點，在這首詩歌中表現的尤為明顯。

　　詩歌中的「強力颱風」昨夜登陸，而今日「各地皆晴」，雖然郵戳上記載心上人所處之地有雨，女子凝視外面，只能看到陽光燦爛。女子與心上人所隔著的不僅是空間，還有變幻莫測的天氣，因為時間，空間的阻隔，基於天氣變化的關懷也變得無從表達。倏忽而來的颱風印證著女子不安的心境：無論是命運，心上人的處境，還是自己的感情，都無法把握，此處用颱風意象再合適不過。

五、結論

　　《十行集》中很多詩歌都與水有關，水延伸的想像亦是豐富多樣的。水之聲引發的視覺印象極大地豐富了詩歌的審美境界，雨、溪水、自然界生物的聲響作為天地的回聲，反映著宇宙，想像中，宇宙也可以在水的倒影中溺死。深入水的物質本原，去探尋水代表的惱怒時，本文試圖從本體與自然的抗爭構建「颱風詩

---

[53] 丘逸民，《清代台灣詩歌的氣候識覺》（台北：國立台灣師範大學地理學系，2005）；台灣的海洋文學研究，已蔚為大觀，可參：林政華，〈「台灣海洋文學」的成立及其作家作品〉，《明道通識論叢》3（2007）：89-111；葉連鵬，《台灣當代海洋文學之研究》，博士論文，中央大學，2006；李知灝，〈權力、視域與台江海面的交疊──清代台灣府城官紳「登台觀海」詩作中的人地感興〉，《台灣文學研究學報》10（2010）：9-43；朱美黛，〈汪啟疆新詩研究〉，碩士論文，中興大學，2007；李友煌，〈主體浮現：台灣現代海洋文學的發展〉，博士論文，成功大學，2011。

學」。

　　拙稿寫作過程中承黎活仁教授惠允指導，謹在此致以萬分
謝意！

向陽女性空間詩象研究

——以《十行集》為例的分析

陳璐

作者簡介

陳璐（Lu CHEN），女，中國江蘇人。江蘇師範大學文學院104班，大學二年級。

論文題要

本文借助阿達利《迷宮》、巴什拉《空間的詩學》等理論角度，對向陽《十行集》的女性空間詩象進行研究。女性空間具有迷宮的特質，結合巴什拉對於詩歌空間的理論，則離別詩更能表現女性空間的流動性特質，情感交織著倫理。

關鍵字（中文）：向陽、女性、迷宮、閨怨、離別詩

一、引言

　　本文是以向陽[1]《十行集》[2]為主，就女性空間意象作一研究，蘇紅軍在〈西方後學語境中的女權主義〉對西方後現代時期女性主義的時空觀做了扼要的整理[3]。巴什拉（Gaston Bachelard, 1884-1962）《空間的詩學》（*The Poetics of Space*）[4]是空間研究經典，加上阿達利（Jacques Attali, 1943- ）《智慧之路——論迷宮》（*Labyrinth in Culture and Society: Pathways to Wisdom*）有關迷宮的理論可以作一整合[5]，對《十行集》作一分析。

　　《十行集》很多詩是寫給「妳」、「你」、「君」，或稱「我們」，中間有些明顯可以判讀是寫給異性朋友的，是戀愛詩，有些詩直接標明主題是「閨怨」，更易歸類，凡是可以作為戀愛詩來讀的，現在從寬納入研究範圍。選取原則如下：（1）詩中有女子，或稱「妳」；（2）標示為「閨怨」體；（3）可以確認是戀愛詩；（4）雖不明顯確「你」是男或女，但可作為戀

---

[1]　關於向陽生平和研究不妨參考：黃玠源，〈向陽現代詩研究：1973-2005〉，碩士論文，〔台〕中山大學，2008，11-24，作為附錄的〈向陽現代詩作品寫作日期及重大事件繫年〉，189-207，〈向陽著述編譯目錄〉，208-11；江秀郁，〈向陽新詩研究〉，碩士論文，彰化師範大學，2006，第2章〈向陽的生平記要及文學活動〉，11-53；孟佑寧，〈向陽新詩創作歷程研究〉，碩士論文，台北教育大學，2007，〈附錄一：向陽訪談記錄〉，176-80；〈附錄二：向陽詩作收錄對照表〉，181-92。李素貞，〈向陽及其現代詩研究：1974-2003〉，碩士論文，台南大學，2006。

[2]　向陽，《十行集》（台北：九歌，2004）。

[3]　蘇紅軍、柏棣主編，〈時空觀：西方女權主義的一個新領域〉，《西方後學語境中的女權主義》（桂林：廣西師範大學出版社，2006）44-45。

[4]　加斯東・巴什拉，《空間的詩學》（*The Poetics of Space*），張逸婧譯（上海：上海譯文出版社，2009）。

[5]　雅克・阿達利（Jacques Attali, 1943- ），《智慧之路——論迷宮》（*Labyrinth in Culture and Society : Pathways to Wisdom*），邱海嬰譯（北京：商務印書館，1999）。

愛詩來讀。

　　蘇紅軍說福柯（Michel Foucault, 1926-84）的空間理論代表了後現代主義對現代主義的時間和歷史觀的主要批評。他的空間理論主要體現在他的幾篇講稿和兩篇採訪錄，和1982年的《空間、知識和權力》（*Space, Knowledge and Power*）等等。福柯強調空間的外在性，即空間是社會的空間，他討論了日常生活的場所，如教堂和墓地、圖書館和博物館、劇院和花園、軍營和監獄等，說明這些空間是社會建構的。「這些空間的功能是多元化的，有些功能是相互對立或排斥的。[6]」墓地和軍營，都見於《十行集》。

	分類	括弧中是詩中的用語	統計
1	詩中有女子，或稱「妳」	〈天問〉（女子，47）、〈窗簾〉（妻，53）〈獨酌〉（家書，家，56）、〈斜暉〉（妳，74-75）、〈晚霜〉（妳，76-77）、〈山月〉（妳，78-79）、〈沼澤〉（妳，96）、〈對月〉（妳，118-19）、〈春雨〉（妻，121）、〈晚曇〉（122-23）、〈水月〉（妳，130-31）、〈村景〉（婦女，152；母親，153）、〈淚痕〉（孩子、媽媽，156）、〈額紋——給媽媽〉（160-61）、〈耳語——給太太〉（162-62）、〈鼻息——給女兒〉（164-65）	16首
2	標示為「閨怨」體	〈未歸——閨怨之一〉（66-67）、〈讀信——閨怨之二〉（68-69）、〈秋訊——閨怨之三〉（70-71）	3首
3	可以確認是戀愛詩	〈燭怨〉（兩性更濃，49）、〈子夜〉（愛情，58-59）、〈冬祭〉（誓約，81）、〈疏星〉（我陌生地喚你的名字／在你眼底熱悉地汲出自己，106）、〈風燈〉（戀恨，115）、〈絕望〉（分手，116）、〈野原〉（活仁:內容寫失戀，124-25）、〈晚晴〉（132-33）、〈白鷺〉（我們相惜的眸中，148）	9首

---

[6]　蘇紅軍　46。

4	雖不明顯確是「你」是男或女，但可作為戀愛詩來讀	〈懷人〉（我們，42）、〈窗盼〉、〈水歌〉（我們，6）、〈掌紋〉（回家，62）、〈笛韻〉（我們，140-141）	5首
		共計	33首

二、迷宮

阿達利在《智慧之路——論迷宮》說：「幾乎一切文學，一切娛樂，……從最晦澀的詩歌到最大眾化的電影，皆可概括為一種對完美的追求，概括為一種被追逐者穿越迷宮的重重障礙的旅行。[7]」

（一）年輪

阿達利說：「人最初有關螺旋形的概念無疑是通過觀察貝殼、旋風、龍卷風、颱風以及水流獲得的：這一概念自然與海洋有關。」[8]而年輪的形狀就類似螺旋形，酷肖曼荼羅，曼荼羅由圓圈、方塊、道路和窮巷造成[9]。〈冬祭〉一詩出現年輪：

> 其實亦非必定是絕對而將不可或改的／我向你道別的時候，已記不清楚／曾否你別過臉來從淚裏偷偷送我／然則我仍不忍地低下身去撿拾宋詞講義／旦竟看到你的髮翔過鷺鷥的上空／後來我走入一冊含苞的櫻樹林裏／去年的雪

---

[7]　阿達利　15。
[8]　阿達利　20。
[9]　阿達利　32。

事猶刻鏤在斷層的年輪中／年輪中有我凋下一兩片念你的
誓約／誓約也許也要腐蝕吧，想你星夜趕及／鷺鷥斷翅我
或已自櫻道上消逝（向陽，《十行集》　80-81）

　　年輪有著小與大的辯證法。巴什拉在《空間的詩學》中寫
道：「我們把大與小的辯證法用『縮影』和『廣闊』這兩個符號
來表示。……大和小在各自的情形下，都不應該從它們的物件性
中去把握。這本書中，我們對於形象和大小的討論僅限於把它們
當做形象之投射的兩個極端。[10]」換句話說，縮影和廣闊並不是
一組對立的意象，而是緊密聯繫的，只是詩人意識精神在詩歌空
間裏的兩種不同的投影。〈冬祭〉中的年輪就好比是一個「縮
影」，而正因為它背後的那個「廣闊」時空並不顯得單薄和蒼
白，反而更加厚重，每一個年輪都是飽滿而絢爛的，每一個年輪
中都滿載著雪事乃至整個人生……

　　櫻花的特點，是花期短暫，盛放之時，一場雨就變成繽紛
落英，故日本人常以此喻人生之無常。詩中的無常，還有花前
月下的盟誓，對女性的反覆無常感到討厭，即David D. Gilmore
（1943-）的《厭女現象》（*Misogyny: The Male Malady*）所說的
「敵視女陰情結」（anti-vagina complex）[11]。

（二）小路、花徑

　　女性自然也是一個迷宮，人類是從女性迷宮的小路誕生出來
的，阿達利如是說[12]；紡織的經緯，也造成迷宮[13]；另外，自古

---

[10]　巴什拉，《空間的詩學・序》　26。
[11]　David D. Gilmore，《厭女現象》（*Misogyny: The Male Malady*），何雯
　　琪譯（台北：書林出版有限公司，2005）38。
[12]　阿達利　20。
[13]　阿達利　143。

以來紡織都是女性的工作，故〈窗盼——莫非之一〉中的紡織，
決定了掃花徑的人的身分：一定是女的。而花徑是一條小路，小
路也是一個迷宮。「花徑不曾緣客掃，蓬門今始為君開」，是杜
甫（712-70）[14]的名句，與此詩有互文，杜甫詩是表達好客的人
情，不妨作一比較：

> 莫非是一朵定向的錦葵／只顧南望，在熟悉的小園中／找
> 尋花徑上陌生的蹄蹄清淺／且等待淒淒蓬門上，柔柔／叩
> 問的：那雙手／那雙也能令人／拭淚，令人啟睫訴說的
> 手，也能／掃花徑而成淺淺的印痕，若素絲／為喜愛的顏
> 色而紡織：等待的／定向南望的一朵，莫非錦葵（向陽，
> 《十行集・窗盼》　44-45）

1.層套（Envelope）式的重複

　　這首詩的發端，採西蒙・巴埃弗拉特（Shimeon Bar-Efrat）
《聖經的敘事藝術》（*Narrative Art in the Bible*）所說的層套
（Envelope）式的重複，謀篇極具匠心[15]。段落開頭和結尾用語
相同或幾乎相同。「這種框架主要是為了突出重點。」：「耶和
華對你說什麼，你不要向我隱瞞，你若將神對你所說的隱瞞一
句，願他重重地降罰與你。」（〈撒母耳記上〉3：17-18-）；
「王不可得罪王的僕人大衛，……，現在為何無故要殺大衛，流
無辜人的血，自己取罪呢？」（19：4-6[16]）。

---

[14] 杜甫〈客至〉，《全唐詩》，彭定求（1645-1719）等編，卷226，冊7
　　（北京：中華書局，1979）2438。
[15] 西蒙・巴埃弗拉特（Shimeon Bar-Efrat），《聖經的敘事藝術》
　　（*Narrative Art in the Bible*），李瑾譯（上海：華東師範大學出版社，
　　2006）244-45。
[16] 《聖經》　360-61。

2.好客

杜甫詩的好客，是男人對另一男人的友好態度，在德里達（Jacques Derrida）和安娜・杜弗勒芒特爾（Anne Dufourmantelle）《論好客》（*Of Hospitality*）則是探討對成千上萬的政治難民的處理問題。要無條件好客，似不可能，但也不必放棄往這一方向的追求[17]。法國有非洲殖民地國民問題，譬如如何對待阿爾及利亞回教信仰的黑人等，外國人有時是友人，有時是敵人，如〈霧社〉中的日本人，台灣也有本省和外省問題：

> 莫那魯道說：我們要自忍辱中／還天地無畏的笑容；五年前／教育所的課本如此啟示我／「只有對天皇陛下赤誠效忠／才配得做日本人」，配不配呢／自小我像日本人一樣被教育／長大，一如野薑花之努力／我全心全意要長成一朵高貴的菊／但「像」了不是「是」／生為薑花，我又豈配為菊（向陽，《種籽・霧社》　140[18]）

由「熟悉的小園」可知，女子常留駐園中，從「蹄蹄清淺」可見訪客不多。而詩中明說的「等待」，暗說的「蓬門」、「叩問」、「掃花徑」等也指明了女子的盼望。細看來，這花徑是封閉的，花木將小園阻隔，這就酷似迷宮的兩個基本要素：路和牆。女子久居其中，其實是被包圍起來的。這裏的迷宮就是一個監獄，這一監獄是由自古以來的社會風氣和文化習慣打造的，牢

---

[17] 杜小真，〈導讀：「好客」和現代國家政治之間〉，《論好客》（*Of Hospitality*），德里達（Jacques Derrida）、安娜・杜弗勒芒特爾（Anne Dufourmantelle）對談，賈江鴻譯（桂林：廣西師範大學出版社，2008）3，9。
[18] 向陽，《種籽》（台北：東大圖書公司，1980）。

不可破。

3.小路與迷宮

向陽寫小路的詩非常多，例如〈懷人〉：

> 那座山岡，自君別後／已孤獨靜默了許久／今晨我去，發現前年／我們踩過幽徑的松子／仍舊紛紛走回松林的枝枒／那條小路，在斜陽下／更崎嶇斑駁了許多／前年此刻，送君遠行／我們臨觴釃酒的亭腳／竟然長滿隨風飄搖的艾草（向陽，《十行集‧懷人》 42-43）

迷宮之所以稱之為迷宮，就在於它給予了穿越者或者流浪者撲朔迷離的感受，在時間上，作者與故人的離別好像已經過了幾年之久，而如今，作者回歸這裏，還憶起前年的點滴。在空間上而言，似乎作者只是在一個碩大的迷宮中兜了個圈子，又一次重歸這裏。「小路」就幫助表達了作者的這種茫然流浪和迷惘心境。另外，作者本人重回小路，隱約領悟生活就是一座迷宮，走著走著，就只剩下你一個人，你依然徘徊在這裏，孤單便來侵襲。所以，「那條小路，在斜陽下／更崎嶇斑駁了許多」。

「我們踩過幽徑的松子／仍舊紛紛走回松林的枝枒」是說松樹又長滿松子，如是又一年，列斐伏爾（Henri Lefebvre, 1901-91）說城市的節奏包括交通、街頭賣藝、身體、植物、四季、晝夜的循環、金融的運轉等，又認為貨幣是起著決定性的因素[19]，向陽《四季》是春夏秋冬的律動的作品[20]，另一方面又寫了不少

---

[19] 本‧哈莫（Ben Highmore），〈方法論：文化、城市和可讀性〉（"Methodology I: Culture, Cities and Legibility"），汪安民、陳永國、馬海良主編，《城市文化讀本》（北京：北京大學出版社，2008）172。

[20] 向陽，《四季》（台北：漢藝色研文化，1986）。

關於生態遭破壞的詩，可為注腳。城市發展起來，出現違反自然生態的情況，生態環境的破壞與經濟（貨幣）的律動有關：

> 給我一塊土地／黑濁的廢水／養肥腥臭的魚／灰茫的毒氣／充實迷路的雲／給我一塊土地／稻穗蛻變成煙囪／森林精簡為廠棚／給我這個夢／夢中的夢想明天將會完成（向陽，《四季・秋分》　頁碼原缺）

阿達利說過，迷宮「是有棱角的、蜿蜒曲折的、無序的按照人的模式建造的⋯⋯」[21]小路的蜿蜒崎嶇，便是迷宮的表象。再如〈水歌〉：

> 乾杯。二十年後／想必都已老去，一如葉落／遍地。園中此時小徑暗幽／且讓我們連袂／夜遊，掌起燈火／隨意。二十年前／猶是十分年輕，一如花開／繁枝。樹下明晨落紅勾雨／請聽我們西窗／吟哦，慢唱秋色（向陽，《十行集・水歌》　60-61）

〈水歌〉中提到「小徑暗幽」，這難免不讓想起「曲徑通幽」的說法，當然，根據阿達利的理論，迷宮的流浪者確實只能透過「曲徑」，然後方可「通幽」。每一條小路都是一個迷宮，曲折回環，蜿蜒在人生的道路上，即人生到處都有迷宮[22]！

（三）軍訓

迷宮有4種特點：（1）死亡，是從現世到彼岸的旅行，表現

---

[21] 阿達利　20。
[22] 阿達利　11。

為路線圖；（2）是集體考驗，包括模仿、表演，表現為一起有
創始意義的謀殺；（3）給過考驗、啟蒙，授與可以預知人類命
運的能力；（4）復活，年輕人穿越洞穴，就已成人，這是從第1
含義衍生[23]。軍訓是集體的考驗，包括訓練殺人的玩兒，《十行
集》寫作時當仍在服兵役期間，故有數首涉及當時的環境，〈春
雨〉內容是關於從家書想到太太：

> 冷雨靜靜吻在怒放的花冠上／清晨微明，我獨自走過／泥
> 濘寂寥的長巷，野戰服／第三顆鈕扣以下，暗暗藏著／昨
> 夜海濱崗哨急就的信／寄給山裏的妻，不止於／泥土草根
> 的纏綿，愛／是山原江海契合的聯集，至於／問我一個二
> 等兵之心境／晚露，野火，槍膛裏盛開的玫瑰（向陽，
> 《十行集‧春雨》　120-21）

　　正如阿達利所言，迷宮無處不在。這裏的男女主人公其實都
處於迷宮之中。軍訓是集體的考驗，作者此時正在營房。從「冷
雨」、「獨自」、「泥濘寂寥」、「長巷」等等詞語中，讀者可
以輕易感受到，敘述者的孤獨和疲憊。根據巴什拉的言說，「家
宅在自然的風暴和人生的風暴中包圍著人」[24]，所以，接著將鏡
頭切換到下一個迷宮──山中的家。由「山中的妻」引出山中的
家。為什麼說女子處於另一座迷宮呢？首先是形似：圍障似的
山，將妻和家園團團圍住，女子處於其中，就像在迷宮中。其次
是作用相同：女子處在群山中，山就是迷宮，好比米諾陶洛斯被
關禁閉一般，山在這裏最容易被理解為一種類似監獄一樣的迷
宮，不僅如此，巴什拉引朱爾‧蘇佩維埃爾（Jules Supervielle,

---

[23]　阿達利　42-43。
[24]　巴什拉，《空間的詩學》　5。

1884-1960）的「大草原對我來說就像一個牢籠……更加巨大的牢籠」[25]，因而山是更為巨大的外在的牢籠。詩中的兩個迷宮其實是一虛一實的，整首詩就是通過這兩個迷宮架構起來的：敘述者的軍營和妻子所在的故宅。

　　但此刻在男性眼中，女子所處的這座迷宮反而成了躲避了外界風暴的避風港。他燃起的被保護的夢想使他思念山裏的妻。向陽自己也說：「不止於／泥土草根的纏綿，愛／是山原江海契合的聯集」，正如《空間的詩學》中對家宅的研究，是基於家宅的「統一性」、「複雜性」，並藉以追溯原初的特性，並認為「真正的形象的起源」就是「居住空間的價值，是保護著自我的非我」[26]。所以向陽此刻想念的絕不是單純的一草一木，而是整個的具有保護遮蔽作用的溫暖的空間——家。

三、閨怨與小樓、窗、簾、燈

　　提到寫女性空間詩象，不得不說的一個內容就是閨怨題材[27]。

（一）樓

　　男性的文學作品，常把女性囚禁在家和窄小的空間，如房子、樓[28]，向陽的〈天問——莫非之二〉便是一個典型。

---

[25] 巴什拉，《空間的詩學》　242。
[26] 巴什拉，《空間的詩學》　3。
[27] 李紅，〈唐代閨怨詩研究〉，碩士論文，暨南大學，2002；劉紅旗，〈唐代閨怨詩研究〉，碩士論文，漳州師範學院，2009；秦志娟，〈透視唐代文人閨怨詩的等待現象〉，碩士論文，2007。
[28] 蘇紅軍　53。

莫非大旗已隨夕照／掩入天涯！鈴聲陣陣／暮靄一般飄
來，漸行漸遠／回首睨舊鄉，空餘黃沙／一隻青鳥，翩翩
飛向關山去／那愛嬌的女子，是否／還在小小閣樓上，點
起／一盞溫溫的燈，描摹／故土的輿地，如織錦的經緯／
是否大旗一偃便如沈江的晚照（向陽，《十行集・天問
──莫非之二》 46-47）

　　男性作品中，女子被束縛在閣樓庭院是一種普遍的現象。然
而，更加值得注目的是，女子在閣樓上，點起了一盞溫溫的燈。
巴什拉寫道：「應該把這個形象歸到對光的世界的想像的一條
重要的公理之下：所有發光的東西都在看。蘭波（Jean Nicolas
Arthur Rimbaud, 1854-91）用三個音節說出來這條宇宙公理：珍
珠在看。因為燈在守夜，所以它在監視。光線越是纖細，監視
就越是無孔不入」。「通過家宅遙遠的燈火，家宅在看，在守
候，在監視，在等待」[29]。燈在很多詩歌中，燈是相思與孤獨
的象徵，「孤單寂寞的心伴著整夜不滅的孤燈在漫漫長夜中煎
熬」[30]。是啊，一盞燈在窗前等候，燈是漫長等待的符號。這些
想像是可感的，幾乎所有人都有過這種體驗──窗前亮著燈。這
一盞燈不是無由地燃燒，「燈影含情」，燈在不同的詩歌中安
慰著心靈，有「曖昧」、「孤寂」、「迷亂」以及「嚮往」[31]等
等，它在看，女子在盼，這盞燈的背後滿載著被保護的夢想，長
時間企盼的夢想，被圍於樓中的女子只能孤獨地等待著。

---

[29] 巴什拉，《空間的詩學》 34。
[30] 譚偉華，〈唐詩燈意象研究〉，碩士論文，暨南大學，2008，67。方宜
寧，〈唐詩的燈燭意象〉，碩士論文，四川師範大學，2009。
[31] 孫翠，〈追逐詩性之「光」──以王家衛電影為例論燈意象的影像闡
釋〉，碩士論文，西南大學，2011，13-28。

（二）窗

　　在男性文學作品中，「女性角色常擠在一些眾所周知狹窄角落」[32]，比如窗。而窗戶的開合，實則背後也暗含著內與外的辯證：女子存在於封閉的室內與期盼室外的男性之間存在矛盾，人在室內，目光卻在室外遊離，實現了內部與外部空間的不斷交流。

　　巴什拉自己在序言中寫道：「在書中的這個階段，我們已經收集了足夠多的形象，因而我們以自己的方式，通過賦予形象存在論的價值，從而提出內與外的辯證法，這一辯證法進而轉化為開放和封閉的辯證法」[33]。這裏，筆者想要插入一個解釋。巴什拉並沒有在自己的著作的這一章中專門論述窗戶這個形象，似乎窗戶和門一樣，因為在內與外的辯證中，他同樣列舉了不少關於門的形象。相反，筆者認為，門和窗是兩個不同的意象。它們在現實中的作用中也並不相同，幾乎人人都有這樣一種體會：在家中居住，不一定會把門敞開，但是不同的是，家中只要有人，一般都會開窗戶（當然不考慮關窗開空調的情況）。錢鐘書（1910-98）也說過：「有了門，我們可以出去，有了窗，我們可以不必出去[34]。」所以說，窗和門不一樣，窗不像門一樣支援存在的進出，但是窗可以在人們不進出的同時仍然支持著內與外的交流，內與外的交流正因為有窗才能不間斷，這同時也是最適合被禁足女性實現內外溝通的交流方式。

---

[32] 蘇紅軍　51。
[33] 巴什拉，《空間的詩學・序》　27。
[34] 錢鐘書（1910-98），〈窗〉，《寫在人生邊上／寫在人生邊上／石語》，《錢鐘書集》（北京：三聯書店，2001）9。

　　窗可以同時滿足我們對外部空間的嚮往和對內部空間的依
戀，存在處於內部空間就可以更輕易地感受到被保護的溫暖，一
定程度上滿足存在被保護的夢想，而張望外部空間，可能是出於
等待的夢想，抑或是內部空間不能令人滿意。但不論基於何種情
況，窗一直是內在和外在空間最頻繁的聯繫管道，並且通過窗開
放與封閉的現象，我們可以感受內在與外在空間的這種獨特的精
神交流。「在內部和在外部都是內心的；它們隨時準備互相顛
覆，互相敵對」[35]。窗戶的開合或許是無意識的行為或不假思索
的意識，然而這種交流的動力一定來源於內心世界，隱喻了詩人
其時的某種夢想。以下是向陽的〈窗盼──莫非之一〉：

> 莫非是一朵定向的錦葵／只顧南望，在熟悉的小園中／找
> 尋花徑上陌生的蹄蹄清淺／且等待淒淒蓬門上，柔柔／叩
> 問的：那雙手／那雙也能令人／拭淚，令人啟睫訴說（安
> 慰）的手，也能／掃花徑而成淺淡的印痕，若素絲／為喜
> 愛的顏色而紡織：等待的／定向南望的一朵，莫非錦葵-
> （向陽《十行集》　44-45）

　　此外，女性處身園中，詩以「莫非」開篇，說明外部空間的
不確定性，而後文關於「錦葵」、「花徑」等的描述便是為使
形象在現實中被人體驗，實現內心空間與不確定的空間相互滲
透。因而，此刻的外部空間實際上是主體的投射，算是半個內部
空間，切合巴什拉的「人是半開放的存在」[36]的論題。窗是必須
的，既用以點明女性躋身的狹小空間，也是描述外部空間的落
腳點，是交流通道，實現內與外的辯證平衡。

---

[35]　巴什拉，《空間的詩學》　238。
[36]　巴什拉，《空間的詩學》　243。

（三）簾

在《空間詩學》有關「角落」一章，巴什拉舉里爾克（Rainer Maria Rilke, 1875-29）的《沒有自我的生活》（*My Life Without Me*）以為說明：臥室燈突然亮著，我幾乎可以觸摸到臥室的角落。而我也到達了角落，百葉窗同時關了起來[37]。〈窗簾——跫音之二〉寫女性是囚禁在「窗邊緩緩闔上雪亮的簾」的後邊：

> 站在高聳入雲的樓巷底下／找尋沾著故鄉泥土的鞋／昨夜追逐一輪明月／忘了未穿襪子的腳／被玻璃碎片戳出戀夜的血／右邊六樓的小窗亮起了燈／抬頭是異地雨著的夜／漆黑中傳下溫暖的酒令／燈後想是妻兒歡宴，燈前／窗邊緩緩闔上雪亮的簾（向陽，《十行集》 52-53）

四、離別詩的空間

羅伯特・J・斯騰伯格（R. J. Sternbery）有所謂「愛情三角形理論」：親密、激情、決定／承諾。他認為三塊不同的基石能夠組合成不同類型的愛情[38]。此外，又可細分以下6種類型：

---

[37] 巴什拉，《空間的詩學》 148。

[38] 羅伯特・J・斯騰伯格（R. J. Sternbery），〈愛情的二種理論〉（"A Duplex Theory of Love"），《愛情心理學》（*The New Psychology of Love*），羅伯特・J・斯騰伯格等編著，李朝旭譯（北京：世界圖書出版公司，2010）196-98。莎倫・布雷姆（Sharon S. Brehm）等著，《親密關係》（*Intimate Relationships*），郭輝等人譯，3版（北京：人民郵電出版社出版發行，2009）222。

1.成癮（addiction）	十分依戀，失去伴侶會感到焦慮。
2.藝術（addiction）	純因外表吸引而相愛。
3.商業關係（business）	做生意的關係牽合。
4.幻想（fantasy）	期待對方是王子公主。
5.遊戲（game）	視愛情為遊戲。
6.園藝（gardening）	認為需要不斷灌溉。

《十行集》處處流露愛的激情，因此是成癮型[39]，一分手就感到無所適從。

（一）生別離

城市是迷宮，〈絕望〉中的小站無論是公車還是火車，因為成網狀，故有迷宮的特徵，這首詩可理解為女的往探訪男的（向陽其時服兵役），或敘述者家居附近就有小站，女性的旅遊，在男性文學中是較為近代才出現的，米爾敦（John Milton, 1608-74）《失樂園》（*Paradise Lost*）就曾批評了夏娃的旅遊欲[40]：

> 難免我會仰起多枝葉的手／承載妳／入夜傳裝時洗掉的容顏／據說前日雨後妳曾在／我們分別的小站徘徊／有種哀怨是與行色無關的／我靜靜梳理被風亂了的髮／並且只能說／自從我踏孤飛的翅膀走入野地／妳即已是一輪浪蕩的天空（向陽，《十行集‧山月》 78-79）

（二）分手

向陽《十行集‧絕望》主題是分手，寫愛侶的無情，亦帶有男性的厭女情結：

---

[39] 斯騰伯格 204-07。
[40] 蘇紅軍 61。

從此分手吧！流泉冷峻地推開了峽谷。／曾經我們連袂同
行，奮力頂住——／漸夜的星辰，在蘭草前凋萎。／而且
不拒絕荊棘蔓生，我們突破朝露仰望：／最高處日與月交
迭輝映。／但如今隔著峽谷深沈，我們相距甚近，／面對
峙立，觸摸不到舊時的體溫……／蘭在此草在彼，石裂兩
地我們凝視無語。／唯流泉自千仞下淙淙，匆匆飛逝，／
晚夜或者白天，所爭者厥在此最終一劍。（向陽，《十行
集・絕望》　116-17）

（三）家書

文學作品採書信體，是為了滿足心理上的偷窺癖，日記和書
信，雖然寫給自己或特定對象閱讀，但因為也有機會流傳後世，
故寫作之時，讀者對象也許考慮及於大眾。男性詩人以詩歌轉述
家書，無疑是把私密的空間公開。〈讀信——閨怨之二〉出現颱
風，颱風是螺旋型，即迷宮的特徵；整首詩寫讀信者墮入迷宮之中：

據說強力颱風／昨夜便已登陸，今晨／陽光依舊豔著，只
依稀／門外那叢婚時栽下的觀音竹裏／有驚歎的，斜倚！
／客廳中獨自守著電視／手裏的針線無意擾亂了畫面／顫
動地，根據氣象預測／明天各地皆晴／怎麼郵戳上分明記
載，小雨……（向陽，《十行集・讀信——閨怨之二》
68-69）

颱風常帶來極大的災難，造成人命傷亡，故十分恐怖。伯克
（Edmund Burke, 1729-97）說恐怖是一種激烈的感情，形成崇高
的審美因素，故與對象保一段距離，譬如在安全環境之下欣賞自

然界的無窮威力，則也會感到愉快[41]。

1.電視：休閒的常見模式

詩中出現電視，是《十行集》少見於筆端的休閒模式，凱里（John R. Kelly）《解讀休閒：身分與交際》（*Leisure Identities and Interactions*）認為休閒有以下的特點：（1）喜歡大自然，逃避文明社會；（2）從日常工作釋放開來；（3）進行鍛煉體能的運動；（4）進行具創造意義活動；（5）帶輕鬆的心情，放開懷抱；（6）社交；（7）與異性往來；（8）與家人一起；（9）維護社會地位；（10）獲得權利；（11）社會服務；（12）找尋新的動力；（13）實現理想；（14）消磨時光；（15）建立審美情趣[42]；實際上據英國一份統計，前5名的休閒活動不是體育、宿營、藝術方面，而是看電視、抽煙、房事和賭博[43]。

2.電視、報章、雜誌：另一種圓形監獄

鮑德里亞（Jean Baudrillard, 1929-2007）認為節食、健身、慢跑等身體的規訓，是透過電視、報章、雜誌等媒體有力地推行[44]，史文德森（Lars Fr. H. Svendsen），《時尚的哲學》（*Fashion: A Philosophy*）說美國模特兒比平均體重輕23%，至於一代之前，只相距8%[45]。現代人終其一生無法達到瘦身的目標。於是電視－監獄－迷宮，形成一個規訓的脈胳。

---

[41] 朱光潛（1897-1986），《朱光潛美學文集》（上海：上海文藝出版社，1984）249-50。

[42] 約翰・R. 凱里（John R. Kelly），《解讀休閒：身分與交際》（*Leisure Identities and Interactions*），曹志建等譯（重慶：重慶大學出版社，2011）4。

[43] 凱里　15。

[44] 史文德森（Lars Fr. H. Svendsen），《時尚的哲學》（*Fashion: A Philosophy*），李漫譯（北京：北京大學出版社，2010）82。

[45] 史文德森　82。

（四）死別

　　女性主義者的衝破封閉方法，是探索「移動的邊界，流動的沙堤、半開的貝殼、欲望的亭閣和相互親吻的嘴唇」[46]，女性的出行是要付出沉重代價的，因為她們一開始就是被男權觀念封閉的。〈沼澤〉把場景／墓設置在水邊，墓本來就是迷宮，小徑也是通往迷宮的方式之一，因為人體很複雜，腹腔特別像迷宮，女性自然也是一個迷宮，人類是從女性迷宮的小路誕生出來的，阿達利如是說[47]。

> 那時所有妳離家出走的血液，／流浪在虞美人草的小徑上，／並且攜帶了三行心事，／緩緩向我的亡魂提及──／尚未出世時我們美麗的殺戮。／而此際妳是已默默闔下眼睫了，／以便拒絕我背裂的凝視。／河川闢成清寒的公共場地，／所以只有讓沼澤來印證──／冰冷的唇我們吻遍的今生。（向陽，《十行集・沼澤》　96-97）

　　德里達（Jacques Derrida, 1930-2004）《多義的記憶──為保羅・德曼而作》（*Memoires for Paul de Man*），德曼（Paul de Man, 1919-83）據黑格爾（Georg Wilhelm Friedrich Hegel, 1770-1831）「『記憶』是對『名稱』」，或「能夠被視為『名稱』」或具任何「『名稱』功能」的「機械性的學習」，名稱在出現之時，「就在『紀念』」，「其持有人活著的時候就潛在地悼念了」[48]。在想念伴侶之時，有著悼念亡靈的想像，依德里達而

---

[46] 蘇紅軍　62。
[47] 阿達利　20。
[48] 德里達，《多義的記憶──為保羅・德曼而作》（北京：中央編譯出版

言，也合乎邏輯。死後再生，亦前述迷宮的四種模式之一。

五、總結

　　男性作品中的女性空間是一個廣闊的議題，向陽的《十行集》中就曾多次寫到女性空間。這種空間具有迷宮的特質：未知、充滿誘惑力、無處不在、迷惑等等，迷宮與《空間的詩學》對家宅、窗戶等詩歌空間的理論，有一定的關係。《十行集》裏的女性空間中，離別佔據了一個相當大的比例。離別詩的空間詩象具有流動性，有一種力求突破分隔兩人的迷宮的欲望，值得研究。

　　拙稿寫作過程中承黎活仁教惠允指導，謹在此致以萬分謝意！

社，1999）。

植物眼中的《十行集》

——向陽詩的植物生態理論和情感觀照

潘一靜

作者簡介

潘一靜（Yijing PAN），女，1992年出生於江蘇泰州，現就讀於江蘇省江蘇師範大學文學院，本科二年級在讀學生。

論文題要

從《十行集》中的植物意象入手，討論植物意象在詩中的運用手法和表達效果，體會植物意象和思維活動的關係，探求《十行集》中詩人的情感演變過程，以期對詩歌研讀和植物意象有新的認識。

關鍵詞（中文）：向陽、《十行集》、欲望、植物生態學、芳草美人

一、引言

　　向陽（林淇瀁，1955-）著有《十行集》、《向陽詩選》數十種[1]。拙稿集中討論的《十行集》，是繼《銀杏的仰望》、《種籽》之後的第三本詩集。《十行集》出版於1984年，收錄了1974年至1984年間的72首詩，《十行集》每首十行，分成二節，題目為二字。《十行集》包括〈小站〉、〈草根〉、〈立場〉三卷[2]，詩集自問世以來，好評如潮。《十行集》作為向陽十行詩的代表，不僅是向陽建立現代詩「新格律」的實驗[3]，也是對自己創作風格的確認。在向陽的《十行集》中，情感的變化起伏與植物的季節性特徵和文化要素有著一定的關係，本文前半部就季節性特徵論述，後段承前半部論述，參照邁克爾‧波輪（Michael Pollan）的《植物的慾望》[4]（*The Botany of Desire: A Plant's Eye View of the World*）一書對這本詩集的植物進行分類，並加以分析。

[1] 關於向陽研究可參考：黃玠源〈向陽現代詩研究：1973-2005〉，碩士論文，〔台〕中山大學，2006；江秀郁，〈向陽新詩研究〉，碩士論文，彰化師範大學，2006；孟佑寧，〈向陽新詩創作歷程研究〉，碩士論文，台北教育大學，2007；李素貞，〈向陽及其現代詩研究：1974~2003〉，碩士論文，台南大學，2005等學位論文。

[2] 向陽，《十行集》（台北：九歌出版社，1984）。

[3] 向陽，〈通往夢想的道路〉，《文學心靈的真實告白》（中壢：中央大學，2005）205。

[4] 邁克爾‧波倫（Michael Pollen），《植物的欲望》（*The Botany of Desire: A Plant's-Eye View of the World*），王毅譯（上海：上海世紀集團，2005）

二、芳草美人：與《楚辭》的互文

向陽的父親經營茶莊，兼售書籍雜貨，茶香書香的浸潤，使得他從小就確立了文學理想，開啟了創作之路，他十三歲便開始寫詩[5]，《楚辭》從一開始就對向陽影響很大，具體表現於：（1）直接引用相關句（《歲月・別愁》引〈離騷〉 87）；（2）使用相同的詩題，如《十行集》的〈天問〉，《歲月》的〈悲回風〉（83）；（3）襲用《楚辭》的辭彙，如「草木零落」、「漫漫」、「修遠」（《歲月・別愁》 88-89）。我們將從芳草美人的互文「誤讀」和「傷春悲秋」與「歎老悲秋」這三個小點，梳理出詩人向陽創作歷程。

（一）芳草美人

香草美人或芳草美人的說法[6]，起於《楚辭》。〈天問〉是屈原（屈平，前340-前278）作品的篇名[7]，向陽重寫時對此詩作了誤讀；誤讀就是要改變經典作品的內容，像殺父戀母的殺父傾向，布魯姆（Harold Bloom, 1930-）如是說[8]；故〈天問——莫非之二〉內容是另作一番編排，只保留以「呼語」向蒼天作提問的形式。向陽作品中多有女子及女性意象，如「小小閣樓」，因為

[5] 向陽，《種籽・後記》（台北：東大圖書公司，1980）205。
[6] 潘富俊，《中國文學植物學》（台北：貓頭鷹出版，2011），〈《楚辭》植物〉，55-70；黃紹祥，〈古代詩歌常用意象（三） 美人，芳草〉，《初中生世界》30（2006）：17-18；楊戈琪，〈所謂伊人在水一方——簡析中國傳統詩歌中的美人意象〉，《語文教學通訊》614.1（2011）：69-72。
[7] 張政偉，〈《天問》題名意義及其與道家思想的關連〉，《明道通識論叢》3（2007）：112-24。
[8] 艾潔，〈哈羅德・布魯姆文學批評理論研究〉，博士論文，山東大學，2011，64-70。

是重寫屈原作品，故適用「芳草美人」的解釋，美人之於《楚辭》，有時是作者自況，又或指楚懷王（熊槐，？-前296，前328-前299在位）等[9]「芳草美人」的說法，象徵意味甚濃。

1.幽人：隱士

詩人屈原在政治漩渦反覆鬥爭，最後做出不與世人同流合污，希望流放中依舊直言進諫。向陽解構了《楚辭》，按照自己的理解，在《十行集》中描畫幽人形象。在〈問答——跫音之一〉出現隱者，即幽人：

> 深山的盛夏，一朵雲／悄悄避開烈日的追擊／隱入高山石上，蘭花的蕊裏／叩問：松子／何時？走過（向陽，《十行集‧問答——跫音之一》　50）

發端採取一個「尋隱者不遇」的唐詩常用模式：賈島（779-843）〈尋隱者不遇〉一詩有這麼一個故事：「松下問童子，言師采藥去。只在此山中，雲深不知處。[10]」故事說有人去探訪隱士，在松樹下向一個小孩子打聽隱士的下落，小孩子卻回答其人已外出，不知在哪兒。

> 莫非大旗已隨夕照／掩入天涯！鈴聲陣陣／暮靄一般飄來，漸行漸遠／回首睇舊鄉，空余黃沙／一隻青鳥，翩翩

9　袁梅，《楚辭辭典》（濟南：山東教育出版社，2000）135
10　賈島，〈尋隱者不遇〉，《全唐詩》，彭定求（1645-1719）等編，卷574，冊17（北京：中華書局，1979）6693。黎活仁，〈唐詩三百首的登高詩：以懷才不遇、尋隱者不遇和悲秋等為主題的分析〉，輔仁大學中文系編《王靜芝先生八秩壽慶論文集》（台北：輔仁大學中文系，1995）765-82。

> 飛向關山去／那愛嬌的女子，是否／還在小小閣樓上，點
> 起／一盞溫溫的燈，描摹／故土的輿地，如織錦的經緯／
> 是否大旗一偃便如沈江的晚照（向陽，《十行集‧天問
> ——莫非之二》 46-47）

　　以上的詩，女子或美人即君子，可能是作者自況，向陽保留
了〈尋隱者不遇〉的對白，後段插入韋應物（737-92）〈秋夜寄
邱二十二員外〉，加以破壞或顛覆，說其人是在家的，但是韋應
物詩說其人還沒睡：「懷君屬秋夜，散步詠涼天。山空松子落，
幽人應未眠。[11]」向陽再次採取「誤讀」的手法，再次顛覆韋應
物之作，說要找的人已睡覺了：

> 盛夏的深山，一陣雨／遠遠掀起狂風的裙裾／飄到小徑
> 中，落葉的脈上／回答：幽人／昨日！已眠（向陽，《十
> 行集‧問答——蛩音之一》 51）

　　這樣一來，《楚辭》和〈尋隱者不遇〉中隱士形象遭到一再
顛覆，詩人依據自己的理解，建構一個不是汨羅江畔也不是雲深
山遠的文化環境，傳達了幽人形象的新意。

2.美人

　　如前所述，《楚辭》之中「美人」一說喻國君，相對而言，
芳草喻賢臣，按美人喻國君之意，在推崇賢明之德，至於以美人
喻良臣則是對自我身分的認知和貞潔品質的維護——「紛吾既有
此內美兮，又重之以修能」（〈離騷〉[12]）之句，表達了高尚的

---

[11] 韋應物，〈秋夜寄邱二十二員外〉，彭定求，卷188，冊6，1924。
[12] 洪興祖（1090-1155），《楚辭補注》（北京：中華書局，1983）4。

情操，愛國忠君，也是其中的要義。《楚辭》常以男女分合暗諷君王得失，這樣的思維若用在《十行集》中，如〈未歸──閨怨之一〉，若順著《楚辭》芳草美人的傳統去讀，應有忠君愛國的憂思，《十行集》不乏家國憂思之作，但這首詩字面看不到，也不一定如此：

> 餘暉已緩緩將布坊的流漿染成／一片驚心，閣樓上許多機杼／碌碌織著窗頭暗啞的斜陽／水聲潺潺，前年夏天／雀鳥在簷下走失且忘記窗的招喚／自從去冬下廚總記得用雪花／當做調味的鹽巴，每道菜／都標出鞋的里程與風的級數／枯葉打今秋便簌簌地落下／或者花仍要到明春方纔綻放（向陽，《十行集・未歸──閨怨之一》 66-87）

另外兩首，像是詠美人的，是〈斜暉〉、〈晚霜〉：

> 也許我已不該／再要求常謝的槭葉／向妳掛上黃色帘幕的小窗／說些甚麼，諸如妳的眼波／在潮浪起時背向逐漸隱退的海／或者妳僅只是／喜歡以腳步的偶爾流梭／山嵐一般，輕輕拂過／我多露水的眼瞼，走入／林間葉影輕覆，泣血的青苔上（向陽，《十行集・斜暉》 74-75）

> 妳站到長河對岸／隔著我，一道銀白的蘆葦／隔著夜，三五顆流星／那時天色已淒得很黯了／彷彿聽見曇花一聲聲開放／杉林上頭依舊有雁游移／是否妳正用輕彈的柳枝／勾扯回首不忍的我／從我額梢垂直落下一朵寒月／自河的彼岸妳踏蓮款步而來（向陽，《十行集・晚霜》 76-77）

　　《十行集・斜暉》中，明顯有女子形象作為女性特徵的「眼波」、「掛上黃色簾幕的小窗」，前者不言而喻，後者是閨怨詩常見的空間意象。

3.芳草

　　《楚辭》有30個句子見有蘭字，單〈離騷〉就有7句，香草的實際作用是殺蟲，民俗上用以袪除不詳，屈原以香草喻君子，是因為古代只有君子身上才能佩帶蘭花[13]，在《楚辭》中與蘭的正面形像相對立的植物是蕭艾，向陽詩中有蘭也有艾[14]：

蘭花	發現一株啜泣的野蘭，當我／伸手撫慰，乃又了然那花／是昔日，淅淅瀝瀝呼喊的聲音（向陽，《十行集・聽雨》　39）
	隱入高岩上，蘭花的蕊裏（向陽，《十行集・問答》　50）
艾草	竟然長滿隨風飄搖的艾草（向陽，《十行集・懷人》　42）

　　〈問答〉中「引入高山石上，蘭花的蕊裏」，蘭花在高山石上生長，也是它高潔的品性之一。這裏「高潔之質」化為距離的遠和難接觸的近；也因為「石頭」是冷峻的，同時又強調了生長處所的潔淨。

（二）其他在中國文學象徵高潔的植物

　　「自古文人，多以薇、松、竹、菊、橘等象徵貞節品德植物」「以明志」，「畫作亦然」[15]，「宋以後，竹、蘭花、梅逐漸成為畫家主要的畫作題材[16]」，向陽也有這方面的諷詠：

---

[13] 潘富俊　60。
[14] 李拓，〈《楚辭》植物意象實證研究〉，碩士論文，河南大學，2010，10。
[15] 潘富俊　107。
[16] 潘富俊　106。

竹	門外那棠棣時栽下的觀音竹裏／有驚歎的，斜倚！（向陽，《十行集・讀信》 68）
梅	到梅蕊香的黃昏──面對您的額紋／我讀不完大地的包容與隱忍（向陽，《十行集・額紋》 160）
菊	飄搖在原野上的／黃色的野菊（向陽，《十行集・流光》 142）
蓮	踏蓮款步而來（向陽，《十行集・晚霜》 76）

三、悲秋與嘆老

　　日本學者認為悲秋文學始於〈離騷〉，在宋玉〈九辯〉而固定下來，這是悲秋文學的開端；後世文學對悲秋文學不斷發展，逐步形成有三大系統：（1）自抒胸臆者，如〈離騷〉；（2）曹丕的〈燕歌行〉的閨怨體，用女性的口吻，描寫思婦的感情；（3）從夏侯湛開始，成為一種遊戲文學[17]。

---

[17] 有關「傷春」「悲秋」論文，可參考：黎活仁，〈秋的時間意識在中國文學的表現：日本漢學界對於時間意識研究的貢獻〉，《漢學研究之回顧與前瞻》（〈文學語言卷〉），林徐典編，上卷（北京：中華書局1995），395-403；黎活仁，〈悲秋的詞：黃侃的時間意識研究〉，《國文天地》6.8-9（1992）：89-93，92-95；黎活仁，〈洛夫在八十年代末期遊歷大江南北後的作品〉，《中華文學的現在和未來──兩岸暨港澳文學交流研討會論文集》，黃維樑（1947-）編（香港：爐峰學會，1994）182-91；松浦友久（MATSUURA Tomohisa，1935-2002），《中國詩歌原理》，孫昌武（1937-）、鄭天剛（1953-）譯（瀋陽：遼寧教育出版社，1990）；王立（1963-），〈中國古代文學中的悲秋主題〉，《中國古代文學十大主題：原型與流變》（瀋陽：遼寧教育出版社，1990），129-50；尚永亮，《生命在西風中騷動：中國古代文人與自然之秋的雙向考察》（西安：陝西人民教育出版社，1989）；何寄澎：〈悲秋〉，《台大中文學報》7（1995）：77-92。

（一）悲秋

與植物有關的悲秋，是草木的搖落變衰。〈秋訊──閨怨之三〉就有落葉，題名既有閨怨，故屬第二種系統：

> 蘆葦沿屋後的小路／一徑白上山去，起風時／可以聽到大地呼吸的聲音／身邊一片苦苓的小葉默默飄落／手上的煙猶留長而泛白的殘灰／從戀時就保存至今的照片／黑白的色距中夸飾著對比的明暗／臨著已有折痕的報紙／在泛黃的乾燥的版面上／竟然看到，煙灰落地的消息　（向陽，《十行集・秋訊》　70-71）

《十行集》詩句中出現與葉相關的植物意象整理如下：

葉落（葉子的周邊）	
〈問答〉	飄到小徑中，落葉的脈上（51）
〈楚漢〉	夜讀項羽本紀，無奈地／批成繁華遍地，想當初（60）
〈水歌〉	乾杯。二十年後／想必都已老去，一如葉落／遍地（60）
〈掌紋〉	在風中找尋葉落的軌跡／阡陌縱橫，與地錯置（63）
〈秋訊〉	身旁一片苦苓的小葉默默飄落／手中的煙猶留長而泛白的殘灰（70）
〈斜暉〉	也許我不該／再要求常謝的楓業（74）
〈霧落〉	霧落下黃昏一般地來臨／此時已經不見落寞的葉蔭（83）
〈未歸〉	枯葉打今秋便簌簌地落下／或者花仍要到明春方纔綻放（87）
〈走過〉	我走過，樹葉們喧囂地尾隨著（112）

　　在這些植物中，樹葉，尤其是落葉，出現最多。落葉是悲秋文學的常見意象，於個人情感而言，古代人因為懷才不遇就會悲秋。向陽的作意，見於自述：

> 卷一〈小站〉收廿三首十行，……大抵偏向小我之情的流露，語言濃稠，琢磨較甚。寫作技巧或比或興，頗近小令，以短短十行，寫小我一念而言，幻暫一景，的確聊能承載。（向陽，《十行集‧後記：十行心路》199）

　　〈小站〉的序，又說這一輯是「這是少年聽雨之詩」（《十行集》 35）所謂「少年聽雨」是蔣捷（生卒年不詳，咸淳10年〔1274〕進士）詞〈虞美人‧聽雨〉發端的名句：

> 少年聽雨歌樓上，紅燭昏羅帳。壯年聽雨客舟中，江闊雲低，斷雁叫西風。而今聽雨僧廬下，鬢已星星也。悲歡離合總無情，一任階前，點滴到天明[18]。

　　向陽是如蔣捷的名作，回顧自己的年輕時的情懷。光陰不再，轉瞬間又是中年，正邁向孤單寂寞的老年，遂有人生類斷蓬之感。

---

[18] 徐軍義，〈一曲悲歌，多重意蘊──淺析蔣捷《虞美人‧聽雨》的審美價值〉，《名作欣賞》6（2010）：23-24；劉冰莉，〈蔣捷研究〉，碩士論文，山東大學，2011，17-18，20，30，40，79，83；謝美榮，〈蔣捷詞藝術論〉，碩士論文，重慶師範大學，2009，27；張志寧，〈詞人蔣捷研究〉，碩士論文，暨南大學，2008，48。

（二）嘆老與悲秋

藤野岩友（FUJINO Iwatomo, 1898-1984）的《楚辭》研究中有關歎老的部份，目前已有中譯[19]。悲秋一定會歎老，〈水歌〉和〈雨落〉，都有這種筆法。歎老有四種特點：（1）表現出異常焦急的心情，希望快一點建功立業；（2）因懷才不遇，而與悲秋情緒結合；（3）到天上漫遊，或希望得到長生不老之藥，成為神仙；（4）衰老就得與眾人疏遠，因而諦視人生。

〈水歌〉與悲秋結合，有點像遊戲文學，並不感到悲衰，想到老後交遊零落，與〈雨落〉「縈念愛孫歸期的老人」，都接近第四種歎老的寫法：

> 乾杯。二十年後／想必都已老去，一如葉落／遍地。園中此時小徑暗幽／且讓我們連袂／夜遊，掌起燈火／隨意。二十年前／猶是十分年輕，一如花開／繁枝。樹下明晨落紅勾雨／請聽我們西窗／吟哦，慢唱秋色（向陽，《十行集・水歌》　60-61）
>
> 必須出去闖盪的年紀了／嚮往城市繁華的少年，砍倒／枝枒落盡的老樹，在樹中／回繞的年輪裏，想起／乾枯閉塞的晨露／該是回到家門的時候了／縈念愛孫歸期的老人，捧著／茶煙彌漫的小杯，在杯裏／倒映的皺紋中，看到／深陷洸洋的江河（向陽，《十行集・雨落》　64-65）

---

[19] 藤野岩友，〈楚辭中的「歎老」系譜〉，《巫系文學論：以《楚辭》為中心》，韓國基譯（重慶：重慶出版社，2005）430-41；黎活仁，〈象徵主義對傳統中國時間觀的影響：何其芳早期作品的「歎老」表現〉，《現代文學的時間觀與空間觀》（台北：業強出版社，1993）51-79。

葉子脫離樹幹飄向大地，可以聯繫為遊子遠遊他鄉，尚未歸來。這一種感情與落葉密切相關。落葉飄零，是衰老的象徵。〈雨落〉裏，老樹枝枒落盡，是「秋天」的根據；而「少年」、「老年」的縱向對比，使得歎老之情在遠離眾人的「孤寂」氛圍裏得以抒發。

四、植物的欲望：植物視角中的詩歌

人是大自然的主人已經成為共識，改造自然、控制自然的能力確實改造了人類生活的環境，但是也給人類造成了環境問題。《植物的慾望》是一本把植物定位為思考的主體，顛覆了一般的「人類中心」理論，從植物眼中的世界提供了一個全新的觀察角度和一種視野的轉換提示；書中提供了四種類型的例證，講述了關於蘋果（甘美）、鬱金香（美麗）、大麻（陶醉）和馬鈴薯（控制）四種日常植物的故事，拙稿這一章據此分類，對《十行集》的植物進行逐一概括。

《植物的慾望》也討論了基因工程等人類的慾望產物，對人和自然的關係，進行了思考。對人類依靠科技進步根據自身需要改變自然來隨意獲取利益、改造自然的做法，作者邁克爾‧波輪對此感到懷疑，並且設想出了夥伴式的關係。波輪提出了非單向性的理論[20]，建立了一個以植物為語法中心的理論，討論了植物的作用和意義，涉及了植物在歷史上的作用和在文學創作範圍的重要性。同時為研究者提示了文學的跨界研究，即文學與生態學的關係。

---

[20] 邁克爾　4。

　　向陽的《十行集》大部分作品屬於自然詩，在對草、業、花、樹等等植物意象的描寫中，或抒情或說理，通過「植物眼中的世界」來顛覆傳統的「人為主宰」的視角；下面就從甘甜看提供糖分的楓類植物，「虞美人草」、「銀杏」來詮釋「陶醉」，通過美麗者如「百合」「玫瑰」來分析美麗喚起的慾望，通過分析種子對進行「控制」分析。邁克爾・波輪構建了一個「人類蜜蜂」[21]的理論模型，把人類類比為蜜蜂，形象化了人與植物間的相互作用。這樣分析能夠看出人類的四種慾望左右了人類的行動[22]，將這些植物視為與一種親密互惠關係中的願意合作者。

（一）甘甜

　　人類學家們發現，在各種味覺中，對甜味情有獨鍾[23]。對甘甜這一慾望的追求使得蘋果得到了廣泛的傳播。甘果不僅成為家園的象徵，撫慰人心；而宗教上蘋果具有「平淡的解脫」和「超越的希望」[24]。甘甜的蘋果馴化了人類，甜美的果酒也源自甘果，這就使得蘋果不但有甘甜的特徵，也有陶醉的力量——因為蘋果酒的魅力，使得甘甜的特性有了狄俄尼索斯（Dionysus）—的情結。

　　在蘋果的初期繁殖和生長階段基本上是藉助著人類的傳播，中國也是一個生產蘋果的主要地區[25]。蘋果的生長也證明瞭邁克爾所說的「甘甜被證明是進化中的一個強大的力[26]。」

---

[21] 邁克爾　2。
[22] 邁克爾　12。
[23] 邁克爾　32。
[24] 邁克爾　56。
[25] 晉燕，〈不同因素對蘋果苗木分枝及生長特性的影響研究〉，碩士論文，西北農林科技大學，2011。據此文知道中國的蘋果產量極大，1。
[26] 邁克爾　34。

　　蘋果是甘甜的，而酒是另外一種慾望。蘋果酒由蘋果產生，而我們認為酒是馴化植物和野性自然的代表，發展蘋果酒「不消耗糧食」，故有其優勢[27]。這樣看來，蘋果代表著的甘甜同樣可以演變為精神美感。酒促使的精神美感與詩歌結合——重視甘甜，往往會把甘甜寫入詩中：

　　　　楓葉偷偷／竊據了啄木嘰喳的論戰（向陽，《十行集‧山色》　88）

　　　　常謝的槭業（向陽，《十行集‧斜暉》　74）

　　槭樹是楓樹的一種，但也有不同的說法[28]，在加拿大，楓樹是糖類的主要來源；同時，槭樹在世界眾多的紅葉樹種中，極具魅力，常見於國畫[29]。我們也可以認為，槭樹的成長也是利用了自身的甜味，滿足了人類的慾望而得以更好地生存。

（二）美麗

　　美麗如鬱金香者，在荷蘭往往被認為是最別緻的花卉，中國也有鬱金香屬植物16種[30]。

　　鬱金香與玫瑰一類的區別，在邁克爾的書解釋，玫瑰等一類的植物，有著繁複的花瓣，造成豔麗的、華貴的效果，給人以感

---

[27] 秦彥，〈蘋果酒澄清及穩定處理的研究〉，碩士論文，西北大學，2004，2。
[28] 祁振聲、陸貴巧、谷建才、楊華生，〈「楓」的誤傳與「槭」的誤訂〉，《北京林業大學學報（社會科學版）》2（2006）：37-42。
[29] 潘富俊　100，103，112，113，114，115，190。
[30] 譚敦炎，〈中國郁金香屬（廣義）的系統學研究〉，博士論文，中國科學院研究生院，2005，摘要；姜文正，〈鬱金香栽培與應用研究〉，碩士論文，上海交通大學，2011，此於於鬱金香的特性有詳細說明；汪曉謙，〈鬱金香花芽分化的形態發育及其生理生化的研究〉，碩士論文，西北農林科技大學，2011，對鬱金香特性有一定的介紹，1。

性而非理性的美麗，往往會讓人失去理性，這樣便可以對人施展控制；由此，邁克爾認為玫瑰是富有狄俄尼索斯性[31]的花，那麼鬱金香則是有著阿波羅的清晰和秩序的特點的花。

玫瑰的美麗，若與曇花、百合相較，則明顯的是玫瑰提供了熱情和夢想，玫瑰的香味和依附在其身上的文化情結都是對人類慾望的滿足[32]。

玫瑰	從春到秋，從玫瑰豔的清晨／到梅蕊香的黃昏——面對您的額紋／我讀不完大地的包容與隱忍（〈額紋〉 161）
	彎路，野火，槍膛裏盛開的玫瑰（〈春雨〉 121）
曇花	彷彿聽見曇花一聲聲開放（〈晚霜〉 76）
	忽然連身後的燈光都黯默了下來／那時曇花開得正豔吧（〈晚曇〉 122）
百合	百合含淚將身和靈託付給蝶衣（〈野原〉 124）

邁克爾・波輪認為，在一朵花中能夠發現生命的意義[33]。在生物的進化發展中，男女的平衡和秩序，有著衝突和服從的鬥爭結果。對於藝術和自然的調合，體現了一種沖淡的美。鬱金香花有著嚴正的、理性的美，而玫瑰確有繁複之麗。傳說中的曇花，也是充滿浪漫主義之美。至於百合則在世界範圍內被廣泛認為是純潔高尚的代名詞；總之，這樣的獨特情結決定了「玫瑰之美」是有著豐富感情的植物載體。而美麗的曇花「彷彿聽見曇花一聲聲開放」，則有力地營造了十行詩中與伊人夜色中隔水相望的氛圍。

---

[31] 邁克爾 112。
[32] 蘇新明，〈葉芝詩歌中的玫瑰意象〉，碩士論文，蘭州大學，2011；楊淑如，〈玫瑰與紅杏——論《紅樓夢》中探春的性格與處境〉，碩士論文，2007。
[33] 邁克爾 125。

在〈晚曇〉中，曇花成為詩歌的主角，這其中「美」的變化中突出了從第一階段「與鬱金香（另一種花）的對比」到第二階段模式化到第三階段變化的過渡和發展[34]。做出這個結論的前提是給出了「平衡」的定義：

> 當阿波羅的形式與狄俄尼索斯的狂歡達到了一種平衡時，偉大的藝術就誕生了；當我們關於秩序和放縱的夢想走到一起時，偉大的藝術就誕生了。一種傾向未被另外一種傾向所映襯，只能帶來冷冰冰或者是一團混亂，如一株勝利鬱金香的堅硬，或一株野玫瑰的鬆弛[35]。

這個理論認為美麗只有兼有「阿波羅」式的理性和「狄俄尼索斯」式的熱情，才可以把美麗真正的展現出來。鬱金香是男性的美，玫瑰則是女性之美；或者說真正的美是混合男性之美和女性之美要素的花。陰陽對舉在《十行集》中多次出現，舉例如下：

> 冷雨靜靜吻在怒放的花冠上／清晨微明，我獨自走過／泥濘寂寥的長巷，野戰服／第三顆紐扣以下，暗暗藏著／昨夜海濱崗哨急就的信／寄給山裏的妻，不止於／泥土草根的纏綿，愛／是山原江海契合的聯集，至於／問我一個二等兵之心境／晚露，野火，槍膛裏盛開的玫瑰（向陽，《十行集・春雨》 121）
>
> 你我脈脈相望，當中萬里江山／那種不忍，並且試圖挽留你的舉步離去／教我想及每到黃昏，我西下，而你正

---

[34] 邁克爾 118。
[35] 邁克爾 121-22。

升起……（向陽，《十行集・對月》 118）

　　由此觀之，我們能夠理解「甘甜」「控制」等等要素對於單一文化的產生和演變的重要性。就「美麗」而言，更是如此；文化的創造在對美麗的感知和再創造，那麼對「美麗」創造的慾望則更加刺激了文化的進步。如：

　　餘輝已緩緩將布坊的流漿染成／一片驚心，閣樓上許多機杼／碌碌織著床頭喑啞的斜陽／水聲潺潺，前年夏天／雀鳥在簷下走失且忘記窗的招喚／自從去冬下廚總記得用雪花／當做調味的鹽巴，每道菜／都標出鞋的里程與風的級數／枯葉打今秋便簌簌地落下／或者花仍要到明春放纔綻放（向陽，《十行集・未歸——閨怨之一》 121）

　　夕陽的餘輝是美麗的——「美麗」的夕陽勾引起詩人創作的慾望，從而用文字去豐富自己腦海裏已有的夕陽之景，並且同樣用文字記錄下來，豐富了現有的詩句中的意象。「落葉」是淒美的現在，「春花」是不遠的未來，兩種風格不同的美在「閨中少婦」的幻想中，帶給她一些傷感，又有作者「賦予」的希望。

　　鬱金香花的色調常產生新的品種，如「黑夜皇后」、「永遠的奧古斯都」、「勝利」狂歡，美帶來的繁殖（下文論述）和金錢誘惑——廣泛傳播、對花卉來說，「美」是他們一種生存策略。這種美毀壞了「理性的殿堂」[36]，真正的美是矛盾因素的結合體。在這樣的生產策略下，不斷使植物本身得到了保持，相應的文化和藝術價值也有所記錄。

---

[36] 邁克爾 109。

（三）陶醉

陶醉是什麼？邁克爾在書中強調，一種植物施加於人的影響可能不是自身生理需要，而是藉著生物對人的思維進行控制。

罌粟是一種能夠提取麻醉因素的植物，而這樣的一種因素有著製造幻覺的化學分子。在這樣的幻覺下，人們會感受到自己飄飄然不知所措，而且有強烈的「陶醉」感。這樣的「陶醉」出於許多目的被利用，比如在醫學藥用方面，經濟方面乃至文學創作領域。罌粟原產歐洲和地中海，花冠亦具觀賞價值，在唐詩已大量見於諷詠[37]。以下是向陽的〈沼澤〉和〈小站〉：

> 那時所有你離家出走的血液，／流浪在虞美人草的小
> 徑上（向陽，《十行集·沼澤》 96）
> 故鄉的銀杏林下，那朵／畏縮地站在一抹陰翳蒼茫中
> ／鮮紅的，小花？（向陽，《十行集·小站》 40）

「虞美人草」是詞牌，虞美人草屬罌粟科，一年生，和銀杏一樣，都是有毒性的植物，但都美麗。虞美人和罌粟同屬一科，外形和罌粟很相似，「垂獨生於細長直立的花梗上，極像低頭沉思的少女」[38]；原產歐洲，花冠具觀賞價值，唐時已見於著錄，在清代畫中已出現[39]。而銀杏果實有毒素，多食易中毒[40]。這樣的「毒」都會在不恰當使用的情況下對人類造成傷害，也是大自

---

[37] 潘富俊 323。
[38] 虞美人草，百度百科http://baike.baidu.com/，2102年7月15日檢索。
[39] 潘富俊 111，283，323。
[40] 查「中國期刊網」（2012年7月15日），有關銀杏的研究博士論文達100篇，碩士論文達904篇。劉振華，〈銀杏酸（15：1）的代謝及毒性研究〉，博士論文，浙江大學，2009，對銀杏的毒性作了分析，8-12。

然對人類的一種「平衡」，但銀杏的食療價值，卻為中國人所熟知，而這一方面的研究，正方興未艾[41]。

（四）控制

　　文學作為世界的鏡子，當出現「生態議題」時，大自然在文學中扮演的角色也隨之改變，此意味著大自然已受到破壞，人類不再與大自然保持和諧的關係，一方面人們在利益的趨勢下，對大自然做著最大限度的改造，例如對土豆進行轉基因實驗，並且對其技術專利壟斷，大自然私人擁有化越來越高；另一方面，轉基因土豆會對人們的健康產生影響，往往會在無形之中改變人的健康狀況——也就是說，我們不妨理解為，大自然用自己的控制力反撲人類。

　　種子與人類生活關系密切，除日常生活必需的糧、油、棉外，一些藥用（如杏仁）、調味（如胡椒）、飲料（如咖啡、可哥）等都來自種子。詩歌中提及的較為明晰，例如：

種籽	啊一粒種籽，不，一株／枝繁葉茂的綠樹，要我們仰目／澄黃的富貴，秋的果實（〈春秋〉　155）
葵花	莫非是一朵定向的錦葵（〈窗盼〉　44）
	定向南望的一朵，莫非錦葵（〈窗盼〉　45）

五、情感演變和《十行集》

　　《十行集》主要是青年時期的創作，也是「小我」到「大我」的轉變。《十行集》有對局勢的思考，對母親的讚譽，對政治的批評，對理想人格的追求，故在讀向陽的詩歌時，苟能對

---

[41] 許欣筑，〈慢性腎功能衰竭中醫膳食調養研究〉，碩士論文，廣州中醫藥大學，2011。

其植物意象進行觀察和思考；可以讓詩歌變得更豐富和更有意義。

　　拙稿寫作過程中承黎活仁教授惠允指導，謹在此致以萬分謝意！

向陽自訂年表

向陽

紀年	記事
1955	生於台灣南投縣鹿谷鄉廣興村。父林助，母余素賢。
1961	就讀廣興國民學校。
1967	以「縣長獎」成績保送進入縣立鹿谷初級中學。
1968	開始寫作，背誦屈原《離騷》，立下成為詩人之夢。
1968	與同學林炳承成立「翠嶺文藝學友會」。
1970	就讀省立竹山高級中學。
1971	擔任竹山高中「文藝研究社」社長。
1971	成立「笛韻詩社」，任社長並主編《笛韻詩刊》。
1972	主編校刊《竹高青年》。
1972	擔任「竹高青年社」社長兼主編。
1973	考入私立中國文化學院東方語文學系日文組。
1974	受業於日本漢學家塚本照和先生。
1974	擔任「大陸問題研究社」社長、「日文學社」副社長。
1975	擔任「華崗詩社」社長。開始台語詩、十行詩創作。
1975	4月，父病逝。
1975	與岩上、王灝、李瑞騰等共組《詩脈》季刊。
1975	與林文欽等共組「大學文藝社」。

1976	自費出版第一本詩集《銀杏的仰望》。
	獲「詩潮創刊紀念獎」、「全國優秀青年詩人獎」。
	10月入伍服役。
1977	獲「吳濁流新詩獎」。
1979	出版第一本散文集《流浪樹》。
	8月退伍。赴台北進入「海山卡片公司」擔任企劃。
	與詩友合創「陽光小集」詩社,《陽光小集》創刊號出版。
1980	長詩〈霧社〉獲「時報文學獎」敘事詩類優等獎。
	出版詩集《種籽》。
	因詩人商禽介紹入《時報周刊》任編輯。
	任「陽光小集」社長。
1981	任《時報周刊》主編。
	策劃改版《陽光小集》第五期為詩雜誌。
	與蕭蕭、陳寧貴合編《中國當代新詩大展》。
1982	任《自立晚報》藝文組主任兼副刊主編。
	與張默、向明、蕭蕭、李瑞騰、張漢良擔任爾雅出版社《年度詩選》編輯委員。
	「陽光小集詩雜誌社」登記,任發行人。
1983	出版散文集《在雨中航行》、改編童話集《中國神話故事》。
1984	主編詩選《春華與秋實:七十年代作家創作選‧詩卷》。
	「自立副刊」刊登林俊義雜文遭警備總部以「為匪宣傳」罪名查禁,並遭約談。
	獲「國家文藝獎」。
	出版詩集《十行集》。
	兼《大自然》季刊總編輯。
	主編散文選集《生命的滋味‧新世代散文展》。

1985	任《台灣文藝》編輯顧問。
	兼編《自立晚報》大眾小說版。
	出版第一本文學評論集《康莊有待》、詩集《歲月》。
	主編作家日記選集《人生船》。
	出版台語詩集《土地的歌》、英譯詩集*My Cares*。
	9月赴美國愛荷華大學參加International Writing Program（國際寫作計畫）。
	與劉還月合編攝影選集《快門下的老台灣》。
	11月獲愛荷華大學頒「榮譽作家」狀。
1986	出版改編童話集《中國寓言故事》。
	應新加坡政府之邀參加「藝術節作家週」。
	主編台灣新世代小說選集《變翼的蝴蝶》、《失去的月光》。
	編著日人立石鐵臣版畫集《台灣民俗圖繪》。
	出版詩集《四季》。
1987	與秦賢次等成立「當代文學史料研究小組」，創刊《當代文學史料研究叢刊》。
	與楊青矗等發起「台灣筆會」在台北成立。
	主編《七十五年詩選》。
	出版詩集《心事》。
	任《自立晚報》副總編輯、《自立晚報》總編輯。
1988	兼《自立晚報》主筆、自立報系政治經濟研究室主任。
	任《自立早報》總編輯。
	出版散文集《世界靜寂下來的時候》。
	任「愛荷華大學國際寫作計畫在台作家聯誼會」監事。
	出版散文集《一個年輕爸爸的心事》。
	與張默、白靈任《中華現代文學大系・詩卷》編輯委員。

1989	任《自立早報》總主筆兼海外版《自立周報》總編輯。
	兼「吳三連獎基金會」副秘書長。
	赴日出席筑波大學「台灣文學研究會」年會。
	翻譯日本作家安西水丸散文集《四季明信片》出版。
1990	策劃「兒童未來幻想故事系列叢書」（日本岩崎書店授權），並譯龍尾洋一《達達的時空隧道》。
	任「民主人同盟」常務理事。
	任「吳三連台灣史料基金會」董事兼秘書長、台灣筆會第三屆副會長兼秘書長。
1991	詩作銘刻於台北市松江詩園。
	任「民主人同盟」常務理事兼副理事長。
	加入《蕃薯》詩刊為同仁。
	入中國文化大學新聞研究所碩士班就讀。
1992	任《台語文摘》文學顧問。
	詩集《四季》為美國翻譯家John J. S. Balcom（陶忘機）英譯，刊於 *The Chinese Pen*。
	與鍾肇政、葉石濤、林瑞明共同發起「楊逵紀念館」籌備委員會。
1993	任台灣筆會第四屆理事。
	出版詩集《在寬闊的土地上》。
	出版文化評論集《迎向眾聲：八〇年代台灣文化情境觀察》。
	獲文化大學新聞所碩士學位。
	詩集《四季》英文版 *The Four Seasons* 由美國加州Taoran Press出版。
1994	「自立報系」經營危機，離職。
	入政治大學新聞研究所博士班。兼靜宜大學中文系、輔仁大學大傳系、日文系講師。
	《四季》詩作〈大雪〉收入歌手黃韻玲專輯（友善的狗）。

1995	兼《台灣時報》社外主筆。
	出版文化時評集《為台灣祈安》。
	兼政治大學新聞系、輔仁大學日文系、大眾傳播系、靜宜大學中文系、台灣文化學院大眾傳播系講師。
	獲「魏景蒙新聞獎學金」。
1996	譯日本元老詩人窗道雄童詩集《大象的鼻子長》出版。
	任巫永福評論獎、文學獎評審委員。
	任靜宜大學中文系專任講師。
	出版台語童詩集《鏡內底的囝仔》、文學評論集《喧嘩、吟哦與嘆息：台灣文學散論》。
1997	出版童詩集《我的夢在夢中作夢》。
	任第一屆國家文藝獎文學類評審委員。
	應瑞典學院院士馬悅然之邀，參與英譯《台灣現代詩選》編委會。
	設置網站「向陽工坊」。
1999	散文〈清清白白做豆腐〉選入小學國語實驗教材第十冊〔一〕《大野狼的告白・文集》。
	任台灣文學協會理事。
2000	任「年度詩選」編輯委員。
	重返《自立晚報》，任副社長兼總主筆。
	詩作〈立場〉選入林于弘編《大專國文選〔三〕》。
	任國史館「中華民國史專題第六屆討論會」籌備委員。
2001	辭靜宜大學中文系專任講師職。
	詩作〈立場〉選入南一版《高級中學國文》第四冊。
	出版散文集《日與月相推》、《跨世紀傾斜》。
	主編《台灣文學讀本：新詩卷》。
	任《勁報》社外主筆。

2001	與馬悅然、奚密合編《二十世紀台灣詩選》出版。
	任真理大學台灣文學系專任講師。
	出版學術論著《書寫與拼圖：台灣文學傳播現象研究》。
	任財團法人中央廣播電台董事。
2002	出版《向陽台語詩選》、童詩集《春天的短歌》。
	任台灣文學協會常務理事。
	獲南投縣「第一屆玉山文學獎」文學貢獻獎。
	任《中華現代文學大系〔二〕》詩組編輯委員。
	辭真理大學台灣文學系專任講師職。
	與須文蔚合編《台灣文學教程：報導文學》。
	出版散文集《月光冷冷地流過》。
2003	任國史館「第七屆中華民國史專題討論會」籌備委員。
	應台北國際書展之邀，與諾貝爾文學獎得主索因卡（Wole Soyinka）同台朗誦詩作。
	獲政治大學新聞系博士學位。
	任東華大學民族發展研究所暨民族語言與傳播系副教授。
	〈春回鳳凰山〉選入南一版國中國文教科書第3冊。
	出版散文集《安住亂世》。
	校註雷震《雷震回憶錄之新黨運動黑皮書》。
	散文集《暗中流動的符碼》更名為《為自己點盞小燈》重出。
2004	出版評論集《浮世星空新故鄉：台灣文學傳播議題析論》。
	獲榮後文教基金會「榮後台灣詩人獎」。
	詩作〈搬布袋戲的姊夫〉、〈戰歌〉、〈小滿〉英譯選入*15 Taiwanese Poets Redefine Modernism*。
	兼《自由時報》社外主筆。
	出版《台灣的故事》、詩集《十行集》重排增訂版。

2004	與林黛嫚、蕭蕭合編《台灣現代文選》。
	任行政院政務顧問。
	任「國家對外華語文教學政策委員會」委員。
	主編《2003台灣詩選》出版。
	辭東華大學教職，轉任中興大學台灣文學所副教授。
	兼國立台北師範學院台灣文學研究所副教授、輔仁大學新聞傳播學系副教授。
	任唐美雲歌仔戲團藝術顧問。
	任教育部「青少年台灣文庫」文學組編輯委員。
	任吳三連獎文學類評審委員。
	任「卓越新聞獎」評審團主席。
2005	兼總統府人權諮詢委員會秘書。
	任《當代詩學》年刊編輯委員。
	編著《台灣現代文選新詩卷》出版。
	出版詩集《亂》。
2006	編選《二十世紀台灣文學金典：小說卷》四冊出版。
	編選青少年台灣文庫「新詩讀本」3《致島嶼》、4《航向福爾摩沙》兩冊出版。
	任考試院國家考試典試委員。
	任公益信託雷震民主人權基金諮詢委員。
	編選《二十世紀台灣文學金典：散文卷》三冊出版。
	國家台灣文學館出版《台灣詩人一百‧影音計畫：向陽》DVD兩片。
2007	高雄縣政府以向陽台語詩〈阿爹的飯包〉為本，製作〈阿爸的便當〉DVD，供中小學作為鄉土語文教材。
	任國立編譯館「認識台灣小叢書編輯諮詢小組」委員。
	台語兒歌收入「中華民國全國教師會」選編國小閩南語教材。

2007	任第十一屆國家文藝獎決審團委員。
	主編之《二十世紀台灣文學金典：小說卷》入圍金鼎獎最佳主編獎。
	任第三十一屆金鼎獎評審委員兼雜誌類評審總召集人。
	任聯合報文學獎新詩類決審委員。
	應薩爾瓦多共和國詩人基金會之邀，出席「薩爾瓦多第六屆國際詩歌節」。
	詩集《亂》獲台灣文學獎「新詩金典獎」。
	任教育部國語文輔導委員。
	任東吳大學「作家論佳作」專題講座。
2008	兼台灣師範大學台灣文化及語言文學研究所副教授。
	以台語填寫貝多芬〈快樂頌〉歌詞，在台灣民主紀念館廣場由千人合唱。
	出版政治評論集《守護民主台灣》、文化評論集《起造文化家園》。
	詩集《向陽台語詩選》獲台灣文學館選入「2008閱讀台灣‧人文100」書展系列書目。
	詩作〈阿爹的飯包〉選入慈惠醫護管理學校《大學國文選》。
	詩作〈驚蟄〉選入康熹版高級中學《國文》第6冊。
	8月，任國立台北教育大學台灣文化研究所所長。
2009	詩作〈搬布袋戲的姊夫〉選入新文京開發出版公司《大學國文選——現代文學篇》使用。
	南投縣政府文化局於南投縣文學資料館舉辦「向陽文學展」。
	獲教育部「推展本土語言傑出貢獻獎」。
	自選詩集日譯本《亂　向陽詩集》，由日本東京「思潮社」列入「台灣現代詩人シリーズ」出版，譯者日本廣島大學教授三木直大。
	台語詩作〈講互暗暝聽〉以手跡方式在台北市捷運公車展出。

	童詩〈雨後的山〉、〈春天的短歌〉收入台北縣國民中小學韻文教學補充教材（三）（四）。
	詩作〈阿爹的飯包〉收入教育部「全國通識課程與教學資料庫」。
	詩作〈明鑑——詠日月潭〉列入98年第一次國中基測國文科考題。
	主編《2008台灣詩選》由台北二魚文化公司出版。
	擔任98年全國語文競賽閩南語朗讀篇目命題委員。
	詩作〈阿媽的目屎〉、〈吃頭路〉選入台南市「安平劍獅埕台語詩牆」。
	小品〈推動產品的筆〉收入台北縣教育局《白話文教學補充教材》。
	詩作〈阿爹的飯包〉收入金安版《台語（閩南語）讀本》（教科書）。
2009	8月，應行政院之聘，擔任公共電視文化基金會董事。
	擔任第33屆金鼎獎雜誌類評審委員。
	詩作〈阿爹的飯包〉收入《台北縣國中補校國文科》課本。
	擔任「第三十二屆時報文學獎」新詩組決審委員。
	擔任「第二十三屆吳舜文新聞獎」評議委員。
	擔任「98年教育部台灣閩客語文學獎」閩南語詩組評審委員。
	擔任國立台灣文學館「2009台灣文學獎」圖書類新詩組評審委員。
	2009年濁水溪詩歌節列入「詩神的饗宴：向陽雙語詩朗誦」。
	擔任國立台北教育大學台文所《文史台灣學報》發行人。
	擔任「第五屆林榮三文學獎」新詩組決審委員。
	主編《作詞家陳達儒與台灣歌謠發展研討會論文集》出版。
	擔任2009全國語文競賽閩南語演說（中學教師組）評審委員。
	擔任《當代詩學》年刊第五期總編輯。

	詩作〈發現□□〉選入劉紀雯《後現代主義》「經典選讀」。
	詩作〈在大街上走失〉在台北市公車、捷運張貼發表。
	擔任第十二屆台北文學獎成人組現代詩決審委員。
	散文〈雲的家鄉〉選入金安版《國中輔助教材——綜合閱讀》。
	詩作〈旅途〉手跡被鑄為銅版列入中國文化大學「華岡詩牆」。
	與插畫家幾米合作之繪本《鏡內底的囡仔》（台語）、《鏡子裏的小孩》（華文）由台北大塊文化出版。
	以台語歌詩〈世界恬靜落來的時〉入圍第21屆傳統暨藝術音樂類金曲獎最佳作詞人獎。
2010	許悔之編《向陽集》列入「台灣詩人選集58」，由國立台灣文學館出版。
	詩作〈雄鎮北門〉收入陳謙、顧蕙倩編著《閱讀與寫作——當代詩文選讀》。
	應揚州鑑真圖書館之邀，與作家林黛嫚、周芬伶、路寒袖擔任「揚州講壇」主講人。
	音樂時代劇場推出音樂劇《渭水春風》，詩作〈世界恬靜落來的時〉、〈秋風讀未出阮的相思〉、〈射日的祖先正伸手〉、〈夢中行過〉被選用為該劇歌詞於劇中演唱。
	擔任99年教育部文藝創作獎教師組詩詞評審委員。
	詩作〈台灣的孩子〉收入翰林版國民小學國語第十一冊。
2011	童話集《幫雷公巡邏：中國神話故事2》（原《中國神話故事》）由台北九歌出版社重排出版。
	於《文訊雜誌》開「手稿的故事」專欄。
	編選《台灣現當代作家研究資料彙編・楊熾昌卷》由台灣文學館出版。
	擔任「第十屆卓越新聞獎」評審委員。
	擔任「第六屆葉紅女性詩獎」決審委員。

2011	擔任台灣文學館「2011台灣文學獎」創作類台語散文獎評審委員。
	擔任「第十屆文薈獎全國身心障礙者文藝獎」國中組決審委員。
	連雲港師範高等專科學校等八單位合辦「兩岸四地語言與文學現象國際學術研討會」，列入「向陽詩歌研討會」，計發表23篇研究論文。
	《文訊》雜誌社、北京中國現代文學館合辦「兩岸青年文學會議」，擔任會議觀察評論人。
	應外交部與文建會之邀，與詩人許悔之同赴日本東京早稻田大學「台灣文化講座」發表演講，並朗誦詩作。
	12月1日本《朝日新聞》刊出日本大學教授山口守專欄「新世紀世界文學介紹・台灣編9　向陽」，題為〈世界を解釋する精神る言葉〉。
	《當代詩學》年刊第7期推出「向陽詩作研究專輯」，收白靈、宋紅嶺、余境熹、劉益州、陳鴻逸等學者所撰5篇論文。
2012	詩作〈行旅〉以手跡海報形式張貼於台北市捷運、公車車廂。
	編選《台灣現當代作家研究資料彙編・柏楊卷》由台灣文學館出版。
	福爾摩沙合唱團於國家演奏廳演唱向陽詩作〈秋風讀未出阮的相思〉。
	〈講互暗暝聽〉（石青如曲）。
	音樂時代劇場推出音樂劇《東區卡門》，詩作〈行旅〉被選用為該劇歌詞於劇中演唱。
	擔任第36屆金鼎獎圖書類文學獎評審委員。
	童詩〈爸爸〉收入康軒版國小二年級國語課本。童詩〈彩虹〉收入翰林版國小二上國語課本。
	童話故事集《幫雷公巡邏：中國神話故事2》獲2011年度最佳少年兒童讀物獎創作類獎。
	擔任「全國大專校院運動會會歌歌詞徵選活動」評審委員。

2012	童話故事集《大鐘抓小偷：成語也會說故事》（原《中國寓言故事》，1986）由九歌出版社出版。
	以台語歌詩〈秋天的風讀未出阮的相思〉獲第23屆傳統暨藝術音樂曲獎最佳作詞人獎。
	擔任全國學生文學獎高中組新詩決審委員。
	擔任台灣文學館「2012府城講壇」講座，發表演講〈騷／亂：我的後殖民書寫〉。
	詩作〈阿爹的飯包〉收入龍騰版高中《國文（六）》課本。
	應文化部、外交部之邀，赴日本岩手縣盛岡大學參加「311東日本大震災復興紀念──台日文學交流會」。

向陽研究目錄

蔡明原[1]

編輯說明

1.本目錄以向陽為研究主題的碩博士論文的參考書目為基礎，再從網路資源如台灣的人文學術網站以及各個電子資料庫，透過關鍵字、作者、篇名等方式搜尋並經過判讀後條列，加以補充。在紙本資源方面主要是在成功大學圖書館、台南市立圖書館（總館、東區分館）、國立台北教育大學圖書館等進行館藏書目的查閱翻拍。

2.列入本目錄條目的文章希望能作為學者、研究者在研究、討論向陽作品時（包括創作歷程、動機，精神史等）的基礎材料。因此向陽本身撰寫的文章，若符合上述要求（例如自述創作初衷等文章）也酌情收錄。

---

[1]　〈向陽靈研究目錄〉由編委會委託蔡明原先生據原件逐一覆核，應該沒有錯誤。黎活仁謹誌 2012年8月23日。

一、文學史論

BAI

白少帆等編.〈蘇紹連、羅青、向陽：七、八十年代詩壇的開拓性詩人〉，《現代台灣文學史》，白少帆等編。瀋陽：遼寧大學出版社，1987，920-21。

CHEN

陳芳明.〈論向陽〉，《台灣新文學史》，陳芳明著。台北：聯經出版事業公司，2011，663-64。

GU

古繼堂.〈論向陽〉，《台灣新詩發展史》，古繼堂著。北京：人民文學出版社，1989，387-92。

古遠清.〈論向陽〉，《台灣當代新詩史》，古遠清著。台北：文津出版社，2008，243-45。

HUANG

黃重添等.〈向陽論〉，《台灣新文學概觀》下冊，黃重添等著。廈門：鷺江出版社，1991，161-63。

LI

李瑞騰等.〈由古典風情轉向台語詩歌：向陽〉；〈向陽的文化情境關懷〉；〈向陽的台灣文化生態評議〉；〈向陽的圖畫書〉，《南投縣文學發展史・下卷》，李瑞騰等著。南投：南投縣政府文化局，2011，109-13，147，248，311。

LIU

劉登翰等編.〈向陽、林燿德、簡政珍等新世代詩人的創作〉，《台灣文學
　　史》下卷，劉登翰等編。福州：海峽文藝出版社，633-36。

ZHANG

張　錯.〈向陽〉（詞條），《台灣新文學詞典》，徐迺翔編。成都：四川
　　人民出版社，1989，65-66。

張雙英.〈論向陽〉，《二十世紀台灣新詩史》，張雙英著。台北：五南圖
　　書出版公司，2006，306-10。

ZHU

朱雙一.〈論向陽〉，《台灣文學創作思潮簡史》，朱雙一著。北京：九州
　　出版社，2010，281。

二、學位論文

CHEN

陳靜宜.〈七十年代台語詩現象三家比較探討〉，碩士論文，東海大學，
　　2006。

陳彥文.〈向陽《十行集》之音韻風格研究〉，碩士論文，彰化師範大學，
　　2011。

HUANG

黃玠源.〈向陽現代詩研究，1973-2005〉，碩士論文，〔台〕中山大學，
　　2007。

JIANG

江秀郁.〈向陽新詩研究〉，碩士論文，彰化師大，2006。

LI

李素貞. 〈向陽及其現代詩研究：1974-2003〉，碩士論文，台南大學，2006。

LIN

林貞吟. 〈現代詩的街頭運動——《陽光小集》研究〉，碩士論文，玄奘人文社會學院，2004。

LÜ

呂焜霖. 〈戰後台語歌詩的成因與發展——兼論向陽與路寒袖的創作〉，碩士論文，〔台〕清華大學，2007。

MENG

孟佑寧. 〈向陽新詩創作歷程研究〉，碩士論文，台北教育大學，2007。

三、專書

BAI

白　靈. 〈向陽《山路》編者案語〉，《九十一年詩選》，白靈編。台北：台灣詩學季刊雜誌社，2003，50-51。

＿＿＿＿. 〈向陽〈世界恬靜落來的時〉賞析〉，《八十七年詩選》，白靈編。台北：創世紀詩雜誌社，1999，74-75。

＿＿＿＿. 〈80年代文學圖像的構築：評《迎向眾聲：八〇年代台灣文化情境觀察》〉，《在閱讀與書寫之間——評好書300種》，鄭政秉等著。台北：三民書局，2005，66。

＿＿＿＿. 〈向陽〉，《新詩30家》，白靈編。台北：九歌出版社，2008，198-99。

CHEN

陳義芝. 〈搬布袋戲的姊夫賞析〉，《繁花盛景：台灣當代文學新選》，廖玉蕙、陳義芝、周芬伶合編。台北：正中書局，2003，55-56。

陳　謙.〈向陽《亂》中之序〉,《反抗與形塑:台灣現代詩的政治書寫》,陳謙著。板橋:新北市政府文化局,2011,141-55。

陳建仲.〈向陽〉,《文學心鏡——作家・印象》,陳建仲著。台北:聯合文學出版社,2008,20-21。

陳政彥.〈向陽《四季》中的時間〉,《台灣現代詩的現象學批評:理論與實踐》,陳政彥著。台北:萬卷樓,2012,169-87。

_____.〈向陽《四季》詩集中的「時間」概念析論〉,《2011南投學學術研討會論文集》。南投:南投縣政府文化局,2011,46-62。

DU

渡　也.〈山林向陽與向陽山林〉,台灣文學館與南投縣文化局合辦「山林文學的發展期待」座談會論文。2012年6月30日。

杜正勝.〈文學,從生活與閱讀開始〉,《杜老師人文館》,杜正勝著。台北:教育部,2008,213-16。

_____.〈從詩中看見台灣〉,《杜老師人文館》,杜正勝著。台北:教育部,2008,217-21。

GU

古遠清.〈向陽詩作賞析〉,《台港現代詩賞析》,古遠清著。河南:河南人民出版社,1991,213-21。

HUANG

黃武忠.〈戰後「台語詩」的寫作意義與台語運用分析——以林宗源、向陽作為考察對象〉,《第二屆全國中文系研究生學術研討會會議論文集》,東華大學中國語文學系編。花蓮:東華大學中國語文學系,2004,217-34。

JI

紀璧華.〈賞析《阿爹的飯包》、《雲的印象》〉,《台灣抒情詩賞析》,紀璧華。香港:南粤出版社,1983。

JIAN

簡文志.〈向陽《或者燃起一盞燈》〉,《跨國界思想——世華新詩評析》,楊松年、楊宗翰編。台北:唐山出版社,2003,229。

簡政珍.〈向陽論〉,《台灣新世代詩人大系(下)》,簡政珍、林耀德編著。台北:書林出版有限公司,1990,403-34。

JIAO

焦　桐.〈向陽《戰歌》編者案語〉,《九十年詩選》,焦桐編。台北:台灣詩學季刊雜誌社,2002,225-26。

KU

苦　苓.〈向陽《向千仞揮手》品作〉,《1984年台灣詩選》,苦苓編。台北:前衛出版社,1985,91-97。

LI

李魁賢.〈向陽《歲杪抄詩》簡介〉,《1982年台灣詩選》,李魁賢編。台北:前衛出版社,1985,121-23。

李敏勇.〈向陽《歲杪抄詩》〉,《詩情與詩想》,李敏勇編。台北:業強出版社,1993,117-19。

李瑞騰.〈詩話向陽〉,《詩的詮釋》,李瑞騰。台北:時報文化出版公司,1982,290-304。

＿＿＿＿.〈向陽《在公佈欄下腳》編者案語〉,《七十四年詩選》,李瑞騰編。台北:爾雅出版社有限公司,1986,144-47。

LIN

林明理.〈收藏鄉土的記憶——向陽的詩賞析〉,《新詩的意象與內涵:當代詩家作品賞析》,林明理著。台北:文津出版社,2010,86-91。

林淇瀁.〈從民間來、回民間去:以台語詩集《土地的歌》為例論民間文學語言的再生〉,《向陽台語詩選》,向陽著。台南:金安文教機構,2002,290-321。

林香薇. 〈向陽的台語詩：版本的演化〉，《台語詩的漢字與詞彙：從向陽到路寒袖》，林香薇著。台北：里仁，2009，25-89。

林燿德. 〈遊戲規則的塑造者──綜論向陽其人其詩〉，《一九四九以後》，林燿德著。台北：爾雅出版社有限公司，1986，81-112。

＿＿＿. 〈八〇年代的淑世精神與資訊思考──論向陽詩集《四季》〉，《不安海域》，林燿德著。台北：師大書苑，1988，197-212。

林于弘. 〈台語詩中的反諷世界〉，《向陽台語詩選》，向陽著。台南：金安文教機構，2002，208-36。

LIU

劉紀雯. 〈經典選讀三：向陽〈發現□□〉〉，《結構主義與後結構主義‧後現代主義》，伍軒宏、劉紀雯著。台北：行政院文化建設委員會，2010，323-26。

LÜ

呂焜霖. 〈向陽《土地的歌》與《十行集》的兩種形式實驗與風格〉，台中中山醫學大學台灣語文學系「第四屆台灣語文暨文化研討會：中部學」論文，2009年10月31日。

LUO

落　蒂，〈向陽《閨怨十行──未歸》賞析〉，《中學新詩選讀》，落蒂編。雲林：青草地雜誌社，1982，180-81。

＿＿＿. 〈摻飯配菜脯──談向陽的詩作《阿爸的飯包》〉，《大家來讀詩：台灣新詩品賞》，落蒂著。台北：文史哲出版社，2012，193-94。

＿＿＿. 〈面向春風我們分頭而雙飛──談向陽的詩作《春分》〉，《大家來讀詩──台灣新詩品賞》，落蒂著。台北：文史哲出版社，2012，152-53。

＿＿＿. 〈奉茶敬煙為勸募──談向陽的詩作《校長先生來勸募》〉，《大家來讀詩──台灣新詩品賞》，落蒂著。台北：文史哲出版社，2012，195-96。

＿＿＿. 〈驚呼在錯失的小站──談向陽的詩《愛》〉，《大家來讀詩──

台灣新詩品賞》，落蒂著。台北：文史哲出版社，2012，203-05。

洛　夫.〈新節奏的誕生——讀向陽詩集《種籽》雜記〉，《孤寂中的迴響》，洛夫著。台北：東大圖書公司，1981，229-42。

＿＿＿.〈賞析〈心事〉〉，向陽《十行集》，台北：九歌，1984年，205-08。

MENG

孟　樊.〈向陽論——向陽的亂詩〉，《台灣中生代詩人論》，孟樊著。台北：揚智出版社，2012，233-61。

MO

莫　渝.〈異國初冬的細雪〉，《笠下的一群》，莫渝著。台北：河童出版社，1999，296-98。

RONG

榮後文化基金會.《向陽的文學旅途：第十三屆榮後台灣詩人獎得獎人向陽專輯》，2004。

SONG

宋田水.〈土語民風——關於向陽的詩作〉，《向陽台語詩選》，向陽著。台南：金安文教機構，2002，237-49。

TANG

唐　捐.〈青盲雞啄無蟲說評析〉，《當代文學讀本》，唐捐、陳大為合編。台北：二魚文化事業公司，2002，101-04。

WANG

王　灝.〈看到向陽的山谷歲月〉，《南投山水歌》，王灝著。台北：愛書人雜誌，2004，210-11。

＿＿＿.〈不只是鄉音——試論向陽的方言詩〉，《探索集》，王灝著。南

　　投：南投縣政府文化局，2002，58-85。

＿＿＿＿．〈不只是鄉音——試論向陽的方言詩〉，《向陽台語詩選》，向陽
　　著。台南：金安文教機構，2002，179-207。

＿＿＿＿．〈從生活的語言到文學的語言——談向陽方言詩中的方言語彙〉，
　　《探索集》，王灝著。南投：南投縣政府文化局，2002，86-96。

王金城．〈論向陽〉，《台灣新世代詩歌研究》，王金城著。廈門：廈門大
　　學出版社，2008，69-72；222-24；225-28。

WEN

文曉村．〈評析《台海夜色》〉，《新詩評析一百首：寫給青少年的》，文
　　曉村編撰。台北：黎明文化事業股份有限公司，1981，363-65。

WU

吳　當．〈落地萌發，生生不息——賞析向陽《種籽》〉，《拜訪新詩》，
　　吳當著。台北：爾雅出版社有限公司，2001，15。

＿＿＿＿．〈傷逝與愛戀的風——賞析向陽《風燈》〉，《拜訪新詩》，吳當
　　著。台北：爾雅出版社有限公司，2001，73。

XIANG

向　陽．〈我為何及如何從事「十行詩」創作〉，《現代詩入門》，蕭蕭
　　編。台北：故鄉出版社有限公司，1979，230-37。

＿＿＿＿．〈通往夢想的道路〉，《文學心靈的真情告白》，李瑞騰編。中
　　壢：中央大學，2005，205-29。

XIAO

蕭　蕭．〈人物篇：向陽〉，《現代詩入門》，蕭蕭著。台北：故鄉出版社
　　有限公司，1979，131-32。

＿＿＿＿．〈悲與喜交集的新律詩——論向陽〉，《燈下燈》，蕭蕭著。台
　　北：東大圖書公司，1980年，119-38。

＿＿＿＿．〈悲與喜交集的新律詩——論向陽〉，《銀杏的仰望》，向陽著。
　　台北：故鄉出版社，1980年，213-34。

_____.〈向陽《欲曙》編者案語〉,《七十二年詩選》,蕭蕭編。台北:
　　爾雅出版社有限公司,1985,13-14。

_____.〈向陽《秋聲——莫名之花》導讀〉,《現代詩導讀・導讀篇
　　三》,蕭蕭、張漢良編著。台北:故鄉出版社有限公司,1982,279-
　　82。

_____.〈十行天地兩行淚——論向陽的《十行詩》〉,《七十三年文學批
　　評選》,陳幸蕙編。台北:爾雅出版社,1985,169-86。

_____.〈向陽〈海的四季〉編者案語〉,《七十九年詩選》,向明編。台
　　北:爾雅出版社,1991年,頁61-64。

_____.〈〈咬舌詩〉小評〉,《八十五年詩選》,余光中、蕭蕭主編。台
　　北:現代詩季刊社,1997,89-92。

_____.〈向陽的詩,蘊蓄台灣的良知〉,《向陽台語詩選》,向陽著。台
　　南:金安文教機構,2002,250-89。

_____.〈台灣良知:向陽知感交糅的現實主義美學〉,《台灣新詩美
　　學》,蕭蕭著。台北:爾雅,2004,244-81。

向　明.〈向陽《向千仞揮手》編者案語〉,《七十三年詩選》,向明編。
　　台北:爾雅出版社有限公司,1985,162-66。

_____.〈亂而詩記之〉,《無邊光景在詩中:向明談詩》,向明著。台
　　北:秀威資訊科技公司,2011,103-09。

XIE

謝欣芩.〈向陽詩作的自然意象與土地意識〉,《2008南投文學學術研討
　　會論文集》,南投縣文化局主編。南投:南投縣政府文化局,2008,
　　164-82。

XU

45-51。

許悔之.〈解說〉,《向陽集》,許悔之編。台南:台灣文學館,2010,
　　112-25。

許俊雅.〈向陽〈春回鳳凰山——寫給九二一災後四個月的故鄉〉〉,
　　《我心中的歌:現代文學星空》,許俊雅著。台北:文史哲出版社,
　　2006,

YANG

楊子澗解說，〈種籽〉，《中學白話詩選》，蕭蕭、楊子澗編。台北：故鄉出版社有限公司，1980，213-16。

_____.〈銀杏林的仰望者〉，《中學白話詩選》，蕭蕭、楊子澗編。台北：故鄉出版社有限公司，1980，320-29，

_____. 解說.〈或者燃起一盞燈〉，《中學白話詩選》，蕭蕭、楊子澗編。台北：故鄉出版社有限公司，1980，323-27。

YING

應鳳凰解說.〈向陽《銀杏的仰望》〉，《冊頁流轉：台灣文學書入門108》，應鳳凰、傅月庵著。台北：印刻文學生活雜誌出版公司，2011，110-11。

ZHANG

張春榮.〈文學書寫：評《浮世星空新故鄉：台灣文學傳播議題析論》〉，《在閱讀與書寫之間──評好書300種》，鄭政秉等著。台北：三民書局，2005，276。

張漢良.〈向陽〈村長伯要造橋〉導讀〉，《現代詩導讀‧導讀篇三》，蕭蕭、張漢良編著。台北：故鄉出版社有限公司，1982，274-78

_____.〈向陽《磊磊賦》編者案語〉，《七十六年詩選》，張漢良編。台北：爾雅出版社有限公司，1988，189-93。

_____.〈向陽〈閨怨十行〉導讀〉，《現代詩導讀‧導讀篇三》，蕭蕭、張漢良編著。台北：故鄉出版社有限公司，1982，271-73。

_____.〈導讀〈未歸〉〉，《十行集》，向陽著。台北：九歌，1984年，209-12。

張　默，〈種籽十行〉，《小詩選讀》，張默編著。台北：爾雅出版社有限公司，1988，226-29。

_____.〈向陽〈發現□□〉編者案語〉，《八十一年詩選》，向明、張默編。台北：現代詩季刊社，1993，20-23。

ZHAO

趙衛民. 〈向陽的十行與方言〉，《新詩啟蒙》，趙衛民著。台北：業強出版社，2003，208-11。

ZHENG

鄭良偉. 〈從選詞、用韻、選字看向陽的台語詩〉，《向陽台語詩選》，向陽著。台南：金安文教機構，2002，150-78。

ZHU

朱雙一. 〈向陽：沐浴於傳統的光照和鄉土的潤洗〉，《近二十年台灣文學流脈：戰後新世代文學論》，朱雙一著。廈門：廈門大學，1999，28-32。

_____. 〈沐浴於傳統的光照和鄉土的潤洗──向陽論〉，《彼岸的繆斯──台灣詩歌論》，劉登翰、朱雙一著。南昌：百花洲文藝出版社，1996，452-56。

四、期刊部分

BAI

白靈. 〈詩的影音建構──以向陽的散文詩和台語詩為例〉，《當代詩學》7（2011）：1-29。

CHEN

陳鴻逸. 〈「騷」與「體」：試論向陽《亂》的歷史技喻與文化圖像〉，《當代詩學》7（2011）：103-39。

陳　煌. 〈我讀《流浪樹》：一株向陽的樹〉，《書評書目》9（1980）：102-06。

_____. 〈我看向陽和《康莊有待》〉，《文訊》19（1985）：221-26。

陳寧貴. 〈等待泥土爆破的心驚──讀向陽詩集《種籽》〉，《中華文藝》

17（1980）：161-67。

陳建仲.〈文學心鏡──向陽〉,《聯合文學》259（2006）：6-7。

陳銘磻.〈另一次清淨的焚姿：向陽以及他的家譜詩〉,《幼獅文藝》295
　　（1978）：18-19。

陳琬琪.〈畫龍點睛：析賞向陽《十行集》的詩題〉,《台灣詩學季刊》43
　　（2001）：153-60。

陳雅莉.〈向陽工坊台灣文學代表性網站〉,《書香遠傳》21（2005）：61-
　　63。

陳忠信.〈巨震重現──試析向陽《黑暗沉落下來》之九二一地震書寫〉,
　　《國文天地》251（2006）：60-63。

＿＿＿.〈震殤與治療──試析向陽新詩之九二一地震書寫及其治療義
　　蘊〉,《台灣文獻季刊》57.2（2006）：236-54。

FANG

方耀乾.〈為父老立像,為土地照妖──論向陽的台語詩〉,《台灣詩學季
　　刊》3（2004）：189-218。

＿＿＿.〈為父老立像,為土地照妖──論向陽的台語詩〉,《海翁台語文
　　學》38（2005）：4-33。

GAO

高大鵬.〈一種美典的完成〉,《聯合文學》1（1984）：212-13。

GUO

郭麗娟.〈十行土地吟哦獨行──謳歌台灣情愛的向陽〉,《台灣光華雜
　　誌》34.6（2009）：96-105。

HONG

洪素麗.〈土地還有歌可唱──讀向陽的台語詩集《土地的歌》〉,《台灣
　　文藝》102（1986）：176-79。

HUANG

黃基淦. 〈向陽詩眼滿溢文學情調〉, 《卓越》199（2001）：177-82。

黃武忠. 〈戰後「台語詩」的寫作意義與台語運用分析——以林宗源、向陽為例說明〉, 《台灣史料研究》23（2004）：91-107。

JIAN

簡文志. 〈評析向陽「或者燃起一盞燈」〉, 《中國語文》556（2003）：42-45。

LAI

賴佳琦. 〈文學暗夜中燃亮光明的微火〉, 《文訊》別冊13（1998）：59-60。

LI

李魁賢. 〈亂中有序：16年人生路的思考〉, 《印刻文學生活誌》54（2008）：193。

李瑞騰. 〈詩話向陽〉, 《詩脈季刊》2（1976）：42-46。

_____. 〈思想是文學作品真正的價值〉（專訪向陽）, 楊錦郁記錄整理, 《文訊》51（1993）：88-92。

LIN

林淇瀁. 〈從民間來、回民間去：以台語詩集《土地的歌》為例論民間文學語言的再生〉, 《台灣詩學季刊》33（2000）：121-37。

林文義. 〈銀杏樹下的沉思者：試寫向陽〉, 《文訊》19（1985）：180-83。

林香薇. 〈論向陽台語詩的用字：斷面與縱面的觀察〉, 《國立台灣師範大學國文系國文學報》42（2007）：237-72。

林燿德. 〈陽光的無限軌跡——有關向陽詩集《歲月》〉, 《文訊月刊》19（1985）：211-20。

_____. 〈遊戲規則的塑造者——綜論向陽其人其詩〉, 《文藝月刊》200

（1986）：54-67。

林于弘.〈台語詩中的反諷世界──以向陽的《土地的歌》為例〉，《台灣詩學學刊》33（2000）：138-52。

＿＿＿.〈向陽新詩創作類型論〉，《國文學誌》10（2005）：303-26。

林政華.〈新瓶舊酒依然香──我讀《向陽台語詩選》〉，《文訊月刊》199（2002）：26-27。

＿＿＿.〈舊世紀台灣詩新選本瑕不掩瑜：評讀《二十世紀台灣詩選》〉，《文訊》192（2001）：21-22。

＿＿＿.〈台灣重要詩家作品研探──林淇瀁（向陽）詩〉，《海翁台語文學》23（2003）：4-16。

LIU

劉還月.〈親炙土地‧關愛文化──訪愛荷華歸來的向陽〉，《台灣文藝》3（1986）：125-28。

劉益州.〈他者的綿延：向陽《歲月》中自我與生命時間意識的表述〉，《當代詩學》7（2011）：73-101。

劉于慈.〈形式跨界與成長想像〉，《韓中言語文化研究》27（2011）：219-50。

LUO

洛　夫.〈新節奏的誕生──讀向陽詩集《種籽》雜記〉，《文藝月刊》133（1980）：44-55。

MAI

麥　穗.〈台語寫詩的用字探討：兼談向陽〈咬舌詩〉中的台語用字〉，《台灣詩學季刊》23（1998）：20-23。

MENG

孟　樊.〈向陽的亂詩〉，《上海文化》83（2010）：61-69。

孟佑寧.〈文本與超文本的邂逅──以向陽《一首被撕裂的詩》為例〉，《國文學誌》10（2005）：243-63。

NIAN

廿樂順治（TSUZURA, Jūnji）.〈「□□發見：向陽／三木直大編譯「亂」〉，《現代詩手帖》（日本）52.6（2009）：209。

PU

菩　提.〈談《馬無夜草不肥》〉，《中華文藝》119（1981）：38-40。

QIAN

千山林.〈美麗新世界：文學生態與生態環境的關係〉，《台灣文藝》93（1985）：544-84。

QIU

邱怡瑄.〈向陽台語詩選：真正的鄉土聲音〉，《文訊》221（2004）：74。

SAN

三木直大（MIKI, Naotake）.〈《亂——向陽詩集》譯者後記〉，張明敏譯，《鹽分地帶文學》23（2009）：86-94。

SHA

沙　牧.〈提著籠子捉鳥：試論向陽的《十行集》〉，《藍星詩刊》3（1985）：53-57。

SHENG

沈曼菱.〈身體與空間：論向陽詩中記憶形式的生成與演變〉，《韓中言語文化研究》27（2011）：193-218。

SONG

宋紅嶺.〈後現代視閾中的向陽詩歌〉，《當代詩學》7（2011）：31-49。
宋田水.〈土語民風——關於向陽的詩作〉，《台灣詩學季刊》34

（2001）：146-52。

宋澤萊.〈林宗源、向陽、宋澤萊、林央敏、黃樹根、黃勁連影響下的兩
　　條台語詩路線——閱讀「台語詩六家選」有感〉，《台灣新文學》9
　　（1997）：272-80。

＿＿＿＿＿.〈林宗源、向陽、宋澤萊、林央敏、黃樹根、黃勁連影響下的兩條
　　台語詩路線——閱讀《台語詩六家選》有感〉，《海翁台語文學》1
　　（2001）：56-75。

＿＿＿＿＿.〈評向陽的〈春花不敢望露水〉——從雨夜街面盤旋而起的音樂
　　聲〉，《台文戰線》5（2007）：51-67。

TANG

唐　捐.〈詩想無羈，格律自鑄——導讀向陽的「立場」〉，《幼獅文藝》
　　601（2004）：96-99。

WANG

王　灝.〈不只是鄉音——試論向陽的方言詩〉，《文訊月刊》19
　　（1985）：196-210。

XIANG

向　明.〈我有一個寫詩的弟弟——管窺向陽的詩和人〉，《文訊》170
　　（1999）：10-12。

＿＿＿＿＿.〈向陽《向陽詩選，1974-1996》〉，《文訊》180（2000）：29-
　　30。

向　陽.〈第十三屆榮後台灣詩人獎得獎感言〉，《台灣詩學》3
　　（2004）：214-18。

XIAO

蕭　蕭.〈十行天地兩行淚：論向陽的《十行詩》〉，《新書月刊》10
　　（1984.7）：29-32。

＿＿＿＿＿.〈向陽的詩，蘊蓄台灣的良知〉，《台灣詩學季刊》32（2000）：
　　141-60。

＿＿＿＿．〈台灣文學的共構關係與交疊現象〉，《國文天地》20.1
　　（2004）：106-09。

XU

徐錦成．〈一面解讀兒童詩的哈哈鏡──從拉康的「鏡像階段」理論看幾首
　　「鏡子詩」〉，《兒童文學學刊》6（2001）：266-87。
＿＿＿＿．〈鏡內底的囝仔」與「鏡外口的大人」──訪向陽談兒童文學〉，
　　《兒童文學學刊》7（2002）：289-306。

YANG

楊鴻銘．〈向陽〈立場〉等詩分析論〉，《孔孟月刊》436（1998）：45-
　　48。
楊子澗．〈期待新格律詩時代的到來──我讀向陽的《十行集》〉，《文
　　訊》16（1985）：103-14。

YE

葉泓儀．〈往下扎根向陽情牽台灣〉，《新時代台灣》10（2005）：130-
　　36。
＿＿＿＿．〈蘊涵誠摯的人間愛──向陽詩作賞析〉，《新時代台灣》10
　　（2005）：140-43。
葉向恩．〈向陽書寫土地的回聲〉，《書香遠傳》20（2005）：44-46。

YOU

游　喚．〈十行斑點，巧構形似──評介向陽新詩《十行集》〉，《文訊月
　　刊》19（1985）：185-95。

YU

余境熹．〈狂歡‧延緩‧重複：向陽詩歌《亂》析讀〉，《當代詩學》7
　　（2011）：51-72。

ZHANG

章綺霞. 〈以書寫建構鄉土：濁水溪流域作家的鄉土書寫（1970-2000）〉，
　　《修平人文社會學報》10（2008）：75-132。

ZHAO

趙迺定. 〈推介戰後世代五人作品（傅敏、莫渝、郭成義、陳坤崙、向
　　陽）〉，《笠》113（1983）：34-37。

ZHENG

鄭良偉. 〈從選詞、用韻和選字看向陽的台語詩〉，《台灣文藝》99
　　（1986）：129-47。

ZHOU

周策縱. 〈域外讀「十行集」〉，《九歌雜誌》54（1985）：3。

ZHU

朱　二. 〈向陽詩歌：田園模式的變奏〉，《福建論壇》1（1988）：8-12。
Balcom, John. "The Builder of Bridges." *Free China Review*, 47.11,（1997）：
　　58-65.

五、報紙文章

A

阿　盛. 〈好書一起看：向陽的《四季》〉，《中國時報》1987年3月15
　　日，8。
_____. 〈用詩傳達人的感情──向陽〉，《自由時報》1998年10月2日，
　　41。

CHEN

陳斐雯專訪.〈一株向陽的銀杏樹〉,《商工日報》1985年4月30日,12。

陳　煌.〈種下一顆〈種籽〉:淺評向陽〈種籽〉詩集〉,《新生報》1980
　　年5月19日,7。

陳靜瑋報導.〈最甜蜜的距離,最美的回聲〉,《聯合報》2009年3月19
　　日,E03。

陳靜雪整理.〈另類的聲音——向陽在華梵大學「關於台語詩」的演講〉,
　　《中央日報》1999年5月26日,18。

陳寧貴.〈讀介《銀杏的仰望》〉,《中華日報》1980年11月3日,12。

＿＿＿＿＿.〈有限十行無限天地,讀向陽《十行集》〉,《中華日報》1984年
　　10月15日,8。

陳宛茜.〈埋首書丘　向陽雕刻做版畫〉,《聯合報》2004年5月24日,
　　A12。

DING

丁文玲.〈向陽　十六春秋得一《亂》〉,《中國時報》2005年8月22日,
　　b1。

DU

杜十三.〈詩與書的聯想——談向陽「四季」的形式〉,《台灣新聞報》
　　1987年4月27日,8。

FANG

方十三.〈《在雨中航行》〉,《台灣時報》1983年5月6日,12。

GANG

岡崎郁子(OKAZAKI, Ikuko).〈作為一個台灣作家——岡崎郁子專訪向
　　陽〉,《自立晚報》1991年4月26日,19。

HOU

侯延卿. 〈每日一書：《安住亂世》〉，《中央日報》2003年10月1日，
　　17。

HUANG

黃吟如. 〈想像與真實──評介向陽《鏡內底的囝仔》〉，《國語日報‧語
　　文教育版》2005年8月3日，9。

JIANG

江　海. 〈文化追蹤：向陽台語詩作《土地的歌》獲成大採用為指定教
　　材〉，《中國時報》1990年6月16日，31。

KANG

康　原. 〈悲喜世間的土地戀歌──淺談向陽的詩歌〉，《自立晚報》1993
　　年10月9-12日，19。

LI

李敏勇. 〈被撕裂的其實不是詩──評向陽的〈一首被撕裂的詩〉〉，《自
　　由時報》2000年2月24日，39。

李瑞騰. 〈學院詩人、遊走門牆內外〉，《民生報》1997年4月3日，34。

李玉玲、江中明整理. 〈國家文藝獎再出發座談〉，《聯合報》1996年9月
　　11日，35。

LIN

林德俊. 〈慢慢讀　每一首詩　讀向陽編《台灣詩選》〉，《國語日報》
　　2009年7月12日，5。

林耀德. 〈八〇年代的淑世精神與資訊思考──試讀向陽詩集《四季》〉，
　　《民眾日報》1987年6月2日，11。

林于弘，〈亂的事實與理想──評向陽詩集《亂》〉，《中央日報》2005
　　年8月21日，17。

LIU

劉還月. 〈土地，人民與生活──我看向陽的四季〉，《台灣時報》，1987年5月7日，8。

LU

路寒袖. 〈鏡內底的囝仔〉，《中國時報》1997年11月6日，46。

LUO

落　蒂. 〈台灣的良知〉，《台灣時報》2004年6月10-11日，24。

MO

莫　渝. 〈異國初冬的細雪〉，《國語日報》1999年1月21日，5。

MU

穆　欣. 〈向陽納百川而成海〉，《台灣新聞報》1993年7月25日，14。

OU

歐宗智. 〈走出新路──談向陽的十行詩〉，《中華日報》1984年7月30日，9。

──────，〈建立台灣文學主體性──評向陽《喧嘩、吟哦與嘆息／台灣文學散論》〉，《台灣新聞報》1997年7月27日，13。

RONG

蓉　子. 〈種籽十行〉，《國語日報》1984年3月18日，6。

SHA

沙　牧. 〈提著籠子捉鳥──試論向陽的「十行集」〉，《台灣日報》1985年1月30-31日，8。

SHENG

盛夏生. 〈推薦〈十行集〉〉，《工商時報》1984年7月22日，11。

SHI

史紫忱. 〈真善美：談向陽的詩〉，《商工日報》1984年5月23日，12。

SONG

宋田水. 〈土語民風：關於向陽的詩作〉，《自由時報》2000年8月27日，39。

SU

須文蔚. 〈穿過時代的迷霧〉，《中國時報》2005年8月21日，B02。

TIAN

田新彬. 〈向陽將寫「台灣史詩」——位青年詩人的創作宏願〉，《聯合報》1978年11月18日，12。

TANG

唐　捐. 〈舌上金沙，筆下蓮花：評《向陽台語詩選》〉，《中央日報》2002年10月28日，12。

WANG

王　灝. 〈從生活的語言到文學的語言：談向陽方言詩中的方言語彙〈上〉〉，《民眾日報》1986年3月2日，8。

　　　　. 〈從生活的語言到文學的語言：談向陽方言詩中的方言語彙〈下〉〉，《民眾日報》1986年3月3日，8。

WU

吳　當. 〈傷逝與愛戀的風——試析向陽《風燈》〉，《中央日報》2000年4月5日，25。

吳婉茹採訪.〈文學是我一切的原點──向陽自許永遠是個詩人〉,《聯合報》2001年02月21日,37。

XIANG

向　明.〈「亂」而詩記之〉,《中華日報》2009年2月20日,B7。

向　陽.〈茶香・書香・泥土香〉,《聯合報》1990年8月16日,29。

＿＿＿.〈迎向眾聲喧嘩的大洋〉,《中國時報》1992年6月27日,27。

＿＿＿.〈我的60年代〉,《中國時報》1993年2月14日,27。

＿＿＿.〈母語並未「當道」,只是「路倒」!〉,《聯合報》2003年9月14日,E07。

XIAO

蕭　蕭.〈有限的形式,深沉的愛〉,《中央日報》1999年10月25日,22。

XIE

夏　行.〈每日一書:《浮世星空新故鄉》〉,《中央日報》2004年3月11日,17。

XIN

辛　鬱.〈讀《種籽》有感〉,《民族晚報》1980年9月18日,11。

XIU

修瑞瑩.〈向陽:台語詩──靈魂的創作〉,《聯合報》2009年3月17日,A07。

XU

徐錦成.〈完足的嘗試──重讀向陽《十行集》〉,《中央日報》2004年7月2日,17。

YANG

楊　渡.〈向陽的《四季》〉,《中國時報》1987年3月15日,8。

羊令野.〈向陽的〈流浪樹〉〉,《中華日報》1979年6月7日,8。

楊敏盛.〈愛雨愛酒也愛詩：訪「霧社」作者向陽〉,《中國時報》1980年4月23日,8。

羊　牧.〈詩人的自覺——讀向陽「十行集」〉,《台灣時報》1985年2月10日,8。

楊顯榮.〈尋找自己的天空——讀向陽詩集「四季」〉,《民眾日報》1987年3月7日,11。

＿＿＿.〈止不住的孤寒——細讀向陽詩集「歲月」〉,《台灣時報》1987年9月29。

＿＿＿.〈唱出快樂希望——賞析〈台灣的孩子〉〉,《國語日報》2002年3月28日,5。

ZHANG

張孟安.〈致力建立台灣文化自主性的向陽〉,《自立早報》1993年10月17日,6。

張　默.〈向陽的《種籽十行》〉,《商工日報》1984年3月11日,12。

＿＿＿.〈染織土地的滄桑——評《向陽詩選》〉,《自由時報》1999年11月8日,39。

ZHENG

鄭愁予.〈為詩獎拔起高峰的一首詩：向陽的〈霧社〉〉,《中國時報》1984年10月27日,10。

＿＿＿、余光中、白荻.〈神話與古典氣韻的交溶：對〈霧社〉一詩決審意見〉,《中國時報》1980年4月23日,10。

ZHUANG

莊蕙綺.〈從詩人到新聞人：訪自立晚報總編輯向陽〉,《銘報》1987年12月4日,4。

六、網路

CAI

蔡明原. 《喧嘩、吟哦與嘆息》，《台灣文學辭典》詞條：http://xdcm.nmtl.
　　gov.tw:8090/ug-9.jsp?xsd_name=entry&handle=544。

_____. 〈向陽〉，《台灣文學辭典》詞條：http://xdcm.nmtl.gov.tw:8090/
　　ug-9.jsp?xsd_name=entry&handle=1569。

_____. 《土地的歌》，《台灣文學辭典》詞條：http://xdcm.nmtl.gov.
　　tw:8090/ug-9.jsp?xsd_name=entry&handle=543。

_____. 〈銀杏的仰望〉，《台灣文學辭典》詞條：http://xdcm.nmtl.gov.
　　tw:8090/ug-9.jsp?xsd_name=entry&handle=545。

_____. 〈阿爹的飯包〉，《台灣文學辭典》詞條：http://xdcm.nmtl.gov.
　　tw:8090/ug-9.jsp?xsd_name=entry&handle=288。

CHEN

陳去非. 〈良心的迴音，穿過歷史迴廊──讀詩人向陽的〈嘉義街外〉和
　　〈在砂卡礑溪〉〉，http://tea.ntue.edu.tw/~xiangyang/hiongyong/w7.htm，
　　2008年。

JI

紀品羽. 〈春回鳳凰山〉，《台灣大百科全書》詞條：http://taiwanpedia.
　　culture.tw/web/content?ID=14703。

JIANG

江寶釵. 〈向陽〉，《台灣大百科全書》詞條：http://taiwanpedia.culture.tw/
　　web/content?ID=2283。

JING

經緯向陽. http://tea.ntue.edu.tw/~xiangyang/hiongyong/。

LI

李順興. 〈重拾「學習的喜悅」——與文藝老兵向陽談網路文學〉，http://udnnews.com/SPECIAL_ISSUE/CULTURE/NETLIT/news/main.htm，1999年。

LÜ

呂美親. 〈土地的歌〉，《台灣大百科全書》詞條：http://taiwanpedia.culture.tw/web/content?ID=7571。

SU

須文蔚. 評介《亂》http://blog.chinatimes.com/winway/archive/2005/08/23/12250.html，2005年。

TAI

台灣網路詩實驗室. http://tea.ntue.edu.tw/~xiangyang/workshop/netpoetry/。
台灣文學傳播研究室. http://tea.ntue.edu.tw/~xiangyang/chiyang/。

WANG

王齡瑩. 〈向陽〉，《台灣大百科全書》詞條：http://taiwanpedia.culture.tw/web/content?ID=7622。

XIANG

向陽工坊. http://tea.ntue.edu.tw/~xiangyang/。
向陽詩房. http://tea.ntue.edu.tw/~xiangyang/xiangyang/。
向陽英文網. http://tea.ntue.edu.tw/~xiangyang/workshop/。
向陽文苑. http://tns.ndhu.edu.tw/~xiangyang/。

XIE

解昆樺. 〈《陽光小集》〉，《台灣大百科全書》詞條：http://taiwanpedia.culture.tw/web/content?ID=2282。

ZHONG

鍾怡彥.〈立場〉,《台灣大百科全書》詞條:http://taiwanpedia.culture.tw/web/content?ID=14818。

文學視界25　PG0924

閱讀向陽

編　　者/黎活仁、白靈、楊宗翰
責任編輯/林泰宏
圖文排版/陳姿廷
封面設計/秦禎翊

發 行 人/宋政坤
法律顧問/毛國樑　律師
出版發行/秀威資訊科技股份有限公司
　　　　　114台北市內湖區瑞光路76巷65號1樓
　　　　　電話：+886-2-2796-3638　傳真：+886-2-2796-1377
　　　　　http://www.showwe.com.tw
劃撥帳號/19563868　戶名：秀威資訊科技股份有限公司
　　　　　讀者服務信箱：service@showwe.com.tw
展售門市/國家書店（松江門市）
　　　　　104台北市中山區松江路209號1樓
　　　　　電話：+886-2-2518-0207　傳真：+886-2-2518-0778
網路訂購/秀威網路書店：http://www.bodbooks.com.tw
　　　　　國家網路書店：http://www.govbooks.com.tw

2013年03月BOD一版
定價：590元
版權所有　翻印必究
本書如有缺頁、破損或裝訂錯誤，請寄回更換

國家圖書館出版品預行編目

閱讀向陽 / 黎活仁, 白靈, 楊宗翰主編. -- 一版. -- 臺北
市 : 秀威資訊科技, 2013.03
　　面 ;　公分. -- (語言文學類 ; PG0924)
BOD版
ISBN 978-986-326-069-1(平裝)

1. 向陽　2. 詩評　3.詩學　4.文集

851.486   102002145

讀 者 回 函 卡

感謝您購買本書，為提升服務品質，請填妥以下資料，將讀者回函卡直接寄回或傳真本公司，收到您的寶貴意見後，我們會收藏記錄及檢討，謝謝！如您需要了解本公司最新出版書目、購書優惠或企劃活動，歡迎您上網查詢或下載相關資料：http:// www.showwe.com.tw

您購買的書名：＿＿＿＿＿＿＿＿＿＿＿＿＿＿＿＿＿＿＿＿＿＿

出生日期：＿＿＿＿＿年＿＿＿＿＿月＿＿＿＿＿日

學歷：□高中 (含) 以下 　□大專 　□研究所 (含) 以上

職業：□製造業 □金融業 □資訊業 □軍警 □傳播業 □自由業
　　　□服務業 □公務員 □教職 □學生 □家管 □其它＿＿＿

購書地點：□網路書店 □實體書店 □書展 □郵購 □贈閱 □其他

您從何得知本書的消息？

　□網路書店 □實體書店 □網路搜尋 □電子報 □書訊 □雜誌
　□傳播媒體 □親友推薦 □網站推薦 □部落格 □其他＿＿＿＿＿

您對本書的評價：（請填代號 1.非常滿意 2.滿意 3.尚可 4.再改進）

　封面設計＿＿＿ 版面編排＿＿＿ 內容＿＿＿ 文／譯筆＿＿＿ 價格＿＿＿

讀完書後您覺得：

　□很有收穫 □有收穫 □收穫不多 □沒收穫

對我們的建議：＿＿＿＿＿＿＿＿＿＿＿＿＿＿＿＿＿＿＿＿＿＿

＿＿＿＿＿＿＿＿＿＿＿＿＿＿＿＿＿＿＿＿＿＿＿＿＿＿＿＿＿

＿＿＿＿＿＿＿＿＿＿＿＿＿＿＿＿＿＿＿＿＿＿＿＿＿＿＿＿＿

＿＿＿＿＿＿＿＿＿＿＿＿＿＿＿＿＿＿＿＿＿＿＿＿＿＿＿＿＿

11466
台北市內湖區瑞光路 76 巷 65 號 1 樓

秀威資訊科技股份有限公司　　　收

BOD 數位出版事業部

....

（請沿線對折寄回，謝謝！）

姓　　　名：_____　　年齡：_____　　性別：□女　□男

郵遞區號：□□□□□

地　　　址：_____

聯絡電話：(日) _____ (夜) _____

E-mail：_____